PENGUIN
COMPANHIA DAS LETRAS

JUVENÍLIA

JANE AUSTEN (1775-1817) era a sétima de oito irmãos e morou com sua família em Steventon até se mudarem para Bath, em 1801. Após a morte do pai, em 1805, ela e a mãe viveram em Southampton até 1809, quando se estabeleceram em Chawton, no condado de Hampshire. Na infância e na juventude, Austen leu bastante, incluindo obras de Henry Fielding, Laurence Sterne e de seu poeta preferido, George Crabbe. Escreveu *Amor e amizade* quando tinha catorze anos, *Uma história da Inglaterra* ("por uma historiadora parcial, ignorante e preconceituosa") aos quinze e *Uma coleção de cartas* aos dezesseis. *Lesley Castle* provavelmente também foi escrito nessa época, e *Lady Susan* entre 1793 e 1794. Sua obra posterior foi publicada após extensas revisões, e quatro de seus romances vieram a público durante sua vida: *Razão e sensibilidade* (1811), *Orgulho e preconceito* (1813), *Mansfield Park* (1814) e *Emma* (1816). Dois outros romances, *A abadia de Northanger* e *Persuasão*, foram publicados postumamente em 1818. Austen deixou um romance inacabado, *The Watsons*, e na época de sua morte estava trabalhando no romance *Sandition*, do qual restou apenas um esboço fragmentado.

CHARLOTTE BRONTË (1816-55) passou a maior parte da vida em Haworth, nos pântanos de Yorkshire, onde o pai era clérigo da Igreja anglicana. A mãe morreu em 1821 e, tendo que completar sua educação quase que exclusivamente em casa, todos os irmãos Brontë sobreviventes se envolveram num rico mundo de fantasia. Leram bastante, incluindo obras de Lord Byron e Sir Walter Scott e *As mil e uma noites*. Escreveram contos, histórias de fantasia, poemas e diários, e criaram uma revista mensal. Charlotte e Branwell, o único homem, colaboraram na invenção do reino imaginário de Angria, e Emily e Anne, na invenção de Gondal. Charlotte escreveu quatro romances: *Jane Eyre* (1847), *Shirley* (1849), *Villette* (1853) e *The Professor* (o primeiro deles, publicado postumamente em 1857). *Emma*, um fragmento, foi publicado em 1860.

JULIA ROMEU nasceu no Rio de Janeiro em 1980. Em parceria com Heloisa Seixas, escreveu os musicais *Era no tempo do rei*, com músicas de Aldir Blanc e Carlos Lyra, *Carmen*, mostrando a fase brasileira da cantora Carmen Miranda, e *Bilac vê estrelas*, com músicas de Nei Lopes. Trabalha como tradutora literária há mais de dez anos e já traduziu obras de autores como Rudyard Kipling e J. M. Barrie, entre outros. Formada em jornalismo pela PUC-RJ, atualmente cursa o mestrado em literaturas de língua inglesa da Uerj.

FRANCES BEER fez bacharelado e mestrado em inglês no Radcliffe College e na Universidade Columbia, respectivamente, e doutorado na Universidade de Toronto. Trabalhou como editora em Nova York e hoje é professora associada de inglês na Universidade York, em Toronto, onde leciona desde 1971. Publicou, entre outros livros, uma edição de *Revelações de amor divino*, de Juliana de Norwich, lançada em 1978, e uma tradução da versão de Pierre Le Gentil de *A canção de Rolando*, publicada em 1969.

JANE
AUSTEN
E
CHARLOTTE
BRONTË

Juvenília

Tradução de
JULIA ROMEU

Organização, introdução e notas de
FRANCES BEER

PENGUIN
COMPANHIA DAS LETRAS

Grafia atualizada segundo o Acordo Ortográfico da Língua Portuguesa de 1990, que entrou em vigor no Brasil em 2009.

Published by Companhia das Letras in association with Penguin Group (USA) Inc.

TÍTULO ORIGINAL
The Juvenilia of Jane Austen and Charlotte Brontë

PREPARAÇÃO
Lígia Azevedo

REVISÃO
Carmen T. S. Costa
Huendel Viana

Dados Internacionais de Catalogação na Publicação (CIP)
(Câmara Brasileira do Livro, SP, Brasil)

Austen, Jane, 1775-1817.
Juvenília / Jane Austen e Charlotte Brontë ; tradução de Julia Romeu. — 1ª ed. — São Paulo: Penguin Classics Companhia das Letras, 2014.

Título original: The Juvenilia of Jane Austen and Charlotte Brontë.
ISBN 978-85-63560-91-9

1. Ficção inglesa I. Brontë, Charlotte. II. Beer, Frances. III. Título.

13-09692 CDD-813

Índice para catálogo sistemático:
1. Ficção: Literatura inglesa 823

[2014]

EDITORA SCHWARCZ S.A.
Rua Bandeira Paulista, 702, cj. 32
04532-002 — São Paulo — SP
Telefone: (11) 3707-3500 Fax: (11) 3707-3501
www.penguincompanhia.com.br
www.companhiadasletras.com.br
www.blogdacompanhia.com.br

Sumário

Introdução

FRANCES BEER

Pode-se dizer que Jane Austen é a personificação da elegância e da proporção neoclássica; Charlotte Brontë, por outro lado, representa toda a paixão e a extravagância do espírito romântico: nas características mais óbvias, essas duas autoras parecem ser radicalmente opostas. Austen nasceu e foi criada no agradável e montanhoso condado de Hampshire; Brontë passou a maior parte da vida nos pântanos lúgubres de Yorkshire. O círculo familiar de Austen, que incluía cinco irmãos, uma irmã e muitos primos, era "carinhoso, alegre, despreocupado", sua vida social era "uma série constante de visitas matinais, jantares e jogos de cartas ocorridos a um ritmo sossegado"; excursões, música e dança eram atividades frequentes.[1] Os quatro irmãos Brontë, "graves e silenciosos como pessoas muito mais velhas", eram unidos pela sombra da morte — primeiro da mãe, quando Charlotte tinha cinco anos, e depois das duas irmãs mais velhas, Maria e Elizabeth, menos de quatro anos depois — e por seu absoluto isolamento social: literalmente, "eles não conheciam nenhuma outra criança em Haworth [...] eram tudo uns para os outros".[2] Embora os pais de ambas fossem pastores da Igreja anglicana, seu temperamento era oposto: George Austen, conhecido como "o belo clérigo", era bem-humorado e extrovertido, enquanto Patrick Brontë era severo e reservado. A srta. Branwell, tia que passou a cuidar dos afazeres domésticos após a morte da sra. Brontë, era mórbida e repressiva e, portanto, mesmo em casa a única companhia confortadora das crianças era a criada da família, Tabby.[3] É difícil conceber lares mais diferentes do que os de Haworth e Steventon.

No entanto, em alguns pontos peculiares as vidas de suas jovens moradoras foram parecidas. Quando Jane tinha sete anos e Charlotte oito, ambas foram mandadas para um colégio interno, e ambas estiveram perigosamente próximas da morte. No estabelecimento da sra. Cawley, Jane e Cassandra ficaram muito doentes de tifo, mas foram levadas para casa a tempo de serem salvas. Em Cowan Bridge, Charlotte e Emily foram poupadas de uma infecção, mas suas irmãs Maria e Elizabeth sucumbiram à epidemia que devastou a escola. Talvez por causa dessas ocasiões em que escaparam por um triz, o elo de Jane e de Charlotte com as irmãs se intensificou — já adultas, Cassandra e Emily continuaram a ser suas melhores amigas — e, no que escreveram mais tarde, o imenso valor desse elo é refletido. Elinor e Marianne Dashwood, Elizabeth e Jane Bennet, Jane Eyre e as irmãs River, Caroline Helstone e Shirley Keeldar estão entre os retratos mais marcantes de lealdade e dedicação feminina da literatura inglesa.

Tanto Austen quanto Brontë tinham livre acesso à biblioteca dos pais, numa era em que a literatura popular era comumente considerada perigosa para a mente sugestionável das jovens moças e julgava-se que a leitura da Bíblia e de sermões era a única atividade feminina realmente segura. As primeiras leituras de Jane incluíram as obras de escritores como Samuel Richardson e Fanny Burney, além de Alexander Pope, Samuel Johnson e William Cowper. As de Charlotte foram de Shakespeare e John Milton a Sir Walter Scott e Lord Byron; à lista dela, é preciso acrescentar diversos periódicos, os *Annuals*,*

* Os *Annuals* eram publicações anuais muito populares na Inglaterra do século XIX que continham uma seleção de contribuições literárias e ilustrações. (N. T.)

as *Fábulas* de Esopo e *As mil e uma noites*.[4] A erudição precoce de ambas certamente é extraordinária.

Mas talvez a similaridade mais forte entre as duas tenha sido a produção e a preservação de fartos escritos de juventude. Essa juvenília é, claro, às vezes imperfeita ou infantil. Mas também serve para demonstrar a originalidade e a liberdade de espírito das autoras, o deleite delas no próprio processo de criação e suas mudanças de postura em relação a estilo e construção de personagens. A obra de juventude de ambas, vista como um todo, pode ser encarada como algo que revela um processo de seleção: alguns experimentos são testados e modificados ou abandonados, outros são adotados e desenvolvidos e ressurgirão em romances escritos mais tarde. Com o tempo podemos ver decisões, tanto conscientes quanto inconscientes, tomando uma forma que vai levar, com firmeza espantosa, da pura diversão das primeiras efusões até uma obra artística e moralmente madura. Ambas as juvenílias nos proporcionam uma oportunidade extraordinária de observar o crescimento e a coalescência de sua consciência criativa.

I

A juvenília de Jane Austen foi composta aproximadamente entre 1787 e 1793, quando a autora tinha entre doze e dezoito anos. Ela própria selecionou e dividiu sua obra em três volumes, não necessariamente cronológicos: o segundo é mais antigo (1790), mas, de acordo com B. C. Southam, diversos trechos do primeiro foram "evidentemente escritos antes".[5] Austen fez cópias revisadas de todos os três volumes, às quais continuou fazendo adições e correções até 1809. É quase certo que essas obras, descritas por seu sobrinho como "divertimentos transitórios" com os quais "Jane estava sempre regalando seus familiares”,[6] não foram feitas para serem vistas por mais ninguém além deles, mas é característico que, ainda assim, aquilo que ela deixou tenha sido cuidadosamente selecionado e bem organizado. É impossível saber o que Austen rejeitou, mas, nos três volumes que decidiu manter, fez questão de dedicar pelo menos uma obra para o pai, a mãe e cada um dos irmãos, para sua melhor amiga e para duas de suas primas preferidas.

Esse tato e essa gentileza não se estendem aos alvos do humor de Jane no Volume Primeiro. Ela alegremente volta suas armas críticas para os excessos de sentimentalismo tão típicos do “romance lacrimoso”[7] daquele período e para os vícios e virtudes dos personagens retratados nele. Nessas primeiras obras, o que talvez seja mais surpreendente do que o humor extraordinário é a severidade dela; aos doze anos, a pequena assassina trabalha avidamente, sem nenhuma misericórdia com suas vítimas. Mesmo quando está parodiando excessos literários, ela aponta sua mira mortal para uma variedade de fraquezas humanas reais.

Previsivelmente, a escolha de alguns de seus alvos reflete aquela perspectiva neoclássica que Austen tanto admirava. Assim, no início vemos uma tendência a, como Alexander Pope, criar personagens de acordo com um Vício Reinante: “Essa pista, uma vez encontrada, revela todo o resto”.[8] Em *Jack e Alice*, as três irmãs Simpson — Caroline, Sukey e Cecilia — sempre se mostram, respectivamente, ambiciosa, invejosa e afetada: a causa e a explicação de todas as suas ações estão nesses três defeitos. A pobre Alice, cujo nome está no título e cujo defeito é ser “um pouco viciada em álcool”, invariavelmente está em algum estágio de embriaguez, de preferência o mais avançado possível. Sir William Mountague, na história sobre ele, não faz nada além de se apaixonar por cada menina bonita que conhece, uma atrás da outra, abandonando com a mesma regularidade o objeto anterior de sua afeição. E a desprezada Emma, ao saber da ausência de seu querido Edgar, "continuou em prantos até o fim da vida".

Assim como Henry Fielding, Jane encara a afetação, que é a vaidade e a hipocrisia, como uma fonte importante do "verdadeiro ridículo".[9] O esplêndido ego do personagem de *Jack e Alice*, Charles Adams, um jovem de "beleza tão deslumbrante que apenas as águias podiam olhar para seu rosto", é refletido em sua resposta ao pai de uma de suas desesperadas pretendentes, que veio pedir sua mão:

> Senhor, talvez seja esperado que eu pareça feliz e agradecido pela oferta que me fez; mas permita-me dizer que a acho uma afronta. Senhor, eu me considero de uma beleza perfeita [...]. De minha esposa, espero apenas aquilo que ela encontrará em mim — a perfeição.

Em *Frederic e Elfrida*, a heroína, criatura delicada que é, adia a data de seu casamento por cerca de vinte anos; mas, ao "perceber uma paixão crescente" surgindo no coração de seu noivo por uma mulher mais jovem, finge ter uma série de ataques que rapidamente colocam rédeas no rapaz.

A maioria das descrições nesses primeiros burlescos curtos são breves demais para permitir uma análise dos personagens, mas Austen mostra sinais de ir além da simples vaidade e hipocrisia em sua crítica das fraquezas humanas. Ela expõe diversas vezes ao ridículo exemplos de superficialidade emocional, materialismo, empáfia, vazio mental e imensa falta de praticidade. Enquanto alguns de seus personagens, como o sr. Clifford ou a bela Cassandra, parecem ser retratos da mais pura tolice, alguns deles, em particular Lady Williams, de *Jack e Alice*, são estudos da depravação que, se não podem ser considerados complexos, às vezes são mais do que simplistas. Lady Alice posa de protetora primeiro de Alice e depois de Lucy, e ambas estão completamente apaixonadas pelo deslumbrante Charles Adams. Ela ouve a patética história de Alice com afetada solidariedade, mas adora provocá-la até fazê-la perder a cabeça de raiva ao fazer alusões à sua aparência de alcoólatra e à sua fraqueza pela bebida; numa conversa privada, diz a Lucy o quanto gosta de Alice, mas adorna seu relato com tantas informações desabonadoras que erradica qualquer vestígio de respeito; seus ardis fazem com que Lucy vá para Bath com as irmãs Simpson (que, é claro, continuam respectivamente ambiciosa, invejosa e afetada) e a conduzem a uma união com um duque rico, porém sem princípios: suas maquinações efetivamente liberam o caminho para a própria, que, num desenlace que é uma surpresa para todos, agarra Charles Adams para si!

Mas esses ataques, não importa quão impiedosos, são sempre feitos com um irreprimível ar travesso: o método que Jane usa para ridicularizar seus personagens bobos e afetados é simples e o efeito é dolorosamente engraçado; a autora manipula suas figuras de modo que cada ação e reação sua é previsível e elas não têm a liberdade de surpreender. Os ingredientes desse tipo de humor são analisados de maneira útil por Henri Bergson em seu ensaio "Laughter":[10] ele deve ser acompanhado pela "ausência de afinidade", pela "anestesia do coração"; é a inteligência que ele atrai. A causa do riso é a "falta de elasticidade mecânica" e ela pode ser provocada por qualquer espécie de reação — alguém escorregando numa rua, uma pegadinha, uma distração; ou um defeito, que controla tanto o indivíduo que ele lembra uma marionete. Os ingredientes de Bergson, como veremos, se encaixam muito bem na noção de Vício Reinante e também podem ser encontrados nos burlescos de Austen. Ela não admite nem permite a seu público qualquer reação de afinidade com esses primeiros personagens; a natureza de nossa reação, quando conseguimos parar de rir, é cerebral e não emocional; a causa de nosso riso é a previsibilidade desses personagens, a maneira absoluta com que são controlados por seu defeito específico. Bergson nota, finalmente, que quanto maior é a ignorância de um personagem em relação a si mesmo, mais cômico ele é: os primeiros estudos de Jane sobre a pretensão são maravilhosamente inconscientes, absolutamente incapazes de aprender qualquer coisa; a discrepância regular entre as visões que os personagens têm de si mesmos e aquilo que realmente são sublinham seu absurdo.[11] Enquanto Alice, por exemplo, se vê como uma tocante figura romântica, sabemos que, embora uma de suas mãos possa estar sobre o coração, a outra sempre vai estar buscando a garrafa mais próxima.

Austen adotou a técnica da ridicularização com evidente facilidade e deleite e, embora a tenha temperado em suas obras maduras, não a abandonou por completo. Sempre se poderá contar com a sra. Allen de *A abadia de Northanger* para revelar sua superficialidade através de sua obsessão por roupas; o sr. Palmer de *Razão e sensibilidade* será previsivelmente rude com a esposa e no instante seguinte enfiará o nariz no jornal; o sr. Woodhouse, de *Emma*, invariavelmente se preocupará com a probabilidade de todos pegarem um resfriado e então tentará combater a epidemia iminente mandando distribuir mingau. Mas, nos romances, Austen dá a suas marionetes um contexto e cerca-as de diversos personagens complexos, a maioria dos quais é extremamente capaz de ser tolo em algum momento, mas a quem sua criadora permite crescer para além dos limites estreitos de um único Vício Reinante.

É em *Amor e amizade*, do Volume Segundo — que, à sua maneira limitada, revela uma genialidade inegável —, que encontramos o ápice da prática de Austen de ridicularização constante e irrestrita. Tanto Laura quanto Sophia acreditam ser perfeitos exemplos de sensibilidade. Como Laura diz de si mesma:

> embora fosse tão bela, as graças de minha aparência eram as menores de minhas perfeições. [...] Em minha mente estavam centradas todas as virtudes que poderiam

adorná-la; ela era o rendez-vous de todas as qualidades boas e de todos os sentimentos nobres.

Elas são a epítome do ideal sentimental de afeição espontânea:

> Corremos para os braços uma da outra e, após termos trocado votos de amizade mútua pelo resto de nossas vidas, imediatamente revelamos os segredos mais íntimos de nossos corações...

As duas sentem um desprezo infinito pela noção de obediência filial e conseguem fazer com que a filha de seu benfeitor transfira sua afeição de um pretendente confiável, aprovado por seu pai, para um caça-dotes inescrupuloso. Ambas acreditam em seu direito inalienável de adquirir fundos por quaisquer meios disponíveis, e assim regularmente roubam desse mesmo benfeitor, "tendo concordado que seria correto privar um biltre tão vil quanto Macdonald de algum dinheiro". Talvez a única diferença discernível entre as duas seja sua reação à morte de seus românticos maridos. Laura meramente tem um ataque de loucura, enquanto Sophia é imprudente o suficiente para desfalecer após o orvalho da noite ter caído — e o efeito sobre ela é fatal: "Cuidado com os desmaios, querida Laura", avisa ela em seu leito de morte. "Um ataque de loucura é muito menos pernicioso [...]. Enlouqueça sempre que quiser; mas não desmaie."

Por mais deliciosos que sejam Laura, Sophia e seus absurdos, eles não são capazes de variedade; e, por mais hilário que seja o efeito da ridicularização de Austen, ela não permite a complexidade ou o estudo detalhado dos personagens que será tão central em sua obra mais madura e que ela tanto admirava, por exemplo, nos romances de Richardson.[12] Apesar de ser tão bem-acabado e inteligente, *Amor e amizade* mostra-se limitado demais;

e o primeiro trabalho em que veremos um personagem se afirmando de uma maneira possível de ser reconhecida como típica de Austen é em *As três irmãs*. Embora tenha sido incluído no fim do Volume Primeiro, esse texto é seguido por dois apontamentos com a data de junho de 1793 e, portanto, é muito provável que tenha sido escrito muito depois de *Amor e amizade*, que é de 1790. Certamente o conteúdo mostra que a autora ganhara certa sofisticação literária e estava experimentando uma gama maior de técnicas.

As três irmãs é uma narrativa epistolar, mas, ao contrário do que ocorre em *Amor e amizade*, Austen permite que as cartas sejam escritas por duas pessoas; assim, ela pode testar diferentes vozes e pontos de vista, diferentes versões da mesma realidade. A situação que emerge das cartas também representa a primeira semente de enredo realmente interessante que encontramos até aqui: a mais velha das irmãs Stanhope, Mary, recebeu um pedido de casamento do odioso sr. Watts; ela o despreza, mas não consegue suportar a ideia de perdê-lo; sua mãe se recusa a deixá-lo escapar da família e decreta que, se Mary não o quiser, uma das meninas mais novas será obrigada a aceitá-lo; as irmãs mais novas, Sophy e Georgiana, conspiram para fazer com que Mary acredite que elas aceitariam a mão de Watts; por orgulho e maldade, ela dá sua mão a ele e as outras duas são poupadas.

Os personagens de Mary e Watts não estão muito distantes das caricaturas dos primeiros burlescos. Mary, logo descobrimos, é compulsivamente avara e competitiva; apesar de odiar Watts, decide-se a ficar com ele para poder ter uma vantagem sobre as moças que moram na casa vizinha e ser acompanhante de suas irmãs quando elas forem a bailes. Ela escreve para uma amiga:

> Ele é extremamente desagradável e eu o odeio mais que a qualquer outra pessoa no mundo. Tem uma grande for-

> tuna [...] no entanto, sua saúde é muito boa [...]. Se eu aceitar, sei que serei infeliz o resto da vida [...]. Acredito que vou aceitar. Será uma vitória tão grande me casar antes de Sophy, Georgiana e as Dutton [...].

Mas ela não aceita se tornar esposa do sr. Watts sem uma briga ferrenha para ver exatamente o quanto conseguirá arrancar de presente de casamento:

> E lembre-se de que eu ganharei uma carruagem nova [...] um cavalo de montaria novo, um enxoval de renda fina e um número infinito das mais valiosas joias [...]. O senhor deverá equipar seu fáeton [...] deverá comprar quatro dos melhores cavalos baios do reino [...] deverá mobiliar sua casa inteira de acordo com meu gosto [...].

Não é necessário dizer que não sentimos grande afinidade com Mary, e a arrogância crônica do sr. Watts é calculada para manter, se não aumentar, a anestesia de nossos corações. Ele diz à mãe de Mary:

> Por favor, senhora, não reprima a srta. Stanhope obrigando-a a ser educada. Se ela escolher não aceitar minha mão, posso oferecê-la a outrem; pois, já que não fui de forma nenhuma levado a pedi-la em casamento devido a uma preferência particular pela senhorita em relação a suas irmãs, tanto faz para mim qual das três se tornará minha esposa.

Mas Mary e seu pretendente são colocados em contexto com a apresentação de Sophy e Georgiana; a delineação das irmãs mais novas e de seu relacionamento indica um novo nível de comprometimento da parte de sua autora e coloca firmemente todo esse fragmento de romance num novo terreno. Q. D. Leavis observa que "a irmã do meio (Sophy) é a cândida Jane Bennet, enquanto a mais nova (Georgiana) é a vivaz e determinada Elizabeth".[13] Isso talvez pareça um exagero, mas as semelhanças são impressionantes. A língua afiada de Georgiana é muito parecida com a de Elizabeth: de sua mãe, por exemplo, ela diz: "Nem eu nem minha irmã tentamos alterar a decisão de minha mãe que, lamento dizer, em geral é mais inflexível do que racional". Assim como Elizabeth, Georgiana sente uma absoluta repugnância moral pela ideia de casar por conveniência: "Minha decisão está tomada. Jamais me casaria com o sr. Watts, mesmo que a mendicância fosse a única alternativa". A corajosa Georgiana arquiteta o plano de enganar Mary tanto para proteger Sophy, que é mais doce, quanto a si mesma:

> eu não esperaria que ela sacrificasse *sua* felicidade tornando-se esposa dele para ser generosa comigo, algo que temia que a boa natureza e o amor fraternal fossem induzi-la a fazer.

Mas Georgiana deverá vencer os escrúpulos de Sophy, bem parecidos com os que Jane teria, antes que possam levar seu plano adiante. O processo através do qual consegue isso envolve uma demonstração de esperteza que mais uma vez lembra Elizabeth: "é bastante feio, é verdade, mas de que vale a beleza num homem? [...]. Dizem que é avarento; mas chamaremos isso de prudência"; dessa forma, ela enumera os piores defeitos do sr. Watts, fingindo que apenas escondem virtudes ocultas e, através do riso, faz com que Sophy aceite colaborar. Ainda assim, na execução do plano Sophy terá que ser guiada pela travessa Georgiana e — mais uma vez, assim como Jane — ela se recusa a contar uma mentira absoluta.

Com *As três irmãs*, Austen se move firmemente na direção de *Orgulho e preconceito*. Ela não rejeitou por completo os materiais do burlesco — embora Mary talvez seja mais realista que seus predecessores —, mas os modificou e os integrou numa estrutura mais ampla em que os próprios elementos do burlesco podem ter um papel mais sofisticado. Austen caçoa de Mary, mas não faz *apenas* isso. *As três irmãs* começa a se encarregar de fazer uma séria crítica moral — um passo nada surpreendente se, como seria de esperar, Austen concordasse com seu escritor preferido, Samuel Johnson, que escreveu que "o objetivo da poesia é instruir sendo atraente".[14] Em nenhuma das obras anteriores um conjunto de virtudes fora apresentado para contrastar com o desfile de vícios. Quão severamente poderemos julgar uma Laura ou uma Sophia se elas não têm personagens positivos com que possamos contrastá-las e se o público encara tudo o que está lendo como inverossímil de qualquer maneira? Mas os extremos da ganância e da hipocrisia de Mary Stanhope são contrabalançados pela gentileza de Sophy e pela inteligência e integridade de Georgiana; e nossa reação de afinidade com as personagens das duas irmãs mais novas, com o apuro em que estão e com sua lealdade mútua, ocorre naturalmente.

Esse degelo emocional também vai ao encontro da teoria de Johnson sobre a bem-sucedida função moral da literatura: para que o efeito seja o mais completo, as faculdades do intelecto e da razão são essenciais, mas não suficientes; a imaginação e as emoções também têm que estar envolvidas. A literatura deve se conectar com o sentimento para poder ser capaz de instruir.

Assim, Austen admite a reação de afinidade e amplia os alvos de sua crítica de modo a incluir a sociedade além do indivíduo; quando ela se promove a um novo grau de humanismo, se torna uma presença moral mais eficiente. O problema do que fazer com o sr. Watts é muito sério: *alguém* vai acabar tendo que ficar com ele, e é uma realidade social aterradora aquela que encurrala dessa maneira uma família de moças com uma mãe viúva de poucos meios. Portanto, Mary é criticada por seus vícios; mas, embora ela em si esteja além da afinidade, também é apresentada como vítima, o produto distorcido de um sistema que distorce.

O movimento que se distancia de uma reação unicamente neoclássica a uma série de fraquezas isoladas — e vai na direção de uma reação romântica ao indivíduo como vítima potencial de uma sociedade materialista e claustrofóbica — é crucial para o desenvolvimento artístico de Austen e será transferido para seus romances, além de refinado neles. Seu romantismo, se é que podemos chamá-lo assim, não fará com que ela chegue a abandonar sua severidade em relação à questão de responsabilidade pessoal ou a justificar os extremos da rebeldia ou do desespero. Mas, nos apuros das irmãs Dashwood e das irmãs Bennet — a limitação de suas vidas, a aparente obrigação de se casar, não importa com quem, para sobreviver — e ainda mais na melancolia e no desespero silencioso de Fanny Price, Jane Fairfaix ou Anne Elliott, vemos a cristalização de uma visão negativa da sociedade que começou a ser articulada em *As três irmãs*.

A emergente maturidade moral de Austen é mais evidente em *Catharine*, do Volume Terceiro, que é uma feliz síntese de zombaria e afinidade e a *pièce de résistance* de sua juvenília. A figura de Camilla, tola, vaidosa e pretensiosa, lembra os burlescos e o apetite inicial de Austen pela ridicularização simplista. A dor de dente de sua amiga no dia de um baile muito esperado dá a oportunidade de sua tolice ser exibida em toda a sua glória:

> Sem dúvida jamais houve algo tão chocante [...]. Gostaria que os dentes não existissem; eles não passam de pragas, e imagino que as pessoas poderiam facilmente inventar algo para usar no lugar deles na hora de comer.

Mas a ridicularização de Austen é temperada por sua alusão ao papel que o ambiente em que Camilla vive teve na produção de um ser tão falho. Embora seu caráter seja fraco, ela talvez pudesse ter sido salva pela educação, mas isso, é claro, lhe foi negado por um sistema que via as mulheres como seres decorativos cujos poderes intelectuais limitados eram insuficientes para suportar as ameaças de qualquer contato sério com a realidade. O que é verdade para Camilla poderia facilmente ser dito das mais jovens irmãs Bennet, ou de qualquer uma das duas irmãs Bertram ou de Louisa ou Henrietta Musgrove:

> Ela [...] não era naturalmente deficiente em habilidades; mas os anos que deveriam ter sido usados para a aquisição de saberes úteis e do desenvolvimento mental haviam sido todos gastos no aprendizado de desenho, italiano e música [...]. A esses talentos, a moça agora somava um intelecto que não fora aprimorado através da leitura e uma mente completamente destituída de bom gosto ou discernimento.[15]

Diante de uma realidade externa repressiva, o desafio moral é ainda assim fazer as escolhas certas, sobreviver com dignidade; a questão do caráter se torna de importância vital. Kitty, ao contrário de Camilla, é a primeira heroína perfeitamente construída de Austen, e ela sobrevive apesar de sua sociedade, e não graças a esta. Sua personagem reflete o mesmo impulso que deu vida a Georgiana e Sophy. Kitty é completamente isolada, uma órfã; a família de suas amigas de infância se livrou de ambas, colocando uma num casamento infeliz e outra na posição de "acompanhante" — e ao leitor não restam dúvidas de quanto suas vidas atuais são desagradáveis e humilhantes. Apesar do tédio opressivo e da solidão de sua situação, Kitty resiste à tentação de uma intimidade apressada com sua prolixa visitante, Camilla, até ter a chance de avaliar seu caráter. Resolutamente não sentimental, Kitty não reage ao estresse desmaiando ou mesmo reclamando, mas se retirando para seu caramanchão, aonde "sempre ia quando qualquer coisa lhe perturbava, e ele possuía tal encanto sobre seus sentidos que jamais deixava de tranquilizar sua mente e aquietar seu ânimo". Sua reação à dor de dente mencionada acima é radicalmente diferente da de Camilla — embora o dente seja *seu* e seja *ela* que deverá ficar em casa:

> não era tão completamente destituída de resignação quanto muitas meninas de sua idade [...]. Kitty considerou que havia infortúnios de magnitude muito maior do que a perda de um baile vividos todos os dias por parte dos mortais [...]. Com essas reflexões, Kitty logo se viu num estado de [...] aceitação e paciência [...].

Em sua autossuficiência e solidão, sua "aceitação e paciência", Kitty lembra um pouco Fanny Price. Mas ela tem um lado vivaz e audacioso que é mais parecido com Elizabeth Bennet e uma irresistível ingenuidade que traz Catherine Morland mais diretamente à memória. Essa união de atributos em sua heroína parece refletir a personalidade da própria Austen — sua identificação com Kitty é evidente — e ela é a rede que serve para enlaçar o leitor.

Em *Catharine*, Austen percorreu quase toda a distância entre *Frederic e Elfrida* e *Primeiras impressões*. Vemos um esforço artístico integrado para instruir sendo atraente; somos conquistados intelectual e emocionalmente por Kitty; através dela, vivenciamos as danosas limitações de seu mundo. Mas Kitty não é perfeita. Ela tira conclusões erradas em relação a um jovem estranho e a sua tia solteirona. Ela se permite ser enganada por Stanley porque ele é excitante; e não dá crédito às advertências da sra. Percival porque não quer que elas sejam verdade. Embora inacabado, a pergunta que esse romance faz não é "Será que Kitty vai se casar com Stanley?", mas "Será que Kitty vai crescer?". "Será que ela vai sobreviver a seu ambiente?" "Vai aprender a admitir seus erros e fazer as escolhas morais corretas?" Portanto, assim como os romances maduros, *Catharine* busca uma divisão equilibrada de crítica, apontando tanto defeitos sociais quanto pessoais e indicando que o mais importante é a responsabilidade dos indivíduos de desenvolver seu próprio código de conduta moral e segui-lo.

Na obra de Austen, a possibilidade de crescimento para a heroína aumenta com a distância da falta de elasticidade mecânica. Isso não é uma opção, é claro, para Sophia e Laura; nem é remotamente provável nos casos de Mary e do sr. Watts, mas eles são apresentados em contraste com Sophy e Georgiana, que, sem dúvida, possuem potencial de crescimento. Finalmente, Kitty, por quem sentimos afinidade, é capaz de aprender muito; sua habilidade de inspirar a identificação significa que suas lições se tornam acessíveis a seus leitores, que podem compartilhar de seu desenvolvimento moral e, escapando dos onipresentes lamaçais do materialismo, da vaidade e da insipidez, ser resgatados do destino de Camilla.

II

A juvenília de Charlotte Brontë foi escrita ao longo de um período de dez anos, entre 1829 e 1839. Enquanto suas irmãs Anne e Emily escreviam suas histórias sobre Gondal, Charlotte e Branwell criavam o reino de Angria e, com ele, um elaborado conjunto de personagens. Os escritos das crianças eram destinados apenas a elas mesmas e foram mantidos em completo segredo não apenas dos amigos e conhecidos que fariam mais tarde como até dos outros habitantes da casa: daí o pequeníssimo tamanho dos livros e sua famosa letra microscópica. A maior parte do material sobre Gondal não sobreviveu; mas os manuscritos sobre Angria foram cuidadosamente preservados por Charlotte durante toda a sua vida. A quantidade do material é vasta e ele não reflete o mesmo processo de seleção e passagem a limpo das primeiras obras de Austen: é "uma quantidade imensa de manuscrito", como diz a sra. Gaskell, "num espaço inconcebível de pequeno".[16] Portanto, temos a vantagem de ter os textos numa forma não censurada, como foram escritos originalmente. Por outro lado, estamos diante de diversas desvantagens — desde uma ausência de preocupação com detalhes como parágrafos e pontuação até o que parece ser uma incompreensível mistura de personagens e ação — e o resultado disso é que, ao lê-los, os incautos terão diante de si o que pode ser diplomaticamente chamado de uma tarefa trabalhosa. Os textos incluídos aqui são apenas uma porção daquilo que Charlotte escreveu; sua seleção foi governada por uma tentativa de tornar evidente a inesperada continuidade tanto de enredo quanto de personagem que de fato pode ser descoberta em meio à enormidade e à complexidade da cena de Angria.

Enquanto a unidade das primeiras obras da juvenília de Austen está na técnica e no tom, a de Brontë está principalmente ligada pela recorrência de um mesmo conjunto de atores. O protagonista central e dominante é, inquestionavelmente, Arthur Wellesley, filho do duque de Wellington, que mais tarde se tornará duque de Zamorna e rei de Angria. A princípio descrito como gentil e romântico, Arthur sofre uma mudança gradual e se torna fabulosamente belo, irresistível para as mulheres, um parlamentar eloquente, um guerreiro poderoso. Mas seus sucessos no amor e na guerra são marcados por uma crescente arrogância e amoralidade; e ele acaba se tornando uma demoníaca figura de destruição e, finalmente, depravação.

Diversos personagens importantes cercam Arthur ou Zamorna, como ele mais tarde é chamado. Ao longo de toda a sua vida adulta ele mantém um relacionamento de amor e ódio com Alexander Percy, conde de Northangerland e ele próprio um demônio; esses dois são às vezes terríveis inimigos políticos e às vezes aliados de primeira hora, e seus destinos e paixões são misteriosamente interligados. Há também as mulheres que, embora diferentes, compartilham um ardor intenso pelo herói. As principais entre as apaixonadas são Marian Hume, primeira esposa de Arthur; Zenobia Ellrington, rival de Marian; Mary Percy, segunda esposa de Arthur; e Mina Laury, amante "permanente" de Arthur.[17] Ainda há *uma* mulher, Elizabeth Hastings, que, com grande originalidade, é imune aos encantos de Arthur, que acaba se cansando de tanta admiração.

Ao longo de um período de dez anos, o que encontramos na obra de Charlotte é uma preocupação com os personagens no sentido psicológico e não ético. Ela, em comparação com Austen, demora a buscar a questão da afirmação moral. Charlotte se delicia com a complexidade das relações de seus personagens, por mais destrutivas que elas sejam; seu interesse é tão profundo que ela parece adiar a tarefa de julgá-los pelo máximo de tempo possível. Só em 1838 encontramos uma consciência moral consistente se afirmando em sua obra — e no ano seguinte, em *Adeus a Angria*, ela tristemente admite que chegou o momento de renunciar a seu mundo de fantasia e partir para a realidade:

> Mas não me apresse demais, leitor: não é fácil banir da minha imaginação as imagens que a tomaram por tanto tempo [...]. [Apesar disso] a mente deseja abandonar a agitação e se voltar para regiões mais frescas, onde a alvorada surge cinza e sóbria e o dia que nasce fica, pelo menos durante algum tempo, suavizado pelas nuvens.

No entanto, fica evidente que há uma progressão de Marian Hume a Elizabeth Hastings, e o desenvolvimento dos personagens femininos centrais de Charlotte na verdade pode servir como um indicador de uma maturação mais geral de seu senso artístico e moral.

Todas essas mulheres gozam de um quinhão do interesse de Charlotte durante algum tempo; mas Zenobia, Marian e Mary deixam uma por uma de estar em suas boas graças conforme são abandonadas por Arthur. O elo dele com Mina emerge como o único que é duradouro em sua carreira amorosa; mas, com sua auto-humilhação obsessiva, Mina acaba perdendo o respeito de Charlotte, e é a independente Elizabeth que se destaca como o objeto final da afeição da criadora.

Apesar do entusiasmo criativo que compartilhavam, os primeiros esforços literários de Austen e Brontë são, portanto, radicalmente diferentes. As obras sobre Angria não têm nada da alegre iconoclastia de Austen, através da qual rebanhos de vacas sagradas literárias e sociais são satirizadas; o júbilo dos escritos de Brontë vem da livre expressão da imaginação, de um deleite no exótico e fabuloso mundo de sua criação. É impossível afirmar se seu intenso prazer na fantasia — compartilhado por seus irmãos — era em parte uma reação às limitações e à melancolia da vida na casa paroquial, mas de qualquer forma ele é um traço tão impressionante das primeiras obras de Brontë quanto a agudez e a severidade são na obra de Austen.

Não é surpresa que a maioria das primeiras influências de Charlotte sejam ricas em material romântico — *As mil e uma noites*, *The Tales of the Genii*, as extravagantes gravuras de John Martin;[18] a esses ingredientes, estão misturados elementos fabulosos que sem dúvida ela própria inventou. *Os doze aventureiros* começa com uma tempestade de areia mortal e a hedionda imagem de um "imenso esqueleto [...] preso por uma longa corrente de ferro enferrujado" largado no deserto árido (remetendo a *Ozymandias*?); um naufrágio faz com que a tripulação do *Invincible* se perca e seja imediatamente atacada por um bando de selvagens sanguinários; logo depois, a tripulação tem uma experiência visionária coletiva personificada pelo Gênio da Tempestade caminhando sobre nuvens carregadas; então, um gênio os leva numa exaustiva marcha pelo deserto até um palácio de diamantes onde estão os príncipes dos gênios sentados em seus tronos; quando eles voltam à sua base, imediatamente sofrem outro ataque dos selvagens.

A voracidade do apetite dos Brontë por aventuras exóticas é clara o suficiente, mas nessa sequência há mais do que peripécias aleatórias. Em primeiro lugar, os náufragos vão iniciar a construção de uma cidade que vai prosperar e se tornar a capital de Angria, cenário permanente de todas as histórias de Charlotte e Branwell; a Cidade de Vidro, mais tarde chamada de Verdópolis, será habitada por uma alta sociedade e se tornará pano de fundo de muitas intrigas políticas e amorosas. Em segundo lugar, e o que talvez seja mais importante, um líder surgirá entre esses homens, o heroico duque de Wellington, que se torna seu primeiro rei. Embora logo vá ser substituído por seu filho Arthur na posição de herói, sua confiança e autoridade naturais e sua abundância de poder masculino refletem um interesse por personagens homens com essas qualidades que será constante em toda a carreira de escritora de Charlotte Brontë.

Sem abandonar seu gosto pelo exótico, a imaginação juvenil de Charlotte não demorou a descobrir seu verdadeiro foco: as intensidades e formas da paixão humana. E, com esse foco, outra influência crucial é sentida: a poesia e personalidade de Lord Byron. Sabemos que os irmãos Brontë tinham acesso fácil à sua obra e aos periódicos repletos de elegias e tributos que foram publicados na ocasião de sua morte, em 1824, quando Charlotte tinha oito anos.[19] Mais tarde, em 1830, surgiu a biografia idealizada de Thomas Moore, que sabemos que Charlotte também conhecia bem.[20] Esse intenso condicionamento evidentemente conspirou com o próprio apetite romântico dela para criar um duradouro fascínio pela figura do herói de Byron numa variedade de personificações, indo do angélico ao satânico. Em *Personalidades de homens ilus-*

tres encontramos o esplêndido jovem Arthur como Byron em sua forma mais benigna, com sua beleza externa sendo uma reflexão de sua perfeição interior. Seus gostos revelam uma mente intensamente romântica: "um viajante solitário" e "a canção lastimosa de um exilado" são seus temas favoritos, mas não é surpresa que ele também fique emocionado com oceanos turbulentos e trovões.[21] Esse jovem certamente é um grande candidato à paixão — mas, em sua primeira aparição, ela será de um tipo puro e cavalheiresco — e, em outubro de 1830, vemos Arthur pela primeira vez testando as águas do amor.

Na cena de abertura, Albion e Marina (que na realidade são Arthur e Marian) se conhecem e imediatamente se apaixonam; o casamento é adiado sob a alegação de que são jovens demais e Albion vai com o pai para a Cidade de Vidro, onde, graças a seus feitos poéticos, ele se torna o homem mais celebrado da cidade e o objeto do interesse da glamorosa Lady Zelzia. Nessa obra, a temperatura sexual permanece num nível não muito alto: Albion mostra que está apaixonado ficando, a princípio, "apático e distraído" e depois "mais melancólico do que antes"; a reação de Marian à declaração e ao pedido de casamento de Albion é corar; a maneira de Zelzia de seduzir Albion é conversar usando "um discurso da mais vivaz eloquência" e cantar uma música de autoria dele numa festa.

No entanto, aqui já temos os ingredientes de um virulento triângulo amoroso que explodirá em dezembro daquele mesmo ano. *As rivais* foca no ciúme frenético de Zenobia (uma nova representação de Zelzia); ela surge como uma figura de algum status, aviltada apenas por sua paixão irrealizável por Arthur, que agora está oficialmente noivo de Marian.[22] Marian é uma moça linda, mas é um peso-pena em questões sexuais, parecida com Paulina Home, de *Villette*. Zenobia é que tem vigor real: Marian usa verde e tem uma guirlanda de flores no cabelo; Zenobia usa veludo escarlate e plumas negras. E Arthur reconhece a sexualidade mais poderosa de Zenobia. No fim, acaba entregando a ela a rosa que pretendia dar a Marian e acalma sua noiva desfalecente com o argumento apressadamente inventado de que o anel que oferece no lugar da flor é melhor por ser um "símbolo da constância".

As núpcias (agosto de 1832) nos mostra um retrato idealizado da felicidade doméstica dos recém-casados. Arthur é um jovem de "estatura alta" e com um "corpo de proporções magníficas", Marian tem faces "tingidas por um carmesim vivo e suave", "olhos castanho-claros", "pequenos cachos de um ruivo escuro". A cena dos dois é de um flerte terno e brincalhão; Marian mais uma vez lembra a Paulina de *Villette*, como quando, por exemplo, a pequena condessa incita a reconciliação de seu pai e seu namorado fazendo um amuleto com os cabelos de ambos unidos por um cacho do seu.[23] As duas meninas são completamente encantadoras, mas um pouco doces demais.

Aos dezesseis anos, a visão que Charlotte tinha da paixão, o que realmente lhe interessava, já está longe de ser simples, e nós descobrimos que a tagarelice entre Arthur e Marian é apenas uma moldura da ação real: os últimos esforços desesperados de Zenobia para ganhar Arthur para si. Com os cabelos desgrenhados, o vestido em farrapos, as feições "emaciadas e pálidas como as de um cadáver", Zenobia parece ter sido quase fisicamente castigada e definhada pela força de seu desejo não realizado. Embora ela tenha um temperamento radicalmente diferente daquele das heroínas maduras de Brontë, a intensidade de sua paixão parece ser um embrião da paixão de Jane Eyre ou de Lucy Snowe. A delas não é expressada, mas tem uma violência similar, apresentada em termos de dor literal: O coração de Jane "pranteava suas feridas abertas, seu sangramento interno, suas cordas destroçadas"; Lucy pergunta "que doença física já foi pior que essa dor?". Conforme a história vai se desenrolando, Zenobia, que não tem nem um pingo da autodisciplina de Jane e Lucy, escolhe o caminho bastante deselegante de tentar enganar Arthur para que este renuncie Marian, e ela falha no que é uma conclusão bastante fraca da obra. Mas o fascínio de Charlotte pelo lado negro está lá; embora ela não condene Marian por sua simplicidade, sua atenção já se volta para outro lugar.

No ano seguinte, Charlotte evidentemente decidiu deixar para trás a polaridade Zenobia/Marian e, por isso, se livra de ambas. Zenobia se casa e se torna um personagem menos importante; e Marian sucumbe a um coração partido e morre — desaparecendo por completo —, com Arthur substituindo-a por Mary, filha de Alexander Percy. A segunda esposa de Arthur é tão linda quanto a primeira, com cachos dourados e, mais uma vez, olhos castanho-claros. Ela é bem mais segura, algo que fica evidente, por exemplo, em *O retorno de Zamorna*, quando corre para dentro de um rio frio e profundo só para ter um vislumbre de Arthur:

> tonta com os sentimentos tumultuosos, as pulsações desenfreadas, os desejos ardentes e impacientes que aquele sorriso e aquele olhar haviam despertado, fechou os olhos numa cegueira momentânea.

Mary permanece a favorita de Arthur por um total de quatro anos, mas durante esse período ela passa por duros testes. Conforme a história se desenrola, ficamos sabendo que Arthur a trai habitualmente e pontua o casamento com repetidas ausências. Além disso, sua rivalidade com Percy entra em erupção e ele repudia Mary, abandonando-a para tentar se vingar de seu insensível pai. Sofrer, na verdade, parece ser a principal ocupação de Mary.

Com essa personagem, Brontë faz um movimento decidido na direção da criação de uma heroína mais profunda e complexa do que seus primeiros dois modelos. E, com sua beleza delicada e sua capacidade para a afeição ardente e o sofrimento, Mary lembra Caroline Helstone, de *Shirley*.

Mas ela também é enérgica e obstinada: quando está separada de Arthur há mais tempo do que pode suportar, em duas ocasiões o segue disfarçada, desafiando suas ordens e enfrentando sua ira terrível. Sua posição como filha de Percy a coloca — em mais uma semelhança com Caroline — no meio de um conflito intensamente doloroso e aparentemente irreconciliável entre os dois homens que ama: em *Minha Angria e os angrianos*, Mary defende o pai com eloquência, mas vê sua intervenção causar no marido uma convulsão tão intensa que se aproxima da loucura.

Ao mesmo tempo que Mary desperta a simpatia e a admiração, no fim ela continua tendo traços demais da heroína romântica convencional:

> estava ali, usando um suntuoso vestido de cetim [...] com a luz débil e um único lampião iluminando seu rosto branco e refletindo nas lágrimas que havia em seus cílios e em suas faces pálidas e suaves.

E ela se torna cada vez mais desconfiada, choramingona, entediante — fazendo com que tanto o marido quanto sua criadora percam o interesse. Uma descrição posterior, de 1839, a mostra como arrogante e fria, completamente desagradável. Talvez tenha sido levada a isso pela crueldade do marido, mas não sentimos mais nenhuma simpatia por ela.

Charlotte segue adiante e, com Mina Laury, nós a vemos fazer uma experimentação com um novo tipo de heroína. Mina é amante de Arthur desde os quinze anos e, nela, o conceito do autossacrifício é fortemente glorificado. Ela é isolada, sem família ou amigos — como está sempre indo de um lado a outro atrás do exército de Arthur, isso consolida sua posição de forasteira. Seu único propósito na vida é servir seu senhor e ela fala dessa servidão com algo que se assemelha ao fervor religioso: "minha existência não tem outro propósito; não tenho outro interesse na vida. Apenas estar ao lado de sua alteza

[...] é cumprir o destino para o qual eu nasci". Charlotte evidentemente se sente muito atraída por esse ideal da realização através da submissão e, com a afirmação de Mina, nos faz lembrar das palavras de suas heroínas posteriores: "Mestre, consinto em passar minha vida com o senhor", diz Frances, de *The Professor*, ao aceitar o pedido de casamento de Crimsworth; "Meu querido mestre", exclama Jane Eyre ao voltar para Ferndean, "voltei para o senhor"; "Serei sua fiel escudeira", diz Lucy Snowe ao sr. Paul, beijando sua mão; e a orgulhosa Shirley Keeldar se rende alegremente ao domínio de seu querido Louis: "vencida e restrita, ela definhou, como qualquer outra habitante acorrentada de um deserto".

Mas há uma diferença crucial, pois todas as mulheres posteriores de Brontë questionaram e provaram o valor dos homens que amam antes de se renderem. No caso de Mina, seu herói se tornou uma criatura muito diferente daquela sua primeira personificação inocente como marido de Marian, ou mesmo do paquerador casado com Mary. Em 1838 Zamorna é um sádico absoluto, exultando em manipulações gratuitas e punitivas, lembrando agora o extremo satânico de Byron, sua "crueldade implacável" contra Caroline Lamb e Claire Clairmont, sua "brutalidade histérica" contra sua esposa.[24] Isso é mostrado da maneira mais clara quando Zamorna decide testar a adoração de Mina ao fingir que a ofereceu a Lord Hartford. A reação de Mina é cair desmaiada a seus pés, o que produz em seu mestre uma sensação de "intensa satisfação". Quando ela volta a si, ele anuncia que estava apenas testando sua devoção e que na verdade atirou em Hartford, quase o matando, pela afronta de ousar fazer um pedido de casamento a Mina, quando deveria ser claro que ela pertence a Zamorna.

Charlotte não consegue resistir e permite a Mina sua perturbadora — e inteiramente característica — reação: "essa prova sanguinolenta do amor de seu senhor fez nascer mais deleite do que horror em seu coração". Por mais fascinante que seja tal patologia, Charlotte reconhece que Mina, ao ser a masoquista do sádico Zamorna, também está em conluio com ele. "Mais resoluta que a maioria das mulheres [...] aqui a srta. Laury foi fraca como uma criança. Ela perdeu sua identidade." Não importa quão poderosa a obsessão, quão deliciosa a fruta, a perda de individualidade com a qual Mina se deleita evidentemente deixa, a partir desse ponto, de ser aceitável para Charlotte, e essa é a última vez que vemos a personagem. Esse afastamento de Mina marca uma coalescência definitiva no senso de moral de Charlotte que, da maneira como é encontrado em sua obra de 1839, *Henry Hastings*, tem grandes semelhanças com aquele presente no romance *Jane Eyre*, publicado cerca de oito anos depois; ou, nas palavras de Gérin, "o que constitui toda a diferença entre Jane Eyre e [...] Mina Laury é precisamente o poder de consciência que a heroína posterior tem de resistir à tentação".[25]

Elizabeth Hastings é uma criação tão significativa para Brontë quanto Catharine Percival foi para Austen: ambas as heroínas mostram que suas autoras chegaram ao estágio final de seu desenvolvimento juvenil, refinaram e integraram seu senso moral e artístico e reconhecidamente estão no limiar de suas primeiras obras maduras. A semelhança física de Elizabeth com Jane Eyre e Lucy Snowe, além de com a própria Brontë, já é impressionante por si só; mas, conforme seu personagem vai sendo revelado, a similaridade se torna ainda mais notável. As reações de Elizabeth aos homens da mesma história revelam os detalhes de sua natureza, sua lealdade, sua independência, os extremos de sua paixão e seu autocontrole.

É significativo que ela seja perfeitamente indiferente a Zamorna e satisfeita por sê-lo. Mas existem *sim* três homens que são vitalmente importantes para Elizabeth, o primeiro dos quais é seu pai. Por mais que o ame, ela o desafia quando ele deserda o filho criminoso, Henry:

> eu disse que fizera algo errado e perverso [...]. Desferiu um golpe que me fez cair [...]. Eu me levantei e repeti cada palavra.

Elizabeth sai de casa: "Desde então, tenho ganhado meu pão com meus próprios esforços". Solitária e com saudades, ela anseia por ver o pai de novo. "Mas não é fácil dominar o orgulho. Ela se recusava a voltar para perto dele."

O segundo homem importante é aquele que deseja seduzi-la, Sir William Percy, por quem Elizabeth se apaixona. Embora Sir William a despreze quando a conhece, seu interesse por ela cresce até que ele decide que precisa acrescentá-la à sua lista de conquistas. Após um longo passeio vespertino pelo campo, durante o qual arranca de Elizabeth uma confissão do amor que sente por ele, Sir William a leva até um cemitério banhado pelo luar e, certo de que consentirá, pede que ela se torne sua amante. Qual é a resposta? "Não." Por quê? "Não poderia fazer isso sem o sofrimento que me causaria sentir ódio de mim mesma." E, quando uma nuvem cobre a lua, Elizabeth escapole, deixando que o frustrado Sir William fique — para nossa satisfação — soltando fumaça de raiva. Quanto a seu pai, o compromisso de Elizabeth com sua posição moral é o mais importante, independentemente da tristeza da perda.

Finalmente, o último homem e aquele que é mais próximo dela: seu irmão. Henry está em desgraça, é um fugitivo da Justiça e busca abrigo na isolada mansão de campo onde ela está sozinha, trabalhando como governanta. Embora ele seja "irascível, egoísta e desgraçadamente maligno", mostrado como um bêbado terrível e um covarde ainda pior, Elizabeth é firme em sua devoção. Quando Henry finalmente é encontrado, sua coragem ao tentar protegê-lo é esplêndida — e nos faz lembrar de Jane apagando as chamas da cama do sr. Rochester ou cuidando do ferimento de Mason no sótão de Thornfield. Ela enfrenta friamente os líderes da equipe de busca, afirmando que Henry não está ali; quando os homens forçam sua entrada, ela sai correndo na frente deles e tenta barrar a porta do quarto onde Henry está escondido. Elizabeth consegue manter a porta fechada "durante uma fração de segundo", mas os homens a empurram e ela é "atirada ao chão". Henry pula pela janela e é capturado lá embaixo.

Após a prisão dele, Elizabeth mais uma vez demonstra coragem ao obter uma audiência com a duquesa e pedir-lhe que interfira por seu irmão — uma empreitada difícil na melhor das hipóteses, já que um dos crimes de Henry foi o de tentar assassinar o marido dessa dama. No julgamento, Henry delata os amigos, como talvez fosse de esperar, para salvar o próprio pescoço, "mas, para sua irmã, ele não valia um centavo a menos". Sozinha, com o pai e o irmão perdidos para ela, Elizabeth faz o oposto de entrar em colapso: vai até as famílias mais abastadas da cidade, consegue diversas alunas e monta uma bem-sucedida escola:

> dependente de ninguém, respondendo a ninguém. [...] sua turma aumentou e ela se tornou tão próspera quanto qualquer mulherzinha de menos de um metro e meio e menos de vinte anos deve desejar ser.

Assim como Lucy Snowe, ela preza sua independência, apesar da extrema dor pessoal com a qual precisa lidar na esfera privada.

A degeneração de Zamorna, o surgimento de dois canalhas tão absolutos quanto Sir William e Henry Hastings e a natureza inevitavelmente dolorosa de todas as relações humanas na juvenília de Brontë levantam a questão das dificuldades especiais e extremas que Charlotte vivenciou em sua juventude. A morte da mãe e das irmãs mais velhas, a reserva emocional do pai e da tia foram seguidas por outros sofrimentos. Em 1831, após o pai ter uma doença séria, ela foi mandada para uma escola em

Roe Head, uma existência que considerou o mesmo que um exílio, não apenas do irmão e das irmãs, mas também de seu adorado mundo de Angria. Ela voltou à escola da srta. Wooler em 1835 como professora, com uma determinação sombria de cumprir sua obrigação moral: "Estou triste — muito triste", escreveu para a amiga Ellen Nussey, "ao pensar em deixar minha casa; mas o *dever* — a *necessidade* — são severos mestres que não permitem a desobediência".[26] Sua frustração por ter que lidar com as alunas — ela menciona "a preguiça, a apatia e a estupidez hiperbólica e mais asinina daquelas imbecis idiotas"[27] — foi obviamente exacerbada pelo fato de que ela não tinha nem tempo nem privacidade para escrever e precisava adiar essa atividade vital até o intervalo das férias. Mas o pior de tudo devem ter sido os primeiros sinais inconfundíveis da deterioração de Branwell. Em 1835 ele foi mandado para Londres, supostamente para estudar na Royal Academy. Esse projeto — que o reverendo Brontë mal podia custear — foi financiado por parentes e amigos, e o rapaz levou consigo cartas de apresentação. As cartas jamais foram dadas a ninguém; Branwell gastou todo o dinheiro com bebida e voltou para casa em desgraça, afirmando ter sido roubado.[28] Embora Charlotte argumente, através de Elizabeth Hastings, que as falhas de um irmão não alterarão a devoção de uma irmã fiel, temos que nos indagar se até mesmo ela começava a afirmar mais do que sentia. É certo que, conforme vemos sua desconfiança dos homens aumentando na parte mais tardia de sua juvenília, a autonomia se torna cada vez mais crucial em suas mulheres; e seu compromisso com a importância da independência e a integridade femininas permanece absoluto em seus romances maduros, embora sua visão do sexo oposto se torne mais ampla e passe a admitir a possibilidade da ternura e da honra.

Apesar das evidentes diferenças entre as obras juvenis de Brontë e de Austen, elas acabam chegando a um número surpreendente de conclusões similares. Brontë rejeita a simplicidade de suas primeiras obras — o apetite pela aventura e pelo exótico, a idealização do amor romântico e inocente — da mesma maneira que Austen abandona sua inclinação superficial de ridicularizar a apresentar seus personagens como marionetes sem complexidade. Em *Catharine* e *Henry Hastings*, ambas se esforçam para encontrar uma espécie de equilíbrio na questão do conflito entre a moral individual e social, representando suas soluções nos personagens de heroínas completas que se destacam por seu nível de coragem e emoção e também por sua independência. Ambas contrastam suas heroínas autônomas com produtos convencionais do condicionamento feminino — Camilla Stanley e Jane Moore[29] — atribuindo implicitamente os estados intelectuais e emocionais dessas moças, que foram impedidos de se desenvolver, às expectativas sociais através das quais eles foram formados; ambas reconhecem o perigo da tentação, para as mulheres, de se anexar a um homem atraente e, aparentemente, mais poderoso — seja ele Edward Stanley ou Sir William Percy.

Embora Austen e Brontë se irritem com as limitações das perspectivas de suas heroínas, elas veem claramente que o desafio é chegar a soluções que permitam a dignidade e a integridade dentro dos limites sociais existentes; escolhas emocionais devem ser guiadas pela razão e pelo autocontrole. As opções extrassociais e narcisistas escolhidas por Lydia Bennet e Maria Bertram são tão obviamente inaceitáveis para Austen quanto são para Brontë quando ela faz com que Jane Eyre se recuse a se tornar amante do sr. Rochester. O dilema enfrentado por Catharine e Elizabeth — assim como por todas as heroínas posteriores de Austen e Brontë — é transcender sem transgredir, e é nesse obscuro espaço entre a conformidade e a autoindulgência que a árdua construção de suas visões morais pessoais deve ocorrer.

NOTAS

1 David Cecil, *A Portrait of Jane Austen*. Harmondsworth, 1980, pp. 25, 34.

2 Elizabeth Gaskell, *The Life of Charlotte Brontë*. Harmondsworth, 1975, pp. 87, 93, 95.

3 Winifred Gérin, *Charlotte Brontë: The Evolution of Genius*. Oxford, 1967, pp. 33 ss.

4 Nenhuma das duas listas está completa, é claro. É revelador que, na infância, Jane tenha relido *Sir Charles Grandison*, de Samuel Richardson, tantas vezes que chegou a saber partes do livro quase de cor, enquanto Charlotte, aos treze anos, já havia memorizado trechos de *Caim* e de *Manfredo*, de Byron.

5 B.C. Southam, *Volume the Second by Jane Austen*. Oxford, 1963, p. 213.

6 J. E. Austen-Leigh, "A Memoir of Jane Austen", reimpresso na edição de *Persuasion*. Harmondsworth, 1965, p. 302.

7 O termo é usado por Marvin Mudrick em *Jane Austen: Irony as Defense and Discovery*, Princeton, 1952, p. 5.

8 Alexander Pope, *Moral Essays*, epístola 1, iii, 178.

9 Henry Fielding, Prefácio do autor em *Joseph Andrews*. Oxford, 1926.

10 Henri Bergson, "Laughter". In: W. Syher, (org.) *Comedy*. Nova York, 1956, pp. 63 ss.

11 Cf. Mudrick, op. cit., p. 1. Ele observa a incongruência entre a "ideia ampla e o ego inadequado".

12 Frank Bradbrook, *Jane Austen and Her Predecessors*. Nova York, 1966, p. 84.

13 Q. D. Leavis, "A Critical Theory of Jane Austen's Writings", *Scrutiny*, x, 1941, p. 74.

14 Samuel Johnson, "Preface to Shakespeare". In: *The Works of Samuel Johnson*. Oxford, 1825.

15 O crime da pobre Camilla foi seguir o caminho educacional aconselhado por respeitadas autoridades contemporâneas como Thomas Gisborne (*An Enquiry into the Duties of the Female Sex*, Londres, 1796). Ele argumenta que, em vez de faculdades intelectuais, Deus deu às

mulheres o poder de divertir, confortar e encantar o sexo mais forte; sua educação, portanto, deverá se concentrar em "aquisições ornamentais".

16 Gaskell, op. cit., p. 112.

17 Caroline Vernon também merece uma menção, como a última e a mais jovem das vítimas de Zamorna; Charlotte devota uma novela inteira à história de sua sedução, incluída em *Five Novelettes*, de Gérin.

18 Ver Gérin, *Charlotte Brontë*, cap. IV.

19 Ver Samuel Chew, *Byron in England*. Toronto, 1924, pp. 196 ss.

20 Gérin, *Charlotte Brontë*, p. 51.

21 Listas de traços típicos de Byron são dadas por Edward Botstetter (em *Byron: Selected Poetry and Letters*, Nova York, 1966, p. xi) e Winifred Gérin (*Charlotte Brontë*, pp. 53, 89). De acordo com o primeiro, eles devem incluir "melancolia e enfado; misantropia, orgulho, remorso". Gérin enumera "perfídia e coragem, graça e melancolia, mistério e astúcia"; o herói de Byron deve ser "sombrio, descrente, orgulhoso, desiludido, imperioso, melancólico, abrupto". Obviamente Charlotte se inspirou apenas no lado positivo para fazer o retrato inicial de seu herói.

22 O nome de Zenobia vem de uma rainha guerreira da Síria que desafiou os romanos e foi finalmente derrotada por eles em 272 d.C.

23 Charlotte Brontë, *Villette*. Harmondsworth, 1979, cap. 37.

24 Botstetter, op. cit., p. viii.

25 Gérin, *Charlotte Brontë*, p. 135.

26 T. J. Wise; J. A. Symington, *The Brontës, Their Lives, Friendships and Correspondence*. Oxford, 1932, I, p. 129.

27 Gérin, *Charlotte Brontë*, p. 104.

28 Ver Winifred Gérin, *Branwell Brontë: A Biography*. Londres, 1961.

29 A beldade da alta sociedade angriana, Jane Moore, pode ser vista como o equivalente de Camilla Stanley em *Henry Hastings*: ela é adorável e muito bonita, mas sem uma centelha de imaginação ou inteligência verdadeira.

Nota da organizadora

Inicialmente, usei edições já existentes para estabelecer tanto o texto de Austen quanto o de Brontë: os *Volume the First* e *Third* de Chapman e o *Volume the Second* de Southam; e o *Miscellaneous and Unpublished Writings* de Wise e Symington e o *Five Novelettes* de Gérin. Mais tarde pude, em alguns casos, mas não em todos, comparar meus textos com microfilmes dos manuscritos ou com os originais e, assim, verificar a exatidão das transcrições dos editores que me precederam. As edições de Southam e Gérin são particularmente meticulosas, registrando cada aspecto dos manuscritos nos mínimos detalhes.

Minhas decisões editoriais sobre como tratar as duas juvenílias foram variadas, um resultado da natureza diferente dos manuscritos originais. Mudei pouca coisa nos textos de Austen; já nos de Brontë, às vezes me senti obrigada a tomar medidas que são sem dúvida extremas.

Os manuscritos de Jane Austen foram passados a limpo e revisados e corrigidos por ela depois de sua preparação. Por esse motivo, tentei fazer um mínimo de interferência editorial. Modernizei a pontuação e o uso de letras maiúsculas e hifens, mas alterei os parágrafos apenas quando a clareza o exigiu. Travessões são usados com tanta frequência ao longo de todo o manuscrito que eliminá-los teria sido perder um importante elemento do estilo de Austen; por outro lado, muitos deles são evidentemente supérfluos. Mantive aqueles que pareciam ter um propósito especial — em geral para indicar ritmos pessoais de falas diretas. Quando travessões foram usados para marcar a conclusão de um parágrafo, eu os eliminei e os substituí pela quebra de parágrafo.

Nas leituras subsequentes que Austen fez de seus três volumes, ela fez diversas alterações: às vezes apenas uma palavra é mudada, às vezes frases inteiras são riscadas. Não foi óbvio para mim se a primeira ou a segunda versão deveriam ser reproduzidas. Algumas das modificações são mínimas, porém ajudam a deixar o sentido que Austen pretendia mais claro; em outros casos, por exemplo ao riscar frases inteiras, ela parece estar fazendo um excesso de aperfeiçoamento retrospectivo. Em geral aceitei a segunda versão quando apenas uma ou duas palavras estão envolvidas, mas, nos locais em que mantive frases que ela riscou — o que quase sempre fiz, a não ser quando essas frases interferiam estilisticamente com o que permaneceu —, marquei-as com colchetes no texto e mencionei a modificação nas notas, para que tanto o texto original quanto o posterior esteja disponível.

Incluí quase tudo do Volume Primeiro; do Volume Segundo, devido a considerações de espaço, excluí duas obras grandes, *Lesley Castle* e *The History of England*; do Volume Terceiro, excluí *Evelyn*. *Lesley Castle* e *Evelyn* são enfadonhas e, portanto, foram abandonadas sem arrependimentos. *The History of England* foi um sacrifício maior, mas, ao contrário das outras obras, não reflete o desenvolvimento de Austen como romancista e por isso acabei decidindo não incluí-la.

Com a extensa juvenília de Brontë, o primeiro problema foi reduzir o texto a um tamanho com o qual fosse possível lidar. Ao fazer isso, segui alguns firmes princípios: escolhi seleções que cobrissem, da maneira mais exata possível, cada ano da década entre 1829 e 1839; que revelassem sua crescente habilidade narrativa; que mostrassem cada uma de suas personagens femininas importantes, assim como sua mudança de atitude em relação a seu herói, Arthur Wellesley; que apresentassem uma visão coerente da saga de Angria que estava sendo desenvolvida. Esse processo de seleção, é claro, envolveu deixar de fora muito mais do que foi possível incluir; e acabou por criar uma impressão de linearidade clara que está longe de ser evidente numa primeira leitura da juvenília de Brontë.*

Também descobri que seria necessário resumir diversas das obras, em parte por questões de espaço e em parte devido à coerência narrativa. Em alguns casos resumi as porções que foram retiradas no corpo do texto; minhas adições estão marcadas por colchetes. Muitas das outras omissões foram feitas sem que eu deixasse indicações, incluindo a retirada de diversos sinais de "&" supérfluos, de nomes próprios confusos (como nomes de personagens extrínsecos ou de lugares de Angria) e de exemplos ocasionais de verbosidade que distraem e cuja única função parece ser impedir o progresso da história. Continuo incerta em relação a muitas dessas omissão, mas mantive-as para dar maior clareza ao texto: estou convencida de que a juvenília de Brontë tem sofrido de uma subestimação crônica por ser terrivelmente difícil de ler.

Os manuscritos de Brontë não foram passados a limpo e são marcados por muitos erros menores (como a omissão de letras ou palavras) que são, no entanto, fáceis de reparar; apesar dos problemas apresentados pela letra microscópica, há poucas palavras de fato ilegíveis.

Modernizei a pontuação e o uso de letras maiúsculas e hifens e acrescentei parágrafos. O uso de travessões é ainda mais abundante nos textos de Brontë do que nos de Austen, e em geral os substituí pelas vírgulas, ponto e vírgulas e pontos que seu uso parecia ter a intenção de indicar.

* Ver o Appendix B de Christine Alexander (*The Early Writings of Charlotte Brontë*, Oxford, 1983, p. 250 em diante) para uma lista completa dos manuscritos da prosa escrita por Charlotte na juventude.

JANE
AUSTEN

Volume Primeiro

Para a srta. Lloyd[1]

Minha querida Martha,

Como humilde prova da gratidão que sinto por sua recente generosidade em debruar meu casaco de musselina, peço a licença de lhe oferecer esta pequena produção de sua sincera amiga,

a autora.

Frederic e Elfrida

Um romance

CAPÍTULO PRIMEIRO

O tio de Elfrida era o pai de Frederic; em outras palavras, eles eram primos de primeiro grau por parte de pai.

Tendo ambos nascido no mesmo dia e estudado na mesma escola, não é de admirar que houvesse entre eles mais do que simples cortesia. Amavam-se com mútua sinceridade, mas estavam ambos determinados a não transgredir as regras do decoro admitindo sua afeição nem para o objeto dela nem para qualquer outra pessoa.

Frederic e Elfrida eram extraordinariamente belos e tão

parecidos que nem todos conseguiam saber quem era quem. Não, até seus amigos mais íntimos só sabiam distingui-los pelo formato do rosto, a cor dos olhos, o comprimento do nariz e a diferença do tom de pele.

Elfrida tinha uma grande amiga para quem escreveu a seguinte carta enquanto esta visitava uma tia.

Para a srta. Drummond

"Querida Charlotte,

Eu ficaria agradecida se, durante sua visita à sra. Williamson, você me comprasse um chapéu novo que esteja na moda e que combine com o tom de pele da sua

E. Falknor"

Charlotte, cuja principal característica era uma vontade de agradar a todos, trouxe para a amiga o desejado chapéu quando voltou para o campo, e assim terminou essa pequena aventura, para satisfação de todos os envolvidos.

Ao retornar a Crankhumdunberry (doce vila da qual seu pai era pároco), Charlotte foi recebida com a maior alegria por Frederic e Elfrida, que, após terem apertado-a alternadamente contra o peito, sugeriram um passeio por uma alameda de choupos que ia da casa do pároco até um gramado verdejante, ornado por uma variedade de flores variegadas e regado por um riacho gorgolejante, trazido do vale do Tempé por uma passagem subterrânea.[2]

Nessa alameda, haviam permanecido pouco menos de nove horas quando subitamente tiveram a agradável surpresa de ouvir uma voz deliciosa chilreando os seguintes versos.

Canção

Que Damon estava apaixonado por mim
Achei ter acreditado;

Mas agora sei que não era assim,
E temo ter me enganado.

Assim que terminaram os versos, uma curva na alameda permitiu que os três vissem duas elegantes jovens de braço dado que, ao percebê-los, imediatamente tomaram um caminho diferente e desapareceram de vista.

CAPÍTULO SEGUNDO

Como Elfrida e seus companheiros haviam observado as duas jovens bem o suficiente para saber que não eram nem as srtas. Green nem a sra. Jackson e sua filha, não puderam deixar de expressar sua surpresa com aquele encontro; até que, lembrando que uma nova família havia pouco se mudara para uma morada não longe da alameda, correram de volta para casa, determinados a não perder tempo em serem apresentados para duas moças tão afáveis e dignas que imaginaram, com razão, fazer parte da tal família.

Concordando em tal determinação, os três foram aquela tarde mesmo cumprimentar a sra. Fitzroy e suas duas filhas. Quando o criado os levou até uma elegante sala de estar ornamentada com festões de flores artificiais, eles ficaram impressionados com o aspecto atraente e a aparência bela de Jezalinda, a mais velha das irmãs; mas, após terem ficado sentados ali alguns minutos, a inteligência e os encantos que resplandeciam na conversa da afável Rebecca os enfeitiçaram tanto que todos deram um salto e exclamaram ao mesmo tempo,

"Adorável e fascinante dama, apesar de sua terrível vesguice, seu cabelo sebento e sua gigantesca corcunda, tão medonhos que a imaginação não pode conceber nem a pena descrever, não posso deixar de expressar meu deleite com as qualidades cativantes de sua mente, que compensam tão amplamente o horror que deve sentir todo visitante desavisado que a contempla pela primeira vez.

"Seus sentimentos tão nobremente expressados sobre as diferentes excelências da musselina indiana e da inglesa, e a judiciosa preferência que dá à primeira, fizeram nascer em mim uma admiração da qual só posso dar uma ideia adequada assegurando-lhe que ela é quase igual à que sinto por mim mesmo."

Então, fazendo uma profunda mesura para a afável e desconcertada Rebecca, eles saíram da sala e correram para casa.

A partir daí, a intimidade das famílias Fitzroy, Drummond e Falknor aumentou diariamente, até que afinal atingiu um nível tal que eles não tinham escrúpulos em chutar uns aos outros janela afora à menor provocação.

Durante esse feliz estado de harmonia, a mais velha srta. Fitzroy fugiu com o cocheiro, e a afável Rebecca foi pedida em casamento pelo capitão Roger de Buckinghamshire.

A sra. Fitzroy não aprovava a união devido à pouca idade do jovem casal, pois Rebecca tinha apenas trinta e seis anos e o capitão Roger, pouco mais que sessenta e três. Para que não houvesse objeção, eles concordaram em esperar um pouco até estarem bem mais velhos.

CAPÍTULO TERCEIRO

Nesse meio-tempo, os pais de Frederic propuseram aos pais de Elfrida a união dos dois, que foi aceita com prazer, e, após o enxoval ser comprado, nada mais restava a não ser decidir a data.

Quanto à adorável Charlotte, após ser ansiosamente importunada para fazer outra visita à sua tia, decidiu aceitar o convite e, por isso, andou até a casa da sra. Fitzroy para se despedir da afável Rebecca, a quem encontrou rodeada de base, pó, brilhantina e pintura, com os quais estava em vão tentando remediar a feiura natural de sua face.

"Vim, minha afável Rebecca, me despedir de você pelo período de duas semanas que passarei na casa da minha tia. Acredite, essa separação me é dolorosa, mas tão necessária quanto a tarefa que neste momento a ocupa."

"Para lhe dizer a verdade, querida", respondeu Rebecca, "nos últimos tempos meti na cabeça a ideia (talvez falsa) de que minha pele não é de forma nenhuma tão bela quanto o resto de meu rosto e, portanto, como vê, passei a usar maquiagem branca e vermelha, que desprezaria em qualquer outra ocasião, pois detesto artifícios."

Charlotte, que compreendeu perfeitamente o significado da fala de sua amiga, era doce e cortês demais para recusar o que sabia que ela desejava — um elogio; após fazê-lo, elas se despediram, sentindo a maior das afeições uma pela outra.

Com o coração pesado e os olhos jorrando lágrimas, Charlotte entrou no belo veículo que a levou para longe de seus amigos e de sua casa; e, estando tão triste, mal parou para pensar na maneira estranha e diferente como retornaria.

Após chegar à cidade de Londres, que era o local onde morava a sra. Williamson, o cocheiro, cuja burrice era inacreditável, declarou, e declarou sem a menor vergonha ou remorso, que, como isso jamais lhe fora informado, não tinha a menor ideia de para que parte da cidade deveria se dirigir.

Charlotte, cuja principal característica, como já sugerimos, era um ardente desejo de agradar a todos, com grande condescendência e bom humor, disse que ele deveria levá-la a Portland Place, o que o cocheiro fez; e Charlotte logo se viu nos braços de uma tia que gostava muito dela.

Elas mal haviam se sentado da forma carinhosa de sempre, apertadas na mesma cadeira, quando a porta foi subitamente aberta e um velho cavalheiro com um rosto amarelado e um casaco cor-de-rosa puído se atirou aos pés da adorável Charlotte, em parte de propósito e em parte devido a uma fraqueza, declarando sua afeição por ela e suplicando da maneira mais tocante que sentisse compaixão por ele.

Sem conseguir causar a infelicidade de qualquer pessoa, Charlotte consentiu em se tornar sua esposa; então o cavalheiro deixou a sala e tudo ficou tranquilo.

A tranquilidade, no entanto, continuou por pouco tempo, pois a porta se abriu pela segunda vez e um cavalheiro jovem e bonito com um casaco azul novo entrou e implorou que a adorável Charlotte permitisse que ele a cortejasse.

Havia algo na aparência do segundo estranho que influenciou Charlotte a seu favor, tanto quanto houvera na aparência do primeiro; ela não soube explicar o quê, mas foi assim que aconteceu.

Após Charlotte (já que a ideia lhe agradava e era de sua natureza desejar deixar todos felizes) ter prometido se tornar sua esposa na manhã seguinte, ele se despediu, e as duas damas jantaram uma lebre, duas perdizes, três faisões e uma dúzia de pombos.[3]

CAPÍTULO QUARTO

Foi só na manhã seguinte que Charlotte lembrou que ficara noiva de dois homens; mas, quando isso aconteceu, refletir sobre sua insensatez prévia causou uma impressão tão forte em sua mente que ela decidiu ser culpada de insensatez ainda maior e, com esse propósito, atirou-se num riacho profundo que cruzava o jardim de sua tia em Portland Place.

Charlotte boiou até Crankhumdunberry, onde foi apanhada e enterrada; o seguinte epitáfio, escrito por Frederic, Elfrida e Rebecca, foi gravado em sua lápide.

Epitáfio

Aqui jaz nossa amiga, que após prometer

Se casar com dois homens diferentes
Atirou toda a beleza de seu ser
No riacho da casa de seus parentes.

Esses doces versos, tão patéticos quanto belos, jamais foram lidos por qualquer pessoa que passou por ali sem uma inundação de lágrimas e, se deixarem de causar a mesma reação em você, leitor, é porque não tem uma mente digna deles.

Tendo feito esta última homenagem à amiga desaparecida, Frederic e Elfrida, junto com o capitão Roger e Rebecca, voltaram à casa da sra. Fitzroy, a cujos pés se atiraram ao mesmo tempo, dirigindo-se a ela com as seguintes palavras.

"Senhora: quando o doce capitão Roger pediu a mão da afável Rebecca, apenas a senhora se opôs à união, devido aos poucos anos dos dois. Não será mais possível argumentar isso, já que se passaram sete dias, assim como passou desta a adorável Charlotte, desde que o capitão abordou-lhe para falar do assunto.

"Portanto, senhora, consinta na união deles; como recompensa, essa garrafinha de sais que tenho na mão direita será sua e sua para sempre; jamais a retomarei. Mas, se a senhora se recusar a uni-los daqui a três dias, essa adaga que tenho na mão esquerda ficará encharcada com o sangue de seu coração.

"Fale, senhora, e decida o destino deles e o seu."

Uma persuasão tão gentil e doce não poderia deixar de ter o efeito desejado. A resposta que eles receberam foi essa.

"Meus queridos jovens amigos: os argumentos que usaram são justos e eloquentes demais para serem contraditos; Rebecca, daqui a três dias você se unirá ao capitão."

Essa fala, que não poderia ter sido mais satisfatória, foi recebida com alegria por todos; e, com a paz restaurada, o capitão Rogers pediu que Rebecca lhes concedesse a graça de uma canção; para atender ao pedido, após ter lhes assegurado que estava com um resfriado terrível, ela cantou o seguinte.

Canção

Quando Corydon foi à feira
Comprou para Bess uma fita,
Ela a prendeu na cabeleira
E ficou muito catita.[4]

CAPÍTULO QUINTO

Passados três dias, o capitão Roger e Rebecca se uniram e, imediatamente após a cerimônia, saíram de carroça para a propriedade dele em Buckinghamshire.

Os pais de Elfrida, embora desejassem muito vê-la casada com Frederic antes de morrerem, sabiam que a natureza delicada da moça mal podia suportar esforços e, julgando acertadamente que marcar a data de seu casamento seria exaustivo demais, evitaram pressioná-la.

Semanas e quinzenas voaram sem o menor avanço; o enxoval saiu de moda; e finalmente o capitão Roger e Rebecca chegaram para visitar a sra. Fitzroy e apresentar a ela sua linda filha de dezoito anos.

Elfrida, que achava que seus antigos conhecidos estavam ficando velhos e feios demais para continuar a ser agradáveis, ficou radiante ao saber da chegada de uma menina tão bonita quanto Eleanor, com quem decidiu formar a mais profunda amizade.

Mas ela descobriu que a felicidade que esperava da intimidade com Eleanor não ocorreria, pois não apenas sofreu a mortificação de se ver sendo tratada por esta quase como uma velha, como também teve o horror de perceber uma paixão crescente no peito de Frederic pela filha da afável Rebecca.

No instante que teve a primeira suspeita de tal afeição,

Elfrida foi correndo ter com Frederic e, de forma realmente heroica, tartamudeou para ele sua intenção de se casar no dia seguinte.

Para um homem na mesma situação que possuísse menos coragem pessoal que Frederic, aquela informação teria sido a morte; mas ele, sem um pingo de pânico, respondeu ousadamente,

"Diabo, Elfrida, *você* pode se casar amanhã, mas *eu* não."

Essa resposta causou em Elfrida uma aflição forte demais para alguém tão delicado. Assim, ela desmaiou, e estava com tanta pressa de ter uma sucessão de desmaios que mal teve paciência para se recuperar de um antes de ser acometida por outro.

Embora diante de qualquer ameaça à sua vida ou à sua liberdade Frederic fosse corajoso como um leão, em outros respeitos seu coração era mole como o algodão e, assim que ouviu falar da situação perigosa de Elfrida, ele correu para ela; e, encontrando-a melhor do que esperava, uniu-se à moça para sempre...

Finis

Jack e Alice,

Um romance,
é respeitosamente oferecido ao sr. Francis William Austen,[5] aspirante no navio de sua majestade, o *Perseverance*, por sua humilde e obediente criada,

a autora.

CAPÍTULO PRIMEIRO

Era uma vez um certo sr. Johnson que tinha cerca de cinquenta e três anos; doze meses depois, passou a ter cinquenta e quatro, o que o deixou tão deliciado que decidiu celebrar seu próximo aniversário dando um baile de máscaras para seus filhos e amigos. Assim, no dia em que completou cinquenta e cinco anos, foram enviados convites para todos os seus vizinhos com esse propósito. Seus conhecidos naquela parte do mundo na verdade não eram muito numerosos, pois consistiam apenas de Lady Williams, o sr. e a sra. Jones, Charles Adams e as três srtas. Simpson, que compunham toda a vila de Pammydiddle e formaram os convidados do baile de máscaras.

Antes que eu passe a relatar como foi a festa, será apropriado descrever para meu leitor a aparência física e a personalidade das pessoas que acabei de apresentar.

O sr. e a sra. Jones eram ambos bastante altos e muito irritadiços, mas com exceção disso eram pessoas de bom temperamento e bom comportamento. Charles Adams era um jovem afável, talentoso e encantador, de beleza tão deslumbrante que apenas as águias podiam olhar para seu rosto.

A mais velha srta. Simpson tinha a aparência, as maneiras e o temperamento adoráveis; uma ambição sem limites era seu único defeito. A irmã do meio, Sukey, era invejosa, rancorosa e maliciosa. Em aparência, era baixa, gorda e feia. Cecilia (a mais nova) era perfeitamente bonita, mas afetada demais para ser agradável.

Lady Williams possuía todas as virtudes que existem. Era uma viúva com uma bela fortuna e os vestígios de um belíssimo rosto. Embora fosse benevolente e cândida, era generosa e sincera; embora fosse pia e bondosa, era religiosa e afável; e, embora fosse elegante e divertida, era polida e alegre.

Os Johnson eram uma família amorosa e, embora fossem um pouco viciados em álcool e dados, tinham muitas boas qualidades.

Esses eram os convidados reunidos na elegante sala de estar de Johnson Court, e entre eles havia alguém com uma máscara de sultana que era a mais bela das mulheres. Dos homens, uma máscara representando o sol foi a mais universalmente admirada. Os raios que saíam de seus olhos eram como aqueles do glorioso astro, só que infinitamente superiores. Eram tão fortes que ninguém se aventurava a chegar a oitocentos metros deles; e o rapaz tinha, portanto, a maior parte do cômodo só para si, já que suas dimensões não eram mais do que mil e duzentos metros de comprimento e oitocentos de largura. Os cavalheiros, finalmente achando a intensidade dos raios muito inconveniente para a reunião por obrigá-los a se amontoar em um dos cantos da sala, semicerraram os olhos do rapaz, e assim todos descobriram que ele era Charles Adams vestindo seu casaco verde e sem nenhuma máscara.

Quando o espanto havia diminuído um pouco, a atenção foi atraída por duas pessoas com fantasia de dominó que avançaram numa fúria terrível; ambos eram muito altos, mas, com exceção disso, pareciam ter muitas boas qualidades.

"Esses", disse o esperto Charles, "são o sr. e a sra. Jones." E eram mesmo.

Ninguém podia imaginar quem era a sultana! Até que, quando ela se dirigiu a uma bela Flora que reclinava de forma afetada num sofá, dizendo "Oh, Cecília, eu gostaria de realmente ser o que fingi ser", Charles Adams, com sua inteligência infalível, descobriu ser a elegante porém ambiciosa Caroline Simpson; e a pessoa a quem ela se dirigira, ele imaginou corretamente ser a adorável, porém afetada, Cecilia.

Os convidados então se aproximaram de uma mesa onde três dominós (cada um com uma garrafa na mão) estavam bastante absortos num jogo; mas uma dama fantasiada de Virtude afastou-se rapidamente daquela cena chocante, enquanto uma mulherzinha gorda representando a Inveja se sentou na testa de cada um dos jogadores. Charles Adams continuava tão brilhante quanto sempre fora; ele logo descobriu que os jogadores eram os três Johnson, que a Inveja era Sukey Simpson e que a Virtude era Lady Williams.

As máscaras então foram todas removidas e os convidados foram para outro cômodo participar de um entretenimento elegante e bem orquestrado, após o qual, com a garrafa sendo passada com bastante celeridade pelos três Johnson, todos, sem exceção nem da Virtude, foram carregados para casa, desmaiados de tanto beber.

CAPÍTULO SEGUNDO

Durante três meses, o baile de máscaras rendeu bastante assunto aos habitantes de Pammydiddle; mas nenhum dos convivas foi tão amplamente discutido quanto Charles Adams. A singularidade de sua aparência, os raios que saíam de seus olhos, o brilho de sua inteligência, o *tout ensemble* de sua aparência subjugaram os corações de tantas entre as jovens que, das seis presentes no baile, apenas cinco haviam saído dele sem estarem cativadas. Alice Johnson foi a infeliz sexta cujo coração não fora capaz de suportar o poder dos encantos do rapaz. Mas, como talvez pareça estranho para meus leitores que tanto valor e excelência quanto os que ele possuía pudesse ter conquistado apenas ela, será necessário informar-lhes que as srtas. Simpson estavam protegidas de seu charme pela ambição, pela inveja e pela autoadmiração.

Tudo o que Caroline mais desejava era um marido nobre; em Sukey, tamanha superioridade podia apenas despertar inveja, não amor; já Cecilia sentia uma afeição tenra demais por si mesma para gostar de qualquer outra pessoa. Quanto a Lady Williams e à sra. Jones, a primeira era sensata demais para se apaixonar por um homem tão mais novo, enquanto a segunda, embora muito alta e muito ardente, amava demais o marido para pensar em tal coisa.

No entanto, apesar de todos os esforços feitos pela srta. Johnson para descobrir qualquer afeição por ela da parte de Charles Adams, o coração frio e indiferente dele parecia preservar a liberdade inata; polido com todas, mas sem dar preferência a nenhuma, o rapaz ainda era o adorável e alegre, porém insensível, Charles Adams.

Certa tarde, Alice, ao ver-se um pouco tonta de vinho (o que não era muito incomum), decidiu buscar alívio para sua cabeça desordenada e seu coração doente de amor numa conversa com a sábia Lady Williams.

Ela encontrou a dama em casa, como em geral acontecia, pois não gostava de sair; e, como o grande Sir Charles Grandison,[6] desprezava a ideia de não receber alguém mesmo estando presente, pois considerava o método de expulsar visitantes desagradáveis, que estava em voga, quase tão ruim quanto a bigamia.

Apesar do vinho que bebera, a pobre Alice estava extraordinariamente desanimada; só conseguia pensar em Charles Adams, só conseguia falar nele e, em resumo, expressou-se de maneira tão franca que Lady Williams logo descobriu a afeição não correspondida que a menina sentia e, com muita pena e compaixão, disse-lhe o seguinte.

"Percebo com muita clareza, minha cara srta. Johnson, que seu coração não foi capaz de suportar os fascinantes encantos desse jovem, e eu me apiedo sinceramente. É seu primeiro amor?"

"Sim."

"Lamento mais ainda ao ouvir *isso*; eu própria sou um triste exemplo das dores que em geral acompanham um primeiro amor e estou determinada a evitar tal infortúnio no futuro. Espero que não seja tarde demais para a senhorita fazer o mesmo; se não for, tente, minha querida, se proteger de tamanho perigo. Um segundo interesse quase nunca traz consequências sérias; contra *isso*, portanto, nada tenho a dizer. Preserve-se de um primeiro amor e não precisará temer o segundo."

"A senhora mencionou algo sobre ter sofrido o infortúnio que tem a bondade de querer que eu evite. Poderia fazer o favor de contar sua vida e suas aventuras?"

"Com prazer, meu amor."

CAPÍTULO TERCEIRO

"Meu pai era um cavalheiro de considerável fortuna de Berkshire; e eu e mais alguns éramos seus únicos filhos. Tinha apenas seis anos de idade quando tive a infelicidade de perder minha mãe e, como naquela época ainda era jovem e frágil, meu pai, em vez de me mandar para a escola, empregou uma preceptora habilidosa para superintender minha educação em casa. Meus irmãos foram colocados em escolas apropriadas para sua idade e minhas irmãs, sendo todas mais jovens do que eu, permaneceram sob os cuidados da babá.

"A srta. Dickens era uma excelente preceptora. Ela me instruiu nos caminhos da virtude; sob sua tutela, eu me tornei mais afável a cada dia, e talvez pudesse já ter atingido a perfeição se minha valiosa preceptora não me houvesse sido arrancada dos braços antes de eu completar dezessete anos. Jamais me esquecerei de suas últimas palavras: 'Minha querida Kitty', disse ela, 'tenha uma boa noite'. Jamais voltei a vê-la", continuou Lady Williams, enxugando as lágrimas. "Naquela mesma noite, ela fugiu com o mordomo.

"No ano seguinte, fui convidada por uma parente distante de meu pai a passar o inverno com ela na cidade. A sra. Watkins tinha elegância, fortuna e boa família; em geral era considerada uma mulher bonita, mas eu jamais a achei muito atraente, de minha parte. Sua testa era larga demais, seus olhos eram pequenos demais e ela era corada demais."

"Como pode ser?" interrompeu a srta. Johnson, ficando rubra de raiva. "A senhora acha que alguém pode ser corado demais?"

"Acho, sim, e lhe direi por quê, minha querida Alice; quando uma pessoa tem um alto teor de vermelho na pele, o rosto dela, na minha opinião, fica com uma aparência vermelha demais!"

"Mas, minha senhora, um rosto pode ter a aparência vermelha demais?"

"Certamente, minha querida srta. Johnson, e eu lhe direi por quê. Quando um rosto tem a aparência vermelha demais, ele não tem as mesmas vantagens que teria se fosse mais pálido."

"Por favor, madame, prossiga com sua história."

"Bem, como eu disse antes, fui convidada por essa senhora para passar algumas semanas com ela na cidade. Muitos cavalheiros a consideravam bonita, mas, na minha opinião, sua testa era larga demais, seus olhos eram pequenos demais e ela era corada demais."

"Nisso, madame, como eu disse antes, a senhora deve ter se enganado. A sra. Watkins não podia ser corada demais, já que ninguém pode."

"Perdão, meu amor, se não concordo com você nesse ponto. Deixe que me explique com clareza; o que eu acho é o seguinte. Se uma mulher tem uma proporção muito grande de vermelho nas faces, então é corada demais."

"Mas, madame, eu nego ser possível que qualquer pessoa tenha uma proporção muito grande de vermelho nas faces."

"Como, meu amor? E se ela for corada demais?"

A srta. Johnson agora estava completamente sem paciência, talvez mais ainda devido ao fato de que Lady Williams se mantivera tão inflexivelmente calma. É preciso lembrar, no entanto, que em um aspecto essa senhora tinha uma grande vantagem em relação a Alice; em não estar bêbada, pois, inflamada pelo vinho e pela ira, ela não podia ter grande controle sobre seu humor.

Após algum tempo, Alice ficou tão furiosa com a discussão que quase foi das palavras aos socos, quando por sorte o sr. Johnson entrou e, com alguma dificuldade, separou-a de Lady Williams, da sra. Watkins e de suas faces coradas.

CAPÍTULO QUARTO

Meus leitores talvez imaginem que, após tal altercação, nenhuma intimidade pudesse subsistir entre os Johnson e Lady Williams, mas nesse ponto estão errados; pois ela era sensata demais para ficar irritada com uma conduta que não podia deixar de perceber ter sido consequência natural da embriaguez, e Alice tinha um respeito tão sincero por Lady Williams e um amor tão grande pelo clarete desta que fez todas as concessões que podia.

Alguns dias após a reconciliação, Lady Williams fez uma visita à srta. Johnson para lhe propor que elas passeassem por uma alameda de cidreiras que ia de seu chiqueiro até o lago onde os cavalos de Charles Adams bebiam água. Alice aceitou fazer o passeio com visível alegria, perfeitamente consciente da gentileza de Lady Williams ao propô-lo e muito feliz com a perspectiva de ver, ao fim dele, um lago que pertencia a Charles. As duas não haviam caminhado muito quando ela foi despertada da reflexão sobre a felicidade da qual ia desfrutar ao ser abordada da seguinte maneira por Lady Williams.

"Até agora, minha querida Alice, deixei de continuar a narrativa da minha vida por não querer trazer à sua memória uma cena que (por jogar mais vergonha do que honra sobre você) é melhor ser esquecida do que lembrada."

Alice já começara a ficar vermelha e estava começando a falar quando Lady Williams, ao perceber sua insatisfação, continuou.

"Eu temo, querida menina, tê-la ofendido com o que acabei de dizer; asseguro-lhe que não tenho a intenção de afligi-la com uma lembrança do que não pode ser alterado; no final das contas, ao contrário de muita gente, não acho que você tenha tanta culpa; pois, quando uma pessoa está ébria, ninguém sabe o que ela pode fazer. [Uma mulher em tal situação está particularmente indefesa, pois seu físico não é forte o suficiente para suportar a inebriação.][7]

"Madame, não suportarei isso; insisto que..."

"Minha querida menina, não se irrite com isso; asseguro-lhe que já perdoei tudo a esse respeito; de fato, não fiquei zangada na ocasião, pois logo vi que você estava quase morta de tanto beber. Sei que não podia evitar dizer as estranhas coisas que disse. Mas vejo que a estou afligindo; por isso, vou mudar de assunto e desejo que isso jamais volte a ser mencionado; lembre que está tudo esquecido — eu agora continuarei meu relato; mas devo insistir em não lhe fazer nenhuma descrição da sra. Watkins: isso apenas reviveria velhas histórias e, como você jamais a viu, pouco lhe importa se sua testa *era* larga demais, se seus olhos *eram* pequenos demais ou se ela *era* corada demais."

"De novo! Lady Williams: isso é demais..."

A pobre Alice ficou tão irritada com essa repetição da velha história que não sei qual poderia ter sido a consequência se outra pessoa não houvesse chamado sua atenção. Uma linda jovem, sentada debaixo de uma cidreira e aparentando sentir muita dor, era algo interessante demais para ser ignorado. Esquecendo sua discussão, ambas se aproximaram dela com tenra solidariedade e a abordaram nos seguintes termos.

"Bela ninfa, parece estar lidando com um infortúnio do qual ficaremos felizes em aliviá-la, se nos informar qual é. Poderia fazer o favor de contar sua vida e suas aventuras?"

"Com prazer, senhoras, se tiveram a bondade de se sentar."

Elas tomaram seus lugares e a moça começou.

CAPÍTULO QUINTO

"Sou nativa do norte de Gales e meu pai é um dos melhores alfaiates da região. Por ter uma família numerosa, ele foi facilmente convencido por uma irmã da minha mãe, que é uma viúva em boa situação e tem uma taberna na vila vizinha à nossa, a deixá-la levar-me e arcar com minha criação. Assim, vivi com ela pelos últimos oito anos da minha vida, período no qual ela me supriu com alguns dos melhores professores, que me ensinaram todas as habilidades requeridas de alguém do meu sexo e da minha posição. Sob sua tutela, aprendi dança, música, desenho e diversas línguas, tornando-me mais prendada do que qualquer outra filha de alfaiate em Gales. Jamais houve criatura mais feliz do que eu, até os últimos seis meses — mas deveria ter dito antes que a principal propriedade de nossa vizinhança pertence a Charles Adams, dono daquela casa de tijolos ali adiante."

"Charles Adams!", exclamou a atônita Alice. "A senhorita conhece Charles Adams?"

"Para minha infelicidade, senhora, conheço. Há cerca de seis anos, ele veio receber os aluguéis da propriedade que acabei de mencionar. Foi então que o vi pela primeira vez; como a senhora parece conhecê-lo, não preciso descrever como é encantador. Eu não pude resistir a seus atrativos."

"Ah! E quem pode?", disse Alice com um suspiro profundo.

"Minha tia, que tem grande intimidade com a cozinheira dele, decidiu-se, a pedido meu, a tentar descobrir através de sua amiga se havia alguma chance de minha afeição ser recíproca. Com esse propósito, certa noite ela foi tomar chá com a sra. Susan, que, ao longo da conversa, mencionou como seu emprego e seu patrão eram bons; após isso, minha tia começou a interrogá-la com tanta habilidade que em pouco tempo a sra. Susan confessou que não acreditava que o patrão jamais fosse se casar; 'Pois', disse ela, 'ele com frequência declara para mim que sua esposa, quem quer que ela seja, deverá possuir juventude, beleza, boa família, inteligência, virtude e dinheiro. Muitas vezes', continuou ela, 'tentei argumentar com ele para que deixasse de lado essa resolução e convencê-lo de como seria improvável encontrar tal mulher; mas meus argumentos não tiveram efeito e ele continua tão firme em sua determinação quanto sempre foi.'[8] As senhoras podem imaginar minha angústia ao ouvir isso; pois temi que, apesar de ter juventude, beleza, inteligência e virtude, e de provavelmente ser a herdeira da casa e do negócio de minha tia, ele talvez me considerasse deficiente em termos de posição social e, portanto, indigna de sua mão.

"No entanto, eu estava determinada a fazer uma investida ousada e, assim, escrevi-lhe uma carta muito gentil, oferecendo-lhe com grande ternura minha mão e meu coração. Recebi uma recusa irada e peremptória, mas, pensando que talvez aquilo fosse mais o efeito de sua modéstia do que de qualquer outra coisa, insisti. Ele não respondeu nenhuma outra carta minha e logo depois deixou o país. Assim que soube de sua partida, escrevi para ele neste endereço, informando-lhe que logo me concederia a honra de vir visitá-lo em Pammydiddle, e não recebi nenhuma resposta; portanto, escolhendo acreditar que quem cala consente, deixei Gales escondida de minha tia e cheguei aqui esta manhã após uma enfadonha jornada. Ao perguntar qual era sua casa, disseram-me que atravessasse esse bosque até chegar naquela que veem ali. Com o coração exultante graças à esperada felicidade de vê-lo, entrei na propriedade e atravessei-a até aqui, quando me vi subitamente pega pela perna e, ao examinar a causa do problema, descobri que estava presa em uma das armadilhas de aço tão comuns nos jardins dos cavalheiros."[9]

"Ah!", exclamou Lady Williams, "que sorte a nossa encontrar você; de outro modo, o mesmo poderia ter acontecido conosco."

"De fato é uma felicidade para vocês, senhoras, que eu tenha chegado pouco tempo antes. Como podem facilmente imaginar, gritei até que o som ressoasse por todo o bosque e até que um dos criados daquele desgraçado desumano viesse me ajudar e me soltasse de minha terrível prisão; mas não antes que uma de minhas pernas se quebrasse por completo."

CAPÍTULO SEXTO

Diante desse melancólico relato, os belos olhos de Lady Williams ficaram rasos d'água e Alice não se conteve e exclamou,

"Oh! Cruel Charles, por machucar os corações e as pernas de todas as mulheres!"

Lady Williams então se manifestou, observando que a perna da jovem precisava ser imobilizada sem demora. Após examinar a fratura, portanto, ela imediatamente começou a executar a operação com grande habilidade, o que é ainda mais incrível se for levado em conta o fato de que jamais fizera tal coisa antes. Lucy ergueu-se do chão e, percebendo que podia andar com a maior facilidade, acompanhou-as até a casa de Lady Williams após um pedido direto desta.

O corpo perfeito, o rosto lindo e os modos elegantes de Lucy conquistaram de tal forma a afeição de Alice que, quando as duas se separaram, o que ocorreu apenas após o jantar, a segunda assegurou à primeira que, com exceção de seu pai, seu irmão, seus tios, suas tias, seus primos e outros parentes, de Lady Williams, Charles Adams e mais algumas dúzias de amigos íntimos, ela a amava mais do que a quase qualquer outra pessoa no mundo.

Uma declaração tão lisonjeira de estima teria com justiça dado muito prazer a seu objeto se Lucy não houvesse percebido perfeitamente que a afável Alice bebera uma abundante quantidade do clarete de Lady Williams.

Lady Williams (que era muito observadora) notou no rosto inteligente de Lucy o que ela pensava sobre o assunto e, assim que a srta. Johnson saiu, dirigiu-se a ela da seguinte maneira.

"Quando conhecer melhor minha querida Alice, você não ficará surpresa, Lucy, ao ver a criatura beber um pouco demais; pois isso acontece todos os dias. Ela tem muitas qualidades raras e encantadoras, mas a sobriedade não é uma delas. A família toda é um triste bando de bêbados. Também lamento dizer que nunca vi três pessoas mais viciadas em jogo do que eles, em particular Alice. Mas ela é uma moça adorável. Creio que não tem um dos temperamentos mais doces do mundo; na verdade, já a vi com tanta raiva! No entanto, é um amor de menina. Tenho certeza de que gostará dela. Não conheço quase ninguém tão afável — Oh! Se pudesse tê-la visto na outra tarde! Como ela ficou irada! E por causa de tamanha bobagem! Ela é de fato a menina mais encantadora! Eu sempre a amarei!"

"Pelo que diz a senhora, ela parece ter muitas boas qualidades", respondeu Lucy.

"Oh! Milhares", respondeu Lady Williams, "embora eu seja parcial a ela, e talvez minha afeição não me deixe ver seus reais defeitos."

CAPÍTULO SÉTIMO

Na manhã seguinte as três srtas. Simpson vieram visitar Lady Williams, que as recebeu com a mais perfeita educação e as apresentou a Lucy. A mais velha das irmãs ficou tão encantada que, quando elas partiram, declarou que sua única *ambição* era que Lucy fosse com elas na manhã seguinte para Bath, onde iam passar algumas semanas.

"Lucy", disse Lady Williams, "tem plena liberdade e, se escolher aceitar um convite tão gentil, espero que não hesite devido a nenhum escrúpulo por minha causa. Na verdade, não sei como jamais serei capaz de me separar dela. Lucy nunca esteve em Bath, e creio que seria um passeio muito agradável para ela. Fale, meu amor", continuou ela, dirigindo-se a Lucy. "O que diz da ideia de acompanhar essas senhoritas? — ficarei muito infeliz sem você — será uma viagem muito satisfatória para você — espero que vá; se for, estou certa de que será a minha morte — por favor, deixe-se persuadir..."

Lucy implorou licença para declinar a honra de acompanhar as irmãs, mostrando-se muito agradecida pela extrema educação da parte da mais velha srta. Simpson ao convidá-la.

A srta. Simpson pareceu bastante decepcionada com a recusa. Lady Williams insistiu que Lucy fosse — declarou que jamais a perdoaria se ela não fosse, que jamais sobreviveria se fosse e, em resumo, usou argumentos tão persuasivos que, após algum tempo, resolveu-se que ela iria. As srtas. Simpson vieram buscá-la às dez da manhã seguinte e Lady Williams logo teve a satisfação de receber de sua jovem amiga a agradável notícia de que elas haviam chegado a salvo em Bath.

Agora talvez seja apropriado voltar ao herói deste romance, o irmão de Alice, de quem acredito mal ter tido chance de falar; o que talvez tenha ocorrido em parte devido à sua deplorável propensão ao consumo do álcool, que o privava tão completamente do uso daquelas faculdades com as quais a natureza o dotara que ele jamais fazia nada que valesse a pena mencionar. Sua morte ocorreu pouco tempo após a partida de Lucy e foi consequência natural dessa perniciosa prática. Com seu falecimento, sua irmã se tornou a única herdeira de uma grande fortuna, e isso, ao lhe dar novas esperanças de ser considerada uma esposa aceitável por Charles Adams, não podia deixar de fazê-la muito feliz. Como o efeito foi jubiloso, a causa mal podia ser lamentada.

Vendo que a profundidade de sua afeição aumentava diariamente, Alice afinal revelou-a a seu pai e pediu-lhe que propusesse a Charles uma união entre eles dois. Seu pai consentiu e saiu certa manhã para expor o caso ao jovem. Como o sr. Johnson era um homem de poucas palavras, sua tarefa logo foi realizada e a resposta que recebeu foi a seguinte.

"Senhor, talvez seja esperado que eu pareça feliz e agradecido pela oferta que me fez; mas permita-me dizer que a acho uma afronta. Senhor, eu me considero de uma beleza perfeita — onde seria possível encontrar um corpo mais belo ou um rosto mais encantador? Além disso, senhor, creio que meus modos e minha maneira de falar são muito refinados; há certa elegância, uma peculiar doçura neles que jamais vi em outros e que não posso descrever... Parcialidade à parte, certamente tenho mais conhecimentos de todas as línguas, todas as ciências, todas as artes e todas as coisas do que qualquer outra pessoa na Europa. Meu temperamento é tranquilo, minhas virtudes são incontáveis, eu não tenho igual. Senhor, já que eu sou assim, como pode querer que me case com sua filha? Deixe-me fazer uma breve descrição do senhor e dela. Eu o considero um homem tolerável no geral; um velho beberrão, sem dúvida, mas isso não me incomoda. Sua filha, senhor, não é suficientemente bela, suficientemente amável, suficientemente inteligente ou suficientemente rica para mim. De minha esposa, espero apenas aquilo que ela encontrará em mim — a perfeição. Esses, senhor, são meus sentimentos, e tê-los faz com que eu sinta grande admiração por mim mesmo. Tenho apenas uma amiga e me regozijo de ter apenas uma... No momento está preparando meu almoço, mas, se o senhor quiser vê-la, ela o informará de que esses sempre foram meus sentimentos."

O sr. Johnson ficou satisfeito: e, dizendo-se muito agradecido ao sr. Adams pela descrição dele e de sua filha que este tivera a bondade de fazer, despediu-se.

A infeliz Alice, ao receber do pai o triste relato do fracasso em que resultara sua visita, mal suportou a decepção. Correu para sua garrafa e logo esqueceu tudo.

CAPÍTULO OITAVO

Enquanto esses eventos ocorriam em Pammydiddle, Lucy conquistava todos os corações de Bath. Uma estada de duas semanas lá quase apagara de sua memória a cativante imagem de Charles. A lembrança do que seu coração sofrera devido aos encantos dele e do que sua perna sofrera devido à sua armadilha permitiu que Lucy cumprisse com tolerável facilidade a resolução de esquecê-lo; e, com esse propósito, dedicava cinco minutos de cada dia à tarefa de expulsá-lo de sua memória.

A segunda carta de Lucy para Lady Williams continha a agradável informação de que ela alcançara plenamente esse objetivo; Lucy também mencionou um pedido de casamento do duque de —, um velho de nobre fortuna cuja má saúde fora o principal incentivo de sua viagem a Bath.

"Estou aflita", continuou Lucy, "sem saber se devo ou não aceitar. Há mil vantagens a serem obtidas de um casamento com um duque, pois, além daquelas inferiores como a posição e a fortuna, isso me daria um lar, que é o que eu mais desejo na vida. O gentil desejo da senhora de que eu permaneça sempre ao seu lado é nobre e generoso, mas não posso pensar em me tornar um fardo tão grande para alguém a quem amo e estimo tanto. Que se deve apenas receber favores daqueles a quem desprezamos é um sentimento incutido em minha mente por minha nobre tia desde minha infância e, em minha opinião, é impossível seguir exageradamente tal conselho. A excelente mulher que acabei de mencionar está, ouvi dizer, furiosa demais com minha partida imprudente de Gales para voltar a receber-me.

"Gostaria muito de deixar as moças com quem estou hospedada no momento. A srta. Simpson de fato é muito amável (a não ser por sua ambição), mas sua irmã do meio, a invejosa e malévola Sukey, é desagradável demais para se dividir o mesmo teto com ela. Tenho motivos para acreditar que a admiração com que fui recebida nos círculos mais nobres deste lugar fez nascer seu ódio e sua inveja; pois muitas vezes ela ameaçou, e algumas vezes tentou, cortar minha garganta.

"Vossa senhoria, portanto, admitirá que não estou errada em desejar deixar Bath e em desejar ter um lar para me receber quando o fizer. Esperarei com impaciência seu conselho em relação ao duque. Mui cordialmente etc.

Lucy"

Lady Williams enviou sua opinião sobre o assunto nos seguintes termos.

"Minha adorada Lucy, por que você hesita um só momento em relação ao duque? Fiz perguntas sobre ele e descobri que é um homem sem princípios e sem conhecimento. Minha Lucy jamais se unirá a alguém assim! Ele tem a fortuna de um príncipe e ela cresce a cada dia. Quão nobremente você a gastará! Como aumentará o valor dele aos olhos de todos! Como ele será respeitado graças à sua esposa! Mas por que, minha querida Lucy, você não decide de uma vez por todas a questão voltando para o meu lado e jamais me abandonando de novo? Embora eu admire seus nobres sentimentos no que diz respeito às obrigações, imploro-lhe que eles não a impeçam de me fazer feliz. Será, decerto, uma grande despesa tê-la sempre comigo — não serei capaz de suportar — mas o que é isso em comparação à felicidade que terei com sua companhia? Isso me arruinará, eu sei — você não vai, portanto, resistir a esses argumentos ou se recusar a voltar para sua afetuosa etc. etc.

C. Williams"

CAPÍTULO NONO

Qual poderia ter sido o efeito do conselho de Lady Williams se houvesse sido recebido por Lucy é impossível saber, pois ele chegou a Bath poucas horas após a jovem ter dado seu último suspiro. Ela foi sacrificada pela inveja e pela malícia de Sukey, que, com ciúmes de seus encantos superiores, envenenou-a, arrancando-a aos dezessete anos de um mundo que tanto a admirava.

Assim faleceu a amável e bela Lucy, cuja vida não fora

marcada por nenhum crime ou manchada por nenhuma nódoa com exceção de sua imprudente partida da casa da tia e cuja morte foi sinceramente lamentada por todos que a conheciam. Entre os mais tristes de seus amigos estavam Lady Williams, a srta. Johnson e o duque; as duas primeiras tinham uma sincera afeição por Lucy, em particular Alice, que passara uma tarde inteira em sua companhia e jamais voltara a pensar nela. A tristeza do duque também podia ser facilmente explicada, já que ele perdera alguém por quem sentira a mais tenra afeição e o mais sincero apreço nos últimos dez dias. Ele permaneceu de luto com inabalável constância por duas semanas, ao fim das quais satisfez a ambição de Caroline Simpson elevando-a à posição de duquesa. Assim, afinal, ela ficou completamente feliz com a gratificação de sua característica favorita. Sua irmã, a pérfida Sukey, pouco depois também foi elevada da maneira que realmente merecia e que, a julgar por suas ações, parecia sempre ter desejado. Seu bárbaro assassinato foi descoberto e, apesar de todos que intercederam a seu favor, ela foi rapidamente levada ao cadafalso. A bela porém afetada Cecilia era consciente demais de seus superiores encantos para não imaginar que, se Caroline havia conseguido se casar com um duque, ela poderia, sem ser repreendida por ninguém, aspirar pela afeição de um príncipe — e, sabendo que os de seu país estavam quase todos comprometidos, deixou a Inglaterra, e eu ouvi dizer desde então que no presente é a sultana preferida de um grande autocrata.

Nesse meio-tempo, os habitantes de Pammydiddle ficaram atônitos e pasmos, pois circulou um boato de que Charles Adams pretendia se casar. O nome da dama ainda era segredo. O sr. e a sra. Jones imaginaram que era a srta. Johnson; mas ela sabia que isso não era verdade; todos os seus medos estavam centrados na cozinheira de Charles, quando, para o espanto de todos, foi publicamente anunciado que ele se unira a Lady Williams...

Finis

Edgar e Emma

Um conto

CAPÍTULO PRIMEIRO

"Eu não posso imaginar", disse Sir Godfrey para sua esposa, "por que continuamos alugando esse lugar tão deplorável, numa reles cidadezinha, se temos três boas casas próprias situadas em algumas das melhores partes da Inglaterra e perfeitamente prontas para nos receber!"

"Saiba, Sir Godfrey", respondeu Lady Marlow, "que foi contra a minha vontade que ficamos aqui durante tanto tempo; e por que viemos tem sido de fato uma incógnita para mim, já que nenhuma de nossas casas precisava da menor reforma."

"Não, minha querida", respondeu Sir Godfrey, "você é a última pessoa que deveria ficar insatisfeita com algo que sempre foi intencionado como uma gentileza a você; pois não tem como desconhecer a enorme inconveniência pela qual eu e suas filhas passamos durante os dois anos em que permanecemos apinhados neste lugar só para lhe dar prazer."

"Meu querido", retrucou Lady Marlow, "como pode contar tamanhas mentiras quando sabe muito bem que foi apenas como um favor para as meninas e para você que deixei uma casa muito espaçosa, situada numa região deliciosa e numa vizinhança muito agradável, para viver dois anos apertada em aposentos alugados que ficam três lances de escada acima, numa cidade fumarenta e insalubre que me causou uma febre contínua e quase me tornou tísica?"

Como, após mais alguns argumentos de ambos, não conseguiram determinar quem tinha mais culpa, prudentemente deixaram o debate de lado e, tendo arrumado as malas e pagado o aluguel, partiram na manhã seguinte com as duas filhas para sua propriedade em Sussex.

Sir Godfrey e Lady Marlow de fato eram pessoas muito sensatas e, embora (como nesse caso), como muitas outras pessoas sensatas, às vezes fizessem uma coisa tola, em geral suas ações eram guiadas pela prudência e reguladas pela cautela.

Após uma jornada de dois dias e meio, chegaram a Marlhurst com boa saúde e bom humor; tão jubilosos estavam de voltar a morar num lugar que ambos haviam deixado com pesar por dois anos que ordenaram que os sinos fossem tocados e distribuíram nove centavos entre os tocadores.

CAPÍTULO SEGUNDO

Como a notícia de sua chegada rapidamente se espalhou pela região, em poucos dias eles haviam recebido visitas de boas-vindas de todas as famílias que ali residiam.

Entre elas vieram os habitantes de Willmot Lodge, uma bela *villa* não muito longe de Marlhurst. O sr. Willmot era o representante de uma família muito antiga e, além da propriedade que herdara do pai, possuía uma parte considerável de uma mina de chumbo e um bilhete de loteria. Sua esposa era uma mulher simpática. Seus filhos eram numerosos demais para serem descritos em detalhes; é suficiente dizer que, no geral, eram inclinados à virtude e não dados a qualquer perversidade. Como a família era grande demais para ir inteira em todas as visitas, levavam nove filhos alternadamente.

Quando sua carruagem parou diante da porta de Sir Godfrey, os corações das srtas. Marlow pulsaram com a imensa expectativa de ver mais uma vez uma família que lhes era tão cara. Emma, a mais jovem (que estava particularmente interessada na chegada, pois era apaixonada pelo filho mais velho), continuou na janela de seu quarto de vestir, com a ansiosa esperança de ver o jovem Edgar sair do veículo.

Primeiro surgiram o sr. e a sra. Willmot, com suas três

filhas mais velhas — Emma começou a tremer. Robert, Richard, Ralph e Rodolphus vieram depois — Emma ficou pálida. As duas filhas mais novas foram erguidas de dentro da carruagem — Emma desabou sobre um sofá, sem ar. Um criado veio anunciar a chegada dos visitantes; o coração dela estava repleto demais para conter suas aflições. Um confidente fazia-se necessário. Emma esperava que Thomas fosse um confidente fiel — pois tinha que ter um, e Thomas era o único à mão. A ele confessou tudo sem restrições e, após admitir sua paixão pelo jovem Willmot, pediu o conselho do criado, perguntando de que maneira deveria se comportar diante da melancólica decepção que a acometera.

Thomas, que gostaria muito de não ter sido obrigado a ouvir o lamento de Emma, pediu permissão para se recusar a dar qualquer conselho a respeito dele; e ela, muito contra a vontade, foi obrigada a concordar.

Após tê-lo despachado pedindo várias vezes que guardasse segredo, Emma desceu para a sala de estar com o coração pesado e, lá, encontrou todos felizes, sentados de maneira sociável em torno de um fogo intenso.

CAPÍTULO TERCEIRO

Emma estava na sala havia algum tempo quando afinal conseguiu reunir coragem o suficiente para perguntar à sra. Willmot como estava o resto de sua família; e quando o fez foi com uma voz tão baixa e hesitante que ninguém a escutou. Desencorajada pelo fracasso de sua primeira tentativa, ela não fez outra até que, quando a sra. Willmot pediu que uma de suas meninas tocasse o sino para requisitar a carruagem, atravessou o cômodo e, agarrando a corda, disse de maneira resoluta,

"Sra. Willmot, não sairá desta casa até que me conte como está o resto de sua família, em particular seu filho mais velho."

Todos ficaram muito surpresos com uma abordagem tão inesperada, e mais ainda devido à maneira como a frase foi dita; mas Emma, recusando-se a sofrer outra decepção, exigiu uma resposta, e a sra. Willmot fez a seguinte oração eloquente.

"Nossos filhos estão todos extremamente bem, mas, no presente, a maioria está viajando. Amy está com minha irmã em Clayton. Sam, na escola em Eton. David, com seu tio John. Jem e Will, em Winchester. Kitty, em Queen's Square. Ned está com a avó. Hetty e Patty estão em um convento em Bruxelas. Edgar está na faculdade, Peter está com a ama de leite e todo o resto (com exceção dos nove que estão aqui) está em casa."

Emma teve dificuldade em não cair em lágrimas ao saber da ausência de Edgar; ela permaneceu, no entanto, toleravelmente composta até que os Willmot partiram, quando, sem ter motivos para conter a enxurrada de seu pesar, desabafou e, retirando-se para o seu quarto, continuou em prantos até o fim da vida.

Finis

Henry e Eliza,

Um romance,
é humildemente dedicado à srta. Cooper[10] por sua humilde e obediente criada,

a autora.

Enquanto Sir George e Lady Harcout inspecionavam o trabalho dos homens que colocavam o feno para secar, recompensando a diligência de alguns com sorrisos de aprovação e punindo a preguiça de outros com um porrete, viram, quase completamente oculta por um imenso monte de feno, uma linda menininha com não mais do que três meses de idade.

Tocados pela graça encantadora de seu rosto e deliciados com as respostas infantis, porém espirituosas, que ela deu a suas muitas perguntas, resolveram levá-la para casa e, não tendo filhos, criá-la com muitos cuidados e despesas.

Como os dois eram boas pessoas, sua primeira e principal preocupação foi encorajar na menina um amor pela virtude e um ódio pelo vício, no que foram tão bem-sucedidos (já que ela própria possuía tal inclinação) que, quando Eliza cresceu, tornou-se o encanto de todos que a conheciam.

Amada por Lady Harcourt, adorada por Sir George e admirada pelo mundo todo, Eliza viveu um curso contínuo de felicidade ininterrupta até completar dezoito anos, quando, ao por acaso ser flagrada roubando uma nota de cinquenta libras, foi expulsa de casa por seus desumanos benfeitores. Tamanha mudança para alguém que não possuía uma mente tão nobre e elevada como a de Eliza teria sido a morte, mas ela, feliz na consciência de sua própria excelência, distraiu-se, sentada embaixo de uma árvore, inventando e cantando as seguintes estrofes:

Canção

Embora o infortúnio possa estar sempre comigo
Espero jamais ficar só, sem um amigo
Pois um coração inocente eu sempre terei
E as fronteiras da virtude jamais abandonarei.

Após ter passado algumas horas se distraindo com essa canção e com agradáveis reflexões, Eliza se levantou e tomou a estrada para M., uma pequena cidade onde sua amiga mais íntima era dona da taberna Red Lion.

Foi para a casa dessa amiga que ela imediatamente se dirigiu e, após ter relatado seu infortúnio, comunicou o desejo de ser empregada como humilde dama de companhia de alguma família.

A sra. Wilson, que era a criatura mais afável do mundo, assim que soube de seu desejo sentou-se ao balcão e escreveu a seguinte carta para a duquesa de F., a mulher que mais estimava nesta vida.

"Para a duquesa de F.: Receba em sua família, a meu pedido, uma jovem de caráter irrepreensível, que teve a bondade de escolher sua companhia em vez da opção de se tornar uma criada. Sem delonga, tire-a dos braços de sua
Sarah Wilson."

A duquesa, cuja amizade pela sra. Wilson teria levado-a a fazer qualquer coisa, ficou radiante com tamanha oportunidade de fazer-lhe uma gentileza e, portanto, partiu assim que recebeu a carta do Red Lion, aonde chegou naquela mesma tarde. A duquesa de F. tinha cerca de quarenta e cinco anos e meio; suas emoções eram fortes, suas amizades, constantes e suas inimizades, inabaláveis. Ela era viúva e tinha apenas uma filha, que estava prestes a se casar com um jovem de considerável fortuna.

Assim que a duquesa viu nossa heroína, agarrou-se a seu pescoço e declarou-se tão satisfeita com ela que disse estar decidida a jamais deixar nada as separar. Eliza ficou encantada com tamanha declaração de amizade e, após se despedir da forma mais afetuosa de sua querida sra. Wilson, acompanhou-a na manhã seguinte até a propriedade dela em Surrey.

Com todas as expressões de carinho possíveis, a duquesa apresentou Eliza à sua filha Lady Harriet, que gostou tanto de sua aparência que implorou-lhe que a considerasse sua irmã; e Eliza, com a maior condescendência, prometeu fazê-lo.

O sr. Cecil, noivo de Lady Harriet, por passar muito tempo com a família, passava muito tempo com Eliza. Um amor mútuo surgiu; e Cecil, tendo declarado o seu primeiro, convenceu Eliza a consentir em um casamento privado, o que seria fácil de efetivar, pois o capelão da duquesa, que também era muito apaixonado por Eliza, faria, eles tinham certeza, qualquer coisa para agradá-la.

Certa noite, quando a duquesa e Lady Harriet foram a um baile, eles aproveitaram sua ausência e foram casados pelo enamorado capelão. As senhoras retornaram e seu espanto foi enorme quando, em vez de Eliza, encontraram o seguinte bilhete.

"Madame:
Estamos casados e fomos embora.
Henry e Eliza Cecil."

A duquesa, assim que leu a carta — que explicava suficientemente toda a questão —, foi tomada pela mais violenta ira e, após ter passado uma agradável meia hora chamando os dois de todas as coisas chocantes que sua fúria lhe sugeriu, mandou atrás deles trezentos homens armados, com ordens de que não retornassem sem seus corpos, vivos ou mortos; com a intenção de, caso fossem entregues a ela na primeira condição, executá-los de alguma maneira torturante após anos de confinamento.

Enquanto isso, Cecil e Eliza continuaram sua fuga para o continente, onde acreditavam que estariam mais seguros do que em seu país natal dos terríveis efeitos da vingança da duquesa, que tinham tantos motivos para temer.

Eles permaneceram na França por três anos, período em que se tornaram pais de dois meninos e Eliza ficou viúva sem nada para sustentar a ela ou a seus filhos. Desde que haviam se casado, viveram gastando dezoito mil libras por ano e, como as propriedades do sr. Cecil rendiam bem menos que um vigésimo disso, não haviam conseguido poupar muito, tendo utilizado até o último centavo de sua renda.

Eliza, perfeitamente consciente do desarranjo de sua situação, imediatamente após a morte do marido partiu para a Inglaterra num navio de guerra de cinquenta e cinco canhões que ela e ele haviam mandado construir em seus dias mais prósperos. Mas, assim que pisou na praia de Dover, com um filho em cada mão, foi agarrada pelos oficiais da duquesa e levada por eles a uma aconchegante Newgate* que esta havia construído para receber seus prisioneiros particulares.

No momento em que Eliza entrou na masmorra, a primeira coisa que pensou foi em como faria para sair dali.

Ela foi até a porta; mas estava trancada. Olhou pela janela; mas havia barras de ferro ali. Após essas duas decepções, sentia que não havia esperanças de escapar quando, felizmente, percebeu num canto da cela uma pequena serra e uma escada de cordas. Imediatamente começou a trabalhar com a serra e, em poucas semanas, havia tirado do lugar todas as barras menos uma, à qual prendeu a escada.

Ocorreu então uma dificuldade que durante algum tempo Eliza não soube como obviar. Seus filhos eram pequenos demais para descer a escada sozinhos e não seria possível para ela levá-los nos braços quando o fizesse. Afinal, ela decidiu atirar lá embaixo todas as roupas, as quais tinham em grande quantidade, e depois, dando ordens rígidas para que não se machucassem, jogar as crianças sobre elas. A própria Eliza desceu facilmente pela escada, no fim da qual teve o prazer de encontrar seus meninos em perfeita saúde e dormindo a sono solto.

Viu então que havia a fatal necessidade de vender seu guarda-roupa, tanto para sua própria preservação quanto para a de seus filhos. Com lágrimas nos olhos, Eliza se despediu das últimas relíquias de sua glória passada e, com o dinheiro que conseguiu, comprou outras coisas mais úteis: alguns brinquedos para os meninos e um relógio de ouro para si.

Mas, mal havia se provido dos necessários itens men-

* Famosa prisão londrina que funcionou de 1188 a 1902. (N.T.)

cionados acima, viu que estava com fome e teve razão para acreditar que seus filhos se encontravam na mesma situação, pois eles estavam mordendo os dedos dela.

Para remediar esses inevitáveis infortúnios, decidiu voltar para seus velhos benfeitores, Sir George e Lady Harcourt, cuja generosidade já conhecera tão bem e esperava conhecer muito ainda.

Ela devia viajar cerca de sessenta quilômetros até chegar à sua hospitaleira mansão e, tendo caminhado cinquenta sem parar, viu-se na entrada de uma cidade aonde, em dias mais felizes, muitas vezes fora saborear uma colação fria em uma das estalagens na companhia de Sir George e Lady Harcourt.

Refletir sobre todas as aventuras que tivera desde a última vez que participara de um desses alegres eventos ocupou sua mente por algum tempo, durante o qual Eliza se sentou nos degraus que ficavam diante da porta da casa de um cavalheiro. Assim que essas reflexões acabaram, ela se levantou e decidiu se dirigir à mesma estalagem da qual se lembrara com tanto deleite, de cujos clientes esperava receber uma caridosa ajuda enquanto entravam e saíam do lugar.

Eliza acabara de se postar no pátio interno da estalagem quando uma carruagem saiu de lá e, ao virar a esquina onde ela se encontrava, parou para dar ao cocheiro uma oportunidade de admirar a beleza da paisagem. Ela então se aproximou da carruagem e ia pedir por ajuda quando, ao fixar os olhos na dama que estava lá dentro, exclamou,

"Lady Harcourt!"

Ao que a dama respondeu,

"Eliza!"

"Sim, madame, sou eu mesma, a infeliz Eliza."

Sir George, que também estava na carruagem, atônito demais para dizer qualquer coisa, ia pedir que Eliza explicasse a situação em que se encontrava quando Lady Harcourt, num êxtase de alegria, exclamou,

"Sir George, Sir George, ela não é apenas Eliza, nossa filha adotiva, mas nossa filha de verdade."

"Nossa filha de verdade? O que quer dizer, Lady Harcourt? Sabe muito bem que nunca esteve grávida. Explique-se, eu lhe imploro."

"Deve se lembrar, Sir George, de que, quando partiu para a América, deixou-me gestante."

"Lembro-me, lembro-me; continue, querida Polly."

"Quatro meses após sua partida dei à luz essa menina, mas, temendo que você sentisse um justo ressentimento por ela não ter provado ser o menino que desejava, levei-a a um monte de feno e deixei-a ali. Algumas semanas depois você voltou e, felizmente para mim, não fez nenhuma pergunta sobre o assunto. Tranquilizada em relação ao bem-estar da minha filha, logo me esqueci de que tinha uma, tanto que, quando pouco depois nós a encontramos no mesmo monte de feno onde eu a havia deixado, estava tão ignorante de que era minha quanto você, e nada, acredito, teria feito esse fato voltar à minha memória a não ser acidentalmente ter ouvido a voz dela, que agora me parece ser idêntica à da minha filha."

"A explicação racional e convincente que você deu de toda a questão", disse Sir George, "faz com que não reste dúvida de que ela é nossa filha e, como tal, eu a perdoo do roubo do qual é culpada."

Uma reconciliação mútua ocorreu então e Eliza, subindo na carruagem com seus dois filhos, voltou à casa de onde estivera ausente por quase quatro anos.

Logo que o poder ao qual estivera acostumada em Harcourt Hall fora restabelecido, Eliza organizou um exército com o qual demoliu completamente a Newgate da duquesa, apesar de ela ser tão aconchegante; e, com esse ato, ganhou as bênçãos de milhares de pessoas e os aplausos de seu próprio coração.

Finis

As aventuras do sr. Harley,

um conto curto, porém interessante, com todo o respeito imaginável oferecido ao sr. Francis William Austen, aspirante a bordo do navio de sua majestade, o *Perseverance*, por sua obediente criada,

a autora.

O sr. Harley tinha muitos irmãos. Como seu pai queria que entrasse para a Igreja e sua mãe queria que entrasse para a Marinha, desejoso de agradar a ambos, pediu a Sir John que obtivesse uma capelania a bordo de um navio de guerra. Com isso, cortou o cabelo e foi navegar.

Após seis meses, o sr. Harley retornou e foi de diligência para Hogsworth Green, propriedade de Emma. Seus companheiros de viagem eram um homem sem chapéu, outro com dois, uma velha solteirona e uma jovem esposa.

Esta última parecia ter cerca de dezessete anos e tinha belos olhos escuros e uma silhueta elegante; em resumo, o sr. Harley logo descobriu que era Emma e lembrou que havia se casado com ela algumas semanas antes de deixar a Inglaterra.

Finis

Sir William Mountague,

uma obra inacabada,
é humildemente dedicada ao sr. Charles John Austen[11]
por sua humilde e obediente criada,

a autora.

Sir William Mountague era filho de Sir Henry Mountague, que era filho de Sir John Mountague, um descendente de Sir Christopher Mountague, que era sobrinho de sir Edward Mountague, cujo ancestral era Sir James

Mountague, um parente próximo de Sir Robert Mountague, que herdou o título e a propriedade de Sir Frederic Mountague.

Sir William tinha cerca de dezessete anos quando seu pai morreu e deixou-lhe uma bela fortuna, uma casa muito antiga e um terreno bem provido de cervos. Fazia pouco tempo que a herança de Sir William estava em suas mãos quando ele se apaixonou pelas três srtas. Clifton de Kilhoobery Park. Essas moças eram todas igualmente jovens, igualmente belas, igualmente ricas e igualmente afáveis — Sir William estava igualmente apaixonado por todas e, sem saber quem preferia, saiu da região e alugou um aposento numa cidadezinha perto de Dover.

Em seu retiro, para o qual fora na esperança de encontrar refúgio das dores do amor, Sir William enamorou-se de uma jovem viúva de boa família, que veio para a mesma cidade buscando mudar de ares após a morte do marido, que sempre amara ternamente e cuja morte lamentava com sinceridade.

Lady Percival era jovem, bem-educada e bela. Sir William a idolatrava e ela consentiu em se tornar sua esposa. Enfaticamente pressionada por ele para marcar a data em que a conduziria ao altar, Lady Percival decidiu-se pela segunda-feira seguinte, que era 1º de setembro. Sir William adorava caçar e não podia suportar a ideia de perder tal dia,* mesmo por tal causa. Ele implorou-lhe que adiasse a cerimônia por um curto período. Lady Percival ficou furiosa e voltou a Londres na manhã seguinte.

Sir William lamentou perdê-la, mas, como sabia que teria sofrido muito mais com a perda do 1º de setembro, sua tristeza se misturou com um pouco de felicidade e sua angústia foi consideravelmente aliviada por sua alegria.

Após permanecer na cidadezinha por mais algumas

* Na Inglaterra do século XIX, era no dia 1º de setembro que começava a temporada de caça às perdizes. (N. T.)

semanas, ele partiu para a casa de um amigo em Surrey. O sr. Brudenell era um homem sensato e tinha uma linda sobrinha por quem Sir William logo se apaixonou. Mas a srta. Arundel era cruel; ela preferia certo sr. Stanhope. Sir William deu um tiro nele: a dama então não tinha mais motivos para recusá-lo; aceitou sua mão e marcaram a cerimônia para o dia 27 de outubro. Mas no dia 25 Sir William recebeu uma visita de Emma Stanhope, irmã da infeliz vítima de sua fúria. Ela implorou por alguma compensação, uma reparação pelo cruel assassinato do irmão. Sir William disse que podia escolher quanto queria. Ela pediu catorze xelins. Sir William ofereceu-lhe sua mão e sua fortuna. Eles foram para Londres no dia seguinte e se casaram numa cerimônia privada. Durante duas semanas Sir William foi completamente feliz, mas um dia, quando por acaso viu uma encantadora jovem entrando numa carruagem na rua Brook, sentiu de novo uma violenta paixão. Ao perguntar o nome dessa bela desconhecida, descobriu que era a irmã de sua velha amiga Lady Percival, o que o fez regozijar-se muito, já que ele esperava, através de sua amizade com essa dama, ter livre acesso à srta. Wentworth...

Finis

As memórias do sr. Clifford

Um conto inacabado

Para o sr. Charles John Austen

Senhor,

Sua generosa condescendência para com o conto inacabado que já tomei a liberdade de dedicar-lhe me encoraja a dedicar-lhe um segundo, tão inacabado quanto o primeiro.

Os mais profundos respeitos ao senhor e à sua nobre família, de sua mais obediente etc. etc...

a autora.

O sr. Clifford vivia em Bath e, como jamais vira Londres, partiu certa manhã de segunda-feira decidido a regalar os olhos com a visão daquela grande metrópole. Ele foi em seu coche puxado por quatro cavalos, pois era um jovem muito rico e tinha diversos veículos, dos quais não lembro nem a metade. Só recordo que tinha um coche, uma sege, uma caleça, um landau, um landau pequeno, um fáeton, uma *gig*, um *whiskey*, uma cadeira italiana, um *buggy*, um *curricle* e um carrinho de mão. Além disso, possuía uma quantidade incrível de cavalos. Pelo que sei, tinha seis cinzas, quatro baios, oito negros e um pônei.

De coche com quatro cavalos baios o sr. Clifford partiu às cinco da manhã de segunda-feira, dia 1º de maio, para Londres. Sempre viajava com extraordinária rapidez e por isso conseguiu ir de Bath a Devizes, percorrendo uma distância de não menos de trinta quilômetros, no primeiro dia.[12] É claro que não chegou antes das onze da noite e mesmo assim foi a maior dificuldade, como você pode imaginar.

No entanto, uma vez que chegou a Devizes, o sr. Clifford estava determinado a se confortar com uma refeição quente e, por isso, ordenou que um ovo inteiro fosse cozido para ele e seus criados. Na manhã seguinte, continuou sua jornada e, após pelejar por três dias, chegou a Overton, onde foi acometido de uma febre perigosa, consequência de um esforço violento demais.

Por cinco meses nosso herói permaneceu nessa célebre cidade sob os cuidados de seu não menos célebre médico, que afinal deixou-o completamente curado da preocupante doença.

Como o sr. Clifford ainda estava muito fraco, a jornada

do primeiro dia levou-o apenas até a Dean Gate,* onde ele permaneceu por alguns dias, sentindo-se muito melhor graças à mudança de ares.

Em estágios curtos, o sr. Clifford prosseguiu até Basingstoke, levando um dia para chegar a Clarkengreen, mais um a Worting, o terceiro até o sopé da colina Basingstoke, o quarto até a casa do sr. Robins...[13]

Finis

A bela Cassandra,

Um romance em doze capítulos,
dedicado com permissão à srta. Austen.[14]

Dedicatória

Senhorita:

Você é uma fênix. Seu gosto é refinado, seus sentimentos são nobres, suas virtudes são inúmeras. Sua figura é adorável, sua silhueta é elegante e sua forma é majestosa. Seus modos são educados, seu discurso é racional e sua aparência é singular. Se, portanto, a história a seguir lhe der um segundo de diversão, serão realizados todos os desejos de

Sua mais humilde
e obediente criada,
a autora.

CAPÍTULO PRIMEIRO

Cassandra era a única filha de um célebre chapeleiro da rua Bond. Seu pai era de família nobre, sendo parente próximo do mordomo da duquesa de ...

*A estalagem Dean Gate, que existe até hoje, fica perto da cidade de Steventon, onde Jane Austen nasceu. (N. T.)

CAPÍTULO SEGUNDO

Quando Cassandra completou dezesseis anos, ela era bela e afável e, ao por acaso se apaixonar por um elegante chapéu que sua mãe acabara de fazer, encomendado pela condessa de ..., colocou-o em sua linda cabeça e saiu da loja da mãe para tentar a sorte.

CAPÍTULO TERCEIRO

A primeira pessoa que encontrou foi o visconde de ..., um jovem não menos célebre por seus talentos e virtudes do que por sua elegância e beleza. Cassandra fez uma mesura e seguiu em frente.

CAPÍTULO QUARTO

Ela então seguiu para uma confeitaria, onde devorou seis sorvetes, recusou-se a pagar por eles, derrubou o confeiteiro com um soco e se afastou.

CAPÍTULO QUINTO

Depois, subiu numa carruagem de aluguel e ordenou que esta fosse até Hampstead; assim que chegou, mandou o cocheiro dar meia-volta e levá-la de novo ao ponto de partida.

CAPÍTULO SEXTO

Quando estava no mesmo ponto da mesma rua onde pegara a carruagem, o cocheiro exigiu seu pagamento.

CAPÍTULO SÉTIMO

Cassandra revirou e revirou os bolsos; mas todas as buscas fracassaram. Não encontrou nenhum dinheiro. O homem tornou-se peremptório. Ela colocou o chapéu na cabeça e saiu correndo.

CAPÍTULO OITAVO

Cassandra então passou por muitas ruas e não se deparou com nenhuma aventura até que, ao virar uma esquina da praça Bloomsbury, encontrou Maria.

CAPÍTULO NONO

Cassandra sobressaltou-se e Maria pareceu surpresa; elas estremeceram, coraram, empalideceram e passaram uma pela outra em silêncio mútuo.

CAPÍTULO DÉCIMO

Cassandra foi então abordada por sua amiga viúva que, espremendo sua cabecinha por uma janelinha, perguntou-lhe como ia. Cassandra fez uma mesura e seguiu em frente.

CAPÍTULO DÉCIMO PRIMEIRO

Após percorrer quatrocentos metros, ela chegou à casa dos pais na rua Bond, de onde estava ausente havia quase sete horas.

CAPÍTULO DÉCIMO SEGUNDO

Cassandra entrou na casa e foi apertada contra o peito maternal de sua nobre progenitora. Ela sorriu e sussurrou de si para si, "Este foi um dia bem empregado".

Finis

Amelia Webster,

uma interessante e bem escrita história,
é dedicada com permissão
à
sra. Austen[15]
por
sua humilde criada,
a autora.

CARTA PRIMEIRA

Para a srta. Webster

Minha cara Amelia,

Você ficará radiante em saber que meu amável irmão voltou do exterior. Ele chegou na quinta-feira e eu jamais vi alguém tão belo, com exceção dessa sua sincera amiga

Matilda Hervey

CARTA SEGUNDA

Para o sr. H. Beverley

Caro Beverley,

Cheguei aqui na quinta-feira passada e recebi uma calorosa acolhida de meu pai, minha mãe e minhas irmãs. As últimas são ambas belas meninas, particularmente Maud, que acho que seria bastante apropriada para você se casar. O que me diz? Ela terá duas mil libras de dote mais o que você conseguir arrancar. Se não se casar com ela, ofenderá mortalmente o seu

George Hervey

CARTA TERCEIRA

Para a srta. Hervey

Cara Maud,

Acredite, estou feliz de saber da chegada de seu irmão. Tenho mil coisas para lhe contar, mas o tamanho do papel só me permitirá acrescentar que sou sua afetuosa amiga

Amelia Webster

CARTA QUARTA

Para a srta. S. Hervey

Cara Sally,

Encontrei um velho carvalho oco muito conveniente para escondermos nossas cartas; pois você sabe que há muito temos nos correspondido em segredo. Fica a cerca de dois quilômetros da minha casa e doze da sua. Talvez você imagine que eu poderia ter escolhido uma árvore que teria dividido a distância mais igualmente — pensei isso na hora, mas, como considerei que a caminhada seria um benefício para sua saúde fraca e incerta, preferi essa a uma mais próxima de sua casa, e sou seu fiel

Benjamin Bar

CARTA QUINTA

Para a srta. Hervey

Cara Maud,

Escrevo agora para informá-la que não parei em sua casa quando estava a caminho de Bath na segunda passada. Tenho muitas outras coisas a lhe contar, mas o papel me lembra de concluir; acredite que serei sempre sua etc.

Amelia Webster

CARTA SEXTA

Para a srta. Webster

Sábado

Madame,

Um humilde admirador se dirige à senhorita. Eu a vi, beleza adorável, quando passou em frente à nossa casa na segunda-feira, a caminho de Bath. Vi-a pelo telescópio e fiquei tão impressionado com seus encantos que, desde então, não consegui mais botar um grão de comida na boca.

George Hervey

CARTA SÉTIMA

Para Jack

Quando estava tomando café hoje de manhã, me trouxeram o jornal e, na lista de casamentos, li o seguinte:

Sr. George Hervey e srta. Amelia Webster;

Sr. Henry Beverley e srta. Hervey

e

Sr. Benjamin Bar e srta. Sarah Hervey

Atenciosamente, Tom

Finis

A visita

Uma comédia em dois atos

Dedicatória
Ao reverendo James Austen[16]

Senhor,

O seguinte drama, que eu humildemente recomendo à sua proteção e patronagem, embora inferior àquelas célebres comédias chamadas *A escola do ciúmes* e *O homem viajado*,[17] divertirá, espero, um pouco um cura tão respeitável quanto o senhor; fim almejado quando foi composto por sua humilde criada,

a autora.

Dramatis personae

Sir Arthur Hampton	Lady Hampton
Lord Fitzgerald	Srta. Fitzgerald
Stanly	Sophy Hampton
Willoughby, sobrinho de Sir Arthur	Cloe Willoughby

As cenas se passam na casa de Lord Fitzgerald.

ATO PRIMEIRO

Cena primeira. Uma sala de estar.

Entram LORD FITZGERALD *e* STANLY.

STANLY Primo, um seu criado.

FITZGERALD Stanly, bom dia. Espero que tenha dormido bem a noite passada.

STANLY Extraordinariamente bem, obrigado.

FITZGERALD Temo que tenha achado sua cama curta demais. Ela foi comprada na época da minha avó, que era uma mulher muito baixa e fazia questão de ajustar todas as camas à sua altura, pois jamais desejava ter convidados em casa devido a um infeliz defeito na fala que ela sabia ser muito desagradável para seus hóspedes.

STANLY Não é preciso explicar, meu caro Fitzgerald.

FITZGERALD Não vou afligi-lo sendo educado demais — apenas imploro que se sinta tão à vontade quanto na casa de seu pai. Lembre, "quanto menor é a cerimônia, mais bem-vinda será a pessoa".

[*Sai* FITZGERALD.]

STANLY Que jovem amável!

Se suas virtudes pudesse imitar
Stanly veria seu futuro brilhar!

[*Sai* STANLY.]

Cena segunda.

STANLY e SRTA. FITZGERALD *em meio a uma conversa.*

STANLY Que convidados está esperando para o jantar hoje, prima?

SRTA. F. Sir Arthur e Lady Hampton; suas filhas, seu sobrinho e sua sobrinha.

STANLY A mais velha das irmãs Hampton e sua prima são bonitas, não são?

SRTA. F. A srta. Willoughby é extremamente bonita. A srta. Hampton é uma bela moça, mas não tanto quanto a outra.

STANLY Seu irmão não está apaixonado pela srta. Hampton?

SRTA. F. Sei que ele a admira, mas acredito que seja só isso. De fato o ouvi dizer que ela é a moça mais linda e adorável do mundo e a que mais gostaria que fosse sua esposa. Mas nunca foi além disso, tenho certeza.

STANLY No entanto, meu primo jamais diz algo que não sente.

SRTA. F. Nunca. Desde o berço, ateve-se estritamente à verdade. [Só contou uma mentira uma vez, e apenas para me agradar. De fato posso afirmar que jamais houve irmão igual!][18]

[*Saem separadamente.*]

Fim do primeiro ato.

ATO SEGUNDO

Cena primeira. Sala de visitas.

Cadeiras postas uma ao lado da outra.
LORD FITZGERALD, SRTA. FITZGERALD
e STANLY, *sentados.*
Entra um criado.

CRIADO Sir Arthur e Lady Hampton. Sra. Hampton, sr. e srta. Willoughby.

[CRIADO *sai. Entram os* CONVIDADOS.]

SRTA. F. Espero sinceramente que esteja bem, madame. Sua criada, Sir Arthur. Sua criada, sr. Willoughby. Querida Sophy, querida Cloe...

[*Eles se cumprimentam alternadamente.*]

SRTA. F. Por favor, sentem-se. [*Eles se sentam.*] Minha nossa! Deveria haver oito cadeiras, mas há apenas seis. No entanto, se a senhora ficar com Sir Arthur no colo e Sophy ficar com meu irmão no dela, acredito que ficaremos confortáveis.

LADY H. Oh! Com prazer...

SOPHY Por favor, sente-se, Lord Fitzgerald.

SRTA. F. Fico realmente chocada por ter de apinhá-los dessa maneira, mas minha avó (que comprou todos os móveis deste cômodo), como jamais reunia muita gente, não achou necessário comprar mais cadeiras do que o suficiente para sua própria família e dois amigos íntimos.

SOPHY Por favor, não peça desculpas. Seu irmão é muito leve.

STANLY [*à parte*] Cloe parece um querubim!

CLOE [*à parte*] Stanly parece um serafim.

[*Entra um* CRIADO.]

CRIADO O jantar está servido.

[*Todos se levantam.*]

SRTA. F. Lady Hampton, srta. Hampton, srta. Willoughby.

[STANLY *dá o braço a* CLOE; LORD FITZGERALD *a* SOPHY;

WILLOUGHBY, *à* SRTA. FITZGERALD; *e* SIR ARTHUR, *a* LADY HAMPTON. *Eles saem.*]

Cena segunda. Sala de jantar.

SRTA. FITZGERALD *e* LORD FITZGERALD *estão nas cabeceiras. Os outros convidados estão de cada lado da mesa. Os criados servem.*

CLOE Terei de perturbá-lo, sr. Stanly, pedindo um pouco de pata de vaca frita com cebola.

STANLY Oh, senhorita, há um prazer secreto em servir uma dama tão amável.

LADY H. Eu lhe asseguro, Lord Fitzgerald, que Sir Arthur jamais bebe vinho; mas tenho certeza de que Sophy molhará a goela para agradá-lo.

LORD F. Vinho de sabugueiro ou hidromel, srta. Hampton?

SOPHY Se não se importar, senhor, prefiro cerveja morna com uma torrada e noz-moscada.

LORD F. Dois copos de cerveja morna com uma torrada e noz-moscada.

SRTA. F. Temo que não esteja comendo, sr. Willoughby. Receio que não tenha visto nada de que gostou.

WILLOUGHBY Oh, senhorita! Sempre estarei satisfeito enquanto houver arenque defumado na mesa.

LORD F. Sir Arthur, prove aquela tripa. Creio que não vai achá-la ruim.

LADY H. Sir Arthur jamais come tripa; o gosto é forte demais para ele, Lord Fitzgerald.

SRTA. F. Leve o fígado e o galo e traga o bolo de lombo.

[*Uma pequena pausa.*]

SRTA. F. Sir Arthur, não quer um pouco de bolo de lombo?

LADY H. Sir Arthur jamais come bolo de lombo, senhorita. É um prato *faisandé* demais para ele.

SRTA. F. Ninguém me dará a honra de servi-lo? Então, John, leve o bolo de lombo e traga o vinho.

[*Os* CRIADOS *levam os pratos e trazem a garrafa e os copos.*]

LORD F. Gostaria que tivéssemos alguma sobremesa para lhes oferecer. Mas minha avó, em vida, destruiu a estufa para construir um cercado para os perus com todo o necessário; e jamais conseguimos construir outra decente.

LADY H. Por favor, não peça desculpas, Lord Fitzgerald.

WILLOUGHBY Meninas, vamos passar essa garrafa para todos.

SOPHY Uma ótima ideia, primo; e a apoio com todo o coração. Stanly, você não está bebendo.

STANLY Senhorita, estou bebendo poções de amor dos olhos de Cloe.

SOPHY Isso certamente não é nutritivo. Vamos, beba e faça um brinde a ela.

[*A* SRTA. FITZGERALD *vai até um armário e tira uma garrafa.*]

SRTA. F. Isto, senhoras e senhores, é o que minha querida avó produzia ela própria. Seu vinho de groselha é excelente. Gostaria de provar, Lady Hampton?

LADY H. Como é refrescante!

SRTA. F. Creio, se vossa senhoria permitir, que Sir Arthur gostaria de provar um pouco.

LADY H. De jeito nenhum. Sir Arthur jamais bebe nada tão *faisandé.*

LORD F. E agora, minha amável Sophia, consinta em se casar comigo.

[*Ele pega a mão dela e a leva até a frente.*]

STANLY Oh! Cloe, se eu pudesse esperar ser tão abençoado...

CLOE Aceito.

[*Eles avançam.*]

SRTA. F. Já que você, Willoughby, é o único que sobrou, não posso recusar suas fervorosas solicitações — aqui está minha mão.

LADY H. E que todos vocês sejam felizes!

Finis

O mistério

Uma comédia inacabada

Dedicatória
Ao reverendo George Austen.[19]

Senhor,

Humildemente peço sua patronagem à seguinte comédia, que, embora esteja inacabada, é, creio poder dizer, um mistério tão profundo quanto qualquer um que existe.

Sou, senhor, sua mais humilde criada,

a autora.

Dramatis personae

Coronel Elliot	Fanny Elliot
Sir Edward Spangle	Sra. Humbug
Velho Humbug	Daphne
Jovem Humbug	
Corydon	

ATO PRIMEIRO

Cena primeira. Um jardim.

Entra CORYDON.

CORY Mas, silêncio! Alguém me interrompe.

[*Sai* CORYDON. *Entram* VELHO HUMBUG *e seu* FILHO, *conversando*.]

VELHO HUM É por esse motivo que desejo que siga meu conselho. Está convencido de que estou certo?

JOVEM HUM Estou, senhor, e certamente agirei da maneira que me indicou.

VELHO HUM Então, vamos voltar para casa.

[*Saem*.]

Cena segunda. Uma sala na casa de HUMBUG.

SRA. HUMBUG *e* FANNY, *costurando.*

SRA. HUM Entendeu o que eu disse, meu amor?

FANNY Perfeitamente, senhora. Por favor, continue sua narrativa.

SRA. HUM Infelizmente, ela está quase concluída, pois eu nada mais tenho a dizer sobre o assunto.

FANNY Ah! Aqui está Daphne.

[*Entra* DAPHNE.]

DAPHNE Minha cara sra. Humbug, como está? Oh, Fanny! Está tudo acabado.

FANNY É mesmo?

SRA. HUM Lamento muito.

FANNY Portanto, foi tudo em vão...

DAPHNE Completamente.

SRA. HUM E o que vai ser de?...

DAPHNE Oh! Isso está resolvido. [*Sussurra para a* SRA. HUMBUG.]

FANNY E como ficará?

DAPHNE Eu lhe direi. [*Sussurra para* FANNY.]

SRA. HUM E ele vai?...

DAPHNE Vou lhe dizer tudo o que sei sobre isso.

[*Sussurra para a* SRA. HUMBUG *e* FANNY.]

FANNY Bem! Agora que já sei tudo sobre isso, vou-me embora [me vestir].[20]

SRA. HUM, DAPHNE Eu também.

[*Saem.*]

Cena terceira.

A cortina se ergue e vemos SIR EDWARD SPANGLE *reclinado numa postura elegante sobre um sofá, dormindo a sono solto.*

Entra o CORONEL ELLIOT.

CORONEL Estou vendo que minha filha não está aqui... Lá

está Sir Edward... Devo lhe contar um segredo?... Não, ele certamente fará fofoca... Mas está dormindo e não vai me escutar... Então, eu me arriscarei.

[*Se aproxima de* SIR EDWARD, *sussurra para ele e sai.*]

Fim do primeiro ato.

Finis.

Ao sr. Edward Austen,[21]
o seguinte romance inacabado
é respeitosamente dedicado
por
sua obediente e humilde criada,
a autora.

As três irmãs[22]

Um romance

Da srta. Stanhope à sra. ...

Minha cara Fanny,

Sou a criatura mais feliz do mundo, pois recebi um pedido de casamento do sr. Watts. É o primeiro que me fazem e eu não teria como dar-lhe mais valor. Que vitória sobre as Dutton! Não tenho intenção de aceitar, ao menos creio que não, mas, como não tenho perfeita certeza, dei a ele uma resposta ambígua e me retirei. E agora, minha cara Fanny, quero que você me diga se devo ou não aceitar o pedido, mas, para que possa julgar os méritos dele e a situação em que me encontro, eu lhe relatarei tudo. O sr. Watts é um homem bastante velho, com cerca de trinta e dois anos, muito feio, *tão* feio que nem consigo olhar para ele. Ele é extremamente desagradável e eu o odeio mais que a qualquer outra pessoa no mundo. Tem uma grande fortuna e me deixará uma boa parte dela; no entanto, sua saúde é muito boa. Em resumo, não sei o que fazer. Se recusar, ele praticamente me afirmou que pedirá a mão de Sophy e, se ela recusar, a de Georgiana, e eu não suportaria se qualquer uma das duas se casasse antes de mim. Se eu aceitar, sei que serei infeliz o resto da vida, pois ele tem o temperamento muito ruim, é rabugento, extremamente ciumento e tão muquirana que será impossível viver sob o mesmo teto que ele. O sr. Watts me disse que mencionaria seu pedido a mamãe, mas insisti que não o fizesse, pois é muito provável que ela me obrigue a casar com ele quer eu queira, quer não; no entanto, ele deve ter mencionado sim, pois jamais faz qualquer coisa que lhe pedem. Acredito que vou aceitar. Será uma vitória tão grande me casar antes de Sophy, Georgiana e as Dutton; e ele prometeu mandar fazer uma carruagem nova para a ocasião, mas nós quase brigamos por causa da cor, pois insisti que fosse azul com bolinhas prateadas e ele declarou que seria cor de chocolate e, para me irritar ainda mais, disse que seria tão baixa quanto sua carruagem antiga. Vou recusar o pedido, afirmo a você. Ele disse que viria amanhã saber minha resposta definitiva, por isso acredito que devo agarrá-lo enquanto posso. Sei que as Dutton vão me invejar e poderei ser a mulher casada que acompanhará Sophy e Georgiana em todos os bailes do inverno. Por outro lado, de que adiantará isso quando ele provavelmente não deixará que eu vá, pois detesta dançar [e tem a firme opinião de que as mulheres nunca devem sair de casa]?[23] O sr. Watts não consegue imaginar que outra pessoa possa gostar do que ele próprio odeia; além do mais, vive falando que as mulheres devem ficar em casa e outras bobagens assim. Acredito que vou recusar o pedido; recusaria imediatamente se tivesse certeza de que nenhuma das minhas duas irmãs o aceitaria e de que, se não aceitassem, ele não pediria a mão das Dutton. Não posso correr tal risco e, portanto, se ele prometer encomendar a carruagem do jeito que eu quiser, aceitarei; se não, ele pode andar nela sozinho.

Espero que tenha gostado de minha decisão; não posso imaginar uma melhor. Sua sempre afetuosa,

Mary Stanhope

Da mesma para a mesma

Cara Fanny,

Acabara de selar minha última carta para você quando minha mãe se aproximou e disse que queria falar comigo sobre um assunto muito delicado.

"Ah! Já sei a que se refere", disse eu. "Aquele velho bobo do sr. Watts lhe contou tudo, embora eu tenha pedido que não o fizesse. No entanto, você não me forçará a aceitá-lo se eu não quiser."

"Não vou forçá-la, filha, mas quero apenas saber o que você decidiu em relação ao pedido dele e insistir que resolva se o quer ou não, pois desse modo, se *você* não o aceitar, talvez *Sophy* possa fazê-lo."

"Pois saiba", respondi rapidamente, "que Sophy não precisa se incomodar, pois certamente me casarei com ele."

"Se essa é sua decisão, por que tinha medo de que eu a forçasse a fazer qualquer coisa?"

"Ora, por quê! Porque não resolvi se quero me casar com ele ou não."

"Você é a menina mais estranha deste mundo, Mary. O que diz num minuto desdiz no minuto seguinte. Declare de uma vez por todas, tem ou não tem intenção de se casar com o sr. Watts?"

"Minha nossa, mamãe, como posso lhe dizer se eu própria não sei?"

"Então ordeno que saiba, e saiba logo, pois o sr. Watts disse que não vai ficar no suspense."

"Isso depende de mim."

"Não depende, não, pois, se não der sua resposta definitiva amanhã quando o sr. Watts vier tomar chá conosco, ele tem a intenção de pedir a mão de Sophy."

"Então contarei ao mundo todo que ele se comportou de maneira muito incorreta comigo."

"E de que vai adiantar? O sr. Watts já é desprezado pelo mundo todo há tanto tempo que não vai se importar com isso agora."

"Gostaria de ter um pai ou um irmão, pois eles lutariam com ele."

"Seriam espertos se lutassem, pois o sr. Watts fugiria da briga; portanto, você precisa e *vai* se resolver ou a aceitá-lo ou a recusá-lo até o fim da tarde de amanhã."

"Mas, se eu recusar, por que ele faz questão de pedir a mão das minhas irmãs?"

"Ora, por quê! Porque ele quer fazer uma aliança com esta família e porque as considera tão bonitas quanto você."

"Mas será que Sophy se casará com ele, mamãe, se ele pedir sua mão?"

"É muito provável; e por que não? Se, no entanto, ela decidir que não, Georgiana terá que se casar, pois estou determinada a não deixar escapar essa oportunidade de conseguir que uma de minhas filhas faça um casamento tão vantajoso. Portanto, use bem o seu tempo; vou deixá-la resolver sozinha." E ela foi embora. A única coisa que consigo pensar em fazer, minha cara Fanny, é perguntar a Sophy e Georgiana se elas aceitariam a mão do sr. Watts caso ele as pedisse em casamento; se elas disserem que não, estou resolvida a recusar também, pois o detesto mais do que você pode imaginar. Quanto às Dutton, se ele se casar com uma *delas* ainda terei a vitória de tê-lo recusado antes. Por isso, *adieu*, minha cara amiga...

Da sempre sua M. S.

Da srta. Georgiana Stanhope para a srta. ...

Quarta-feira

Minha cara Anne,

Sophy e eu acabamos de dizer uma pequena falsidade

para nossa irmã mais velha e estamos sentindo um pouco de culpa, mas as circunstâncias eram tais que acreditamos haver uma justificativa para nosso ato. Nosso vizinho, o sr. Watts, pediu Mary em casamento: a esse pedido, ela não soube como reagir, pois, embora tenha uma grande aversão por ele (no que não está sozinha), prefere ser sua esposa a correr o risco de vê-lo oferecer sua mão a Sophy ou a mim, o que, caso ela recusasse, ele lhe disse que faria; pois você deve saber que a pobre menina acha que, se nós nos casarmos antes dela, essa seria uma das maiores desgraças que lhe poderiam acontecer e, apenas para impedir isso, garantiria para si mesma uma vida de infelicidade eterna unindo-se ao sr. Watts. Há uma hora ela veio sondar nossas inclinações a respeito do assunto, pois nossa decisão determinaria a sua. Pouco antes de vir, minha mãe nos relatara tudo, dizendo-nos que certamente não permitiria que o sr. Watts buscasse uma esposa em outra família. "Portanto", disse ela, "se Mary recusar o pedido dele, Sophy deverá aceitar, e, se Sophy não aceitar, Georgiana *irá* aceitar." Pobre de mim! Nem eu nem minha irmã tentamos alterar a decisão de minha mãe, que, lamento dizer, em geral é mais inflexível do que racional. Assim que ela se retirou, no entanto, quebrei o silêncio para assegurar a Sophy que, se Mary recusasse o sr. Watts, eu não esperaria que ela sacrificasse *sua* felicidade tornando-se esposa dele para ser generosa comigo, algo que temia que a boa natureza e o amor fraternal fossem induzi-la a fazer.

"Vamos ser otimistas", respondeu ela, "e acreditar que Mary não recusará o pedido. No entanto, como posso esperar que minha irmã aceite a mão de um homem que jamais poderá fazê-la feliz?"

"*Ele* não pode, é verdade, mas sua fortuna, seu nome, sua mansão e sua carruagem o farão, e eu não tenho dúvida de que Mary aceitará o pedido. Na verdade, por que não deveria aceitar? Ele tem apenas trinta e dois anos; uma idade muito apropriada para um homem se casar;

é bastante feio, é verdade, mas de que vale a beleza num homem? Se tiver uma postura elegante e um rosto sensato, isso é suficiente."

"Tudo isso é verdade, Georgiana, mas a silhueta do sr. Watts infelizmente é extremamente vulgar e ele tem as feições muito brutas."

"E quanto a seu temperamento, dizem que é ruim, mas será que o mundo não se enganou em sua opinião? Há uma franqueza de personalidade nele que fica bem num homem. Dizem que é avarento; mas chamaremos isso de prudência. Dizem que é desconfiado; isso vem de um fervor que sempre é desculpável na juventude. Em resumo, não vejo por que ele não daria um ótimo marido ou por que Mary não seria muito feliz ao seu lado."

Sophy riu; continuei:

"No entanto, quer Mary aceite seu pedido ou não, estou resolvida. Minha decisão está tomada. Jamais me casaria com o sr. Watts, mesmo que a mendicância fosse a única alternativa. Tão deficiente em todos os respeitos! Horrendo em aparência e sem uma qualidade que compense isso. Sua fortuna sem dúvida é boa. Mas não tão grande assim! Três mil libras por ano. O que são três mil libras por ano? Apenas seis vezes mais do que a renda de minha mãe. Isso não me tentará."

"No entanto, será uma bela fortuna para Mary", disse Sophy, rindo mais uma vez.

"Para Mary! Sim, de fato, me dará prazer ver *Mary* com tanta opulência."

Assim tagarelei, para grande divertimento da minha irmã, até que Mary entrou no quarto aparentando grande agitação. Ela se sentou. Nós lhe demos uma cadeira perto do fogo. Ela parecia não saber como começar e finalmente disse, um pouco confusa,

"Diga-me, Sophy, você tem pensado em se casar?"

"Casar! De jeito nenhum. Mas por que me pergunta? Sabe de alguém que pretende me pedir em casamento?"

"Eu... não, como saberia? Mas não posso lhe fazer uma pergunta comum?"

"Certamente não é uma pergunta tão comum, Mary", disse eu. Ela ficou em silêncio e, após alguns momentos, prosseguiu,

"Gostaria de se casar com o sr. Watts, Sophy?"

Pisquei para Sophy e respondi por ela. "Qualquer pessoa ficaria radiante em se casar com um homem que tem três mil por ano [e uma caleça de dois cavalos com arreios de prata, um porta-malas na frente e uma janela atrás]."[24]

"É verdade", disse ela. "Bem verdade. Então você aceitaria se ele a pedisse em casamento, Georgiana; e *você*, Sophy?"

Sophy não gostou da ideia de contar uma mentira e enganar Mary; ela evitou-o e aplacou meia consciência com uma ambiguidade.

"Eu certamente agiria da mesma maneira que Georgiana."

"Bem", disse Mary, com uma olhar triunfal, "*eu* recebi um pedido de casamento do sr. Watts."

Nós, é claro, ficamos muito surpresas.

"Oh! Não aceite", disse eu, "então, talvez, ele queira se casar comigo."

Em resumo, meu plano deu certo e Mary, para impedir nossa suposta felicidade, está decidida a fazer algo que não faria se soubesse que está, na realidade, assegurando-a. Mas, no fim das contas, meu coração não me perdoa, e Sophy tem ainda mais escrúpulos. Acalme nossas mentes, minha cara Anne, escrevendo-nos e dizendo que aprova nossa conduta. Reflita bem. Mary sentirá um prazer real em ser uma mulher casada e em poder ser nossa acompanhante, o que ela decerto fará, pois considero meu dever contribuir o máximo que puder para sua felicidade numa situação que a fiz escolher. Eles provavelmente comprarão uma nova carruagem, o que será o paraíso para ela e, se nós conseguirmos convencer o sr. Watts a equipar seu fáeton também, ela não caberá em si de alegria. Essas coisas, no entanto, não consolariam a mim ou a Sophy pela infelicidade na vida doméstica. Lembre-se de tudo isso e não nos condene.

Sexta-feira

A noite passada o sr. Watts, como combinado, veio tomar chá conosco. Assim que a carruagem dele parou diante da porta, Mary foi para a janela.

"Você acredita, Sophy", disse ela, "que esse velho bobo quer que sua nova caleça seja exatamente da mesma cor que a antiga, e tão baixa quanto ela também? Mas não vai ser — eu *vou* convencê-lo. E se ele não quiser que a caleça seja tão alta quanto a dos Dutton e azul com bolinhas prateadas, não vou aceitar seu pedido. Não, vou sim. Aí vem ele. Sei que vai ser grosseiro; sei que vai ser malcriado e não vai dizer uma coisa educada para mim! Nem se comportar como um pretendente." Mary então se sentou e o sr. Watts entrou.

"Senhoras, um seu criado."

Nós o cumprimentamos e ele se sentou.

"O tempo está ótimo, senhoras", disse e, então, voltando-se para Mary. "Bem, srta. Stanhope, espero que *finalmente* tenha se decidido; e que tenha a bondade de me dizer se vai *consentir* ou não em ser minha esposa."

"Acho, senhor", disse Mary, "que podia ter feito a pergunta de maneira mais polida. Não sei se aceitarei seu pedido caso se comporte de forma tão estranha."

"Mary!", disse minha mãe.

"Bem, mamãe, se ele for tão grosseiro assim..."

"Quieta, quieta! Mary, você não vai ser rude com o sr. Watts."

"Por favor, senhora, não reprima a srta. Stanhope obrigando-a a ser educada. Se ela escolher não aceitar minha mão, posso oferecê-la a outrem; pois, já que não fui de forma nenhuma levado a pedi-la em casamento devido a uma preferência particular pela senhorita em relação a suas irmãs, tanto faz para mim qual das três se tornará minha esposa."

Será que já houve homem mais canalha? Sophy ficou vermelha de raiva e eu senti um ódio *tão* grande!

"Muito bem", disse Mary, num tom irritado, "aceito seu pedido, já que *tenho* de fazê-lo."

"Seria de imaginar, srta. Stanhope, que, quando alguém oferece as condições que lhe ofereci, não seria um esforço muito violento aceitar casar-se com essa pessoa."

Mary murmurou algo que eu, que estava perto dela, consegui escutar como sendo "Qual é a vantagem de uma grande herança se o homem for viver para sempre?". E então ela disse para que todos ouvissem, "Lembre-se do que terei para gastar; duzentos por ano".

"Cento e setenta e cinco, senhorita."

"Duzentos, senhor", disse minha mãe.

"E lembre-se de que eu ganharei uma carruagem nova tão alta quanto a dos Dutton e azul com bolinhas prateadas; e vou querer um cavalo de montaria novo, um enxoval de renda fina e um número infinito das mais valiosas joias. Diamantes como nunca se viu,[25] pérolas, rubis, esmeraldas e contas sem número. O senhor deverá equipar seu fáeton, que deverá ser pintado de creme com uma guirlanda de flores prateadas em volta; deverá comprar quatro dos melhores cavalos baios do reino e me levar para passear todos os dias. Isso não é tudo; o senhor deverá mobiliar sua casa inteira de acordo com meu gosto, contratar mais dois lacaios para me servir e duas mulheres para serem minhas criadas pessoais, deverá sempre me deixar fazer exatamente o que eu quiser e ser um ótimo marido para mim."

Aqui ela parou de falar, estando, acredito, bastante ofegante.

"É bastante razoável que minha filha queira isso, sr. Watts."

"E é bastante razoável que sua filha se decepcione, sra. Stanhope." Ele ia continuar, mas Mary interrompeu-o.

"O senhor deverá construir uma elegante estufa para mim e estocá-la de plantas. Deverá deixar que eu passe todos os invernos em Bath, todas as primaveras em Londres, todos os verões fazendo alguma viagem e todos os outonos em algum balneário. E, se nós estivermos em casa o resto do ano (Sophy e eu caímos na risada), não deverá fazer nada além de dar bailes. Deverá construir um cômodo com esse propósito e um teatro particular. A primeira peça que encenaremos nele será *Which Is the Man*,[26] e eu farei o papel de Lady Bell Bloomer."

"Por favor, me diga, srta. Stanhope", disse o sr. Watts, "o que devo esperar da senhorita em troca de tudo isso."

"Esperar? Ora, o senhor pode esperar me satisfazer."

"Seria estranho que não o fizesse. Suas expectativas, senhorita, são numerosas demais para mim, e devo então me dirigir à srta. Sophy, que talvez não as tenha em tanta abundância."

"O senhor se engana em supor isso", disse Sophy, "pois, embora minhas expectativas não sejam exatamente do mesmo tipo, são tão abundantes quanto as de minha irmã; espero que meu marido tenha bom temperamento e seja alegre; que sempre considere minha felicidade antes de tomar qualquer decisão; e que me ame com constância e sinceridade."

O sr. Watts arregalou os olhos. "São realmente ideias muito estranhas, minha jovem. É melhor descartá-las antes de se casar, ou será obrigada a fazê-lo depois."

Minha mãe enquanto isso ralhava com Mary, que sabia ter ido longe demais. E, quando o sr. Watts estava se voltando para mim com a intenção, acredito, de pedir minha mão, ela dirigiu-se a ele num tom ao mesmo tempo arrependido e emburrado.

"O senhor se engana, sr. Watts, se pensa que eu estava falando sério quando disse que esperava tanto. Porém, quero uma caleça nova."

"Sim, o senhor deve admitir que Mary tem o direito de querer isso."

"Sra. Stanhope é e *sempre foi* minha intenção comprar uma caleça nova ao me casar. Mas ela será da mesma cor da atual."

"Acho, sr. Stanhope, que poderia fazer a gentileza de consultar o gosto de minha filha nessas questões."

O sr. Watts se recusou a concordar e durante algum tempo insistiu que a carruagem teria que ser chocolate, enquanto Mary estava tão inflexível quanto ele em seu desejo de que fosse azul com bolinhas prateadas. No entanto, Sophy finalmente propôs que, para agradar o sr. Watts, a carruagem seria marrom-escura e, para agradar Mary, seria alta e teria a borda prateada. Afinal chegou-se a um acordo, embora com relutância de ambos os lados, pois os dois tinham a intenção de convencer completamente o outro. Então passamos a outras questões, e ficou decidido que eles se casariam assim que os documentos estivessem prontos. Mary estava muito ansiosa por obter uma licença especial, e o sr. Watts falou em proclamas.* Finalmente, eles concordaram com uma licença comum. Mary ficará com todas as joias da família, que não são muitas, acredito, e o sr. Watts prometeu comprar-lhe um cavalo de montaria; mas, em troca, ela não deve esperar ir a Londres ou fazer qualquer outra viagem durante três anos. Não ganhará nem a estufa nem o teatro nem o fáeton; e deverá se contentar com uma criada e nenhum lacaio adicional.

A noite inteira foi necessária para decidir essas questões; o sr. Watts jantou conosco e só foi embora à meia-noite. Assim que ele saiu, Mary exclamou,

"Graças a Deus! Finalmente ele foi embora; como eu o detesto!" Em vão mamãe lhe disse o quanto era impróprio desgostar tanto daquele que viria a ser seu marido,

* Obter uma licença especial da Igreja anglicana era a maneira mais cara de se casar naquela época, enquanto pedir que os proclamas do casamento fossem lidos no púlpito era a mais barata. (N. T.)

pois ela continuou a declarar sua aversão por ele e a esperar que jamais o visse de novo. Que casamento esse será! *Adieu*, minha cara Anne. Sua fiel e sincera,

Georgiana Stanhope

Da mesma para a mesma

Sábado

Cara Anne,

Mary, ansiosa para que todos soubessem de seu iminente casamento e desejando particularmente sua vitória, como ela diz, sobre as Dutton, quis que nós fôssemos esta manhã com ela até Stoneham. Como não tínhamos mais nada para fazer, logo concordamos e tivemos uma caminhada tão agradável quanto possível considerando-se que estávamos com Mary, que não fez outra coisa além de insultar o homem com quem logo vai se casar e suspirar por uma caleça azul de bolinhas prateadas. Quando chegamos à casa das Dutton, encontramos as duas jovens na sala de estar com um rapaz muito bonito que, naturalmente, nos foi apresentado. Ele é o filho de Sir Henry Brudenell, de Leicestershire — [não é da mesma família, tendo apenas um parentesco distante com ele. Sua irmã é casada com o irmão da mulher de John Dutton. Após algum tempo de reflexão, você vai compreender o que isso significa].[27] O sr. Brudenell é o homem mais bonito que já vi na minha vida; nós três estamos muito encantadas com ele. Mary, que, no segundo em que chegamos à sala, estava inchada com a consciência de sua própria importância e com o desejo de compartilhá-la com todos, não conseguiu ficar quieta por muito tempo após termos nos sentado e logo se dirigiu a Kitty, dizendo,

"Não acha que será necessário colocar todas as joias em novos engastes?"

"Necessário para o quê?"

"Ora, para o quê! Para minha apresentação."

"Sinto muito, mas realmente não compreendo. De que joias está falando e onde será feita essa apresentação?"

"No próximo baile, é claro, após eu me casar."

Você pode imaginar a surpresa delas. Primeiro ficaram incrédulas, mas, quando confirmamos, finalmente acreditaram. "E com quem?" foi, é claro, a primeira pergunta. Mary fingiu timidez e respondeu envergonhada, com os olhos baixos, "com o sr. Watts". Isso também exigiu nossa confirmação, pois elas mal puderam ser convencidas de que qualquer pessoa com a beleza e a fortuna (embora seja uma fortuna pequena e que só será herdada após a morte de minha mãe) de Mary se casaria de livre e espontânea vontade com o sr. Watts. Quando a questão já fora compreendida e se tornara o objeto da atenção de todos que ali se encontravam, Mary deixou de lado toda a vergonha e se tornou perfeitamente franca e comunicativa.

"Espanto-me que vocês não tenham ouvido falar nisso antes, pois em geral coisas dessa natureza são muito bem conhecidas numa vizinhança."

"Asseguro-lhe", disse Jemima, "que jamais desconfiei de nada. Faz tempo que ele está cortejando-a?"

"Oh! Sim, desde quarta-feira."

Todos sorriram, particularmente o sr. Brudenell.

"Você deve saber que o sr. Watts está muito apaixonado por mim, e portanto está se casando por amor."

"E você também, suponho", disse Kitty.

"Oh! Quando há tanto amor de um dos lados não há necessidade de haver do outro. No entanto, não desgosto muito dele, embora sem dúvida seja bastante feio."

O sr. Brudenell arregalou os olhos, as irmãs Dutton riram e Sophy e eu ficamos mortas de vergonha de nossa irmã. Ela continuou.

"Vamos comprar uma nova caleça e é provável que equipemos nosso fáeton."

Isso sabíamos ser mentira, mas a pobre menina estava feliz com a ideia de persuadir os outros de que tal coisa aconteceria, e eu decidi não privá-la de um prazer tão inofensivo. Ela continuou.

"O sr. Watts vai me dar as joias da família, que creio serem consideráveis."

Não consegui me conter e sussurrei para Sophy, "Já eu creio que não são".

"Essas joias, suponho, terão que ter novos engastes antes de poderem ser usadas. Só as usarei no primeiro baile ao qual for após meu casamento. Se a sra. Dutton não quiser ir, espero que me deixem ser a acompanhante de vocês; certamente levarei Sophy e Georgiana."

"Você é muito generosa", disse Kitty, "e, já que está inclinada a tomar conta de jovens moças, aconselho-a a convencer a sra. Edgecumbe a deixá-la acompanhar suas seis filhas, que, com suas duas irmãs e mais nós duas, tornarão sua entrada bastante respeitável."

Kitty fez sorrir a todos nós com exceção de Mary, que não entendeu e disse friamente que não ia gostar de acompanhar tanta gente. Sophy e eu então tentamos mudar de assunto, mas o conseguimos apenas durante alguns minutos, pois Mary fez questão de voltar a chamar a atenção para ela e seu casamento iminente. Lamentei por minha irmã ao ver que o sr. Brudenell parecia sentir prazer em ouvi-la falar no assunto, pois era evidente que seu único objetivo era rir dela. Temo que tenha achado-a bastante ridícula. Ele não deixou que suas feições o traíssem, porém era fácil ver que o fazia com dificuldade. Após algum tempo, no entanto, ele pareceu ficar fatigado e enojado da conversa ridícula de Mary, voltando-se para nós e trocando poucas palavras com ela durante a última meia hora de nossa visita. Assim que saímos de lá, todas elogiamos a aparência e os modos do sr. Brudenell.

Em nossa casa, encontramos o sr. Watts.

"Bem, srta. Stanhope", disse ele, "como vê, vim cortejá-la como um verdadeiro apaixonado."

"Bem, não precisava ter *dito* isso. Sei muito bem por que veio."

Sophy e eu então deixamos a sala, imaginando, é claro, que atrapalharíamos a corte dos dois. Ficamos surpresas ao ver que Mary veio atrás de nós quase imediatamente.

"E essa corte acabou tão rápido?", perguntou Sophy.

"Corte!", respondeu Mary. "Estávamos brigando. Watts é tão idiota! Espero jamais vê-lo de novo."

"Temo que terá de vê-lo, pois jantará conosco hoje. Mas qual foi o motivo da discussão?"

"Ora, só porque eu disse que esta manhã vi um homem muito mais bonito que ele, o sr. Watts teve um acesso de fúria e me chamou de megera. Por isso, permaneci na sala apenas tempo suficiente para lhe dizer que o achava um canalha e fui embora."

"Uma cena curta, porém doce", disse Sophy. "Mas me diga, Mary, como isso vai ser resolvido?"

"Ele devia me pedir perdão; mas, se o fizesse, eu não perdoaria."

"Portanto, sua submissão não seria muito útil."

Após nos vestirmos, voltamos à sala, onde mamãe e o sr. Watts conversavam com um ar confidencial. Pareceu que ele estava reclamando com ela do comportamento de sua filha, e que ela o persuadiu a esquecer o assunto. O sr. Watts, portanto, cumprimentou Mary com sua educação de sempre e, com exceção de uma menção ao fáeton e outra à estufa, a noite passou em grande harmonia e cordialidade. Watts vai a Londres para apressar os preparativos para o casamento.

De sua afetuosa amiga,

G. S.

Um fragmento

escrito para inculcar a prática da virtude

Todos sabemos que muitos são infelizes em seu progresso pelo mundo, mas não conhecemos todos com quem isso ocorre. Procurá-los, investigar suas necessidades e supri-las é o dever, e deveria ser a atividade, do homem. Mas poucos têm tempo, menos ainda inclinação e ninguém tem nem um nem outro para tais ocupações. Quem, entre aqueles que passam suas noites perspirando em bailes lotados, pode ter oportunidade de parar para pensar nos que suam de fadiga na labuta diária?][28]

A seguinte Ode à Piedade é dedicada à srta. Austen graças a um profundo conhecimento de sua natureza piedosa, por sua obediente e humilde criada,

a autora.

Ode à piedade

1

Sempre pensando me deleito em trilhar
Os caminhos da honra e a alameda de murtas
Enquanto a pálida lua continua a brilhar
No amor que do meu peito furtas;
Enquanto em meio ao bosque o rouxinol entoará
suas doces e melancólicas notas o sabiá
Com a pomba trava conversas curtas.

2

Murmurando gentil ao descer a colina
Canta doce o outrora quieto riacho
A lua surge atrás de uma nuvem pequenina
E das murtas ilumina um cacho.

Ah! Surge então uma cena tão bela,
    Peculiar cabana, gruta e capela,
E também as ruínas da velha abadia
    Escondida por pinheiros, ela
Quase invisível a toda a cena espia.

3 de junho de 1793

Volume Segundo

Para Madame La Comtesse de Feuillide, esse romance é dedicado por sua grata e humilde criada, a autora.

Amor e amizade[1]

um romance em uma série de cartas.
"Enganado na amizade e traído no amor"

CARTA PRIMEIRA

De Isabel para Laura

Quantas vezes, respondendo a meus insistentes pedidos de que fizesse para minha filha um relato detalhado dos infortúnios e aventuras de sua vida,[2] você me disse "Não, minha amiga, jamais aquiescerei até não estar mais em perigo de viver coisas tão terríveis". Decerto esse dia chegou. Você hoje completa cinquenta e cinco anos. Se uma mulher pode ser considerada a salvo da determinada perseverança de pretendentes desagradáveis e da cruel perseguição de pais obstinados, certamente será nessa época da vida.

Isabel

CARTA 2ª

De Laura para Isabel

Embora não possa concordar com você em supor que jamais voltarei a ser exposta a infortúnios tão injustos quanto aqueles que já vivi, para evitar acusações de obstinação ou mau temperamento, satisfarei a curiosidade de sua filha; e que a coragem que tive ao passar por muitas das angústias de minha vida pregressa provem ser uma lição útil, apoiando-a caso tais acontecimentos se passem na dela.

Laura

CARTA 3ª

De Laura para Marianne

Como filha da minha amiga mais íntima, considero que tem o direito de conhecer minha infeliz história, que sua mãe já me pediu tantas vezes para relatar.

Meu pai era nativo da Irlanda e morador de Gales; minha mãe era a filha biológica de um nobre escocês e de uma cantora de ópera italiana — nasci na Espanha e fui educada num convento na França.

Quando completei dezoito anos, meus pais quiseram que eu retornasse à casa paternal em Gales. Nossa mansão ficava situada numa das partes mais românticas do vale do Usk. Embora meus encantos agora tenham diminuído consideravelmente e estejam um pouco prejudicados devido aos infortúnios pelos quais passei, já fui linda. Mas, embora fosse tão bela, as graças de minha aparência eram as menores de minhas perfeições. Eu tinha o domínio de todos os talentos que em geral as mulheres desenvolvem. Enquanto estava no convento, meu progresso sempre excedeu minhas instruções, minhas aptidões eram incríveis para alguém da minha idade e, em pouco tempo, superei meus mestres.

Em minha mente estavam centradas todas as virtudes que poderiam adorná-la; ela era o rendez-vous de todas as qualidades boas e de todos os sentimentos nobres.

Uma sensibilidade trêmula de tão aguda a todas as angústias de meus amigos, de meus conhecidos e, em particular, a todas as minhas próprias angústias era meu único defeito, se é que pode ser chamado assim. Ai de mim! Como estou alterada! Embora de fato meus próprios infortúnios continuem me impressionando com a mesma intensidade, hoje jamais me importo com os dos outros. Meus talentos também começam a se apagar — já não posso cantar tão bem nem dançar com tanta graça quanto antigamente — e me esqueci por completo do "Minuet Dela Cour".

Adieu,

Laura

CARTA 4ª

De Laura para Marianne

Tínhamos poucos vizinhos, pois o único deles era sua mãe. Ela já deve ter lhe contado que, após ter sido deixada pelos pais em circunstâncias indigentes, mudou-se para Gales por motivos econômicos. Foi lá que nossa amizade começou. Isabel tinha então vinte e um anos. Embora sua aparência e seus modos fossem muito agradáveis, cá entre nós ela jamais possuiu um centésimo da minha beleza ou dos meus talentos. Isabel já viajara pelo mundo. Passara dois anos em um dos mais célebres internatos de Londres, permanecera duas semanas em Bath e certa vez jantara em Southampton.

"Cuidado, cara Laura", dizia ela sempre, "cuidado com as insípidas vaidades e frívolas libertinagens da metrópole da Inglaterra; cuidado com os luxos vãos de Bath e com os peixes fedidos de Southampton."

"Ai de mim!", exclamava eu. "Como posso evitar esses males se jamais poderei me expor a eles? Quais são as probabilidades de jamais provar das libertinagens de Londres, dos luxos de Bath ou dos peixes fedidos de Southampton? Eu, que estou fadada a desperdiçar meus dias de juventude e beleza numa humilde cabana do vale do Usk."

Ah! Mal sabia eu que meu destino seria em breve deixar aquela humilde cabana pelos prazeres enganosos do mundo.

Adieu,
Laura

CARTA 5ª

De Laura para Marianne

Certa noite em dezembro, meu pai, minha mãe e eu estávamos tendo um colóquio dispostos em torno de nossa lareira quando de súbito ficamos enormemente espantados ao ouvir batidas violentas na porta externa de nossa rústica choupana.

Meu pai teve um sobressalto. — "Que barulho é esse?", disse ele. "Parece que são umas batidas fortes na porta", respondeu minha mãe. "Parece mesmo", exclamei. "Tenho a mesma opinião", disse meu pai, "certamente parece originar-se de uma incomum violência praticada contra nossa inocente porta." "Sim", exclamei, "só posso concluir que deve ser alguém que bate porque deseja entrar."

"Isso é outra questão", respondeu ele. "Não podemos ter a pretensão de determinar que motivo a pessoa tem para bater — embora eu esteja parcialmente convencido de que alguém *está* batendo na porta."[3]

Nesse instante, uma segunda série de batidas tremendas interrompeu a fala de meu pai e deixou a mim e a minha mãe levemente alarmadas.

"Não é melhor ir ver quem é?", disse ela. "Os criados saíram." "Acho melhor mesmo", respondi. "Certamente", acrescentou meu pai, "sem dúvida." "Devemos ir agora?", disse minha mãe. "O quanto antes melhor", respondeu ele. "Oh! Não percamos tempo!", exclamei.

Uma terceira série de batidas, mais violenta do que nunca, agrediu nossos ouvidos. "Tenho certeza de que há alguém batendo na porta", disse minha mãe. "Acho que deve ter mesmo", respondeu meu pai. "Talvez os criados tenham voltado", disse eu. "Creio estar ouvindo Mary indo abrir a porta." "Que bom", exclamou meu pai, "pois desejo muito saber quem é."

Minha conjectura estava correta; pois Mary instantaneamente entrou na sala e nos informou que um jovem rapaz e seu criado estavam na porta, haviam se perdido, estavam com muito frio e imploravam licença para se esquentar em nosso fogo.

"Não querem permitir que entrem?", disse eu. "Tem alguma objeção, minha querida?", disse meu pai. "De forma alguma", respondeu minha mãe.

Mary, sem esperar mais instruções, deixou a sala de imediato e rapidamente retornou, trazendo consigo o jovem mais belo e afável que eu já tinha visto. Já o criado, ela guardou para si.

Minha sensibilidade natural já fora muito tocada pelos sofrimentos do infeliz estranho e, assim que o vi, senti que a felicidade ou o tormento de minha vida futura dependeriam dele.

Adieu,
Laura

CARTA 6ª

De Laura para Marianne

O nobre jovem nos informou que seu sobrenome era Lindsay — por motivos particulares, no entanto, protegerei sua identidade e o chamarei de Talbot. Ele nos contou que era filho de um baronete inglês, que sua mãe se fora havia muitos anos e que ele tinha uma irmã de tamanho mediano. "Meu pai", continuou, "é um desgraçado mesquinho e mercenário — mas eu só revelaria seus defeitos para amigos tão íntimos quanto os deste querido grupo. Suas virtudes, meu amável Polydore (dirigindo-se a meu pai), as suas, querida Claudia, e as suas, minha encantadora Laura, me exortam a fazer-lhes essa confidência." Fizemos uma mesura. "Meu pai, seduzido pelo brilho falso da fortuna e a pompa ilusória de um título, insistiu que eu desse minha mão a Lady Dorothea. 'Não, nunca!', exclamei. 'Lady Dorothea é linda e cativante; prefiro-a a qualquer outra mulher; mas saiba, senhor, que desprezo a ideia de me casar com ela só para realizar seus desejos. Não! Que jamais possam dizer que fiz algo para agradar meu pai.'"

Todos admiramos a nobre hombridade de sua resposta. Ele continuou.

"Sir Edward, meu pai, ficou surpreso; acredito que não esperava encontrar uma oposição tão enérgica à sua vontade. 'Edward, em nome dos céus', disse, 'onde você aprendeu essas tolices sem sentido? Suspeito que leia romances.' Recusei-me a responder: teria ferido minha dignidade. Montei meu cavalo e, seguido por meu fiel William, parti para a casa da minha tia.

"A casa do meu pai fica em Bedfordshire e a da minha tia em Middlesex; embora eu acredite ter um tolerável conhecimento de geografia, não sei como aconteceu,[4] mas me vi entrando neste lindo vale, que descobri ser no sul de Gales, quando esperava ter chegado à casa dela.

"Após ter vagado por algum tempo nas margens do Usk sem saber para que lado seguir, comecei a lamentar meu cruel destino da forma mais amarga e patética. Tudo ficara completamente escuro, não havia uma única estrela para guiar meus passos e não sei o que poderia ter me acontecido se não houvesse discernido, através do solene breu que me rodeava, uma luz distante que, ao me aproximar, descobri ser as alegres chamas do seu fogo. Impelido pela combinação de infortúnios que havia me acometido, ou seja, o medo, o frio e a fome, não hesitei em pedir que me deixassem entrar, o que acabei conseguindo; e agora, minha adorável Laura", continuou, pegando minha mão, "quando posso esperar receber a recompensa por todos os dolorosos sofrimentos que passei ao longo desse período em que me apaixonei por você, que é tudo o que sempre esperei? Oh! Quando me recompensará entregando-se a mim?"

"Neste instante, querido e amável Edward", respondi. Fomos imediatamente casados por meu pai, que, embora não fosse pastor, havia sido criado para fazer parte da Igreja.

Adieu,

Laura

CARTA 7ª

De Laura para Marianne

Permanecemos no vale do Usk durante apenas alguns dias após nosso casamento. Despedi-me, comovida, de meu pai, minha mãe e minha querida Isabel, e acompanhei Edward até a casa da sua tia em Middlesex. Philippa nos recebeu expressando seu carinho de todas as maneiras possíveis. Minha chegada foi uma surpresa muito agradável para ela, que não apenas ignorava por completo o fato de que eu me casara com seu sobrinho como jamais tivera a menor ideia de que eu existia.

Augusta, irmã de Edward, estava visitando a tia quando chegamos. Descobri que ela era exatamente como seu irmão descrevera — de tamanho mediano. Ela me recebeu com a mesma surpresa, embora não com a mesma cordialidade, que Philippa. Havia uma desagradável frieza e uma assustadora reserva na maneira como me recebeu que me afligiram e me espantaram: seu comportamento não mostrava nem um traço daquela encantadora delicadeza ou adorável afinidade que deveria ter marcado o momento em que fomos apresentadas uma à outra. Suas palavras não foram tenras ou afetuosas, a maneira como nos cumprimentou não foi calorosa ou cordial; seus braços não estavam abertos para me apertar contra o peito, embora os meus estivessem estendidos para pressioná-la contra o meu.

Uma breve conversa entre Augusta e seu irmão, ouvida acidentalmente por mim, aumentou minha antipatia por ela e convenceu-me de que seu coração não fora feito para os laços suaves do amor nem para a cativante comunicação da amizade.

"Mas você acha que meu pai algum dia se conformará com esse casamento imprudente?", disse Augusta.

"Augusta", respondeu o nobre jovem, "achei que você tinha uma opinião melhor de mim e que não imaginaria que eu me degradaria de forma tão abjeta a ponto de considerar o consentimento de meu pai a qualquer de minhas decisões como sendo de alguma importância. Diga-me, Augusta, diga-me com sinceridade; já me viu consultar a vontade dele ou seguir seus conselhos na menor das questões desde que completei quinze anos?"

"Edward", respondeu ela, "você decerto é modesto demais ao louvar a si próprio. Desde que completou quinze anos! Tudo isso? Meu caro irmão, desde que você tinha cinco anos de idade, eu declaro que esteve perfeitamente inocente da acusação de ter deliberadamente contribuído para a satisfação do seu pai. Ainda assim, temo que em pouco tempo terá que se degradar aos seus próprios olhos buscando sustento para sua esposa através da generosidade de Sir Edward."

"Nunca, nunca, Augusta, eu me rebaixarei a esse ponto", disse Edward. "Sustento! Que tipo de sustento ele pode dar que Laura haverá de querer?"

"Apenas os muito insignificantes, como comida e bebida", respondeu Augusta.

"Comida e bebida!", respondeu meu marido com o mais nobre dos desdéns, "e você, portanto, não imagina que haja outro sustento para uma mente elevada como a de minha Laura além da atividade ignóbil e indelicada de comer e beber?"

"Não conheço um sustento que seja mais eficiente do que esse", disse ela.

"Então jamais sentiu as doces dores do amor, Augusta?", perguntou meu querido Edward. "Parece impossível a seu paladar vil e corrupto alimentar-se apenas de amor? Não pode imaginar o luxo de viver com todas as angústias que a pobreza pode proporcionar ao lado do objeto de sua mais tenra afeição?"

"Você é tão ridículo que não vale a pena discutir", disse Augusta. "Talvez, no entanto, possa um dia se convencer de que..."

Aqui fui impedida de ouvir o resto devido ao surgimento de uma jovem muito bonita, que foi levada por um criado até o cômodo em cuja porta eu estava escutando. Ao ouvi-la sendo anunciada com o nome de Lady Dorothea, imediatamente deixei meu posto e entrei na sala de estar também, pois me lembrava muito bem de que fora ela que o cruel e incansável baronete sugerira como esposa a meu querido Edward.

Embora Lady Dorothea supostamente estivesse ali para visitar Philippa e Augusta, tenho motivos para imaginar que ela (após ficar sabendo do casamento e da chegada de Edward) estava ali principalmente para me conhecer.

Logo percebi que, embora Lady Dorothea fosse linda e elegante e se expressasse de forma eloquente e educada, ela, assim como Augusta, pertencia a uma classe inferior no que concernia sentimentos delicados, emoções tenras e uma sensibilidade refinada.

Ela permaneceu por meia hora e, durante sua visita, não compartilhou comigo quaisquer de seus pensamentos secretos nem me pediu que compartilhasse os meus. Você pode imaginar, portanto, minha querida Marianne, que não pude sentir uma afeição ardente ou um carinho muito sincero por Lady Dorothea.

Adieu,
Laura

CARTA 8ª

De Laura para Marianne, continuação

Lady Dorothea saíra havia pouco quando outro visitante, tão inesperado quanto ela, foi anunciado. Era Sir Edward, que, informado por Augusta do casamento do filho, veio, sem dúvida para repreendê-lo por ter tido a coragem de se unir a mim sem que ele soubesse. Mas Edward, antevendo sua intenção, aproximou-se com heroica coragem assim que seu pai entrou na sala e dirigiu-se a ele nos seguintes termos.

"Sir Edward, conheço o motivo de sua vinda até aqui. Tem a vil intenção de me repreender por ter firmado um compromisso indissolúvel com minha querida Laura sem seu consentimento. Mas, senhor, eu me vanglorio desse ato... É meu maior orgulho ter causado um dissabor a meu pai!"

Assim dizendo, ele pegou minha mão e, enquanto Sir Edward, Philippa e Augusta estavam sem dúvida pensando com admiração em sua indômita bravura, levou-me da sala até a carruagem de seu pai, que ainda estava diante da porta e na qual imediatamente escapamos da perseguição de Sir Edward.

Os cocheiros a princípio receberam ordens para seguir sempre pela estrada que dava em Londres; assim que havíamos pensado melhor, no entanto, mandamos que se dirigissem para M..., propriedade do melhor amigo de Edward que ficava a apenas alguns quilômetros de distância.

Chegamos a M... em poucas horas e, dizendo nossos nomes ao criado, fomos imediatamente levados até Sophia, esposa do amigo de Edward. Após ter passado três semanas privada de uma verdadeira amiga (pois é assim que considero sua mãe), imagine meu êxtase ao encontrar alguém que realmente era digna desse nome. Sophia tinha bem mais do que um tamanho mediano e era muito elegante. Um suave langor se espalhava por suas feições delicadas, mas só aumentava sua beleza. Aquela era a característica de sua mente: ela era feita de sensibilidade e emoção. Corremos para os braços uma da outra e, após termos trocado votos de amizade mútua pelo resto de nossas vidas, imediatamente revelamos os segredos mais íntimos de nossos corações... Fomos interrompidas nessa deliciosa atividade pela chegada de Augustus (o amigo de Edward) que acabara de retornar de uma caminhada solitária.

Eu jamais vi cena tão tocante quanto o encontro de Edward e Augustus.

"Minha vida! Minha alma!", exclamou o primeiro. "Meu anjo adorável!", respondeu o segundo enquanto eles corriam para os braços um do outro. Foi patético demais para mim e para Sophia. Desmaiamos alternadamente no sofá.[5]

Adieu,
Laura

CARTA 9ª

Da mesma para a mesma

Perto do fim do dia, recebemos a seguinte carta de Philippa.[6]

"Sir Edward ficou fortemente irritado com sua súbita partida; ele voltou para Bedfordshire, levando Augusta consigo. Embora eu fosse gostar muito de voltar a desfrutar de sua encantadora companhia, não posso arrancá-los de amigos tão queridos e merecedores. Quando sua visita terminar, espero que voltem para os braços de sua

Philippa."

Demos uma resposta apropriada a esse afetuoso bilhete e, após agradecer o gentil convite, asseguramos a Philippa que certamente o aceitaríamos sempre que não tivéssemos outro lugar para ir. Para qualquer ser razoável, nada teria podido ser mais satisfatório do que uma resposta tão graciosa. Mas, não sei como, Philippa foi caprichosa o suficiente para ficar descontente com nosso comportamento e, algumas semanas depois, ou para se vingar de nossa conduta ou para aliviar sua solidão, casou-se com um caça-dotes jovem e analfabeto. Esse passo imprudente não conseguiu arrancar de pessoas com a mente tão elevada quanto a nossa um único suspiro de autopiedade (embora soubéssemos que ele provavelmente nos privaria de uma fortuna que Philippa sempre deu a entender que herdaríamos); no entanto, devido ao temor de que ele fosse uma fonte de infinita infelicidade para a iludida noiva, nossa trêmula sensibilidade foi fortemente afetada quando soubemos do evento. Os afetuosos pedidos de Augustus e Sophia para que considerássemos sua casa como nossa facilmente nos convenceram a nunca mais deixá-los.

Ao lado de meu querido Edward e desse amável casal vivi os momentos mais felizes da minha vida: passávamos nosso tempo de maneira deliciosa, com mútuas declarações de amizade e votos de inalterável amor, e estávamos a salvo de ser interrompidos por vizinhos intrusos e desagradáveis, pois Augustus e Sophia, assim que haviam se mudado para a vizinhança, tinham feito questão de informar às famílias próximas que, como sua felicidade dependia apenas um do outro, não desejavam ter outra companhia. Mas ai de mim! Minha querida Marianne, a felicidade da qual desfrutava naquela época era perfeita demais para ser duradoura. Um golpe severo e inesperado imediatamente destruiu todas as sensações de prazer. Pelo que já lhe contei sobre Augustus e Sophia, você deve ter se convencido de que jamais houve casal tão feliz e, portanto, imagino que não preciso lhe informar que sua união havia sido contra a vontade de seus cruéis e mercenários pais, que em vão haviam insistido, com obstinada perseverança, em forçá-los a se casar com pessoas que sempre haviam detestado; mas, com heroica coragem que merece ser relatada e admirada, ambos com grande firmeza se recusaram a se submeter a esse poder despótico.

Após terem se libertado tão nobremente das correntes da autoridade paternal através de um casamento clandestino, Augustus e Sophia estavam determinados a jamais abrir mão da boa reputação que haviam estabelecido ao fazer isso aceitando quaisquer propostas de reconciliação que pudessem ser oferecidas por seus pais. Porém, sua nobre independência jamais precisou passar por qualquer teste adicional.

Eles estavam casados havia apenas alguns meses quando nossa visita foi iniciada, período durante o qual haviam vivido fartamente graças a uma soma considerável de dinheiro que Augustus tinha graciosamente surrupiado da escrivaninha de seu indigno pai alguns dias antes de sua boda com Sophia.

Com nossa chegada, as despesas deles aumentaram consideravelmente, embora seus meios de quitá-las estivessem quase esgotados. Mas — elevadas criaturas! — eles se recusaram a refletir por um instante sequer em seus problemas pecuniários e teriam corado diante da ideia de pagar suas dívidas. Ah, infelicidade! Qual foi sua recompensa por um comportamento tão desinteresseiro? O belo Augustus foi preso e todos entramos em desespero. Tamanha perfídia por parte dos credores chocará sua gentil natureza, querida Marianne, tanto quanto afetou na época a delicada sensibilidade de Edward, Sophia, de sua Laura e do próprio Augustus. Para completar aquela barbaridade sem igual, fomos informados de que o prisioneiro em breve seria executado. Ah! O que mais poderíamos fazer? Suspiramos e desmaiamos no sofá.

Adieu,
Laura

CARTA 10ª

Laura, continuação

Quando havíamos nos recuperado um pouco das arrasadoras efusões de nossa aflição, Edward pediu que considerássemos qual era a medida mais prudente a ser tomada em nossa infeliz situação enquanto ia visitar seu aprisionado amigo para lamentar seus infortúnios. Prometemos fazê-lo e ele iniciou sua jornada até Londres. Durante sua ausência, cumprimos à risca seu desejo e, após a mais madura deliberação, finalmente concordamos que a melhor coisa que podíamos fazer era abandonar a casa, da qual a todo momento esperávamos que os oficiais de justiça viessem tomar posse. Esperamos, portanto, com grande impaciência pelo retorno de Edward para poder lhe comunicar o resultado de nossas deliberações... Mas Edward não veio... Em vão contamos os momentos tediosos de sua ausência — em vão choramos — em vão suspiramos — Edward não retornou... Esse foi um golpe cruel demais, inesperado demais para nossa gentil sensibilidade... Não conseguimos suportá-lo — apenas conseguimos desmaiar... Afinal, reunindo toda a determinação que me pertencia, levantei e, após colocar em malas alguns objetos necessários para Sophia e eu, arrastei-a até a carruagem que requisitara e partimos instantaneamente para Londres. Como a cidade da nova residência de Augustus ficava a apenas vinte quilômetros de distância, em pouco tempo chegamos lá e, assim que entramos em Holbourn, eu, abaixando um dos vidros da frente, perguntei a cada pessoa de aspecto decente por quem passávamos: "Alguém viu meu querido Edward?".

Mas, como corríamos rápido demais para permitir que respondessem minha pergunta, fiquei sabendo pouco, ou melhor dizendo, nada, sobre ele. "Para onde devo ir?", perguntou o cocheiro. "Newgate, gentil jovem", respondi, "para ver Augustus." "Oh! Não, não", exclamou Sophia, "não posso ir a Newgate; não suportaria ver meu Augustus num confinamento tão cruel — já estou suficientemente chocada com o *relato* de sua aflição, mas testemunhá-la será arrasador para minha sensibilidade." Como concordei perfeitamente que os sentimentos dela eram justos, de imediato mandamos que o cocheiro retornasse ao campo.

Você talvez fique um pouco surpresa, minha querida Marianne, de saber que eu, suportando todo aquele sofrimento, destituída de qualquer apoio e desprovida de um teto, não tenha uma vez sequer me lembrado de meu pai, minha mãe ou minha cabana paternal no vale do Usk. Para explicar esse aparente esquecimento, devo informá-la de uma particularidade não muito importante a respeito deles que até agora deixei de mencionar... A morte de meus pais, algumas semanas após minha partida, é a particularidade a que me refiro. Com seu falecimento, eu me tornei a herdeira legítima de sua casa e sua fortuna. Mas ai de mim! A casa jamais havia sido deles e a fortuna fora apenas uma anuidade paga enquanto estavam vivos. Tamanha é a depravação do mundo! Eu teria com prazer me reunido com sua mãe, teria ficado feliz de apresentá-la à minha encantadora Sophia e teria alegremente passado o resto da vida na estimada companhia de ambas no vale do Usk se não fosse por um obstáculo à execução de tão agradável plano: sua mãe se casara e se mudara para uma região distante da Irlanda.

Adieu,

Laura

CARTA 11ª

Laura, continuação

"Tenho um parente na Escócia", disse Sophia para mim quando estávamos saindo de Londres, "que certamente não hesitaria em me receber." "Devo mandar o cocheiro nos levar até lá?", disse eu — mas, logo me lembrando, exclamei, "Infelizmente, temo que será uma jornada longa demais para os cavalos". No entanto, sem querer tomar uma decisão baseada apenas em meus inadequados conhecimentos da força e habilidade dos cavalos, consultei o cocheiro, que concordou inteiramente comigo. Assim, decidimos trocar de cavalos na próxima cidade e continuar a fazê-lo nas estalagens pelo resto da viagem.

Quando chegamos à última estalagem onde planejávamos parar, que ficava a apenas alguns quilômetros da casa do parente de Sophia, não desejando forçar nossa presença sem que fôssemos esperadas, escrevemos um bilhete muito elegante e eloquente que continha um relato de nossa situação de miséria e melancolia e nossa intenção de passar alguns meses com ele na Escócia. Assim que enviamos essa carta, imediatamente nos preparamos para ir atrás dela em pessoa e estávamos subindo na carruagem com esse propósito quando nossa atenção foi atraída por uma carruagem com um brasão pintado e puxada por quatro cavalos que entrou no pátio da estalagem. Um cavalheiro de idade consideravelmente avançada desceu dela. Ao vê-lo, minha sensibilidade foi afetada de forma inacreditável e, antes que eu precisasse vislumbrá-lo uma segunda vez, uma instintiva afinidade sussurrou para meu coração que ele era meu avô.

Convencida de que não podia ter me enganado em minha conjectura, imediatamente saltei da carruagem em que acabara de entrar e, seguindo o venerável estranho até dentro do cômodo para onde ele havia sido levado, me atirei de joelhos diante dele e implorei-lhe que me reconhecesse como neta. — O cavalheiro teve um sobressalto e, após examinar atentamente minhas feições, ergueu-me do chão e, enlaçando meu pescoço com seus braços de avô, exclamou, "Reconhecer-vos! Sim, querida cópia de minha Laurina e da filha de minha Laurina, doce imagem de minha Claudia e da mãe de minha Claudia, eu vos reconheço como filha de uma e neta da outra". Enquanto ele me abraçava de forma tão terna, Sophia, atônita com minha partida tão precipitada, entrou no cômodo à minha procura... Assim que foi vista pelo venerável nobre, ele exclamou, com grande espanto: "Outra neta! Sim, sim, vejo que é a neta da filha mais velha de minha Laurina; sua semelhança com a formosa Matilda é suficiente para proclamá-lo". "Oh!", respondeu Sophia, "quando eu o vi pela primeira vez, o instinto da natureza me sussurrou que tínhamos algum parentesco... Mas, se o senhor era meu avô ou minha avó, não pude determinar." Ele a enlaçou e, enquanto se abraçavam dessa forma tão terna, a porta da sala se abriu e um jovem muito belo apareceu. Ao vê-lo, Lord St. Clair teve um sobressalto e, dando alguns passos atrás com as mãos para o alto, disse: "Outro neto! Que felicidade inesperada! Em três minutos, descobrir três descendentes! Esse, eu tenho certeza, é Philander, filho da terceira filha de minha Laurina, a amável Bertha; resta apenas Gustavus para completar a união dos netos de Laurina".

"E aqui está ele", disse um gracioso jovem que acabara de entrar, "aqui está o Gustavus que o senhor desejava ver. Sou o filho de Agatha, a quarta e mais jovem filha de sua Laurina." "Estou vendo que é, de fato", respondeu Lord St. Clair. "Mas me diga", continuou ele, olhando alarmado para a porta, "me diga, tem mais algum neto meu aqui dentro?" "Nenhum, senhor." "Então cuidarei de vocês todos sem mais delongas... Aqui estão quatro notas de cinquenta libras cada — levem-nas e lembrem que cumpri com meu dever de avô…” No mesmo instante ele deixou a sala e, no instante seguinte, a estalagem.

Adieu,

Laura

CARTA 12ª

Laura, continuação

Você deve imaginar a enorme surpresa que nos causou a partida de Lord St. Clair. “Ignóbil avô!”, exclamou Sophia. “Indigno pai da minha mãe!”, disse eu, e instantaneamente desmaiamos nos braços uma da outra. Desconheço por quanto tempo permanecemos nessa situação; mas, quando nos recuperamos vimos que estávamos sozinhas, sem Gustavus, Philander ou as notas de cinquenta libras. Quando deplorávamos nosso infeliz destino, a porta do aposento se abriu e um criado anunciou que quem entrava era um tal de “Macdonald”. Era o primo de Sophia. A celeridade com que veio a nosso auxílio tão pouco tempo após ter recebido o bilhete dizia tanto a seu favor que eu, assim que o vi, não hesitei em declará-lo um amigo terno e compassivo. Ai de mim! Macdonald não merecia essa descrição — pois, apesar de ter dito que estava muito preocupado com nossos infortúnios, ele próprio admitiu que, ao ler sobre eles, não soltara sequer um suspiro ou amaldiçoara sequer uma vez nossas vingativas estrelas.

Macdonald disse a Sophia que sua filha desejava muito que ela fosse com ele até Macdonald Hall e que, como eu era sua amiga, ele ficaria feliz de me receber também. Partimos, portanto, para Macdonald Hall, onde fomos recebidos com grande gentileza por Janetta, filha de Macdonald e senhora da mansão. Ela tinha então apenas quinze anos e seu temperamento era muito bom; possuía um coração suscetível e uma tendência à compaixão; se essas afáveis qualidades houvessem sido corretamente encorajadas, poderia ter se tornado um ornamento à natureza humana. Mas, infelizmente, seu pai não tinha uma alma elevada o suficiente para admirar um temperamento tão promissor e tentara de todas as maneiras possíveis evitar que ele se tornasse mais marcado com o passar dos anos. Macdonald apagara a tal ponto a nobre sensibilidade natural do coração de Janetta que conseguira convencê-la a aceitar o pedido de casamento de um jovem que ele recomendara. Os dois iam se casar dali a alguns meses, e Graham estava na casa quando chegamos. *Nós* logo vimos qual era seu verdadeiro caráter.

Ele era exatamente o tipo de homem que esperaríamos ser a escolha de Macdonald. Diziam que era sensato, bem informado e simpático; não afirmávamos ser capazes de avaliar tais trivialidades;[7] mas, como estávamos convencidas de que não tinha sensibilidade, de que jamais lera *Os sofrimentos do jovem Werther* e de que seu cabelo estava longe de ser ruivo, tínhamos certeza de que Janetta não podia sentir afeição por ele, ou, pelo menos, de que não devia sentir nenhuma. A própria circunstância de Graham ter o apoio do pai dela também era um descrédito tão grande que, se ele fosse digno em todos os outros aspectos, apenas *isso* deveria ter sido motivo suficiente aos olhos de Janetta para rejeitá-lo. Eu e Sophia estávamos determinadas a explicar essas considerações a ela da maneira correta e não tínhamos dúvida de que teríamos sucesso com uma pessoa de temperamento natural tão bom, cujos erros nessa questão haviam sido causados apenas por uma falta de confiança em sua própria opinião e um desprezo adequado pela de seu pai. De fato, Janetta se comportou de uma maneira que fez jus a todas as nossas esperanças; não tivemos dificuldades em convencê-la de que era impossível que pudesse amar Graham e de que era seu dever desobedecer a seu pai; ela só pareceu hesitar quando dissemos que deveria estar apaixonada por outra pessoa. Durante algum tempo, Janetta insistiu em declarar que não conhecia nenhum outro jovem por quem sentisse a menor afeição; mas, uma vez que explicamos a impossibilidade disso, ela disse que acreditava *gostar sim* do capitão M'Kenzie mais do que de qualquer outro. Essa confissão nos satisfez e, após enumerar as boas qualidades de M'Kenzie e assegurar a Janetta que ela estava perdidamente apaixonada por ele, quisemos saber se ele já se declarara de alguma maneira.

"Ele não só não se declarou como não tenho nenhum motivo para imaginar que sinta afeição por mim", disse Janetta. "Não pode haver dúvidas de que ele a idolatra", respondeu Sophia. "O amor só pode ser recíproco... Ele nunca olhou para você com admiração — apertou ternamente sua mão — deixou cair uma lágrima involuntária — e saiu abruptamente da sala?" "Que eu me lembre, nunca", respondeu ela. "Ele sempre saiu da sala quando sua visita terminou, mas jamais se afastou de forma particularmente abrupta ou sem fazer uma mesura." "Ora, minha querida", disse eu, "você deve estar enganada: pois é absolutamente impossível que ele já tenha se afastado de você sem confusão, desespero e precipitação... Considere por um minuto, Janetta, e se convencerá de como é absurdo supor que ele algum dia possa ter feito uma mesura ou se comportado como qualquer outra pessoa." Após termos resolvido essa questão de forma satisfatória, a próxima coisa que discutimos foi de que maneira deveríamos informar M'Kenzie sobre a opinião favorável que Janetta tinha dele... Afinal concordamos em revelá-la a ele através de uma carta anônima, que Sophia escreveu assim.

"Oh! Feliz pretendente da bela Janetta; oh! Feliz possuidor do coração daquela cuja mão está destinada a outro; por que se demora em confessar sua afeição ao adorável objeto desta? Oh! Pense que, em poucas semanas, todas as esperanças que agora talvez tenha serão destruídas com a união da desventurada vítima da crueldade do pai com o execrável e detestável Graham.

"Ai de você! Por que consente tão cruelmente com a infelicidade futura dela e sua ao se demorar em comunicar o plano que sem dúvida ocupa sua mente há muito tempo? Apenas um casamento secreto poderá garantir a felicidade de vocês dois."

O simpático M'Kenzie, cuja modéstia, ele nos assegurou depois, fora a única razão de ter por tanto tempo ocultado o ardor de sua afeição por Janetta, ao receber esse bilhete, voou nas asas do amor até Macdonald Hall; e declarou seu amor àquela que o inspirava de forma tão intensa que, após mais algumas conversas privadas, Sophia e eu tivemos a satisfação de vê-los partir para Gretna Green, lugar que escolheram para celebrar suas núpcias, preferindo essa cidade a qualquer outro lugar embora ficasse a uma considerável distância de Macdonald Hall.[8]

Adieu,

Laura

CARTA 13ª

Laura, continuação

Passaram-se quase duas horas antes que tanto Macdonald quanto Graham desconfiassem do ocorrido... E talvez não houvessem desconfiado se não fosse o seguinte pequeno acidente. Sophia, tendo por acaso aberto um dia uma gaveta privada da biblioteca de Macdonald com uma das chaves que possuía, descobriu que era ali que ele guardava seus papéis importantes e, entre eles, algumas notas de valor considerável. Ela revelou sua descoberta para mim; tendo concordado que seria correto privar um biltre tão vil quanto Macdonald de algum dinheiro, talvez obtido por ele de forma desonesta, decidimos que, da próxima vez que uma de nós estivesse caminhando naquela direção, tiraríamos uma ou mais das notas da gaveta. Esse plano bem-intencionado nós já havíamos executado com sucesso muitas vezes; mas ai de mim! No dia da fuga de Janetta, quando Sophia estava removendo magnificamente a quinta nota da gaveta e colocando-a em sua bolsa, ela de repente foi interrompida, de forma bastante impertinente, pela entrada do próprio Macdonald, que surgiu de maneira abrupta e precipitada. Sophia (que, embora em geral fosse de uma doçura encantadora, sabia, quando as ocasiões exigiam, demonstrar a dignidade de toda mulher) imediatamente fez uma expressão muito severa e, franzindo o cenho para o impávido culpado, perguntou com um tom altivo: "Por que seu descanso fora perturbado com tamanha insolência?". Macdonald, sem corar ou mesmo tentar se defender do crime de que fora acusado, mesquinhamente tentou repreender Sophia, afirmando que ela estava furtando seu dinheiro. A dignidade de Sophia foi ferida; "Biltre!", exclamou ela, rapidamente recolocando a nota na gaveta, "como ousa me acusar de um ato cuja mera menção me faz ruborizar?". O biltre ignóbil nem assim se convenceu e continuou a ralhar com a justificadamente ofendida Sophia, usando um linguajar tão ultrajante que, após algum tempo, irritou de tal forma a natureza gentil e doce dela que a levou a se vingar revelando-lhe a fuga de Janetta e a parte ativa que nós duas tivéramos na questão. Nesse momento da discussão entrei na biblioteca e fiquei, como pode imaginar, tão ofendida quanto Sophia com as acusações infundadas do malévolo e desprezível Macdonald. "Vilão, patife", exclamei, "como pode tentar manchar a reputação imaculada de tamanha excelência com tal descaramento? Por que não suspeita da *minha* inocência também?" "Fique descansada, madame", respondeu ele, "pois suspeito *sim* e, portanto, devo exigir que vocês duas deixem esta casa em menos de meia hora."

"Partiremos com prazer", respondeu Sophia. "Nossos corações há muito o detestam, e nada além de nossa amizade por sua filha poderia ter nos induzido a permanecer por tanto tempo debaixo de seu teto."

"Vocês de fato deram provas abundantes de sua amizade por minha filha ao atirá-la nos braços de um caça-dotes sem princípios", respondeu ele.

"Sim", exclamei, "em meio a tantos infortúnios, será alguma consolação saber que, graças a esse gesto de amizade feito por Janetta, nos livramos de quaisquer obrigações que devíamos a seu pai."

"De fato deve ser um pensamento muito gratificante para as mentes elevadas de vocês", disse Macdonald.

Assim que pegamos nossas roupas e nossos objetos de valor, deixamos Macdonald Hall e, após termos andado cerca de dois quilômetros e meio, nos sentamos à margem de um riacho claro e límpido para refrescar nossas pernas exaustas. O lugar era apropriado para a meditação.

Um aglomerado de olmos altos nos protegia do leste. Uma fileira de arbustos de urtiga, do oeste. Diante de nós havia o riacho rumorejante e, atrás, a estrada principal. Estávamos prontas para a contemplação e dispostas a desfrutar de um lugar tão bonito. Um silêncio mútuo, que havia algum tempo reinava entre nós, foi quebrado quando exclamei: "Que cena adorável! Ai de nós, por que Edward e Augustus não estão aqui para desfrutar de suas belezas conosco?".

"Ah! Minha amada Laura", exclamou Sophia, "tenha piedade, evite fazer com que eu me lembre da infeliz situação de meu aprisionado marido. Ai de mim, o que não daria para saber do destino do meu Augustus! Gostaria de saber se ainda está em Newgate ou se já foi enforcado. Mas jamais conseguirei controlar minha frágil sensibilidade a ponto de pedir notícias dele. Oh! Por favor, eu lhe imploro, jamais repita o querido nome dele de novo... Isso me afeta de maneira profunda demais... Não posso suportar que ele seja mencionado; isso fere meus sentimentos."

"Perdoe-me, querida Sophia, por tê-la ofendido sem

saber...", respondi e, então, para falar de outra coisa, pedi que ela admirasse a nobre grandeza dos olmos que nos protegiam do zéfiro do leste. "Ai, de mim! Cara Laura", respondeu ela, "evite um assunto tão melancólico, eu lhe imploro. Não volte a ferir minha sensibilidade fazendo observações sobre esses olmos. Eles me lembram de Augustus... Era como eles, alto, imponente — possuía essa nobre grandeza que você admira nessas árvores."[9]

Fiquei em silêncio, temendo afligi-la sem querer mais uma vez se escolhesse outro tópico que a fizesse recordar-se de Augustus.

"Por que não diz nada, querida Laura?", disse Sophia após uma pequena pausa. "Não posso suportar esse silêncio — por favor, não me deixe apenas com meus pensamentos; eles sempre se voltam para Augustus."

"Que lindo céu!", disse eu. "Como é encantadora a maneira como o anil é quebrado pelas delicadas pinceladas de branco!"

"Oh! Querida Laura", respondeu ela, rapidamente desviando os olhos após uma espiada momentânea para o céu. "Não me angustie dessa forma chamando minha atenção para um objeto que me lembra tão cruelmente do colete de cetim azul com listras brancas do meu Augustus! Tenha dó de sua infeliz amiga e evite um assunto tão doloroso." O que eu podia fazer? Os sentimentos de Sophia naquela época estavam tão delicados e a ternura que ela sentia por Augustus era tão pungente que eu não podia introduzir outro assunto devido a um justificado temor de que ele, de alguma maneira imprevista, fosse mais uma vez lhe despertar a sensibilidade fazendo com que seus pensamentos se voltassem para o marido... No entanto, ficar em silêncio teria sido cruel; ela me implorara para que falasse.

Para minha grande felicidade, fui salva desse dilema por um acidente verdadeiramente *à propos*; por sorte, o fáeton de um cavalheiro virou na estrada que rumorejava atrás de nós. Foi um acidente providencial, pois desviou a atenção de Sophia das melancólicas reflexões com as quais ela se deliciava antes. Imediatamente nos levantamos e corremos para socorrer aqueles que, havia apenas alguns momentos, estavam numa situação muito elevada — um fáeton alto como ditava a moda —, mas que agora se encontravam em posição bastante inferior — esparramados na poeira.

"Esse fáeton e a vida do cardeal Wolsey[10] dariam a uma pessoa inteligente um tema rico para uma reflexão sobre as alegrias passageiras deste mundo!", disse eu para Sophia enquanto íamos para o local onde se desenrolava a ação.

Ela não teve tempo de me responder, pois todos os nossos pensamentos agora estavam ocupados pela horrenda cena que surgiu diante de nós. Dois cavalheiros vestidos de forma muito elegante, porém chafurdando no próprio sangue, foi o que primeiro nos chamou a atenção — nós nos aproximamos e vimos que eram Edward e Augustus. Sim, cara Marianne, eram nossos maridos. Sophia soltou um guincho e caiu desmaiada no chão — dei um grito e imediatamente tive um ataque de loucura... Durante alguns minutos, isso nos privou a ambas de nossos sentidos e, ao recuperá-los, eles nos faltaram de novo.

Durante uma hora e quinze minutos, permanecemos nessa situação infeliz — Sophia desmaiando a cada instante e eu tendo um ataque de loucura com a mesma frequência. Finalmente, um gemido do infeliz Edward (único em quem ainda restava um fio de vida) nos fez voltar a nós. Se houvéssemos imaginado antes que um dos dois estava vivo, teríamos sido mais contidas em nossa dor — mas, como havíamos suposto, ao vê-los, que haviam partido desta para melhor, soubéramos que não restava nada a fazer além daquilo que fazíamos.

Portanto, assim que ouvimos o gemido do meu querido Edward, adiamos nossos lamentos até segunda ordem e corremos para perto dele. Ajoelhando uma de cada lado do adorado jovem, imploramos que não morresse.

"Laura", disse ele, fixando os olhos lânguidos em mim. "Temo que a carruagem tenha virado."

Fiquei radiante ao ver que ele ainda estava lúcido.

"Oh! Diga-me, Edward", disse eu, "diga-me, eu lhe imploro, antes que morra, o que lhe aconteceu desde aquele dia infeliz em que Augustus foi preso e nós nos separamos...?"

"Eu lhe direi", disse ele e, imediatamente dando um suspiro fundo, expirou.

Sophia no mesmo segundo voltou a desfalecer... *Minha* dor foi mais audível. Minha voz falhou, meus olhos ficaram vidrados, meu rosto tornou-se pálido como a morte e meus sentidos foram consideravelmente avariados.

"Não mencione fáetons para mim", disse eu, delirando de forma frenética e incoerente. "Dê-me um violino... Vou tocar para ele e consolá-lo em suas horas de melancolia... Cuidado, gentis ninfas, com os raios do Cupido e as flechas penetrantes de Júpiter — olhem para aquelas figueiras — estou vendo uma perna de cordeiro... Eles me disseram que Edward não estava morto; mas me enganaram — pensaram que ele era um pepino."[11] E assim continuei, exclamando loucamente com a morte do meu querido Edward.

Durante duas horas delirei assim. E teria continuado, já que não estava nem um pouco cansada, se Sophia, que acabara de se recuperar de seu desmaio, não houvesse me pedido que considerasse o fato de que a noite estava se aproximando e o orvalho começava a cair.

"E para onde vamos", disse eu, "para nos abrigar de ambos?"

"Para aquela casinha branca", respondeu ela, apontando para uma construção bonita que havia em meio ao aglomerado de olmos e que eu não observara antes. Concordei e imediatamente andamos até lá. Batemos na porta; foi aberta por uma velha. Quando pedimos que nos abrigasse por uma noite, ela nos informou que a casa era muito pequena e tinha apenas dois quartos, mas, no entanto, podíamos ficar com um deles. Aquilo nos deixou satisfeitas e fomos com a boa mulher para dentro da casa, onde ficamos muito mais alegres ao ver um aconchegante fogo na lareira. Ela era viúva e tinha apenas uma filha, que acabara de completar dezessete anos — uma das melhores idades que existem.[12] Mas ai dela! A moça era muito feia e seu nome era Bridget... Nada, portanto, podia ser esperado dela — não seria possível supor que possuísse pensamentos elevados, sentimentos delicados e sensibilidades refinadas. Ela era meramente uma jovem bem-humorada, educada e gentil; assim, não tivemos como desgostar dela — para nós, foi apenas um objeto de desprezo.

Adieu,
Laura

CARTA 14ª

Laura, continuação

Arme-se, minha amável e jovem amiga, de toda a serenidade que lhe pertence; reúna toda a coragem que possui, pois ai de você! Quando ler as seguintes páginas, sua sensibilidade passará por uma prova muito severa. Ah! O que foram os infortúnios pelos quais passei e que já relatei a você comparados ao que estou prestes a lhe contar. A morte de meu pai, minha mãe e meu marido, embora houvessem sido quase demais para minha natureza gentil suportar, foram triviais diante do infortúnio que agora revelarei. Na manhã do dia seguinte ao de nossa chegada à casinha, Sophia reclamou de uma dor violenta em seus delicados membros, acompanhada de uma desagradável dor de cabeça. Ela atribuiu isso ao resfriado que pegara após desmaiar continuamente ao ar livre enquanto o orvalho caía na noite anterior. Temi que esse fosse mesmo o motivo; pois a única maneira de explicar o fato de eu ter escapado da mesma indisposição era supor que os esforços físicos que fizera em meus repetidos ataques de loucura haviam esquentado e feito circular meu sangue de modo a me proteger do frio da noite; enquanto Sophia, deitada de forma totalmente inerte no chão, deve ter sido exposta a ele em toda a sua severidade. Fiquei muito alarmada com a doença dela, pois, embora possa lhe parecer trivial, certa sensibilidade instintiva me sussurrou que, no fim, acabaria sendo fatal.

Ai de nós! Meus medos foram mais que justificados; Sophia foi ficando cada vez pior e todos os dias eu ficava mais receosa por ela. No fim, minha amiga foi obrigada a passar o tempo todo na cama reservada para nós por nossa estimável senhoria.

A enfermidade de Sophia transformou-se numa galopante tuberculose e, em poucos dias, levou-a embora. Em meio a todos os meus lamentos por ela (e você pode imaginar como foram profundos), meu único consolo era lembrar que fizera todo o possível para deixá-la confortável durante sua doença. Eu chorara sobre ela todos os dias — banhara seu doce rosto com minhas lágrimas e apertara continuamente suas mãos nas minhas.

"Minha adorada Laura", disse Sophia para mim algumas horas antes de morrer, "deixe que meu triste fim lhe sirva de aviso e evite a imprudente conduta que o causou: cuidado com os ataques de desmaio... Embora na hora possam ser refrescantes e agradáveis, pode acreditar que, no fim, se forem repetidos vezes demais e feitos em estações impróprias, provarão ser destrutivos para a constituição física... meu fim lhe ensinará isso... morrerei como mártir da minha dor pela perda de Augustus... Um desmaio fatal me custou a vida... Cuidado com os desmaios, querida Laura... Um ataque de loucura é muito menos pernicioso; é um exercício para o corpo e se não for violento demais terá, eu acredito, a boa saúde como consequência. Enlouqueça sempre que quiser; mas não desmaie."

Essas foram as últimas palavras que ela disse para mim. Foi o conselho que deu no leito de morte à sua pobre Laura, que jamais deixou de segui-lo fielmente.

Após ter colocado minha saudosa amiga no túmulo para o qual foi tão cedo, imediatamente (embora fosse tarde da noite) deixei a odiosa vila na qual ela morrera e perto da qual expirara meu marido e Augustus. Afastara-me apenas alguns metros dela quando fui ultrapassada por uma diligência na qual subi no mesmo instante, decidida a ir nela até Edimburgo, onde esperava encontrar algum amigo gentil e piedoso para me alojar e me confortar naquele momento de angústia.

Estava tão escuro quando entrei que não pude distinguir quantos outros passageiros havia; apenas percebi que eram muitos. No entanto, indiferente a eles, eu me deixei envolver por tristes reflexões. Um silêncio geral prevalecia — interrompido apenas pelos roncos altos e incessantes de um de nós.

"Que patife ignorante deve ser aquele homem!", pensei comigo mesma. "Que falta completa de refinamento delicado deve ter alguém que pode chocar nossos sentidos dessa maneira com um ruído tão brutal! Tenho certeza de que ele deve ser capaz de qualquer má ação! Não há crime terrível demais para alguém assim!"[13] Era como eu ia raciocinando e, sem dúvida, meus companheiros de viagem refletiam da mesma maneira.

Afinal o dia retornou e pude ver o canalha que perturbara meus sentimentos de maneira tão violenta. Era Sir Edward, pai do meu falecido marido. Ao lado dele estava Augusta e, no mesmo banco que eu, minha velha amiga Isabel e Lady Dorothea. Imagine minha surpresa ao me ver entre meus velhos conhecidos. Embora meu espanto tenha sido enorme, aumentou ainda mais quando olhei pela janela e vi o marido de Philippa com a própria ao seu lado na boleia; e, ao olhar para trás, Philander e Gustavus na gôndola.[14] "Minha nossa!", exclamei, "será possível que fui rodeada de forma tão inesperada por meus amigos e parentes mais próximos?" Essas palavras acordaram os outros e todos os olhos se voltaram para o canto onde eu estava sentada. "Oh! Querida Isabel", continuei, atirando-me por cima de Lady Dorothea para abraçar minha velha amiga, "receba mais uma vez em seus braços a infeliz Laura. Ai de mim! Quando nos vimos pela última vez no vale do Usk, eu estava feliz por ter me unido com o melhor dos Edwards; eu tinha pai e mãe então e jamais conhecera o infortúnio. Mas agora que só me resta você..."

"O quê?", interrompeu Augusta. "Quer dizer que meu irmão está morto? Eu lhe imploro, diga-nos, o que houve com ele?"

"Sim, sua ninfa fria e insensível", respondi, "meu infeliz amado, seu irmão, se foi, e você agora pode se vangloriar de ser a única herdeira da fortuna de Sir Edward."

Embora houvesse desprezado Augusta desde o dia em que escutara sua conversa com meu querido Edward, por educação atendi aos pedidos dela e de Sir Edward, que desejavam saber como fora todo o melancólico ocorrido. Eles ficaram muito chocados — mesmo o coração empedernido de Sir Edward e o coração insensível de Augusta foram tocados pela triste história. A pedido de sua mãe, relatei todos os outros infortúnios que haviam me acontecido desde a minha partida. A prisão de Augustus e a ausência de Edward; nossa chegada à Escócia; nosso encontro inesperado com nosso avô e nossos primos; nossa visita a Macdonald Hall; o incomparável serviço que prestamos a Janetta enquanto estávamos lá; a ingratidão do pai dela; seu comportamento desumano, suas inexplicáveis suspeitas e a maneira bárbara como nos tratou, obrigando-nos a deixar sua casa; nossos lamentos diante da perda de Edward e Augustus; e, finalmente, a melancólica morte de minha adorada amiga.

Durante toda a minha narrativa, o rosto de Isabel assumiu uma marcada expressão de pena e surpresa, mas lamento dizer que, para a eterna vergonha da sensibilidade dela, a segunda emoção foi infinitamente predominante. Apesar de minha conduta decerto ter sido impecável ao longo de todos os meus recentes infortúnios, ela fingiu encontrar defeitos em meu comportamento em muitas das situações nas quais fui atirada. Como eu sabia que sempre agira de maneira a cobrir de honra meus sentimentos e meu refinamento, não prestei muita atenção ao que ela disse e pedi-lhe que satisfizesse minha curiosidade informando-me como viera parar ali, em vez de magoar minha reputação imaculada com acusações injustificáveis. Assim que Isabel fizera minha vontade nesse particular e me dera um relato detalhado de tudo o que lhe acometera desde nossa separação (detalhes que, se você ainda não souber, sua mãe lhe informará), pedi a Augusta as mesmas informações a respeito dela, de Sir Edward e de Lady Dorothea.

Augusta me contou que, como tinha uma considerável preferência pelas belezas da natureza, sua curiosidade de contemplar suas deliciosas cenas naquela parte do mundo fora tão excitada pelo livro *Tour das Terras Altas de Gilpin*[15] que ela convencera seu pai a fazer uma viagem pela Escócia e persuadira Lady Dorothea a acompanhá-los; que eles haviam chegado a Edimburgo alguns dias antes e que de lá estavam fazendo excursões diárias pelos campos que rodeavam a cidade na diligência em que se encontravam; e que era de uma dessas excursões que agora retornavam. Minhas próximas perguntas foram referentes a Philippa e seu marido, e eu fiquei sabendo que ele, após ter gastado toda a fortuna dela, havia recorrido, para sobreviver, ao único dom que sempre tivera, ou seja, dirigir; e que, após terem vendido tudo o que lhes pertencia com exceção de sua carruagem, haviam convertido-a numa diligência. Como ele não queria permanecer perto de seus conhecidos, havia se mudado para Edimburgo, de onde fazia viagens até Sterling dia sim, dia não; e Philippa, ainda mantendo sua afeição pelo ingrato marido, fora junto, e em geral o acompanhava em suas pequenas excursões até Sterling.

"É apenas para que eles ganhem algum dinheiro que meu pai sempre vai em sua diligência ver as belezas do campo desde nossa chegada à Escócia", continuou Augusta, "pois certamente teria sido muito mais agradável para nós visitar as Terras Altas numa carruagem do que ficar apenas indo de Edimburgo para Sterling e de Sterling para Edimburgo dia sim, dia não numa diligência desconfortável e lotada."[16] Concordei inteiramente com a maneira como ela encarava aquele assunto e, em segredo, culpei Sir Edward por sacrificar o divertimento de sua filha daquela maneira em nome de uma velha ridícula cuja tolice de se casar com um homem tão jovem deveria ser punida. O comportamento de Sir Edward, no entanto, se encaixa perfeitamente com seu caráter em geral; pois o que poderia ser esperado de um homem que não possuía nem um átomo de sensibilidade, que mal conhecia o significado da palavra compaixão e que ainda por cima roncava?

Adieu,
Laura

CARTA 15ª

Laura, continuação

Quando chegamos à cidade onde íamos tomar café da manhã, eu me decidi a conversar com Philander e Gustavus. Com esse propósito em mente, assim que saí da carruagem fui até a gôndola e perguntei ternamente como estava a saúde dos dois, expressando meus temores em relação à situação desconfortável em que se encontravam. No princípio eles pareceram ficar bastante perturbados ao me ver, temendo, sem dúvida, que fosse cobrar o dinheiro que nosso avô me deixara e do qual eles me haviam privado injustamente; mas, vendo que nem mencionaria o assunto, pediram que entrasse na gôndola para que pudéssemos conversar com mais conforto. Com isso entrei e, enquanto os outros devoravam chá verde e torrada com manteiga,[17] nós nos banqueteamos de maneira mais refinada e sentimental: através de uma conversa confidencial. Eu informei-lhes tudo o que já me ocorrera ao longo de toda a minha vida e, a meu pedido, eles me relataram cada incidente da vida deles.

"Como você já sabe, somos os filhos das duas filhas mais novas de Lord St. Clair e Laurina, uma cantora de ópera italiana. Nossas mães não sabiam exatamente quem eram nossos pais; embora se acredite que Philander seja filho de certo Philip Jones, um pedreiro, e que eu seja filho de Gregory Staves, um fazedor de espartilhos de Edimburgo. Isso, no entanto, tem pouca importância, pois como nossas mães certamente jamais foram casadas com nenhum dos dois, não é algo que nos desonre, pois somos de uma família muito antiga e de sangue imaculado.

"Bertha (a mãe de Philander) e Agatha (minha mãe) sempre viveram juntas. Nenhuma das duas era muito rica; suas fortunas originalmente somavam nove mil libras, mas, como elas viviam sempre gastando demais, quando tínhamos quinze anos restavam apenas novecentas. Essas novecentas libras nossas mães guardavam numa gaveta de uma das mesas da nossa sala de estar, pela conveniência de tê-las sempre à mão. Não posso determinar agora se foi devido a essa circunstância de o dinheiro estar tão fácil de ser apanhado, se foi por um desejo de independência ou se foi por um excesso de sensibilidade (um traço que sempre fora marcante em nós). Mas o certo é que, quando completamos quinze anos, pegamos as novecentas libras e fugimos. Após termos obtido tal prêmio, estávamos decididos a gastá-lo com parcimônia, sem fazer qualquer tolice ou extravagância. Com esse propósito nós o dividimos em nove partes, uma destinada à comida, outra à bebida, a terceira a despesas da casa, a quarta a carruagens, a quinta a cavalos, a sexta a criados, a sétima a diversões, a oitava a roupas e a nona a fivelas de prata.

"Tendo organizado assim nossas despesas de dois meses (pois esperávamos fazer as novecentas libras durar tudo isso), fomos rapidamente para Londres e tivemos a boa sorte de conseguir gastar tudo em sete semanas e um dia, o que era seis dias antes do que pretendíamos. Assim que, felizmente, nos livramos do peso de tanto dinheiro, começamos a pensar em voltar para a casa de nossas mães; mas quando, por acidente, ficamos sabendo que as duas haviam morrido de fome, desistimos da ideia e decidimos fazer parte de uma companhia itinerante de teatro, pois sempre havíamos tido um gosto pelo palco. Oferecemos então nossos serviços a uma delas e fomos aceitos; nossa companhia era de fato bem pequena, pois consistia apenas de um diretor, sua esposa e nós dois; mas dessa maneira havia menos gente para dividir o dinheiro e a única inconveniência era a escassez de peças que podíamos encenar, devido à falta de pessoas para fazer todos os papéis.[18]

"Mas não nos importávamos com esses detalhes... Um de nossos espetáculos mais admirados foi *Macbeth*, que encenamos de forma realmente magnífica. O diretor sempre ficava com o papel de Banquo e sua esposa com o de Lady Macbeth. Fui as três bruxas e Philander foi todos os outros. Para falar a verdade, essa tragédia não apenas foi nosso melhor espetáculo, mas o único que encenamos; e, após ter viajado com ele por toda a Inglaterra e o país de Gales, viemos até a Escócia para exibi-lo também ao resto da Grã-Bretanha. Por acaso estávamos hospedados naquela mesma cidade onde você conheceu seu avô.

"Estávamos no pátio da estalagem quando a carruagem dele chegou e, ao ver pelo brasão a quem pertencia e sabendo que Lord St. Clair era nosso avô, decidimos tentar ganhar alguma coisa dele revelando-lhe nosso parentesco. Você sabe o quanto fomos bem-sucedidos. Após havermos obtido aquelas duzentas libras, imediatamente saímos da cidade, deixando que nosso diretor e sua esposa encenassem *Macbeth* sozinhos, e tomamos a estrada para Sterling, onde gastamos nossa pequena fortuna com grande alarde. Agora, estamos voltando para Edimburgo para tentar conseguir algum emprego no teatro; e essa, querida prima, é a nossa história."

Agradeci ao amável jovem por sua interessante narrativa; e, após ter dito que lhes desejava saúde e felicidade, deixei-os em seu pequeno compartimento e me reuni com meus outros amigos, que me esperavam impacientemente.

Minhas aventuras agora estão prestes a acabar, minha cara Marianne; ao menos por enquanto.

Quando chegamos a Edimburgo, Sir Edward me disse que, como eu era viúva de seu filho, ele desejava que aceitasse receber uma renda de quatrocentas libras por ano. Graciosamente prometi que aceitaria, mas não pude deixar de observar que o antipático baronete me ofereceu o dinheiro mais por eu ser a viúva de Edward do que por ser a refinada e amável Laura.

Vim morar numa romântica vila nas Terras Altas da Escócia, onde permaneci desde então e onde posso, sem ser interrompida por visitas frívolas, desfrutar, na mais melancólica solidão, de incessantes lamentos pela morte de meu pai, minha mãe, meu marido e minha amiga.

Augusta há muitos anos é casada com Graham, entre todos os homens aquele que é o mais perfeito para ela; eles se conheceram durante a estada dela na Escócia.

Sir Edward, na esperança de obter um herdeiro para seu título e sua propriedade, casou-se com Lady Dorothea na mesma ocasião. Seu desejo foi atendido.

Philander e Gustavus, após terem ganhado renome com suas performances teatrais em Edimburgo, se mudaram para Convent Garden, onde ainda se apresentam com os pseudônimos de Lewis e Quick.

Philippa há muito foi desta para melhor. Seu marido,

no entanto, continua a guiar a diligência de Edimburgo até Sterling.

Adieu, minha cara Marianne.

Laura...

Finis

13 de junho de 1790

Uma coleção de cartas[19]

DE UMA MÃE PARA SUA AMIGA

Minhas filhas agora começam a exigir minha atenção de uma maneira diferente daquela a que estão acostumadas, já que atingiram uma idade na qual será necessário que elas, em alguma medida, conheçam melhor o mundo. Minha querida Augusta tem dezessete anos e sua irmã é menos de um ano mais nova. Orgulho-me em dizer que acredito ter lhes dado uma educação que não desgraçará sua apresentação à sociedade; e que *elas* não desgraçarão sua educação é algo no qual tenho todos os motivos para acreditar. São um doce de meninas. Sensatas, porém sem afetação — prendadas, porém sem formalidades — alegres, porém gentis.

Como seu progresso em tudo o que aprenderam sempre foi igual, estou disposta a esquecer a diferença de idade e apresentá-las à sociedade juntas. A *entrée* das duas ocorrerá nesta mesma tarde, pois combinamos de tomar chá com a sra. Cope e sua filha. Por minhas meninas, fico feliz que sejamos as únicas convidadas, já que seria constrangedor para elas conhecer um círculo muito grande de pessoas no primeiro dia. Seguiremos adiante por etapas... Amanhã, a família do sr. Stanly tomará chá conosco e talvez as irmãs Phillips também. Na terça-feira, faremos visitas matinais; na quarta, jantaremos em Westbrook. Na quinta, receberemos alguns convidados em casa. Na sexta, iremos a um concerto privado na residência de Sir John Wynne; e, no sábado, esperamos receber uma visita da srta. Dawson pela manhã, o que completará a apresentação de minhas filhas ao mundo.* Como elas suportarão tanta dissipação não posso imaginar; não temo por seu ânimo, apenas por sua saúde.

A importante ocasião já passou e minhas meninas *já debutaram*. Quando se aproximava o momento da nossa partida, você não tem ideia de como as doces criaturas tremiam de medo e expectativa. Antes de a carruagem vir até a porta, eu as chamei até meu quarto de vestir e, assim que se sentaram, disse-lhes o seguinte.

"Minhas queridas meninas, agora chegou o momento em que vou colher as recompensas de todas as preocupações que tive e esforços que fiz durante sua educação. Esta noite, vocês vão ser apresentadas a um mundo onde encontrarão muitas coisas maravilhosas. No entanto, devo alertá-las para que não se permitam ser influenciadas pelas tolices e pelos vícios dos outros, pois creiam, minhas queridas filhas, que se o fizerem... ficarei muito triste." Ambas me asseguraram que sempre lembrariam meu conselho com gratidão e o seguiriam com atenção; de que estavam preparadas para encontrar um mundo repleto de coisas que as espantariam e chocariam; mas de que tinham certeza de que seu comportamento jamais faria com que eu me arrependesse do cuidado com que comandara sua infância e formara suas mentes.

"Com tais expectativas e tais intenções, não tenho nada a temer da parte de vocês", exclamei, "e posso levá-las ale-

* Jane Austen está fazendo graça aqui, já que essas atividades faziam parte do dia a dia de uma jovem inglesa de sua época mesmo antes de ela ser apresentada formalmente à sociedade, quando passava a frequentar bailes, jantares e lugares públicos. (N. T.)

gremente até a casa da sra. Cope sem recear que sejam seduzidas pelo exemplo dela ou contaminadas por suas tolices. Venham, portanto, minhas filhas", acrescentei. "A carruagem se aproxima da porta e não quero adiar nem por um momento a felicidade que vocês estão tão impacientes para desfrutar." Quando chegamos a Warleigh, a pobre Augusta mal podia respirar, enquanto Margaret era só êxtase e vivacidade. "O momento tão esperado afinal chegou", disse ela, "e logo seremos apresentadas à sociedade."

Em poucos instantes estávamos na sala de estar da sra. Cope, onde ela e sua filha estavam sentadas, prontas para nos receber. Observei, deliciada, a impressão que minhas filhas causaram nelas... Elas realmente estavam muito bonitas e elegantes e, embora um pouco envergonhadas devido à peculiaridade de sua situação, se comportaram e conversaram com tanta naturalidade que não poderiam ter deixado de agradar. Imagine, minha cara senhora, como fiquei feliz ao ver com que atenção elas observavam cada objeto que viam — como ficaram enojadas com algumas coisas, encantadas com outras, maravilhadas com tudo! No geral, no entanto, voltaram para casa em êxtase com o mundo, seus habitantes e seus costumes.

Da sempre sua,
A... F...

DE UMA JOVEM EM CIRCUNSTÂNCIAS DIFÍCEIS PARA UMA AMIGA DESTA

Alguns dias atrás, eu estava num baile privado dado pelo sr. Ashburnham. Como minha mãe nunca sai de casa, ela me confiou aos cuidados de Lady Greville, que me deu a honra de vir me buscar quando estava a caminho de lá[20] e de me permitir sentar virada para a frente, um favor ao qual sou muito indiferente, especialmente já que sei que ela considera que, com isso, lhe devo uma grande obrigação.

"Com que então, srta. Maria", disse Lady Greville quando me viu me aproximando da porta da carruagem, "parece que está bastante elegante esta noite. Minhas pobres meninas vão estar em grande desvantagem em comparação a você... Só espero que sua mãe não tenha se metido em apuros só para exibi-la. Está de vestido novo?"

"Sim, senhora", respondi, com toda a indiferença possível.

"Sim, e ainda por cima é um vestido chique, acho", disse ela pegando no tecido, já que, por sua permissão, eu havia me sentado ao seu lado. "Até que é bem elegante — mas devo confessar, pois você sabe que sempre digo o que penso, que acredito ter sido uma despesa bastante desnecessária. Por que não podia ter usado seu velho vestido listrado? Não é hábito meu ver defeitos nas pessoas só porque elas são pobres, pois sempre acho que se deve sentir mais desprezo e pena pelos pobres do que culpá-los por sua situação, principalmente quando ela não tem jeito mesmo. Mas, ao mesmo tempo, devo dizer que, na minha opinião, seu velho vestido listrado estava bom demais para você; pois, para lhe dizer a verdade — sempre digo o que penso —, temo que metade das pessoas do baile não vá nem notar se você está ou não de roupa... Mas suponho que esteja buscando agarrar um marido rico hoje à noite — bem, quanto mais cedo, melhor. Desejo-lhe sucesso."[21]

"Asseguro-lhe, madame, que não tenho tal intenção..."

"Quem já viu uma jovem admitir estar caçando uma fortuna?" A srta. Greville* riu, mas Ellen, tenho certeza, sentiu pena de mim.

"Sua mãe já fora se deitar quando você saiu?", perguntou Lady Greville.

* A srta. Greville e Ellen são irmãs. Quando havia mais de uma irmã na mesma família, o costume era chamar apenas a mais velha pelo sobrenome, usando o nome de batismo para as mais jovens. (N. T.)

"Cara senhora", disse Ellen, "são apenas nove horas."

"É verdade, Ellen, mas as velas custam dinheiro e a sra. Williams é sábia demais para ser extravagante."

"Ela havia acabado de se sentar para jantar, senhora."

"E o que ia jantar?"

"Não reparei."

"Pão e queijo, suponho."

"Não poderia desejar um jantar melhor", disse Ellen.

"Nunca tem motivo para desejar", respondeu sua mãe, "já que sempre lhe servem um bem melhor que esse." A srta. Greville riu com gosto, como sempre faz com as piadas da mãe.

Tal é a humilhante situação na qual sou obrigada a ficar ao subir na carruagem de Lady Greville — não ouso ser impertinente, já que minha mãe está sempre me dizendo para ser humilde e paciente se desejar ter sucesso na vida. Ela insiste que eu aceite todos os convites de Lady Greville. Se não fosse por isso, tenha certeza de que eu jamais entraria na casa ou na carruagem dela, pois sei que sempre serei ofendida por minha pobreza quando estou nelas.

Quando chegamos a Ashburnham já eram quase dez horas, uma hora depois do horário em que nos haviam pedido para estar lá; mas Lady Greville é (ou imagina ser) sofisticada demais para ser pontual. As danças ainda não haviam começado, pois eles estavam esperando pela srta. Greville. Eu estava havia pouco tempo no salão quando fui chamada para dançar pelo sr. Bernard, mas, bem no momento em que íamos começar, ele se lembrou de que seu criado estava com suas luvas brancas e imediatamente foi buscá-las. Nesse meio-tempo a dança começou e Lady Greville, ao se dirigir para outro cômodo, passou bem diante de mim. Ela me viu e, estacando na mesma hora, disse, embora houvesse diversas pessoas perto de nós,

"Ora viva, srta. Maria! O que foi, não conseguiu arrumar um parceiro? Pobrezinha! Temo que seu vestido novo tenha sido colocado por nada. Mas não se desespere; quem sabe você não dá uma dançadinha antes de a noite terminar?" Dizendo isso, ela seguiu adiante sem ouvir minhas repetidas afirmações de que já havia sido convidada e deixando-me muito irritada por ter sido exposta dessa maneira diante de todo mundo.

O sr. Bernard, no entanto, logo voltou e, quando ele se aproximou de mim assim que entrou no salão e nos unimos aos casais que dançavam, minha reputação, espero, foi reabilitada da imputação que Lady Greville lançara contra ela aos olhos de todas as velhas senhoras que haviam escutado o que dissera. Logo esqueci todas as minhas chateações com o prazer de dançar e de ter o mais agradável parceiro no salão. Como o sr. Bernard é, ainda por cima, o herdeiro de uma grande propriedade, pude ver que Lady Greville não ficou muito satisfeita quando descobriu quem fora a escolhida dele.

Ela estava determinada a me mortificar e, para cumprir esse objetivo, quando fomos nos sentar entre uma dança e outra, postou-se ao meu lado com *mais* arrogância do que o normal na companhia da srta. Mason e disse, alto o suficiente para ser ouvida por metade das pessoas no salão,

"Por favor, me diga, srta. Maria, em que área trabalhava seu avô? Eu e a srta. Mason não sabemos se ele era dono de mercearia ou encadernador." Vi que ela queria me envergonhar e estava resolvida, se fosse impossível, a impedi-la de levar seu plano a cabo.

"Nenhum dos dois, madame; ele era comerciante de vinhos."

"Sim, eu sabia que tinha uma profissão humilde. Ele foi à bancarrota, não foi?"

"Creio que não, madame."

"Não ficou foragido da justiça?"

"Jamais ouvi dizer que o tenha feito."

"Ao menos morreu inadimplente?"

"Nunca me disseram isso antes."

"Ora, seu pai não era pobre como um rato?"

"Acredito que não."

"Ele não foi parar nos tribunais certa vez?"[22]

"Jamais o vi lá."[23] Ela me deu um olhar *daqueles* e virou de costas, furiosa, enquanto fiquei ali, metade radiante com minha impertinência e metade temendo ser considerada atrevida demais. Como Lady Greville estava bastante irritada comigo, passou o resto da noite me ignorando; mas, na verdade, se estivesse satisfeita eu teria sido igualmente negligenciada, já que ela se uniu a um grupo de notáveis e nunca fala comigo se pode conversar com qualquer outra pessoa. A srta. Greville sentou-se com os amigos da mãe na hora da ceia, mas Ellen preferiu ficar com os Bernard e eu. A dança foi muito agradável e, como Lady G. dormiu durante toda a volta para casa, o trajeto foi bastante confortável para mim.

No dia seguinte, quando estávamos almoçando, a carruagem de Lady Greville parou diante da porta, pois esse é o momento do dia em que ela em geral resolve aparecer lá em casa. Lady Greville mandou uma mensagem pelo criado, dizendo que "não ia sair, mas que a srta. Maria deveria ir até a porta da carruagem, pois desejava falar com ela, e que devia se apressar e ir imediatamente".

"Que mensagem impertinente, mamãe!", disse eu. "Vá, Maria...", respondeu ela. Assim eu fui, sendo obrigada a ficar de pé ali só para agradar aquela senhora, embora o vento estivesse extremamente forte e muito frio.[24]

"Ora, veja, srta. Maria, você não me parece tão elegante quanto estava ontem à noite. Mas não vim aqui examinar suas roupas, e sim dizer-lhe que pode vir jantar conosco depois de amanhã. Não amanhã, lembre-se, não venha amanhã, pois estamos esperando Lord e Lady Clermont e a família de Sir Thomas Stanley. Não há necessidade de você se arrumar muito, pois não mandarei a carruagem vir buscá-la — se chover, poderá levar um guarda-chuva" — mal contive o riso ao ouvi-la dando-me permissão para me manter seca — "e, por favor, lembre-se de chegar na hora, pois não esperarei — detesto que a comida fique cozida demais. Mas também não precisa chegar *antes* da hora... Como está sua mãe? Ela está almoçando, não está?"

"Sim, senhora, estávamos no meio do almoço quando chegou."

"Temo que esteja muito frio para você, Maria", disse Ellen.

"Sim, há um vento horrível vindo do leste", disse a mãe dela. "Asseguro-lhe que mal estou aguentando ficar com a janela aberta. Mas você está acostumada a ser exposta ao vento, srta. Maria, e é isso que deixou sua pele tão vermelha e grosseira. Moças como você, que nem sempre podem andar de carruagem, nunca se importam com o clima que faz quando estão andando, ou se o vento está mostrando suas pernas.[25] Eu não permitiria que *minhas* filhas ficassem do lado de fora como você está fazendo num dia como este. Mas algumas pessoas não têm delicadeza, não sentem frio... Bem, lembre-se de que esperamos você na quinta-feira às cinco da tarde. Deve mandar sua empregada ir buscá-la à noite... Não vai ter lua e a volta será horrorosa.

"Meus cumprimentos à sua mãe — temo que seu almoço tenha esfriado — siga em frente, cocheiro." E lá se foi ela, deixando-me furiosa como sempre faz.

Maria Williams

A FILÓSOFA[26]

Minha cara Louisa,

Seu amigo, o sr. Millar, veio nos visitar ontem quando estava a caminho de Bath, onde vai passar uma temporada devido a problemas de saúde; duas de suas filhas estavam com ele, mas a mais velha e os três meninos estão com a mãe em Sussex. Embora você já tenha me dito diversas vezes que a srta. Millar era extraordinariamente atraente, jamais mencionou a beleza de suas irmãs; no entanto, elas decerto são muito bonitas. Vou descrevê-las para você. Julia tem dezoito anos, e a expressão de seu rosto é uma feliz mistura de pudor, bom senso e dignidade; seu corpo apresenta a uma só vez graça, elegância e simetria. Charlotte, que tem apenas dezesseis anos, é mais baixa que a irmã e, embora seu corpo não tenha a dignidade natural do corpo de Julia, é agradavelmente rechonchudo, o que é tão estimável quanto, porém de forma diferente. Ela é loura e seu rosto às vezes expressa uma suavidade encantadora e às vezes uma vivacidade impressionante. Parece ter uma inteligência infinita e um bom humor inalterável; durante a meia hora em que eles permaneceram em nossa companhia, Charlotte disse inúmeros chistes, trocadilhos e coisas espirituosas; enquanto a sensata e amável Julia exprimiu sentimentos de moralidade dignos de um coração como o dela. O sr. Millar pareceu ter mesmo a personalidade que sempre ouvi dizer que tinha. Meu pai cumprimentou-o com um olhar amoroso, um aperto de mão sociável e um beijo cordial que marcaram sua alegria em ver um amigo antigo e estimado de quem, devido a diversas circunstâncias, ele estava separado havia quase vinte anos. O sr. Millar observou (com grande perspicácia) que muitos eventos haviam ocorrido com ambos durante aquele intervalo de tempo, o que deu à adorável Julia um motivo para refletir de forma muito sensata sobre as diversas mudanças na vida de ambos que um período tão longo causara e sobre a vantagem de algumas e as desvantagens de outras. Desse assunto, ela fez uma breve digressão sobre a instabilidade dos prazeres da humanidade e a incerteza de sua duração, o que a levou a observar que todas as alegrias terrenas fatalmente são imperfeitas. Julia ia começar a ilustrar essa doutrina com exemplos das vidas de grandes homens quando a carruagem parou diante da porta e a amável moralista, junto com o pai e a irmã, foi obrigada a partir; não sem antes prometer passar cinco ou seis meses conosco assim que retornassem. Mencionamos você, é claro, e asseguro-lhe que todos fizeram ampla justiça a seus méritos. "Louisa Clarke", disse eu, "é, no geral, uma moça muito agradável, embora às vezes seu bom humor seja toldado por rabugice, inveja e rancor. Ela possui inteligência e alguma pretensão à beleza, mas em quantidade tão insignificante que o valor que dá a seus encantos pessoais e a adoração que espera que façam brotar são um exemplo impressionante de sua vaidade, seu orgulho e sua tolice." Assim disse eu, e todos deram peso à minha opinião com sua concordância.

Afetuosamente,
Arabella Smythe

Volume Terceiro

Para a srta. Austen

Senhorita,

Encorajada por sua calorosa patronagem de *A bela Cassandra* e de *Uma história da Inglaterra*, que, através de seu generoso apoio, obtiveram um lugar em todas as bibliotecas do reino e esgotaram noventa edições, tomo a liberdade de implorar pelos mesmos esforços em favor do seguinte romance, que humildemente afirmo possuir mais mérito que qualquer outro já publicado ou qualquer outro que o será no futuro, com exceção daqueles que possam surgir da pena de sua muito grata e humilde serva,

a autora.

Steventon, agosto de 1792

Catharine,[1] ou O caramanchão

Catharine teve, assim como muitas heroínas antes dela, o infortúnio de perder os pais quando era muito jovem e de ter sido criada sob os cuidados de uma tia solteira, que, embora a amasse ternamente, vigiava sua conduta com escrutínio tão severo a ponto de fazer com que muitas pessoas, incluindo a própria, duvidassem de seu amor pela menina. Ela muitas vezes fora privada de grandes prazeres por essa cautela zelosa, às vezes sendo obrigada a abrir mão de um baile porque certo oficial ia estar lá ou a dançar com um parceiro que sua tia lhe apresentara em vez de com um de sua própria escolha. Mas Catherine tinha o gênio naturalmente bom e não se deprimia com facilidade, possuindo um fundo de vivacidade e bom humor que só podia ser afetado por uma contrariedade muito séria.

Além desses antídotos e consolações diante de qualquer desapontamento, possuía outro que lhe proporcionava um constante alívio em todos os seus infortúnios, um belo caramanchão sombreado, fruto de seu próprio trabalho infantil, assistido por aquele de duas companheiras que residiam na mesma vila. Para esse caramanchão, que ficava no fim de uma aleia muito agradável e remota do jardim de sua tia, Kitty sempre ia quando qualquer coisa lhe perturbava, e ele possuía tal encanto sobre seus sentidos que jamais deixava de tranquilizar sua mente e aquietar seu ânimo. A solidão e a reflexão talvez houvessem tido o mesmo resultado dentro de seu quarto, mas o hábito tanto reforçara aquela ideia criada pela fantasia que tal pensamento jamais ocorria a Kitty, e ela acreditava piamente que apenas seu caramanchão podia fazê-la voltar a seu estado de espírito normal.

Sua imaginação era fértil e, nas amizades, assim como em toda a sua personalidade, ela demonstrava entusiasmo. Esse adorado caramanchão fora o fruto do trabalho conjunto dela e de duas amáveis meninas por quem, desde a primeira infância, Kitty sentira o mais profundo carinho. Eram filhas do pastor da paróquia, com cuja família, enquanto esta morava ali, a tia de Kitty tinha grande intimidade; e as meninas, embora permanecessem separadas durante a maior parte do ano devido às maneiras diferentes como eram educadas, ficavam o tempo todo juntas nos períodos em que as srtas. Wynne não estavam na escola; [elas eram companheiras de caminhadas, brincadeiras e diversões, e a doçura de seu temperamento impedia qualquer briga mais séria; já os pequenos desentendimentos que teria sido impossível evitar por completo estavam longe de haver diminuído a afeição que sentiam umas pelas outras].[2] Fora naqueles dias felizes da infância, dos quais Kitty agora sentia tanta falta, que aquele caramanchão havia sido construído; e ela, separada talvez para sempre daquelas queridas amigas, tinha mais ali do que em qualquer outro lugar as ternas e melancólicas lembranças das horas tornadas agradáveis por sua companhia, recordação ao mesmo tempo triste e alentadora!

Já haviam se passado dois anos desde a morte do sr. Wynne e a consequente dispersão de sua família, que fora deixada em circunstâncias muito difíceis após o ocorrido. Suas filhas haviam sido reduzidas a um estado de absoluta dependência de alguns membros da família que, embora fossem muito ricos e de uma relação de parentesco muito próxima, haviam com dificuldade sido convencidos a contribuir com qualquer coisa para seu sustento. A sra. Wynne felizmente fora poupada de saber ou participar dessa situação por ter falecido, após uma dolorosa doença, alguns meses antes da morte de seu marido. A filha mais velha fora obrigada a aceitar a oferta de um de seus primos, que lhe deu os meios de viajar para as Índias Orientais para tentar conseguir um casamento e, embora isso fosse infinitamente contra suas inclinações, tivera a necessidade de conformar-se com a única possibilidade de sustento que fora oferecida. No entanto, essa possibilidade era tão oposta a suas ideias do que era correto, tão contrária a seus desejos, tão repugnante a seus sentimentos, que ela quase teria preferido tornar-se uma preceptora, caso essa escolha lhe houvesse sido permitida.[3] Seus atrativos físicos haviam feito com que ela conseguisse um marido assim que chegara a Bengala, e agora estava casada havia quase um ano. Era um casamento esplêndido, porém infeliz; ela fora unida a um homem com quase o dobro de sua idade, cujo temperamento não era afável e cujos modos eram desagradáveis, embora ele fosse respeitável. Kitty tivera notícias de sua amiga em duas ocasiões desde seu casamento, mas suas cartas eram sempre insatisfatórias e, embora ela não confessasse abertamente o que sentia, cada linha provava que estava triste. A amiga falava com prazer apenas das diversões que as duas haviam compartilhado e que jamais voltariam, e parecia não ter nenhuma felicidade à vista, com exceção de sua volta para a Inglaterra.[4]

A irmã dela havia sido acolhida por outra parente, a viúva Lady Halifax, como companheira para suas filhas, e fora com esta família para a Escócia mais ou menos na mesma época em que Cecilia deixara a Inglaterra. De Mary, portanto, Kitty podia ter notícias com mais frequência, mas suas cartas indicavam uma situação pouco mais confortável. Nelas não havia o desespero que havia nas da irmã; afinal, Mary não estava casada e ainda podia aspirar a uma mudança de circunstâncias. Mas, sem qualquer esperança por aquele momento e situada numa família na qual, embora todos fossem seus parentes, não tinha nem um amigo, ela em geral escrevia com uma falta de ânimo para a qual sua separação da irmã e o casamento desta haviam fortemente contribuído.

Distante, portanto, das duas pessoas a quem mais amava na vida, Kitty passara a sentir ainda mais carinho por Cecilia e Mary após a perda delas, e tudo que a fazia lembrar-se delas assumira o dobro do valor; assim, os arbustos que haviam plantado juntas e os mimos que haviam trocado se tornaram sagrados. A posição de pastor da paróquia de Chetwynde agora era ocupada por um tal sr. Dudley,[5] cuja família, ao contrário dos Wynne, causava apenas irritação e problemas à sra. Percival[6] e à sua sobrinha. O sr. Dudley, que era o filho mais novo de uma família muito nobre — mais famosa por seu orgulho do que por sua fortuna —, tenaz quando o assunto era sua dignidade e zeloso do que acreditava serem seus direitos, constantemente brigava, não com a sra. Percival em pessoa, mas com o administrador de suas terras e com seus inquilinos sobre o dízimo que lhe era devido, e com as famílias mais importantes da vizinhança sobre o respeito e a pompa que exigia. Sua esposa, uma mulher ignorante e mal-educada de uma família muito antiga, orgulhava-se dessa família quase sem saber por que e, assim como ele, era altiva e irascível, sem considerar para quê. Sua única filha, que herdara a ignorância, a insolência e o orgulho dos pais, era, devido à beleza da qual era absurdamente vaidosa, considerada por eles uma criatura irresistível que, através de um casamento esplêndido, seria a futura restauradora de sua dignidade, tão diminuída pela situação de comparativa pobreza e pelo fato de o sr. Dudley haver sido obrigado a se tornar pastor de igreja e aceitar uma posição no campo. Os Dudley ao mesmo tempo desprezavam as Percival, por considerarem que eram de uma família inferior, e as invejavam por sua situação financeira. Tinham ciúme que elas fossem mais respeitadas do que eles e, embora fingissem não lhes dar importância, estavam sempre tentando diminuí-las aos olhos dos vizinhos através de boatos escandalosos e maldosos.

Uma família como essa era pouco adequada para consolar Kitty pela perda dos Wynne, ou para preencher, com sua companhia, aquelas horas ocasionalmente enfadonhas que às vezes ocorriam num local tão remoto, devido à falta de um amigo. A tia de Kitty gostava demais dela e ficava arrasada se a via entristecida, mesmo que por um momento. No entanto, vivia em apreensão de que ela fizesse um casamento imprudente se lhe fosse permitida a oportunidade de escolher um marido e ficava muito insatisfeita com seu comportamento quando a via com rapazes — pois a natureza da menina era extraordinariamente aberta e franca. Assim, embora muitas vezes desejasse, pelo bem da sobrinha, que houvesse mais gente na vizinhança e que ela própria fosse mais acostumada a visitar as famílias que lá moravam, a lembrança da existência de rapazes em quase todas essas famílias sempre vencia esse desejo.

Os mesmos temores que impediam a sra. Percival de desfrutar muito da companhia de seus vizinhos igualmente a levavam a evitar convidar seus parentes para passar algum tempo em sua casa. Ela, portanto, sempre recusara a tentativa anual de um parente distante de visitá-la em Chetwynde, pois havia um rapaz na família de quem já ouvira dizer coisas que a alarmavam. Esse filho estava, no entanto, viajando agora; e os repetidos pedidos de Kitty aliados à consciência de que ela declinara com pouca cerimônia as propostas anteriores desses parentes, além de um real desejo de vê-los em pessoa, facilmente a convenceram a insistir com grande sinceridade para que lhe dessem o prazer de fazer-lhe uma visita durante o verão.

Assim, o sr. e a sra. Stanley haviam marcado sua ida e Catharine, tendo algo a que antefruir, algo pelo que esperar que inevitavelmente aliviaria o aborrecimento de um constante tête-à-tête com sua tia, ficou tão deliciada e com o ânimo tão alegre que, durante os três ou quatro dias anteriores à chegada deles, mal conseguiu se concentrar em qualquer tarefa. Nesse ponto a sra. Percival sempre a considerara falha e com frequência reclamava de uma falta de constância e perseverança em suas ocupações que não era congenial à natureza ansiosa de Kitty e que talvez não seja encontrada amiúde em nenhuma pessoa jovem. A conversa entediante de sua tia e a falta de companhias agradáveis também aumentavam muito esse desejo de mudar o que estava fazendo; pois Kitty se via cansada de ler, costurar ou desenhar muito mais rápido na sala de estar da sra. Percival do que em seu caramanchão, onde sua tia, por temer que lá fosse úmido demais, jamais a acompanhava.

Como a sra. Percival se orgulhava da perfeita correção com a qual tudo em sua família era conduzido e não possuía maior satisfação que aquela de saber que sua casa estava sempre na mais completa ordem, e como sua fortuna era boa e ela possuía muitos criados, poucas foram as preparações necessárias para a recepção de seus visitantes. O dia de sua chegada, esperado por tanto tempo, afinal surgiu, e o barulho da carruagem e dos quatro cavalos circundando o gramado foi, para Catharine, um som mais interessante que a música de uma ópera italiana que, para a maioria das heroínas, é o apogeu do prazer.[7] O sr. e a sra. Stanley tinham uma grande fortuna e eram muito elegantes. Ele era membro da Câmara dos Comuns e os dois, portanto, tinham a agradável necessidade de residir em Londres durante metade do ano, onde a srta. Stanley fora instruída pelos mais maravilhosos professores dos seis anos até a última primavera; período totalizando doze anos que fora dedicado à aquisição de prendas que seriam exibidas agora e, dentro de alguns anos, completamente esquecidas.[8]

Ela não tinha a aparência deselegante, era bastante bonita e não era naturalmente deficiente em habilidades; mas os anos que deveriam ter sido usados para a aquisição de saberes úteis e do desenvolvimento mental haviam sido todos gastos no aprendizado de desenho, italiano e música, especialmente a última. A esses talentos, a moça agora somava um intelecto que não fora aprimorado através da leitura e uma mente completamente destituída de bom gosto ou discernimento. Seu temperamento era naturalmente bom; porém, desacostumada à reflexão, não tinha paciência diante da decepção nem sabia sacrificar sua própria vontade para promover a felicidade dos outros. Só pensava na elegância de sua aparência, no estilo de seu vestido e na admiração que desejava causar. Declarava um amor pelos livros sem ler, era vivaz sem demonstrar inteligência e em geral bem-humorada sem ter motivos para tal.[9]

Assim era Camilla Stanley; e Catharine, que sentiu grande simpatia por ela devido à sua aparência e que, por causa da situação solitária em que se encontrava, estava pronta para gostar de qualquer pessoa, embora tivesse uma inteligência e um discernimento que não teriam sido tão facilmente satisfeitos em outra ocasião, ao vê-la sentiu-se quase convencida de que a srta. Stanley seria exatamente a companheira que desejava e que até certo ponto compensaria a perda de Cecilia e Mary Wynne. Ela, portanto, afeiçoou-se a Camilla desde o primeiro dia de sua chegada e, como as duas eram as únicas jovens da casa, tornaram-se, por inclinação, companheiras constantes. Kitty era, ela própria, uma grande leitora, embora talvez não de livros muito profundos, e portanto ficou deliciada ao descobrir que a srta. Stanley também apreciava a atividade. Ansiosa por descobrir que seu gosto pelos livros era parecido, ela logo começou a fazer perguntas sobre o assunto à sua nova amiga; e, embora houvesse lido bastante história moderna, escolheu mencionar antes livros mais leves, que haviam sido universalmente lidos e admirados [e que talvez tenham ocasionado mais discussões do que quaisquer outros do tipo].[10]

"Você já leu os romances da sra. Smith, suponho?",[11] perguntou Kitty à companheira.

"Oh! Sim", respondeu a outra, "e eles simplesmente me deliciam... são a melhor coisa do mundo..."

"E qual deles você prefere?"

"Oh! Nossa, acho que não há comparação entre eles... *Emmeline* é *tão* melhor do que qualquer outro..."

"Muitas pessoas acham isso, eu sei; mas *eu* não creio que haja uma desproporção tão grande em seus méritos; você o acha melhor escrito?"

"Oh! *Isso* eu não sei dizer... mas ele é melhor em *tudo*... Além do mais, *Ethelinde* é tão longo..."

"Essa é uma objeção muito comum, creio", disse Kitty, "mas, de minha parte, se um livro for bem escrito, sempre o acho curto demais."

"Eu também, mas me canso dele antes de terminar."

"Você não achou a história de *Ethelinde* muito interessante? E as descrições de Grasmere,[12] não são lindas?"

"Oh! Pulei tudo isso, pois estava numa pressa enorme de saber como era o fim."[13] Então, numa transição fácil, acrescentou, "Vamos aos lagos neste outono, e estou enlouquecida de alegria; Sir Henry Devereux prometeu ir conosco e isso fará com que a viagem seja tão agradável...".

"Acredito que fará. Mas creio ser uma pena que os poderes de agradar de Sir Henry não tenham sido reservados para uma ocasião em que talvez tivessem sido mais necessários. No entanto, invejo-lhe o prazer que tal projeto proporcionará."

"Oh! Fico deliciada ao pensar nele; não consigo pensar em mais nada. Asseguro-lhe que não fiz nada nesse último mês além de planejar que roupas levar, e afinal decidi levar muito poucas além do meu vestido de viagem. É isso que lhe aconselho a fazer quando você for; pois, caso assistamos a alguma corrida ou paremos em Matlock ou Scarborough, tenho a intenção de mandar fazer algo para a ocasião."

"Vocês têm então a intenção de ir a Yorkshire?"

"Acredito que não — na verdade, não sei nada sobre o caminho, pois nunca me incomodo com essas coisas... Só sei que vamos de Derbyshire para Matlock ou Scarborough,[14] mas para qual das duas vamos primeiro, não sei nem ligo... Tenho esperanças de encontrar umas amigas muito íntimas em Scarborough... Augusta me disse em sua última carta que Sir Peter estava pensando em ir; mas isso é muito incerto, você sabe. Não suporto Sir Peter, ele é uma criatura tão horrível..."

"É mesmo?", disse Kitty, sem saber que outra coisa dizer.

"Oh! Ele é chocante."

Aqui a conversa foi interrompida e Kitty foi deixada numa dolorosa incerteza em relação aos detalhes da personalidade de Sir Peter; ela sabia apenas que ele era horrível e chocante, mas por quê, e em quê, ainda estava a ser descoberto. Kitty mal sabia o que pensar de sua nova conhecida; Camilla parecia ser vergonhosamente ignorante da geografia da Inglaterra, se é que ela havia compreendido-a direito, e igualmente destituída de bom gosto e conhecimento. Kitty, no entanto, não pretendia decidir de forma apressada; queria ao mesmo tempo fazer justiça à srta. Stanley e vê-la provar ser o que desejava que fosse; resolveu, portanto, suspender qualquer parecer durante algum tempo.

Após o jantar, a conversa passou à situação no mundo político e a sra. Percival, que tinha a firme opinião de que a humanidade inteira estava se degenerando, disse que, a seu ver, tudo em que acreditava estava caminhando para a ruína, toda a ordem havia sido destruída na face da Terra, a Câmara dos Comuns, segundo haviam lhe dito, às vezes ficava reunida até as cinco da manhã e a depravação jamais fora tão generalizada; e concluiu desejando poder viver para ver os modos das pessoas da época da rainha Elizabeth serem restaurados.

"Bem, senhora", disse sua sobrinha, "[acredito que tenha tanta chance quanto qualquer um,][15] mas espero que não tenha a intenção de restaurar a própria rainha Elizabeth junto com sua época."

"A rainha Elizabeth", disse a sra. Stanley, que nunca arriscava uma opinião sobre história que não fosse muito bem estabelecida, "viveu uns bons anos e era uma mulher muito esperta."

"É verdade, senhora", disse Kitty, "mas não considero nem uma coisa nem outra um mérito no caso dela, e elas estão muito longe de me fazer desejar sua volta, pois, se a rainha retornasse com as mesmas habilidades e a mesma saúde, talvez fizesse tanto mal e durasse tanto quanto antes..." Então, voltando-se para Camilla, que estava muito quieta havia algum tempo, ela acrescentou, "O que *você* acha de Elizabeth, srta. Stanley? Espero que não vá defendê-la".[16]

"Oh! Nossa", disse a srta. Stanley, "nada sei de política e não consigo suportar a menção dela." Kitty espantou-se com essa repulsa e não respondeu, embora estivesse perfeitamente convencida de que a srta. Stanley só podia ser ignorante daquilo que não sabia diferenciar da política. Ela foi para seu quarto, sem saber que opinião formar de sua nova conhecida e temendo que ela fosse muito diferente de Cecilia e Mary.

Na manhã seguinte, a convicção de Kitty ficou ainda maior, e cada dia que passou aprofundou-a. Não encontrava variedade no que Camilla dizia; não recebia nenhuma informação dela que não fosse sobre a moda; e só conseguia ter prazer em sua companhia ao ouvi-la tocando o cravo; após repetidas tentativas de encontrar nela o que desejava, foi obrigada a desistir e considerar a empreitada vã. De tempos em tempos, surgia algo parecido com humor em Camilla que fazia com que Kitty sentisse esperanças de que ela tivesse ao menos uma inteligência natural, embora não desenvolvida; mas esses lampejos aconteciam tão raramente, e eram tão mal fundados, que Kitty afinal se convenceu de que eram apenas acidentais. Todo o seu estoque de informações foi gasto em poucos dias; e, após Kitty saber através dela o tamanho da casa de sua família em Londres, a data em que passara a frequentar os lugares públicos, quem eram as beldades celebradas e qual era o melhor chapeleiro, Camilla não tinha mais nada a lhe dizer, a não ser sobre as personalidades de seus conhecidos mencionados nas conversas, que descrevia com leviandade e brevidade, afirmando que a pessoa ou era a criatura mais doce deste mundo, a quem ela idolatrava, ou terrível, chocante, algo horrível de se ver.

Como Catherine desejava muito obter qualquer informação sobre a personalidade dos membros da família Halifax e havia concluído que a srta. Stanley devia conhecê-los, já que parecia conhecer qualquer um de alguma posição, um dia, quando Camilla enumerava todas as pessoas de status que sua mãe frequentava, aproveitou a oportunidade para perguntar-lhe se Lady Halifax estava entre elas.

"Oh! Obrigada por me lembrar dela. É a mulher mais doce deste mundo e uma de nossas amigas mais íntimas; creio que, durante os seis meses que permanecemos em Londres, nem um dia se passa sem que não nos vejamos... E eu me correspondo com todas as meninas."

"Portanto eles *são* uma família muito amável, não são?", perguntou Kitty. "De fato devem ser, já que vocês se veem com tanta frequência. Caso contrário, seria impossível encontrar assunto para conversar."

"Oh! Não, de jeito nenhum", disse a srta. Stanley, "pois às vezes passamos um mês inteiro sem nos falarmos. Acredito que nos encontramos apenas em público e então, você sabe, nem sempre conseguimos nos aproximar muito; mas, de qualquer maneira, sempre sorrimos e nos cumprimentamos com a cabeça."

"O que é a mesma coisa... Mas eu ia lhe perguntar se você já viu a srta. Wynne junto com eles."

"Sei exatamente quem é — ela usa um chapéu azul... Já a vi muitas vezes na rua Brook, quando fui aos bailes de Lady Halifax — ela dá um por mês durante o inverno... Mas pense só que bondade a dela em cuidar da srta. Wynne, pois ela é uma parente muito distante e tão pobre que, segundo a srta. Halifax me disse, sua mãe foi obrigada a provê-la de roupas. Não é uma vergonha?"

"Que ela seja tão pobre? De fato é, com parentes tão ricos como os que tem."

"Oh! Não; eu quis dizer que foi uma vergonha o sr. Wynne deixar seus filhos em situação tão difícil, quando tinha a posição de pastor de Chetwynde e ainda por cima era cura de mais duas ou três paróquias, e com apenas quatro filhos para sustentar... O que ele teria feito se tivesse dez, como muita gente tem?"

"Teria dado a todos eles uma boa educação e os deixado igualmente pobres."

"Bem, acho que jamais houve uma família com tanta sorte. Sir George Fitzgibbon, não sei se você sabe, mandou a menina mais velha para a Índia pagando todas as despesas, onde dizem que ela se casou com um homem muito rico e é a criatura mais feliz do mundo... Lady Halifax ficou com os cuidados da mais nova e a trata como se fosse sua filha. Ela não sai em público com eles, é claro; mas sempre está presente quando a família dá seus bailes, e ninguém poderia ser mais gentil do que Lady Halifax é com ela; teria levado-a a Cheltenham no ano passado se houvesse um quarto disponível nos aposentos alugados, por isso não acredito que possa reclamar de nada. E então há os dois filhos; para um deles, o bispo de M... obteve um posto no Exército, de tenente, suponho; e o outro se saiu extremamente bem, eu sei, pois creio que alguém paga para ir à escola em Gales. Talvez você os tenha conhecido quando viveram aqui."

"Muito bem. Nós nos encontrávamos com tanta frequência quanto sua família e os Halifax se encontram na cidade, mas, como raramente tínhamos dificuldade em nos aproximar o suficiente para nos falar, quase nunca nos separávamos após apenas um sorriso e um aceno de cabeça. Eles de fato eram uma família encantadora, e acredito que no mundo todo haja poucos iguais. Os vizinhos que agora vivem na casa paroquial parecem menos atraentes por terem vindo depois deles."

"Oh! Que desgraçados! Não sei como consegue suportá-los."

"Ora, e o que você acha que eu deveria fazer?"

"Oh! Meu Deus, se eu estivesse no seu lugar, passaria o dia inteiro amaldiçoando-os."

"Faço isso, mas de nada adianta."

"Bem, afirmo que é uma pena que se permita que continuem vivos. Gostaria que meu pai propusesse explodir os miolos de todos algum dia quando estiver em casa. Tão horrivelmente orgulhosos de sua família! E eu acredito que, no fim das contas, ela não seja nada de especial."

"Mas acredito que, se alguém tem motivo para valorizar sua família, são eles; pois é irmão de Lord Amyatt."

"Oh! Sei disso muito bem, mas não é motivo para serem tão horríveis. Lembro que conheci a srta. Dudley na primavera passada quando ela estava com Lady Amyatt em Ranelagh, e ela usava um chapéu tão pavoroso que jamais consegui suportar ninguém da família desde então.[17] — Quer dizer que você achava os Wynne muito amáveis?"

"Você fala como se duvidasse que pudessem sê-lo! Amáveis! Oh! Eles fariam nascer o interesse e a afeição de qualquer um. Não tenho o poder de fazer justiça a seus méritos, mas não percebê-los creio que teria sido impossível. Eles me tiraram a habilidade de desfrutar de qualquer companhia que não a sua!"

"Bem, isso é exatamente o que acho das irmãs Halifax; aliás, preciso escrever para Caroline amanhã, e não sei o que dizer a ela. As irmãs Barlow são meninas tão doces quanto; mas gostaria que o cabelo de Augusta não fosse tão escuro. Não posso suportar Sir Peter — desgraçado! Ele está *sempre* de cama com gota, o que é muito desagradável para a família."

"E talvez não muito prazeroso para ele... Mas quanto aos Wynne: você realmente acha que tiveram sorte?"

"Se acho? Ora, todo mundo não acha? A srta. Halifax e Caroline e Maria, todas dizem que são as criaturas mais sortudas do mundo. Assim como Sir George Fitzgibbon e todos os outros."

"Ou seja, todos a quem eles devem favores. Mas você acha que foi sorte, para uma menina inteligente e sensível, ser enviada em busca de um marido para Bengala e lá se casar com um homem cujo temperamento não terá a oportunidade de julgar até que sua opinião não tenha mais utilidade, que talvez seja um tirano, ou um tolo, ou ambos, por tudo o que ela sabe? Acha que *isso* é ter sorte?"

"Não sei de nada disso; só sei que foi muita bondade de Sir George lhe dar todo o necessário e pagar sua passagem, e que ela não teria encontrado muitos que teriam feito o mesmo."

"Gostaria que não houvesse encontrado nem *um*", disse Kitty com grande veemência. "Talvez então tivesse permanecido na Inglaterra e sido feliz."

"Bem, não posso imaginar que seja um sofrimento fazer de maneira tão agradável, com duas ou três doces moças por companheiras, uma deliciosa viagem até Bengala ou Barbados ou onde quer que seja e se casar logo depois de chegar com um homem muito charmoso e imensamente rico... Não vejo onde está o sofrimento nisso."

"Sua descrição do evento", disse Kitty, rindo, "certamente dá uma ideia dele que é bem diferente da minha. Mas, supondo que tudo isso fosse verdade; ainda assim, não era de forma nenhuma certo que ela teria tanta sorte em sua travessia, suas companheiras ou seu marido e, ao ser obrigada a correr o risco de que tudo fosse muito diferente, certamente passou por um grande sofrimento... Além disso, para uma moça de alguma delicadeza, a viagem em si, considerando-se que seu propósito é tão universalmente conhecido, já é uma punição que não precisa de nenhuma outra para ser muito severa."

"Não vejo assim de forma nenhuma. Ela não é a primeira a ir para as Índias Ocidentais em busca de um marido, e afirmo que acharia isso muito divertido se fosse pobre."

"Acho que, se esse fosse o caso, você pensaria de um modo muito diferente. Mas a situação da irmã dela, ao menos, você não vai defender, vai? Até para comprar roupas dependente da generosidade de outros que, é claro, não sentem pena dela, já que, como você mesma disse, a consideram muito sortuda."

"Minha nossa, você é extremamente difícil de contentar;[18] Lady Halifax é uma mulher maravilhosa e uma das criaturas de temperamento mais doce que existem neste mundo; tenho certeza de que possuo todos os motivos para falar bem dela, pois lhe devemos favores incríveis. Ela muitas vezes me serviu de acompanhante quando minha mãe estava indisposta e, na primavera passada, me emprestou seu cavalo pessoal três vezes, o que foi uma delicadeza prodigiosa, pois ele é a criatura mais bela que já se viu e sou a única pessoa a quem ela já o emprestou."

["Se isso for verdade, o fato de ela possuí-lo não é uma grande vantagem para *Mary Wynne*."][19]

"E além do mais", continuou Camilla, "as irmãs Halifax são encantadoras. Maria é uma das moças mais inteligentes que já existiram — pinta a óleo e sabe tocar todas as músicas que vê. Ela prometeu me dar um de seus desenhos antes de eu sair da cidade, mas me esqueci completamente de pedir por ele. Daria tudo para ter um deles."

["Sim, de fato, se Maria desse um desenho à minha amiga, ela não teria nada do que reclamar; mas, como suas cartas demonstram falta de ânimo, suponho que ela ainda não teve a sorte de ser considerada tão especial.][20]

"Mas não é muito estranho", disse Kitty, "que o bispo tenha enviado Charles Wynne para o mar quando ele decerto tinha uma chance muito maior de ajudá-lo com um posto na Igreja, que era a carreira de que ele mais gostava e aquela que seu pai desejava que seguisse? O bispo, eu sei, prometera muitas vezes dar o cargo de pastor de alguma paróquia ao sr. Wynne e, como jamais o fez, acredito que seria sua obrigação transferir a promessa a seu filho."

"Creio que você pensa que ele deveria ter dado seu próprio bispado ao rapaz; parece estar determinada a ficar insatisfeita com tudo o que foi feito pelos Wynne."

"Bem", disse Kitty, "esse é um assunto no qual jamais concordaremos, portanto é inútil continuar a discuti-lo ou voltar a mencioná-lo..."

Ela então deixou o cômodo; e, correndo para fora da casa, logo estava em seu querido caramanchão, onde podia desfrutar em paz de toda a sua afetuosa raiva dos parentes dos Wynne, que fora bastante aumentada após Camilla ter lhe dito que todos achavam que haviam sido particularmente generosos com os irmãos... Ela passou algum tempo se divertindo em maldizer e detestar todos com grande veemência; e, quando esse tributo a seu carinho pelos Wynne havia sido pago e o caramanchão começara a exercer sua influência usual sobre seu ânimo, ela contribuiu para acalmá-los pegando um livro, pois sempre tinha um consigo, e começando a ler.

Kitty fazia isso havia quase uma hora quando Camilla veio correndo em sua direção com grande animação e, aparentemente, grande prazer. "Oh! Minha querida Catherine", disse ela, quase sem fôlego, "tenho uma notícia tão maravilhosa para lhe dar... mas você vai adivinhar o que é... Somos as criaturas mais felizes deste mundo; você acredita? Os Dudley nos mandaram um convite para um baile em sua casa... Como são encantadores! Não tinha ideia de que havia tanto bom senso na família — oh, posso lhe garantir que eu os idolatro... E além do mais é tão oportuno, pois estou esperando um novo chapéu de Londres amanhã que vai ser perfeito para um baile — com filó dourado — vai ficar a coisa mais divina deste mundo — todos vão querer copiar o modelo..."

A expectativa de um baile era de fato uma notícia muito agradável para Kitty, que, por adorar dançar e raramente ser capaz de fazê-lo, tinha motivos para sentir ainda mais prazer em ir a um do que sua amiga; pois, para *ela*, aquilo não era mais novidade. Porém, o deleite de Camilla não foi de forma nenhuma menor que o de Kitty e, na verdade, entre as duas ela foi a que mais expressou o que sentia. O chapéu chegou e todos os outros preparativos logo foram realizados; enquanto estavam sendo resolvidos, os dias se passaram alegremente, mas quando não havia mais ordens a serem dadas, bom gosto a ser exibido ou dificuldades a serem contornadas, o curto período que havia antes do dia do baile pesou em suas mãos, e cada hora parecia ser longa demais. As raríssimas vezes em que Kitty desfrutara da diversão de dançar eram uma desculpa para *sua* impaciência e uma justificativa para a indolência que isso causava em uma mente naturalmente muito ativa; mas sua amiga, sem ter tal alegação, foi infinitamente pior. Não conseguia fazer nada além de vagar da casa para o jardim e do jardim para a alameda, perguntando-se quando quinta-feira chegaria, o que poderia ter descoberto sozinha, e contando as horas conforme estas passavam, o que servia apenas para estendê-las.

Todos se retiraram para seus aposentos muito felizes na quarta-feira à noite, mas Kitty acordou na manhã seguinte com uma violenta dor de dente. A princípio tentou se enganar, mas foi em vão; seus sentimentos eram testemunhas perspicazes demais da realidade; tentou então dormir para que a dor passasse, também sem sucesso; a dor a impedia de fechar os olhos.

Kitty chamou sua criada e todos os remédios que o livro de medicamentos ou a cabeça da governanta continham foram tentados, porém sem efeito; embora a dor fosse aliviada por eles durante algum tempo, ela sempre retornava. Kitty então foi obrigada a desistir e se conformar não apenas com a dor de dente, mas com a perda de um baile; e, embora houvesse esperado a chegada deste com tanta ansiedade, sentido tanto prazer com os preparativos necessários e prometido a si mesma que se divertiria muito, não era tão completamente destituída de resignação quanto muitas meninas de sua idade teriam ficado em tal situação. Kitty considerou que havia infortúnios de magnitude muito maior do que a perda de um baile vividos todos os dias por parte dos mortais e que talvez chegasse um dia em que ela olharia para trás com espanto e talvez inveja por não ter decepção mais profunda em sua vida. Com essas reflexões, Kitty logo se viu num estado de tanta aceitação e paciência quanto lhe permitia aquela dor, que afinal de contas era o pior infortúnio entre os dois. Assim, contou a triste história com tolerável compostura quando entrou na sala de café da manhã.

A sra. Percival — mais triste pela dor de dente do que pelo desapontamento, pois temia que não teria sido possível impedir Kitty de dançar com um homem se ela fosse mesmo ao baile — ansiosamente quis fazer tudo o que já fora feito para aliviá-la, ao mesmo tempo declarando que seria impossível para ela sair de casa. A srta. Stanley, que, além da preocupação com a amiga, sentiu pavor de que a proposta de sua mãe de que eles todos permanecessem em casa fosse aceita, demonstrou uma aflição violenta na ocasião; e, embora suas apreensões logo houvessem sido acalmadas quando Kitty afirmou que iria ela própria ao baile antes de permitir que qualquer um ficasse em casa por sua causa, continuou a lamentar com tanta veemência que finalmente levou a amiga doente a voltar para seu quarto. Quando os temores de Camilla por si mesma estavam inteiramente dissipados, ela ficou à vontade para apiedar-se e perseguir a amiga, que, embora a salvo em seu próprio quarto, muitas vezes saía de lá na esperança de se livrar da dor, ficando então sem meios de escapar de sua ladainha.

"Sem dúvida jamais houve algo tão chocante", disse Camilla. "E logo hoje! Pois não teria a menor importância se houvesse vindo em *qualquer* outro dia. Mas é sempre assim. Jamais fui a um baile na vida sem que algo acontecesse para impedir alguém de ir! Gostaria que os dentes não existissem; eles não passam de pragas, e imagino que as pessoas poderiam facilmente inventar algo para usar no lugar deles na hora de comer. Pobrezinha! Quanta dor está sentindo! Posso lhe garantir que é muito chocante olhar para você. Mas não quer arrancar, quer? Pelo amor de Deus, não arranque; pois não há nada que me dê mais pavor. Posso lhe garantir que preferiria passar pelas piores torturas do mundo a ter um dente arrancado.

Puxa! Com que paciência você suporta a dor! Como pode ficar tão quieta? Nossa, se eu estivesse no seu lugar, faria um estardalhaço tão grande que ninguém me suportaria. Ia atormentá-la até a morte."

"É o que está fazendo agora", pensou Kitty.

"De minha parte, Catharine", disse a sra. Percival, "não tenho a menor dúvida de que apanhou essa dor de dente por ficar tanto tempo sentada naquele caramanchão, que é sempre úmido. Sei que arruinou completamente sua saúde; e, na verdade, não creio que tenha ajudado muito a minha; sentei-me ali em maio passado para descansar e não estou bem desde então... Vou mandar John desmontá-lo, garanto a você."

"Sei que não fará isso, senhora", disse Kitty, "pois deve saber o quanto me faria infeliz."

"Que coisa ridícula de se dizer, criança; é tudo capricho e bobagem. Por que não imagina que esta sala é um caramanchão?"

"Se esta sala tivesse sido construída por Cecilia e Mary, eu daria tanto valor a ela quanto ao caramanchão, senhora, pois não é apenas o nome dele que me encanta."

"Ora, sra. Percival", disse a sra. Stanley, "creio que a afeição de Catharine por seu caramanchão é o efeito de uma sensibilidade que é um crédito para ela. Adoro ver uma amizade entre jovens moças e sempre considero isso uma marca certeira de uma natureza afável e carinhosa.[21] Desde a infância de Camilla eu a ensinei a pensar o mesmo e me esforcei muito para apresentá-la a jovens de sua idade que provavelmente seriam dignas de sua afeição. [Acho que é muito bonito quando as jovens se correspondem e][22] nada forma melhor o bom gosto do que cartas sensatas e elegantes... Lady Halifax pensa exatamente como eu... Camilla se corresponde com suas filhas, e acredito poder dizer que nenhuma delas se tornou *pior* por causa disso."[23] Essas ideias eram modernas demais para a sra. Percival, que considerava que a correspondência entre duas meninas não poderia produzir nada de bom e era a frequente origem de imprudências e erros através do efeito de conselhos perniciosos e maus exemplos. Ela não pôde, portanto, deixar de dizer que, de sua parte, vivera cinquenta anos no mundo sem jamais ter uma correspondente e não se considerava nem um pouco menos respeitável por causa disso.

A sra. Stanley não podia dizer nada em resposta a isso, mas sua filha, que era menos governada pela boa educação, retrucou do seu jeito estouvado,

"Mas quem sabe o que poderia ter acontecido, senhora, se *houvesse* tido uma correspondente; talvez tivesse se tornado uma criatura bastante diferente. Posso lhe garantir que não ficaria sem as que tenho por nada no mundo. É o maior deleite de minha vida, e a senhora não imagina o quanto suas cartas formaram meu bom gosto, como diz mamãe, pois em geral eu as recebo toda semana."

"Você recebeu uma carta de Augusta Barlow hoje, não foi, meu amor?", disse sua mãe. "Ela escreve extraordinariamente bem."

"Oh! Sim, senhora, a carta mais encantadora que já houve neste mundo. Ela me manda uma longa descrição do novo conjunto de passeio[24] que Lady Susan lhe deu, e ele é tão lindo que estou morrendo de inveja."

"Bem, fico prodigiosamente feliz de ouvir notícias tão agradáveis de minha jovem amiga; tenho grande afeição por Augusta e compartilho com grande sinceridade da alegria geral dessa ocasião. Mas ela não diz mais nada? Parecia ser uma longa carta — eles estarão em Scarborough?"

"Oh! Minha nossa, ela não mencionou isso nem uma vez, agora que estou lembrando; e me esqueci completamente de perguntar quando lhe escrevi da última vez. Ela não diz nada, na verdade, a não ser sobre o conjunto."

"Deve mesmo escrever bem", pensou Kitty, "para redigir uma carta tão longa sobre um chapéu e uma capa." Ela então deixou a sala, cansada de ouvir uma conversa que talvez pudesse tê-la divertido se estivesse bem, mas que apenas a exauria e deprimia agora que sentia dor.

Foi uma felicidade para Kitty quando chegou a hora de todos se arrumarem; pois Camilla, satisfeita em estar cercada por sua mãe e metade das criadas da casa, não quis sua assistência e estava ocupada de forma agradável demais para desejar sua companhia. Ela permaneceu sozinha na sala de estar até a chegada do sr. Stanley e de sua tia, que, após lhe perguntarem brevemente como estava, permitiram que continuasse em paz e deram início à mesma conversa sobre política de sempre. Esse era um assunto no qual eles jamais conseguiam concordar, pois o sr. Stanley, que graças à sua cadeira na câmara se considerava perfeitamente qualificado para decidir a questão sem hesitação, insistia resolutamente que o reino havia tempos não se encontrava num estado tão próspero e fecundo; e a sra. Percival, com igual veemência, embora talvez com menos argumentos, afirmava que a nação inteira se encaminhava rapidamente para a ruína e que tudo logo estaria, como ela dizia, na maior barafunda.

A contenda, no entanto, não deixou de divertir Kitty, principalmente já que ela começava a se ver mais livre da dor; e, sem ter nenhuma participação na discussão, ela ficou muito entretida observando o vigor com que ambos defendiam suas opiniões, sem poder deixar de pensar que sua tia ficaria tão desapontada com o não cumprimento de suas previsões quanto o sr. Stanley se estas de fato acontecessem. Após um tempo considerável, a sra. Stanley e sua filha apareceram e Camilla, muito alegre e perfeitamente satisfeita com sua aparência, foi mais enfática do que nunca em seus lamentos sobre a situação da amiga enquanto praticava os passos da dança escocesa.

Afinal eles partiram e Kitty, mais capaz de se distrair do que fora durante o dia anterior inteiro, escreveu um longo relato de seus infortúnios para Mary Wynne. Quando sua carta havia sido terminada, ela teve oportunidade de testemunhar como é verdadeira a afirmação que diz que a tristeza fica mais leve após ser compartilhada, pois sua dor de dente ficou tão melhor que a fez começar a pensar na hipótese de se juntar a seus parentes na casa do sr. Dudley. Eles haviam partido fazia uma hora e, como toda a sua roupa de baile estava completamente pronta, Kitty calculou que em mais uma hora ela poderia estar lá, já que havia tão pouco a ser feito.[25]

Eles tinham levado a carruagem do sr. Stanley e portanto ela poderia ir na de sua tia. Como o plano parecia tão fácil de ser executado e prometia proporcionar tanto prazer, foi afinal adotado após alguns minutos de deliberação; e, correndo para o andar de cima, Kitty tocou apressadamente o sino para chamar sua criada. Seguiram-se então um alvoroço e uma afobação que duraram quase uma hora e cuja feliz conclusão foi uma Kitty muito bem vestida e com uma aparência de grande beleza. Anne foi enviada com a mesma urgência para requisitar a carruagem enquanto Kitty colocava as luvas e arrumava as dobras do vestido [e se munia de água de lavanda].[26]

Em poucos minutos ela ouviu a carruagem se aproximando da porta e, embora a princípio surpresa com a rapidez com que fora aprontada, concluiu após refletir um pouco que os criados haviam recebido com antecedência uma indicação de suas intenções. Kitty estava saindo do quarto quando Anne entrou correndo na maior pressa e agitação, exclamando:

"Minha nossa, senhorita! Chegou um cavalheiro numa carruagem de quatro cavalos, e não consigo imaginar quem seja! Por acaso estava atravessando o saguão quando a carruagem chegou, e eu sabia que o único que estaria ali para abrir a porta seria Tom, e ele fica tão esquisito, senhorita, agora que seu cabelo está penteado para cima, que não quis que o cavalheiro o visse e fui até a porta eu mesma. E ele é um dos rapazes mais bonitos que já se viu; quase fiquei com vergonha de ser vista de avental, senhorita, [pois a senhorita sabe que estou cheia de pó de cabelo,][27] mas de qualquer maneira ele é muito bonito e não pareceu se importar nem um pouco... E ele me perguntou se a família estava em casa; então eu disse que todo mundo havia saído menos a senhorita, pois não quis dizer que não estava, já que tinha certeza de que ia querer vê-lo. E então ele me perguntou se o sr. e a sra. Stanley não estavam hospedados aqui e eu disse que sim e então..."

"Santo Deus!", disse Kitty, "o que significa isso? E quem ele pode ser? Você nunca o viu antes? Ele não lhe disse seu nome?"

"Não, senhorita, não disse nada — então eu pedi que fosse até a sala de estar e ele foi muito simpático e..."

"Quem quer que seja", disse Kitty, "causou uma profunda impressão em você, Nanny — mas de onde ele surgiu? E o que quer aqui?"

"Oh! Senhorita, eu ia lhe dizer que acho que ele veio falar com você; pois ele me perguntou se a senhorita poderia receber alguém e pediu que eu mandasse seus cumprimentos e disse que ficaria muito feliz de vir vê-la. Eu, no entanto, achei que seria melhor ele não entrar em seu quarto de vestir, especialmente com essa bagunça, por isso disse-lhe que, se tivesse a gentileza de esperar na sala, correria aqui para cima e lhe diria que ele estava aqui, e ousei dizer que a *senhorita* é quem ia recebê-lo. Nossa, senhorita, aposto o que for que ele veio pedir que dance com ele esta noite e dizer que está com a carruagem pronta para levá-la à casa do sr. Dudley."[28]

Kitty não pôde deixar de rir diante dessa hipótese e desejou que fosse verdadeira, já que era muito provável que chegasse tarde demais para ter qualquer outro parceiro.

"Mas o que, em nome dos céus, ele pode ter para dizer para mim? Talvez tenha vindo roubar a casa — pelo, menos, veio com grande elegância; e será algum consolo pelas nossas perdas termos sido roubados por um cavalheiro numa carruagem puxada por quatro cavalos... Que brasão há no uniforme de seus criados?"

"Essa é a coisa mais incrível, senhorita, pois ele não tem sequer um criado consigo e veio para cá com cavalos alugados;[29] mas é tão belo quanto um príncipe, apesar disso, e tem mesmo a elegância de um. Desça, querida senhorita, pois tenho certeza de que vai ficar encantada com ele..."

"Bem, creio que tenho que descer; mas é muito estranho! O que pode ter para dizer a mim?" Então, olhando-se uma vez no espelho, Kitty foi para baixo com grande impaciência, embora ao mesmo tempo tremendo por não saber o que esperar; e, após parar por um momento diante da porta para reunir coragem e abri-la, ela resolutamente entrou na sala. O estranho, cuja aparência não desmentia a descrição que a criada fizera, levantou-se quando Kitty entrou e, deixando de lado o jornal que estivera lendo, avançou em sua direção com a mais perfeita tranquilidade e vivacidade e disse,

"É certamente uma circunstância bastante constrangedora ser obrigado a me apresentar dessa maneira, mas acredito que a necessidade da ocasião será minha desculpa e impedirá que a senhorita me veja com algum preconceito por causa disso... Seu nome não preciso perguntar... A srta. Percival já me foi descrita tantas vezes que não preciso de mais nenhuma informação." Kitty, que esperara que ele dissesse seu nome em vez do dela e que, por ter sido muito pouco acostumada a conversar com estranhos e jamais ter estado em uma situação parecida, sentia-se incapaz de perguntar qual era, embora houvesse planejado o que diria durante todo o trajeto de seu quarto até ali, ficou tão confusa e aflita com essa abordagem inesperada que só pôde responder com uma breve mesura e aceitou a cadeira que ele lhe ofereceu sem saber o que fazia.

O cavalheiro então continuou. "A senhorita está, imagino, surpresa de me ver voltar da França tão cedo, e de fato nada além de um compromisso sério poderia ter me trazido de volta à Inglaterra; um evento muito melancólico foi a causa disso, e não quis deixar de cumprimentar a família de Devonshire que há tanto tempo desejo conhecer..."

Kitty, que ficou muito mais perplexa em saber que o rapaz imaginava que ela estivesse surpresa do que em ver na Inglaterra alguém que jamais soubera ter deixado o país, continuou muda de espanto, enquanto seu visitante continuava a falar.

"A senhorita imaginará que o fato de o sr. e a sra. Stanley estarem aqui aumentou ainda mais minha vontade de vir visitá-las... Eles estão bem, espero. E a sra. Percival, como vai?" Então, sem esperar por uma resposta, ele alegremente acrescentou, "Mas, minha cara srta. Percival, estava prestes a sair, estou certo; estou atrasando-a para seu compromisso. Como posso esperar ser perdoado por tal injustiça? No entanto como posso, em tais circunstâncias, deixar de ofender? A senhorita parece estar vestida para um baile, não? Mas esta é a terra do júbilo, eu sei; há muitos anos desejo visitá-la. Vocês têm, suponho, ao menos um baile por semana — mas onde está o resto de seu grupo e que anjo bom, por compaixão a mim, excluiu a senhorita dele?"

"Talvez o senhor", disse Kitty, extremamente confusa com a maneira como ele falava com ela e altamente descontente com a familiaridade excessiva do tom que usava alguém que jamais a vira antes e cujo nome *ainda* não sabia, "talvez o senhor conheça o sr. e a sra. Stanley e tenha vindo aqui falar com *eles*."

"A senhorita me lisonjeia demais", respondeu ele, rindo, "supondo que eu conheça o sr. e a sra. Stanley; apenas os conheço de vista; são meus parentes distantes; minha mãe e meu pai; nada além disso, asseguro-lhe."[30]

"Santos céus!", disse Kitty, "quer dizer que é o sr. Stanley? — peço mil perdões — embora na verdade, pensando bem, não saiba bem pelo quê... pois o senhor jamais me disse seu nome..."

"Peço perdão — quando a senhorita entrou na sala fiz um discurso inteiro sobre me apresentar; asseguro-lhe que ele foi muito bonito, ao menos para *mim*."

"O discurso certamente foi muito bom", disse Kitty, sorrindo. "Achei isso na hora; mas, como o senhor jamais chegou a mencionar seu nome nele, como discurso de *apresentação* talvez pudesse ter sido melhor."

Stanley tinha tamanho ar de bom humor que Kitty, embora talvez não devesse dirigir-se a ele com tanta familiaridade após uma convivência tão breve, não conseguiu deixar de satisfazer sua franqueza e vivacidade naturais e imitar seu tom. Além disso, ela era íntima da família de Stanley, eles eram seus parentes, e Kitty escolheu se considerar no direito, pelo laço de família, de esquecer havia quão pouco tempo os dois se conheciam.

"O sr. e a sra. Stanley e sua irmã estão muito bem", disse, "e ficarão, imagino, muitíssimo surpresos ao vê-lo — mas lamento saber que sua volta à Inglaterra foi causada por uma circunstância desagradável."

"Oh! Não fale nisso", disse ele, "é algo terrível e chocante, que me deixa arrasado só de pensar; mas para onde foram meus pais e sua tia? Oh! A senhorita sabe que conheci a criada mais adorável do mundo quando cheguei aqui? Ela abriu a porta para mim; a princípio, pensei que fosse você."[31]

"O senhor me fez um grande elogio e acreditou que eu era mais afável do que sou, pois *nunca* abro a porta quando alguém bate."

"Não, não fique com raiva; não quis ofender. Mas, diga-me, aonde vai tão elegante? Sua carruagem está chegando agora."

"Estou indo para um baile na casa de um vizinho, onde sua família e minha tia já estão."

"Já estão, sem você! Qual o significado *disso*? Mas suponho que seja como eu e demore bastante a se vestir."

"Realmente eu teria me demorado bastante se esse fosse o caso, pois eles saíram há quase duas horas; o motivo, no entanto, não é o que o senhor supõe — não pude ir por causa de uma dor..."

"Por causa de uma dor!", interrompeu Stanley. "Minha nossa, que coisa mais terrível! Não importa onde a dor era. Mas, minha querida srta. Percival, o que me diz de eu acompanhá-la? E que tal se a senhorita dançasse comigo também? Acho que seria muito agradável."

"Não tenho nenhuma objeção a nenhuma das duas propostas", disse Kitty, rindo ao ver quão próxima da verdade fora a conjectura de sua criada; "ao contrário, ficarei muito honrada com tudo e posso afirmar que o senhor será muito bem-vindo pela família que está dando o baile."

"Oh! Ao diabo com eles; quem se importa com isso? Não podem me expulsar de sua casa. Mas temo que vá ser uma figura triste em meio a todos os seus galãs de Devonshire nessa roupa de viagem empoeirada e não tenho meios de trocá-la. Talvez a senhorita possa me conseguir um pouco de pó de cabelo, e eu preciso pegar um par de sapatos com um dos criados, pois estava em tamanha pressa de deixar Lyons que não tive tempo de colocar nada na bagagem, com exceção de alguns lençóis."

Kitty imediatamente foi buscar tudo o que ele queria e, dizendo ao criado que o levasse até o quarto de vestir do sr. Stanley, pediu que Nanny lhe mandasse um pouco de pó e pomada de cabelo, ordem que Nanny decidiu cumprir pessoalmente. Como os preparativos de Stanley eram meros detalhes, Kitty, é claro, esperou que ele demorasse apenas cerca de dez minutos; mas ela descobriu que Stanley não estava apenas exagerando sua vaidade ao dizer que era vagaroso naquele respeito, pois a fez esperar por ele mais de meia hora, de modo que o relógio batera dez horas antes que ele entrasse na sala, e os outros haviam saído às oito.

"Bem", disse ele ao entrar, "não fui rápido? Nunca me apressei tanto em minha vida."

"Nesse caso, certamente foi rápido", disse Kitty, "pois o senhor deve saber que toda virtude é relativa."

"Oh! Eu sabia que ficaria encantada por eu ter me apressado tanto... Mas vamos, a carruagem está pronta; não me faça esperar." Assim dizendo, Stanley pegou a mão de Kitty e saiu com ela da sala. "Bem, minha cara prima", disse ele quando os dois estavam sentados, "vai ser uma surpresa muito agradável para todos vê-la entrando no salão com um rapaz tão elegante quanto eu — espero que sua tia não fique alarmada."

"Para falar a verdade", respondeu Kitty, "acredito que a melhor maneira de evitar isso será mandar chamá-la ou chamar sua mãe antes de entrarmos no salão, principalmente já que o senhor é um completo estranho e deverá, é claro, ser apresentado ao sr. e à sra. Dudley..."

"Oh! Bobagem", disse ele; "não esperava que a *senhorita* tivesse tanta cerimônia; nosso parentesco faz com que toda essa pudicícia seja ridícula; além do mais, se entrarmos juntos, vamos ser a sensação da região..."

"Para *mim*", respondeu Kitty, "isso certamente seria um poderoso incentivo; mas duvido que minha tia pense o mesmo... O senhor sabe, mulheres da idade dela têm noções estranhas sobre o decoro."

"E é exatamente disso que temos que livrá-las; e por que a senhorita se oporia a entrar comigo num salão onde estão todos os nossos parentes quando me deu a honra de me deixar entrar em sua carruagem sem nenhum acompanhante? Não acha que sua tia vai ficar tão ofendida com um quanto com outro desses grandes crimes?"

"Ora", disse Catharine, "pelo que sei, talvez vá mesmo; no entanto, o fato de ter quebrado o decoro uma vez não é motivo para fazê-lo de novo."

"Ao contrário, é exatamente por isso que é impossível a senhorita impedir o fato de acontecer, já que não pode ofender pela *primeira vez* de novo."

"O senhor é muito engraçado", disse ela, rindo, "mas

temo que seus argumentos me divirtam demais para me convencer."

"Ao menos eles a convencerão de que sou muito agradável, o que, afinal, é a mais feliz das convicções para mim; e, quanto à questão do decoro, deixemos isso de lado até chegarmos a nosso destino... Este é um baile mensal, suponho. Vocês aqui não fazem nada além de dançar..."

"Achei ter lhe dito que o baile está sendo dado pelo sr. Dudley..."

"Oh! Sim, disse mesmo; mas por que o sr. Dudley não daria um baile todos os meses? Aliás, *quem* é esse homem? Todo mundo dá bailes hoje em dia, creio; acho que eu mesmo terei que dar um logo... Bem, e o que a senhorita acha dos meus pais? E a pobre Camilla, ela não está infernizando a senhorita com as Halifax?" Neste momento a carruagem felizmente parou na casa do sr. Dudley e Stanley ficou ocupado demais ajudando Kitty a sair da carruagem para esperar uma resposta, ou lembrar que fizera uma pergunta.

Eles entraram no pequeno vestíbulo que o sr. Dudley alçara à dignidade de um saguão e Kitty imediatamente disse ao criado que mostrava o caminho até o andar de cima da casa que informasse ou a sra. Percival ou a sra. Stanley de sua chegada, pedindo-lhe que viesse ter com ela. Mas Stanley, desacostumado a qualquer contradição e impaciente para estar com os outros, não permitiu que Kitty esperasse nem ouviu o que ela dizia e, enlaçando seu braço à força, abafou a voz dela com a rapidez da sua; Kitty, meio com raiva e meio achando graça, foi obrigada a ir lá para cima com Stanley e mal conseguiu convencê-lo a largar sua mão antes que entrassem no salão.

A sra. Percival naquele exato momento estava na outra ponta do cômodo conversando com uma dama, para quem fazia um longo relato da infeliz decepção de sua sobrinha e da terrível dor que ela suportara com tanta coragem durante o dia todo.

"No, entanto", disse, "ela estava um pouco melhor quando saí. Graças a Deus! Espero que tenha conseguido se distrair com um livro, pobrezinha! Senão, deve estar muito entediada. Provavelmente está na cama a essa hora e, enquanto estiver tão mal, esse é o melhor lugar para ela, a senhora sabe."

A dama ia expressar sua concordância com essa opinião quando o ruído de vozes na escada e o fato de o criado ter aberto a porta para a entrada de convidados atraíram a atenção de todos no salão; e, como estava num daqueles intervalos entre as danças quando todos parecem felizes em se sentar, a sra. Percival teve a mais infeliz oportunidade de ver sua sobrinha, a quem supunha estar na cama ou se distraindo com um livro como se isso fosse o máximo do júbilo, entrar no cômodo vestida de maneira muito elegante, com um sorriso no rosto e um rubor que misturava alegria e embaraço nas faces, acompanhada por um jovem extraordinariamente bonito que, sem sentir a mesma confusão, parecia ter a mesma vivacidade.

A sra. Percival, corando de raiva e espanto, ergueu-se de seu assento e Kitty caminhou ansiosamente em sua direção, aflita por explicar aquilo que via estar deixando todos admirados e sua tia extremamente ofendida; enquanto Camilla, ao ver o irmão, correu imediatamente para perto dele, logo explicando, através de suas palavras e ações, quem era aquele rapaz. O sr. Stanley, que adorava tanto o filho que o prazer de vê-lo de novo após uma ausência de três meses impediu-o de sentir, por enquanto, qualquer raiva contra ele por voltar à Inglaterra sem avisá-lo, recebeu-o com surpresa e deleite; e, logo compreendendo a causa de sua jornada, absteve-se de conversar mais com ele, já que o jovem estava ansioso para ver a mãe, e era necessário apresentá-lo à família do sr. Dudley.

Essa apresentação teria sido altamente desagradável para qualquer um menos Stanley, pois os Dudley consideraram sua dignidade ferida pelo fato de ele haver aparecido em sua casa sem ser convidado e receberam-no com mais altivez do que o normal: mas Stanley, que tinha uma vivacidade quase nunca subjugada e um desprezo pela reprimenda impossível de ser dominado, e que possuía uma ideia da própria importância e uma perseverança nos próprios planos que não eram arrefecidas pela conduta dos outros, pareceu não perceber nada. Portanto, os cumprimentos friamente oferecidos pelos Dudley foram recebidos por ele com uma alegria e um desembaraço que lhe eram peculiares; e então, acompanhado pelo pai e pela irmã, ele foi até outro cômodo onde sua mãe jogava cartas para encontrá-la e passar por uma repetição de prazer, surpresa e explicações.

Quando tudo isso ocorria, Camilla, ansiosa por comunicar tudo o que sentia a alguém que a ouviria, voltou-se para Catharine e, sentando-se ao seu lado, imediatamente começou a falar.

"Bem, você já soube de algo mais maravilhoso que isso? Mas é sempre assim; nunca na vida fui a um baile sem que acontecesse alguma surpresa encantadora!"

"Um baile", respondeu Kitty, "parece ser algo muito agitado para você..."

"Oh! Minha nossa, é mesmo — mas pense só no meu irmão voltar tão subitamente — e que coisa chocante o faz retornar! Jamais ouvi falar de algo tão pavoroso...!"

"Por favor, o que foi que o fez deixar a França? Lamento saber que foi algo triste."

"Oh! É pior que qualquer coisa que você possa conceber! Sua égua de caça preferida, que fora solta no terreno logo antes de ele viajar para o exterior, ficou doente, não sei bem de quê — não, acho que ela sofreu um acidente; bem, de qualquer maneira foi um ou outro, ou talvez tenha sido outra coisa, e então eles enviaram imediatamente uma mensagem expressa para Lyons, onde meu irmão estava, pois sabiam que dava mais valor à sua égua do que a qualquer outra coisa no mundo; e então meu irmão partiu na mesma hora para a Inglaterra, sem colocar outro casaco na bagagem; estou furiosa com ele por causa disso; você sabe, foi tão chocante vir sem uma muda de roupa…"

"Ora, de fato" disse Kitty, "parece ter sido algo muito chocante do início ao fim."

"Oh! É pior do que qualquer coisa que você possa conceber! Eu preferiria que *qualquer* outra coisa tivesse acontecido a ele ter perdido aquela égua."

"A não ser ele viajar sem outro casaco."

"Oh! Sim, isso me irritou mais do que você pode imaginar… Bem, então Edward chegou a Brampton assim que o pobre animal morreu; mas, como não pôde suportar continuar lá *depois* disso, veio diretamente a Chetwynde com o propósito de nos ver… Espero que não vá para o exterior de novo."

"Acha que ele não vai?"

"Oh! Nossa, com certeza ele deve ir, mas gostaria com todo o coração que não fosse… Não pode imaginar como gosto dele! Aliás, você também não está apaixonada por ele?"

"Sem dúvida, estou", respondeu Kitty, rindo, "me apaixono por todos os homens bonitos que vejo."

"É exatamente como eu — estou sempre apaixonada por todos os homens bonitos do mundo."

"Então, você ganha de mim", respondeu Catharine, "pois estou apaixonada apenas por aqueles que *vejo*."

A sra. Percival, que estava sentada do outro lado de Kitty e começou a discernir as palavras *apaixonada* e *homens bonitos*, virou-se apressadamente para as duas e disse,

"Sobre o que está falando, Catharine?" Ao que sua sobrinha imediatamente respondeu, com o artifício simples de uma criança,

"Sobre nada, senhora." Ela já levara um sermão muito severo de sua tia sobre a imprudência de seu comportamento durante toda aquela noite. A sra. Percival culpara Kitty por ter ido ao baile, por ter ido na mesma carruagem que Edward Stanley e ainda mais por ter entrado no salão com ele. Pela última ofensa, Catharine não sabia que desculpa dar; e, embora desejasse muito, em resposta à segunda, dizer que achava que não teria sido educado obrigar o sr. Stanley a ir *andando*, não ousou brincar com a tia, que teria ficado ainda mais ofendida com isso. A primeira acusação, no entanto, ela considerou muito despropositada, já que achava estar absolutamente certa de ter vindo.

Essa conversa continuou até que Edward Stanley, entrando no salão, veio no mesmo instante na direção de Catharine e, dizendo-lhe que todos esperavam que *ela* desse início à próxima dança, levou-a até a outra ponta do cômodo; pois Kitty, impaciente por escapar de companhia tão desagradável e sem a menor hesitação ou nenhum escrúpulo em aceitar aquela honra, no mesmo segundo deu sua mão a ele e levantou-se alegremente. Diversas damas presentes, no entanto, se ressentiram dessa conduta, entre elas a srta. Stanley, cujo carinho pelo irmão, apesar de *enorme*, e cuja afeição por Kitty, apesar de *prodigiosa*, não foram suficientes para protegê-la de tal golpe em sua importância e sua paz.

Edward, no entanto, consultara apenas suas próprias inclinações ao pedir que a srta. Percival desse início à dança, e tampouco tinha motivo para achar que aquilo era desejado ou esperado por qualquer outra pessoa no salão. Como herdeira de uma fortuna, ela certamente possuía certa importância, mas sua família não lhe dava nenhum outro direito a isso, pois seu pai fora um mercador. Foi exatamente isso que fez com que essa infeliz questão fosse tão ofensiva a Camilla, que, embora às vezes, devido à sua vaidade e vontade de ser admirada, se gabasse de não saber quem fora seu avô e de conhecer tão pouco a genealogia quanto conhecia a astronomia (e, ela poderia ter acrescentado, a geografia), na verdade orgulhava-se de sua família e sua linhagem, e ficava facilmente ofendida se fossem negligenciadas.

"Não teria me incomodado", disse para a mãe, "se ela fosse filha de *qualquer* outra pessoa; mas vê-la fingir que é mais importante que *eu*, quando seu pai era apenas um mercador, é muito ruim! É uma afronta tão grande para nossa família toda! Afirmo que acho que papai deveria interferir, mas ele nunca liga para nada a não ser política. Se eu fosse o sr. Pitt[32] ou o Lorde Chanceler, ele tomaria cuidado para que eu não fosse insultada, mas nunca pensa em *mim*; e é uma provocação tão grande que *Edward* a deixe se colocar nessa posição. Gostaria de todo o coração que ele não tivesse voltado à Inglaterra! Espero que ela caia e quebre o pescoço, ou torça o pé."

A sra. Stanley concordava inteiramente com a filha em relação à questão e, embora com menos violência, expressou um ressentimento quase tão profundo quanto o dela com aquela indignidade.

Kitty, enquanto isso, permaneceu inconsciente de haver ofendido qualquer um e, assim, não pôde nem oferecer um pedido de desculpas nem reparar seu erro; toda a sua atenção estava ocupada pela felicidade de estar dançando com o rapaz mais elegante do salão, e todas as outras pessoas foram igualmente ignoradas por ela. De fato, a noite foi uma delícia para *Kitty*; Stanley foi seu parceiro de dança durante a maior parte do tempo, e a combinação de tudo o que ele tinha de atraente em aparência, eloquência e vivacidade facilmente havia conseguido dela a preferência que quase nunca deixava de obter de qualquer um. Kitty estava feliz demais para ligar para o mau humor de sua tia, que não pôde deixar de notar, ou a alteração no comportamento de Camilla, que afinal forçosamente teve que observar. Estava tão alegre que ficou acima da influência da insatisfação de qualquer um e igualmente indiferente à causa do descontentamento de Camilla ou à continuação do descontentamento de sua tia.

Embora o sr. Stanley não pudesse ficar realmente ofendido com nenhuma imprudência ou tolice de seu filho que lhe desse o prazer de vê-lo, ainda assim estava perfeitamente convencido de que Edward não devia permanecer na Inglaterra e decidido a apressar ao máximo sua partida. Mas, quando falou com Edward sobre isso, encontrou-o bem menos disposto a retornar à França do que a acompanhá-los em sua planejada excursão, que, o rapaz assegurou-lhe, seria muito mais prazerosa para ele; quanto a conhecer o exterior, Edward achava que aquilo não tinha importância e que poderia ser realizado em qualquer ocasião, quando não tivesse nada melhor para fazer. Edward apresentou essas objeções de modo a deixar claro que mal tinha dúvidas de que seriam aceitas e pareceu considerar que seu pai expressava argumentos para se opor a elas apenas para manter seu ar de autoridade, dizendo coisas que poderiam ser facilmente refutadas. Quando a carruagem na qual eles dois voltaram juntos da casa do sr. Dudley chegou à casa da sra. Percival, Edward concluiu dizendo ao pai,

"Bem, senhor, decidiremos a questão em outra ocasião; e, felizmente, ela tem tão pouca importância que uma discussão imediata é desnecessária." O rapaz então saiu da carruagem e entrou na casa sem esperar por uma resposta.

Foi apenas durante a volta que Kitty pôde compreender a frieza no comportamento de Camilla em relação a ela, que fora tão marcada a ponto de tornar-se impossível de não ser notada. Quando, no entanto, elas estavam sentadas na carruagem com as duas outras mulheres, a indignação da srta. Stanley não pôde mais ser impedida de irromper em palavras, sendo expressa no seguinte desabafo.

"Bem, preciso dizer *isso*, que nunca fui a um baile mais estúpido em toda a minha vida! Mas é sempre assim; sempre fico desapontada por um motivo ou por outro. Gostaria que não existissem."

"Lamento, srta. Stanley", disse a sra. Percival, empertigando-se, "que não tenha se divertido; tudo foi feito da melhor maneira possível, tenho certeza, e não é um grande incentivo para sua mãe levá-la a bailes se a senhorita for tão difícil de satisfazer."

"Não sei o que a senhora quer dizer sobre mamãe me *levar* a outro. A senhora sabe que já debutei."

"Oh! Minha cara sra. Percival", disse a sra. Stanley, "não deve acreditar em tudo o que minha vivaz Camilla diz, pois ela fica muito agitada ocasionalmente e muitas vezes fala sem pensar. Decerto seria impossível haver um baile mais elegante ou agradável e tenho certeza de que foi isso que ela quis dizer."

"Sem dúvida, é mesmo", disse Camilla, muito emburrada, "mas devo dizer que não é muito agradável ver alguém se comportar de maneira tão rude comigo a ponto de ser tão chocante! É claro que não estou nem um pouco ofendida e não me importaria se o mundo todo começasse a dançar antes de mim, mas ainda assim é extremamente abominável e algo que não posso suportar. Não é que eu me incomode nem um pouco, pois para mim tanto faria ficar no fim da fila quanto no começo, se não fosse tão desagradável... Mas ver alguém chegar no meio da noite e tomar o lugar de todo mundo é algo com o qual não estou acostumada e, embora isso não me importe nem um pouco, asseguro-lhe que não vou nem perdoar nem esquecer com facilidade."

Esse discurso, que explicou perfeitamente toda a situação a Kitty, logo foi seguido de um pedido de desculpas muito submisso, pois ela tinha bom senso demais para ter orgulho de sua família e uma natureza boa demais para ficar brigada com qualquer um. As justificativas que apresentou foram ditas com preocupação verdadeira e doçura sincera, e foi quase impossível para Camilla manter a raiva que as fizeram necessárias. Esta, na verdade, ficou muito satisfeita ao saber que o insulto não fora proposital e que Catharine estava muito longe de se esquecer da diferença de status pela qual *agora* ela só podia lamentar; e, com seu bom humor sendo restaurado com a mesma facilidade com que fora afetado, falou com grande deleite da noite e declarou que jamais estivera num baile tão agradável.

Os mesmos esforços que haviam obtido o perdão da srta. Stanley asseguraram a cordialidade de sua mãe, e ficou faltando somente o bom humor da sra. Percival para tornar completa a felicidade dos outros; mas ela, ofendida com Camilla por sua superioridade afetada, ainda mais com o irmão desta por ter vindo a Chetwynde, e insatisfeita com a noite inteira, permaneceu quieta e sombria, restringindo a vivacidade de suas companheiras.

Na manhã seguinte, a sra. Percival ansiosamente aproveitou a primeiríssima oportunidade para falar com o sr. Stanley sobre a partida de seu filho e, após expressar sua opinião de que fora uma grande tolice ele ter ido para lá, concluiu pedindo-lhe que informasse ao sr. Edward Stanley que era uma regra sua jamais permitir que um rapaz jovem se hospedasse em sua casa, não importava durante quanto tempo.

"Minha intenção", continuou, "não é faltar com o respeito ao senhor, mas não poderia em sã consciência permitir que ele ficasse; não há como saber qual seria a consequência se continuasse aqui, pois as moças de hoje sempre preferem um rapaz bonito a qualquer outro, embora por que eu jamais tenha entendido — afinal, o que são a juventude e a beleza? São[33] apenas substitutas inferiores da excelência e da superioridade verdadeiras. Acredite, primo, que, apesar do que as pessoas dizem, não há nada como a virtude para nos tornar aquilo que devemos ser, e quanto a um rapaz ser jovem e bonito e de aparência agradável, isso não vale de nada, pois é muito melhor que seja respeitável. *Sempre* pensei assim e *sempre* pensarei. Portanto, o senhor me fará um grande favor pedindo que seu filho deixe Chetwynde, ou não poderei ser responsável pelo que talvez aconteça entre ele e minha sobrinha. O senhor deve estar surpreso ao *me* ouvir dizer isso", continuou ela, baixando a voz, "mas a verdade acaba sendo descoberta e devo admitir que Kitty é uma das meninas mais impudentes que já existiram. [Suas intimidades com rapazes são abomináveis e para ela tanto faz quem é, ninguém a contraria.][34] Asseguro-lhe, senhor, que já a vi sentar ao lado, rir e sussurrar com um rapaz que vira apenas meia dúzia de vezes antes. Seu comportamento de fato é escandaloso e, portanto, eu lhe imploro que mande seu filho embora daqui imediatamente ou tudo ficará na maior barafunda."

O sr. Stanley, que por uma parte de seu discurso mal soubera dizer até que ponto a sra. Percival desejara estender suas insinuações sobre a impudência de Kitty, agora tentou aliviar seus temores, assegurando-lhe que tinha a intenção de permitir que seu filho passasse apenas mais aquele dia com eles e que ela poderia ter certeza de que ele se esforçaria ainda mais naquele ponto devido a seu desejo de agradá-la. Acrescentou que sabia que o próprio Edward tinha uma grande vontade de retornar à França, já que sabiamente considerava todo o tempo que não servisse para adiantar os projetos que tinha em andamento tempo perdido — disse isso embora ele próprio estivesse convencido do contrário.

A afirmação do sr. Stanley acalmou até certo ponto a sra. Percival, aliviando-a um pouco de suas preocupações e deixando-a mais disposta a ser educada com o filho dele durante o pouco que restava de sua estada em Chetwynde. O sr. Stanley imediatamente foi ter com Edward, a quem repetiu a conversa que tivera com a sra. Percival, enfatizando a necessidade de deixar Chetwynde no dia seguinte, já que seu pai já dera sua palavra de que o faria. Edward, no entanto, pareceu impressionado apenas com as ridículas apreensões da sra. Percival; e, achando muita graça por ter ele próprio ocasionado-as, pareceu se concentrar apenas em torná-las maiores, sem prestar atenção em mais nada que seu pai dizia. O sr. Stanley não conseguiu arrancar uma resposta definitiva dele e, embora ainda esperasse pelo melhor, estava quase com raiva quando deixou o filho.

Edward Stanley, sem ter nenhuma disposição para se casar e vendo a srta. Percival apenas como uma moça bem-humorada e vivaz que parecia achá-lo agradável, sentiu um infinito prazer em usar suas atenções para alimentar os temores da tia dela, sem considerar que efeito isso poderia ter. Passou a sempre se sentar ao lado de Kitty quando ela estava numa sala, parecer insatisfeito quando ela a deixava e ser o primeiro a perguntar se voltaria logo. Ficava deliciado com seus desenhos e encantado com sua execução no cravo; tudo o que ela dizia parecia interessá-lo. Conversava apenas com ela, que se tornou o único objeto de sua atenção.

É muito natural que tais esforços sejam bem-sucedidos com alguém tão apavoradamente sensível a qualquer apreensão do tipo quanto a sra. Percival; e nada surpreendente que tivessem igual influência sobre a sobrinha desta, cuja imaginação era fértil e cuja natureza era romântica, que já estava extremamente encantada por Stanley e, é claro, desejosa de que ele sentisse o mesmo por sua pessoa. Cada momento reforçava a convicção de Kitty de que Stanley gostava dela, tornando-o mais agradável e aumentando em sua mente uma vontade de conhecê-lo melhor.

Quanto à sra. Percival, ela passou o dia inteiro numa tortura. Nada que sentira antes em ocasiões parecidas se comparava às sensações que a perturbavam agora; seus medos jamais haviam sido tão profundos ou, de fato, tão razoáveis. Seu desgosto por Stanley, sua raiva da sobrinha, sua impaciência por vê-los separados venceram todo o decoro e a boa educação; e, embora o rapaz jamais houvesse mencionado qualquer intenção de deixá-los no dia seguinte, após o almoço ela não pôde, em sua ansiedade por vê-lo partir, deixar de perguntar a que horas pretendia ir embora.

"Oh, madame", respondeu ele, "se eu tiver partido à meia-noite, a senhora poderá se considerar com sorte; e, se não tiver, só poderá culpar a si mesma por ter deixado que eu decidisse ao menos a *hora* em que partiria."

A sra. Percival ficou rubra ao ouvir isso; e, sem se dirigir a ninguém em particular, imediatamente iniciou uma longa arenga sobre o chocante comportamento dos rapazes modernos e a incrível alteração que se passara com eles desde a sua época, a qual ilustrou com muitas histórias instrutivas sobre o decoro e o pudor que marcaram as personalidades daqueles que havia conhecido quando era jovem. Isso, no entanto, não impediu Stanley de passar uma hora durante a tarde caminhando pelo jardim a sós com sua sobrinha. Eles dois e Camilla haviam deixado a sala com esse propósito num momento em que a sra. Percival não estava, e foi só algum tempo após ter voltado que ela descobriu para onde tinham ido.

Camilla dera duas ou três voltas com eles na aleia que dava no caramanchão; mas, como logo ficou cansada de ouvir uma conversa da qual quase nunca era convidada a participar, sendo que muitas vezes não teria como fazê-lo, já que esta ocasionalmente era sobre livros, deixou os dois juntos no caramanchão para vagar sozinha por outra parte do jardim, comer as frutas e examinar a estufa da sra. Percival. Sua ausência estava tão longe de ser lamentada que mal foi notada por Kitty e Stanley; e eles continuaram a conversar sobre quase qualquer assunto — pois Stanley raramente se demorava muito num deles e tinha algo a dizer sobre todos — até que foram interrompidos pela tia.

Kitty a essa altura estava perfeitamente convencida de que, tanto em habilidades naturais quanto em informação adquirida, Edward Stanley era infinitamente superior à irmã. Seu desejo de certificar-se disso a fez aproveitar qualquer oportunidade de falar de história, e eles logo estavam envolvidos numa discussão sobre o assunto, algo para o qual ninguém era mais apropriado do que Stanley, que estava tão longe de tomar partido que mal tinha uma opinião formada. Ele podia, portanto, sempre escolher um lado ou o outro e argumentar com veemência. Em seu desinteresse por esses tópicos ele era muito diferente de sua companheira, cuja opinião, por ser guiada por sentimentos profundos e calorosos, era facilmente decidida; e, embora nem sempre fosse infalível, ela a defendia com uma ênfase e um entusiasmo que marcavam sua própria confiança no que acreditava.

Eles estavam, portanto, conversando havia algum tempo sobre Ricardo III,[35] a quem Stanley defendia com energia, quando ele de repente exclamou com grande emoção a frase, "Palavra de honra, você está completamente enganada", e, agarrando a mão de Kitty, pressionou-a apaixonadamente contra os lábios e saiu correndo do caramanchão. Estupefata com o comportamento dele, que não sabia de jeito nenhum como explicar, ela continuou durante alguns instantes imóvel no banco em que Stanley a deixara e estava a ponto de ir atrás dele pela mesma aleia estreita que o rapaz tomara quando, ao erguer os olhos para o caminho que ficava bem diante do caramanchão, viu sua tia andando em sua direção com mais rapidez do que o comum. Isso fez com que Kitty compreendesse imediatamente por que Stanley a deixara, mas tornava ainda mais inexplicável a maneira como fora embora. Ela ficou bastante constrangida por ter sido vista ao lado de Edward em tal lugar e por aquela parte da conduta dele que não conseguia compreender ter sido testemunhada por alguém para quem qualquer galanteio era odioso. Kitty, portanto, permaneceu confusa, aflita e irresoluta e permitiu que sua tia se aproximasse dela sem deixar o caramanchão.

A expressão da sra. Percival não serviu de forma nenhuma para reavivar os ânimos de sua sobrinha, que em silêncio esperava a acusação dela e em silêncio meditava sobre sua defesa. Após alguns instantes de suspense, pois a sra. Percival estava fatigada demais para dizer algo imediatamente, começou o seguinte arengue com grande raiva e aspereza.

"Bem; *isso* é pior que qualquer coisa que eu poderia supor. Embora *soubesse* que você é *dissoluta*, não estava preparada para tal visão. É pior que qualquer coisa que você já fez antes; pior que qualquer coisa de que já ouvi falar na vida! Nunca vi tamanha impudência numa moça! E essa é a recompensa por todos os cuidados que tive com sua educação; por todas as inconveniências e ansiedades que passei; e só Deus sabe quantas elas foram! Tudo o que eu queria era criar você de maneira virtuosa; nunca quis que tocasse cravo ou desenhasse melhor do que ninguém; mas esperava que fosse respeitável e honesta; esperava que fosse capaz e que estivesse disposta a dar um exemplo de decoro e virtude para os jovens das redondezas. Comprei os *Sermões* de Blair e *Coelebs em busca de uma esposa*[36] para você, dei-lhe uma chave da minha biblioteca e pedi muitos bons livros emprestados a meus vizinhos, tudo com esse propósito. Mas podia ter me poupado de todo esse trabalho. Oh! Catharine, você é uma criatura selvagem e não sei o que vai ser de você.

"Fico feliz, no entanto", continuou ela, um pouco mais mansa, "de ver que tem um pouco de vergonha do que fez e, se de fato estiver arrependida, e se sua vida daqui em diante for de penitência e contrição, talvez você seja perdoada. Mas estou vendo claramente que está tudo na maior barafunda e que logo toda a ordem haverá deixado este reino."

"No entanto, madame, espero que isso não aconteça mais cedo devido a nenhuma conduta de minha parte", disse Catharine num tom de grande humildade, "pois, palavra de honra, não fiz nada esta noite que possa contribuir para a ruína do sistema do reino."

"Você está errada, criança", respondeu a sra. Percival; "o bem-estar de qualquer nação depende da virtude de seus indivíduos, e qualquer um que ofende o decoro e o pudor de maneira tão vil certamente está apressando sua ruína. Você vem dando um mau exemplo ao mundo, e o mundo é mais do que disposto a receber maus exemplos."

"Perdão, madame", disse a sobrinha, "mas *só posso* ter

dado um exemplo à *senhora*, pois foi a única que viu a ofensa. Palavra de honra, no entanto, que não há perigo que possa surgir daquilo que fiz; o comportamento do sr. Stanley me deixou tão surpresa quanto à senhora, e só posso supor que tenha sido o efeito de sua vivacidade e que tenha sido autorizado, na opinião dele, por nossa relação de parentesco. Mas a senhora não acha que está ficando muito tarde? Sem dúvida, é melhor que volte para casa." Tal afirmação, Kitty bem sabia, era irrefutável para sua tia, que imediatamente se levantou e saiu depressa, com tantos temores por sua própria saúde que deixou, por algum tempo, de sentir qualquer aflição em relação à sobrinha. Kitty foi caminhando ao lado dela em silêncio, repassando em sua mente o acontecimento que deixara sua tia tão alarmada.

"Estou atônita com minha própria imprudência", disse a sra. Percival; "como pude me distrair a ponto de me sentar ao ar livre a essa hora da noite? Certamente, meu reumatismo vai voltar depois disso — já estou começando a sentir calafrios. A essa altura, já devo estar com um resfriado horroroso — certamente vou passar o inverno todo na cama depois disso..."

Então, ela começou a contar nos dedos, "Deixe-me ver; estamos em julho; o frio logo vai começar — agosto — setembro — outubro — novembro — dezembro — janeiro — fevereiro — março — abril — é provável que eu só volte a ficar boa em maio. Preciso e vou mandar derrubar esse caramanchão — ele vai acabar me matando; *agora* pode ser que eu jamais me recupere... Essas coisas *acontecem* — a morte da minha querida amiga, srta. Sarah Hutchinson, foi causada apenas por isso — ela ficou do lado de fora até tarde numa noite de abril, ficou encharcada, pois choveu muito, e não mudou de roupa quando chegou em casa. Ninguém sabe quantas pessoas já morreram por ter apanhado um resfriado! Acredito que não haja doença no mundo, com exceção da varíola, que não seja resultado de um deles."

Em vão Kitty tentou convencê-la de que seus medos eram infundados; que ainda não estava tarde o suficiente para pegar um resfriado e que, mesmo se estivesse, ela podia ter esperanças de não desenvolver qualquer outra doença e se recuperar em menos de dez meses. A sra. Percival respondeu apenas que acreditava conhecer a má saúde bem o suficiente para não se deixar convencer nesse ponto por uma menina que nunca sofrera de nada, e foi correndo para o andar de cima, deixando para Kitty a tarefa de se desculpar com o sr. e a sra. Stanley por ela ter ido para a cama... Embora a própria sra. Percival parecesse perfeitamente satisfeita com a qualidade da desculpa, Kitty sentiu-se um pouco constrangida ao descobrir que a única coisa que podia dizer aos visitantes era que sua tia *talvez* tivesse apanhado um resfriado, pois a sra. Percival a mandara não dar muita importância à questão por medo de alarmá-los.

O sr. e a sra. Percival, no entanto, que sabiam muito bem que sua prima se aterrorizava facilmente quando aquele era o assunto, receberam o relato com pouquíssima surpresa e a preocupação adequada. Edward e sua irmã logo surgiram e Kitty não teve dificuldades em obter uma explicação da conduta do rapaz, pois o próprio estava animado demais com o ocorrido e ansioso demais para saber seu sucesso para deixar de fazer perguntas imediatas sobre ele; e ela não pôde deixar de se sentir surpresa e ofendida com a tranquilidade e a indiferença com que Edward admitiu que sua intenção fora apenas assustar a sra. Percival fingindo sentir afeição por Kitty, um objetivo tão incompatível com a parcialidade que ela já estava quase convencida de que ele sentia por ela.

É verdade que Kitty ainda não o conhecia tempo o suficiente para estar apaixonada por ele, mas ficou muito desapontada que um jovem tão belo, tão elegante e tão vivaz estivesse tão perfeitamente desprovido de tal sentimento a ponto de fazer dele sua principal diversão. Havia uma originalidade na personalidade de Edward que era bastante agradável a Kitty; sua aparência era excepcionalmente atraente, seu ânimo e sua vivacidade combinavam bem com os dela; e seus modos eram ao mesmo tempo tão alegres e sugestivos que Kitty acreditou que seria impossível para ele ser qualquer coisa além de afável e estava pronta a ter certeza de que era a afabilidade em pessoa. O próprio Edward conhecia os poderes daquelas características; graças a elas, muitas vezes obtivera o perdão de seu pai a defeitos que, se fosse desajeitado e deselegante, teriam parecido muito sérios; era a elas, mais ainda do que à sua aparência ou à sua fortuna, que Edward devia a afeição que quase todos estavam dispostos a sentir por ele e que as jovens mulheres em particular eram inclinadas a nutrir. A influência desses traços de personalidade foi reconhecida nessa ocasião por Kitty, pois sua raiva foi inteiramente dissipada por eles, e seu bom humor tiveram não apenas o poder de restaurar, mas de avivar...

A noite se passou de forma tão agradável quanto a anterior; continuaram a conversar durante a maior parte dela, e tal era o poder da eloquência de Edward e o brilho de seus olhos que, quando os dois se separaram, embora Catharine houvesse desistido completamente da ideia apenas algumas horas antes, ela se sentiu quase convencida de novo de que ele estava apaixonado. Kitty pensou na conversa que haviam tido e, embora houvesse sido sobre assuntos variados e sem importância e ela não pudesse se lembrar exatamente de nenhuma fala dele que expressasse tal preferência, estava quase certa de que existia. Mas, com medo de ser vaidosa o suficiente para supor tal coisa sem motivos, decidiu suspender seu veredicto final até o dia seguinte, mais especificamente, até sua despedida, que achou que expressaria infalivelmente a afeição de Edward, se é que ele sentia alguma.

Quanto mais Kitty o conhecia, mais se sentia inclinada a gostar dele e desejosa de que gostasse *dela*. Estava convencida de que Edward era naturalmente muito inteligente e de muito bom gênio; e de que sua leviandade e imprudência — características que *ela* acreditava darem muita graça a *ele*, mas que sabia que muitas pessoas considerariam defeitos de caráter — meramente brotavam de uma vivacidade que era sempre agradável num rapaz, estando longe de demonstrar um discernimento fraco ou inexistente.

Após ter resolvido essa questão dentro de si mesma e estando perfeitamente convencida, através de seus próprios argumentos, de que o que pensava era verdade, Kitty foi para a cama muito feliz, determinada a estudar a personalidade de Edward e observar seu comportamento ainda melhor no dia seguinte. Ela se levantou com as mesmas boas resoluções, e provavelmente teria posto-as em execução se Anne não houvesse lhe informado, assim que entrou no cômodo, que o sr. Edward Stanley já fora embora. A princípio Kitty se recusou a acreditar na informação, mas quando sua criada lhe assegurou que ele, na noite anterior, mandara que uma carruagem estivesse ali às sete da manhã e que ela em pessoa o vira partir um pouco após as oito, não pôde mais negar que era verdade.

"E essa", pensou Kitty de si para si, corando de raiva com sua própria tolice, "essa é a afeição por mim da qual eu estava tão certa. Oh! Que coisa mais boba é a mulher! Quão vaidosa, quão irracional! Supor que um rapaz se afeiçoaria seriamente num período de vinte e quatro horas a uma menina que não tem nada a recomendá-la salvo um bom par de olhos! E ele realmente se foi! Se foi sem talvez pensar uma só vez em mim! Oh! Por que eu não estava acordada às oito? Mas é a punição apropriada para minha preguiça e minha tolice, e fico muito feliz que seja assim. Mereço tudo, e dez vezes mais, por minha insuportável vaidade. Ela ao menos servirá para isso; no futuro, me ensinará a não achar que todo mundo está apaixonado por mim.[37]

"No entanto, gostaria de tê-lo visto antes que ele partisse, pois talvez se passem muitos anos antes que nos encontremos de novo. Pela maneira como nos deixou, no entanto, parece ser perfeitamente indiferente à questão. Que estranho que tenha partido sem nos avisar e sem se despedir de ninguém! Mas é como são os rapazes, levados pelo capricho do momento, ou impelidos meramente pelo gosto de fazer algo de um jeito diferente! De fato, são seres estranhos! E as moças são igualmente ridículas! Logo começarei a achar, como minha tia, que está tudo na maior barafunda e que a humanidade inteira está se degenerando."

Kitty acabara de se vestir e estava a ponto de deixar o cômodo para ir em pessoa perguntar como estava a sra. Percival quando a srta. Stanley bateu na porta e, após entrar, começou da maneira habitual um longo arengue sobre seu pai ser tão chocante a ponto de obrigar Edward a ir embora, e seu irmão ser tão horrível a ponto de deixá-los àquela hora da manhã.

"Você não tem ideia", disse ela, "quão surpresa fiquei quando ele entrou no meu quarto para se despedir de mim..."

"Então você o viu esta manhã?", perguntou Kitty.

"Oh, sim! E estava com tanto sono que não pude abrir os olhos. E ele disse 'Camilla, adeus para você, pois estou indo embora... Não tenho tempo de me despedir de mais ninguém e não ouso me permitir ver Kitty, pois então você sabe que eu jamais partiria...'"

"Bobagem", disse Kitty; "ele não disse isso, ou então, se disse, estava brincando."

"Oh! Não, asseguro-lhe que ele estava tão sério quanto jamais foi na vida; estava aborrecido demais para brincar naquele momento. E me pediu que, quando todos nos encontrássemos no café, eu cumprimentasse sua tia e lhe transmitisse seu amor, pois você é uma moça adorável, disse, e ele gostaria muito de ficar mais tempo com você. É a moça perfeita para ele, pois é tão vivaz e tão bem-humorada, e Edward queria de todo o coração que não estivesse casada antes que ele voltasse, pois ficar nesta casa lhe agradou mais do que qualquer outra coisa. Oh! Você não tem ideia das coisas belas que disse sobre você, até que acabei caindo no sono e ele foi embora. Mas certamente está apaixonado por você — tenho certeza — já acho isso há muito tempo, asseguro-lhe."

"Como pode ser tão ridícula?", disse Kitty, sorrindo de prazer. "Não acredito que ele se deixe abater tão facilmente. Mas então Edward quis que você me transmitisse seu amor? E desejou que não me casasse até que ele voltasse? E disse que eu era uma moça adorável, foi?"

"Oh! Foi, e eu lhe asseguro que esse é o maior elogio que pode fazer a qualquer pessoa, em sua opinião; mas quase nunca consigo persuadi-lo a dizer isso de mim, embora às vezes implore durante uma hora inteira."

"E você acha mesmo que ele lamentou ter que ir embora?"

"Oh! Você não faz ideia de como isso o deixou arrasado. Não teria ido embora nem dentro de um mês se meu pai não tivesse insistido; Edward me disse isso ontem. Ele falou que desejava com todo o coração jamais ter prometido viajar pelo exterior e que se arrependia mais e mais disso a cada dia; que interferia em todos os seus outros planos e que, desde que papai falara no assunto com ele, sentira menos vontade do que nunca de deixar Chetwynde."

"Ele disse mesmo tudo isso? E por que seu pai insistiria para que ele fosse? — 'Deixar a Inglaterra interferia em todos os seus outros planos e sua conversa com o sr. Stanley o deixara ainda mais avesso à ideia' — o que isso significa?"

"Ora, que ele está completamente apaixonado por você, com certeza; que outros planos pode ter? E suponho que meu pai tenha dito que, se ele não tivesse que ir para o exterior, gostaria que se casasse com você imediatamente. — Mas preciso ir ver as plantas de sua tia… Há uma que adoro — e mais duas ou três além dela…"

"Será que a explicação de Camilla pode ser verdade?", disse Catharine de si para si quando sua amiga deixara o cômodo. "E, após todas as minhas dúvidas e incertezas, será que Stanley pode realmente estar avesso a deixar a Inglaterra só por minha causa? — Interromper seus planos — de fato, que outros planos ele pode ter, além de se casar? No entanto, apaixonar-se por mim após tão pouco tempo! — Mas talvez seja o efeito apenas de um coração ardoroso, o que para mim é a maior recomendação de qualquer pessoa. Disposto ao amor — e sob a aparência de tanta alegria e desatenção — é o coração de Stanley! Oh! Como isso me faz sentir carinho por ele! Mas ele se foi — se foi talvez por anos. Arrancado de perto daquilo que mais ama, teve a felicidade sacrificada à vaidade do pai! Com que angústia deve ter deixado esta casa! Incapaz de me ver ou de me dar adeus enquanto eu, desgraçada insensível, ousava dormir. Isso, então, explica por que ele partiu àquela hora... Ele não pôde se permitir me ver... Rapaz encantador! Como deve ter sofrido! Eu sabia que era impossível que alguém tão elegante e tão bem-educado deixasse qualquer família dessa maneira, a não ser por um motivo assim incontestável." Absolutamente convencida disso, além de toda a possibilidade de reconsideração, Kitty foi com muita alegria para os aposentos de sua tia, sem se lembrar nem por um momento da vaidade das moças ou da conduta inexplicável dos rapazes.[38]

Kitty continuou nesse estado de satisfação durante o resto da visita dos Stanley, que partiram com diversos convites enfáticos para que fossem se hospedar com eles em Londres, onde, como dissera Camilla, Kitty teria a oportunidade de conhecer a doce Augusta Halifax — ou melhor, pensou ela, de ver minha querida Mary Wynne de novo. A sra. Percival, em resposta ao convite da sra. Stanley, disse que encarava Londres como o nascedouro do vício, onde a virtude havia muito fora banida da sociedade e onde todos os tipos de perversidade diariamente ganhavam terreno; e que Kitty já era suficientemente inclinada a ceder a influências viciadas e, portanto, era a última moça do mundo em quem se poderia confiar em Londres, já que seria inteiramente incapaz de resistir à tentação...

Após a partida dos Stanley, Kitty voltou a suas ocupações cotidianas, mas ai dela! Elas haviam perdido seu poder de agradá-la. Apenas o caramanchão mantinha seu lugar no coração da moça, e talvez pela lembrança específica de Edward Stanley que trazia à sua mente.

O verão passou sem nenhum incidente que valha a pena narrar ou prazer para Catharine, com exceção de um, causado pelo recebimento de uma carta de sua amiga Cecilia, que agora era a sra. Lascelles, anunciando para breve o retorno dela e de seu marido à Inglaterra.

Uma correspondência que produzia pouco prazer para ambas as partes fora iniciada entre Camilla e Catharine. A última agora perdera a única satisfação que obtinha das cartas da srta. Stanley, pois a moça, tendo informado a amiga da partida de seu irmão para Lyons, nunca mais mencionara o nome dele. As cartas dela raramente continham qualquer informação exceto a descrição de alguma peça de roupa, a enumeração de diversos compromissos, um panegírico sobre Augusta Halifax e talvez alguns insultos ao infeliz Sir Peter.

The Grove, pois esse era o nome da mansão da sra. Percival em Chetwynde, ficava situada a oito quilômetros de Exeter, mas, embora essa senhora possuísse uma carruagem e cavalos próprios, raramente Catharine conseguia convencê-la a visitar a cidade com o propósito de fazer compras, pois havia muitos oficiais perpetuamente aquartelados lá que infestavam as principais ruas.

Quando uma companhia de teatro itinerante, a caminho de uma das corridas das redondezas, abrira um teatro temporário lá, a sra. Percival foi convencida pela sobrinha a dar-lhe o prazer de comparecer a uma apresentação da temporada. A sra. Percival insistiu em honrar a srta. Dudley com um convite para juntar-se a elas, e então uma nova dificuldade surgiu da necessidade de haver algum cavalheiro para acompanhá-las...

CHARLOTTE BRONTË

PARTE I

Origens de Angria

A história do ano[1]

Certa vez, papai emprestou um livro para minha irmã Maria. Era um velho livro de geografia. Ela escreveu numa folha em branco que havia nele "Papai me emprestou este livro". O livro tem cento e vinte anos de idade; está aberto na minha frente neste momento. Estou sentada na cozinha da nossa casa paroquial, Haworth, enquanto escrevo isso. Tabby, a criada, está lavando a louça do café e Anne, minha irmã mais nova (Maria era a mais velha), está ajoelhada sobre uma cadeira, olhando para alguns bolos que Tabby fez para nós. Emily está na sala de visitas, varrendo o tapete. Papai e Branwell foram a Keighley. Nossa tia está no andar de cima em seu quarto e eu estou sentada à mesa da cozinha, escrevendo isto.

Keighley é uma cidadezinha que fica a sete quilômetros daqui. Papai e Branwell foram comprar o *Leeds Intelligencer*, um jornal tóri maravilhoso, editado pelo sr. Wood e pelo proprietário, o sr. Henneman. Nós compramos dois e lemos três jornais por semana. Compramos o *Leeds Intelligencer*, que é tóri, e o *Leeds Mercury*, que é whig, editado pelo sr. Baines, por seu irmão, seu genro e seus dois filhos, Edward e Talbot. Lemos o *John Bull* também. Ele é bastante tóri, muito violento. O dr. Driver nos empresta o *John Bull* e a *Blackwood's Magazine*, que é a melhor revista que existe. O editor é o sr. Christopher North, de setenta e quatro anos de idade; o aniversário dele é no dia 1º de abril; seus funcionários são Timothy Tickler, Morgan O'Doherty, Macrabin Mordecai, Mullion, Warnell e James Hogg, um homem de inteligência extraordinária que é um pastor escocês.

Nossas peças estão terminadas: *Jovens rapazes*, de junho de 1826; *Nossos amigos*, de julho de 1827; *Ilhéus*, de dezembro de 1827. São nossas três grandes peças que não são segredo. As peças de cama minhas e de Emily foram terminadas no dia 1º de dezembro de 1827; as outras, em março de 1828. Peças de cama são peças secretas; elas são muito boas. Todas as nossas peças são muito estranhas. Não preciso escrever no papel sobre o que são, pois acho que nunca vou esquecê-las. A ideia para *Jovens rapazes* surgiu de alguns soldadinhos de madeira de Branwell; a ideia para *Nossos amigos*, das *Fábulas* de Esopo; e para *Ilhéus*, de diversas coisas que aconteceram.

Vou tentar falar sobre a origem das nossas peças de maneira mais detalhada. Em primeiro lugar, *Jovens rapazes*. Papai comprou alguns soldadinhos de madeira para Branwell em Leeds. Quando ele chegou em casa já era de noite, e estávamos na cama; por isso, na manhã seguinte Branwell veio bater na porta do nosso quarto com uma caixa de soldados. Emily e eu pulamos da cama, e agarrei um e exclamei, "Este é o duque de Wellington! Este vai ser o duque!". Depois que eu disse isso, Emily também pegou um e disse que era dela; e, quando Anne desceu, disse que um seria seu. O meu era o mais bonito de todos, o mais alto, o mais perfeito em cada pedacinho. O de Emily tinha um ar grave, e o batizamos de Gravinho. O de Anne era uma coisinha esquisita que nem ela, e o batizamos de Escudeiro. Branwell escolheu o dele e o batizamos de Bonaparte.[2]

Março de 1829

Duas histórias românticas

I. OS DOZE AVENTUREIROS

Conta a tradição que há milhares de anos doze homens da Bretanha, de um tamanho gigantesco, e doze homens da Gália foram para o país dos gênios; ficaram o tempo todo guerreando uns com os outros e, após permanecerem lá durante muitos anos, retornaram à Bretanha e à Gália. E, nas partes habitadas dos países dos gênios, agora não há vestígios deles, embora se diga que já foram encontrados alguns esqueletos colossais naquela terra selvagem e árida, o deserto maldito.

Mas li um livro chamado *As viagens do capitão Parnell*, e este é um trecho que extraí dele:

> Lá pelas quatro da tarde vi uma nuvem vermelho-escura surgir no leste e ir ficando gradualmente maior até cobrir todo o céu. Conforme a nuvem ia se espalhando, o vento foi ficando mais forte e se transformou num terrível furacão. A areia do deserto começou a se mover e revolveu-se como as ondas do mar. Assim que vi isso, atirei-me no chão com o rosto para baixo e parei de respirar, pois sabia que aquilo era um tornado ou tufão. Permaneci nessa situação durante três minutos e, ao cabo desse período, arrisquei-me a levantar a cabeça. O tufão passara e não causara nenhum dano a *mim*, mas ali perto estava meu pobre camelo, morto. Ao ver isso não consegui me controlar e chorei, mas minha atenção logo foi desviada para outro objeto. A cerca de cem metros dali estava um imenso esqueleto. No mesmo instante, corri até ele e o examinei minuciosamente. Enquanto fitava a longa e medonha figura que se estendia sobre a areia diante de mim, ocorreu-me que podia ser o esqueleto de um dos antigos bretões que, de acordo com a tradição, vieram de seu país para esta terra maldita e, aqui, morreram miseravelmente.

Enquanto meditava dessa maneira, observei que o esqueleto estava preso por uma longa corrente de ferro enferrujado. Subitamente, o ferro retiniu e os ossos tentaram se erguer, mas uma imensa montanha de areia engolfou o esqueleto com um tremendo estrondo. Quando o pó que escondera o sol e cobrira tudo de escuridão se dissipou, não era possível discernir nenhuma marca que mostrasse aos próximos viajantes onde os ossos haviam estado.

Se esse relato for verdadeiro — e não vejo motivos para supor que não seja —, acho que podemos concluir que esses esqueletos são gênios do mal acorrentados naqueles desertos pela fada Maimoune.[3]

Existem diversas outras tradições, mas são tão obscuras que não é possível depositar nenhuma confiança nelas.

No ano de 1793, o navio *Invincible*, com setenta e quatro canhões, partiu da Inglaterra com um vento favorável. Sua tripulação era composta por doze homens, todos saudáveis, valentes e de bom temperamento.[4] Esses são seus nomes:

Marcus O'Donell, Ferdinand Cortez, Felix de Rothesay, Eugene Cameron, Harold FitzGeorge, Henry Clinton, Francis Stewart, Ronald Traquair, Ernest Fortescue, Gustavus Dunally, Frederick Brunswick, e Arthur Wellesley.

Bem, como disse antes, partimos da Inglaterra com um vento favorável no dia 1º de março de 1793. No dia 15, a Espanha estava à vista. No dia 16, atracamos, compramos um carregamento de provisões e partimos novamente no dia 20. No dia 25, perto do meio-dia, Henry

Clinton, que estava na enxárcia, gritou que via ao longe uma tormenta.

Em um minuto estávamos todos no convés, observando com ansiedade e medo a montanha sobre a qual estava aquele pontinho agourento. Instantaneamente as velas foram recolhidas, o navio balançou de um lado para o outro e o bote foi deixado pronto para ser usado caso o pior acontecesse.

Assim, após deixar tudo preparado, fomos para a cabine; todos estavam com o ar mais envergonhado possível, e nenhum de nós parecia inclinado a encarar nosso fim como homens. Alguns começaram a chorar, mas esperamos um longo tempo e não ouvimos o barulho do vento. A nuvem não aumentou de tamanho. Finalmente, Marcus O'Donell exclamou,

"Queria que ela fosse ou para a frente, ou para trás!"

Stewart deu uma bronca nele, e Ferdinand lhe deu um tapa na orelha. O'Donell devolveu a gentileza; mas nesse momento ouvimos o som do vento, e Ronald gritou:

"A nuvem é do meu tamanho!"

Todos ficamos em silêncio ao ver o clarão espantoso de um relâmpago e ouvir o estrondo de um trovão. O vento ficou mais forte e as tábuas do nosso navio rangeram. Outro relâmpago, mais ofuscante e terrível que o primeiro, rachou nosso mastro ao meio e levou embora nossa traquete. Os clarões dos relâmpagos se tornaram aterradores e um trovão rugiu tremendamente. A chuva caiu numa torrente e as rajadas de vento ficaram mais barulhentas e terríveis. Os corações dos homens mais valentes de nossa tripulação se acovardaram e até o médico-chefe ficou com medo.

Finalmente a tormenta passou, mas descobrimos que ela nos tirara por completo de curso e que não sabíamos onde estávamos. No dia 30, G. Dunally, que estava no convés, gritou,

"Terra!"

Velejamos ao longo da costa durante algum tempo até encontrar um bom lugar para atracar. Afinal achamos um, e atracamos no dia 2 de junho de 1793. Deixamos nosso castigado navio numa pequena baía e avançamos terra adentro. Para nossa grande surpresa, descobrimos que o solo era cultivado. Um tipo peculiar de cereal crescia em abundância e havia enormes plantações de palmeiras, assim como um número imenso de amendoeiras. Havia também muitas oliveiras e grandes arrozais. Ficamos muito espantados ao encontrar esses sinais de que aquela região era habitada. Parecia fazer parte de um imenso continente.

Após andar por cerca de três quilômetros, vimos a certa distância vinte homens bem armados. Imediatamente nos preparamos para lutar, com cada um de nós levando uma pistola, uma espada e uma baioneta. Ficamos parados e eles se aproximaram. Quando estavam bem perto de nós, pararam também. Pareceram ficar muito surpresos ao nos ver, e um deles disse,

"Que gente estranha!"

O chefe então disse,

"Quem são vocês?"

Wellesley respondeu,

"Fomos trazidos a esta costa por uma tempestade e pedimos abrigo."

Eles disseram,

"Vocês não terão abrigo!"

W. disse:

"Então, vamos lutar por ele!"

Nós nos preparamos para a batalha; eles fizeram a mesma coisa.

Foi uma luta feroz, mas vencemos: matamos dez, levamos o chefe como prisioneiro, ferimos cinco e os quatro remanescentes recuaram. O chefe era bastante negro e muito alto. Tinha uma expressão assustadora e os olhos mais belos que já vi. Nós lhe perguntamos qual era seu nome, mas ele se recusou a responder. Perguntamos o nome de seu país e ele disse,

"Ashantee."

Na manhã seguinte, um grupo de doze homens veio até nossas tendas trazendo consigo um resgate para o chefe e uma proposta de paz de seu rei. Ela foi aceita, pois os termos eram muito vantajosos para nós.

Imediatamente após esse tratado de paz ser concluído, começamos e construir uma cidade. Ficava situada no meio de uma grande planície, ao norte da qual havia altas montanhas, ao sul, o mar, ao leste, florestas lúgubres e a oeste, desertos malditos.

Cerca de um mês após termos iniciado a construção da nossa cidade, as seguintes aventuras nos ocorreram.

Certa noite, quando estávamos todos reunidos na tenda principal, com a maioria sentada em volta do fogo que crepitava no meio do pavilhão, ouvindo a tempestade que rugia em torno do nosso terreno, fez-se um silêncio de morte. Nenhum de nós sentia-se inclinado a falar, ainda menos a rir, e as taças de vinho permaneceram sobre a mesa redonda, cheias até a borda. No meio desse silêncio, ouvimos o som de um clarim que parecia vir do deserto. No instante seguinte, o estrondo de um trovão espalhou-se pelo céu, parecendo sacudir até mesmo o centro da Terra.

A essa altura já estávamos todos de pé, tomados por um terror que se transformou em desespero quando ouvimos de novo o estrépito do terrível clarim. Corremos para fora da tenda com um grito não de coragem, mas de medo; e então vimos algo tão terrivelmente imenso que, mesmo agora quando penso nisso, a uma distância de quarenta anos daquela noite nefasta, meus membros tremem e meu sangue gela de pavor. Ali, envolto por nuvens, estava um enorme e terrível gigante. Na mão direita, ele tinha um clarim; na esquerda, dois dardos com pontas de fogo. Sobre uma nuvem carregada que deslizava diante dele estava seu escudo. Em sua testa estava escrito: "Gênio[5] da Tormenta". O gênio seguiu adiante, sobre as nuvens negras que deslizavam debaixo de seus pés, indiferente aos aterradores relâmpagos que chispavam em torno dele. Mas logo os trovões cessaram e os relâmpagos ficaram um pouco menos ofuscantes.

A voz rouca da tempestade se calou, e uma luz mais suave que o fogo se espalhou sobre o céu, agora sem nuvens. A lua calma brilhou em meio ao firmamento, e as estrelinhas pareceram estar se regozijando de seu brilho. O gigante descera à terra e, se aproximando do local onde tremíamos, fez três círculos no ar com sua cimitarra de fogo e ergueu a mão para dar o golpe. Nesse momento ouvimos uma voz clamorosa dizendo:

"Gênio, eu te comando a ter clemência!"

Olhamos em torno e vimos um ser tão alto que o gênio, em comparação, parecia um anão diminuto. Este ser nos lançou um olhar alegre e desapareceu.

> [A construção da nova cidade segue adiante de forma tão rápida que todos se convencem de que estão recebendo assistência sobrenatural dos gênios. Numa reunião no Grande Salão, Arthur Wellesley sugere que peçam reforços à Inglaterra antes que os ashantees ataquem de novo. Mas a ocasião é interrompida por um gênio imperioso que ordena aos homens que façam uma árdua jornada pelo deserto, cujo propósito é revelar que Arthur está predestinado a ser duque e, subsequentemente, lutar contra Napoleão.]

Chegamos ao deserto por volta das quatro da manhã. Lá, paramos de andar. Bem longe, ao leste, a longa fileira negra de uma floresta lúgubre bordejava o horizonte. Ao norte, as Montanhas da Lua pareciam um cinturão enevoado da planície; ao sul, o oceano guardava as costas da África; diante de nós, a oeste, estendia-se o deserto.

Após alguns minutos, vimos um denso vapor erguer-se

da areia, que, amontoando-se gradativamente, tomou a forma de um gênio maior que qualquer um dos gigantes. Ele avançou em nossa direção e gritou bem alto;

"Sigam-me!"

Obedecemos e entramos no deserto.

Após termos seguido adiante durante um longo tempo, lá pelo meio-dia o gênio nos ordenou que olhássemos em volta. Agora estávamos mais ou menos no meio do deserto. Não se via nada longe ou perto, a não ser vastas planícies de areia sob um sol escaldante e um céu sem nuvens. Estávamos extremamente cansados e imploramos que o gênio nos deixasse parar um pouco, mas ele no mesmo instante nos mandou prosseguir. Assim, voltamos a caminhar e percorremos um longo trajeto, até que o sol se pôs e a lua pálida despontou no leste. A luz fraca de algumas estrelas também podia ser vista, mas a areia ainda queimava de tão quente, e nossos pés estavam muito inchados.

Finalmente, o gênio ordenou que parássemos e nos deitássemos. Logo, estávamos dormindo. Havíamos descansado por cerca de uma hora quando o gênio nos acordou e ordenou que prosseguíssemos.

A lua agora já estava alta e brilhava com intensidade no meio do céu — com muito mais intensidade do que brilha em nosso país. O vento noturno esfriara um pouco a areia do deserto e, por isso, podíamos caminhar com mais facilidade do que antes; mas logo uma névoa surgiu e cobriu toda a planície. Através dessa bruma, pensamos poder discernir uma luz fraca. E também passamos a ouvir uma música vinda de muito longe.

Quando a névoa se dissipou, a luz ficou mais forte, até irromper sobre nós com um esplendor quase insuportável. Do deserto estéril surgiu um palácio de diamante com pilares de rubi e esmeralda iluminados com luzes tão brilhantes que era impossível olhar para elas. O gênio nos levou até um salão de safira onde havia tronos de ouro. Nos tronos estavam sentados os príncipes dos gênios. No meio do salão havia pendurado um lampião tão brilhante quanto o sol. Em torno dele estavam gênios e fadas, cujas vestes eram de ouro batido e cheias de diamantes que cintilavam.[6]

Assim que os líderes nos viram, eles se ergueram de seus tronos e uma mulher, pegando Arthur Wellesley, exclamou,

"Este é o duque de Wellington!"[7]

Arthur Wellesley lhe perguntou por que ela o chamara de duque de Wellington. A gênia respondeu,

"Um príncipe vai surgir e será um espinho no coração da Inglaterra e o desolador da Europa. Terrível será a luta entre esse comandante e você! Durará muitos anos, e o vencedor terá honra e glória eternas. Assim como o vencido; ele morrerá no exílio, mas seu nome sempre será lembrado por seus compatriotas com entusiasmo. A fama do vitorioso chegará aos confins da Terra; reis e imperadores o cobrirão de honras; e a Europa se regozijará com seu salvador; ao longo de sua vida, os tolos o invejarão, mas ele derrotará todos. Ao morrer, será coberto de glória, e seu nome será eterno!"

Quando a gênia acabou de falar, ouvimos uma música vinda de longe que foi chegando cada vez mais perto até parecer estar dentro do salão. Então as vozes de todas as fadas e gênios se uniram num sublime coro, que subiu retumbante até a enorme abóbada e os imponentes pilares do palácio e chegou até as catacumbas e masmorras debaixo da terra; depois, a música foi gradualmente morrendo até cessar por completo.

Quando a música parou, o palácio foi lentamente desaparecendo até ficar invisível, e nós nos vimos sozinhos no meio do deserto. O sol acabara de começar a iluminar o mundo, e a luz fraca da lua ainda podia ser vista; mas, abaixo deles, havia apenas areia até onde a vista alcançava. Não sabíamos que caminho tomar e estávamos prestes a desmaiar de fome; mas, ao olhar em torno mais uma vez, vimos sobre a areia tâmaras e vinho de palma. Comemos isso de café da manhã e depois voltamos a pensar na nossa jornada; subitamente apareceu uma trilha no deserto, e seguimos por ali.

Por volta do meio-dia, quando o sol estava a pino e estávamos exaustos e tontos de calor, um grupo de palmeiras surgiu diante de nós e corremos em sua direção; após ter repousado um pouco sob a sombra dessas árvores e nos refrescado com suas frutas, voltamos a caminhar; naquela mesma noite, para nossa inexpressível alegria, passamos pelos portões da nossa linda cidade e dormimos sob o frescor de seus tetos.

Na manhã seguinte, acordamos com o som de clarins e grandes tambores de guerra e, ao olhar para as montanhas, vimos um imenso exército de ashantees descendo até a planície. Todos sentimos uma extrema consternação, com exceção de Arthur Wellesley, que nos aconselhou a nos postar diante das bocas de fogo e defender as muralhas, sem jamais duvidar que os gênios iam nos ajudar se não conseguíssemos derrotá-los apenas com o canhão e os obuses.

Imediatamente seguimos esse conselho, enquanto os ashantees vieram como uma torrente, destruindo tudo, queimando as palmeiras e acabando com os arrozais.

Quando chegaram às muralhas da nossa cidade, soltaram um grito terrível, cujo significado era que íamos ser varridos da face da Terra e que nossa cidade desapareceria; pois, já que nascera da mágica, também morreria por ela. Nossa resposta a esse discurso insolente foi um ribombar saído das bocas do canhão. Dois caíram mortos e o resto fugiu, correndo para as montanhas com uma rapidez inconcebível e seguidos pelo grito de triunfo dos vencedores.

Retornaram à tarde e, nos termos mais submissos, pediram seus mortos. Atendemos seu pedido e, em troca, permitiram que víssemos o enterro, que ocorreu alguns dias mais tarde.

No dia 21 de setembro, Ronald entrou correndo no Salão de Justiça, onde todos estávamos, gritando que chegara um navio da Inglaterra. O duque de York imediatamente enviou Arthur Wellesley para se certificar disso.

Quando ele chegou à praia, viu que toda a tripulação, composta por cinquenta homens, estava em terra firme. Wellesley então examinou o estado do navio e viu que ele estava quase inteiramente destruído. Fez algumas perguntas aos homens, que pareceram muito surpresos de encontrá-lo ali e quiseram saber como conseguia viver em tal país. Wellesley pediu que o seguissem.

Quando os trouxe até o Salão de Justiça, o duque de York ordenou-lhes que relatassem sua história. Os homens exclamaram,

"Fomos trazidos até suas praias por uma tormenta e pedimos abrigo."

O duque de York respondeu,

"Compatriotas, estamos felizes por terem sido trazidos até nossa parte da costa; vocês terão abrigo se pudermos supri-lo."

Assim, os homens permaneceram conosco durante cerca de duas semanas, pois, ao fim desse período, os gênios haviam consertado seu navio, e então partiram para a Inglaterra acompanhados por Arthur Wellesley.

Durante os cerca de dez anos seguintes continuamos a guerrear com os negros, e então se fez a paz. Depois disso, durante mais dez anos não aconteceu nada que valha a pena mencionar. No dia 16 de maio de 1816, uma voz passou pela cidade dizendo,

"Coloquem um vigia na torre que dá para o sul, pois amanhã um conquistador passará por seus portões!"

O duque de York imediatamente mandou Henry Clinton para a torre mais alta da cidade. Lá pelo meio-dia, Clinton gritou,

"Vejo algo a uma grande distância sobre o Atlântico!"

Todos corremos para a torre; ao olhar para o oceano, discernimos um objeto escuro despontando no horizonte e, quando se aproximou da costa, vimos claramente ser uma frota. Afinal ela ancorou e a tripulação começou a vir para terra.

Primeiro chegaram doze regimentos de cavaleiros; depois, três de infantaria; então, diversos oficiais de alta patente que pareciam estar servindo um grande general. Por fim surgiu o próprio general, que diversos de nós afirmaram ter a silhueta de Arthur Wellesley.

Após passar em revista os regimentos, ele ordenou que se pusessem em marcha, e nós os vimos passar pelos portões da cidade. Ao chegar à torre, eles pararam e nós ouvimos o general, numa voz parecida com a de Wellesley, dizer,

"Hill, você pode ficar aí com o exército enquanto vou ao Palácio de Justiça, onde suponho que todos devem estar, se é que ainda se encontram no mundo dos vivos. E, Beresford, você vem comigo."

"Não, não, nós estamos aqui, Arthur, quase morrendo de medo de você queimar a torre e saquear a cidade!", exclamou o duque de York enquanto descíamos do nosso esconderijo.

"O quê? Vocês estão todos aqui e nenhum caiu em batalha ou está morto numa cama de hospital?", disse sua alteza. Ele pulou de seu cavalo de guerra, e apertamos sua mão mais uma vez.

"Mas venham, meus bravos amigos, vamos para a Grande Hospedaria e no Salão Ferdinando conversaremos sobre o que fizemos e o que sofremos desde a última vez que nos vimos."

"O exército deve acompanhar sua alteza, o duque de Wellington", disse um de seus subordinados.

"Sua alteza, o duque de Wellington!", exclamamos todos nós ao mesmo tempo, surpresos.

"Sim. Sua alteza, o duque de Wellington", disse outro dos subordinados. "Não sei quem vocês são, mas nosso mais nobre general venceu Bonaparte e é o salvador da Europa."

"Portanto, os gênios nem sempre mentem", disse Marcus O'Donell, "e fico muito feliz, pois sempre achei, duque, que vossa alteza ia voltar a nós com mais glória do que tinha quando partiu."

"É mesmo?", disse Murray com sarcasmo.

"Murray", disse o duque severamente, "vou fazer você prestar contas por essa insolência e aplicar a lei marcial se não apresentar um belo pedido de desculpas a este cavalheiro."

Murray imediatamente se aproximou de O'Donell e disse, "Senhor, sinto muito por minha tola insolência e prometo-lhe que jamais vou voltar a lhe ofender dessa maneira".

"Muito bem, Murray, muito bem mesmo", disse o duque. "Agora apertem a mão um do outro e fiquem amigos. Detesto guerra civil."[8]

A essa altura já havíamos chegado à Grande Hospedaria, que era grande o suficiente para acomodar vinte mil homens. Logo estávamos sentados no salão ouvindo Beresford, que nos relatava como a Europa fora libertada da corrente de ferro de um déspota e como fora alcançada a grandiosa vitória que ressoara por todo o mundo civilizado; contava-nos sobre os esplêndidos triunfos que haviam ocorrido nessa gloriosa ocasião; e dizia-nos que todos os soberanos da Europa haviam honrado a Inglaterra com sua presença no ilustre evento. Poderíamos ter ouvido por mais tempo, e ele poderia ter nos dito muito mais se não houvéssemos escutado o som do sino da meia-noite, que nos lembrou de que já era hora de nos recolher para descansar.

Alguns dias depois, o duque de York expressou um desejo de retornar a seu próprio país, e um dos navios, com cerca de vinte homens, foi escolhido para levá-lo até lá.

Havia agora na cidade quinze mil homens,[9] e resolvemos eleger um rei. Assim, um conselho de toda a nação foi convocado no dia 14 de junho de 1827.[10] Nesse dia, todos se reuniram no Palácio de Justiça. Em torno do trono estavam sentados Marcus O'Donell, F. Cortez, H. Clinton, G. Dunally, Harold FitzGeorge e o duque de Wellington e seus subordinados.

O conselho inteiro sentia uma intensa ansiedade, querendo saber quem seria sugerido para rei, pois nenhum homem entre nós sabia, e ninguém nos dera nenhuma pista. Após algum tempo a entrada principal foi fechada e Cortez proclamou que toda a nação estava presente. Stewart então se levantou e disse,

"Sugiro o nobilíssimo marechal de campo Arthur, duque de Wellington, como uma pessoa capaz e adequada a ocupar o trono deste reino."

Imediatamente, a multidão emitiu um grito que ecoou pelo salão.

"Vida longa ao nosso nobilíssimo duque!"

Wellington então se levantou. No mesmo segundo, um profundo silêncio recaiu sobre o local. Ele disse o seguinte,

"Soldados, defenderei o que vocês puseram aos meus cuidados."

Então, fazendo uma mesura para o conselho, ele se retirou, sob os sons ensurdecedores de um júbilo entusiasmado.

2. UMA AVENTURA NA IRLANDA

Durante minhas viagens pelo sul da Irlanda, a seguinte aventura me ocorreu. Certo fim de tarde no mês de agosto, após uma longa caminhada, estava escalando a montanha que se ergue diante da vila de Cahin quando subitamente vi um belo e antigo castelo. Era construído sobre uma pedra; atrás dele ficava um grande bosque, e diante dele havia um rio. Sobre o rio havia uma ponte que levava ao castelo.

Quando cheguei à ponte, fiquei parado durante alguns instantes para apreciar a vista ao meu redor. Abaixo de mim estava o imenso espelho de água parada no qual o reflexo da lua pálida não era perturbado nem pela menor das ondas. No vale havia o punhado de cabanas conhecido como Cahin e, para além dele, as montanhas de Killala. Sobre tudo descendia o manto cinza do crepúsculo, avançando silenciosamente de forma quase imperceptível. Nenhum som, com exceção daqueles vindos da distante vila e da doce melodia dos rouxinóis no bosque atrás de mim, quebrava a tranquilidade da cena.

Enquanto contemplava essa bela paisagem, um cavalheiro, que eu não observara anteriormente, me abordou dizendo,

"Boa noite, senhor. É um forasteiro?"

[O cavalheiro revela ser o sr. O'Callaghan, dono do castelo, que o convida a passar a noite lá.]

Depois do jantar, o sr. O'Callaghan me perguntou se eu gostaria de me recolher. Minha resposta foi afirmativa, e um menininho foi chamado para me levar até meus aposentos. Era um pequeno quarto acolhedor, limpo e confortável, de aspecto antigo, que ficava no topo do castelo.[11] Assim que entramos o menino, que parecia ser um rapazinho esperto e simpático, disse, encolhendo o ombro,

"Se estivesse indo dormir, você não ia me pegar neste quarto de jeito nenhum."

"Por quê?", perguntei.

"Porque", respondeu o menino, "dizem que o fantasma do antigo patrão fica sentado naquela cadeira ali."

"E você já o viu?"

"Não, mas já ouvi o fantasma lavando a mão naquela bacia, várias vezes."

"Qual é seu nome, rapazinho?"

"Dennis Mulready, prazer, meu senhor."

"Bom, boa noite para você."

"Boa noite, patrão. E que os santos protejam o senhor das fadas e dos duendes", disse Dennis ao sair do quarto.

Assim que me deitei, comecei a pensar no que o menino havia dito; confesso que senti um estranho medo e que, uma ou duas vezes, pensei discernir algo branco na escuridão que me rodeava. Finalmente, com a ajuda da razão, consegui controlar aquilo que muitos chamariam de temores infundados e caí no sono.

Estava dormindo havia cerca de uma hora quando um estranho som me acordou e vi, ao espiar pelas cortinas da cama, um esqueleto enrolado num lençol branco. Fui dominado pelo terror e tentei gritar, mas minha língua estava paralisada e meu corpo inteiro tremia de medo. Com uma voz grave e cavernosa, ele disse,

"Levante, para que eu possa lhe mostrar as maravilhas do mundo", e, num segundo, eu me vi rodeado por nuvens e escuridão. Mas logo o rugido de águas abundantes surgiu em meu ouvido, e eu vi esguichos saindo de enormes cataratas que caíam com incrível majestade, descendo por tremendos precipícios, rugindo e espumando no golfo lá embaixo. A cena mudou, e eu me vi nas minas de Cracone. Havia pilastras altas e arcos imponentes, cujo brilhante esplendor jamais foi suplantado mesmo pelo mais belo palácio das fadas. Mas, no meio de toda essa magnificência, tive uma sensação indescritível de medo e terror, pois o mar rugia acima de nós e, diante dos sons medonhos e tumultuosos dos ventos que uivavam e das ondas que quebravam, parecia-me que a tempestade era violenta. E então as pilastras cheias de limo começaram a ranger com a pressão do oceano, e os brilhantes arcos pareciam prestes a desmoronar. Quando ouvi as águas se precipitando e vi uma gigantesca inundação vinda em minha direção, dei um grito de pânico.

A cena desapareceu e me vi num vasto deserto repleto de pedras sem vegetação e altas montanhas. Quando estava me aproximando de uma das pedras, meu pé escorregou e caí. Nesse momento, ouvi um rugido profundo e, iluminado pela luz sobrenatural de seus olhos flamejantes, vi um leão real se erguendo; ele deu um salto na minha direção...

"Bem, patrão, ventou muito essa noite, mas agora o dia está bonito", disse Dennis, abrindo a cortina da janela e deixando os raios do sol da manhã entrar no quarto antigo que há no topo do Castelo O'Callaghan.

Abril de 1829

PARTE II

Marian versus Zenobia

Personalidades de homens ilustres

[O filho mais velho do duque de Wellington, Arthur Adrian Augustus, marquês de Douro, será a figura masculina central da obra juvenil de Charlotte, tornando-se cada vez mais sinistro conforme os anos vão passando, embora no início seja um jovem belo e poético. A seguir temos uma descrição benigna, escrita nos primórdios da saga de Angria, que contrasta com a descrição do herói criado por Branwell, chamado Alexander Percy ou Rogue,* com quem Arthur terá uma intricada relação de amor e ódio.]

PERSONALIDADE DO MARQUÊS DE DOURO

O mais velho entre esses jovens nobres, o marquês de Douro, está agora com vinte e dois anos de idade.[1] Sua aparência tem uma forte semelhança com a de sua nobre mãe. Ele tem o mesmo corpo alto e esguio, o mesmo nariz fino e levemente aquilino. Seus olhos, no entanto, são grandes e castanhos como os do pai, e seus cabelos são de um castanho-escuro e avermelhado, encaracolados e sedosos, bem parecidos com os que o pai dele tinha quando era jovem. Sua personalidade também se parece

* Rogue significa patife, canalha, trapaceiro. (N. T.)

com a da duquesa: é afável e compassivo, mas muito corajoso; grato por qualquer favor que alguém lhe faz, e pronto a perdoar qualquer ofensa; gentil com os outros e nada interesseiro.

Sua mente é do mais alto calibre, elegante e cultivada. Sua inteligência é grande, mas ele tem prazer em refletir sobre pensamentos e ideias profundas em vez de vagar pelas regiões iluminadas da imaginação. Em resumo, o caráter do marquês de Douro é como as suaves reverberações da harpa de vento que, conforme suas notas vão alternadamente nascendo e morrendo, erguem a alma ao ápice do sublime ou a levam a melancólicas e solenes reflexões. E, quando você ergue os olhos das páginas de uma de suas obras, fica propenso a meditar, sem saber por quê; mas só consegue pensar nos anos de sua infância, e em dias felizes que se foram para nunca mais voltar. As meditações de um viajante solitário em meio à natureza, ou a canção lastimosa de um exilado são os temas que mais lhe agradam e dos quais ele mais trata, embora muitas vezes suas canções sejam grandiosas e vívidas descrições de tormentas e tempestades: do rugido selvagem do oceano se misturando com a voz tremenda do trovão, quando o clarão do relâmpago reluz em uníssono com a luz brilhante de um espírito perverso galgando sobre as águas agitadas, ou emitindo seu grito do seio de uma nuvem negra e terrível. Assim é o marquês de Douro.

PERSONALIDADE DE ROGUE

Rogue tem cerca de quarenta e sete anos de idade. Ele é muito alto e bastante magro. Seu rosto é bonito, mas há algo de assustador em seus ferozes olhos cinza e em sua formidável testa. Seus modos são educados e cavalheirescos, mas sua mente é ardilosa, sangrenta e cruel. Seu andar (do qual Rogue muito se orgulha) é imponente como o de um soldado, e ele acredita que se assemelhe muito ao andar do duque de Wellington. Rogue dança muito bem e joga cartas maravilhosamente, conhecendo todos os truques dos trapaceiros e escamoteadores da jogatina. Esses talentos (pelo menos, Rogue considera que sejam talentos) ainda por cima são motivo de grande vaidade para ele.

Dezembro de 1829

Albion e Marina[2]

[Essa história dá início ao triângulo amoroso que continua a ser assunto de Charlotte nas histórias seguintes. Arthur e Marian são jovens namorados, que acabam se casando; Zenobia, apaixonada por Arthur, é rival de Marian.]

I

Existe uma doce vilazinha pastoral no sul da Inglaterra que conheço melhor que a maioria dos homens. O cenário ao redor dela não possui nenhuma característica marcante de esplendor ou rusticidade encantadora que pudesse ornar um romance, título nobre ao qual esta breve narrativa não tem pretensão.

Nem rochas escarpadas e altivas nem montanhas gigantescas e distantes franzem o cenho da face impassível da natureza; mas pequenos vales serenos, colinas baixas coroadas de árvores, cascatas e riachos murmurantes, campos ricamente cultivados, celeiros, casas e um largo rio formam todas as feições pitorescas. E cada vilarejo tem um grande homem pelo menos.

Essa vila tinha um, e ele não era um "pé de chinelo". Todas as orelhas do mundo já tinham ouvido falar nele, e todas as línguas podiam jurar que era um homem famoso. Eu o chamarei de duque de Strathelleraye, e com esse nome a vila também foi batizada.

Num raio de mais de cinquenta quilômetros, cada centímetro do chão pertencia a ele e cada homem lhe pagava aluguel.

A magnífica *villa*, ou melhor, palácio, desse nobre, ficava sobre um morro, rodeado por um vasto terreno e ao abrigo das sombras de um bosque muito antigo, que parecia exigir orgulhosamente a lealdade de toda aquela região.

A mente, as façanhas e o caráter de seu grande dono não devem, não *podem* ser descritas por uma pena tão medíocre quanto a minha; pois, embora pudesse me munir da ajuda do amor filial e da admiração apaixonada, ambos seriam completamente ineficazes.

Ainda que a presença do duque entre seus fiéis vassalos fosse rara, pois importantes atividades o detinham em outros lugares, sua esposa, a duquesa, residia constantemente no castelo. Dela, só posso dizer que era como um anjo sobre a Terra. Sua mente era feita de caridade, beneficência, gentileza e doçura. Todos, velhos e jovens, a amavam; e as bênçãos daqueles que estavam à beira da morte se acumulavam sobre ela.

Sua senhoria também tinha dois filhos que sempre visitavam Strathelleraye. Do mais novo, Lord Cornelius, tudo já estará dito quando eu informar o leitor de que tinha dezessete anos de idade, era grave, sentencioso, estoico, bastante altivo e sarcástico, tinha belas feições, embora fosse um pouco moreno demais; tinha cabelos longos, espessos e negros como as asas do corvo; e o que mais gostava de fazer era ficar sentado num silêncio amuado, refletindo sobre a vaidade humana ou aguçando ou expandindo sua mente através do estudo abstruso dos ramos mais elevados da matemática e daquela sublime ciência, a astronomia.

O filho mais velho, Albion,[3] marquês de Tagus, é o herói da minha presente história. Ele havia entrado em seu décimo nono ano, sua estatura era alta e seu corpo equivalia, na magnificência de suas proporções, ao de Apolo

Belvedere.[4] Seus fartos cabelos castanhos caíam em sedosos caracóis sobre uma testa do mais puro mármore na placidez de uma brancura sem jaça. Seu nariz e sua boca tinham um formato perfeito. Mas jamais vi nada que se comparasse a seus olhos! Oh! Eu poderia ter passado horas fitando-os, preso pela corrente da admiração! Que clareza, que profundidade, que lúcida transparência naquelas grandes esferas de um castanho radiante! E a fascinação de seu sorriso era irresistível, embora raras vezes esse raio de sol da mente atravessasse a expressão pensativa e quase melancólica de suas nobres feições. Ele era um soldado, capitão do Regimento Real de Cavalaria, e seu comportamento e todas as suas ações eram repletos de graça marcial. Suas faculdades mentais correspondiam com exatidão a tal exterior, sendo excepcionais; e, embora ele não fosse como seu irmão mais novo, inteiramente devotado ao estudo, era um bom conhecedor das línguas da Antiguidade, e lia com fluência os clássicos gregos e romanos, além das melhores obras em inglês, alemão e italiano.

Assim era meu herói. A única mancha que consegui encontrar em seu caráter foi certa ferocidade ou impetuosidade em seu temperamento, que às vezes o levava a perder o controle, embora ao mais breve olhar ou palavra de comando de seu pai ele no mesmo instante tomasse as rédeas de sua ira e ficasse perfeitamente calmo.

Não é de admirar que o duque sentisse orgulho de ter tal filho.

II

A cerca de três quilômetros do castelo ficava uma bonita casa, inteiramente escondida da visão de todos pelo espesso bosque, estando situada numa clareira deste.

Atrás da casa havia um gramado bem cuidado rodeado por fragrantes arbustos e, diante dela, um jardim de muito bom gosto, cheio de flores.

Essa era a morada de Sir Alured Angus, um escocês que era o médico de sua alteza e que, embora tivesse os modos e o comportamento de um cavalheiro, possuía uma personalidade e um rosto rudes, austeros e um pouco ranzinzas.

Ele era viúvo e tinha apenas uma filha, a quem chamarei de Marina, pois se parece bastante com seu nome verdadeiro.

Nenhuma rosa silvestre que desabrochou na solidão, nenhuma violeta que espiou o mundo por detrás de um velho muro, jamais se equiparou em beleza a essa flor da floresta. O rubor de suas faces era mais belo que o mais delicado tom da primeira, e o azul límpido de seus olhos faria com que a última parecesse tão sombria quanto o escuro jacinto. Além disso, as tranças sedosas de seu cabelo castanho-claro, que cascateava em pequenos caracóis por um pescoço e uma testa cor de neve, pareciam mais elegantes que as jovens gavinhas das trepadeiras. Seu vestido era quase como aqueles usados pelas moças da religião quacre, de tão simples. O branco puro ou o verde primaveril eram as cores que sempre usava, sem nenhuma joia com exceção de um cordão de pérolas em volta do pescoço. Jamais atravessava as fronteiras de uma estrada agradável, cheias de árvores e plantas, que circundava uma grande plantação de milho que havia perto de sua casa. Lá, nas tardes quentes de verão, passeava e ficava ouvindo o canto da cotovia, às vezes unindo sua voz, ainda mais melodiosa, àquele delicioso gorjeio.

Quando os melancólicos dias e arrependimentos do outono e do inverno não permitiam essas caminhadas, ela se divertia desenhando (arte para a qual tinha um gosto perfeito), tocando harpa, lendo as melhores obras em inglês, francês e italiano (todas línguas que compreendia) na extensa biblioteca de seu pai e às vezes costurando um pouco.

Assim, num estado de solidão quase completa (pois raramente tinha mesmo a companhia de Sir Alured, que em geral ficava em Londres), ela era feliz e pensava com inocente espanto naqueles que conseguiam sentir prazer com os deleites ruidosos do que é chamado de "alta sociedade".

Um dia, quando Lady Strathelleraye estava caminhando pelo bosque, encontrou Marina e, ao descobrir quem ela era e ficando encantada com sua beleza e sua doçura, convidou-a a ir ao castelo no dia seguinte. Marina o fez e lá conheceu o marquês de Tagus. Ele ficou ainda mais surpreso e deliciado com a jovem do que a duquesa e, quando ela foi embora, fez muitas perguntas sobre Marina à mãe, que respondeu todas de modo a satisfazê-lo.

Durante um bom tempo depois desse dia, o marquês ficou apático e distraído. O leitor logo perceberá que ele havia, para usar uma frase feita, caído de amores pela moça.

Lord Cornelius, seu irmão, avisou-lhe que isso era uma loucura; mas, em vez de ouvir suas sábias admoestações, o marquês a princípio tentou rir e depois, franzindo o cenho para ele, exigiu silêncio.

Alguns dias mais tarde, o marquês fez uma visita à Casa Oakwood (mansão de Sir Alured) e, depois disso, ficou mais melancólico do que antes.

Seu pai observou isso; e, um dia, quando estavam sentados sozinhos, comentou o fato com Albion, acrescentando que sabia perfeitamente qual era o motivo.

O rapaz enrubesceu, mas não respondeu.

"Meu filho", continuou o duque, "não me oponho ao seu desejo, embora certamente haja uma considerável diferença de posição entre você e Marina Angus. Mas essa diferença é compensada pelas muitas qualidades admiráveis que ela possui."

Ao ouvir essas palavras, Arthur — quer dizer, Albion — teve um sobressalto e, atirando-se aos pés do pai, derramou seus agradecimentos nos termos da mais resplandecente gratidão, enquanto suas belas feições, rubras de excitação, falavam com ainda mais eloquência do que suas eloquentes palavras.

"Erga-se, Albion!", disse o duque. "Você é digno dela, e ela de você; mas os dois ainda são jovens demais.[5] Alguns anos devem se passar antes que ocorra essa união. Por isso, tenha paciência, meu filho."

A alegria de Albion foi um pouco diminuída por essa notícia, mas sua gratidão, assim como sua obediência e seu amor filiais, o forçaram a aquiescer; imediatamente após esse diálogo, ele saiu daquele aposento e encaminhou-se para a Casa Oakwood.

Lá, relatou as circunstâncias para Marina e ela, embora tenha corado incredulamente, na verdade sentia tanta felicidade e tanto alívio quanto ele por livrar-se de uma dúvida que quase se tornara um desespero.

III

Alguns meses depois, o duque de Strathelleraye decidiu visitar aquela maravilha do mundo, a grande cidade da África, a Cidade de Vidro — de cujo esplendor, magnificência, tamanho, poderio e riqueza às vezes chegavam notícias de longe, trazidas pelas brisas do oceano até a alegre Inglaterra.[6]

Mas, para a maioria dos habitantes daquela pequena ilha, essa cidade tinha a qualidade de um sonho de deslumbrante ficção. Eram incapazes de compreender como meros humanos podiam construir edifícios de tamanho e imponência tão maravilhosos como diziam ter muitos dos prédios públicos de lá; e, quanto à Torre de Todas as Nações, poucos acreditavam em sua existência. A cidade parecia ser como as da Antiguidade: Nínive ou Babilônia,[7] com os templos de seus deuses Ninus ou Júpiter Belus[8] e seus edifícios erigidos para honrar Astarte e Sêmele.[9] A maioria acredita que estas tiveram sua glória aumentada pela névoa dos séculos que se passaram e pelo exagero das páginas da história, meio através do qual as contemplamos.

O duque, como já havia recebido muitos convites dos Cidadãos de Vidro, que estavam impacientes para ver aquele cujo renome se espalhara até locais tão distantes, e como, além disso, possuía vastos domínios perto da costa africana, informou à esposa, ao marquês de Tagus e ao Lord Cornelius que, dentro de um mês, todos iam partir, e que ele esperava que os três estivessem preparados ao fim desse período, acrescentando que, quando voltassem, Marina Angus se tornaria a marquesa de Tagus.

Embora para Albion fosse uma provação amarga ter que se separar daquela por quem agora estava completamente apaixonado, ele, confortado pela última parte do discurso de seu pai, obedeceu sem um murmúrio.

Em sua última noite em Strathelleraye, despediu-se com tristeza de Marina, que caiu em prantos como se estivesse desesperançada. Mas, subitamente controlando sua tristeza, ela ergueu o olhar, com os lindos olhos alegrados por um sorriso que, como um raio de sol, iluminava suas lágrimas de cristal, e sussurrou,

"Serei feliz quando você voltar."

Então eles se separaram e Albion, enquanto atravessava o enorme oceano, muitas vezes se confortou pensando em suas últimas palavras.

É uma superstição comum acreditar que as palavras ditas por um ente querido no momento de separação são proféticas, e essas certamente não pressagiavam apenas a paz.

IV

Após o tempo previsto de viagem, chegaram à Cidade de Vidro e foram recebidos com entusiástica cordialidade.

Após o duque haver visitado sua propriedade, retornou à metrópole principal e estabeleceu residência no Palácio de Salamanca.

O marquês de Tagus, devido à sua nobre beleza, atraía considerável atenção aonde quer que ia e, num curto período, ganhou o afeto de muitos fiéis amigos de alta posição social e grandes habilidades.

Graças a seu amor pela literatura elegante e pelas artes superiores em geral, pintores e poetas logo se encontravam entre seus mais fervorosos admiradores. Ele próprio possuía o mais sublime talento, mas por enquanto sua extensão total ainda lhe era desconhecida.

Um dia, quando Albion estava sozinho, refletindo sobre a imensidão de águas que havia entre ele e sua bela Marina, decidiu colocar seus sentimentos no papel, dando-lhes uma forma tangível que mais tarde pudesse mostrar a ela, quando a expectativa houvesse dado lugar à felicidade. Pegou sua pena e, em cerca de um quarto de hora, completou um breve poema de encantadora beleza. A obra o agradou e acalmou a angústia que se alojara em seu coração. Também o fez vislumbrar as assombrosas faculdades de sua mente; ele foi tomado por um desejo pela imortalidade e uma ambição pela glória.

[A obra subsequente de Albion, uma] tragédia, pôs a coroa da fama sobre sua cabeça, e suas produções posteriores, cada qual parecendo superar a que viera antes, acrescentaram novos louros àqueles que já haviam embelezado suas têmporas.

Não posso relatar aqui o esplendor de sua carreira literária, nem mesmo mencionar os títulos de suas diversas obras. É suficiente dizer que Albion se tornou um dos maiores poetas de sua era; e um dos principais motivos que o influenciaram em seus esforços para ganhar reconhecimento foi tornar-se digno de possuir um tesouro como Marina. Não importava o que Albion fizesse, ela estava sempre em seus pensamentos, e ele ainda não vira entre todas as damas da Cidade de Vidro — embora ricas, nobres e belas mulheres empregassem inúmeras artes para ganhar seus favores — nenhuma que pudesse sequer ser comparada a ela.

V

Certa noite, Albion foi convidado para ir à casa do conde Cruachan, onde um grande grupo estava reunido. Entre os convidados havia uma dama que aparentava ter vinte e cinco ou vinte e seis anos de idade. Ela era bastante alta, e tanto seu corpo quanto seu rosto lembravam uma estátua romana. Suas feições eram regulares e delicadas, e seus olhos grandes e brilhantes eram negros como a tinta, assim como as madeixas luxuriantes de seu cabelo cheio de cachos. Sua pele morena e radiante contrastava com um vestido de veludo escarlate debruado de arminho, e as penas negras de avestruz que pendiam de sua cabeça aumentavam a dignidade imponente de sua aparência.[10]

Albion, apesar da extraordinária graça da moça, mal a notou até que o conde Cruachan se levantou e apresentou-a a ele, dizendo que era Lady Zelzia Ellrington. Ela era a mulher mais sábia e célebre da Cidade de Vidro, e Albion ficou satisfeito por ter a oportunidade de vê-la.

Durante algum tempo, Lady Zelzia o entreteve com um discurso da mais vivaz eloquência, e nem mesmo a própria madame de Staël[11] poderia ter ultrapassado-a em talento para a conversa. Nessa ocasião, ela se esforçou ao máximo por estar na presença de um homem tão ilustre a quem parecia desejar agradar.

Após algum tempo, um dos convidados pediu que Lady Zelzia os agraciasse cantando e tocando o piano de cauda. A princípio ela recusou, mas, quando Albion fez-lhe o mesmo pedido, levantou-se e, pegando da mesa da sala de estar um pequeno livro de poemas, abriu-o na página de um de autoria do marquês de Tagus. Ela então entoou as estrofes a seguir em forma de canção, enquanto acompanhava-se habilmente ao instrumento:

Eu penso em ti quando o luar brinca
Na superfície da água calma;
Pois teus olhos azuis brilhavam
Assim, com graça igual...[12]

Oh! Pelo dia em que, de novo
Meus olhos verão os teus,
Mas um vasto mar retumbante,
Um oceano sempre a rugir,
Se estende entre nós
Com suas águas verdejantes,
Revoltas em tempestade.

Esse poema havia sido feito por Albion logo após sua chegada à Cidade de Vidro. A pessoa a quem se endereçava era Marina. A voz sonora e harmoniosa de Lady Zelzia mais do que fez justiça ao tema, e ele expressou a honra que sentira com essa homenagem nos termos apropriados.

Quando ela terminou de cantar os convidados partiram, pois já estava muito tarde.

VI

Albion percorria sozinho o trajeto até sua casa quando começou sem perceber a refletir sobre os charmes majestosos de Lady Zelzia Ellrington e a compará-la com a mais delicada Marina Angus. No começo, Albion mal pôde decidir quem merecia sua preferência, pois, embora ainda quase idolatrasse Marina, uma ausência de quatro anos apagara consideravelmente a lembrança de sua aparência.

Enquanto se ocupava com isso, o marquês ouviu uma voz suave, porém melancólica, sussurrar,

"Albion!"

Ele se virou depressa e viu uma forma idêntica à de Marina a uma curta distância, perfeitamente visível à luz da lua.

"Marina! Minha adorada Marina!", exclamou Albion,

correndo na direção dela, enquanto uma alegria inexprimível tomou seu coração. "Como veio para cá? Foram os anjos do paraíso que lhe trouxeram?"

Dizendo isso ele esticou o braço, mas ela fugiu ao seu toque e, deslizando lentamente para longe, disse: "Não me esqueça. Serei feliz quando você voltar".[13]

Então a aparição se desfez. Parecia ter surgido apenas para reivindicar sua superioridade sobre a rival e, de fato, no instante que Albion viu sua beleza, achou que não tinha igual.

Mas, depois, o espanto e a perplexidade tomaram posse de sua mente. Ele não conseguia explicar essa visão, a não ser através da solução comum de um evento sobrenatural, e sua mente iluminada rejeitara essa crença antiga até o momento em que ela lhe foi forçada, devido a esse extraordinário incidente.[14]

Mas havia algo de cujo significado Albion não podia duvidar; a repetição das últimas palavras de Marina: "Serei feliz quando você voltar". Elas mostravam que a jovem ainda estava viva, e que aquilo que ele vira não podia ser seu fantasma. No entanto, Albion anotou a data e a hora, ou seja, dia 18 de junho de 1815, meia-noite.

A partir dessa ocasião sua melancolia natural aumentou, pois o medo de que Marina morresse antes que ele retornasse estava constantemente em sua mente; a ardência de sua adoração e o desejo de vê-la de novo redobraram.

Afinal, sem conseguir mais suportar sua infelicidade, Albion a revelou a seu pai; e o duque, tocado pela tristeza do filho e pela fidelidade de seu amor, deu-lhe permissão para ir à Inglaterra e trazer Marina consigo até a África.

VII

Não preciso aborrecer o leitor com um detalhe minucioso das circunstâncias da viagem de Albion, então relatarei apenas o que ocorreu após sua chegada à Inglaterra.

Era uma bela tarde de setembro de 1815 quando ele desembarcou em Strathelleraye. Sem esperar entrar no castelo de seus antepassados, seguiu imediatamente para a Casa Oakwood. Ao se aproximar de lá, quase ficou doente quando, por um instante, o pensamento de que Marina talvez não estivesse mais sobre a Terra passou por sua mente. Mas, pedindo a ajuda da esperança e descansando sobre sua âncora de ouro, cruzou o gramado e viu as portas de vidro da sala de estar.

Ao se aproximar, a doce sinfonia de uma harpa foi crescendo aos seus ouvidos. Seu coração pulou no peito diante daquele som. Albion sabia que apenas os dedos dela podiam criar tal melodia, à qual agora se unia uma voz doce, triste e muito conhecida. O marquês ergueu o ramo de vinha que cobria a porta e viu Marina, mais linda, pensou ele, do que nunca, sentada diante de sua harpa e deslizando os dedos finos pelas cordas trêmulas.

Sem ser observado por ela, que estava com o rosto virado para o outro lado, Albion entrou; sentando-se, apoiou a cabeça na mão e, fechando os olhos, ouviu, sentindo um poderoso deleite, as seguintes palavras,

Há muito meus ouvidos esperam
Passos que nunca retornam;
E meus olhos molhados brilham,
E meu coração e minha mente ardem,
Mas agora descanso.[15]

Todos os meus dias eram de tristeza;
Pensamentos sombrios brotaram de mim;
O tempo, com pés de chumbo, se arrastava;
Prolongada angústia, esperança frustrada
Corroíam meu coração.

Então, a música e o canto subitamente cessaram. Albion ergueu a cabeça. Tudo era escuridão, exceto onde os raios prateados do luar mostravam um cômodo arruinado em vez da sala elegante que alguns minutos antes haviam alegrado sua vista.

Nenhum traço de Marina estava visível, nenhuma harpa ou qualquer outro instrumento; e a luz fria da lua entrava por um espaço vazio em vez de por uma porta de vidro. Albion ficou de pé com um salto e gritou,

"Marina! Marina!"

Mas apenas um eco, como aquele que existe nos cômodos vazios, respondeu. Quase enlouquecido, Albion correu lá para fora. Uma criança estava sozinha diante do portão do jardim, e ela se aproximou dele e disse,

"Levo o senhor até Marina Angus. Ela se mudou dessa casa para outra."

Albion seguiu a criança até chegarem a uma longa fileira de árvores altas de folhagem escura que levavam ao pátio de uma igreja. Entraram lá e a criança desapareceu, deixando Albion ao lado de uma lápide de mármore branco onde estavam gravadas as seguintes palavras:

MARINA ANGUS
Faleceu em
18 de junho de 1815
à
meia-noite.[16]

Quando leu isso, Albion sentiu uma pontada de angústia terrível apertar seu coração e convulsionar todo o seu corpo. Soltando um gemido, caiu sobre o túmulo e ficou ali, inconsciente, durante um longo tempo, até que finalmente foi acordado daquele transe que era como a morte para ver o espírito de Marina, que permaneceu imóvel ao seu lado por um instante e então murmurou,

"Albion, estou feliz, pois estou em paz."

E desapareceu!

Durante alguns dias, Albion ficou ao lado do túmulo dela. Depois deixou Strathelleraye, onde nunca mais se ouviu falar dele.

O motivo da morte de Marina relatarei brevemente. Quatro anos após a partida de Albion, chegou um boato à vila de que ele estaria morto. A notícia partiu seu fiel coração. No dia seguinte, ela pereceu.

Outubro de 1830

As rivais[17]

Cena — uma floresta densa, sob cujas árvores LADY ZENOBIA ELLRINGTON repousa, vestida com suas roupas habituais, um vestido de veludo escarlate e plumas negras. Ela diz:

É noite; como a rica luz do sol atravessa[18]
Os arcos entrelaçados dessa abóboda silvestre!
Como essas linhas longas e brilhantes de luz iluminam
Com fulgor trêmulo todos os velhos troncos
De olmos majestosos como as imensas colunas
Que com orgulho erguem suas altas formas ao domo
De uma catedral antiga ou um palácio imperial!
Sim, eles são mais magníficos que os maiores pilares
Que jamais foram criados pela mão do homem
Para sustentar seus sagrados e solenes templos.
E muito mais doces que as notas harmônicas
Do ribombar dos corais, cuja música se espalha
Pelas abóbadas, são os ruídos da floresta
Murmurando em torno: de vento e folha agitada,
E canção por rouxinol ou cotovia gorjeada
Cujas cadências num crescendo ou diminuindo
E torrentes alagadoras de rica melodia
Afinam para a meditação, tornando sereno,
O cansado espírito; atraindo mansos pensamentos

De cenas alegres semiocultas pelo véu da bruma
De tempos idos. Sim, essa influência tranquila
Acalmou as aflições revoltas do meu coração
Até que quase nenhum pensamento triste surge, embora
Esteja completamente desolada aqui, debaixo dessas árvores.
Mas não, não completamente, pois um amigo
Ouso esperar que ainda reste para tornar alegre
Minha melancólica jornada por esse vale de lágrimas;
E, enquanto ele brilhar, todas as outras luzes, inferiores,
Podem minguar e se apagar no céu, sem serem notadas.
Mas, mais que amigo, ele jamais poderá ser.
[*Dá um profundo suspiro.*]
Esse pensamento é doloroso, mas manterei a esperança.
O que é minha rival? Nada além de uma menina fraca,
Sem a dádiva da imponência e majestade
Que marca as mentes superiores. Seus olhos não brilham
Como as janelas de uma alma altaneira;
Ela não possui cachos negros que cascateiam com leveza
Sobre uma fronte cuja calma placidez
Imita a do mármore branco e polido.
[*Uma pomba branca passa voando.*]
Ah! O que és tu, bela criatura? Ela desapareceu
Por entre aquela longa fileira de árvores de galhos baixos.
Com que graça ondulavam suas penas!
Creio que era o espírito dessa solidão.
Atenção! Ouço passos; e as folhas que farfalhavam
Proclamam a chegada de um ser corpóreo.
[*Uma jovem avança pela alameda, vestida de verde, com uma guirlanda de flores entrelaçada nos cachos de seu cabelo castanho-avermelhado. Ela se aproxima de* LADY ZENOBIA *e diz*:
Senhora, creio já ter visto vossa face.
Não sois Zenobia, aquela cujo nome
A glória trouxe até este remoto recanto?

LADY ELLRINGTON

Sim, minha jovem, adivinhaste corretamente. Mas
[como
Me reconheceste?

JOVEM

Em Verreópolis
Eu vos vi caminhando entre os belos jardins
Que como um cinto rico e bordado cercam
Aquela monumental cidade; e alguém me disse:
Olhai para aquela cujo gênio iluminou
Sua era, seu país, com um esplendor imortal.
A majestade de vosso corpo imperial
O ardor e a doçura de vossos olhos radiantes,
Conspiraram juntos para gravar vossa imagem
Em minha memória, e é assim
Que vos reconheci ao ver-vos sentada aqui
Como uma rainha, sob a sombra dos galhos
Daquele imenso carvalho, monarca deste bosque.

LADY ELLRINGTON [*sorrindo graciosamente*]

Quem és tu, donzela?

JOVEM

Marian é meu nome.

LADY ELLRINGTON [*ficando de pé com um sobressalto: à parte*]

Ah! Minha rival! [*Fria*] Que fazes aqui sozinha?

MARIAN [*à parte*]

Como o tom dela mudou! [*Em voz alta*] Minha
[pomba-torcaz favorita
Cujas plumas são mais brancas que a neve nova,
Fugiu, imprudente, de meus vigilantes cuidados.
Eu a vi brilhando entre estas árvores sombrias,

Alva como uma estrela, ao passar suavemente,
Assim, vim encontrá-la e atraí-la para perto de mim.

LADY ELLRINGTON

E tu só tens amor por uma ave?
Pois assim falas, como se nada fosse digno
De cuidado ou pensamento, senão uma pomba tola!

MARIAN

Não, senhora, tenho um pai e talvez
Outros, a quem a gratidão ou laços mais ternos,
Se é que existem, ligam fortemente meu coração

LADY ELLRINGTON

Mas pássaros, minhas flores e outras ninharias vãs
Parecem atrair mais teu amor, se é que posso
Julgar por teus cabelos, com cachos bem-feitos
E entremeados com uma guirlanda trançada
E por tua fala lamuriosa, impregnada
De um tom de tristeza afetada
[*Ela agarra* MARIAN *e exclama, com um gesto violento*]
Desgraçada, poderia matar-te!

MARIAN

Por quê? Que fiz eu?
Que mal vos fiz? Estais tresloucada, decerto!

LADY ELLRINGTON

Que mal me fizeste? Onde teceste a teia
Cujas tramas ardilosas embaraçaram
O coração mais poderoso que em peito mortal
Já bateu, reagindo a sentimento humano?

MARIAN

A teia? Que teia? Não teci nenhuma teia; ela enlouqueceu!

LADY ELLRINGTON

Criatura estúpida! Não consegues compreender?

MARIAN

De fato, não consigo. Para mim, é uma incógnita,
Um mistério insolúvel, um enigma obscuro.

LADY ELLRINGTON

Eu te contarei, então. Mas ouve! Que voz é essa?

VOZ [*da floresta*]

Marian, onde estás? Encontrei uma rosa
Tão bela quanto tu. Aproxime-te, e eu a porei
Junto às violetas azuis em tua fronte de marfim.

MARIAN

Ele me chama; preciso ir; não me detenhais.

LADY ELLRINGTON

Não, eu te agarrarei com a firmeza da morte implacável.
Não luta, pois meu punho é forte.
Tu não irás: Lord Arthur virá aqui,
E eu ficarei com a rosa, apesar de ti!
Agora, o meu triunfo. Aí vem ele.

[LORD ARTHUR *avança por entre as árvores, exclama ao* ver LADY ELLRINGTON.]

LORD ARTHUR

Zenobia! Que fazes aqui? O que te aflige?
Tuas faces estão rubras como as de quem tem febre
Teus olhos faíscam com um fulgor estranho e teu corpo
Treme como o álamo balançado pelo vento!

LADY ELLRINGTON

Dá-me a rosa, Lord Arthur, pois creio

Merecê-la mais do que esta criança, minha rival;
Peço-te que atenda meu pedido e ponha
Essa rosa sobre minha fronte, não a dela.
Então te servirei todos os meus dias
Como pobre criada, a mais humilde das servas
Feliz de beijar o pó levantado por teus passos
De me ajoelhar, submissa, diante de tua augusta presença.
Oh! Tira teus olhos dela e olha para mim
Que estou aqui, suplicante, a teus pés
Supremamente abençoada se um olhar só
Puder me dizer que não estás de todo surdo
À minha petição, expressa com tanto fervor.

LORD ARTHUR

Senhora, sem dúvida enlouqueceste! Para longe e silencia
Esses gritos impertinentes. Eles não são dignos
Do grande nome que tu com justiça ganhaste.

LADY ELLRINGTON

Dá-me essa rosa, eu a ti me agarrarei
Até que a morte afrouxe esses vigorosos braços
Ouve-me só dessa vez e dá-me a rosa, Lord Arthur.

LORD ARTHUR [*após deliberar por alguns minutos*]
Toma, leva a flor e fica com ela.
[MARIAN *solta um grito abafado e cai ao chão.*]

LADY ELLRINGTON [*ajudando-a a se levantar*]
Agora, triunfei! Mas não tripudiarei;
Mas saiba, de agora em diante, que sou tua superior.
Adeus, meu senhor. Agradeço-te pela preferência!
[*Ela mergulha no bosque e desaparece.*]

LORD ARTHUR

Nada temas, Marian, pois uma flor, que perece
Não é um símbolo da constância.

Mas leva isso; [*ele dá a ela seu anel de diamante*]
[o resistente brilhante
Indica bem a afeição que viverá
Enquanto a vida animar meu coração fiel.
Agora, vamos; pois vê, as sombras crescentes
Do crepúsculo escurecem nosso caminho pela floresta;
E vê! Tua pomba vem voando pela penumbra
Alva errante, de volta aos cuidados de sua dona!
A lua iluminará nossa jornada para casa;
Pois vê, ela cintila radiante no céu,
E seus raios brilhantes penetrarão as árvores mais densas.
[*Eles saem e a cortina cai.*]
Dezembro de 1830

As núpcias

I

No outono do ano de 1831, estando farto do estudo e da solidão melancólica das vastas ruas e dos gigantescos mercados de nossa grande Babel, fatigado do troar do mar, do alarido de mil motores automáticos, misturado aos gritos dissonantes de todas as nações, povos e línguas; em resumo, estando cansado de Verdópolis e de toda a sua magnificência, decidi fazer uma viagem até o campo.

Assim, um dia após essa resolução ter sido tomada, levantei-me da cama ao nascer do sol, reuni algumas peças essenciais de roupa, arrumei-as bem num embornal pequeno, organizei meus aposentos, comi uma refeição saudável e então, após trancar a porta e entregar a chave à minha senhoria, parti com passos alegres e o coração leve.

Após três dias de jornada contínua, cheguei às margens de um rio largo e profundo que percorria, sinuoso, um vasto vale envolto por colinas, cujo manto de vegetação florida era quebrado apenas pela longa sombra de grupos de árvores e, aqui e ali, por rebanhos e bandos de pássaros que descansavam, brancos como a neve, nos côncavos verdes que havia entre as montanhas. Era a tarde de um dia tranquilo de verão quando cheguei nesse local encantador. Os únicos sons audíveis então eram as canções dos pastores, ora mais altas, ora mais baixas, e o murmúrio das ondas que deslizavam.

Não sabia nem tinha interesse em saber onde estava. Minhas faculdades corporais dos olhos e dos ouvidos estavam absortas na contemplação dessa cena deliciosa e, seguindo adiante sem perceber, deixei para trás o rio que me orientava e entrei num bosque, convidado pelo gorjeio de uma centena de menestréis da floresta. Logo vi que a trilha estreita e cheia de mato se alargava, e ela gradualmente passou a ter a aparência de uma rua sombreada e ladeada por árvores.

Após algum tempo, cheguei a uma clareira do bosque, na qual havia uma pequena, porém deslumbrantemente bela, construção de um mármore de alvura pura e estonteante. Duas pessoas estavam reclinadas nos degraus largos do pórtico e, ao vê-las, no mesmo instante fui para trás de uma figueira baixa e de galhos longos, de onde podia ouvir e ver tudo o que se passava sem temer ser detectado. A primeira era um jovem de estatura alta e gestos extraordinariamente graciosos, vestido com uma camisa e um colete roxos e suntuosos e com calças justas e brancas de seda trançada que caíam muito bem em seu corpo de proporções magníficas. Um cinto ricamente adornado estava apertado em sua cintura, e dele pendia uma cimitarra com um punho de ouro e uma bainha do melhor aço de Damasco repletos de gemas de inestimável valor. Um capacete de aço, encimado por plumas altas cor de neve, estava ao seu lado, e sua ausência revelava com mais clareza os profusos cachos escuros e sedosos que rodeavam um rosto que se distinguia pela beleza nobre de suas feições, embora ainda mais pelo fogo radiante do gênio e do intelecto visível no brilho intenso de seus olhos largos, escuros e gloriosos.

A outra pessoa era uma menina muito jovem e muito esguia, cuja pele era de uma brancura delicada e quase transparente.[19] Suas faces eram tingidas por um carmesim vivo e suave, suas feições, moldadas pela mais adorável perfeição; e a luz de seus brilhantes olhos castanho-claros e a cascata suave de seus pequenos cachos de um ruivo escuro acrescentavam encantos ao que já parecia ser infinitamente belo demais para esta terra. Seu vestido era branco, feito do tecido mais fino que o tear indiano pode produzir. Os únicos ornamentos que usava eram uma longa corrente que rodeava duas vezes seu pescoço e pendia até abaixo de sua cintura, composta alternadamente pelas mais finas esmeraldas e por contas de ouro; e um pequeno anel de ouro no terceiro dedo de sua mão esquerda, o que, juntamente com um pequeno fio de pérolas que cintilava em sua testa (algo sempre usado pelas matronas nobres de Verdópolis), mostrava que ela havia enveredado pelo caminho do matrimônio. Com uma doce vivacidade no olhar e nos gestos, a jovem noiva estava se dirigindo ao seu senhor dessa maneira, quando vislumbrei aquele par incomparável:

"Não, não, meu senhor; se eu for cantar uma canção, você a escolherá. Agora, mais uma vez, o que devo cantar? A lua já subiu e, se sua decisão não for breve, não cantarei nada!"

A resposta dele foi,

"Bem, já que sou ameaçado com a perda absoluta desse prazer se demorar com minha escolha, quero aquela doce canção que a ouvi cantar na tarde antes de eu partir da Escócia."

Com um rubor e um sorriso, ela pegou uma pequena lira de marfim e, numa voz da mais tocante melodia, cantou as seguintes estâncias:

Um véu soturno se espraia
Sobre o céu da felicidade,
E onde pássaros cantavam, doces,

Há um murmúrio de saudade;
O vento sopra com um tom de agouro
Por entre muitas árvores sombrias;
Em cada gemido vindouro,
Ouço a voz do destino.[20]

Quando a dama concluiu sua canção, saí de meu esconderijo e fui instantaneamente visto pelo nobre jovem (que, é claro, todo leitor terá reconhecido como o marquês de Douro).

Ele me cumprimentou de forma cortês e me convidou a prosseguir até seu palácio de campo, já que era tarde. Aceitei o convite com gratidão e, em pouco tempo, chegamos lá.

II

É uma estrutura verdadeiramente nobre, construída no mais puro estilo de arquitetura grega e situada no meio de um vasto terreno; aninhada entre colinas repletas de árvores, perfumada por laranjeiras e limoeiros e munida de água por um afluente do Gâmbia, quase do mesmo tamanho que o rio principal.

O interior é tão magnífico quanto o exterior. Há um ar de realeza e esplendor em todos os aposentos de pé-direito alto e teto em abóbada que fazem com que o espectador sinta enorme admiração pelo senhor de residência tão imponente. O marquês tem um orgulho particular em saber que é o proprietário de uma das mais esplêndidas, bem selecionadas e extensas bibliotecas possuídas por qualquer indivíduo. Suas galerias de quadros e de estátuas também contêm algumas das obras mais belas do mundo, tanto dos mestres antigos quanto dos modernos e particularmente dos segundos, de quem o marquês é um dos clientes mais generosos e munificentes. Em sua estante de curiosidades observei uma linda caixa de ouro trabalhado. Também vi um par de pistolas lindamente trabalhadas e muito adornadas.

[A lista de tesouros do marquês, a maioria dos quais é um reflexo de sua própria glória, inclui cem medalhas de ouro e prata (honrarias por feitos literários e científicos); um vaso de ouro (pela composição do melhor epigrama grego); um arco e uma aljava de prata (por sua excelência como arqueiro); um bocal, uma rédea e esporas de ouro (por sua habilidade como cavaleiro); e diversas grinaldas secas de murta e louro.]

Mas o que me interessou mais do que todos esses troféus de vitórias e espécimes de arte e natureza — embora fossem preciosos, belos e quase inestimáveis — foi uma pequena estátua de Apolo de cerca de trinta centímetros de altura, curiosamente esculpida em ágata branca, que segurava uma lira na mão e ficava sobre um pedestal do mesmo material valioso, onde estava a seguinte inscrição:

> Em nossos dias, vimos o deus do Arco, da Eloquência e do Verso incorporado numa forma infinitamente mais bela do que aquela usada pelo antigo Apolo e dando provas muito mais gloriosas de sua divindade do que o deus do dia jamais se dignou a mostrar aos habitantes do velho mundo pagão. Zenobia Ellrington implora que Arthur Augustus Wellesley aceite esta pequena lembrança e considere-a um indício de que, embora abandonada e desprezada por aquele a cuja boa opinião e amizade dava mais valor do que à própria vida, ainda assim não se ressente.

Havia um segredo contido nessa inscrição que eu não soube decifrar. Jamais ouvira falar antes de qualquer desentendimento entre o marquês e Lady Zenobia, nem as aparências públicas davam sinal de que ocorrera um. Muito tempo depois, no entanto, fiquei sabendo da circunstância seguinte. O canal através do qual ela chegou até mim não pode ser duvidado, mas não tenho liberdade para mencionar seu nome.

III

Certa tarde, o sol estava quase se pondo quando o marquês de Douro, que retornava de uma excursão de caça no campo, subitamente ouviu um farfalhar numa vala funda que ladeava a rua. Estava preparando sua espingarda para dar um tiro quando Lady Ellrington surgiu diante de seus olhos. Não usava chapéu e seu corpo alto estava envolto pelos farrapos de um vestido de veludo escuro. Seu cabelo desgrenhado caía cheio de nós sobre seu rosto, seu pescoço e seus ombros, quase escondendo suas feições, que estavam emaciadas e pálidas como as de um cadáver. O marquês se afastou alguns passos, surpreso com aquela aparição súbita e medonha. Ela caiu de joelhos diante dele, exclamando com uma voz maníaca,

"Meu senhor, diga-me com sinceridade e franqueza onde estava. Ouvi dizer que havia deixado Verdópolis e segui-o a pé por oitocentos quilômetros. Então minhas forças me deixaram e eu me deitei neste lugar, crendo que ia morrer. Mas estava escrito que ia vê-lo mais uma vez antes de baixar ao meu túmulo. Responda-me, meu senhor: viu aquela desgraçada Marian Hume? Falou com ela? Víbora! Víbora! Oh, como gostaria de enfiar esta arma em seu coração!"

Aqui ela parou de falar por não ter mais fôlego e, tirando uma faca longa, afiada e brilhante do bolso, brandiu-a ferozmente de um lado para o outro. O marquês fixou o olhar nela e, sem tentar desarmá-la, respondeu com grande compostura,

"Você me fez uma estranha pergunta, Lady Zenobia; mas, antes que tente respondê-la, é melhor que venha comigo até nosso acampamento. Vou mandar que preparem uma tenda onde possa passar a noite em segurança e, amanhã, quando estiver um pouco revigorada após comer e descansar, discutiremos a questão sensatamente."[21]

A fúria de Lady Zenobia fora exaurida por sua própria

veemência e ela respondeu com mais calma do que demonstrara até então,

"Meu senhor, acredite em mim, fui incumbida pelos céus de avisá-lo de um grande perigo que está correndo. Se persistir em sua intenção de se unir a Marian Hume, vai se tornar um assassino e um suicida. Não posso me explicar com mais clareza agora; mas pondere com cuidado sobre minhas palavras até eu vê-lo de novo."

Então, tocando a testa no solo num gesto de adoração, ela beijou os pés dele, ao mesmo tempo murmurando palavras ininteligíveis. Naquele momento, um barulho alto parecido com o som de um tufão se fez audível, e Lady Zenobia foi arrastada por um poder invisível antes que o marquês pudesse estender o braço para impedir seu progresso ou formular uma resposta à sua misteriosa fala. Ele deu alguns passos lentos à frente, perdido numa profunda reflexão sobre o que ouvira e vira. Antes que o marquês chegasse ao acampamento, a lua surgiu acima das montanhas negras e estéreis. Ele ficou algum tempo observando seu fulgor puro e límpido, comparando-o à beleza de certa pessoa que estava bem longe e então, entrando em sua tenda, envolveu-se em sua capa de caçador e se deitou para dormir um sono inquieto.

Meses se passaram e o mistério não foi decifrado. Lady Zenobia Ellrington continuou a frequentar aquele círculo maravilhoso do qual sempre fora um ilustre ornamento. Não havia em seus olhos um traço de fogo errante que pudesse levar um observador atento a imaginar que sua mente vacilava. Sua voz estava mais fraca e seu rosto mais pálido, e alguns notaram que ela evitava qualquer comunicação com o marquês (até a mais banal).

Enquanto isso, o duque de Wellington havia consentido a união de seu filho com a bela, virtuosa e talentosa, porém plebeia, Marian Hume. Vastos e esplêndidos preparativos estavam sendo feitos para as núpcias que se aproximavam quando, justamente nesse momento crítico, chegou a notícia da Grande Rebelião liderada por Alexander Rogue. A informação chegou súbita e violenta como um raio. Sintomas inequívocos de insatisfação começaram a surgir ao mesmo tempo entre as classes mais baixas de Verdópolis. Os trabalhadores dos principais moinhos e fundições fizeram uma greve pedindo um aumento de salário e, quando seus mestres se recusaram a aceitar suas exorbitantes demandas, todos pediram demissão simultaneamente. Pouco depois o coronel Grenville, um dos mais ricos donos de moinho, levou um tiro.[22] Seus assassinos, após serem rapidamente descobertos e entregues à justiça, foram torturados e interrogados, mas permaneceram inflexíveis, sem que uma resposta satisfatória fosse obtida deles.

O policiamento foi dobrado. Tropas de soldados foram postadas nas partes mais suspeitas da cidade, e foram emitidas ordens para que nenhum cidadão saísse de casa desarmado. Em meio a essa situação, o Parlamento foi chamado para deliberar as melhores medidas a serem tomadas. Na noite da primeira reunião, a câmara estava lotada. Todos os membros estavam presentes e mais de mil damas da mais alta sociedade apareceram na galeria. Uma expressão fixa de melancolia e ansiedade era vista em cada rosto. Ficaram sentados durante algum tempo, olhando uns para os outros no silêncio do aparente desespero.

Finalmente, o marquês de Douro se ergueu e subiu à tribuna. Foi nessa noite memorável que proferiu a celebrada oração que chegará até a mais longínqua posteridade como espécime acabado da mais sublime eloquência. As almas de todos os que o escutaram estremeceram de emoção. Algumas das damas na galeria desmaiaram e foram carregadas para fora. Meus limites não vão permitir que eu transcreva o discurso todo, e tentar fazer um resumo seria uma profanação. No entanto, apresentarei sua conclusão ao leitor. Ela foi assim:

> Conclamo vocês, meus compatriotas, a se erguer e agir.

> Há uma chama latente de rebelião ardendo em nossa cidade, que apenas o sangue pode apagar: o sangue quente nosso e de nossos inimigos jorrando em abundância! Todos os dias, vemos em nossas ruas homens cujo semblante costumava ser iluminado como o dia, mas que agora têm o cenho franzido de soturna insatisfação e cuja luz dos olhos, antes profusa como a luz do sol, está agora obscura por incessantes suspeitas. Nossos honestos mercadores são constantemente ameaçados pelo medo do assassinato por aqueles dependentes que, no passado, amavam, honravam e reverenciavam-nos como se fossem seus pais. Nossos pacatos cidadãos não podem atravessar as portas de sua casa em segurança a não ser que carreguem armas de guerra, e o pavor contínuo da morte persegue seus passos onde quer que vão. E quem trouxe essa horrível mudança? Que agente do inferno efetivou, que espírito mestre do crime, que príncipe do pecado, que belzebu da mais negra iniquidade agiu neste reino? Responderei à temível pergunta: Alexander Rogue! Portanto, armem-se para a batalha, compatriotas; não tenham o coração fraco, mas confiem na justiça de sua causa como emblema de proteção e deixem que seu grito de guerra durante a investida seja sempre: "Deus defenda os justos!".[23]

Quando o marquês concluiu esse discurso, deixou a câmara entre estrondosos e longos aplausos, e foi até um local sombreado e cheio de árvores nas margens do rio. Lá, caminhou durante algum tempo inalando o ar fresco da noite, que ficava ainda mais frio ao passar sobre o largo e célere rio; o marquês estava começando a se recuperar do estado de excitação que seu entusiasmo causara quando sentiu seu braço ser subitamente agarrado por trás e, se virando, viu Lady Zenobia Ellrington parada ao seu lado, com a mesma expressão enlouquecida e anormal que convulsionara suas feições naquela outra ocasião.

"Meu senhor", murmurou, num tom baixo e enérgico, "sua eloquência, sua inteligência nobre mais uma vez me levaram ao desespero. Não tenho mais controle sobre mim mesma e, se o senhor não consentir em ser meu e apenas meu, eu me matarei aqui e agora."

"Lady Ellrington", disse o marquês friamente, tirando a mão do alcance dela, "essa conduta não é digna do seu caráter. Preciso implorar que deixe de usar o linguajar de uma louca, pois, asseguro-lhe, senhora, esses astutos estratagemas não terão efeito sobre mim."

Ela se atirou aos pés dele, exclamando numa voz quase sufocada de emoção descontrolada:

"Oh! Não me mate com um desdém tão frio, tão cruel. Apenas consinta em vir comigo e verá que não deve se unir a alguém tão absolutamente indigno do senhor quanto Marian Hume."

O marquês, tocado pelas lágrimas e súplicas dela, afinal consentiu em acompanhá-la. Lady Zenobia e ele afastaram-se uma distância considerável da cidade e ela levou-o a uma gruta subterrânea, onde havia um fogo aceso num altar de bronze. A mulher atirou certo pó nas chamas, e os dois foram imediatamente transportados pelo ar até um aposento no topo de uma torre altíssima.[24] Numa das pontas desse aposento havia um enorme espelho e, na outra, uma cortina fechada, atrás da qual estava visível uma luz muito brilhante.

"O senhor agora", disse Lady Ellrington, "está na sagrada presença de alguém cujos conselhos, tenho certeza, jamais desprezará."

Nesse momento a cortina foi removida e o atônito marquês viu Crashie,[25] o divino e infalível, sentado em seu trono de ouro e cercado por aqueles misteriosos raios de luz que sempre emanam dele.

"Meu filho", disse com um sorriso augusto, numa voz de terrível harmonia, "o destino inexorável decretou que, no momento em que você se unir à donzela de sua escolha, o anjo *Azazel*[26] destruirá vocês dois e levará suas almas desencarnadas para o rio veloz e intransponível da morte. Ouça os conselhos da sabedoria e não destrua, na loucura da obstinação, a si próprio e a Marian Hume, recusando a mão que lhe foi ofertada por aquela que, no momento de seu nascimento, foi destinada pelas estrelas proféticas do céu a ser sua parceira e apoiá-lo através do território obscuro e inexplorado de sua vida futura."

Ele parou de falar. O combate entre o amor verdadeiro e o dever foi travado durante alguns segundos no coração do marquês e enviou seu sangue num tumulto de agonia e desespero queimando até suas faces e seu cenho. Afinal, o dever prevaleceu e, com um tremendo esforço, ele disse numa voz firme, sem vacilar:

"Filho da Sabedoria! Não lutarei mais contra o decreto solene do céu, e aqui juro pelo eterno..."

No momento em que falava isso, o marquês foi impedido de fazer esse juramento precipitado por um espírito amigo que sussurrou em seu ouvido:

"Aqui há mágica. Cuidado."

No mesmo instante, a forma venerável de Crashie desapareceu e, no lugar dele, surgiu um gênio do mal, Danhasch,[27] em todo o horror desnudo de sua deformidade real. O demônio logo se foi com um urro de raiva, e o marquês viu-se novamente na beira do rio com Lady Ellrington.

Ela implorou-lhe de joelhos que perdoasse algo ditado apenas pelo amor, mas ele se afastou com um sorriso de amargo desdém e foi depressa para o palácio de seu pai.

Cerca de uma semana após esse evento, as núpcias de Arthur Augustos, marquês de Douro, e Marian Hume foram celebradas com pompa e esplendor sem precedentes. Lady Ellrington, ao ver que todas as suas esperanças estavam perdidas em desespero, caiu numa profunda melancolia e, enquanto estava nesse estado, distraiu-se esculpindo a pequena estátua mencionada anteriormente. Após um longo tempo ela se recuperou lentamente e o marquês, convencido de que suas extravagâncias haviam surgido de um cérebro doente, consentiu em honrá-la com sua amizade mais uma vez.

Fiquei mais de dois meses no palácio de campo do marquês de Douro e então retornei a Verdópolis, igualmente deliciado com meu nobre anfitrião e sua bela e afável esposa.

Agosto de 1832

Zenobia e Rogue
(de *A criança abandonada*)

[Como Arthur e Marian estão casados, Zenobia busca consolo, ou vingança, unindo-se ao rival de Arthur, Alexander Rogue. A seguir vem uma cena que mostra a versão deles da felicidade conjugal.]

Espero que meu leitor me desculpe por mudar o cenário agora para Ellrington Hall. Cerca de uma semana após a festa na casa de Lord Selby, Lady Zenobia estava sentada sozinha em seu *boudoir* quando um criado entrou e informou-a de que Lord Ellrington estaria com ela em menos de uma hora.

"Muito bem", disse ela. "Estou preparada para recebê-lo a qualquer momento."

O criado fez uma mesura e saiu do quarto.

Lady Zenobia ficou algum tempo sentada com a cabeça apoiada sobre a mão e os olhos fixos numa versão grega das tragédias de Ésquilo que estava diante dela. Esse seria seu primeiro encontro com Rogue desde sua briga no baile, e a dama agora temia as consequências do ressentimento do marido, que, ela sabia, não teria se suavizado após aquele intervalo de tempo, mas, ao contrário, seria mais violento quando tivesse oportunidade de desabafá-lo. A princípio, o rosto de Lady Zenobia não mostrou nenhuma emoção, mas após um breve instante grandes lágrimas redondas surgiram trêmulas em seus olhos escuros, caindo sobre a página erudita que eles examinavam. Logo ela ergueu-se da cadeira com um sobressalto e, andando com passos apressados de um lado para o outro no aposento, exclamou numa voz vacilante,

"O que significa essa fraqueza? Por que temo tanto um homem que deveria desprezar? Ah, que eu tenha me entregado nas mãos de tal homem, num momento de mágoa por um amor negligenciado, desdenhado, rejeitado; numa hora de admiração falsa e efêmera por talentos abusados e degradados, abri mão de minha liberdade e recebi um jugo amargo e pior que a escravidão dos judeus no Egito. Arthur! Arthur! Por que eu o vi? Por que ouvi sua voz? Se o amor por outro não ocupasse meu coração inteiro, não absorvesse toda a minha existência, talvez pudesse suportar a crueldade desse homem com uma miséria menos completa, menos intolerável. Talvez pudesse, com paciência incansável, com uma submissão constante e terna, ganhar um fio do carinho dele, um pequeno quinhão de sua afeição. Mas agora é impossível. Não posso amá-lo. Não posso nem mesmo fingir amá-lo e, portanto, de agora em diante os restos de minha vida desgraçada deverão se arrastar em tristeza e pesar, num luto desesperançado e incessante."

Aqui ela parou, atirou-se sobre o sofá e, durante um longo tempo, chorou um pranto convulso e sentido.

Passos soaram no corredor.

[Zenobia é interrompida por seus irmãos janotas fugindo de Rogue, que ameaçou decapitá-los "sobre uma tora de madeira, como se fossem galinhas".]

Lady Zenobia mal pôde conter um sorriso diante desse lamentável relato. Sabendo, no entanto, que não havia tempo a perder para garantir a segurança de seus irmãos, ordenou que escapassem imediatamente por uma porta privada, que indicou, e que corressem até o Palácio Waterloo, onde deveriam implorar que o duque de Wellington os protegesse até que a fúria de Rogue passasse.

Eles haviam acabado de partir quando Rogue apareceu com um ar resoluto. Ele entrou no quarto com passos firmes, mas Zenobia arrepiou-se ao ver a luz selvagem do álcool iluminando seus olhos sempre ardentes. Após se sentar, Rogue pegou um par de pistolas, colocou-as sobre a mesa, puxou sua esposa rudemente para perto de si e dirigiu-se a ela, dizendo:

"Bem, megera, creio que pensou que eu havia esquecido a maneira insolente como se comportou comigo há cerca de uma semana, mas asseguro-lhe que, se esse era o seu palpite, está muitíssimo enganada. Ajoelhe-se aos meus pés nesse instante e peça perdão com humildade e submissão por todas as ofensas passadas, ou..."

"Nunca", disse ela, dando um sorriso de escárnio, "nunca me degradarei tanto. Não espere, não imagine que o farei."

"Não espero nem imagino nada sobre esse assunto, tenho certeza; ao menos sei que, se você se recusar, vinte gramas de chumbo frio vão se alojar em seu coração. Acha que vou permitir que dance e maquine diante da minha cara com aquele rapazola presunçoso, impertinente e poltrão?"

"Não coloque sua vida em risco ousando dizer outra palavra para insultar o marquês de Douro."

"Tola", disse Rogue numa voz de trovão, enquanto chamas pareciam realmente chispar de seus olhos. "Tola e louca, será que é esse o linguajar adequado a proteger você ou ele dos efeitos terríveis da minha ira? Agora, você pode se arrastar na poeira. Pode se ajoelhar e implorar meu perdão até que sua língua atrevida apodreça e se recuse a mover. Eu não a perdoaria nem que todos os anjos do céu e do inferno me ordenassem a fazê-lo."

"Vilão abjeto, desprezo seu perdão. Esmigalho sua

oferta de misericórdia com os pés. E não pense em ferir o marquês: ele está muito acima do seu poder. Essa mão ensanguentada, manchada por crimes, não poderia causar dano a um só fio de cabelo de sua nobre cabeça. Mas saiba, desgraçado, que embora eu o honre tanto, que embora o encare como mais do que um homem — um anjo, um semideus —, preferiria cair morta nesse instante aos seus pés do que ser infiel, mesmo a você."

"Mentirosa", disse Rogue. "Essas palavras serão sua sentença e eu a executarei rapidamente, mas você não vai morrer a morte fácil de um tiro no cérebro. Não! Vou atravessá-la devagar com essa faca afiada, para que sinta e desfrute de sua tortura."

Nesse momento, ele tirou uma faca longa e reluzente da bainha, enrolou os dedos nos cabelos cheios e negros dela e estava prestes a matar a mulher, que não resistia nem se movia, quando algo o agarrou subitamente por trás. Quase sufocado de fúria, Rogue se virou. Seus olhos flamejantes encontraram o rosto horrendo de Montmorency,[28] que estava dez vezes mais amedrontador pelo sorriso repugnante que enrugava suas feições deformadas. Estremecendo de ódio e nojo, exigiu saber o que o fizera ousar se intrometer em sua privacidade daquela maneira.

"Nada, meu adorado amigo", respondeu Montmorency, "além de, em primeiro lugar, o desejo de lhe fazer bem e, em segundo lugar, de não me fazer mal. Estava andando no corredor quando ouvi sua voz querida e tão conhecida num tom um pouco mais alto do que o normal. Ansioso para saber o que poderia ter perturbado tanto meu amigo, e desejoso de compartilhar sua gratificação se o motivo fosse prazer e de aliviar seu sofrimento se fosse dor, eu me aproximei da porta pé ante pé. Lá, espiando pelo buraco da fechadura, vi a tragédia mais linda que se poderia conceber, mas, quando percebi que a situação estava se transformando numa crise, lembrei-me de que a forca muitas vezes vem depois do assassinato e de que, se o perdêssemos agora, nossa causa demoraria algum tempo para se recuperar do choque; os belos sonhos da minha ambição estariam, até certa medida, desfeitos; e, além disso, de que aquela fonte infalível, o poço das águas da vida eterna, onde estou habituado a matar a sede da minha alma após a virtude, estaria imediatamente e para sempre seco. Impelido por essas considerações, fui magnânimo e me neguei o deleite de testemunhar sua peça até o fim. Tomei uma atitude de herói, agarrei a juba do leão e resgatei essa bela donzela em perigo."

"Bem", respondeu Rogue em tom de zombaria, "já que o irmão do meu coração interferiu, permitirei que essa mulher escape dessa vez à punição que merece por seus crimes."

A verdade é que Rogue, que, embora não possa ser chamado de homem, ainda não é um monstro completo, ficou um pouco tocado ao ver a palidez mortal que se espalhara sobre o rosto de sua esposa, e a passividade indefesa com que ela estava deitada diante dele; além disso, é preciso argumentar, para explicar sua violência, que a provocação que ele recebera fora de uma sorte que nenhum homem poderia ou deveria suportar em silêncio. Rogue, no entanto, achava desprezível demonstrar suas emoções. Empurrando Zenobia para longe com o pé, exclamou,

"Levante, mulher vil, e suma nesse instante da minha presença."

Ela não tentou se mover. Rogue olhou-a com mais atenção e viu que o medo da morte a dominara a tal ponto que Zenobia perdera os sentidos. Soltando um palavrão numa voz estrondosa, ele tocou o sino e ordenou que o criado que respondeu carregasse "essa mulher daqui".

Junho de 1833

PARTE III

Mary

Folheando um livro ilustrado

[Charles, procurando uma maneira de se distrair após o almoço, folheia uma série de livros intitulada *A aristocracia da África*.]

É um dia bonito, quente e abafado, e acabei de almoçar. Estou na mansão Thornton. O general faz sua sesta costumeira; e, enquanto o sol sereno da tarde repousa sobre suas feições tranquilas e seu cenho plácido, uma atmosfera de calma parece se espalhar pelo aposento.

O que devo fazer para me distrair? Não ouso me mover para não acordá-lo; e qualquer perturbação de seu sono neste momento pode produzir sérias consequências para mim: nada seria mais eficaz em azedar o temperamento normalmente afável de meu senhorio. Ouçam! Um ressoar muito leve e suave, bastante musical, bastante melancólico; ele está firmemente preso às correntes do deus dos sonhos. No outro lado do aposento, sobre uma mesa de canto, há três grandes tomos que parecem ser livros ilustrados; suas capas *in-quarto*, de chamalote verde e lombadas douradas, são tentadoras, e farei um esforço para me apossar deles.

Com os passos de um zéfiro e a respiração presa, deslizo até a mesa; agarro meu prêmio; como um gato, volto pé ante pé e, ao me ver mais uma vez sentado em segurança em minha poltrona, abro os tomos para ver se o butim será equivalente ao esforço.

> [Os dois primeiros retratos são de Rogue, agora conhecido como Alexander Percy, conde de Northangerland, e de sua esposa, Zenobia.]

Um espírito poderoso atendeu ao meu encantamento: uma forma terrível obscurece o espelho mágico! Leitor, diante de mim eis a morada terrestre da alma perversa de Northangerland! Lá está ele: que jarro foi moldado da argila grosseira da mortalidade! Que planta veio a surgir do solo fétido da existência humana! E o jarro é sem defeitos: polido, fresco e reluzente das mãos recentes de quem o moldou. A flor se abriu para a beleza madura, mas nem uma folha ressecou nem uma pétala caiu. Esse retrato foi feito antes que as luzes e as sombras de vinte e cinco verões se espalhassem pelo labirinto espantoso que é o caminho de Percy pela vida. Percy! Percy! Jamais um homem teve uma forma tão bela. Os olhos percorrem, deliciados, todas as linhas clássicas do rosto e do corpo; não há uma curvatura ou ângulo desprovido de graça que perturbe o efeito geral de tanta regularidade refinada; tudo parece ter sido esculpido em mármore. A vulgaridade da carne e do osso não é adequada para sua exatidão escultural e seu brilho sem nódoas. Uma sensação de fascínio me domina enquanto observo aquele nariz digno de Fídias,[1] definido com precisão tão bela; aquele queixo e aquela boca moldados com perfeição tão elaborada; aquela testa larga e pálida, não calva como agora, tampouco obscurecida por cachos, pois o cabelo cheio está penteado para trás, formando uma abundante guirlanda na altura das têmporas e deixando o cenho livre para que toda a tristeza e a glória de uma mente sem igual brincassem naquele pedaço de mármore vivo que sua ausência revela. A expressão nesse retrato é um pouco melancólica, tranquila, livre de sarcasmo com exceção do sorriso de escárnio sempre presente nos lábios e do estranho fulgor mortal de olhos que mostram uma mistura, que gela o sangue do espectador, do mais agudo desprezo e da mais profunda reflexão. Na minha opinião, essa cabeça incorpora as ideias mais vívidas que podemos ter de Lúcifer, o arcanjo rebelde: há uma ausência tão completa de piedade e sentimento humanos; um orgulho tão gélido; um poder intelectual tão insondável; uma beleza tão perfeita, porém sem paixão — que não respira, não arde, não é repleta de raios, sangue, inteligência e sentimentos febris, como a beleza de outros de quem nossos leitores vão se lembrar —, mas severamente controlada, refinada até não ter falhas, e fria, dura, polida e perfeita como o brilhante de valor mais inestimável.[2] Northangerland tem nas veias uma gota negra que flui por cada vaso, macula cada membro, estagna ao redor de seu coração e, lá, justamente na cidadela da vida, transforma o sangue glorioso dos Percy na mais amarga e fétida bile. Vamos deixá-lo nesta forma, radiante de beleza, torvo pelo crime. Adeus, Percy!

Viro as folhas e eis que a vejo — sua condessa! Que olhos! Que cabelos negros! Que corpo e que feições imponentes! Ela está perfeitamente esplêndida com seu vestido de veludo, sua pluma negra e seu turbante, que se assemelha a uma coroa. A senhora da Casa Ellrington, a esposa de Northangerland, a prima-dona da corte angriana, a mais sábia mulher de sua geração, a Cleópatra moderna, a Stäel de Verdópolis: em uma palavra, Zenobia Percy! Quem imaginaria que essa forma tão suntuosa de majestade feminina poderia ter acessos incontroláveis de fúria como os que com frequência acometem essa senhora? Há fogo em seus olhos e autoridade em seu cenho; e um toque de orgulho no sorriso de seus lábios cheios que repele o comedimento. Mas tudo isso é tão temperado com uma dignidade de mulher que parece que nem o fogo nem o orgulho nem a arrogância seriam capazes de despertar os poderosos ataques de ira desgovernada e frenética que tantas vezes deformam sua beleza.[3]

> [Embora Zenobia aqui esteja pintada de forma solene "segurando um enorme livro", Charles confessa que em mais de uma ocasião ele próprio já foi a vítima das consequências físicas de sua terrível ira. Ele vê então um retrato do grave, porém gentil, duque de Fidena, e quando faz isso descobrimos que Marian, esposa de Arthur, foi rejeitada em prol de um novo amor e morreu devido a seu coração partido.]

Já passei horas observando-o sentado no sofá com sua linda esposa ao seu lado e a jovem marquesa de Douro sentada a seus pés; e ouvi com que benigna simplicidade compartilhava as reservas de sua variada e extensa erudição, respondendo com tanta gentileza e intimidade a cada pergunta das belas ouvintes e misturando um ar de carinho conjugal em seus modos para com sua senhora e uma amabilidade franca e melancólica em seus modos para com Marian que sempre caracterizavam a maneira como ele a tratava. Pobrezinha! Marian encarava Fidena como se fosse seu único amigo: seu irmão, seu conselheiro, seu oráculo infalível. Com a tenra devoção que era o traço mais marcante de seu caráter, ela seguia os conselhos dele como se fossem os preceitos da revelação divina. Fidena não podia se equivocar; não podia pensar nem agir de forma errada; era perfeito. Aqueles que o consideravam orgulhoso demais se enganavam completamente. *Ela* jamais o vira assim. Ninguém era mais gentil ou mais suave; ninguém falava de maneira mais agradável. Era isso que Marian sempre dizia, e ela corava de raiva se alguém contradizia sua opinião favorável demais. Fidena, acredito, considerava Marian uma flor delicada que fora plantada numa situação tempestuosa, um ser adorável e frágil que precisava de sua cuidadosa proteção, a qual ele lhe daria, nem que para isso tivesse que arriscar a própria vida. Até o fim, Fidena tentou apoiá-la. Passou muitos dias solitários tomando conta dela e alegrando-a durante sua prolongada doença final. Mas toda a amabilidade e toda a ternura do mundo eram insuficientes para dar forças àquela desgraçada rosa enquanto o sol daqueles olhos que ela idolatrava estivessem ausentes; e enquanto a melodia daquela voz que ela amara de forma tão profunda e sincera soasse longe demais para ser ouvida. Fidena estava na casa quando Marian morreu. Antes de deixar sua cabeceira, onde velava sua irmã adotiva pela última vez, deixara cair uma grande lágrima sobre a mão pequena e consumida que segurava e murmurara audivelmente,

"Se Deus houvesse querido que este tesouro fosse meu, ele não teria sido jogado fora dessa maneira."

O retrato de Marian surge após o de Fidena. Todos sabem como ela é: as feições pequenas e delicadas, os olhos azul-escuros cheios de um entusiasmo tenro e vasto, os lindos cachos castanhos e o corpo frágil são muito conhecidos; por isso, não preciso dar detalhes elaborados.

> [A maneira como Marian é convenientemente deixada de lado aqui sugere que Charlotte já havia perdido o interesse em sua primeira e sentimental heroína — ela até erra a cor dos olhos dela. Arthur agora reaparece com um novo título — duque de Zamorna — e uma nova esposa: Mary Henrietta, filha do primeiro casamento de Alexander Percy.]

Fogo! Luz! O que temos aqui? Zamorna em pessoa, resplandecendo no frontispício como o sol em seu pedestal. Com toda aquela sua qualidade insuportável, ou irresistível, ou como quer que as senhoritas tenham escolhido descrevê-la, cercando-o como uma atmosfera, parece que um raio não conseguiria nem arrancar a luz de seus olhos nem destruir a desfaçatez de sua expressão. Que ser vivaz e glorioso! Temperado, brilhante, agudo e rápido como a cimitarra ao seu lado quando esta é girada pela mão delicada porém vigorosa que no retrato segura as rédeas de um cavalo, ao que parece, tão perversamente belo quanto ele próprio. Oh, Zamorna! Que olhos são esses que observam tudo sob a sombra profunda dessa coroa de cachos negros? Não são um bom augúrio. Nem um homem nem uma mulher jamais obterá mais do que uma felicidade atormentada e instável de sua luz mais gentil. Satã deu a eles sua glória para tornar mais profunda a melancolia da meia-noite que sempre surge onde seu fulgor brilhou com mais amor. Isto aqui, de fato, é algo diferente de Percy. Aqui há uma fúria e um fogo que nada pode apagar. Pecado impetuoso, orgulho intempestivo, entusiasmo que alça e mergulha, guerra e poesia, tudo aviva sua chama em todas as veias dele, e seu sangue selvagem ferve no coração e volta a circular como uma torrente de lava que acabou de emergir de um vulcão. Um jovem duque? Não, um jovem demônio! Olhei para você até que palavras pareceram ter saído de seus lábios naquele tom tão belo e elétrico, claro e profundo como as cordas prateadas de uma harpa, que rouba afeições como um feitiço. Creio que posso vê-lo baixando a cabeça para falar com alguma dama enquanto sussurra palavras que encantam o coração como uma melodia que é tocada maviosamente e na afinação perfeita. Uma brisa começa a soprar e se espalha devagar como um suspiro. Subitamente, suas plumas farfalham; a sombra altiva delas atravessa sua testa; os olhos vivos, claros, refulgentes, se iluminam da maneira mais gloriosa; seus cachos todos se agitam; um sorriso nasce em seus lábios. De repente, ele ergue a cabeça, atirando para trás as penas e os caracóis de cabelo lustroso. E, quando se levanta, ereto e divino, com seus *regards* (como dizem os franceses) pousados sobre a dama, quem quer que seja ela — e que a essa altura está, é claro, perguntando-se seriamente se ele é um homem ou um anjo —, um movimento momentâneo de expressão indescritível em torno da boca e uma leve elevação das sobrancelhas revelam como o pensamento flui naquele instante; e que mente uma forma tão nobre abriga. Miserável, desgraçado! Eu o odeio!

Mas, na página seguinte, separada apenas por uma folha transparente de papel prateado, há algo diferente: a esposa dele, a incomparável Henrietta! Ela o fita com olhos serenos, como se o orvalho de pensamentos plácidos pudesse molhar seu coração através daquelas enormes e claras esferas. Faz com que eu pense no luar iluminando o mar agitado. Gostaria que a comparação pudesse ser perfeita e que ela estivesse tão além do alcance das tristezas que surgem da insaciável ambição de seu marido quanto Diana está acima do açoite do mar revolto. Mas não é assim: o destino dela está entrelaçado ao dele. E, não importa quão estranhamente fluirá o grande rio do destino de Zamorna; quão terríveis as cataratas de que ele despencará; quão frias, estéreis e selvagens suas margens; quão escuras as praias e inquietas as águas do oceano em que finalmente mergulhará: Mary terá que segui-lo. Ah, bela criatura! Eu poderia chorar só de pensar nisso. Pelo bem dela, espero que um futuro brilhante aguarde seu senhor. Seria lamentável se a sombra do pesar se espalhasse onde brilha a luz de tal beleza. Todo mundo sabe o quanto a duquesa se parece com seu pai;[4] ela tem o rosto como o dele, porém num molde mais suave — mais refinado seria impossível. Eles são precisamente similares, inclusive na delicadeza das mãos. Como diz Byron,[5] as feições de Mary têm a mesma tranquilidade escultural, a mesma graça calma e clássica encontradas nas feições do conde. Ela, no entanto, tem uma vantagem sobre ele: o brilho fugidio e melancólico de seus olhos castanho-claros e a doçura plácida de sua boca dão uma harmonia ao conjunto que o sorriso satânico de desprezo que se encontra fixo nas feições correspondentes de Northangerland destrói por completo.

Maio/junho de 1834

Minha Angria e os angrianos

[Um vistoso Zamorna, disfarçado, encanta um grupo de jovens moças aristocratas e depois confronta sua esposa, agora perdida no meio de um conflito cada vez pior entre o marido e o pai.]

Nesse momento, um cavalheiro alto e imponente atravessou rapidamente a multidão e, com um salto, deixou para trás a cerca erguida diante da plataforma, subiu-a sem a menor cerimônia e, esticando os braços enquanto se punha ereto na frente de todos, disse, com uma voz clara e poderosa que se ergueu sobre a algazarra, quase acabando com ela,

"Homens de Angria, antes que um de vocês dê um passo na direção de casa, vamos todos cantar nosso esplêndido hino nacional." [Após o hino ser cantado], ele pulou do local onde estava e, mantendo-se dentro da cerca, veio andando devagar na direção dos assentos das damas. É claro que todas o olharam, e eu achei que muitos daqueles olhos brilhantes se demoraram sobre ele e seguiram ansiosamente seu progresso conforme ia passando. O cavalheiro também as observou com um sorriso despreocupado e condescendente, que se iluminou mais e tornou-se de um orgulho refulgente conforme seu olhar se virou para a multidão, que agora partia. Ele parou bem diante do meu lugar e, assim, eu[6] pude observá-lo bem e durante um bom tempo.

O cavalheiro parecia estar na flor da juventude; seu corpo era alto como uma torre, chegando quase a ser assustador; tinha uma perfeição escultural e possuía uma qualidade que eu não sei descrever; algo soberbo, impetuoso, irresistível; em suma, algo que nem uma palavra conseguirá expressar completamente. Seu cabelo era de um negro intenso e de cachos luxuriantes, mas a testa abaixo dele, em vez da tez morena apropriada para caracóis tão italianos, era branca e lisa como o mármore.

Suas sobrancelhas eram negras e largas, mas seus cílios longos e grandes olhos claros eram de um castanho sépia e profundo. Os cachos de suas têmporas pendiam, longos, encontrando-se com a barba e o bigode negros e encaracolados que escondiam sua boca e seu queixo e obscureciam suas faces alvas. Achei que esses símbolos da masculinidade estavam vastos e abundantes demais para sua evidente juventude; quando ele sorria, os lábios e os dentes mostravam ser do tipo que qualquer dama invejaria, vermelhos como o coral e brancos como pérolas. O lábio superior era muito fino — grego — e tinha um formato altivo que eu conhecia bem.[7] Assim que o vi, percebi que era um militar.

"Ali está um homem de verdade", disse Maria Percy após examiná-lo cuidadosamente. "Um dos poucos que eu me dignaria a olhar duas vezes. Por favor, alguém aqui o conhece? Pergunte à minha cunhada Cecilia, que está ali, e a Lady Richton — elas estão sussurrando como se soubessem de alguma coisa."

"Maria mencionou meu nome?", perguntou a plácida e altiva Cecilia Percy, inclinando-se.

"Sim, menina, quero saber se você conhece aquele titã de cabelos negros."

"Não!", respondeu ela secamente. "Você o conhece, Matilda?" (dirigindo-se a Lady Richton).

"Não", foi a breve resposta.

"Palavra de honra, vou perguntar o nome dele", continuou Maria.

"Certamente que não vai", interrompeu Edith friamente, "ele não deve ser ninguém de muita importância."

"Vou, sim, e vou fazê-lo de uma maneira que não o deixará orgulhoso demais por ter sido notado por mim."

"Pergunte, pergunte", disse Lady Sidney, "você sempre vai imediatamente ao fundo da questão, Maria." Com todo o orgulho de sua posição social e beleza, a princesa se inclinou sobre a plataforma.

"Venha aqui, senhor", disse ela de forma autoritária. Ele virou a cabeça, mas não o corpo.

"Bem, moça bonita, o que deseja?", disse o rapaz, dirigindo-se de maneira espantosamente familiar a uma das mais orgulhosas e belas mulheres da África. Aquilo só instigou Maria a seguir adiante.

"O que desejo, senhor? Nada além do seu nome, para que possa denunciá-lo às autoridades apropriadas por ter invadido a cerca."

"Muito bem", disse o estranho, "deseja que eu dê provas contra mim mesmo? Nada disso, sua coquete."

"Vou mandar prendê-lo agora mesmo se não me obedecer. Meus criados estão aqui perto", continuou a furiosa princesa.

"Fará isso mesmo?", disse o estranho, num tom baixo e completamente diferente. Maria teve um sobressalto, um rubor se espalhou sobre seu pescoço, sua testa e suas têmporas, e ela afundou no assento, quieta como um carneirinho. Ele aproximou-se dela, rindo.

"Vamos, madame", disse o cavalheiro, "não tinha intenção de brigar com alguém tão completamente estranho a mim quanto a senhorita. Meu nome é major Albert Howard; não sabia que havia uma proibição em relação a essa cerca, e portanto a senhorita deverá perdoar minha invasão."

"Eu perdoo", disse Maria, fazendo uma mesura e sorrindo de forma encantadora. O major Albert sorriu também, mas sua cabeça altiva se recusou a inclinar-se e, em silêncio, ele se afastou devagar.

"Como posso ter sido tão obtusa?", murmurou Maria depois que ele se foi. O belo rosto de Cecilia voltou a inclinar-se sobre o ombro dela.

"Aposto que é *ele*, irmã", disse ela com ironia.

"Ou é seu fantasma", respondeu a princesa.

O major Howard cruzou a praça silenciosa. Não subiu pelo vestíbulo, mas, caminhando com passos muito leves, deu a volta em uma das alas do edifício e parou em uma porta privada diante da qual uma sentinela andava de um lado para o outro. "Parado!", disse o homem ao ver aquela forma alta e furtiva como uma sombra se aproximando. "Apresente-se", foi a breve resposta. Instantaneamente, o mosquete caiu ao contrário no pavimento, fazendo um estardalhaço, e o soldado deu um passo atrás com um ar de profunda reverência. Tocou o sino de aviso, que respondeu com um som argênteo e delicado. A porta imediatamente se abriu e o homem entrou. Eu me demorei um pouco a uma curta distância. Pela porta aberta, vi seu valete despindo-o do rocló.

"Vossa alteza deseja mudar de roupa?", perguntou ele.

"Não, não tem muita importância. Onde está a duquesa?"

"No salão púrpura, creio, alteza. Ela recebeu o sr. Robert S'death[8] lá há cerca de meia hora."

"S'death! Hum, patife! Qual terá sido o propósito dele?"

Com essas palavras, ele se afastou; fui atrás, é claro. Subindo pé ante pé uma curta escada de mármore que ficava ao fim de um átrio pequeno porém elegante, em poucos instantes me vi num longo corredor vazio, iluminado pela luz de lampiões, onde cada passo ressoava. Acho que poucas pessoas além do major teriam se aventurado a despertar um eco como o causado por suas botas cobertas de metal em aposentos de um silêncio tão majestoso. Ele logo desapareceu na sala interior e, seguindo-o, vaguei por uma série de cômodos espantosamente magníficos, e ainda mais impressionantes devido à luz que os revelava aos olhos: um luar suave e solene que entrava melancolicamente pelas janelas gregas e tingia de pérola e prata tudo o que seu fulgor tocava.

O major estacou diante da porta dobrável de um aposento, abriu-a devagar e, sem fechá-la por completo, entrou. Estava suficientemente aberta para que eu tivesse uma visão perfeita daquela intimidade. Aqui, havia velas cálidas brilhando sobre as cortinas suntuosas e escuras, os tapetes deslumbrantes e os sofás tingidos com púrpura tíria. A rainha Mary Henrietta estava ali sozinha, parcialmente reclinada numa pilha de almofadas que havia sobre um canapé de seda roxa, linda, delicada como um sonho, bela, suave, tranquila e imperial.

Sim! Agora eu sentia que estava no palácio de um rei: o enxame de graciosidade que tanto me deslumbrara em Zamorna se apagou.[9] Aquelas eram mulheres deste mundo, que se moviam em bandos, e riam, conversavam e brincavam socialmente. Mas essa era uma grande e límpida estrela da beleza, da qual haviam se apoderado e que agora vivia separada em seu próprio canto sem nuvens do céu; uma pérola inestimável que um homem forte encontrara e guardava com ciúmes.

No entanto, apesar da solidão da rainha Mary ser tão própria da realeza, nela também parecia haver melancolia. Não a invejei. Sua nobreza era tal que parecia ter cortado os meios de comunicação com sua espécie. Ainda assim, a expressão altiva de seu cenho e de seus olhos reluzentes como o luar diziam que ela não lamentava isso. Feliz, porém, não era, mas pensativa, pesarosa e desconsolada e, quando moveu com impaciência a face sobre a almofada que a apoiava e escondeu a testa com a mão, as lágrimas de uma tristeza secreta caíram por entre seus dedos esguios.

Ao seu lado havia uma mesa de ébano sobre a qual estava um papel desdobrado, e era lá que seus olhos pareciam se demorar com intensa ansiedade. O major Albert fixou nela um olhar firme. Antes que ele o desviasse, ela ergueu os olhos e o viu. O sobressalto convulso com o qual se lançou do sofá revelava uma mente agitada. Durante um momento, a rainha ficou perplexa. O disfarce a perturbara. Uma única palavra, no entanto — seu próprio nome, Mary, sussurrado num tom baixo e acompanhado por um gentil sorriso —, foi o suficiente para completar o reconhecimento. Ela não correu para ele, mas disse suave e tristemente,

"Ah, Zamorna, você achou que *eu* poderia ser enganada por uma máscara como essa? Onde esteve, meu senhor? E há quanto tempo se foi? Mal percebo as horas se esvaindo."[10]

O duque fez uma careta, andou até o fogo e se manteve em silêncio. Naquele instante ele realmente, pela primeira vez na vida, sentiu-se insatisfeito consigo mesmo. A duquesa voltou a falar.

"Por favor, me diga onde estava, Adrian.[11] Isso é tudo o que quero saber."

"O que aflige você, Henrietta?", disse ele rapidamente.

"Estou muito triste, e já há muito tempo."

A mão de Zamorna tocou a corrente de ouro que cruzava seu peito, e ele ficou soturno como a noite.

"É a velha história de novo?", disse ele, fitando-a por um instante e então baixando os olhos. Mary não respondeu, e ele continuou,

"S'death esteve com você, não esteve?"

"Esteve, meu senhor."

"Qual era o objetivo desse demônio?"

"Ele veio da parte de meu pai, senhor."

"Disso não duvido. Ele é sempre o mensageiro de Satã. E o que disse de seu pai, minha pombinha?"

"Que sua saúde e seu ânimo estão mais abalados num país estrangeiro do que quando estava aqui. Ele também trouxe esta carta, que eu daria a vossa majestade para ler, mas temo que..."

"Não tema, pequenina. Ela não pode conter sentimentos mais infernais do que aqueles que já acredito que sente, por isso vejamos a preciosa missiva."

"Acredito, senhor, que vai pensar melhor de meu pai

quando vir o coração dele revelado aqui", disse Henrietta enquanto entregava o papel ao marido. Ele se sentou. A luz suave que vinha do teto do salão iluminava o que tinha nas mãos. Com os lábios comprimidos e um aspecto tranquilo, o duque examinou a famosa carta de Northangerland para os angrianos.[12] Nem um som interrompeu o silêncio que reinava em torno de Zamorna enquanto ele lia, exceto as páginas que farfalhavam ao serem viradas.

Mary ficou observando-o com atenção. Em um movimento inconsciente, aproximou-se gradualmente dele até estar ao seu lado. Então, cansada de permanecer de pé, a rainha apoiou-se sobre um dos joelhos e, reclinando-se no sofá, olhou para o rosto do marido com uma expressão tão carinhosa, tão tenra, tão atraente, que nenhuma escultura ou pintura jamais me deixou tão tocado.

Zamorna concluiu e largou a carta. Seu rosto ganhara um rubor vivo perto do fim, e seus olhos agora assumiam um brilho incandescente de excitação.

"Senhor, posso dizer algo?", pediu a rainha, apertando as mãos, muito séria.

Ele ouviu sua voz, mas creio que não suas palavras. Sua mente estava muito distante, em outra região, e, olhando para a beleza incomparável dela com um leve sorriso distraído, Zamorna reuniu suas energias numa reflexão profunda.

Mary achou que aquele sorriso era um consentimento e, aproximando-se ainda mais, dirigiu-se a ele nesses termos:

"Tenho certeza, senhor, de que agora vai, com sua franqueza real, confessar saber que Lord Northangerland não lhe deseja fazer mal. Ele chama Zamorna de seu nobre rei e declara com entusiasmo sua admiração por ele. Oh, Adrian, se soubesse o quanto amo meu pai, compreenderia o sofrimento pelo qual tenho passado ultimamente. Eu via seu rosto se anuviar sempre que ele passava diante de seus olhos. Sabia que você o odiava, mas nunca disse uma palavra. Despedi-me dele — sabendo que podia ser pela última vez. Vi o navio que o levava da África diminuir e desaparecer no horizonte, e ainda assim me mantive em silêncio. Ouvi murmúrios vindos de todos os lados de que a rainha não tinha nenhuma influência, ou que era apática e fria. Meu irmão Edward provocou-me dizendo isso na minha frente, e eu suportei esse ato também. E o pior de tudo, senhor, é que eu temia — e não tinha razão? — que sua repugnância por Percy talvez começasse a se misturar com seus sentimentos pela filha desgraçada dele. Chorei sozinha e, embora meu coração quase tenha se partido com esse esforço monstruoso, ainda assim mantive o dedo sobre os lábios. Tinha um motivo para essa conduta que mal ousava sussurrar para mim mesma. Era o medo aterrador de que a aversão de vossa majestade talvez não fosse infundada — que Percy pudesse mesmo ser o inimigo mortal de Zamorna; e, quer isso fosse certo ou errado, justo ou ímpio, eu estava preparada para sacrificar até mesmo a vida do meu pai, embora o amasse tão sinceramente, em nome dos interesses daquele que não podia deixar de adorar com um zelo cego e apaixonado que me consome. Da minha vida, da minha felicidade, não falarei; elas me pareciam ser como poeira sobre a balança. Mas, senhor, quando duas horas atrás recebi essa carta, quando a li, a ilusão imediatamente se dissipou. Soube que Northangerland era fiel a você e abençoei-o com toda a minha alma por isso. Meu pai foi injustiçado, senhor, de forma vil e perversa. Ele tem sentimentos humanos, mas um intelecto super-humano. Erros podem ter surgido dessa incongruência, e ele diz que não vai defendê-los. Após essa nobre confissão, quem ousará acusá-lo? Meu rei, meu marido, minha divindade, sorria para mim mais uma vez e diga-me que Percy voltará a ser sua mão direita. Oh, senhor! Ele vale mais do que todos os chacais que o cercam agora. É um leão fiel e real, digno de andar em sua companhia, enquanto seus detratores são inferiores à poeira que seu pé esmaga. Terei eu que passar mais uma noite insone, Zamorna? Terei eu que comer o pão e beber as águas da amargura ou, abençoada com a luz clemente de suas feições, poderei dormir em paz e acordar em segurança?"

Seu entusiasmo, ali ajoelhada, quase prostrada, aos pés dele em sua sincera súplica, seu tom doce e melodioso, seu aspecto geral, rapidamente fizeram com que Zamorna retornasse de seu devaneio, e ele ouviu a última parte de seu rogo com profunda atenção. A mão do monarca tremeu com a influência de alguma forte emoção interna quando este a passou sobre sua larga testa branca e depois a deixou pender lentamente sobre a cabeça da rainha, que estava curvada diante dele como um lírio fustigado pela tormenta.

Ela caiu num pranto alegre no momento em que sentiu os dedos de Zamorna acariciando seus cachos dourados.

"Fique calma, meu amor; fique calma, minha querida Mary", disse naquela sua voz serena e fresca como o orvalho. "Realmente receberia seu pai de volta com os braços abertos para alegrar sua gentil filha se a sinceridade houvesse feito brotar um quarto dos sentimentos que a carta dele contém. Mas não, Mary; não vejo a luz da verdade aqui. Uma engrenagem mentirosa faz girar outra ainda mais mentirosa; e toda a maquinaria tece um véu de falsidade que poderia enganar Maquiavel, mas eu o atirei para longe de mim e me manterei firme em meu caminho, sem virar nem para a direita nem para a esquerda."

Mary deu um suspiro fundo.

"Jamais verei meu pai novamente então?", disse ela.

"Acredito que verá, meu amor, neste palácio aqui mesmo. Até prevejo que, antes que um mês se passe, ele será primeiro-ministro de Angria de novo. Estou determinado a não colocar nenhum obstáculo diante dele. Sua inteligência, tão bem mostrada nessa carta, eu desejo; e, se possível, a terei. Mas, com a ajuda de Deus, estarei atento à sua perversidade insidiosa."

"Ele o ama, senhor", insistiu Henrietta.

O duque sorriu. Ergueu sua esposa gentilmente e, após colocá-la no sofá onde estivera, começou a andar de um lado para o outro do aposento com os braços cruzados e um ar pensativo. Seus passos rápidos logo mostraram que a corrente de suas reflexões fluía forte e tumultuosa.

Zamorna estacou. Mary olhou-o. Ele estava de pé, com o brilho vermelho do fogo iluminando-o, um dos pés adiante do outro, a cabeça orgulhosamente erguida, os olhos brilhantes fixos na parede oposta e cheios da mais inspirada glória: aquele toque de insanidade, que certamente há misturado em seu sangue, espiava por aquelas esferas dilatadas e ferozes, como se olhasse com raiva para as visões que ele próprio espalhara pelo ar.

"Andaremos juntos!", exclamou Zamorna bem alto. "Nossas mãos se entrelaçarão, nossos propósitos serão os mesmos. Ele não tem coração, e eu arrancarei o meu do peito antes que suas pulsações rápidas e cálidas interfiram com o que vejo, o que sinto, o que espero dia e noite. Por que outro motivo haveríamos de ter nascido no mesmo século? O sol dele deveria ter se posto antes que o meu nascesse, se o brilho conjunto de ambos não estivesse destinado a incendiar a terra. Pelos grandes gênios! Ele se espalha! O quê? Mais longe, mais longe; um panorama mais profundo, maior, mais sangrento. Seguirei: você não ousará me chamar de onde não ousarei ir. Rá! Ele parou, transbordou. Escuridão, escuridão, onde estou eu? O dia virou noite subitamente! Tudo é negror completo. Espírito! Percy! Vi o fim das minhas batalhas. Como o tempo corre — vinte anos, disse você? A essa distância, parecem encerrados no espaço de uma hora. A vida se esvai de mim e lá está o golfo da eternidade. Eternidade! Profunda, sem corpo, sem forma, o que singra por ali? Por que não há som? Um silêncio tão mortal, um vazio tão desolado. Deveria haver estrelas nesse espaço. Quem disse que eu talvez me lembrasse? Vã esperança; o pensamento já se esvai. No mundo, na existência, fui grandioso, mas não lembro mais de minha grandiosidade."

O duque parou de falar. Seus olhos estavam embaçados e seu rosto, pálido e sem vida, mas, com uma mão sobre o peito e outra pousada sobre uma fileira de lampiões, ele se manteve rigidamente ereto.

Enquanto falava, minha atenção estivera absorta demais para que eu notasse o que se passava do outro lado do salão. Mas agora ouvi uma voz dizer,

"Você já o viu assim antes, Mary?"

Olhei naquela direção. Um cavalheiro vestido de preto estava parado ao lado da duquesa, e seu cabelo empoado e sua fisionomia austera e escultural imediatamente anunciaram o duque de Wellington. Ele usava uma roupa de viagem, e era evidente que acabara de chegar ao palácio. O sr. Maxwell [o mordomo] o acompanhava. Henrietta parecia calma e controlada, mas todo o seu corpo tremia.

"Já vi o duque assim duas vezes antes", disse ela. "Em ambas estávamos a sós, e eu jamais disse uma palavra para ninguém. Sabia desses acessos?"

"Sim! Sim, Mary, e de outros ainda mais estranhos do que esses, ou ao menos mais perigosos. Alford está em casa?"

"Sim, mas imploro que não mande chamá-lo. Zamorna não perdeu os sentidos. Ele ficaria enfurecido diante do menor movimento na direção do sino ou da porta. Cometi esse erro antes e jamais me esquecerei do tom e do olhar com os quais ordenou que eu desistisse."

"Humpf", respondeu meu pai. "Ele está como um cadáver possuído."

"Não chame ninguém, ouça o que estou dizendo", disse Mary rapidamente. "Vou tentar me aproximar eu mesma dele se você não ousar, Maxwell. Digo que nenhum homem sobre a Terra sabe o que sofrem aqueles que, idolatrando Zamorna como eu, o veem em seus momentos de escuridão. Realmente acredito que ele tem revelações que os outros não têm, ou que sua imaginação queima como o carvão em brasa. Mas, veja! Ele está se movendo, irei até lá."

Ela estava prestes a se aproximar, mas o duque de Wellington pôs seus braços fortes e musculosos ao redor de seu corpo e segurou-a firme.

"Fique quieta, meu amor", disse ele. "Não confiaria nele neste momento."

Zamorna caminhou devagar pelo salão e então foi até onde eles estavam. Fiquei feliz naquele momento por não fazer parte do grupo. Ele parou a cerca de meio metro deles e olhou-os com tal expressão, com tal olhar: era evidente que não via o pai nem a esposa nem Maxwell. Seus órgãos da visão estavam fixos e vidrados; olhavam através e além de todos os objetos sólidos com intensidade imóvel — imóvel a não ser por um tremor ocasional das pálpebras e dos longos cílios.

Os olhos observaram as visões fugidias que a imaginação retratara, e então se viraram devagar para cima. O rosto de Zamorna ficou mais e mais pálido. Algo parecido com espuma surgiu em seus lábios e ele franziu convulsivamente o cenho.[13]

O duque de Wellington voltou-se para Maxwell.

"Leve minha nora daqui", disse ele. "Não importa se ela resistir. E volte imediatamente."

O mordomo obedeceu às ordens e meu pai, por sua vez, fechou e trancou as três portas do aposento, sem se esquecer da porta dobrável. Assim, com meu posto de observação destruído, não vi mais nada.

[Northangerland realmente retorna a Angria e, com ele, surge uma atmosfera de tranquilidade aparente, alegremente interrompida aqui pelo nascimento de gêmeos reais.]

Bem, a duquesa de Zamorna finalmente o fez, e o fez no estilo certo, bom e arrojado que é típico de Angria. Seus súditos estão deliciados: eles simplesmente a idolatram. A coisa toda, por ser um pouco fora do comum, foi bem da maneira como gostam — tudo resolvido e ainda um de sobra. Angria jamais quer o trivial. Tem que haver pompa, agitação e o brilho do sol nascente em todas as questões que envolvem o país, principalmente no que diz respeito ao rei. Bem, conseguiram tudo isso.

No dia 5 de outubro de 1834, quando era cerca de meio-dia e o sol estava a pino, eu estava sentado no salão de estar frontal da Casa Julia. De uma vez só, sem nenhum som de aviso prévio, a janela diante da qual me encontrava sentado foi sacudida por um estrondo, a princípio atordoante demais para admitir compreensão. Após o intervalo de um momento, ele explodiu ou ressoou de novo, e então eu soube que era o clangor conjunto de todos os sinos da catedral e das igrejas. O poderoso estrépito foi repetido doze vezes. Então as amarras do som pareceram se afrouxar, a corrente da união aparentemente se partiu com a violência da concussão, e eles soaram para além, atravessando o céu ensolarado e sem nuvens e preenchendo seus ecos com uma melodia tão doce, tão exultante, tão inspiradora, que instintivamente gritei "Hurra!" e corri para a rua.

Estava cheia de gente. Como haviam se reunido tão rapidamente, não sei. Todos falavam alto e depressa e acotovelavam quem estivesse em seu caminho de forma tão vigorosa e sem-cerimônia que parecia que cada homem ia resolver uma questão de vida ou morte. Ouvi apostas sendo feitas em todo canto, e todos pareciam presos à alternativa "menino ou menina, menina ou menino", pois tal era a nota que regia o caos de som à minha volta.

"Qual é o problema?", perguntei a um angriano robusto que por acaso estava ali perto.

"Problema?", respondeu ele. "Ora, homem, nossa bela rainha — que Deus a abençoe — cumpriu seu dever para com o marido, o rei e seu país. Tivemos um filho. Ainda não sabemos se é menino ou menina, mas dois soldados da cavalaria acabaram de galopar a toda pela rua do Parlamento na direção da bateria, com ordens sobre a artilharia. Dez tiros serão dados se for um menino, e só cinco se for menina. *Se*, estou dizendo? Não tem "se" na questão. Tem que ser menino." E, com essa afirmação característica, ele girou sobre os calcanhares.

A bateria na margem leste do rio é perfeitamente visível da ponta da Casa Julia. Todos os olhos estavam voltados para aquela direção com uma expressão de ansiedade. Em pouco tempo viu-se uma fagulha, uma nuvem de fumaça e então um longo rugido profundo foi ejetado da refulgente fileira de canhões e ressoou sobre a água — dando a primeira acolhida ao novo membro da realeza. Um segundo, um terceiro, um quarto e um quinto surgiram e desapareceram. Toda a cidade estava na expectativa. Quando os projéteis vermelhos da sexta descarga afinal caíram e ecoaram no peito do rio, a Casa Julia deu um grito para a rua do Parlamento, a rua do Parlamento rugiu um hurra para a estrada Adrian, a estrada Adrian berrou para a praça do Palácio: Adrianópolis inteira, em suma, agitou-se com um terremoto vivo de exultação. Dez tiros foram dados pela bateria do leste, o número combinado. Seguiu-se um intervalo de seis ou sete minutos e, para a perplexidade de todos, a bateria do leste uniu-se ao eco que morria. Estrondo após estrondo sacudiu a cidade, até que dez outras saudações houvessem sido contadas.

Nesse momento, um cavalheiro a cavalo disparou pela multidão com uma expressão de júbilo no rosto e os olhos faiscando de prazer.

"Bravo, angrianos!", exclamou ele, fazendo círculos acima da cabeça com o chapéu. "Homens, atirem seus chapéus e suas perucas para cima. Acabo de vir do palácio. Nunca havia escutado notícia melhor do que essa. Gêmeos! Gêmeos, rapazes, gêmeos! E ambos meninos fortes, belos e saudáveis. Aí está."

A multidão foi tomada por uma convulsão de entusiasmo diante dessa notícia. Deixei todos obscurecendo o sol com seus chapéus, pulando, urrando e dando vivas como loucos. Naquele dia visitei o palácio, mas não encontrei descanso para a sola do meu sapato.

[Charles, bisbilhotando como sempre, arranca do mordomo uma indicação de quem nem tudo está bem entre Zamorna e Northangerland e, mais tarde, consegue dar uma espiada nos jovens príncipes.]

"O que o duque acha disso?", perguntei. "Está feliz?"

"Ora, Lord Charles", respondeu Maxwell, "meu mestre, o senhor sabe, às vezes é muito difícil de compreender. Toda a noite anterior e todo o dia de hoje passou trancado em seu gabinete, sem permitir que ninguém além de seu sogro, o conde, Lady Helen Percy[14] e o dr. Alford entrassem até cerca de meia hora após seus filhos nascerem, quando mandou me chamar e me deu algumas ordens por escrito. Eu o encontrei caminhando de forma muito inquieta de um lado para o outro do aposento com Lord Northangerland sentado perto da chaminé, pensativo e triste como se a casa tivesse acabado de receber a notícia de uma morte, e não de duas vidas. Zamorna sorriu para mim quando entrei e, muito condescendente, me deu a mão. Estava trêmula e fria. Ofereci minhas humildes congratulações com a mais pura sinceridade.

"'Obrigado, William', disse ele. 'Espero que o país fique tão feliz quanto você. Bem ao estilo de Angria — dois em vez de um. Bem, fico contente que essa questão esteja resolvida, de qualquer maneira.'

"Conversou comigo durante cerca de cinco minutos, de forma bastante apressada, e seus olhos brilhavam enquanto falava, com aquela luz inquieta que sempre surge neles quando está muito excitado. Sua mão direita não largou nem por um minuto a corrente do monóculo e a fita escarlate que usava no peito. No geral, acredito que esteja satisfeito."

Minha influência com duas das damas de companhia da duquesa me ajudou a conseguir dar uma olhada nos jovens príncipes. Entrei no quarto dos bebês pé ante pé. Todas as paredes são cobertas por tapeçarias adamascadas em branco e prata e o berço dos dois tem cortinas brancas de cetim com franjas e borlas prateadas.

Vi os anjinhos através de uma teia fina de renda que estava suspensa sobre eles. São exatamente como os outros filhos do duque de Zamorna — delicados e lindos como se houvessem sido feitos de cera modelada, com minúsculos cachos de cabelo castanho-claro caindo sobre a pequena testa cor de neve e os mesmos olhos do pai logo abaixo, enormes, escuros e brilhantes. É estranho que uma feição hereditária (assim como o nariz de Northangerland) seja transmitida com tal exatidão — Ernest, Julius e os dois filhotes diante de mim são precisamente idênticos nesse particular. Pelo que me disseram, os dois vão ser batizados com muita pompa e esplendor semana que vem. O sr. Maxwell, uma autoridade infalível, me disse os nomes e títulos que receberão.

O mais velho, ou seja, o herdeiro[15] de Angria e Wellington'sland por ser quatro ou cinco minutos mais velho, vai se chamar Victor Frederic Percy Wellesley, marquês de Arno. O nome do mais novo será Julius Warner di Enara Wellesley, conde de Saldanha.

[Um esplêndido batizado é descrito, seguido da apresentação oficial dos gêmeos, que é prejudicada apenas pela agourenta ausência do avô deles.]

Entre os cavalheiros pelos quais procurei em vão, estava Lord Northangerland. Ele não compareceu. Shaver depois me contou que o homem passou o dia inteiro trancado na nobre e lúgubre Casa Northangerland, tomado por uma profunda melancolia.

Mas, quando os portões da entrada principal se afastaram, uma porta lateral também se abriu. Duas senhoras altas de cabelo escuro caminharam devagar para fora e, passando por entre as pilastras do vestíbulo, estacaram entre as duas imensas colunas centrais. Ambas esticaram os braços e deixaram claramente à vista da multidão duas pequenas e lindas crianças que usavam roupas brancas com enormes caudas e tinham dois grandes olhos castanhos e cintilantes brilhando à sombra de penas alvas de avestruz que pendiam sobre eles. O tamanho incomum dessas esferas dava aos rostos dos gêmeos uma expressão estranha e um pouco feroz, mas suas outras feições eram belas e delicadas.

Os angrianos saudaram seus jovens príncipes com gritos inumeráveis, incontáveis, infinitos. A banda começou a tocar e bandeiras foram alegremente brandidas. E então a porta do palácio tornou-se um pouco mais sombria com a chegada de uma figura com um capacete de plumas, maior em estatura do que qualquer homem. Surgira de súbito e, com um gesto rápido e impetuoso, desceu a escadaria e avançou sobre o gramado que havia diante do palácio e que fora mantido deserto.

"Bem, angrianos, foi isso que o céu mandou para vocês!", exclamou Zamorna, apontando para as crianças. "São tanto seus quanto meus. Eu os entrego a vocês desde o nascimento. Nasceram para o bem de Angria e devem viver por sua glória e, se necessário, morrer por sua existência. Por vocês, eu me regozijo da vinda deles. Amo-os tanto por sua ligação com a terra cujo sol agora brilha sobre eles quanto pelo sangue que corre em suas veias e a carne que cobre seus ossos, embora esse sangue e essa carne sejam meus, ou até mesmo mais amados por mim do que os meus próprios. Se pudesse, angrianos, permitiria que cada homem aqui presente abençoasse meus filhos com seu abraço e sua bendição."

Ele se virou e se aproximou das babás. Creio que os pequenos rebentos quase nunca o tinham visto tão de perto antes, pois, quando aquela sombra imponente se acercou, eles se agarraram, sem chorar, mas com uma expressão de perplexidade e medo, a suas guardiãs. Zamorna sorriu e, inclinando a cabeça e as orgulhosas plumas de luto sobre um deles, creio que Victor Frederic, beijou-o e, dizendo algo com uma voz bem suave, pegou-o e apertou-o gentilmente contra o peito. A criaturinha nem assim soltou um pio de desaprovação; suas minúsculas faces foram até marcadas por covinhas quando ele respondeu com um sorriso...

Lamento, leitor, anunciar que não posso dar mais detalhes da apresentação. Bem na hora em que Zamorna estava devolvendo o filho à babá eu, infelizmente, ao me espichar para fora da janela do palácio onde me estabelecera e de onde até então via o evento, perdi o equilíbrio e caí de uma altura de três a seis metros. Fui dado como morto e, até a manhã seguinte, continuei completamente sem sentidos. Perdão pelo hiato.

Outubro de 1834

Zamorna denuncia Northangerland diante do Parlamento: do Informativo de Verdópolis

[As relações entre Zamorna e Northangerland continuam a deteriorar; a rebelião que vai fazer com que o duque seja deposto e exilado está iminente. Aqui, ele desafia publicamente seu inimigo, ainda esperando por uma reconciliação de última hora.]

"Meu senhor, conde Northangerland. Todos sabem muito bem que temos muitas contas a acertar. Deixe-me ver: os números vêm se acumulando há cinco meses — o mundo todo está esperando para ver qual será o resultado. Ele terá sua resposta hoje. Não finjo ser um pombo em meio a serpentes, um carneiro cercado de lobos. Não, eu também sou uma serpente, e foi uma ferida causada pela minha própria presa venenosa, o som de meu próprio silvo ameaçador, que chamou os outros dragões para perto de mim. Também sou um lobo, e foi minha própria voracidade e ferocidade insaciável que fez toda a alcateia me isolar. Aconteceu o que deveria ter acontecido. Não reclamo; mereci, Percy! Não é isso que faz nascer em meu coração uma mistura de emoções que não tem nome em nenhuma língua. Uma mistura de amarga decepção, ira intensa e sede profunda que não poderá ser despertada por nenhum ato de meus inimigos declarados. Ela é reservada para o momento em que o homem que eu considerava meu braço direito revelou ser um traidor frio, corrupto e radicalmente perverso.

"'Majestade', diz seu olhar agora, 'eu não vos odiei, Zamorna'. Conheço essa expressão insinuante de humildade na boca e nos olhos. Oh, Percy! Arranque essa máscara! Ela faz meu sangue ferver. O que odeio mais em toda a sua conduta, o que abomino mais do que sua aliança com meus inimigos, é o tom de franqueza e afeição fingidas que escolheu exibir diante de mim. Por acaso não sei, senhor, que jamais existiu um homem que pudesse considerar seu amigo? Não sei que é incapaz de tolerar qualquer outra criatura, que sua alma é fria e viciada demais para ter afinidade com alguém? Será que ainda tenho que aprender que a conformação de seu estranho sistema nervoso o obriga a odiar acima de todos o homem que, com o máximo da dissimulação, você fingiu admirar? E que a consequência é que eu, entre todos os homens da Terra, sou o mais abominável para você? Felizmente, aprendi isso graças a duras experiências. Crê que sou um tolo?

[Zamorna prossegue listando uma a uma as traições de Percy: dar dinheiro para que fossem compradas armas para os inimigos de Angria; perseguir com "furiosa hostilidade" os "melhores e maiores ministros" de Zamorna; permitir a publicação de "vis e detestáveis mentiras" em seu jornal.]

"O tempo passa rapidamente e preciso concluir. Percy, fiz um catálogo de seus crimes. Você odiou meus amigos e amou meus inimigos. Portanto, será que podemos continuar a agir juntos? Impossível. Contudo, fico triste em me despedir, sabendo quão largo, profundo e impenetrável será o abismo que surgirá entre nós no momento em que o último elo da corrente que nos une se dissolver. Oh, meu senhor! Já tive uma opinião diferente de você. Quando combatemos juntos no ano passado, teria enfiado uma faca no coração de qualquer homem que me dissesse que era um traidor tão pérfido e mentiroso quanto agora descobri que é. Mas não é importante chorar pelo passado. Onde a árvore tombou, ela deverá permanecer. No entanto, eu já sonhei (foi apenas um sonho) que nós dois, juntos, poderíamos fazer algo que deixaria os historiadores estupefatos antes de ser registrado por eles, que poderíamos criar uma nação digna de ter o magnífico símbolo do cedro que Ezequiel usou para descrever a Assíria.

[Zamorna então cita, quase ipsis litteris, Ezequiel 31,3-8.][16]

"Com sua ajuda eu esperava fazer isso; e, sem sua ajuda, ainda espero fazê-lo. A areia se esvaiu da ampulheta: os momentos de clemência se foram. Precisamos resolver agora. Devo oferecer um ramo de oliveira ou desembainhar a espada? Decida agora. Nada temo, Northangerland. Minha causa é melhor do que a sua, pois a traição não está ao meu lado. Não acariciei com a mão o que abominava em espírito; meus lábios não afirmaram o que minhas ações desmentiam. Não: portanto, como sei que fui injustiçado, minha vingança, agora que nos separaremos, será a mais virulenta que eu puder realizar. Tirarei de você o único apoio que resta para seu coração extenuado.[17] Agora que o deus das batalhas, o deus cuja existência você nega e cujas leis transgrido dia a dia, que esse ser poderoso e clemente defenda com seu braço direito a causa mais justa. Nós dois estamos horrivelmente maculados aos sagrados olhos dele. Mas, no pó, confesso meus pecados; nas cinzas, reconheço minha iniquidade; na esperança, imploro pelo perdão; na fé, apoio-me nele como quem se apoia na muralha de sua defesa; na sinceridade, rezo em seus altares, e o que mais posso fazer? Senhor, exijo que me entregue os sinetes do cargo que estão em sua posse. Você não é mais o primeiro-ministro de Angria."

O duque ficou em silêncio por um momento. Então pôs-se bem perto de Lord Northangerland e, pegando a mão do conde nas suas, recomeçou a falar num tom muito baixo, porém enfático. O sangue subiu-lhe às faces; seus olhos adquiriram um brilho feroz.

"Ouça esse aviso. Farei o que disse; se a morte eterna fosse a consequência imediata, ainda assim minha resolução continuaria intacta. Pense, Percy. Pense. Muito depende dos próximos cinco minutos. Tudo será destruído se nos separarmos. Nem uma gota do sangue, nem um vestígio da raça permanecerá; você talvez jamais seja capaz de desfazer o ato que estou prestes a cometer com meu sangue. Fale. Assim será? Escolha sua própria sentença e a sentença de tudo o que ama no mundo."

Março de 1835

O exílio de Zamorna

[O poema, originalmente com setenta e duas estrofes,[18] é um longo solilóquio recitado por Zamorna enquanto é levado para o exílio, após sua derrota para as forças de Northangerland.]

I

1. E, quando me deixastes, que pensava eu?
Percy, eu não te diria cara a cara;
Mas, longe dos olhos e dos pensamentos dos homens,
Vagando pela superfície do mar solitário,
Posso dizer o que penso, como e quando
A vontade me acomete; soltarei as rédeas,
Como um moribundo aos céus confessando,
Ansioso apenas pelo perdão a seus pecados.

2. Sem se importar com o que dirá o mundo,
Indiferente ao ódio e ao desprezo, esquecidos,
Mas deixando jorrar livres e intrépidos
Os segredos que o medo da morte arrancou
Do peito onde eles, escondidos,
Queimavam a alma, na qual suas fagulhas nasceram —
Eu dou meus sonhos ao vento e ao mar selvagens.

3. Tu és um demônio; eu já te disse isso;
Disse um pouco a sério, um pouco em troça;
Jurei-o quando o rugido mesmo da fornalha
Do inferno se erguia ferozmente em meu peito;
Tranquilo, confirmo a injúria uma vez mais,
Acrescento, porém, como me convém,
Que não sou melhor, e que nós dois unidos
Destruímos, quais demônios, a felicidade nossa.

4. Quantas vezes nossos corações calejados
Ferimos com eficiência sem igual
Despertando a dor, envenenando os dardos
Que atiramos com abundância brutal
Naquelas partes sensíveis e tenras
Que, ocultas de todos, só nós podíamos ver
Como cancros que correm, dores do céu mandadas
Para devotos do crime, escravos do pecado.

5. E ainda, realizando nosso mútuo ocaso,
São cegos como os condenados, esses opostos;
Se um tinha em seus tesouros algo inestimável
Uma joia que amava profundamente
Mais cara a ele que a vida, o tolo atirava
A rica gema ao amigo; sem poder negar
A influência de sua estrela, embora soubesse
Que esse amigo atiraria aquele tesouro ao ar.

6. Percy, tua filha era um ser tão belo;
De fato, tu deves tê-la amado
Seus doces olhos mostravam em seu fulgor
Paixão tão ardente e intensa, que nem aquilo
Que há em teu próprio peito e que é oculto,
De todos menos Deus, que tudo vê,
Brilharia mais forte do que esses olhos
Após seu furor eu ter despertado.

7. Quando Mary, em alguma noite mansa,
Sentou-se ao teu lado — talvez em Percy Hall —
E na luz mais rica, mais pura que o céu lança
Tu viste os cachos caírem em colo seu;
E quando a escuridão da noite dera
Tal tom de beleza triste a tudo em torno
Podias olhar para ela e imaginar
Que ela seria a presa de alguém como eu?

8. Eu bem me lembro, no dia de nossa boda,
Algumas horas após o ritual,
Por acaso nos vimos de repente
Em um salão vazio, cujo vitral
Varado de uma luz que jogava seus raios
Em nada além de nós, o chão de pedra
E a fonte pura, que ali jorrava só.

9. Olhei para o rosto jônico,[19] tão belo

Nas linhas de perfeição virginal
Sua fronte de mármore, rodeada
Pelos cabelos, como um halo angelical
Nela havia uma sombra que se aprofundaria
No medo que vem seu rosto escurecendo;
Embora então fosse só a tristeza que há
No cenho alvo de quem morrerá cedo.

10. Perguntei-lhe se me amava, e ela disse
Que morreria por mim, com *tal* olhar!
Falam do fulgor ardente e penetrante
Que nasce dos sóis de Espanha e França —
Eu digo de novo, como já disse antes,
A ternura de nossa terra é que mais realça
O ardor da alma de nossas mulheres,
E nada na Terra herda tal fogo e pujança.

11. Ela disse que morreria por mim — e agora cumpre
Sua promessa lá em Alnwick,[20] em outra praia;
O vento mesmo que sopra neste mar
Furtivamente se aproximará de seu leito
E murmurará sobre seu corpo que dorme
Em breve sob a árvore que terá por mortalha:
Queria poder tocá-la neste momento.
A sombra seu clássico rosto ia deixar.

12. Ela sentiria de novo a corrente da vida
Se eu pudesse apertá-la contra o peito;
Teria um bálsamo sobre a dor da ferida;
Sua exaustão infinda conheceria a paz;
Mas lá está o profundo e vasto mar
Erguendo entre nós suas ondas triunfais
De espuma branca; e eu também jurei
Que, com sua morte, partiria o coração do pai!

13. Uma resolução sagrada

Que recairá sobre mim trinta vezes mais feroz
Pois a natureza humana tremerá
Ao saber de que a vingança foi algoz:
Esse fervor vil e inalterável,
Que como um abutre se agarra firmemente
Aos órgãos vitais de seu escravo,
Tornando seu peito um túmulo voraz.

14. Portanto, se tu me arruinaste, senhor,
E arruinaste toda esperança que já tive
Sentirás quando perecer tua flor;
Eu retaliei, e o fiz em abundância;
E esse instante há de ser desolado,
Quando o lugar onde meu lírio nasceu
Perder para sempre sua majestade,
Após a morte tê-la colhido e levado.

II

1. Há pouco deslizava na costa da França
Nosso navio, ao sabor da brisa gentil
Que sopra dos velhos muros da Provença;
Vimos Marselha franzir o cenho para as ondas:
É agradável quando a água ensolarada
Dança alegre na proa da embarcação
E quando há uma cidade e um porto ante nós
O lar de milhares sob o céu de sua nação.

2. Eu estava no convés; com as mãos convulsas
Atado ao corrimão do navio, pois em torno
A vida e a alegria da orgulhosa Marselha
Derramavam-se sobre o porto; nem um som
Que ecoava no mar emitia tanta felicidade
Ele era a vida, e fez meu peito arfar, fremente
Com um desejo louco, porém vão, de liberdade —
Só pude lutar ainda mais contra a corrente.

3. Naquela hora sombria, alguém disse meu nome —
Meu título, na verdade, que já nada vale
Foi de uma mulher que o som suave veio:
Disse, em francês: “Zamorna, queres comprar?”
Virei-me — foi como ver uma chama acesa
Ouvir aquele nome sob o céu da França;
Vi ao meu lado uma dama alta e morena
Com o rosto oculto pela abundante trança.

4. Os cachos sedosos e negros como a noite
Espalhavam-se sob o chapéu provençal;
Nos braços, trazia uma cesta gaulesa
Com rosas, uvas, folhas de parreirais;
Quando pousei meu olhar mudo sobre ela
Ofereceu-me sua corbelha[21] uma vez mais
Murmurando, no tom suave da piedade,
“Elas são tuas: Não as comprarás!”

5. Peguei um botão de rosa, e em seu lugar
Pus uma moeda do meu reino destroçado,
Com uma imagem da minha sábia cabeça,
E então — tu me conheces — onde quer que eu vá
Seja sobre o cadafalso, com o corpo rubro
Após ter meu sangue nobre conspurcado
Mesmo diante da forca, não deixaria de beijar
Os lábios que de mim se haviam apiedado.

6. Quando ergui o rosto da vendedora de frutas
Para dar-lhe aquele beijo, os cachos negros
Abriram-se; e os olhos que eles revelaram
Lançaram sobre mim raios que eu conhecia
Com um sobressalto, quase cheguei a dizer
“Não pode ser”, mas aqueles olhos escuros
Eram tão tristes e cheios de esperança
Que não pude negar seu pedido mudo.[22]

7. Por isso, virei-me de novo para a cidade
E olhei seu cais tão vasto e agitado;
Com mansa obstinação, a moça sentou-se
Ao meu lado no convés e, num sussurro,
Disse: "Zamorna, já suportei teu desagrado
Muitas vezes antes, e não ouso ter
Delicadeza em meus deveres; quem quer servir-te
Deve acostumar-se a andar no escuro.

8. "Fiquei em Angria, senhor, até a hora
Em que lá já não podia servir meu mestre;
Até que eles arrancassem a cara flor
Que ele entregou a meu eterno cuidado;
Até que invadissem seu lar e despedaçassem
Seu templo, lançando aos quatro ventos
As relíquias que ele amava; isto feito
Ergui-me e fui para onde estava meu senhor.

9. "Ficarei contigo, senhor; tu me quererás
Na ilha solitária para onde vais;
E te cansarás da melancólica canção
Que as ondas ao seu redor cantarão;
Na praia, em meio aos fragmentos dos navios,
Sei bem que sentirás a solidão
No peito: e uma desgraçada como eu
Poderá servir-te nesse crítico momento."

10. Ela falou; eu nada disse e o porto
De Marselha deixávamos para trás;
S'death levantara âncora e a proa
Do *Rover* atravessava as ondas e o vento:
O brilho dos muros e das torres ia
Diminuindo ao longe; e mal se distinguia
Suas silhuetas e suas formas na bruma
Negras como as pedras ocultas pela tormenta.

11. Nosso capitão surgiu e disse, a moça
Tinha que ficar: nenhum bote à praia iria
Ela sabia que o barco ia zarpar
Viu-o partindo as águas do mar;
Ele jurava por sua alma e a luz do dia
Que, para me dar prazer, nada faria;
Mina sorriu ao ver que conseguia
Ela ficava; a sorte lhe sorria.

12. Por carinho a Mary, não dei
A essa pobre escrava um sorriso de amor;
Suas emoções se despedaçaram
E a fizeram encarar com imensa dor
As ondas como um lar, um paraíso
Pois tinham em si a promessa de um descanso:
Ela vê que não a quero; e ninguém sabe
Que tormentas nascem dessa fria certeza.

13. Não a posso repelir, embora morra
Minha esposa desolada em solidão;
Neste momento, como um cão fiel, está
Agachada aos meus pés, pois sem cessar
Com triste e subjugada constância tenta
Ganhar uma palavra ou mesmo um olhar
Que tenham alguma gentileza; "Toma, então,
Uma breve carícia, por tudo o que fizestes."

14. Não fiz nada além de pressionar
Os dedos longos como faria um irmão;
Ela ergueu os olhos de seu desespero
Com tamanha felicidade e adoração
Brilhando nos olhos negros, a abençoar
Um deus pelas dádivas recebidas
E as lágrimas que ali havia correram
Até que ela olhou de novo para o mar.

[Mina dá a Zamorna a trágica notícia de que seu filho mais velho, Ernest, que havia sido deixado aos cuidados dela, foi cruelmente assassinado pelos inimigos dele.]

III

1. Como eu me senti quando Mina terminou,
Eu, que tenho um amor mais que selvagem
Por aquilo que agora, após sua última viagem,
Dorme em seu túmulo eterno?
Céu e terra em toda parte tremem com a voz
Dos atormentados, talvez se mova o inferno:
Mas do inferno, da terra ou do honrado céu
Nem descanso nem conforto obterá meu coração.

2. Tu, a quem apertei contra o peito;
Tu, a quem amei com tanto desvelo
Tu, morrer assim, comigo exilado!
Na sombra, na dor, na agonia ele se foi
Arrancado de mim pela tormenta selvagem
Que foi mandada a Angria; tudo de mais belo
Que florescia em suas planícies morreu na rajada
Que quando passou deixou-a estéril e arruinada.

3. Você não quis salvá-lo, Percy, nem eu
Salvarei os teus da desolação: com prazer feroz
Agora chamarei a sentença do mais alto,
Sua maldição maior sobre mim recairia;
E me prepararei para atravessar a luz
Atirando ao mar meu tesouro mais precioso:
Sim, deixarei tudo e, seguindo, pegarei minha cruz;
Toda carne é como a erva, toda alegria é vazia.

4. Rei, Cão e Demônio, não podes me dizer agora
Aquilo que eu não faria para que outro sentisse
O mesmo horror que hoje meu cenho encharca

Com suor sangrento; o crime revolto talvez mate
O pensamento que sufoca e abarca
Meu coração, tomando, como fungos
Seu viço vital, corroendo fundo, fundo
O meu pulso de vida, que ardente bate.

5. Mina, vem para perto; não chores mais; eu te amo
Como o falcão ama a cotovia; já joguei fora
Damas patrícias que sobre ti se alteiam tanto
Quanto aquela grande estrela perante o brilho
Do vaga-lume; não deixa que o desprezo do mundo te toque
E não definha sob o calor escaldante de minha paixão:
Sei que consegues suportar um carinho feroz;
Meu braço fica mais forte com a angústia do meu coração.

6. Tu não temerás te aproximar
Quando me enlouquecerem os tormentos;
No auge da vida, tu morrerias
Para salvar meu peito da dor de um momento;
Mártir fiel e devotada! Teus olhos brilham
Com a alegria febril de tua alma
Pois eu disse que ela poderá ser a vítima
De um abutre acorrentado, preso em meio ao mar.

7. Bela criatura! Outrora tão inocente,
Com tal seriedade e resolução
Brilhando em teu jovem cenho e misturados
Com um fervor que é como o da religião
Refinada, firme, com a alma jamais subjugada
Nem hesitante em meio ao vento voluptuoso:
Soprou agora uma rajada do oeste
Mas não tirou o orvalho da rosa silvestre.

8. Eu me sentarei ao teu lado e pousarei
A testa em teu ombro; pronto, tudo é calma;
Teu coração fiel alegrou-se ao sentir

O meu batendo contra ele; agora, sem o bálsamo
Que sopra sobre o mar do verão por brisas divinas,
Cantando com tanta doçura quanto um velho salmo
Eu me inclino resignado, um homem de muitos ais;
O mar me consolará, fluindo triste, cada vez mais.

9. Atormentado! Atormentado! Mina, amor
Teu colo está úmido de lágrimas; elas brotam
Não posso nem por uma hora de alívio provar
Visões e sons mais doces que na terra há;
Só levar o demônio a uma loucura tempestuosa
Que corrói a minha vida: qual o seu valor?
Nenhum! Oh, Mina, amor, não descanso
Não o faria nem com as glórias do paraíso ao redor.

10. E é tanta tristeza, com tamanho brilho
Na terra, no mar e no céu, enquanto encantam
Minha mente para a compaixão;
E na penumbra sinto ao meu redor crescendo
Algo que palavras não descrevem: uma noite
Desce sem cessar, e vai fluindo, em negra nuvem
Sim, tem pena de mim e teu mestre acalenta
Com fervor contra o peito; é tudo em vão!

11. Balança teus cachos macios e com a mão fria
Pressiona minha fronte e de novo aponta
Para o céu do oeste: vejo seu brilho
Sinto-o derramando seu viço rosado
Sobre o mar; ouço o fluir das águas
Que arrulham, sossegadas, sua canção profunda
Respondendo aos ventos enquanto esses mares inflamados
Reagem ao fulgor ardente do pôr do sol

12. Parece que vivi para nada; errante
Em minha juventude por campos de flores
Encontrando os caminhos verdes onde nasciam

Colhendo os botões mais belos pelos vales;
Quando, de uma só vez, o vento implacável
De uma rajada, no seio de uma tempestade gelada,
Espalhou as rosas, botões e folhas por todo lado
Com exceção de uma ou duas, que murchariam

13. A comparação é absurda: palavras vãs
A língua não expressa o que sente o condenado
Que se espraia sobre o lago incandescente
Cujas águas flamejantes giram sob si —
Tudo o que respira felicidade parece desertar
Pensamentos desgraçados: a mão do demônio abre
O poço do peito de um homem, tão adorado,
Que adoça todo o resto com esperança.

14. E dele flui e corre, sem ser visto
Até ser nada, deixando apenas ódio
Ódio fétido atrás de si: um jorro tão amargo e lacrimoso
Como o que traz uma borrasca sulfurosa
Do Lago Morto, do Mar de Sodoma:
Mas, pare! Já disse o bastante; e aquela vaga
Será de minhas palavras o túmulo silencioso.

Julho de 1836

A volta de Zamorna

I

Os últimos dias de outono agora tinham cada vez menos luz. Ainda havia um pouco da suavidade do verão no ar, mas os caminhos repletos de folhas e as árvores amareladas de Alnwick mostravam quão próximas estavam as neves do inverno. Mary se levantara abatida e pálida da cama que, um mês antes, acreditou-se que jamais voltaria a deixar. Fraca demais para suportar o frio de outubro e o cheiro das folhas e das flores mortas, só caminhava nos longos corredores cheios de eco da mansão, e lá vagava por horas a fio, descansando de tempos em tempos nos assentos das janelas com gelosias, silenciosa, distraída, num devaneio infindo, do nascer do sol à meia-noite.

Mary estava tão definhada e lívida que suas aias se perguntavam como podia suportar andar tanto, mas sua melancolia muda as deixava impressionadas demais para que a admoestassem. Jamais ousavam aconselhá-la a repousar mais e era ali que, durante todo o dia, o leve farfalhar de seu vestido podia ser ouvido, enquanto ela dava passos cadenciados, lânguidos e silenciosos, parecendo mais uma sombra do que uma mulher viva.

Que pensamentos absorviam sua mente nessas horas tristes? Disseram-me que Mary quase nunca era vista chorando, embora de vez em quando uma lágrima que estava havia tempos se formando em seu cílio caísse como uma pérola solitária sobre o chão.

Ocasionalmente, na tarde de domingo, quando o sol logo antes de se pôr espalhava uma luz plácida sobre o jardim, ela caminhava até a sala de estar de Lady Helen; e, debruçando-se na janela aberta, ouvia os sinos da igreja de Alnwick batendo a três quilômetros de distância para anunciar a missa da tarde. Posso muito bem imaginar que associações aquele badalar divino, aquele dia e aquela hora sagrados deviam trazer.

A srta. Clifton [criada de Mary] me disse que ela continuava a usar, ao redor do pescoço, a miniatura do duque que usara constantemente desde seu casamento, mas que jamais abria a caixinha que a continha. Havia também um medalhão de mármore com o rosto dele em um de seus aposentos, mas Mary jamais se dera conta de quem ele representava. Ela perdera a substância, e era ardente demais, loucamente fiel em sua adoração daquilo que lhe fora arrancado para dar importância à sombra fria e sem vida.

Mas, oh! De dia e de noite, quando Mary acordava e quando se deitava, como vagavam seus pensamentos! Sem rumo, sem guia, sem que ela soubesse para onde, consciente apenas de que se voltavam para o mar.

Como sua mente remoía as visões de um vasto oceano sem ilhas, sem praias e sem navios, com a lua da mais serena noite espelhada em suas águas. E toda aquela miragem era permeada pela sensação de que naquelas ondas sua esperança, sua alegria, seu deus, seu paraíso estavam mergulhados.[23]

Além disso, Mary não parecia piorar muito conforme os dias passavam, mas vivia quase sem comer. O que consumia em vinte e quatro horas mal teria sido suficiente para uma única refeição de um apetite saudável.

Mas, agora, novembro estava passando e os dias difíceis e tempestuosos de dezembro se aproximavam rapidamente. Mary não podia mais andar pelo corredor, cuja atmosfera úmida, quando respirada por ela por apenas um momento, causava um desmaio e uma tosse ameaçadora. Portanto, ela ficava confinada a um largo aposento, lindamente decorado com todos os luxos e todas as mais refinadas obras de arte que Lady Helen acreditava serem capazes de distrair sua atenção por pelo menos um segundo. As paredes eram pintadas com doces cenas italianas: grupos de pessoas entre as estátuas cintilantes e as rosas vermelhas de um imponente jardim; um lago com uma praia ensolarada ao longe; e o céu do sul encimando tudo.

Entre esses esplendores Mary ficava sentada da manhã à noite no mesmo lugar, quase na mesma posição. Teria sido um espetáculo chocante vê-la assim, tão ricamente vestida quanto quando estava em seu trono em Adrianópolis, o centro da mais deslumbrante corte do mundo. Todas as manhãs, suas aias a vestiam da maneira como estavam acostumadas a fazer.

"Muitas vezes", disse uma delas para mim, "pensei, enquanto colocava os anéis em seus dedinhos débeis e prendia os fios de pérola em seu pescoço definhado, tão branco e claro quanto o mármore — pensei que em pouco tempo teríamos que vestir seu corpo numa mortalha e colocá-la, tão jovem e tão divinamente bela, rija e gélida num caixão."

Teria sido bom para Mary se esse sonho de vida pudesse ter durado sem ser quebrado, pois apesar de estar muito distante de qualquer semelhança com a felicidade, ao menos era um alívio das dores da miséria extrema; mas, de tempos em tempos, era visível pela inquietação súbita que a acometia, pela febre que se concentrava em seu peito, por suas mãozinhas consumidas que se uniam e pela expressão delirante e cheia de agonia de seus olhos que ela fora acordada e tinha uma lembrança mais turbulenta e clara de suas tristezas.

> [Mary faz um longo e comovente discurso para sua avó, lembrando os velhos tempos de felicidade e seu amor por seu pai e por Zamorna.]

Foi após um desses despertares perturbadores que a infeliz rainha se retirara, em uma noite melancólica, para seu quarto, e se atirara, doente de desespero, em sua esplêndida cama. Todas as suas criadas a haviam deixado, por vontade dela própria. Mary não permitiu que lhe despissem e estava ali, usando um suntuoso vestido de cetim e uma límpida corrente de diamantes que rebrilhava em torno de seu pescoço, com a luz débil e um único lampião iluminando seu rosto branco e refletindo nas lágrimas que havia em seus cílios e em suas faces pálidas e suaves.

Talvez o sofrimento humano desse tipo jamais tenha ultrapassado o que ela sentiu naquele instante: aquele desejo intenso pelo que sabia ser inatingível; aquela morte lenta da esperança; aquela convicção de que a felicidade jamais retornaria; aquele aterrador declínio do ânimo que parece trazer a morte até tão perto e dar a ela uma forma tão terrível.

Era uma noite tempestuosa. Um vento contínuo emitia um gemido grave na escuridão, e a chuva veio, batendo em jatos furiosos contra as janelas. Nessas circunstâncias, começou a se alastrar pela mente de Mary um horror supersticioso que seus nervos destroçados tinham pouca capacidade de resistir.

Ela olhou para o quarto espaçoso e sombrio à sua volta e pensou, "Como passarei a noite que se estende diante de mim?". Sua mente imaginou visões medonhas de seres de outro mundo, de estranhos visitantes inauditos em formas ausentes de compaixão humana, convertidos em pedra e repletos de um significado que nenhum mortal poderia vislumbrar sem perecer.

Mary ansiava por um segundo de alívio e rezou por isso com as mãos postas, tremendo com medo de que uma voz sobrenatural respondesse sua prece.

Quando terminou a súplica, enquanto o suor frio brotava de sua testa, seus olhos, que antes estavam erguidos para a face de Deus, baixaram e pousaram sobre um pequeno armário que ficava diante da cama. Um quadrado branco de papel, como o de uma carta dobrada, deteve seu olhar errante.

> [A carta é de Zamorna, que assegura a Mary que está ali perto e bem, e que planeja reavê-la após ter acertado as contas com seus inimigos.]

> Gostaria de ter você em meus braços por um momento [continua a carta], mas suponho que isso não acontecerá por enquanto. Se estiver com forças suficientes, vá até os portões do jardim amanhã às nove da manhã e talvez me veja; mas não espere falar comigo. Não estou me escondendo pelos cantos como um bandido, apenas seguindo meu destino de forma independente. Desafio o próprio demônio a me pegar ou me prender neste instante. Coloquei um cacho de meu cabelo junto com a carta. Você é

romântica o suficiente para gostar do presente. Não sou seu marido no momento e não tenho intenção de voltar a ser por algum tempo, mas continuarei a pensar em você sempre que tiver um minuto de descanso e, se seus guardiões não ficarem atentos, vão acabar sendo ludibriados em breve.

Esta carta soa fria e dura, mas tenho passado por muitas coisas ultimamente. Não pretendo morrer ainda por um bom tempo.

Adeus,
A. W.

Leitor, como posso descrever as sensações que essas palavras — essa carta — irromperam em Mary Percy? Cinco minutos antes ela estivera atirada sobre a cama, fraca e pálida, com o aspecto e os sentimentos de quem falecia com uma amarga tristeza no peito. Estranhos terrores que o desespero fizera brotar da noite a esmagavam. Agora, algumas palavras haviam mudado-a até quase a essência.

Mary pareceu compreender no mesmo instante que estivera vivendo num mundo de atrozes visões que, até então, pensara serem verdadeiras. O horror indefinido que permeara todas as associações com Alnwick, todos os cômodos da casa e todos os caminhos do jardim se dissipou. Uma esperança radiante e racional venceu devagar o desespero.

Ela sabia que Zamorna não era seu nem ela dele, mas estava vivo, estava na África, não a esquecera. Ali estava uma carta sua, ali estava um cacho de seu cabelo, cortado havia pouco de sua cabeça. E, enquanto Mary admirava o cacho macio de fios castanho-escuros, enquanto olhava mais uma vez para a assinatura que conhecia tão bem e sentia sua mente subitamente tomada por lembranças dos sedutores sorrisos, palavras e expressões que ela, de todas as flores da África, fora escolhida para desfrutar sem dividir com ninguém, essa dama do oeste não sentiu quase nenhum escrúpulo ao pensar em aceitar a insana sugestão daquele ser errante.

O fato de que ela não era mais esposa de Zamorna passou por sua cabeça uma vez, e com ele uma lembrança de certos traços imprudentes e instáveis do caráter do duque. Mas, quando Mary saiu do quarto com esses pensamentos que deixavam suas faces rubras, ficou perceptível em um momento sublime no qual ela ergueu a cabeça e pelo entusiasmo decidido brilhando em seus olhos que nenhuma dúvida, nenhum receio, nenhuma prudência poderiam reprimir a autoridade de sua vontade. Todos os seus sentimentos estavam concentrados em um só desejo. As águas se avolumavam na cabeceira da cascata; a elas, misturavam-se juncos, flores, galhos; mas que ramo, que vegetação conseguiria impedir a queda iminente?

II

[Na manhã seguinte, Mary, muito antes das nove, já está no rio, esperando para vislumbrar seu amado.]

Oh! Como pareceram longas as duas horas enfadonhas de sua vigília matinal. No início, sustentada pela excitação, Mary não sentira o frio sepulcral do ar; mas seu ânimo, havia tanto tempo abalado pelo sofrimento prolongado, não podia suportar um largo período de suspense. Ela olhou para o caminho que ladeava o rio. Olhou para o próprio curso de águas claras e azuis. Tudo estava imóvel e imaculado. Apenas os arbustos sem folhas tremiam levemente de quando em vez.

"Será que foi tudo apenas um doce sonho?", Mary se perguntou, e mal dissera isso quando sua imaginação mórbida quase transformou aquela suposição em certeza. Sua tosse, irritada pelo frio, acometeu-a com violência. Sua constituição não fora feita para suportar a decepção.

Suas forças, tanto físicas quanto mentais, desapareceram de imediato; e desejando, quase esperando, morrer ali mesmo, ela se sentou na pedra cheia de limo e se entregou a um espasmo de lamentação melancólica.

Mary assim ficou por um longo, longo tempo, com a cabeça afundada nos joelhos, esmagada por uma tristeza que, aliviada por um momento, voltara a desabar sobre ela com um peso dez vezes maior; até que, subitamente, surgiu do rio um som como o mergulho intermitente de remos na água. Ele foi se aproximando. Após uma pausa, uma voz rouca disse bem alto.

"Que diabos! Você quer encalhar a gabarra?"

"Parado aí", foi a resposta, "sei o que estou fazendo."

Foram poucas palavras, mas que fizeram a srta. Percy ter um sobressalto. Ela saiu correndo como um cervo, cruzando o caminho, descendo a colina, atravessando um trecho estreito cheio de castanheiras. Enfiou-se até os tornozelos na água pura e viu-se rodeada por juncos e luxuriantes plantas aquáticas. Mas a voz a fez estacar de novo.

"Moça!", exclamou a voz, chamando-a do outro lado do largo rio. "Pare! O rio é fundo. Se não fosse, minha doce menina, eu lhe diria para seguir em frente e atravessar as águas até chegar perto mim."

"Fique quieto, seu cão selvagem. Essa é uma dama de verdade", disse a voz que respondera a primeira vez.

As águas se agitaram e, de trás de uma ilhota enfeitada com majestosos salgueiros, surgiu uma gabarra muito carregada. Um grupo de remadores estava deitado sobre os pacotes numa das pontas. Na outra havia um homem muito alto debruçado sobre um remo.

"Olhem", disse ele, falando com sua voz clara e sonora que abafava o murmúrio do Derwent, "olhem, vou passar com essa gabarra por debaixo daqueles galhos como se ela fosse um cavalo de corrida!"

Com um movimento atlético e rápido, o homem partiu a onda e levou a embarcação de um só impulso para perto da margem, para um ponto logo abaixo de onde Mary estava. Ela viu-se a cinco ou seis metros de um jovem extraordinariamente alto que usava uma camisa xadrez e calças de lona frouxas, sem sapatos ou meias; seus pés simétricos, ossudos e quase sem carne eram brancos como o mármore e estavam descalços sobre as tábuas molhadas da gabarra; o pescoço também estava nu e as maçãs do rosto altas e faces encovadas e muito pálidas eram obscurecidas por uma barba negra e espessa. O cabelo, que era castanho bem escuro, evidentemente não via uma tesoura havia meses. Os cachos longos e desalinhados esvoaçavam ao vento e cascateavam sobre seu pescoço como a crina luxuriante de um cavalo do deserto. Ele tinha uma expressão risonha e despreocupada nos lábios, mas os olhos possuíam uma ferocidade que faria com que qualquer um ficasse feliz em escapar de seu súbito escrutínio.

Quando a gabarra foi se aproximando, sendo levada devagar pela corrente do Derwent com o vento favorável inflando sua grande vela, Mary viu o homem se virar e fixar nela um olhar tão ávido, tão parecido com o de um gavião — enquanto os lábios esculturais se abriam num sorriso tão carinhoso e radiante — que, tonta com os sentimentos tumultuosos, as pulsações desenfreadas, os desejos ardentes e impacientes que aquele sorriso e aquele olhar haviam despertado, fechou os olhos numa cegueira momentânea.

Quando voltou a abri-los, a embarcação se tornara um pontinho. Ele se fora um segundo depois de ela ter conseguido reconhecê-lo. Sua imagem deslizara sobre a superfície de sua mente e mal se passara um instante que lhe permitisse tomá-la e fixá-la, mas era ele. Mary sabia, ela o sentira, e agora ia voltar para casa e viver se sustentando da visão brilhante daquela manhã até que outra, menos fugidia, lhe fosse entregue.

Ele estava muito abatido e pálido, mas tinha as mesmas feições soberbas de sempre.

"Como queria poder ir com ele; preciso, preciso ir para Ellrington Hall.[24] O pensamento me dá vida nova. Lá, terei esperanças de vislumbrá-lo de novo e poderei vigiar meu assustador pai. Partirei hoje mesmo. Alnwick é uma masmorra medonha. Não posso mais viver aqui. Oh, Senhor! Proteja Zamorna: guarde sua vida, dê-lhe a vitória, esmague seus inimigos e, acima de tudo, na vida ou na morte, não permita que ele me esqueça!"

[Na próxima cena, Mina Laury, que cuidou do desgostoso Zamorna ao longo de todo o seu exílio, reaparece e anuncia para o fiel aliado do duque, Warner, que ele está vivo e voltou a Angria. A notícia se espalha e chega até um grupo exultante dos velhos seguidores de Zamorna, que se apressam a ir encontrá-lo.]

III

[Mary chegou a Verdópolis; os jornais só falam do sucesso de Zamorna. A derrota de Northangerland parece iminente; três de suas amantes fazem súplicas a ele, temendo a ira do duque caso sejam capturadas.]

"Oh! Alexander, meu Alexander! Você vai me proteger de todos os insultos, vai me salvar do perigo. Não permita que eu seja guilhotinada — não permita, não permita. Olhe meu pescoço — não deixaria que ele fosse cortado pela lâmina afiada; e eles estão chegando — vão me levar — vão cortar minha cabeça. Olhem, ele sorri! Está feliz? Bem, é tudo culpa sua. Foi você que os trouxe até aqui. Não quis me escutar e não acabou com eles quando tinha o poder de fazê-lo. Eu quis que os matasse, mas você apenas os baniu. Seu tolo, é bem feito para você — ele voltou. Espero que o pegue e o fuzile."

"Obrigado meu amor", disse o conde, "preciso de bons votos, e aposto que seu desejo vai se realizar. Enquanto isso não acontece, me diga: o que causou esse surto de ternura? Teve alguma notícia especial esta manhã?"

Louisa ficou em silêncio por um momento para reunir forças para dar uma resposta esmagadora e, durante essa pausa momentânea, a porta foi atirada contra a parede. Duas outras mulheres entraram correndo no quarto: uma verdopolitana alta e majestosa usando um vestido carmesim, que era a cor dos revolucionários, de saia ampla e cauda longa; e uma estrangeira de cabelos negros e expressão vivaz usando uma roupa do mais puro branco. Num turbilhão de cachos em desalinho e tecidos farfalhantes, elas se atiraram ao chão e agarraram os joelhos de Northangerland.

Louisa estava em seus braços e por um instante ele ficou assim, cercado de beleza, com as três aos prantos, e, de tempos em tempos, soltando palavras de horror e consternação.

"Minha nossa!", exclamou o conde, com uma estranha risada de escárnio. "Agora mesmo é que vou morrer. Isso é prazer em excesso. Mas", continuou, num tom mais grave, "preciso saber o significado disso. O que aconteceu?"

Louisa e madame Lalande (a morena que estava de branco) responderam apenas gritando: "Salve-nos, salve-nos, estamos perdidas". Pareciam completamente concentradas em seu próprio desespero.

"Oh!", exclamou Louisa, "O que farei se for capturada? Pense em Enara, no sanguinário Hartford, no selvagem torturador Warner. Terei meus ossos quebrados na roda, ou serei queimada viva, e não suporto dor. Nunca suportei. Quando furo o dedo, dou um grito."

"*Et moi aussi!*", interrompeu Lalande. "E esses angrianos bárbaros odeiam os franceses. Corro mais risco, Percy, do que essa *bagatelle*. Cuide mais de mim."

Ao ouvir essas palavras Lady Greville, a verdopolitana loura e aristocrática, levantou-se de um salto de sua postura ajoelhada. Suas feições, quando ergueu o rosto, embora tivessem traços marcantes que expressavam um sistema de pensar e agir um pouco irresponsável demais, mostravam uma alma bem mais nobre que as fisionomias cruéis, pequenas e egoístas de suas rivais.

[Lady Greville, empurrando para longe suas histéricas rivais, conta a Northangerland quais foram os últimos progressos de Zamorna e revela o fato mais perigoso de que a maré agora virou e a simpatia popular está de volta com o duque, e não mais com ele.]

"Lalande, o que devo fazer, imperatriz?"

"Deixe Verdópolis, meu senhor. Fuja comigo para Orléannois, para o meu Château de Bois. Descanse lá até que a tempestade passe."

"*Très bien, ma belle!* Essa é sua sentença. E você, Vernon, o que diz?"

"Digo que estou horrorizada, que já sinto meus membros sendo esticados pela roda, que já me vejo sendo levada amarrada por um batalhão da Cavalaria dos Tigres. Oh, St. Cloud! Como eu gostaria de estar lá. Vamos entrar num navio imediatamente. Lá está o *St. Antoine*, prestes a partir daquele cais. Vamos, vamos, irei só com a roupa do corpo. Cubra-me com sua capa, Alexander. Deixe Caroline para lá; ela é uma criança e estará a salvo.[25] Aqueles demônios não a machucarão; e quanto à sua filha Mary, ela só terá que fingir que é uma pombinha assustada e voar para longe dos gaviões da guerra e para os braços de seu amante. Vai ter o que merece agora por amar aquele *détenu*[26] rebelde de mãos sujas de sangue!

Mary, que estava parada perto de uma janela observando inquietamente aquela cena, aproximou-se quando seu nome foi mencionado.

"Oh, papai", disse ela. "Está à beira da ruína e essas criaturas vão mergulhá-lo nela. Você naufragou e não pode nadar, pois elas se agarram a você.

"Malditas!", continuou, enfurecendo-se. "Elas não se

importam com você; estão absortas em seus próprios terrores patéticos. E seus outros seguidores, a legião de escravos que lambeu seus pés e comeu e jogou fora seu pão, em vez de ficar ao seu lado, está se afastando. Eles o abandonarão. Embora esteja desertado e solitário, nem eu, sua filha, posso lhe entregar meu coração inteiro. Houve um tempo — quase desejo que ele pudesse voltar — quando eu não amava nada, admirava nada, idolatrava nada além do meu pai: Oh, não deixe Verdópolis; conquiste o povo. Você não pode ser desertado."

"E não serei", retrucou o conde, levantando-se. "Essas pessoas não ousam me abandonar todas ao mesmo tempo. Agora mesmo há uma fileira de carruagens na porta e eu as ouço na antecâmara, clamando por uma audiência. Senhoras, deixem-me. Você, Lalande, e você, Louisa, vão para St. Cloud e Orléannois. Você, Georgiana, verei de novo esta noite."

Quando as três, que obedeceram imediatamente diante daquela ordem decidida, haviam saído do cômodo, Northangerland voltou-se para a filha.

"Mary", disse ele, "tudo isso fui eu mesmo que causei, e não estou mais infeliz com essa crise do que nas horas de calmaria. Portanto, não chore por isso; e, quanto a esses angrianos, faça o que quiser. Eu não a impedirei. Mas, se sentir um interesse particular por qualquer um deles, lembre-se de que não tem um anel no seu terceiro dedo. Quero que me ouça bem. Adeus! Partirá meu coração se esquecer essa última informação." Com essas palavras, ele a deixou.

IV

[As forças de Northangerland e de Zamorna se enfrentam; a vitória da segunda parece inevitável, tamanho é seu empenho em lutar por seu líder e sua causa.]

O batalhão estava tão diminuído, tão exausto, mas tão resolvido, tão fiel, tão unânime, tão inspirado pela força e pelo brio de quem os liderava, que era invencível; ou, se fosse esmagado e subjugado devido ao número muito maior dos adversários, só cederia à derrota com a última gota de sangue do último homem.

Mas o registro de tudo isso e de muito mais eu deixo para aqueles que são muito melhores em descrevê-lo do que eu[27] e, mais uma vez, volto-me para os detalhes da vida privada.

Embora Verdópolis estivesse tão confusa, Northangerland jamais pediu que sua filha deixasse a cidade; e ela, enfeitiçada em meio ao furacão, permaneceu nos corredores inquietos e salões tumultuosos da Casa Ellrington, observando a crise que se aprofundava, o enredo que se complicava, ora exultante, ora trêmula. E, assim como em todos os jornais, em todas as bocas estava o nome de Zamorna, e Mary refletia silenciosamente sobre a mudança que ocorrera em apenas duas semanas.

Sim, há catorze dias ela estava sozinha em Alnwick, sufocada por aquele jardim solitário, vivendo uma existência fantasmagórica dentro de um sonho estranho, com a agitação da guerra adormecida à sua volta. Mary pensou nas noites que passara sozinha, naquele imenso e velho quarto, numa larga e imponente cama. Lembrou como o silêncio da noite e o brilho pálido dos lampiões costumavam afetar sua mente. Recordou-se da letargia onírica que parecia tomar conta dela em vez do sono, quando as alegrias passadas pareciam se esvair e virar dúvida, pó, e ela temia que todas as suas lembranças, nas quais pensava tanto e com tanto carinho, fossem apenas uma ilusão vazia. Então, Mary temia sussurrar o nome de Zamorna, receando que ele fosse um som imaginário, jamais dito para ouvidos mortais; e dúvidas sobre a realidade da vida, da Terra, do céu cambiante e do mar profundo surgiam como nuvens em seu cérebro e o deixavam paralisado por um momento.

Tudo isso acabara agora. O triunfal Zamorna, com sua armadura e sua coroa, estava num raio de vinte quilômetros dela. A África, com uma mistura de terror e êxtase, bradava seu nome. Sim, ele se erguia de novo, qual um sol redivivo, sobre a montanha de calúnia, desprezo e desonra que cobrira seu nome como um troféu celebrando o triunfo de seu inimigo.

E agora, havia a possibilidade de Mary mais uma vez ser tomada em seus braços e esquecer os dias de exaustão e as noites de angústia num descanso celestial sobre seu peito.

Ela refletia sobre tudo isso, no meio de uma noite de tempestade. Fora para seu quarto com a intenção de descansar, mas havia sido atacada por um turbilhão de pensamentos. Desabara sobre uma cadeira que ficava perto de sua penteadeira e, com a cabeça sobre a mão, estava absorta em lembranças e expectativas.

Uma porta desses aposentos dava numa escada estreita que levava, por uma passagem privativa, ao jardim. Muitas vezes, antes de seu casamento, Mary escapulira por ali para se encontrar com o marquês de Douro naquelas aleias obscuras e isoladas, ao lado de um chafariz iluminado pelo luar ou de uma estátua brilhante de mármore.

Nesse momento, ela se lembrou do estranho encanto que a levava até ele: do olhar ávido e místico com o qual ele a recebia; de sua silhueta quando ela o vislumbrava por entre as árvores, parado de pé perto do chafariz, aguardando ansiosamente que ela aparecesse, silencioso, com um aspecto de calma e concentração; e seu riso quando ela se atirava em seus braços, seu abraço, suas palavras murmuradas e apaixonadas.

"Decerto", disse Mary enquanto essas recordações surgiam tão vívidas em sua mente, "ele não vai me esquecer no tumulto da vitória. Vai pedir que volte a ser sua esposa. Ao menos, vai desejar me ver."

Essas palavras mal haviam saído de seus lábios quando ela ouviu um rangido abafado, como se a porta do jardim estivesse sendo cuidadosamente aberta. Uma rajada de vento frio soprou dentro do quarto e ergueu do chão o tapete que ficava diante da porta. Mary ouviu uma tosse no pé da escada. Ela se levantou de um salto. Estava fora de si. Um pensamento louco surgiu com imensa força. Ela tentou dissipá-lo.

"Vir à casa do meu pai logo agora... atravessar Verdópolis... com uma coroa, a honra, a vida, tudo dependendo da liberdade dele... fui insana por ter por um momento imaginado isso."

O pensamento desapareceu. Tudo era silêncio de novo. Mary se sentou. Os sons que ouvira haviam sido tão fracos que talvez houvessem sido inventados por ela. Mas silêncio! Alguém disse algo na pequena passagem.

"Espere aqui, Eugene.[28] Fique atento, ouça bem. Estarei com você em uma hora."

Não foi preciso mais nada. Aquele som era como música: uma música natural, idolatrada, gloriosa.

Mary correu para a porta e abriu-a de um só golpe. Desceu depressa a escada e entrou no pequeno corredor escuro. Encontrou um homem alto, mal discernível na penumbra. Estava envolto por peles e por uma longa túnica drapeada. O homem agarrou-a em meio à sua radiante descida, envolveu-a com as dobras de sua marta, apertou-a contra o peito quente e pulsante e pressionou seus lábios contra os dela num longo, fervoroso e ardente beijo.

Dezembro de 1836 — janeiro de 1837

PARTE IV

Mina

Mina Laury[1]

A Interseção de Rivaulx! Será que meus leitores conhecem esse nome? Acho que não. Ouçam, portanto: é um lugar verdejante, delicioso e tranquilo que fica na metade do caminho entre Angria e o sopé das colinas Sydenham; sob as sombras de Hawkscliffe, nas bordas da floresta real.[2] Quem chega vê uma bela casa de janelas corrediças, com as paredes tomadas por uma hera espessa e muito bem aparada; diante da porta da frente há uma varanda moderna de treliça, que durante todo o verão fica coberta por folhas verdes e rosas em botão, semiabertas ou abertas. Quando o tempo está bom, a porta que dá na casa está sempre aberta e revela um imponente átrio, quase um saguão, que dá numa escada de degraus brancos e curtos com um carpete cintilante no meio. Você procura em vão por um muro ou portão que feche a varanda: sua principal característica é um velho obelisco com musgo e flores silvestres na base e um crucifixo quase destruído esculpido na lateral.

Bom, esse não é um local muito sofisticado, mas eu muitas vezes já vi, nas tardes de junho, um homem que todos os olhos de Angria poderiam reconhecer sair da penumbra doméstica daquele átrio e ficar num ócio prazeroso naquela varanda, cujas flores e folhas eram perturbadas pelo contato dos cachos de seu cabelo. Embora fique num local isolado, a Interseção de Rivaulx não é uma das casas secretas de Zamorna; ele permite a entrada de quem quer que escolha ir ali.

O dia está sufocante, quente e sem vento. O sol, já bastante baixo, começa a dar lugar à noite e emite uma luz escura e âmbar. Um ar alegre rodeia a mansão, que tem as janelas erguidas, a porta, como sempre, aberta de forma hospitaleira, e a larga passagem reverberando com o vivaz murmúrio de conversa que vem dos cômodos que ficam depois dela. É um daqueles dias muito amenos e ensolarados que, com uma influência irresistível, atrai as pessoas para passear em meio ao ar morno: vejam, ali estão dois cavalheiros descansando na varanda, bebericando café das xícaras que trouxeram da sala de estar; um terceiro se deitou sobre o musgo suave que fica à sombra do obelisco. Se não fosse por esses três homens, a paisagem seria de um repouso perfeito.

Dois deles [com uniformes militares] são oficiais do quartel-general do enorme exército de Zamorna; o outro, que está deitado na vegetação, é um homem magro vestido de roupas civis pretas. É o sr. Warner, o secretário de Estado para Assuntos Internos. Havia outra pessoa ao seu lado que eu jamais deixaria de descrever. Era uma bela moça usando um suntuoso vestido de cetim preto e ornamentos que pareciam ser os da mulher de um bandoleiro, nos quais uma fortuna inteira fora gasta; mas isso não era de admirar, pois sem dúvida eles haviam sido presente de um rei. Em suas orelhas estavam duas longas e claras gotas, vermelhas como o fogo e com um tom púrpura que mostrava que aqueles eram verdadeiros rubis orientais. Uma fina corrente de ouro circundava inúmeras vezes seu pescoço e uma cruz de pedras preciosas se aninhava em seu peito, tendo uma pedra central que era um medalhão que se abria e dentro do qual havia um cacho de cabelo castanho-escuro. Desse cacho macio, a moça não abriria mão nem por um reino inteiro.

Os olhos de Warner estavam fixos com interesse na srta. Laury, que estava de pé bem diante dele, um modelo de beleza vigorosa e saúde radiante; havia uma espécie de aprumo militar em seu corpo, que era muito elegante, e no modo como seu pescoço, que surgia de um esplêndido busto, punha-se gracioso e vertical sobre seus ombros arredondados. Da mesma maneira, seu ventre reto e encaixado e os belos e esguios pés que a apoiavam naquela postura toda regulada claramente indicavam que, desde a infância, ela tinha familiaridade com as ordens de um sargento. A srta. Laury passara toda a tarde entretendo seus nobres convidados — os dois homens na varanda não eram ninguém menos do que Lord Hartford e Enara — e conversando com eles de forma franca e alegre. Esses eram os únicos amigos que ela tinha no mundo. Jamais procurava a amizade de mulheres e, se houvesse procurado, não teria encontrado. Ela era tão sagaz, esperta e honesta em tudo o que dizia e fazia que aqueles altivos aristocratas não hesitavam em lhe revelar questões da mais alta importância.

O sr. Warner agora falava com a srta. Laury sobre ela mesma.

"Minha querida senhorita", dizia ele, em seu tom autoritário, porém ainda assim suave, de sempre, "não faz sentido que permaneça assim, tão exposta ao perigo. Sou seu amigo — sim, senhorita, seu amigo *verdadeiro*. Por que não me ouve e obedece ao que digo sobre esse assunto? Angria não é um local seguro para você. Deveria deixar o país."

A dama balançou a cabeça.

"Jamais. Até que meu senhor me obrigue a sair daqui, a terra dele é minha terra."

"Mas — srta. Laury, bem sabe que nosso exército não tem a proteção do divino. Essa invasão pode ser bem-sucedida, ao menos durante algum tempo; e, então, o que será de você? Quando a nação do duque estiver lutando contra a destruição, quando sua glória estiver afundada em águas profundas e ele próprio estiver tentando desesperadamente recuperá-la, como poderá desperdiçar um pensamento ou um momento com uma mulher?"

Mina sorriu.

"Estou decidida", disse ela. "Meu senhor não me forçará a deixá-lo. Você sabe que já estou calejada, Warner; a humilhação e as admoestações não têm efeito sobre mim. Não me importo se me acusarem de ser uma daquelas mulheres que correm atrás dos batalhões de soldados. Na paz e no prazer, todas as damas da África estariam ao alcance das mãos do duque; na guerra e no sofrimento, ele não perderá uma pobre garota camponesa. Ora, senhor, minha existência não tem outro propósito; não tenho outro interesse na vida. Apenas estar ao lado de sua alteza, observá-lo e adivinhar seus desejos ou, quando não posso fazer isso, cumpri-los com a rapidez de um raio quando são expressados; cuidar dele quando está doente ou ferido, ouvir seus gemidos e testemunhar sua paciência natural para suportar a dor; insuflar, se eu puder, minha própria saúde e energia inesgotáveis nele e, oh, se fosse possível, tomar para mim sua febre e sua agonia; proteger seus interesses, colocar sobre os meus ombros o poder dele, que me oprime com seu peso; preencher uma coluna no enorme séquito que o serve, realizando algo que ninguém mais ousaria: fazer tudo isso, senhor, é cumprir o destino para o qual eu nasci. Sei que minha reputação não é boa na sociedade como um todo, porque me entreguei tão completamente a apenas um homem. E sei que ele próprio quase nunca se incomoda em pensar nas coisas que faço, que jamais pôde e jamais poderá compreender a extraordinária subserviência, o completo autossacrifício que ofereço em seu altar. Mas ele me dá minha recompensa, e ela é abundante.

"Sr. Warner, quando eu estava no forte Adrian e tinha a obrigação de ser a governanta de todo o complexo militar, costumava me regozijar de minha responsabilidade e me sentir mais firme quanto maior fosse o peso que precisava aguentar. Quando meu senhor passava lá, como muitas vezes fazia em uma de suas inspeções gerais ou em uma caçada com alguns de seus oficiais de Estado, eu me deliciava tanto em dar ordens para que fossem servidos banquetes ou organizados entretenimentos e em ter certeza de que as lareiras tinham fogo e os candelabros tinham velas naqueles salões escuros, só por saber para quem se preparavam todas essas coisas. Tinha uma sensação de êxtase ao ouvir a voz do meu jovem senhor, ao vê-lo seguro e poderoso em sua própria fortaleza, ao saber a fidelidade daqueles que o cercavam. Além do mais, senhor, para mim, uma saudação dele e o toque condescendente de sua mão são o suficiente para deixar orgulhosa uma rainha, quanto mais a filha de um sargento.

"Por exemplo, na última tarde de verão em que ele esteve aqui, o sol, as flores e a tranquilidade iluminaram suas feições nobres com tal felicidade que pude ver que seu coração estava em paz; pois, quando se deitou na sombra onde o senhor está agora, ouvi-o cantarolar as canções que há muito, muito tempo costumava tocar em seu violão. Fui então recompensada, ao sentir que a casa da qual cuido é agradável o suficiente para fazê-lo esquecer-se de Angria e lembrar-se de seu lar. O senhor precisa me desculpar, sr. Warner, mas o oeste, o doce oeste, é tanto a casa dele quanto a minha." Mina parou de falar e olhou solenemente para o sol, que agora tinha o brilho mais suave e estava muito mais baixo. Após um momento, seus olhos pousaram de novo sobre Warner. Pareciam ter absorvido o fulgor daquilo que haviam observado; havia neles uma luz minúscula como a da ponta de uma flecha quando ela disse,

"Esse é o momento em que devo permanecer ao lado de Zamorna. Não serei roubada das horas desse perigo abençoado que me permite permanecer continuamente com ele. Não tenho medo do perigo; tenho os nervos fortes; ficarei com ele ou morrerei."

"O que acendeu tão subitamente seus olhos, srta. Laury?", perguntou Lord Hartford, saindo de debaixo do teto de rosas e aproximando-se com Enara.

"O duque, o duque", murmurou Enara. "A senhorita não vai deixá-lo, sou capaz de jurar."

"Não posso, general", disse Mina.

"Não", respondeu o italiano, "e ninguém a obrigará. A senhorita fará como quiser, seja certo ou errado. Detesto não poder obedecer a pessoas como a senhorita."

"Obrigada, general, o senhor é sempre tão gentil comigo."

Mina imediatamente pegou a mão enluvada de Enara com sua mãozinha.

"Gentil, senhorita? Sou tão gentil que enforcaria sem confissão qualquer um que pronunciasse seu nome sem o respeito devido a uma rainha."

O moreno e carrancudo Hartford sorriu ao ouvir tanto entusiasmo.

"Isso é uma homenagem à bondade ou à beleza da srta. Laury?", perguntou ele.

"A nenhuma das duas, meu senhor", respondeu Enara, sem rodeios, "mas ao valor, ao grande valor dela."

"Hartford, o senhor não vai desdenhar de mim? Esse sorriso foi de desprezo?", murmurou Mina apenas para ele.

"Não. Não, srta. Laury", respondeu o nobre general, muito sério. "Conheço a senhorita; sei bem do seu valor. Duvida da amizade honesta de Edward Hartford? Ela é sua de uma maneira que jamais pertenceu a uma mulher tão bela."

Antes que a srta. Laury pudesse responder, uma voz vinda da mansão disse seu nome.

"É o meu senhor!", exclamou ela, correndo como um cervo sobre um campo, atravessando a varanda, a passagem e a sala de estar usada no verão, que tinha paredes pintadas de um belo vermelho-pálido, as molduras das portas e janelas de um dourado polido e as belas cortinas de seda azul-marinho cobertas com ondas douradas e flores.

Lá se encontrava Zamorna, sentado sozinho; ele estivera escrevendo. Uma ou duas cartas, dobradas, seladas e com endereços do oeste estavam na mesa ao seu lado. O duque não tirara o capacete de dragão desde que entrara na casa três horas antes e ou seu peso, ou a melancolia das plumas que pendiam dele, ou algum sentimento interno anuviavam seu rosto com uma estranha sombra.

Mina fechou a porta e aproximou-se devagar; sem dizer palavra ou pedir permissão, começou a se ocupar em abrir o fecho do pesado capacete. O duque deu um leve sorriso conforme os dedinhos dela passavam por seu queixo e espessas costeletas; e deu outro quando, após aquele fardo de metal e plumagem negra ter sido removido, eles pentearam a massa comprimida de cachos castanhos e sedosos e refrescaram com seu toque o cenho febril. Absorta nessa tarefa prazerosa, Mina mal sentiu quando o braço de sua majestade enlaçou sua cintura; mas ao mesmo tempo sentiu e teria se considerado presunçosa se houvesse se afastado ante aquele carinho. Ela aceitou-o como uma escrava aceita a carícia de um sultão e, obedecendo à pressão gentil da mão dele, deixou-se cair lentamente no sofá, ao lado de seu senhor.

"Minha pequena médica", disse Zamorna, encarando os olhos ansiosos, porém apaixonados dela com o brilho de seu semblante, "você me olha como se achasse que não estou bem — sinta meu pulso."

Ela envolveu a mão oferecida, que era branca, flexível e macia devido à juventude e a uma vida isenta de trabalhos pesados, com ambas as suas; não sei se o pulso de Zamorna estava rápido ou não, mas o de sua vassala estava quando ela sentiu os dedos finos do monarca tranquilamente pousados nos seus.

Zamorna não esperou pela conclusão, mas, tirando sua mão dali e pondo-a sobre os cachos de ébano dela, disse,

"Então, Mina, você não quer me deixar, embora eu

jamais tenha-lhe feito bem nesta vida. Warner disse que está resolvida a continuar na cena da guerra."

"A continuar ao seu lado, alteza."

"Mas o que eu farei com você, Mina? Onde a porei? Minha menininha, o que o exército dirá quando souber de sua presença? Você já leu História; lembre-se de que foi Dario[3] quem levava suas concubinas para o campo de batalha, não Alexandre. O mundo dirá que Zamorna se muniu de uma bela amante. Que ele cuida de seus próprios prazeres e não liga para os sofrimentos de seus homens."

A pobre Mina, ao ouvir essas palavras, se contorceu como se houvesse levado um golpe de espada. Um rubor vívido se espalhou por suas faces e lágrimas de vergonha e amarga autocensura brotaram no mesmo instante em seus brilhantes olhos negros. Zamorna ficou profundamente tocado.

"Não, minha menininha", disse ele, redobrando suas carícias altivas e falando em seu tom mais consolador, "não chore por isso. Lamento magoar você, mas seu desejo é uma impossibilidade e preciso usar palavras fortes para convencê-la de que não posso cumpri-lo."

"Oh! Não recuse novamente", soluçou a srta. Laury. "Suportarei toda a infâmia e todo o desprezo se permitir que vá com você, meu senhor. Sou a mais fiel de suas servas há muitos anos e quase nunca lhe peço um favor. Não rejeite o que é praticamente o primeiro pedido que já lhe fiz."

O duque balançou a cabeça e uniu os lábios esplêndidos de forma tão plácida que não se pode dizer que os tenha comprimido; mas fez uma expressão que indicava que não ia mudar de ideia.

"Se você se ferir, se ficar doente", continuou Mina, "o que cirurgiões e médicos poderão fazer? Não poderão tratá-lo, servi-lo e adorá-lo como eu; não parece bem agora. Seu rosto está pálido e a pele em torno de seus olhos está fina. Meu senhor, dê um sorriso e não pareça tão tranquilamente resolvido. Deixe-me ir também!"

Zamorna tirou o braço da cintura dela. "Faz questão de me aborrecer, sem conseguir parar de me importunar", disse ele. "Mina, olhe para aquela carta, leia o destinatário", continuou, apontando para a missiva que acabara de escrever. Ela obedeceu: o destinatário era sua alteza real Mary Henrietta, duquesa de Zamorna, rainha de Angria.

"Será que devo ignorar o que sente essa senhora?", insistiu o duque, a quem os deveres da guerra e o conflito de algumas emoções internas haviam deixado mais severo do que o normal. "Os direitos públicos dela devem ser respeitados, quer eu a ame ou não." A srta. Laury se retraiu. Não ousou dizer nem mais uma palavra. Desejou inconscientemente, com louca intensidade, estar morta e enterrada, insensível à vergonha que a engolfava. Viu o dedo de Zamorna, com a aliança, ainda apontando para aquele horrível nome, um nome que não fazia nascer nela nenhum impulso de ódio, mas apenas de humilhação. Mina saiu de mansinho de perto de seu senhor, sentindo que tinha tanto direito de permanecer ali quanto um cervo tem de compartilhar o abrigo de um leão; e, murmurando que lamentava muito por ter sido tão tola, estava prestes a deixar pé ante pé a sala, cheia de consternação e desespero. Mas o duque, levantando-se, impediu-a de sair e, inclinando seu corpo alto sobre ela, que se encolhia diante dele, enlaçou-a mais uma vez. Seu rosto não relaxou a expressão grave nem por um momento, e a melancolia não deixou suas feições magníficas, porém exaustas, quando ele disse,

"Não pedirei desculpas pelo que disse, pois sei, Mina, que, como a abracei agora, você se sente plenamente compensada por minha severidade transitória. Antes de partir, eu lhe direi uma palavra de conforto, da qual você se lembrará quando eu estiver bem longe, e talvez morto. Minha querida menina! Sei e sou grato por tudo o que já fez, tudo de que abriu mão e tudo o que suportou por mim. Pagarei com uma moeda, com somente aquilo que, para você, terá mais valor do que mundos inteiros. Dou-lhe o amor mais verdadeiro e profundo que um senhor já deu à vassala mais bela e encantadora que já lhe serviu com obediência feudal. Você talvez jamais volte a sentir o toque dos lábios de Zamorna. Pronto, Mina." Com fervor, quase com raiva, ele pressionou a boca contra a testa dela. "Vá para o seu quarto. Amanhã, deverá partir para o oeste."

"Obediente até a morte", foi a resposta da srta. Laury, que fechou a porta e desapareceu.

[Enquanto isso... embora Zamorna aparentemente tenha escrito uma carta para a esposa na última cena, ele insiste na decisão de repudiá-la e se vingar de seu pai, Northangerland, partindo o coração dela. Semanas se passam sem que Zamorna dê qualquer notícia, e Mary começa a definhar.]

A duquesa deixou a cabeça desabar sobre a mão.

"O sol está brilhando forte esta tarde?", perguntou ela. "Eu me sinto muito lânguida e inerte."

Infelizmente, não era o sol brando de abril cintilando nas gotas que restavam da chuva da manhã que causavam aquela fadiga.

"Gostaria que o correio chegasse", continuou a duquesa. "Há quanto tempo faz que recebi uma carta, Amelia?"

"Três semanas, alteza."

"Se não chegar nenhuma esta tarde, o que farei, Amelia? Jamais aguentarei até amanhã. Oh, como temo essas noites longas, exaustivas e insones que venho passando ultimamente, revirando-me por horas numa cama enorme e solitária, com o pavio das velas diminuindo ao me redor. Acho que conseguiria dormir se tivesse uma carta carinhosa como talismã para apertar contra o peito a noite inteira. Amelia, eu daria tudo para receber do leste esta tarde um quadrado de papel branco escrito com aquela letra leve e fluida. Se ele me escrevesse apenas duas linhas e assinasse seu nome."

"Alteza", disse a srta. Clifton, colocando uma pequena xícara de prata cheia de chá e um prato de biscoitos diante da rainha, "a senhora terá notícias do leste esta tarde, e dentro de poucos minutos. O sr. Warner está em Verdópolis e virá vê-la imediatamente."

Foi agradável ver como um raio súbito de alegria se espalhou pelo rosto da rainha Mary, acabando com a tristeza serena que lá havia.

"Graças aos céus!", exclamou. "Mesmo se ele trouxer más notícias, pelo menos acabará com esse suspense; e, se forem boas notícias, essa agonia será removida por um momento."

Enquanto ela falava, ouviram-se passos na antecâmara e uma leve batida na porta. O sr. Warner entrou bem agasalhado, já que era absolutamente necessário que evitasse ser notado, pois, se fosse reconhecido, o resultado seria o sacrifício de sua liberdade. Com modos como os de um cavaleiro devotado, apoiou-se sobre um dos joelhos diante da duquesa e pousou respeitosamente os lábios sobre a mão que ela lhe ofereceu. Um brilho de grande ansiedade surgiu em seus olhos quando ele se ergueu e viu a sombra de fraqueza e melancolia que havia se instalado nas divinas feições dela, assim como a palidez delicada de sua pele.

"Vossa alteza está definhando", disse ele de forma abrupta após aquele primeiro cumprimento. "Está ficando cada vez mais fraca; imaginou que as coisas são piores do que são; deixou-se assustar por suposições fantásticas."

> [Apesar de seu desejo de consolar a duquesa, Warner não traz consigo a tão desejada carta. Em desespero, Mary resolve ir com ele para o fronte.]

"Não posso fazer nenhum esforço para abrandá-lo se estivermos separados por duzentos quilômetros. Tenho certeza de que ele pensaria mais em mim como uma mulher e menos como um elo incorpóreo entre ele e meu terrível pai se eu estivesse por perto. Warner, essa irritação de todos os nervos é insuportável. Não estou acostumada à decepção e demora naquilo que desejo. Quando retorna a Angria?"

"Amanhã, alteza, antes de o dia raiar, se possível."

"E viajará incógnito, é claro?"

"Sim."

"Então, guarde um lugar em sua carruagem para mim. Preciso ir com você. Não diga uma palavra de advertência, eu lhe imploro, sr. Warner. Eu teria morrido antes do amanhecer se não houvesse pensado nessa solução."

O sr. Warner ouviu-a em silêncio e viu que era inútil se opor, mas, no fundo, detestara aquela ideia. Considerava-a precipitada e perigosa. Além disso, já calculara diversas vezes o resultado da determinação do duque. Pesara as vantagens e as desvantagens, os ganhos e as perdas, a separação do pai e a felicidade da filha e, de acordo com sua opinião serena e ambiciosa, os primeiros pareciam pesar muito mais do que os segundos. Ele fez uma mesura para a duquesa, afirmou que ela seria obedecida e saiu da sala.

[Após chegarem ao fronte, Warner imediatamente vai se encontrar com Zamorna.]

"Sabia que tinha chegado, Howard", disse ele, "pois ouvi sua voz lá embaixo há um quarto de hora. Bem, obteve os documentos?"

"Sim, e entreguei-os ao secretário particular de vossa alteza."

"Estavam na Casa Wellesley, não estavam?"

"Sim, era a própria duquesa quem os guardava, ela disse que vossa alteza desejava que fossem preservados com cuidado.

"A duquesa", continuou Warner após uma breve pausa, "perguntou muito ansiosamente por vossa alteza."

A expressão severa de marechal de campo surgiu nos olhos de duque, que estava reclinado como um gigante em seu sofá, e sua afabilidade momentânea derreteu.

"Não preciso lhe perguntar como estava a aparência de Mary Wellesley", disse ele em sua voz grave, "pois sei melhor do que você. Diga, Howard, ela pediu por uma carta, não pediu?"

"Pediu; quase suplicou por uma."

"E você não tinha uma para dar", respondeu o soberano e, com uma risada baixa e sem alegria, virou-se no sofá e ficou em silêncio.

Warner andou de um lado para o outro na sala, inquieto.

"Alteza, será que está agindo certo?", exclamou, pausando subitamente. "A questão está entre Deus e sua consciência. Sei que o reino precisa ser salvo a qualquer custo, seja esse custo a paz ou até mesmo a vida de qualquer indivíduo; advogo o pragmatismo, alteza, no governo de um Estado; admito que medidas discutíveis possam ser tomadas para chegar a um fim justo; sanciono o derramamento de sangue e a destruição da felicidade doméstica para enfiar a espada no coração de um traidor. Mas ainda assim sou um homem, alteza, e, após o que vi durante os dois últimos dias, pergunto a sua majestade com solene franqueza: será que o coração de Northangerland não pode ser atingido por outro caminho que não seja o peito da minha rainha?"

[Zamorna permanece inflexível e Warner finalmente deixa sua presença, dizendo que há "uma senhora" na outra sala que deseja uma audiência.]

Cerca de dez minutos após a partida de Warner, a senhora em questão entrou na sala por uma porta interna. Zamorna se erguera do sofá e agora estava de pé, empertigado diante do fogo. O duque se voltou para ela a princípio sem lhe dar muita atenção, mas seus olhos atentos logo se inflamaram de interesse quando viu o corpo elegante cujas proporções franzinas e jovens e cujo porte gracioso, realçados pelo vestido, produziam um efeito de harmonia muito feminino. Ao inclinar-se em uma profunda mesura, a mulher conseguiu arranjar seu enorme véu de forma a esconder o rosto. Quando fez isso, sua mão tremeu; ela então parou de andar e se apoiou numa estante que havia perto da porta.

Zamorna viu que ela tremia dos pés à cabeça. Falando em seu tom mais melodioso e tranquilizador, ele disse que ela devia se aproximar, e colocou uma cadeira ao lado da lareira. A mulher tentou obedecer, mas ficou evidente que ia cair ao chão se largasse seu apoio. O duque sorriu, um pouco surpreso com tamanha agitação.

"Espero, madame", disse ele, "que minha presença não seja a causa do seu receio", e, avançando, ofereceu gentilmente sua mão e levou-a até um assento. A mulher foi se acalmando e o duque se dirigiu de novo a ela, no tom mais suave e encorajador possível.

"Creio que o sr. Warner me disse que a senhora é esposa de um oficial de meu exército. Qual é o nome dele?"

"Archer", respondeu a dama, dizendo a primeira palavra com sua voz de prata.

"E tem algum pedido a fazer em relação a seu marido? Pode falar sem medo, madame; se o pedido for razoável, eu o atenderei."

Ela respondeu, mas tão baixinho que não foi audível.

"Tenha a gentileza de remover seu véu, madame", disse o duque. "Ele me impede de ouvir bem o que a senhora diz."

Ela hesitou por um momento e então, como quem toma uma súbita resolução, afrouxou o nó de cetim que amarrava seu chapéu e, tirando tanto ele quanto o véu de uma só vez, tombou-os sobre o tapete. O duque vislumbrou um lindo rosto enrubescido, mas, após um momento, uma cascata de cachos caiu sobre ele, que também foi ocultado por duas delicadas mãozinhas brancas com muitos anéis brilhando nos dedos finos.

O soberano do leste ficou perplexo; tinha um olhar agudo para a maioria dessas questões, mas não conseguia entender o constrangimento crescente e os tremores de sua adorável suplicante; ele repetiu a questão que fizera a respeito da natureza da petição.

"Majestade", disse ela após alguns instantes, "quero sua graciosa permissão para ver meu amado marido mais uma vez antes que ele me deixe para sempre."

A mulher ergueu o rosto, tirou os cachos castanho-avermelhados da testa e fixou os olhos castanhos e ardentes, repletos de lágrimas, anseios e súplicas, num rosto que ficou rubro diante deles.

O coração do rei bateu e pulsou até que seu movimento pudesse ser visto no arfar de um peito esplêndido. Ele estava como que paralisado diante da mulher, um pouco inclinado sobre ela, com uma centelha inexprimível surgindo e se espalhando até virar um clarão em seus olhos, com a corrente de seu sangue subindo até as faces e com a testa enevoada por pensamentos solenes, terríveis e desesperados.

Mary uniu as mãos e esperou. Ela não sabia se o amor ou a indignação iam prevalecer. Viu que ambos os sentimentos estavam agindo. O suspense dela chegou ao fim: a nuvem se desfez numa explosão de fúria elétrica! Zamorna deu as costas para a duquesa e abriu a porta de um só golpe. Uma voz ressoou pelos corredores da Casa Angria, exigindo a presença de Warner — uma voz que tinha o espírito de um clarim, a profundidade de um tambor em seu tom...

[Warner, no mais alto estilo imperial, é devidamente repreendido e mandado embora.]

Warner, cuja serenidade angélica havia sido pouco abalada por esse pavoroso furacão, teria passado um sermão no duque sobre o quanto era errado se permitir ter violentos ataques de fúria; mas um olhar súplice da duquesa o convenceu a se retirar em silêncio.

Foi com uma sensação de terror prazeroso que Mary se viu novamente sozinha com o duque. Ele ainda não dissera nem uma palavra ríspida para ela. Era horrível ser a única companhia de Zamorna naquele momento de ira, mas como era melhor do que estar a duzentos quilômetros dele. Logo, a distância entre os dois seria a menor possível. O duque, observando sua beleza pálida e doce até sentir que não havia nada no mundo que amava tanto — consciente de que ela definhara por causa dele, compreendendo o amor que a fizera atravessar tamanhos perigos para vê-lo, arriscando tudo —, atirou-se impetuosamente ao seu lado e logo a fez tremer tanto com o ardor de suas carícias quanto tremera com o pavor de sua raiva.

"Aproveitarei as poucas horas de felicidade que você atirou em meu caminho, Mary", disse Zamorna, enquanto ela se agarrava a ele e chamava-o de seu adorado, glorioso, Adrian, "mas esses seus beijos e essas suas lágrimas e essa beleza intoxicante não vão mudar minha resolução. *Vou* arrancá-la, minha linda rosa, completamente de mim; plantarei você no jardim de seu pai de novo: preciso fazê-lo, ele me obriga."

"Não me importa", disse a duquesa, sorvendo o delicioso líquido daquele momento, desviando o olhar do futuro negro e pousando-o sobre o presente glorioso personificado em Zamorna. "Mas se você se divorciar de mim, Zamorna, será que nunca, nunca, vai me trazer de volta para o seu lado? Terei que morrer inevitavelmente antes de completar vinte anos?"

O duque olhou-a em silêncio; ele não conseguiu arrasar sua esperança.

"O evento ainda não ocorreu, Mary, e ainda existe a possibilidade de ele ser evitado. Mas, meu amor, se eu tirar a coroa dessa doce cabeça, a coroa que pus sobre esses cachos sedosos no dia de nossa coroação, não se desespere. Pode ser que um dia, em alguma noite de lua, ouça o assovio de Adrian debaixo de sua janela quando menos esperar. Quando isso acontecer, vá ao parapeito; eu a erguerei nos braços e a levarei para o terraço. Desse momento até o fim dos tempos, embora Angria não voltará a ter uma rainha, Percy não voltará a ter sua filha."

"Adrian", disse a duquesa, "como você está diferente, tão diferente agora que o vejo de perto. À distância, parece completamente inacessível. Gostaria tanto, tanto que meu pai estivesse tão próximo de você quanto estou agora — ou, pelo menos, quase tão próximo; pois sou como a hera, que se enrosca em você, e ele é uma árvore que só poderia crescer ao seu lado. Se ele estivesse nesta sala, eu estaria satisfeita."

Não sei qual foi a resposta de Zamorna, mas ele baixou a cortina.

[Passa-se algum tempo; Zamorna acaba vitorioso e a rebelião é dispersada; ele se reconcilia com Northangerland, contrariando as vigorosas objeções de seus conselheiros e, Mary é salva da morte que certamente seria o resultado de uma separação permanente de seu "Adrian". No entanto, na próxima cena, vemos Zamorna mais uma vez tentando se livrar de sua tenaz "hera". Ele se despediu da família e está prestes a partir para Angria.]

A carruagem estava diante da porta, o cavalariço e o valete aguardavam e o duque, com uma expressão de insatisfação, estava prestes a se unir a eles quando sua esposa se aproximou.

"Você me esqueceu, Adrian...", disse ela bem baixinho, mas com os olhos faiscando de forma bastante expressiva.

O duque teve um sobressalto, pois era verdade que havia se esquecido completamente dela.

"Adeus, então, Mary", disse ele, dando-lhe um beijo e um abraço apertado.

Mary segurou sua mão.

"Por favor, me diga, quanto tempo precisarei ficar aqui?", perguntou ela. "Por que você tem que me deixar? Por que não posso ir também?"

"O tempo está tão ruim", respondeu ele. "Quando essa tempestade passar, mandarei buscá-la..."

"E quando será isso?", insistiu a duquesa, seguindo-o até o saguão.

"Logo — logo, meu amor — talvez em um dia ou dois — não fique assim — seja razoável — é claro que não pode ir hoje..."

"Posso e vou", respondeu depressa a duquesa. "Já estou farta de Alnwick, você não me deixará para trás."

"Vá lá para dentro, Mary. A porta está aberta e o vento sopra forte demais em você. Não está vendo como isso deixa a neve entrar...?"

"Não vou lá para dentro. Vou entrar na carruagem com essas roupas mesmo. Já que você se recusa a esperar até que eu possa me preparar, talvez tenha a caridade de permitir que compartilhe da sua capa..."

Ela tremia ao falar. Seu cabelo e seu vestido flutuavam na rajada gelada de vento que entrava pela porta aberta, espalhando neve e folhas mortas pelo saguão.

"Você também podia esperar até que o tempo melhorasse. Acho que não vai lhe fazer bem sair hoje..."

"Mas preciso ir, Mary — o recesso de Natal acabou e há coisas a serem resolvidas."

"Então me leve; sei que aguentarei."

"De forma alguma. Pode mesmo unir essas mãos pequenas de um jeito tão bobo. A pele dela está tão fina que chega a ficar transparente. E pode mesmo sacudir seus cachos sobre o rosto — para esconder a palidez dele de mim, suponho. Qual é o problema? Está chorando! Ótimo! Que diabos vou fazer com você? Vá ficar com seu pai, Mary. Ele a mimou demais."

"Adrian, não posso viver em Alnwick sem você", disse a duquesa com fervor. "Isso faz com que eu me lembre demais dos dias mais horríveis da minha vida. Não vou me separar de novo de você, a não ser que me obriguem..."

A tarefa de persuadi-la não foi fácil de realizar, pois as próprias mentiras do duque, seus períodos de frieza e suas incontáveis traições haviam deixado a mente dela repleta de fantasmas medonhos criados pelo ciúme, haviam enfraquecido seus nervos e permitido que se tornassem presa de centenas de apreensões vagas: receios que jamais a deixavam por completo, a não ser quando estava nos braços dele ou, ao menos, em sua presença.

"Estou lhe dizendo, Mary", disse o duque, encarando-a com um sorriso que expressava carinho e irritação ao mesmo tempo, "estou lhe dizendo que vou mandar lhe buscar em dois ou três dias... Devo passar uma semana em Angria, não mais..."

"Uma semana! E vossa alteza considera isso um período curto? Para mim, será muito enfadonho..."

"Os cavalos vão congelar se ficarem parados por muito mais tempo", retrucou o duque, ignorando a última frase dela. "Vamos, enxugue os olhos e seja paciente uma vez na vida. Pronto, dê um sorriso para mim antes que eu me vá. Uma semana passará bem rápido — não é como se eu estivesse saindo para fazer uma campanha."

"Não se esqueça de mandar me buscar em dois dias", implorou a duquesa enquanto Zamorna se libertava dos braços dela.

"Não, não, mandarei buscá-la amanhã — se o tempo estiver bom o suficiente. E", continuou o duque, imitando a voz dela, "não tenha ciúmes de mim, Mary — a não ser que tenha medo que os encantos de Enara e Warner sejam superiores aos seus. Adeus..."

Ele se fora. Mary correu até a janela; ele passou por ela. Em três minutos, a carruagem circundara o gramado fazendo um som abafado com as rodas, enveredara pela estrada e rapidamente fora engolfada pelo turbilhão cada vez mais forte da nevasca.

[Mina, enquanto isso, espera pacientemente por Zamorna em Rivaulx. Acontece que Lord Hartford está completamente apaixonado por ela; indignado com a maneira negligente como Zamorna a trata, ele decide visitá-la e pedi-la em casamento. Hartford faz várias tentativas de chegar ao assunto, mas Mina se recusa a demonstrar que compreende o que ele está querendo dizer. Após algum tempo, no entanto, o ardor de Hartford se torna impossível de ignorar.]

A srta. Laury se levantou, agitada; aproximou-se de Hartford.

"Meu senhor, sempre foi muito gentil comigo, e eu me sinto muito grata por isso. Talvez algum dia possa lhe retribuir — não sabemos como a maré da sorte pode virar; os fracos já ajudaram os fortes. Buscarei com atenção a menor oportunidade de lhe servir, mas não fale assim. Mal consigo entender o sentido de suas palavras."

Lord Hartford ficou em silêncio por um momento antes de responder. Olhando-a com o cenho franzido e os braços cruzados, ele disse,

"Srta. Laury, o que acha de mim?"

"Acho que tem um dos corações mais nobres do mundo", respondeu ela, sem hesitar.

Mina estava bem diante de Hartford, encarando-o com o rosto erguido e os cabelos jogados para trás, cobrindo de cachos magníficos suas têmporas e seu pescoço fino. Seus traços doces e delicados, com aquela enorme seriedade aprofundando ainda mais sua beleza, eram iluminados por olhos tão grandes, tão negros, tão cheios de lágrimas e de uma bondade suplicante. Eles tinham uma expressão carinhosa e alarmada, como se ela ao mesmo tempo temesse e sentisse pena da confusão pecaminosa que tomava aquela grande mente.

Hartford não pôde suportar. Teria conseguido aguentar a raiva ou o terror de uma mulher, mas aquele olhar de gratidão entusiástica, suavizada por compaixão, o desalentara. Ele virou o rosto por um momento, mas a paixão prevaleceu. A beleza dela, quando Hartford voltou a olhá-la, abalou-o com uma sensação enlouquecedora, deixada ainda mais aguda pelo desespero.

"Você há de me amar!", exclamou ele desesperadamente. "Eu a amo, não amo? Não morreria por você? Em troca, receberei apenas a afeição fria da amizade? Não acredito no platonismo, srta. Laury — não sou seu amigo. Sou, ouça-me, madame, declaradamente apaixonado pela senhorita. Não, você não me deixará, por Deus! Eu sou mais forte que você..."

Mina dera um ou dois passos para trás, horrorizada com a veemência dele. Hartford pensou que ela tinha a intenção de se retirar; determinado a não ser rejeitado dessa forma, agarrou-a com ambos os braços e beijou-a com mais fúria do que amor. A srta. Laury não tentou se esquivar.

"Hartford", disse ela, tentando falar com a voz firme, mas sem conseguir, "essa deverá ser nossa despedida. Jamais o verei de novo se o senhor não se contiver."

Hartford viu que Mina havia ficado pálida e sentiu que ela tremia violentamente. Seus braços relaxaram. Ele permitiu que ela se afastasse. Mina se sentou numa cadeira que havia ali em frente e rapidamente passou a mão na testa, que estava úmida e branca como o mármore.

"Bem, srta. Laury", disse o lorde, "nenhum homem no mundo a ama como eu. A senhorita aceita meu título e meu diadema? Eu os atiro a seus pés."

"Senhor, acaso sabe a quem pertenço?", respondeu ela, num sussurro grave. "Sabe o som que esse pedido tem aos meus ouvidos, quão ímpio e blasfemo ele me parece? Consegue conceber como é completamente impossível eu algum dia o amar? Eu o considerava um homem fiel e verdadeiro; descobri que é um traidor."

"E me despreza?", perguntou Hartford.

"Não, senhor, não desprezo."

Mina parou de falar e olhou para baixo. O sangue subiu depressa a suas faces pálidas; ela soluçou, não porque chorava, mas devido à aproximação irresistível de um impulso nascido de um coração afetuoso. Ergueu o olhar novamente. A expressão de seus olhos havia mudado, e eles agora tinham um brilho ardente e inspirado.

"Hartford", disse ela, "se eu tivesse conhecido o senhor há muito tempo, antes de ter deixado minha casa e desonrado meu pai, eu o teria amado. Oh, o senhor não sabe o quanto. Eu teria me casado com você, e a glória da minha vida seria alegrar seu lar. Mas não posso fazer isso agora — nunca.

"Vi meu presente senhor pela primeira vez quando ele era pouco mais do que um menino. Você acha, Hartford, que eu vou lhe dizer o que senti por ele? Nenhuma palavra poderia expressá-lo: era algo tão fervoroso, tão incandescente, que apagou todo o resto. Perdi a capacidade de avaliar corretamente o valor da opinião do mundo, de discernir a diferença entre o certo e o errado. Nunca na vida contradisse Zamorna, nunca me demorei em obedecer a suas ordens. Não posso fazê-lo! Às vezes, ele é mais do que um ser humano para mim, sobrepõe-se a todas as coisas: todas as afeições, todos os interesses, todos os temores, esperanças ou princípios. Se eu não fosse mais ligada a ele, minha mente ia ficar vazia — fria, morta, suscetível apenas ao desespero. Como ficaria doente se fosse arrancada dele e atirada a você! Não me peça isso — prefiro a morte. Nenhuma mulher que já amou meu senhor jamais consentiria em deixá-lo. Não há nada como ele em nenhum lugar. Hartford, se eu me tornasse sua esposa, bastaria que Zamorna me olhasse para que eu me arrastasse como uma escrava de volta para minha antiga servidão. Desgraçaria você, assim como há muito desgracei toda a minha família. Pense nisso, senhor, e jamais volte a dizer que me ama..."

[Hartford perde a cabeça de tão magoado e acaba insultando Mina, referindo-se a ela como a "gentil amante" de Zamorna, a quem ele visita quando se cansa "do tumulto dos negócios e das irritações do matrimônio". Eles se separam de forma abrupta e amarga.

Mais desesperado do que nunca, Hartford desafia Zamorna para um duelo; furioso que um "escudeiro ordinário de Angria" tenha querido "possuir qualquer coisa que um dia foi minha", o duque causa um ferimento quase fatal no rival.

Após ter recusado a mão de Hartford e sem saber do duelo que resultou disso, Mina volta a suas tarefas diárias e a esperar pelo duque. Mary, menos paciente do que Mina, não consegue mais aguardar e se dirige para a casa de campo de Zamorna. Um acidente com sua carruagem a faz parar na Interseção de Rivaulx, que fica na propriedade do duque, e é onde Mina mora.]

Após o café da manhã, a srta. Laury estava sentada em uma pequena biblioteca. Diante dela havia sua escrivaninha e duas grandes folhas de papel repletas de itens e números que ela parecia estar comparando. Atrás de sua cadeira estava um jovem alto, bem-feito, com cabelos claros e um ar de soldado. Sua roupa era simples e própria de um cavalheiro; apenas a dragona em um dos ombros indicava que estava ali em missão oficial. Observava com um olhar fixo os pequenos dedos que desciam, fazendo rápidos cálculos, e as longas colunas de contas. Era estranho ver a absorção da mente expressada no rosto da srta. Laury; a gravidade de seu cenho branco e sem rugas, ocultado por cachos que cascateavam; o movimento quase imperceptível e sisudo de seus lábios — embora aqueles lábios, tão rosados e doces, parecessem ter sido feitos apenas para sorrir. Uma hora ou mais se passou nessa tarefa e, enquanto isso, na sala fazia-se um profundo silêncio, quebrado apenas por uma observação ocasional feita pela srta. Laury para o cavalheiro atrás dela, sobre a legitimidade de alguns itens ou a ausência de um níquel que faltava para completar a soma total. Ao fazer a contabilidade, ela demonstrava a argúcia e a severidade de alguém acostumado a fazer negócios. O menor erro era detectado e mencionado em poucas palavras, mas com um olhar rápido e esperto. No entanto, o contador evidentemente estava acostumado à inspeção dela, pois, no geral, seus livros eram um exemplo de correção matemática.

"Muito bem", disse a srta. Laury, fechando os livros. "Sua contabilidade é muito bem-feita, sr. O'Neill. Pode dizer à sua alteza que tudo está perfeito. Seus memorandos correspondem com exatidão aos meus."

O sr. O'Neill fez uma mesura.

"Obrigado, madame."

Pegando seus livros, ele parecia prestes a deixar a sala. Antes de fazê-lo, no entanto, virou-se e disse,

"O duque queria que eu lhe informasse, madame, de que provavelmente estaria aqui lá pelas quatro ou cinco da tarde."

"De hoje?", perguntou a srta. Laury em tom de surpresa.

"Sim, madame."

Ela ficou em silêncio por um instante e então disse depressa,

"Muito bem, senhor."

O sr. O'Neill então se retirou com mais uma mesura profunda e respeitosa. A srta. Laury retornou o cumprimento, fazendo uma mesura curta e distraída; seus pensamentos estavam todos concentrados naquela última informação e confusos devido a ela. Durante um longo tempo após a porta ter se fechado, ela ficou sentada com a cabeça nas mãos, perdida num tumultuoso torvelinho de ideias — expectativas despertadas por aquela simples frase, "O duque estará aqui hoje".

As batidas do relógio a arrancaram de seu devaneio. A

srta. Laury se lembrou de que vinte tarefas aguardavam por suas ordens. Sempre ativa, sempre ocupada, não era seu costume deixar as horas passarem enquanto sonhava. Ela se levantou, fechou a escrivaninha e deixou sua tranquila biblioteca, indo para lugares mais agitados.

As quatro horas bateram e os passos da srta. Laury foram ouvidos na escada, descendo do quarto. Ela atravessou a passagem larga e iluminada, uma visão de elegância e beleza feminina. Vestira-se esplendidamente: o vestido de cetim negro ficava muito bem tanto em seu corpo esguio, que envolvia em camadas pesadas e cintilantes de tecido, quanto em sua pele luminosa e corada, realçando-a devido ao contraste das cores. Brilhando em seus cachos estava uma tiara de belíssimos diamantes, e gotas da mesma gema límpida tremulavam em suas pequenas e delicadas orelhas. Esses ornamentos, tão aristocráticos em natureza, haviam sido presente de um rei, e agora eram usados mais pelas lembranças de momentos tranquilos e felizes que seu brilho supostamente trazia.

A srta. Laury entrou em sua sala de estar e pôs-se junto à janela. De lá era possível vislumbrar um pedaço da estrada, visível por entre as frondosas árvores de Rivaulx; mesmo esse pedaço naquele momento estava quase obscurecido pela névoa que engolfava o crepúsculo iminente. Tudo estava muito quieto, tanto na casa quanto no jardim. Uma carruagem se aproximou, ela ouviu um som. Viu-a surgir por entre a bruma. Mas não era Zamorna.

Estava observando a cena havia menos de um minuto quando seu olhar experiente discerniu que havia algo de errado com os cavalos — ou as rédeas haviam se embaralhado, ou eles estavam assustados. O cocheiro perdera o controle dos animais, que corriam em disparada. Tocou o sino; um criado entrou; a srta. Laury ordenou que alguém fosse imediatamente prestar assistência à carruagem que estava na estrada. Dois cavalariços logo desceram a aleia que levava à casa para executar seu comando, mas, antes de conseguirem chegar ao local, um dos cavalos, empinando, escorregou no gelo e caiu. Os outros ficaram mais descontrolados ainda, e em poucos instantes a carruagem estava virada ao lado da estrada. Um dos mensageiros da srta. Laury retornou. Ela abriu a janela de um só golpe.

"Alguém se feriu?"

"Espero que não muito, madame."

"Quem está na carruagem?"

"Apenas uma senhora, e ela parece ter desmaiado. Estava muito branca quando abri a porta. O que devemos fazer, madame?"

Direta como os irlandeses, a srta. Laury imediatamente respondeu,

"Traga a senhora para cá e cuide para que os criados fiquem confortáveis."

"Sim, madame."

Fechou a janela; estava frio demais. Alguns minutos se passaram e então a senhora, nos braços de seu próprio criado, foi trazida devagar através do gramado e levada até a sala de estar.

"Deite-a no sofá", disse a srta. Laury.

A capa de viagem da senhora foi cuidadosamente removida, e surgiu uma mulher magra num vestido escuro de seda: as almofadas de pena mal afundaram sob a pressão de seu corpo, de tão leve que era.

O desmaio estava passando. O calor agradável do fogo, que brilhava diretamente sobre ela, reviveu-a. Abrindo os olhos, encarou a srta. Laury, que estava bem próxima, inclinada sobre ela, molhando seus lábios com um líquido estimulante. Vendo que ali estava uma estranha, virou o rosto, tímida. Olhou com atenção para a sala e, vendo a elegância perfeita da decoração e o fulgor alegre e tranquilo que vinha da lareira, pareceu ficar mais composta.

"A quem devo essa gentileza? Onde estou?"

"Numa região hospitaleira, madame. Os angrianos jamais viram as costas para estranhos."

"Sei que estou em Angria", disse a senhora, baixinho, "mas onde? Qual é o nome dessa casa e quem é você?"

A srta. Laury corou levemente. Sentiu uma relutância indefinida em dar seu nome verdadeiro; sabia ser muito conhecida — conhecida demais; era provável que a senhora virasse o rosto com desprezo se soubesse quem era. Achou que não ia conseguir suportar isso.

"Sou apenas a governanta", disse ela. "Aqui é uma casa de campo que pertence a um grande proprietário angriano..."

"Quem?", perguntou a senhora, que não ia ser despistada com respostas indiretas.

Mais uma vez, a srta. Laury hesitou; nem que sua vida dependesse disso teria dito "Sua alteza, o duque de Zamorna". Ela respondeu depressa,

"Um cavalheiro do oeste, de um ramo distante da grande família Pakenham — pelo menos é o que dizem os registros, mas eles há muito tempo foram naturalizados no leste..."

"Jamais ouvi falar deles", respondeu a senhora. "Pakenham? Esse não é um nome angriano!"

"Talvez, madame, a senhora não conheça muito bem esta parte do país..."[4]

"Conheço Hawkscliffe", disse a senhora, "e sua casa é bem no limite da propriedade, dentro do terreno[5] real, não é?"

"Sim, senhora. Ela estava aqui antes que o grão-duque comprasse a mansão da floresta, e sua majestade permitiu que meu mestre mantivesse sua casa e o privilégio de caçar na propriedade."

"Bem, e é a governanta do sr. Pakenham?"

"Sim, senhora."

A mulher examinou a srta. Laury com outro olhar de soslaio de seus olhos grandes e majestosos. Esses olhos se demoraram sobre os brincos de diamante, sobre a tiara de brilhantes que cintilava entre os cachos negros; depois, passaram pelo rosto belo e pelo corpo esplêndido da jovem governanta; e finalmente se voltaram para a parede com uma expressão que dizia muito. A srta. Laury sentiu vontade de arrancar aqueles deslumbrantes pingentes das orelhas; ficou profundamente magoada.

"Todos sabem o que eu sou", pensou. "Creio que a palavra 'amante' está marcada a ferro em minha testa..."

[Percebendo que Mina está mentindo, Mary pede que seja preparado um quarto onde ela possa se recolher e inventa sua própria história: ela é a "sra. Irving", cujo marido é um clérigo do norte do país. Mary se retira; Mina, no primeiro andar da casa, aguarda a chegada de Zamorna.]

Deram cinco horas. Já estava quase escuro. Um criado usava uma longa vela para acender o candelabro no grande salão de jantar, onde as baixelas de prata sobre uma mesa posta recebiam o brilho das chamas. Este também era refletido num esplêndido aparador, todo preparado para receber o grande, o esperado visitante.

Toleravelmente pontual ao aparecer num encontro marcado — isso, quando aparecia —, Zamorna entrou na casa no instante em que a voz de fada de um relógio musical da passagem emitiu sua sinfonia com o pêndulo. A porta da frente se abrindo, uma rajada gélida de vento; depois, a porta sendo subitamente fechada e os passos avançando: esses foram os sinais de sua chegada.

A sra. Laury estava na sala de jantar, olhando em torno e dando o último toque a todas as coisas. Mal teve tempo de correr para a porta do cômodo para receber seu senhor. Os lábios frios dele foram pressionados contra sua testa e quando sua mão, mais fria ainda, pegou na dela, trouxe aquela sensação pela qual Mina estava acostumada a passar semanas e meses esperando e a considerar, quando obtida, como única recompensa por todos os adiamentos, todos os esforços, todo o sofrimento.

"Estou congelado, Mina", disse Zamorna. "Percorri os últimos seis quilômetros a cavalo e a noite está parecendo o Canadá."

Ele esfregou sua mão gélida para esquentá-la entre as duas palmas cálidas e flexíveis dela, que respondeu sem palavras, mas com aquela expressão de alegria, satisfação e idolatria transbordando dos olhos.

"O que posso fazer por você, meu senhor?", foram as primeiras palavras da srta. Laury quando Zamorna estava perto do fogo, erguendo as mãos alegremente sobre as chamas.

Ele riu.

"Ponha seus braços em torno do meu pescoço, Mina, e beije minhas faces até que elas fiquem tão quentes e coradas quanto as suas."

Se Mina Laury se chamasse Mina Wellesley, ela teria feito isso; e doeu-lhe resistir ao impulso que a impelia a obedecer cada palavra. Mas a srta. Laury o ignorou e, com reserva, se aproximou da poltrona na qual Zamorna se atirara, começando a acariciar os cachos em suas têmporas. Ela notou que, após o primeiro sorriso de saudação ter desaparecido, uma sombra surgiu no rosto de seu senhor e, por mais que ele falasse e sorrisse depois, permaneceu como uma característica fixa de seu rosto.[6]

"Que visitante há na casa?", perguntou Zamorna. "Vi o cavalariço lavando quatro cavalos negros diante dos estábulos quando cheguei."

"Uma carruagem virou na estrada, perto dos portões da casa, há cerca de uma hora; como a senhora que estava dentro perdeu os sentidos, ordenei que fosse trazida aqui para dentro e que os criados recebessem acomodações para passar a noite."

"E você sabe quem é a senhora?", continuou sua alteza. "Os cavalos são bons — de primeira linha."

"Ela diz que se chama sra. Irving e que é esposa de um pastor presbiteriano do norte, mas..."

"Você não acredita?", interrompeu o duque.

"Não", disse a srta. Laury. "Admito que achei que fosse uma dama da alta sociedade. Seus modos e seu aspecto são muito aristocráticos e ela parecia saber bastante sobre Angria."

"Como ela é?", perguntou Zamorna. "Jovem ou velha, bonita ou feia?"

"É jovem, esguia, não tão alta quanto eu, e eu diria mais elegante do que bela; muito pálida e de comportamento frio. Tem uma boca e um queixo pequenos e um pescoço muito branco..."

"Talvez você não tenha dito a quem pertence esta casa, Mina?"

"Eu disse", responde Mina, sorrindo, "que o dono da casa é um grande proprietário angriano, um descendente dos Pakenham do oeste, e que eu era a governanta."

"Muito bem; ela não deve ter acreditado. Você tem cara de ser o brinquedinho de um homem rico que vive no campo. Dê-me sua mão, minha menina. Você tem a minha idade, certo?"

"Sim. Nasci no mesmo dia, uma hora após vossa alteza."

"Foi o que ouvi dizer, mas deve ser um erro. Você parece ter menos de vinte anos e eu já tenho vinte e cinco, minha bela dama do oeste. Que olhos! Olhe para mim, Mina — bem nos meus olhos, sem corar..."

Mina tentou, mas não conseguiu encará-lo sem enrubescer. Corou até as têmporas.

"Ora!", disse sua alteza, afastando-a. "Fingindo ser modesta. Alguém que conheço há dez anos não pode me olhar nos olhos sem se encolher. Você perdeu aquele anel que lhe dei, Mina?"

"Que anel, alteza? O senhor já me deu muitos."

"Aquele que eu disse que tinha gravada na pedra uma palavra, um lema, que encerrava a essência de todo o seu coração e de toda a sua mente."

"Fidelidade?", perguntou Mina Laury e ofereceu a mão que tinha o anel com a esmeralda gravada no indicador.

"Isso", foi a resposta. "Esse ainda é seu lema?"

E, com um de seus olhares altivos e ciumentos, Zamorna pareceu tentar ler a consciência dela. A srta. Laury imediatamente viu que os eventos recentes não eram um segredo apenas dela e de Lord Hartford. Entendeu que o duque estava descontrolado e muito inclinado a perder a cabeça; ficou observando-o com um olhar triste e temeroso.

"Bem", disse a srta. Laury, virando o rosto após uma longa pausa. "Se vossa alteza está com raiva de mim, não me importo com quase mais nada neste mundo..."

A entrada de alguns criados com o jantar impediu Zamorna de responder...

Foi apenas depois que a mesa foi desfeita e os criados se retiraram que o duque, enquanto bebericava a única taça de champanhe que tomou, recomeçou a conversa que iniciara antes de maneira tão desagradável.

"Venha aqui, minha menina", disse ele, pegando uma cadeira e pondo-a ao lado da dele.

Mina jamais se demorava ou hesitava, devido à timidez ou a qualquer outro sentimento, a obedecer suas ordens.

"Bem", continuou Zamorna, inclinando a cabeça para perto da srta. Laury e colocando a mão dela em seu ombro, "você está feliz, Mina? Deseja alguma coisa?"

"Nada, alteza."

Ela falava a verdade. Tudo o que era capaz de lhe dar felicidade antes do descanso eterno estava, naquele momento, ao alcance de suas mãos. A sala estava tranquila. As velas penduradas pareciam estar escutando; o fogo não vacilava e difundia uma luz ampla, serena e brilhante por todo o espaçoso salão. Zamorna a tocou. Seu corpo e suas feições preenchiam os olhos dela, sua voz preenchia seus ouvidos, sua presença, seu coração inteiro. Mina estava em paz, na mais perfeita felicidade.

"Minha Fidelidade", continuou aquela voz musical,

"se tem algum favor a me pedir, agora é a hora. Estou cheio de concessões — doce como o mel, macio como a luva de uma dama. Vamos, minha Ester, qual é seu desejo e seu pedido?[7] Mesmo a metade do meu reino eu lhe concederia."

"Nada", voltou a murmurar a srta. Laury. "Oh, alteza, nada. O que poderia desejar?"

"Nada?", repetiu ele. "Como, nenhuma recompensa por dez anos de fidelidade, amor e devoção? Nenhuma recompensa pela companhia durante seis meses de exílio? Nenhuma remuneração para a mãozinha que tantas vezes afofou meus travesseiros quando eu estava doente, para os doces lábios, frescos e saudáveis, que muitas vezes beijaram minha testa febril? Nada para os negros olhos milesianos[8] que já quase ficaram cegos com a vigília de noites infindáveis passadas ao lado do meu leito enquanto eu delirava? Preciso falar da doçura e da coragem que me alegraram em meio a sofrimentos conhecidos apenas por você e por mim, Mina, da devoção que me deu pão quando você morria de fome, e isso tudo há pouco mais de um ano? Por tudo isso e muito mais, não haverá nenhuma recompensa?"

"Eu já a recebi", disse a srta. Laury. "Estou recebendo-a agora..."

"Mas", continuou o duque, "e se eu tiver pensado em algo digno de ser aceito por você? Erga o olhar agora e me ouça."

Ela de fato ergueu o olhar, mas logo voltou a baixá-lo. Não suportou ver os olhos de seu senhor; estavam completamente incandescentes com o fogo do inferno.

"O que ele vai dizer?", murmurou a srta. Laury para si mesma. Ela tremia.

"Direi, meu amor", continuou aquele indivíduo, fazendo com que ela se aproximasse um pouco mais, "que de recompensa eu lhe darei um marido — não se assuste — e que esse marido será um nobre, e que esse nobre se chama Lord Hartford! Agora, madame, erga-se e me deixe olhá-la."

Zamorna abriu os olhos e a srta. Laury ficou ereta de um pulo, como a corda de um arco que é solta.

"Alguém chegou antes de vossa alteza!", disse ela. "Essa oferta já me foi feita antes. O próprio Lord Hartford a fez há três dias."

"E o que você disse, madame? Fale a verdade, atenção. O subterfúgio não a ajudará..."

"O que eu disse? Zamorna, não sei — pouco importa. Você me recompensou, alteza, mas não posso suportar isso. Acho que estou doente."

Com um soluço curto e profundo, ela empalideceu e caiu perto do duque, com a cabeça ao lado do pé dele.

Essa foi a primeira vez na vida que a srta. Laury desmaiou, mas sua boa saúde de nada valeu contra a luta mortal que convulsionou cada sentimento em sua natureza quando ouviu o anúncio de seu senhor. Ela acreditava que ele estava sendo perfeitamente sincero; pensou que Zamorna estava cansado dela e não pôde suportar.

Suponho que a primeira coisa que Zamorna sentiu quando ela caiu foi horror; e a segunda, estou quase certo, foi uma intensa satisfação. As pessoas dizem que não estou falando sério quando falo mal dele; se não fosse por isso, inseriria aqui meia página de merecidas vituperações: merecidas e ditas de coração. Mas vou meramente relatar sua conduta, sem qualquer nota ou comentário. Ele pegou uma longa vela de cera de cima da mesa e segurou-a sobre a srta. Laury. Aquilo não podia ser fingimento: ela estava branca como o mármore e imóvel como uma pedra. Era verdade, portanto, que o amava intensamente, com uma devoção que não deixava espaço em seus pensamentos nem para a sombra de outra pessoa. Não imagine, leitor, que Zamorna tinha a intenção de ser generoso a ponto de entregar a srta. Laury para Lord Hartford. Não; confiem nele; Zamorna estava apenas testando, daquele seu jeito, a afeição que mil provas dadas diariamente já deveriam há muito tê-lo convencido de que era eterna.

Enquanto o duque ainda a observava, a srta. Laury começou a se recuperar. Suas pálpebras se moveram; então, devagar, surgiram por detrás delas as grandes esferas negras que mal encontraram as dele antes de se inundarem de tristeza. Nem um brilho de raiva, nem um sussurro de repreensão; os olhos e os lábios dela, juntos, diziam simplesmente, "Não posso deixar você".

A srta. Laury se ergueu com esforço, fraca. O duque esticou a mão para ajudá-la e pôs diante de seus lábios a taça de vinho que mal fora bebida.

"Mina", disse ele, "está recuperada o suficiente para me escutar?"

"Sim, alteza."

"Então, escute. Teria preferido dar metade — não, tudo o que possuo para Lord Hartford a dar você. O que eu disse há pouco foi apenas para testá-la."

A srta. Laury ergueu os olhos e suspirou como quem acorda de um sonho horrível, mas não conseguiu dizer nada.

"Será", continuou o duque, "será que eu entregaria meu primeiro amor em mãos que não as minhas? Teria sido melhor vê-la no caixão. Eu a deitaria nele tão imóvel, tão branca, e muito mais sem vida do que estava quando caiu aos meus pés, antes que qualquer ameaça, qualquer súplica, qualquer soma em dinheiro, me fizesse dar a outro um olhar seu, um sorriso de seus lábios. Agora sei que você me idolatra, pois não conseguiria ter fingido tanta agitação; portanto, lhe direi que provas dei de minha afeição por você ontem. Hartford mencionou seu nome na minha presença e eu me vinguei dessa profanação com um tiro que o deixou pouco melhor do que um cadáver."

A srta. Laury estremeceu, mas os mistérios da natureza humana são tão negros e profundos, sempre aliando o vício e a virtude, que devo dizer que essa prova sanguinolenta do amor de seu senhor fez nascer mais deleite do que horror em seu coração. Ela não disse palavra, pois agora os braços de Zamorna estavam mais uma vez envolvendo-a; mais uma vez ele estava consolando-a e tranquilizando-a, com palavras doces e carícias que varreram para bem longe todo pensamento sobre o resto do mundo, toda pontada de vergonha passada, toda dúvida gélida, toda exaustão, toda dor no coração que resultara da esperança sempre adiada. Zamorna já lhe dissera que ela fora seu primeiro amor, e agora ela se sentia tentada a acreditar que era seu único amor. Mais resoluta que a maioria das mulheres, ativa, energética e firme em todos os outros pontos de vista, aqui a srta. Laury foi fraca como uma criança. Ela perdeu sua identidade. Sua própria vida estava engolfada pela vida de outro.

> [Esse tête-à-tête é interrompido pelo valete de Zamorna, que pede que ele saia da sala para dar a constrangedora informação de que a "sra. Irving" que está perambulando pelos corredores da casa parece-se muito com sua esposa, a duquesa.]

"Estava caminhando distraído pela passagem há cerca de dez minutos quando ouvi passos na escada — passos leves, como os dados por pés muito pequenos. Eu me virei e lá estava uma senhora descendo. E que senhora, alteza!"

"Bem, rapaz, você a conhecia?"

"Se meus olhos não estavam enfeitiçados, creio que sim. Fiquei na sombra, escondido por uma pilastra, e ela passou bem perto de mim sem me ver. Eu a observei muito bem, e que um raio me parta agora mesmo se não era..."

"Quem, rapaz?"

"A duquesa!" Fez-se um silêncio, que foi interrompido por um assobio extraordinariamente longo emitido pelo duque. Ele colocou ambas as mãos nos bolsos e deu uma volta sossegada pela sala.

"Tem certeza?", perguntou. "Sei que não ousaria me contar uma mentira numa questão como essa." "Sim, é mesmo verdade, eu garanto." "Sra. Irving, mulher de um pastor do norte. Que golpe satírico sobre a minha real pessoa, por Deus. Um pescoço branco, uma boca e um queixo pequenos. Muito bem! Eu queria que essa boca e esse queixo pequenos estivessem a duzentos quilômetros daqui. O que pode tê-la feito vir? Temor por seu inestimável marido? Não pôde mais suportar ficar sem ele? Sentiu-se obrigada a partir para ver o que ele estava fazendo? Se ela houvesse entrado inesperadamente na sala há cinco minutos — meu Deus! Eu teria sido obrigado a amarrar seus pés e suas mãos. Isso acabaria matando-a. Que diabos vou fazer? Não posso ficar com raiva, ela não vai conseguir lidar com esse tipo de coisa agora. Preciso ser doce, repreendê-la gentilmente, jurar por tudo no mundo que não tenho nenhuma ligação com a criada do sr. Pakenham..."

Terminando seu solilóquio, o duque se voltou mais uma vez ao seu valete.

"Sua alteza entrou em que cômodo?"

"Na sala de estar, alteza. Ela está lá agora."

"Bem, não diga nada sobre o assunto, sob risco de pena de morte. Está me ouvindo?"

O valete pôs a mão sobre o coração e Zamorna deixou o cômodo para começar as operações.

Abrindo devagar a porta da sala de estar, ele viu que havia uma mulher perto da lareira. Ela estava virada de costas para ele, mas não podia haver dúvida. Toda a silhueta, o estilo da vestimenta, o cabelo cacheado e castanho-avermelhado: todos os atributos de apenas uma pessoa, de sua ímpar, altiva, ciumenta duquesinha. Zamorna fechou a porta tão silenciosamente quanto a abrira e avançou pé ante pé.

A duquesa sentiu uma mão pressionando seu ombro e ergueu os olhos. A força da atração teve seu resultado costumeiro e ela se agarrou ao que viu.

"Adrian! Adrian!", foi tudo que conseguiu dizer.

"Mary! Mary!", respondeu o duque, permitindo que ela o abraçasse. "Muito bonito! O que a trouxe aqui? Está fugindo, aproveitando minha ausência para escapulir?"

"Adrian, por que me deixou? Você disse que ia voltar em uma semana e já faz oito dias. Volte para casa, por favor..."

"Então, realmente saiu à caça de um marido", disse Zamorna, dando uma gargalhada, "e, quando sua carruagem virou na estrada, foi obrigada a pedir abrigo na casa de campo de Pakenham!"

"Por que está aqui, Adrian?", perguntou a duquesa, que estava agitada demais para rir com ele. "Quem é Pakenham e quem é aquela pessoa que diz ser sua governanta? Por que permite que alguém more tão perto de Hawkscliffe sem jamais me contar?"

"Esqueci de lhe contar", disse o duque. "Tenho outras coisas em que pensar quando esses olhos castanho-claros estão me encarando. Quanto a Pakenham, para dizer a verdade — ele é uma espécie de primo torto seu, pois é filho do velho almirante, meu tio do sul; a governanta é irmã dele. *Voilà tout*. Agora, me beije."

A duquesa de fato o beijou, mas foi com um profundo suspiro. A nuvem de ansiedade ciumenta que havia sobre ela não se dissipara.

"Adrian, meu coração ainda dói. Por que está há tanto tempo em Angria? Oh, você não liga para mim! Nunca pensa no quanto fico triste aguardando sua volta, Adrian..."

Ela começou a chorar.

"Mary, componha-se", disse o duque. "Não posso ficar sempre aos seus pés. Você não era tão fraca quando nós nos casamos. Naquela época, sempre permitia que eu a deixasse, sem fazer essa cena de ciúmes."

"Eu não o conhecia tão bem naquele tempo", disse Mary, "e, se minha mente ficou enfraquecida é porque toda a sua força se esvaiu em lágrimas e terrores por você. Não sou mais nem tão bela nem tão alegre quanto já fui. Mas você deve perdoar meu declínio, pois foi quem o causou."

"Mary, jamais volte a se repreender por ter perdido sua beleza a não ser que eu comente algo primeiro. Acredite agora que, nesse e em qualquer outro aspecto, você é exatamente aquilo que desejo que seja. Sua beleza tem tanto poder de se desgastar quanto o mármore — ao menos aos meus olhos. Quanto à sua devoção e ternura, embora censure seu excesso às vezes por consumi-la até transformá-la quase numa sombra, são elas que formam o mais forte dos elos que me unem a você. Agora se alegre. Esta noite você irá para Hawkscliffe; fica a apenas oito quilômetros daqui. Não posso acompanhá-la porque tenho um importante negócio a tratar com Pakenham que não pode ser adiado. Amanhã, estarei no castelo antes do amanhecer. A carruagem estará pronta e eu a colocarei nela e me sentarei ao seu lado. Vamos partir direto para Verdópolis, onde, pelos três meses seguintes, ficarei com você de manhã, de tarde e de noite, até que se canse da minha companhia. Bem, o que mais posso prometer? Se quiser sentir ciúmes, ora, nada posso fazer. Terei que passar a tomar bicarbonato de sódio e deixar para lá, ou terei que mandar alguém me transformar em pedra e me esculpir na forma de um Apolo para colocar em seu quarto. Nossa! Minha virtude nunca é levada a sério..."

Mentindo e rindo, esse indivíduo finalmente conseguiu arranjar tudo da maneira que queria. A duquesa foi para Hawkscliffe naquela noite. Cumprindo sua promessa uma vez na vida, Zamorna foi com ela para Verdópolis na manhã seguinte...

Lord Hartford ainda está entre a vida e a morte. Sua paixão não ficou enfraquecida com a dor, ressentida com a rejeição nem esfriada com a ausência. Nos nervos de ferro desse homem foi gravada uma impressão que nada pode apagar.

Adeus por um bom tempo, leitor. Fiz tudo o que pude para agradá-lo e, embora saiba que esse trabalho medíocre, enfadonho e repetitivo foi um fracasso em vez de um triunfo, você deve me perdoar, pois me esforcei ao máximo...

Janeiro de 1838

PARTE V

Elizabeth

Henry Hastings

PRÓLOGO

Um jovem de aparência cativante, eloquência elegante e comportamento cavalheiresco deseja obter seu pão sem esforço e viver desfrutando do nível mais alto possível de conforto e esplendor através do nível mais baixo possível de labuta ou fadiga. Com esse objetivo, pede permissão para informar o público de que lhe seria extremamente conveniente receber uma fortuna de herança ou se casar com uma mulher cujo menor mérito não deve ser seu dote pecuniário.

O anunciante não é rigoroso quanto à idade nem enfatiza os encantos transitórios meramente físicos — que, de acordo com a opinião dos melhores médicos de todas as eras, podem ser removidos apenas por uma doença que dure alguns dias ou pelo mais trivial dos acidentes.

Ao contrário, uma forma simetricamente imperfeita — um membro que esteja lateral, horizontal ou obliquamente fora da linha da mais rígida retidão; ou mesmo a ausência de uma feição, como um olho ou uma fileira de dentes a menos — não será uma grande objeção para este indivíduo esclarecido e sincero, contanto que sejam oferecidas provas satisfatórias da posse dessa grande e essencial virtude, desse eminente e irresistível charme: D-I--N-H-E-I-R-O! Escrever para C. T.[1] — aos cuidados do sr. Graeme Ellrington, nº 12, rua da Capela, Verdópolis. P.S. — Não deve se oferecer para a posição ninguém que tenha uma fortuna em cédulas, terras ou títulos de menos de vinte mil libras. O anunciante se considera uma barganha pelo dobro do preço.

Este foi o anúncio que apareceu há pouco tempo nas páginas de um jornal metropolitano, sendo o último recurso de um indivíduo inofensivo e meritório que, sem tostão e sem emprego, viu-se diante das garras de um horroroso dilema e que (após todas as tentativas de angariar fundos por métodos menos desesperados terem falhado) foi impelido ou a escrever ou a se casar.

Nos últimos seis meses eu venho tendo, como se diz, do bom e do melhor; tenho festejado, celebrado e aproveitado quanto meu coração deseja. Mas agora, infelizmente, meus bolsos estão vazios e meus prazeres se foram; preciso ou escrever um livro ou tomar uma esposa, para voltar a preencher os primeiros e a ter os segundos. Que devo fazer? Himeneu me convida brandindo uma tocha incandescente — mas não, sou amado por mulheres demais para abrir mão da minha liberdade por apenas uma. Fascinante como um faisão, continuarei livre como uma águia. Portanto, não chorem, filhas de olhos negros do oeste! Não lamentem, virgens coradas do leste! Não se cubram de sacos e cinzas, damas de pele macia do sul; não pranteiem nos topos das colinas, donzelas orgulhosas do norte; nem gritem de longe o seu luto, oh sereias do reino da ilha! Charles Townsend não vai se casar. Ainda é jovem demais, agitado demais, selvagem demais, para se submeter aos graves laços do matrimônio. Charles Townsend permanecerá o belo rapaz solteiro, o alvo da admiração de todos os olhos ao redor, o tentador pomo da discórdia das belas da África. Charles Townsend, portanto, pega da pena, da tinta e do papel e se senta para escrever um livro — embora sua charmosa cachola esteja tão vazia de ideias quanto seu bolso de moedas. *Regardez comme nous allons commencer...*

CAPÍTULO I

Esqueci completamente que dia do mês e até mesmo que mês do ano eram — se foi na última semana de setembro ou na primeira de outubro — quando, sentado numa diligência angriana, muito confortável, me vi deslizando para longe de Adrianópolis.

No entanto, era outono; as folhas das árvores estavam ficando marrons. Era a temporada de caça à perdiz, pois o alarido das armas era continuamente ouvido ao longe e, quando estávamos zunindo por Meadowbank, propriedade do parlamentar John Kirkwall, lembro que vislumbrei da janela da carruagem três ou quatro jovens fidalgos em jaquetas de caça verdes, seguidos por uma matilha de perdigueiros que latia e por um couteiro de cara vermelha. Um cavalheiro sentado à minha frente observou,

"Aquele é o sr. Frank Kirkwall."

Ele ao mesmo tempo deu um sorriso significativo, como quem diz, "um belo patife". "E eu acredito", continuou o homem, "que o outro rapaz com a espingarda é ninguém menos que Lord Vincent James Warner, irmão mais novo do primeiro-ministro."

"É mesmo?", exclamou uma voz ao meu lado.

No mesmo instante, uma pessoa que até então eu não observara se inclinou para a frente e, quase com rudeza, passou por mim para poder olhar pela janela. Era uma moça e por isso eu não podia me ressentir daquela falta de cerimônia; assim, esperei pacientemente até que ela decidisse se sentar de novo e então disse, com um sorriso zombeteiro,

"A senhorita parece interessada no tenente."

"Ora", respondeu ela, "nem sempre vejo homens célebres."

"Não sabia que aquele rapaz era particularmente célebre", disse eu.

"Já o irmão dele...", respondeu a moça com uma expressão iluminada. "E acredito que o próprio tenente é um oficial do ilustre décimo nono regimento."[2]

"Ilustre, senhorita! São um bando de canalhas!", exclamou o cavalheiro que falara mais cedo.

"São, sim", disse a moça, que não parecia muito inclinada a discordar de nenhuma opinião dada por outra pessoa. "Certamente são muito violentos e desordeiros, de acordo com todos os relatos. Mas, afinal de contas, já realizaram feitos de grande bravura. Evesham jamais teria sido conquistada se não fosse por eles."

"Não servem para nada além de invadir cidades", respondeu o cavalheiro. "E esse é um trabalho sujo, afinal — um trabalho sangrento, senhorita."

"É, sim", aceitou ela mais uma vez. "Mas, quando há guerra, é preciso haver derramamento de sangue; e o décimo nono regimento já fez outras coisas além disso e jamais falhou — pelo menos é o que dizem os jornais."

"Pois eles sempre entopem o canhão de munição antes de dispará-lo. Pelo que me disseram, senhorita, esse nobre regimento só faz é se embebedar no momento da ação."

Eu esperava que a moça ficasse indignada com isso, mas ela apenas sorriu.

"É mesmo, senhor? Bem, então eles cumprem seu dever muito melhor do que a maioria dos homens sóbrios."

"Posso lhe dizer, senhorita, e essa informação veio de alguém de grande confiança, que em Westwood, meia hora antes de o general Thornton ir para a dianteira para o ataque final, todos os oficiais e quase todos os soldados do décimo nono estavam tão bêbados que quase caíam dos cavalos."

"Que coragem!", disse a moça, sem um pingo de irritação. "No entanto, esse ataque foi muito valente e bem-sucedido. Não foi dito que Lord Arundel agradeceu a eles no campo de batalha por sua bravura?"

"Não sei", disse o cavalheiro com frieza, "e se for verdade, senhorita, Lord Arundel não é melhor que eles."

"Decerto que não", disse ela. "Eu imaginaria que a coragem dele é da mesma grandeza."

Até o começo do pequeno diálogo registrado acima, eu não fora suficientemente atraído por minha companheira de viagem para lhe dar mais do que a mais breve das olhadas. Mas, depois, examinei-a com um pouco mais de atenção. Lembrei que, no início daquela manhã, após termos passado a noite toda viajando, nosso veículo atravessava uma parte bem deserta do trajeto quando subitamente diminuíra a velocidade após alguém ter gritado "Cocheiro! Cocheiro!". Ao olhar para fora, percebi que havíamos nos aproximado de uma estalagem que ficava justamente onde um caminho lateral, que descia tortuoso por entre as mais solitárias montanhas, cruzava a estrada principal. À luz cinzenta, mal se discernia uma mulher de xale, chapéu e véu esperando na porta da estalagem e uma criada cuidando de uma parafernália de caixas e malas. A bagagem foi içada para o topo da carruagem e alguém deu a mão à moça para que ela entrasse. Uma vez dentro do veículo, por ser pequenina e magra, ela se alojou facilmente entre mim e uma mulher robusta que usava uma infinidade de capas. Eu a vi apertar a mão de sua ajudante. Disse algo que me pareceu ser "Adeus, Mary"; e então, quando a diligência partiu à toda, recostou-se atrás de meu ombro e, confortavelmente escondida em seu véu e em seu xale, deixou-se dominar por um ar taciturno que não era nada social e nem um pouco fascinante.

Ninguém pode se interessar por uma pessoa que nem fala nem olha. Após terem se passado quase quatro horas de silêncio mortal, eu me esquecera completamente da existência da moça e jamais teria voltado a me lembrar dela se sua súbita ida até a janela não houvesse despertado minha memória. As poucas frases que falou depois desse ato a impediram de mergulhar no esquecimento imediato, mas ninguém teria podido delinear uma personalidade a partir delas. No entanto, foram suficientemente enfáticas para fazer com que eu sentisse certa curiosidade em saber quem e o que ela era.

Eu já fizera duas ou três tentativas de ver seu rosto, mas fora em vão. Seu chapéu e seu véu barravam com eficiência qualquer observação. Além disso, achei que a moça virava o rosto intencionalmente para o outro lado e, embora ela houvesse conversado com o velho burguês sentado à nossa frente com considerável desembaraço, eu ainda não conseguira arrancar nem uma sílaba de seus lábios. Por sua voz, concluí que devia ser jovem, embora suas roupas tivessem um aspecto simples e comum, de forma que poderiam ser usadas por uma pessoa de qualquer idade: um vestido de seda e um xale pesado de lã, ambos de cor escura, e um chapéu de palha com poucos adornos formavam um conjunto modesto, porém apropriado, para alguém de certo status.

Imaginando, afinal, que a melhor maneira de conseguir vê-la seria começar a falar, voltei-me de forma bastante súbita para ela com o propósito de iniciar uma conversa. E descobri que, enquanto eu pensava na moça, ela também estava pensando em mim; encolhida ali atrás, aproveitara a oportunidade oferecida pela minha aparente distração para examinar com grande atenção minha fisionomia. Consequentemente, quando eu, com um gesto inesperado, virei a cabeça, vi seu véu erguido e seus olhos fixos em mim com uma expressão de aguda observação.

Confesso que me senti quase lisonjeado com essa descoberta. No entanto, logo recobrei o suficiente minha tranquilidade habitual para me vingar retornando um olhar de uma intensidade, acredito, quase igual à dela. A moça exibiu certo controle sobre sua expressão; corou apenas um pouco e então, olhando para a janela, comentou que estávamos entrando em uma linda região. Era verdade, pois nos encontrávamos na província de Zamorna, e os campos verdes e férteis de março se estendiam em ambos os lados da nobre estrada. Se aquela mulher fosse muito velha e muito feia, eu não teria dito mais nada; se fosse jovem e extremamente bela, teria dado início a uma série de pequenos mimos e palavras doces.

Ela era de fato jovem, mas não bela. Tinha a pele branca, bastante pálida, cabelos negros partidos ao meio e penteados para trás, feições capazes das mais variadas expressões e olhos penetrantes que pousavam sobre tudo com um aspecto singular e extraordinário.[3]

"Presumo que a senhorita seja de Angria."

"Sim."

"Uma bela e próspera nação, a sua. A senhorita é muito patriótica, sem dúvida."

"Oh, é claro", foi a resposta dela, que sorriu.

"Agora não me espanta que tenha tanto interesse pela política", continuei.

"Quem mora em locais remotos com frequência tem", disse ela.

"Então a senhorita não é de nenhum distrito conhecido?"

"Não; sou de uma região solitária e montanhosa que fica na fronteira de Northangerland."

E, enquanto ela dizia isso, eu me lembrei do local onde embarcara, bem na esquina de uma estradinha secundária que serpenteava por entre colinas que pareciam jamais ter sido pisadas por alguém.

"Deve considerar uma mudança agradável visitar esta região agitada e cheia de gente", disse eu. "Já esteve em Zamorna antes?"

"Sim, é uma esplêndida província — a mais populosa e rica de todas as sete."

"Acredito que agora a senhorita a ache digna de dar o título a seu galante e jovem monarca, hein? Sei que vocês, moças de Angria, são todas muito leais."[4]

"Sim", disse ela, "suponho que as mulheres de Angria tenham essa característica. Mas, pelo que sei, não é algo peculiar delas. A maioria das mulheres da África admira sua majestade, não é?"

"Elas o declaram com grande ênfase, e é claro que a senhorita não é uma exceção."

"Oh, não!", disse a moça com extrema frieza. "Mas jamais tive a felicidade de vê-lo."

"Talvez seja por isso que o mencione com tanta indiferença. Estou perplexo; todas as mulheres com quem conversei sobre esse assunto falam do duque em êxtase."

Ela sorriu de novo. "Faço questão de jamais falar em êxtase, principalmente quando estou numa diligência."

"A não ser sobre o bravo décimo nono regimento", comentei, num tom cheio de significado. E então, com meu ar mais insinuante, perguntei, "Talvez algum herói dessa brava unidade militar tenha a honra de ser objeto de seu interesse?".

"Todos são, senhor; gosto mais deles justamente por serem tão difamados."

"Humpf", disse eu, pegando uma pitada de rapé, "já vi como é. A senhorita não tem escrúpulos em admirar em termos gerais qualquer conjunto de homens, mas declina fazê-lo com indivíduos."

"Exato", concordou ela alegremente. "Não tenho a liberdade de ser condescendente com particulares."

"A senhorita ainda percorrerá um grande trecho desta estrada?"

"Não, descerei no Spinning Jenny, em Zamorna — a estalagem onde a diligência para."

"Então vai visitar alguns amigos naquela cidade?"

"Creio que alguém vai me buscar ali."[5]

Responder dessa forma tão indireta é o mesmo que repelir. Era evidente que essa jovem não tinha intenção de confiar suas opiniões ou seus planos a ninguém.

"Ela que guarde seus segredos, então", pensei, um pouco ofendido com sua reserva e, cruzando os braços, voltei a meu silêncio anterior, e ela fez o mesmo.

Era mais ou menos meio-dia quando chegamos a Zamorna. A agitação de um dia de mercado se espalhava por todas as ruas daquela próspera cidade comercial. Quando a carruagem parou no Spinning Jenny, vi minha companheira de viagem olhar ansiosamente pela janela, como quem procurava aqueles que, segundo esperava, iam buscá-la. Decidi ficar de olho em seus movimentos, pois ela despertara um pouco minha curiosidade.

A porta fora aberta e eu havia acabado de pisar no pátio da estalagem e oferecia a mão para ajudá-la a sair do veículo quando um homem de uniforme avançou e fez o gesto antes de mim. Tocando o chapéu para cumprimentar a moça, ele perguntou quais eram suas malas. Ela indicou-as e, em cinco minutos, eu a vi entrar numa bela carruagem de viagem. Quando os baús e as valises haviam sido guardados no mesmo veículo e os cavalos levaram um leve toque do chicote, a carruagem seguiu adiante com leveza e, num piscar de olhos, desapareceu como se fosse um sonho.

"Ela não pode ser ninguém de grande importância", pensei. "Não tem o porte ou os modos de uma aristocrata. Aquele aspecto fechado e o vestido modesto e simples não combinam com um meio de transporte tão esplêndido."[6]

[Duas cenas se seguem. A primeira inclui um relato que Charles faz sobre a primeira sessão do Parlamento, o que é relevante por conter uma descrição sarcástica de Sir William Percy; Townsend o descreve como sendo vaidoso, preguiçoso e janota.

A segunda consiste de uma conversa entre Charles e o Lord Macara Lofty (um viciado em ópio que é líder do Partido Republicano) sobre Sir William; mais uma vez, este é retratado como um sedutor janota. Charles concorda em ir à casa de Macara no dia seguinte.

Sir William é importante, já que mais tarde se sentirá atraído por Elizabeth e se tornará o objeto de seu amor. O diário dele formará parte da narrativa subsequente.]

CAPÍTULO 2

Os aposentos de Lord Macara ficam numa rua do lado oeste cheia de esplêndidas casas de aluguel, que em sua maioria são habitadas por membros do Parlamento. Como na noite do dia seguinte estava chovendo muito e, ainda por cima, havia uma grande ventania, chamei uma carruagem de aluguel e, na hora combinada, fui deixado sob o imponente pórtico de sua residência. O criado abriu a porta e me guiou, através de um saguão bem iluminado e de um lance de uma bela escada, até uma sala de estar pequena, porém decorada com bom gosto, cintilando alegremente à luz de um bom fogo e de quatro grandes velas de cera acesas sobre a mesa. Imediatamente percebi que Macara fora atencioso o suficiente para nos suprir de superintendência feminina. A marquesa estava lá, sentada numa cadeira baixa próxima da lareira e brincando com as orelhas sedosas de um pequeno spaniel. Uma dama, mesmo que haja apenas uma num aposento, sempre prende primeiro a atenção, e não procurei outros visitantes até ter observado por um período satisfatório a bela figura de Louisa.

"Para baixo, Pepin, para baixo", dizia ela, enquanto tantalizava o pequeno cãozinho com um pedaço de biscoito. E depois, mudando de tom, "Pobrezinho, venha", e pousou a mão de dedos finos na cabeça dele, consolando-o até que a criatura, que estava deitada, deu um salto e subiu ao seu colo. Lá, o cão foi acariciado durante algum tempo, ainda com a mesma mão aristocrática cujo toque parecia mais leve que a espuma. Enquanto fazia isso, Louisa sacudia a cabeça numa repreensão fingida, de forma a produzir um belo movimento ondulado em seus grandes cachos, fazendo-os cascatear sobre sua face e seu pescoço. Após essa adorável pantomima ter se estendido pelo tempo apropriado, ela achou por bem ter um sobressalto e mostrar-se ciente de que eu me aproximava.

"Querido sr. Townsend, deu-me um susto entrando pé ante pé na sala! Por favor, diga-me, há quanto tempo está parado na porta observando Pepin e eu?"

"Cerca de cinco minutos, senhorita. Foi rude, eu sei, mas a senhorita precisa me desculpar. A cena era tão bonita."

"Atenção", disse Louisa, voltando-se para uma pessoa em outra parte do cômodo que eu não notara antes, "não teremos bajulações esta noite, não é senhor?"

"Ao menos não de mim, senhorita", respondeu uma voz de um canto escuro.

"O senhor jamais bajula ninguém, eu sei", continuou ela.

"Não ultimamente", foi a resposta. "Minha língua está sem prática."

"Talvez o senhor desdenhe dos elogios e de outras bobagens do tipo", disse Louisa.

"Sou um principiante — um principiante...", respondeu o Homem Oculto abruptamente. "Não os compreendo."

"Venha aprender, então", interrompi. "Aos pés de Louisa, quem poderia permanecer por muito tempo um principiante na adoração do amor?"

"Que diabos, como estou gelado!", exclamou o cavalheiro e, erguendo-se apressadamente do sofá onde estava descansando, aproximou-se a passos largos da lareira.

Ao esticar as mãos sobre o fogo, o cavalheiro me observou dos pés à cabeça com um olhar rápido e penetrante que implicava, em seu escrutínio de esguelha, qualquer coisa menos um estado de espírito franco e confortável. Fingi que não olhava para ele, mas, de um canto de olho, fiz um exame suficientemente detalhado de sua figura e de seu comportamento. Era um homem forte e musculoso, embora não alto, e de aspecto desgrenhado e exausto, apesar de não ser velho ou sequer de meia-idade. Seus cabelos não tinham brilho, embora fossem fartos e negros como o ébano. Tinham sido penteados com pouco cuidado e cobriam sua testa em camadas bagunçadas; mas suas roupas eram de qualidade e seguiam a moda. Julgando pelo rosto dele, devia ter sido abençoado com um temperamento infernal. Jamais vi irritabilidade tão selvagem e desconfiada como a que brilhava em seus pequenos olhos negros. Sua pele, de um amarelo-escuro, aumentava o efeito de uma ruga que parecia estar sempre presente em seu cenho severo e hirto.

Apoiando-se sobre o console da lareira, o homem olhou para Louisa. Que contraste havia entre ele e ela!

"Não vi Lord Macara; onde está ele?"

"Oh, ele já vai descer. Mas a saúde do visconde anda realmente muito abalada agora; durante a semana passada, só saiu da cama quando era hora de ir ao Parlamento."

"Hum!", disse o homem; então, após uma pausa de alguns minutos durante a qual ficou observando o fogo com ar feroz, acrescentou, "Inferno — estou com uma necessidade!". A marquesa agora estava brincando com seu cãozinho; como sua atenção estava inteiramente tomada pelas travessuras dele, o soturno estranho virou-se para mim e, colocando o polegar na ponta do nariz, perguntou com uma agradável polidez,

"E você?"

"Não sei", foi minha resposta.

"Pois", continuou o homem, "se o seu caso for parecido com o meu, conheço o lugar certo, e podemos obter um remedinho."

Agradeci-lhe pela gentileza, mas disse que não precisava e que, ao menos por enquanto, não desejava seu medicamento.

"Você não toma?", disse ele. "Bem, faça como quiser. Cada um segue a própria cabeça, como diz o outro; mas preciso tomar uma dose ou não vou poder mais."

Ele andou até uma porta e abriu-a. Havia uma sala do outro lado; eu o vi caminhar até a outra ponta, onde havia uma lâmpada sobre um aparador. Lá, estavam também garrafas e copos. O homem encheu um copo e bebeu. Outro — mais um — mais um — mais um — até atingir o misterioso número de sete tragos. Ele voltou, secando os lábios com um lenço.

Neste momento, a porta se abriu e uma figura de pantufas e camisolão entrou curvada no aposento.

"É bom vê-lo, Lord Macara", disse o estranho, avançando de maneira muito brusca. "Fui convidado e vim, como vê. Espero que o senhor esteja bem."

"Não muito, sr. Wilson, não muito."[7] Fiz um esforço para me levantar por sua causa. "Louisa, me dê o braço e me ajude a sentar — não me sinto muito forte esta manhã."

"É claro, meu querido visconde", disse a marquesa e, levantando-se, apoiou seu amigo até chegar a uma poltrona perto da lareira.

O visconde recostou-se nas almofadas e agradeceu-lhe com um sorriso plácido e paciente. Um estranho que o visse agora poderia tê-lo considerado um santo. Estava branco como um lençol — cada feição expressava exaustão extrema —, mas seus olhos brilhavam com uma excitação temporária.

"O que o senhor andou fazendo desde ontem à noite?", perguntei, surpreso.

"Oh, eu me resfriei", respondeu ele. "Um resfriado sempre me enfraquece muito. Mas logo estarei melhor, Townsend. Você e o sr. Wilson não se conhecem, creio. Deixe-me apresentá-los — Townsend, sr. Wilson — Wilson, sr. Townsend."

Wilson fez uma mesura para mim com um ar de autoconfiança e impudência e então se sentou bem diante do fogo, cruzou os braços sobre o peito largo e me agraciou com um ou dois de seus agradáveis e engenhosos olhares.

"Senhor", disse Wilson, dirigindo-se a Macara, "eu não esperava encontrar outras pessoas aqui."

"Oh, o sr. Townsend é um amigo", respondeu Lord Macara. "Espero que você e ele logo estejam íntimos."

"Já esteve no exército, senhor?", perguntou o sr. Wilson, voltando-se para mim.

Era evidente que o homem era louco ou bêbado demais para ter qualquer noção da minha real identidade. Por isso, respondi calmamente que "Não, embora tenha um largo círculo de amigos militares".

[Wilson então nega com veemência que seja de Angria, embora Townsend tenha notado seu sotaque angriano.]

"É o sotaque escocês!", exclamou ele. "Garanto-lhe — é o sotaque escocês — nasci e fui criado em Rosstown — e parto os ossos de qualquer homem que ousar..."

"Sr. Wilson, beba um pouco de café", interrompeu Louisa, debruçando-se sobre ele com a xícara na mão e um sorriso de persuasão nos lábios, usando uma quantidade quase tão generosa de seu fascinante charme com o mercador[8] quanto teria usado com seu poderoso e aristocrático amante, o exigente conde de Northangerland.

Wilson olhou-a e, pegando a xícara que ela lhe oferecia, disse,

"Eu beberia mesmo que fosse veneno."

"Espero que aja como um sedativo", disse Louisa com um sorriso gentil.

"Não, senhorita, como um incandescente estimulante. Esta poção entregue por suas mãos faz de mim um soldado novamente." Ele tomou todo o café. "Bem", continuou, encarando-a com um olhar de paixão feroz, "já fiz o que a senhorita me pediu. Que pena que não foi tarefa mais difícil."

"Posso requerer uma que o senhor achará mais árdua", respondeu ela. "Controle esse seu temperamento altivo. Fique quieto por pelo menos cinco minutos. Veja, estou selando seus lábios."

Brincando, ela tocou os lábios do sr. Wilson com o dedo e, rindo, voltou para seu lugar.

"Pronto", disse Lord Macara, "o senhor não pode violar uma proibição feita dessa forma..."

Sobre essa [cena] não me demorarei mais — é suficiente dizer que, aquela noite, vi Wilson ser colocado na carruagem de Macara cego de tanto beber. Para onde foi levado não sei, pois a noite estava tão fria e tempestuosa que não tive vontade de segui-lo. O visconde, quando o deixei, estava muito imóvel em sua poltrona, com um sorriso tolo e vazio fixo nos lábios. Louisa tomara uma carruagem para sua casa, a mansão Azaleia, algumas horas antes, após derramar as mais suaves atenções sobre o intoxicado Wilson. Acredito ter discernido que Macara dera a ela a função de um basilisco, para atrair, com seus encantos perigosos, o imprudente rufião até que ele estivesse em poder do visconde. Durante a conversa da noite, após o vinho ter removido as inibições, ouvi indicações de maquinações políticas. Wilson falou de seus associados, de seus companheiros, pouco antes de beber até cair. Enquanto bebia, começou a maldizer ferozmente o sultão e seus subordinados. Insistiu que eu jurasse que os odiava, e não me opus a isso, pois não tinha ideia de quem era o sultão. Não sabia, embora talvez possa adivinhar — mas *n'importe*.[9]

CAPÍTULO 3

[Alguns dias depois, Charles acabou de tomar seu chá e está dormitando perto do fogo; seu devaneio romântico é rudemente interrompido.]

"Ei!", gritei, dando um salto. "Deixe esse fogo em paz ou eu pego o atiçador e faço seu crânio tremer!"

Alguém riu e, quando abri os olhos e acordei, percebi que as chamas subiam pela chaminé com mais brilho do que antes e que mais combustível havia sido colocado ali nos últimos minutos. Uma forma sombria se debruçava sobre a lareira, recolocando naquele instante o atiçador em seu suporte.

"Quem é você?", perguntei.

"Olhe!" foi a concisa resposta.

Olhei, e não foi pequeno meu espanto ao discernir um

indivíduo com as roupas e todas as insígnias de um policial. Não havia como confundir o uniforme azul-escuro com detalhes em vermelho, as luvas brancas e a bengala com uma espada embutida.

"Quem enviou você e o que deseja?", continuei a interrogar.

"Só a sua companhia durante um pequeno trajeto", respondeu o homem. "Não é preciso se alarmar, sr. Townsend, é apenas uma bobagem. Os figurões querem uma palavrinha com o senhor. Por agora, se usar os olhos, vai ver que sou seu amigo. Se já não nos conhecêssemos, eu não teria a ousadia de me aproximar do senhor dessa forma tão abrupta..."

[O policial é um velho amigo de Charles chamado Ingham, que o enfia numa carruagem de aluguel e o leva até a delegacia para que seja interrogado sobre a noite que passou em companhia de "Wilson". O interrogatório é feito por Sir William Percy e pelo sr. Moore, pai de Jane.][10]

"Bem, vamos ao ponto agora. Onde estava na quinta-feira passada?"

"Em Verdópolis."

"Onde passou a noite desse dia?"

"Não consigo me lembrar de jeito nenhum."

"Nesse caso, talvez eu possa refrescar sua memória. Conhece a rua Clarges?"

"Sim."

"Ela não é quase toda ocupada por casas de aluguel?"

"É bastante provável."

"Consegue lembrar o nome de quaisquer indivíduos que alugam aposentos ali?"

"Talvez eu consiga até amanhã à noite, mais ou menos nessa mesma hora..."

"Você esteve lá na noite de quinta-feira passada."

"Estive?"

"Lord Macara Lofty ocupa aposentos nessa rua, sr. Townsend, e você foi um dos convidados dele na noite de quinta-feira passada. Atenção, o senhor está falando sob juramento e deve dizer quem encontrou lá naquela ocasião."

"Hum", pensei. "Que pergunta." Fiquei em silêncio durante um segundo, rapidamente analisando a situação e calculando se tinha qualquer interesse em ocultar nomes e proteger o nobre visconde. Pesei a questão e ajustei a balança o mais corretamente que pude; e como, após bastante consideração, não pude discernir um átomo de vantagem para mim se contasse uma mentira, resolvi falar a verdade.

"Estive na rua Clarges quinta-feira passada", disse, "e vi Lord Macara e a ilustríssima srta. Vernon. Tomei chá com eles..."

"Então, vocês três estavam sozinhos?"

"Não, havia um cãozinho de alguma espécie, um poodle ou spaniel que chamava Pepin..."

Sir William interrompeu.

"Você e o poodle haviam sido convidados para serem apresentados, presumo, sr. Towsend, e o nobre visconde não se incomodou em convidar uma terceira pessoa?"

"Sim, um mascate muito respeitável..."

"Chamado Wilson?"

"Exatamente..."

"Pode descrever esse cavalheiro? Era alto?"

"Era, em comparação com o poodle..."

"Sr. Townsend, assim não é possível. Preciso exigir que responda corretamente às minhas perguntas. Vou lhe pedir, mais uma vez, que me dê uma descrição do sr. Wilson."

"Eu o farei, então", disse, "e o farei *con amore*. Era um homem de tamanho mediano com peito largo, pele muito escura, cabelos e costeletas fartos e negros; uma expressão devassa e libertina, um cenho com uma espécie de ruga no centro que lhe dava sempre o aspecto de quem fazia uma careta; uma voz extraordinariamente grave para um homem com menos de trinta anos — o que imagino que ele seja —, embora a bebida e os maus caminhos tenham escavado linhas de expressão em seu rosto que teriam ficado melhores numa pessoa com o triplo da idade. Ele dizia ser escocês, mas não tinha nenhuma das características fisionômicas dos escoceses..."

"Falava muito?"

"Não."

"Você bebeu algum vinho ao longo da noite?"

"Só um pouco."

"O sr. Wilson afirmou ser abstêmio?"

"Muito pelo contrário."

"Ele estava sóbrio quando deixou a casa?"

"Creio que só deve ter ficado sóbrio no dia seguinte ao meio-dia."

"Foi carregado ou andou?"

"Um pouco de cada coisa. Andou até o topo da escada, caiu até embaixo e foi carregado até a carruagem de Lord Macara."

"Quem foi para casa com ele?"

"Ninguém além do cocheiro."

"Você viu a carruagem se afastar?"

"Sim; aliás, vi duas carruagens. Naquele momento, estava acometido de um mal-estar chamado visão dupla."

"Em que direção ela foi? Subiu ou desceu a rua Clarges?"

[O interrogatório continua; ao cabo dele, Moore e Sir William estão convencidos da real identidade de Wilson e permitem que Townsend vá embora. Ele conclui o relato declarando-se perplexo com a cooperação entre seus dois interrogadores, que em geral são adversários políticos; Moore é um "pau-mandado" de Hartford; já Sir William e Hartford (oficial que comanda o regimento de Henry) são inimigos ferozes.]

CAPÍTULO 4

O rio Olympian seguia lento, profundo e silencioso após escapar das águas revoltas das represas dos moinhos de Zamorna e, nesse seu trecho, uma fina camada de gelo começava a se firmar na superfície. Naquele fim de tarde, caía uma geada que já deixara dura como o ferro a estrada que atravessava o vale Hartford, tanto que, quando qualquer carruagem solitária passava tão tarde, o som de suas rodas tilintava na floresta escura como se estas estivessem passando sobre metal. Acima da escuridão do vale, uma lua cheia destacava-se no crepúsculo sem nuvens e sem vento do inverno com uma paz que a maior das estrelas só poderia ter imitado palidamente. Mas não havia a suavidade do verão: estava frio, gelado, era uma noite de mármore; sob sua influência, os mercadores faziam seus cavalos correrem mais rápido e os guardas da carruagem que levava o correio tocavam suas cornetas com alegria quando as luzes de Zamorna brilhavam ao longe e, em suas mentes, surgia a visão de uma caneca de cerveja quente e rum.

Um homem vestindo uma capa cruzou a ponte de Zamorna e, descendo o vale, seguiu reto pelo acostamento daquela nobre estrada. Caminhava a pé, com a capa envolta no corpo, a cabeça e o peito eretos e o chapéu tão enfiado na cabeça que a aba estava bem próxima do osso do nariz. O bosque Hartford, estendendo-se em ambos os lados, mostrava, numa fissura no meio da massa negra das árvores, o céu e a gloriosa lua que ascendia — lua esta que observava atentamente o viajante com aquele aspecto melancólico que tem desde o dilúvio. O homem desacelerou o passo por um momento quando virou à direita, passou pelos enormes portões de Hartford Hall e viu, erguendo-se ao longe em meio ao enorme terreno, a imensa fachada e as alas da aristocrática mansão.

Enquanto você, leitor, observava aquelas grandes janelas brilhando ao luar, aquelas imponentes chaminés que têm o aspecto de torreões e aquele cintilante telhado, o viajante seguiu em frente. Onde está ele? Não na estrada; será que desapareceu? Venha comigo e vamos ver. Ele atravessou um portão naquela sebe — o campo adiante é um aclive verde e amplo. O homem o cruzou rapidamente e então, com um passo mais apressado do que nunca, avançou com dificuldade a larga e comprida pradaria que ladeia o Olympian. Distante agora da estrada principal, percorreu um trajeto solitário através do silêncio de sendas e campos. Nem uma criatura cruzou seu caminho. As aves de criação e os rebanhos estavam em seus cercados e currais; as fazendas aqui são vastas e as casas dos fazendeiros ficam distantes umas das outras. Aquelas eram as terras de Lord Hartford, alugadas há meio século por pessoas com longos contratos.

Bem, o homem agora estava a sete quilômetros de Zamorna e os sinos de uma igreja foram ouvidos ao longe, batendo as nove da noite; ele ficou parado até que o som cessasse, talvez para ouvir, talvez para recobrar o fôlego. Finalmente, chegou a um campo onde havia duas fileiras muito nobres de árvores velhas e magníficas e, no meio delas, uma aleia larga de cascalho, sobre a qual os galhos se debruçavam, formando arcos. Seguindo esse caminho, o homem logo chegou à casa chamada Massinger Hall: um local antigo e espaçoso, que fica muito solitário e impressionante em meio a esses enormes campos, com um lúgubre viveiro de aves atrás. Os pilares do portão que dava no jardim eram encimados por bolas de pedra, assim como os frontões da casa; e no jardim, sobre o gramado, havia um pilar de pedra e um relógio de sol manchado pelo tempo. Massinger Hall estava silencioso como uma igreja; toda a fachada estava escura, a não ser onde a luz da lua iluminava a grande quantidade de hera que se acumulava em torno de cada caixilho. Mas a casa não era uma ruína; uma ordem tranquila e imponente dominava a cena. Era apenas antiga, solitária e cinza.

O homem de capa andou de um lado para o outro diante da fachada da casa, às vezes estacando como se tentasse escutar algo e, quando das muitas janelas fechadas e geladas não surgia nem um som ou um filete de luz, seguia adiante com os mesmos passos cadenciados. Afinal, de dentro da casa, veio o latido grave de um grande cão — não de um local próximo, mas de um cômodo remoto, perto dos fundos. Evidentemente temendo ser descoberto, o viajante teve um sobressalto ao ouvir isso. No segundo seguinte, tinha ido para trás da casa e se abrigado debaixo do frontão mais escondido. Aqui, finalmente, seus olhos encontraram algum sinal de habitação. O frontão tinha apenas uma larga janela, quase como a janela de uma igreja — longa e baixa, dando para o gramado — e dessa janela vinha uma luz cálida que se espalhava por todos os arbustos em torno. Todos sabem quão bem é possível ver o interior de um cômodo iluminado à noite, quando não há cortina ou persiana para cobrir a janela; e, quando o estranho se ajoelhou no chão, atrás de um grande loureiro cujos galhos cobriam parcialmente a gelosia, ele pôde ver lá no fundo daquela lúgubre casa tão bem quanto se estivesse do outro lado da parede.

Nos lados da janela pendiam os festões e as dobras de uma pesada cortina de lã grossa, de um escarlate vivo. Estava aberta, mostrando um longo cômodo que brilhava por inteiro graças ao reflexo da luz do fogo nos painéis escuros de carvalho. O chão era coberto por um tapete e, no meio, havia uma imensa mesa com o cintilar negro do ébano. Não havia velas nem lampiões acesos, e sim um belo fogo na lareira. Devia ser um cômodo alegre quando estava cheio de gente, mas, naquela noite, assim como o resto de Massinger Hall, tinha um ar de melancolia orgulhosa que era quase opressivo.

Uma pessoa chegou perto da janela e depois se afastou, quase sendo engolida pelas sombras do lado oposto da sala. Surgiu novamente, aproximando-se devagar. Com a mesma lentidão, retirou-se para a escuridão da distância. Continuou a andar para a frente e para trás com os mesmos passos cadenciados, cruzando todo o comprimento daquela sala larga e antiga. Só isso era visível, mais nada: uma única pessoa caminhando naquela remota mansão, aninhada entre campos intermináveis.

Era uma mulher — ou melhor, uma moça de cerca de dezenove anos. Parecia alguém que vivia sozinha, pois sua roupa não tinha nenhum adorno colocado com cuidado ou gosto decorativo com os quais as mulheres — e principalmente as jovens — tentam agradar àqueles com quem convivem. Ela também parecia passar tempo demais sozinha, pois a expressão de seu rosto, enquanto ia e vinha, era ausente e sonhadora. Se nesse momento seus pensamentos eram tristes ou alegres, não sei; mas era evidente que eram muito interessantes, pois a jovem esquecera o paraíso que havia sobre sua cabeça, a terra que havia sob seus pés e todas as coisas que neles existem, envolta no encanto de seus devaneios. Sem dúvida fora para excitar esses sonhos febris de sua mente que deixara as cortinas da grande janela abertas, pois assim, sempre que olhasse para lá, veria a lua ascendendo num imenso pedaço de céu azul por detrás da pilastra imóvel e alta de um choupo e, sob seus raios, estendendo-se até o horizonte, imensos e solitários prados com as árvores mais belas da província em seus outeiros.

Afinal ela desperta,[11] e já é hora, pois um relógio em algum ponto da casa bateu dez badaladas há cinco minutos. A jovem se liberta de seu transe com um curto suspiro, anda até a lareira, remexe o fogo e então decide fechar as cortinas.

Como não é muito alta, subiu numa cadeira com esse propósito.[12] Mas rapidamente pulou para baixo de novo, pois, quando esticava a mão para soltar a corda escarlate, um homem surgiu de trás dos galhos do loureiro e ficou ereto, com o pé sobre o batente. A jovem se afastou alguns passos e olhou para a janela. Perplexidade e consternação consideráveis estavam impressas em seu rosto a princípio, mas, antes que ela tivesse tempo de fugir, a aparição atravessara a fina barreira do painel de vidro e estava diante dela.

Com grande consideração, ele fechou a gelosia atrás de si e também baixou as cortinas, tarefa que sua estatura permitiu-lhe fazer com muito mais conveniência do que a moça. Então tirou o chapéu, e, enquanto passava os dedos pelo cabelo espesso, disse numa voz de homem como outra qualquer,

"Agora, Elizabeth, você vai saber quem sou, não vai?"

Mas esse cumprimento, embora tão íntimo, pareceu não produzir nenhum sinal de reconhecimento em resposta. A jovem não tirou os olhos dele, completamente atônita. Afinal, uma convicção pareceu estar se fixando em sua mente. Ela causou uma forte emoção; a jovem perdeu o pouco de cor que antes tingia seu rosto; finalmente, disse com uma voz peculiar, uma voz que humanos de carne e osso nunca usam, a não ser quando as sensações mais fortes e mais estranhas são despertadas,

"Henry! É mesmo você?"

Sorrindo o melhor que pôde, de um jeito que mostrava que não estava acostumado a esse tipo de coisa, o homem de capa estendeu a mão. Ela foi agarrada por duas mãozinhas que, juntas, eram menores do que a dele, e torcida e apertada com uma ansiedade violenta. A moça não quis dizer nada até controlar a voz, para conseguir pronunciar as palavras sem uma demonstração de histeria. Ela então declarou que seu visitante estava com frio e o fez se aproximar do fogo.

"Vou ficar bem, Elizabeth — vou ficar bem", disse o homem, "mas se acalme um pouco — pare, pare, não acho que tenha exatamente merecido uma recepção tão calorosa."

"Não, mas devo dá-la se não puder evitar", respondeu Elizabeth, ríspida. "Sente — nem achava que você estava vivo — de acordo com os jornais, estava na França. Por que deixou aquele país por um onde sabe que não pode estar a salvo? Acha que a polícia tem a mais leve suspeita de que caminho tomou? Como está gelado, Henry — esta noite, faz dois anos que nos vimos pela última vez; sente-se."

Havia uma grande poltrona antiga de cada lado da lareira e Henry se atirou sobre uma delas com a entrega de um homem exausto.

"Nas últimas três noites, não dormi nem duas horas", disse ele. "Como a maldita da polícia vem me perseguindo mais ou menos desde que me farejou..."

"O quê? Há policiais atrás de você neste instante!", exclamou a jovem em tom de pânico.

"Há, há; mas acho que foi um bom truque vir para cá. Eles pensam que Angria é o último esconderijo que a Raposa escolheria. Dê-me uma taça de vinho, Elizabeth, quase não me aguento mais."

Ela saiu apressadamente do quarto, observando o rosto pálido e inquieto de Henry ao fechar a porta. Na sua ausência, ele deixou a cabeça pender sobre o braço da poltrona e exprimiu seu sofrimento num único gemido, a linguagem da angústia de um homem forte. Ao ouvi-la se aproximando, Henry de súbito se empertigou, desanuviou a expressão e ficou sentado com as costas eretas. Elizabeth trouxe vinho, que ele pegou de sua mão e tomou de um só gole.

"Agora", disse ele, "tudo está bem de novo. Venha, você parece horrivelmente assustada, Elizabeth — mas, em relação a você, sou exatamente o mesmo Henry Hastings que sempre fui. Imagino que, a esta altura, já deve ter aprendido a pensar em mim como uma espécie de ogro..."

Ele encarou-a com aquela desconfiança que nasce da degradação consciente, mas suas dúvidas se dissiparam com o olhar expressivo com o qual ela respondeu. Dizia, de forma mais convincente do que palavras: "Seus erros e você são duas entidades separadas em minha mente, Henry".

E agora, leitor, qual era a ligação entre esses dois? Não eram amantes; não eram marido e mulher; só podiam ser — e uma grande semelhança em suas feições o atestava —

irmão e irmã. Nenhum dos dois era belo. O homem desperdiçara seu vigor e sua juventude no vício; havia mais a repelir do que a encantar nos olhos escuros, ferozes e fundos e no aspecto marcado pelas diversas linhas de expressão deixadas pelo sofrimento, pela paixão e pela devassidão. Mas ainda restavam vestígios de um corpo forte e firme e do porte corajoso de alguém acostumado a ações orgulhosas, confiantes e imediatas que, em dias melhores, haviam-no feito receber olhares carinhosos de alguém que adorava como um fanático. Mas você lembra, leitor, o que eu disse de Wilson. Não preciso fazer seu retrato de novo, pois esse era Wilson: o mesmo patife moreno que estava naquele cômodo de paredes de carvalho de Massinger Hall estivera na elegante sala de estar de Lord Lofty em Verdópolis.

A pele de sua irmã era quase tão branca quanto a dele era morena, e ela não tinha cor nas faces. Suas feições não podiam ser consideradas regulares, mas eram expressivas; e ela possuía belos olhos castanhos e uma silhueta feminina e elegante. Se suas roupas tivessem estilo e ela cacheasse os cabelos, ninguém a chamaria de feia. Mas num vestido marrom de seda — com uma gola simples e os cabelos divididos ao meio e presos em tranças — ela era apenas uma jovem insignificante e sem atrativos, desprovida do frescor da majestade ou do esplendor da beleza. Parecia ser uma pessoa de rápida percepção e bastante eloquência; quando o primeiro tumulto de emoção resultante da aventura daquela noite se abrandou, Elizabeth conversou com seu irmão com um tom de fingida alegria, como se desejasse esconder da vigilância dele aquelas pontadas de angústia que sua aparência mudada e suas perspectivas aterradoras e funestas devem ter forçado a entrar em seu coração. Seu irmão partira como um jovem soldado cheio de esperanças: que vida levara para voltar assim, um ser errante como Caim, com a cabeça a prêmio?[13]

"Não sou tão ruim quanto imagina", disse Henry Hastings de súbito. "Sou um homem atrozmente injustiçado. Elizabeth, vou lhe contar uma história terrível sobre Adams e aquele ser fétido, aquele Cão dos Infernos, Lord Hartford. Eles me invejavam — mas suponho que você esteja do lado deles, por isso não adianta falar..."

"Acha que me importo mais com Hartford e Adams do que com você, Henry? E que o conheço tão mal que acredito que mataria um homem com um tiro sem uma provocação humilhante e infame?"[14]

"Sim — mas, além disso, sou um desertor, e sem dúvida em Pendleton[15] todos são muito patrióticos e é ultra-heterodoxo odiar um desertor angriano menos do que se odeia o demônio. Meu pai, por exemplo, ele não me receberia, receberia?"

"Não."

A resposta foi curta e decisiva, mas Hastings não teria tolerado evasões. A verdade era amarga, mas ele a engoliu em silêncio.

"Bem, não me importa!", exclamou Henry após algum tempo. "Ainda sou um homem, e sou melhor do que a maioria dos que me odeiam. Também não pense que passei os últimos dois anos choramingando e me lamentando, Elizabeth. Vivi como um rei em Paris, tive uma boa vida e me fartei tanto de prazer que um pouco de dor é conveniente para prevenir uma indigestão. E logo vão parar de me perseguir. Vou ficar com você aqui em Massinger até os cães terem perdido minha pista e depois vou escapulir para Doverham, entrar num navio e imigrar para uma das ilhas. Ficarei rico lá e, depois que houver construído uma boa casa e tiver uma propriedade cheia de escravos, vou me candidatar. Então, voltarei. Depois de sete anos de ausência, não podem mais me prender. Vou discursar no Parlamento. Adular as pessoas. Incendiar esta terra toda. Denunciar metade dos lordes por suas tiranias e corrupções brutais. Se Northangerland estiver morto, glorificarei sua memória.[16] Que meus inimigos, com suas mãos tintas de sangue, se lembrem disso."

Em vez de suavizar a excitada ferocidade do desertor e argumentar contra seu maligno impulso de vingança, a srta. Hastings deixou-se contagiar pela raiva dele e respondeu numa voz agitada:[17]

"Você foi perseguido da maneira mais vil. Foi levado ao desespero — eu sei e sempre soube. Disse isso no dia em que o sr. Warner veio a Pendleton e contou a meu pai que você fora condenado por deserção numa corte marcial. Meu pai pegou o testamento e, enquanto o sr. Warner observava, riscou uma longa linha sobre seu nome e anunciou que o deserdava para sempre. O proprietário de nossas terras afirmou que ele fizera o certo, mas eu disse que fizera algo errado e perverso. Meu pai então praticamente ficou fora de si, pois é sempre explosivo e temperamental como o filho. Desferiu um golpe que me fez cair diante do sr. Warner. Eu me levantei e repeti cada palavra. O sr. Warner disse que eu era uma filha desnaturada e que, com a minha obstinação, estava agravando a infelicidade do meu pai. Não me importei com essa censura e deixei Pendleton algumas semanas depois. Desde então, tenho ganhado meu pão com meus próprios esforços."

"Foi o que ouvi dizer", respondeu Hastings, "e suponho que seja por isso que está aqui em Massinger."

"Sim, a casa pertence aos Moore. O velho sr. Moore morreu há pouco e seu filho, o advogado, vai vir morar aqui. Estou cuidando da casa enquanto ele e a filha estão em Verdópolis. A srta. Moore finge ter uma grande afeição por mim e diz que não pode viver sem mim, pois eu a elogio e não rivalizo com ela em beleza. E a ensino a falar francês e italiano, o que, é claro, é uma conveniência."[18]

"Bem, Elizabeth, pode me manter a salvo aqui durante um ou dois dias?"

"Farei o melhor que puder. Há apenas dois ou três velhos criados na casa. Mas, Henry, você está doente de exaustão. Deve comer algo e ir para a cama imediatamente. Vou mandar que um quarto seja preparado para você..."

Enquanto Elizabeth Hastings deixa a sala para atravessar corredores escuros e chegar à cozinha, também deixaremos de contemplar seu irmão durante algum tempo. Minha vela quase acabou e preciso terminar o capítulo.

CAPÍTULO 5

O DIÁRIO DE SIR WILLIAM PERCY

[A primeira anotação no diário de Sir William relata um sonho romântico sobre uma francesa com quem ele se envolveu; o trecho, que confirma as descrições anteriores dele como um aproveitador de mulheres, revela o prazer que tem na fantasia de que é irresistível e sua intenção de jamais se casar. A caçada por Henry Hastings é o próximo tema.]

Acabei de receber Ingham, meu inspetor de polícia. Ele me disse que já se certificou de que Wilson deixou os antros que frequenta na cidade. Meus rapazes encheram todos os buracos em que podia estar escondido com tanta fumaça de enxofre que ele foi obrigado a fugir — um importante objetivo alcançado. É mais fácil perseguir a Raposa num campo aberto do que no solo cheio de buracos e fendas de uma coelheira como Verdópolis — ou Paris. Fui até York Place para dar a informação a Moore. Aquele adulador melífluo, imberbe, patife e traiçoeiro foi esperto o suficiente para ver imediatamente a vantagem. Esfregou as mãos e disse com uma risota,

"Agora o pegamos, Sir William. Só um pouco de paciência, um pouco de tempo, e todos vamos presenciar sua morte..."

Mas que rumo Hastings tomou? Meus rapazes precisam se dispersar por muitos lugares.

Ordenei que alguns fossem a Edwardston vigiar a estrada leste, alguns a Alnwick para guardar o oeste e alguns a Freetown para defender o norte. Se ele me escapar, é um demônio, não um homem; no entanto, tem habilidade para evadir-se à perseguição. Diversas vezes, quando os cães estavam em seus calcanhares, deu meia-volta e escorregou por entre nossos dedos. Eu me pergunto que encanto o rufião miserável pode ver na vida para agarrar-se tanto a ela. Em Paris, em mais de uma ocasião eu o cerquei e o atormentei tanto que ele deve ter ficado à beira de morrer de fome. Hastings já teria cortado sua garganta há muito se tivesse sido deixado em paz. Mas, enquanto outros querem sua vida para acabar com ela, sua natureza obstinada o levará a defender até o fim aquele bem sem valor.

Hoje, enquanto pensava nele, lembrei-me de um pequeno incidente que, mais tarde, poderei usar a meu favor após descobrir seu covil. Há alguns meses, por acaso fui à ópera certa noite. Quando estava sentado em meu camarote, considerando-me uma visão extraordinariamente irresistível em meu uniforme de gala, observei uma comoção surgindo ao meu redor e ouvi, em meio a diversos sussurros e murmúrios cada vez mais altos de admiração, sendo repetidas várias vezes as palavras "É aquela beleza de Angria!". Devo confessar que, a princípio, achei que se referiam a mim!

As palavras "Não me façam corar" estavam na ponta da minha língua e eu estava começando a considerar se seria ou não necessário reconhecer tanta gentileza com uma mesura de agradecimento quando percebi que as cabeças e os olhos daqueles tolos não estavam voltados para mim, mas na direção oposta, para um camarote onde uma jovem alta estava sentada no meio de uma multidão de indivíduos de aparência muito respeitável do sexo masculino, nos quais seria preciso apenas pregar um rabo para que pudessem direitinho se fingir de macacos. A jovem brilhava em renda e cetim — com plumas o suficiente na cabeça para fazer um avestruz voar da Arábia até aqui. A grande exibição de pescoço e braços mostrava claramente que ela sabia que estes eram tão brancos, redondos e esculturais como se Fídias houvesse se erguido dos mortos para esculpi-los no mais puro mármore que encontrou nas pedreiras de Paros,[19] e as pérolas que os circundavam mostravam que tinha bom gosto o suficiente para saber como era eficaz o contraste entre a esplêndida pele viva e a reluzente pedra fria. A jovem tinha um nariz como o de Alexandre, o Grande, e olhos azuis enormes e majestosos que cintilavam com o êxtase que uma mulher, lisonjeada pela convicção de sua própria divindade, deve sentir queimando no coração. A natureza lhe dera uma abundância de cabelos, e a arte os domara em longos cachinhos sedosos que brilhavam como ouro.

Era um animal soberbo, não havia dúvida. Mal conheço um rosto ou corpo na África que não teriam empalidecido perto dela; e de fato ali havia algo pálido e obscuro contrastando com seu fulgor de diamante, uma pequena sombra bem ao seu lado,[20] empurrada para a frente e para trás pelos homens, pagãos se amontoando no templo desse ídolo.

Enquanto eu a observava, Townsend entrou no meu camarote.

"Viu como Jane Moore está triunfal esta noite?", disse ele.

"Sim", respondi, "ela vai matar metade das mulheres da nobreza de inveja. Mas quem em nome dos céus está ao lado dela, Townsend? Quem pode ser aquela mulherzinha raquítica? Alguém que ela contrata por tanto por noite para deixá-la ainda mais bela com o contraste?"

Townsend deu uma olhada com seu binóculo de ópera.

"Está falando daquela jovem franzina e pálida com um vestido cinza simples como o de uma quacre e o cabelo penteado como o de Victoria Delph? Este último não demonstra muito bom gosto. Acho que alguns cachos não teriam ficado mal, para suavizar um pouco as estranhas feições delas. Mas não sei; há algo de cuidadoso em sua maneira de se vestir. Tudo combina: o lenço branco, a fita prateada e simples no cabelo..."

Eu o interrompi.

"Sabe quem é ela, Townsend? É alguma herdeira que tem atrativos o suficiente no banco para não se preocupar com a aparência?"

"Duvido; pois, se você observar, verá que não há nem um homem cortejando-a. Se tivesse metal, metade daquela corja de jovens biltres angrianos que estão importunando a srta. Moore teria voltado suas atenções para a dona do dinheiro. Agora que essa menina está nos olhando, estou me lembrando de que já vi seu rosto antes. Já. Tenho certeza de que foi numa diligência na estrada de Angria. Viajei com ela por um longo trecho e lembro, pelo que ela disse, que a achei bastante esperta e ríspida."

"Ouviu o nome dela?"

"Não."

Aqui a conversa tomou outro rumo, pois eu não podia ter um interesse particular por uma pessoa como aquela.

Mas, um dia ou dois depois, fui jantar na casa de Thornton. Era uma festança dada para os angrianos, que haviam se reunido na cidade em honra do começo da temporada de Verdópolis, e eu chegara um pouquinho atrasado, como às vezes gosto de fazer. Quando entrei na sala de estar, já marchavam para a mesa. Jane Moore foi a primeira pessoa que vi e três cavalheiros ofereciam o braço a ela ao mesmo tempo. Enquanto eu observava suas manobras, todas as outras damas encontraram acompanhantes. Eis que fiquei por último naquela longa fila de vestidos e plumas e, para meu horror e consternação, não havia mais ninguém que eu pudesse favorecer além daquela mesma aparição obscura que vira na ópera: a protegida feia e magricela da srta. Moore.

"Bem", pensei, "ela terá que entrar sozinha antes que eu lhe ofereça meu braço." E, fingindo não vê-la, fui indiferentemente atrás dos outros e me sentei em meu lugar, com o desembaraço e a frieza que me são naturais, bem no fim da mesa.

Ela surgiu depois de mim, pé ante pé; havia uma única

cadeira após a minha e nela a moça foi obrigada a se sentar, por ser o único lugar vazio. No entanto, havia uma menina bonita e agradável ao meu outro lado, uma tal de Augusta Lonsdale, e uma das imponentes Lady Seymours estava diante de mim. Assim, determinado a não dirigir uma palavra ou um olhar à pessoa à minha esquerda, fiquei bastante confortável.

Os angrianos sempre riem e conversam muito durante as refeições, e o grupo estava extraordinariamente alegre. Olhando em torno da mesa, vi muitas mulheres bonitas, muitas joias refulgindo e muitos olhos brilhando. Convites para beber vinho passavam por todos os lábios, e mesuras eram trocadas de um lado a outro da mesa com infinita delicadeza. As damas inclinavam a cabeça para ouvir os galanteios dos homens ao seu lado e eu, de minha parte, estava lisonjeando a srta. Augusta Lonsdale com os melhores elogios possíveis sobre o rubor de suas faces e a meiguice de seu sorriso.

Quando essa correnteza de deleite estava em seu máximo, por acaso olhei para o lado com o propósito de pegar alguns vegetais que um criado me oferecia e meus olhos, infelizmente, pousaram sobre aquela pequena pessoa que eu resolvera não ver. Ela não comia nem ouvia nada; ninguém lhe dirigira uma palavra e seu rosto estava voltado para um enorme quadro de uma batalha que, naquele cômodo à luz de velas, tinha um aspecto peculiar de melancolia e horror.

Não posso fingir saber o que se passava em sua cabeça, mas algo que via naquelas nuvens de fumaça que ondulavam, nos olhos furiosos e nas crinas ao vento dos cavalos em disparada, nos corpos ensanguentados dos homens esmagados por seus cascos, enchera seus olhos de lágrimas. Era mais provável, no entanto, que se sentisse solitária e negligenciada. Não há fel pior para o coração humano do que estar sozinho e desprezado enquanto, em torno, centenas são exaltados e idolatrados.

Acho que deveria ter falado com ela, mas algo sussurrou para mim, "Todos têm fardos a carregar. Deixe que ela beba do cálice que o destino ordena a seus lábios". Além do mais, havia algo que agradava meu estado de espírito na ideia de um ser humano negligenciado virando as costas para o mundo superficial, cintilando com tanto esplendor alegre e egoísta diante de seus olhos e encontrando nas nuvens do pó e da fumaça da batalha, que ali se dissipavam e se misturavam ao ar, algo que tocava profundamente sua alma.

Eu não quebraria o encanto ao tentar remover a tristeza. Quando uma lágrima rolou de seus cílios para sua face, ela rapidamente ergueu o lenço para secá-la, e então, despertando de seu devaneio, obrigou seu rosto a mostrar uma expressão indiferente. Tirando os olhos do quadro, assumiu a aparência de uma pessoa com a mente vazia, alienada dos que a rodeavam. Tomei o cuidado de parecer estar absorto numa conversa com Augusta Lonsdale, para que ela não suspeitasse do escrutínio de que fora objeto no instante anterior.

Após o jantar, quando as damas haviam se retirado para a sala de estar, fui, como sempre, um dos primeiros homens a segui-las. Detesto me demorar entre os homens e as garrafas de bebida: é um hábito vulgar e abominável. Durante toda aquela noite, observei com grande atenção a protegida, mas ela não demonstrou nenhum outro hábito que tenha me agradado. A moça recebeu um pouco mais de atenção; diversas senhoritas se dirigiram a ela, que conversou com bastante fluência e eloquência. Assentiu, deu sua opinião e escutou com gracioso interesse a tudo que as outras diziam. Pediu que a srta. Moore cantasse exatamente quando ela desejava que lhe pedissem. Tocou uma lista das mais belas canções nas quais a voz exuberante e grandiosa de Jane é exibida com mais eficiência. E, quando aquela dama já estava no meio da apresentação, retirou-se do piano e deu espaço para que seus admiradores a rodeassem.

Em duas horas, ela se tornara muito querida das mulheres da festa; já para os homens jamais olhava nem parecia querer atrair sua atenção. Mas a criatura, após um exame mais cuidadoso, não era de forma nenhuma feia. Seus olhos eram muito belos e pareciam capazes de expressar qualquer coisa. Ela possuía uma pele branca e macia e mãos tão bonitas como as de uma fada; seus pés e tornozelos eram como os de uma exímia bailarina, mas suas feições estavam ocultas sob uma expressão que não condizia com eles. Seus movimentos eram contidos e cautelosos; ela precisava ser mais aberta, original, franca.

Antes de a festa acabar, consegui descobrir seu nome e sobrenome: era Elizabeth Hastings, irmã de Henry, aquele demônio.

Jamais a vi depois disso — até o dia de hoje, havia me esquecido dela. Mas subitamente me dei conta de que, se puder encontrá-la, posso, se agir da maneira adequada, obter alguma informação útil em relação a seu irmão. Visitarei a srta. Moore e lhe farei algumas perguntas casuais sobre sua protegida, tomando o cuidado de acrescentar algumas observações depreciativas e um ar geral de desprezo e indiferença. Um camponês atento encontra uma boa espiga de milho onde um tolo passa e vê apenas mato.

CAPÍTULO 6

[Sir William, continuação]

Dia 10 de fevereiro.[21] Dediquei a manhã inteira a um descanso confortável nos aposentos da srta. Moore. Como é sábio fazer as coisas devagar: organizo minhas maquinações entre o veludo e as plumas do quarto de uma dama. Jane Moore certamente sabe como fascinar. Ela tem o que se chama de um temperamento primorosamente doce. Um temperamento doce num rosto lindo é algo divino de ver, e a srta. Moore tem uma espécie de simplicidade que descarta a afetação. Ela não conhece a natureza humana; não penetra na mente dos que a rodeiam; não fixa seu coração com fervor em nenhum ponto de forma a destruí-lo se o ponto fosse de lá retirado; não tem nada daquele forte refinamento dos sentidos que faz com que alguns temperamentos vibrem de emoção indefinida diante das mudanças ou dos acasos nos céus ou na terra, da maciez das nuvens, da luz trêmula do luar sobre a água, de uma árvore velha e vasta, do tom profundo do vento que passa ou de qualquer outro pequeno acidente da natureza que contenha mais bobagem que bom senso.[22]

Bem, e daí? A inteligência e o entusiasmo que se danem. Não dei a mínima para toda a inteligência e todo o entusiasmo do mundo quando Jane se ergueu de seu ninho perto do fogo e ficou de pé, com aquela sua estatura tão graciosa, com a mão estendida para me cumprimentar; e, "Bom dia, Sir William", disseram aqueles lábios frescos com um sorriso tão franco que gostei mais do meu nome por estar sendo pronunciado com a voz dela. "Sente-se perto do fogo, deve estar com muito frio."

Eu me sentei mesmo e, após dois minutos, ela e eu estávamos tendo a conversa mais amigável que se pode imaginar.

Jane me perguntou se eu estava aquecido e pediu mais carvão especialmente para mim. Depois, indagou quando eu estava pensando em ir a Angria, pois esperava que, quando por acaso estivesse em Zamorna, não deixasse de fazer-lhes uma visita, contanto que estivessem em casa.

"O senhor jamais esteve em nossa nova casa", disse ela. "Deve saber que deixamos Kirkham Lodge desde que meu avô morreu."

"Sei, sim", disse eu, "mas ainda moram ali perto, suponho."

"Ah, sim, é a propriedade da família perto de Massinger — uma casa antiga e um pouco estranha —, mas papai tem a intenção de derrubá-la e construir uma mansão de verdade. Não gosto disso, pois as pessoas de Zamorna certamente dirão que é orgulho demais da parte dele."

"Oh, a senhorita não deve se incomodar com a inveja", respondi, e então, querendo mudar de assunto, fiz um comentário sobre a beleza de um vaso ornamental que estava no consolo da lareira e que tinha nas laterais uma pintura mostrando ruínas gregas, oliveiras e montanhas escuras ao fundo.

"Não é lindo?", disse Jane, pegando o vaso. "Foi pintado pela irmã do pobre capitão Hastings. Aliás, coronel, é muito cruel de sua parte caçar o jovem Hastings como dizem que faz — ele era um rapaz tão esperto e energético."

"Sim, ele mostrou bastante energia ao assassinar Adams de forma tão sangrenta", respondi.

"Adams não era nem de longe tão simpático quanto ele", disse Jane. "Era muito arrogante. Imagino que tenha mesmo insultado horrivelmente o pobre Hastings. Fui apresentada a ele certa vez e disse a papai, quando cheguei em casa, que o achei um homem muito orgulhoso e desagradável."[23]

"Então acha que seu subalterno fez bem em atravessar o cérebro dele com uma bala?"

"Não, não fez bem. Mas é uma pena que Hastings tenha que morrer por isso. Gostaria que conhecesse a irmã dele, coronel. Ia sentir muita pena dela."

"A irmã dele — quem é ela? Não aquela menina bastante feia que vi com você certa noite na ópera?"

"O senhor não a chamaria de feia se a conhecesse, coronel", disse Jane com a mais afável sinceridade. "Ela é tão boa e inteligente. Sabe quase tudo que existe no mundo e é tão diferente das outras pessoas. Não sei explicar bem como..."

"Bem", disse eu, "ela não é, minha cara srta. Moore, o tipo de pessoa que atrai muito a minha atenção. É mesmo amiga sua?"

"Não vou lhe dizer, coronel, pois fala dela com tanto desprezo."

Eu ri.

"Então suponho que esse exemplo de perfeição viva esteja lhe incomodando com seu irmão assassino? Que lhe conte mentiras sobre seu heroísmo, sua inteligência e suas desgraças?"

"Não", disse Jane, "é algo muito estranho, que sempre me espanta. Ela jamais o menciona. E, não sei por quê, mas nunca ouso falar no assunto; pois ela tem suas peculiaridades e, se por acaso se ofendesse, me deixaria imediatamente."

"Deixar a senhorita! O quê? Então vivem juntas?"

"Ela é minha preceptora, de certa maneira", disse a srta. Moore. "Aprendo francês e italiano com ela. Frequentou uma escola em Paris e fala francês muito bem."

"De onde os Hastings são?", perguntei.

"De Pendleton, lá em Angria; uma região bastante agreste e deserta — muito diferente de Zamorna. A vida social é muito ruim e a vegetação é indomada. Certa vez fui a cavalo até ali perto, quando estava fazendo uma visita a Sir Markham Howards, e fiquei espantada com os urzais e as montanhas. O senhor não faz ideia: quase nenhum campo, nenhuma árvore e estradas muito ruins e cheias de pedras.

"Fui visitar a casa do velho sr. Hastings. Eles não vivem como nós lá — ele é considerado um cavalheiro e sua família é uma das mais antigas naquela parte do país. Ele estava sentado na cozinha — o que eles chamam de copa. O lugar era maravilhosamente limpo, com o chão brilhando quase tanto quanto esse mármore, e havia uma grande fogueira na lareira, assim como as que temos em nossos salões. Ainda assim, era estranho; o sr. Hastings usava roupas pouco refinadas e não tirou o chapéu. Tinha um forte sotaque angriano, bem mais forte que o do general Thornton, mas gostei muito dele, foi tão hospitaleiro. Disse que eu era uma moça bonita e que, em Colne-Moss Tarn, seria sempre tão bem-vinda quanto o dia."

"O capitão Hastings estava em casa na ocasião?", perguntei.

"Não, isso foi logo após ele ter entrado no exército, quando todos estavam elogiando-o e tecendo loas a ele em jantares e reuniões. Mas Elizabeth Hastings estava em casa e ela me pareceu muito elegante e feminina naquele lugar aconchegante. Embora seja bastante refinada, na verdade acredito que goste muito mais daqueles urzais tristes e daquela casa antiga do que de Zamorna ou Verdópolis. Não é estranho?"

"Muito", disse eu.

Jane continuou:

"Muitas vezes eu me pergunto o que a fez deixar Pendleton e sair mundo afora como ela fez. Papai acha que foi por causa de algo que seu pai disse ou fez contra Henry, pois o velho sr. Hastings é um homem extremamente obstinado e temperamental.[24] Elizabeth não foi para casa nem uma vez em dois anos e agora está sozinha em nossa moradia antiga, Massinger Hall. Lá é tão deserto e a casa é tão antiga e melancólica — não sei como ela pode aguentar..."

Essa última frase da srta. Moore continha a informação que eu desejava obter, por isso não foi necessário prolongar minha visita por muito mais tempo. Após mais alguns minutos olhei pela última vez seu rosto belo e gentil, apertei sua mão, fiz minha mesura de despedida e saí. Quando cheguei em casa, encontrei Ingham me esperando com uma notícia importante. Ele conseguira se certificar de que aquele cão do Wilson tomara a direção do leste. Ou seja, fora para Angria. Partirei amanhã; e quanto a esse tal de Massinger Hall, pretendo ver seu interior antes que o sol se ponha duas vezes.

CAPÍTULO 7

[Esse trecho do diário de Sir William é concluído e a narrativa de Townsend é retomada por tempo o suficiente para que ele descreva a personalidade de Henry e o "insulto" pelo qual, aparentemente, matou Adams.]

O momento mais tranquilo de um dia de inverno muitas vezes é a tarde, principalmente quando a desolação da neve e da tormenta lá fora parecem dar um valor maior ao conforto da lareira que aquece e do teto que abriga quem está do lado de dentro. Perto do fim de um dia tempestuoso, logo antes de as sombras do crepúsculo começarem a cobrir o mundo, o capitão Hastings e sua irmã estavam sentados diante do fogo de uma sala com paredes de carvalho em Massinger Hall. Hastings observou a melancólica tempestade de neve passar à toda pelas grandes janelas góticas e, após um longo silêncio, disse,

"Vai nevar bastante em Boulshill..."[25]

O homem estava com um humor sombrio e sua irmã também, pois nenhum dos dois era o mais alegre, afável ou gentil dos seres humanos. Um tinha o horror de uma morte violenta sempre diante de si e a outra tinha a consciência de que seu irmão era a um só tempo assassino, fora da lei, desertor e traidor.

"E você acha que nenhuma intercessão a seu favor seria ouvida na corte?", perguntou Elizabeth Hastings, voltando a uma conversa que estavam tendo alguns minutos antes.

"Acho que na corte só há vilões a salvo da forca", respondeu Henry em sua voz grave e áspera...

Antes de proceder com minha narrativa, pausarei um minuto para falar da personalidade do capitão Hastings. O décimo nono regimento, do qual o desertor já foi oficial, tivera suas arrojadas e corruptas fileiras roubadas de um homem muito adequado a manter aquela reputação bem peculiar pela qual é tão conhecido. Ele era, no início da carreira, o candidato ideal para obter distinção ali. Antes que a úlcera do vício o corroesse, Hastings era um homem forte, ativo e atlético, com a saúde das montanhas em que nascera brilhando nas faces morenas; com uma coragem feroz sempre alerta nos olhos; com um comportamento arrogante que esmigalhava as mentes mais fracas e que, aliado a um intelecto com as asas de uma águia, atraía para onde quer que ele ia um séquito de seguidores apaixonados.

Mas o homem era irascível, egoísta e desgraçadamente maligno. Sua mente possuía uma configuração peculiar e desagradável que fazia com que, se alguém lhe causasse algum bem, ele no mesmo instante concluísse que a pessoa esperava algum ato de submissão vil em troca; e a consequência era que sempre mordia a mão que o acariciava. Por isso, seus antigos benfeitores o olhavam com frieza, davam de ombros e se afastavam, enojados, enquanto Hastings ia atrás com um uivo de raiva e um grito de afronta. Dessa forma, arruinou suas perspectivas: os que já ocupavam altas posições juraram até que o inferno fosse sacudido por suas promessas que iam em pessoa ter com belzebu antes que Hastings subisse um centímetro na vida. Sem dúvida, esses votos aristocráticos serão realizados algum dia — mas, enquanto isso, o capitão, como todo homem sábio, achou que devia se adiantar a eles. A ambição não o levou depressa o suficiente para o Pandemônio[26] e, por isso, ele decidiu subir nos cavalos alados do prazer para ajudá-la.

Sua raiva era naturalmente forte e sua imaginação se tornava febril com facilidade. As duas juntas o transformavam num selvagem, principalmente quando o Delírio Alcoólico as fazia galopar mais furiosamente que os Cavaleiros do Apocalipse no dia do Armagedom.[27] Ele era conhecido em todo canto por seus excessos. As pessoas ouviam falar deles com consternação; os próprios heróis do décimo nono erguiam as mãos e os olhos ao saber de algumas de suas aventuras e exclamavam: "Nossa! Como essa nunca ouvi!".

Um dia, durante a campanha do Cirhala, Hastings estava servindo em algum lugar quando um homem com uniforme de oficial se aproximou a cavalo. Ele puxou as rédeas e disse,

"Hastings, é você?"

"Sou", disse o capitão, sem erguer o rosto do cano de seu rifle, onde estava apoiado, pois conhecia aquela voz e aquela pessoa também, e ficava furioso por ser acostado por alguém cuja aproximação seria necessário reconhecer com um ato de respeito. No entanto, o cavaleiro estava sozinho, por isso, como não havia testemunhas da humilhação, Hastings afinal fez a concessão de erguer seu quepe militar da cabeça.

"Você está se atirando aos cachorros, pelo que ouvi dizer, Hastings", continuou o outro. "De que demônios acha que seu corpo é feito, homem...?"

"De substância demoníaca, se é que posso julgar pela maneira como me sinto", respondeu o devasso sofredor com o ar de um buldogue descomposto.

"Pretende parar?", continuou o interrogador.

"Não tenho nenhuma intenção do tipo no presente."

"Bem, talvez tenha razão", continuou o cavaleiro, controlando facilmente sua inquieta montaria, que se movimentava com impaciência sob o controle das rédeas. "Talvez tenha razão, rapaz. Não valeria muito a pena parar agora, você já é um calhorda perdido, esgotado e quebrado."

O capitão fez uma mesura.

"Obrigado, meu senhor — é mesmo a mais pura verdade."

"Já tive prazer em olhar para você", acrescentou aquele homem cheio de conselhos. "Achava-o um belo e promissor rapaz que seria capaz de qualquer coisa. Agora, você é um pobre-diabo — nada mais."

"E essa é a mais pura verdade também", foi a resposta.

O cavaleiro inclinou-se para baixo um instante, pôs a mão no ombro de Hastings e, com um ar extraordinariamente solene, exclamou,

"Ao diabo com você, rapaz!"

O cavalo então foi tocado com a espora, e saiu galopando como se são Nicolau estivesse sobre ele.

Era fim de tarde quando esse diálogo ocorreu e, na manhã seguinte, Hastings atirou no coronel Adams.

[A narrativa agora retorna ao diário de Sir William.]

CAPÍTULO 8

18 de fevereiro — Stancliffe é uma estalagem muito bonita e confortável. Sempre me sinto contente como um rei quando estou sentado naquele cômodo que eles têm no andar de cima e que dá para o fórum. Passei um frio horrível na viagem entre Verdópolis e Zamorna; o dia está muito úmido e escuro, e eu cheguei perto do meio-dia; senti-me bastante filantropo e benevolente quando me levaram até o já citado cômodo do andar de cima, onde havia um belo fogo e o melhor almocinho que se poderia desejar em cima da mesa. Após ter apaziguado o furor sagrado da fome, comecei a ponderar se deveria pedir cavalos novos para a minha carruagem e seguir adiante até Massinger. Mas um só olhar para a janela decidiu a questão: uma chuva tão violenta e fustigante; um vento tão gelado e macambúzio; um céu tão sombrio e melancólico; ruas repletas de lama marrom e brilhante, ressoando com o barulho das galochas[28] e cobertas por guarda-chuvas.

"Não, não vai dar", disse a mim mesmo. "Quem me pegar me lançando numa empreitada em busca de uma velha casa hoje tem minha permissão para cortar minhas orelhas." Assim, deitei-me bem aconchegado no sofá que, de forma bastante conveniente, ficava ao lado da lareira e, com a ajuda da última edição da *Revista de Norte Rookwood* e uma taça de um delicioso vinho madeira colocada sobre uma mesinha ao alcance do meu braço, tinha a intenção de passar uma tarde ao mesmo tempo agradável e sensata. Bem, por duas horas, tudo correu admiravelmente bem. O fogo crepitava, tranquilo e brilhante, a sala em volta estava sossegada, os elementos lá fora emitiam gemidos mais infernais do que nunca; e eu, absorto pelas páginas de uma história deliciosamente açucarada, estava quase caindo num sono divino quando toc — toc — toc; um demônio do Tártaro bateu na porta.

[Um mensageiro enviado por Lord Hartford traz um bilhete pedindo a "vinda imediata" de Sir William; ele sente vontade de estrangular alguém.]

Após ter lido essa mensagem, quase sem perceber, soltei um assobio e, no mesmo instante, algo mais forte do que eu me fez tocar o sino e pedir um cavalo. Cerca de um quarto de hora após ter estado sonhando num sofá sob a influência de um conto estúpido, eu me vi empoleirado numa sela, atravessando atabalhoadamente a ponte de Zamorna como uma lavadeira comandando um ataque da cavalaria.

Quando cheguei a Hartford Hall, vi uma carruagem diante da entrada e quatro dos meus policiais já montados sobre os cavalos, disfarçados de cocheiros. Um deles era Ingham. Ele tirou o quepe.

"É possível sentir o cheiro dele daqui, senhor", disse.

Encorajado por esse comentário agradável, desmontei e corri para dentro da casa, querendo informações mais precisas. Passando pelo saguão, percebi que a porta da sala de jantar estava aberta, por isso entrei. O Grande *Creole*[29] havia acabado de terminar de jantar e estava se servindo de uma taça de vinho quando entrei. Suas luvas e seu chapéu estavam sobre um aparador e um criado estava de pé com seu sobretudo no braço, esperando para ajudá-lo a vesti-lo.

"Bem, Percy", começou ele a dizer com sua voz profunda de barítono no instante em que me viu. "Espero que finalmente estejamos prestes a nos livrarmos do patife. Fielding, minha capa está pronta?"

"Sim, meu senhor."

"Quer um pouco de vinho, Sir William? Fielding, a carruagem está diante da porta, suponho."

"Sim, meu senhor."

"Não há motivo para que você se demore, presumo, Sir William; o tempo é precioso.[30] Fielding, os policiais beberam o uísque que mandei dar?"

"Sim, meu senhor."

"Só encontrei a pista dele esta manhã, Sir Williams. Imediatamente, formulei meus planos. Fielding, você carregou minhas pistolas?"

"Sim, meu senhor."

"É preciso tomar cuidado com um patife desesperado como esse. Juro por Deus que, se ele resistir, se causar problemas, qualquer coisinha vai me fazer estourar seus miolos. Fielding, minha capa. Ajude-me a vesti-la."

"Sim, meu senhor."

"Juro por Deus, quero apenas que ele me dê pretexto o suficiente. Eu lhe darei tudo o que merece. Rá! Rá! Contanto que me livre do contratempo de um julgamento, farei com que pare de sentir dor um pouco mais rápido. Sir William, está pronto?"

"Sim, meu senhor."

O barão tomou de um só gole mais uma taça de seu clarete e então, com um sorriso que não lhe era habitual, calçou as luvas e pôs o chapéu, cobrindo suas grossas sobrancelhas negras — para, desse modo, esconder parcialmente o brilho dos olhos, causado um pouco pelo vinho e um pouco pela exultação instintiva de um cão de caça. Ele foi a passos largos para o saguão e eu o segui.

Antes de entrar na carruagem, parei rapidamente para falar com meus dois inocentes e perguntar como andava seu estoque de sabão, que é como chamamos as armas de fogo, pois sabia que aquele touro ia tentar chifrar quem o encurralasse. As queridas crianças me mostraram cada uma dois pintinhos aninhados no peito. Fiquei satisfeito e sentei-me tranquilo ao lado do meu nobre amigo. Como meu coração se encheu de ternura por ele naquela posição tão próxima, especialmente depois que olhei para seu semblante e o vi separar os lábios com um sorriso diabólico e cerrar os dentes para enfrentar a saraivada de chuva que açoitou nosso rosto conforme atravessamos o jardim.

A tarde caía e todas as árvores do vale se vergavam sob o peso das nuvens carregadas e se arremessavam com o ímpeto do vento forte. Quando nos aproximamos a toda a velocidade do portão da cidade, que se abriu com um clangor pesado para que passássemos, havia luzes brilhando na guarida do porteiro; logo se apagaram e seguimos em frente, atravessando chuva, neve e bruma, com Hartford amaldiçoando seu cocheiro a cada cinco minutos e mandando-o fazer os cavalos correrem mais. Demorarei um bom tempo para esquecer essa viagem. Sentia uma excitação estranha e sanguinária; bosques e morros passavam na escuridão do crepúsculo, pontilhada pelas luzes das poucas casas do vale, enquanto a chuva caía violenta e enviesada sobre tudo e o cheio Olympian rugia, parecendo disputar uma louca corrida conosco.

O primeiro sinal que tivemos de que nos aproximávamos da casa foi o farfalhar dos galhos sobre nossa cabeça e a visão de imensos e negros troncos ladeando a rua como uma longa colunata de árvores. Hartford agora contradisse as ordens que dera a Johnson e quis que ele conduzisse a carruagem em silêncio, uma exigência facilmente cumprida, pois o caminho estava coberto por um grosso tapete de folhas mortas que não eram varridas desde o último outono; sobre elas, as rodas passaram com um som morto e abafado que mal era audível devido à confusão causada pelo vento, a chuva e os lamentos dos galhos.

A carruagem parou de repente e, quando ergui o olhar, lá estava a silhueta indistinta de um portão com bolas sobre os pilares; além, sobre as árvores, vi diversas chaminés e a ponta de um frontão.

"Cá estamos!", disse Hartford, e ele pulou da carruagem tão ansioso e impaciente por sua presa como o mais selvagem tigre da floresta.

“Está com as algemas?”, perguntei baixinho, inclinando-me sobre Ingham.

“Sim, senhor, e com uma camisa de força.”

Havia quatro policiais. Um deles ia ficar na parte dos fundos e um na parte da frente da casa, para impedir a saída de qualquer um; os dois outros haviam sido designados para as tarefas do interior. Eu então levei meus homens a seus postos; todas as aleias do jardim estavam escuras e cheias de lama. A casa estava em silêncio, com todas as janelas fechadas e sem um facho de luz atravessando os vidros.

Após meus rapazes terem recebido suas ordens, circundei a casa pé ante pé para me encontrar com Lord Hartford. Ele estava me esperando nos degraus que davam para a porta da frente; eu mal podia discernir sua silhueta sombria e encapuzada, parada ali como se fosse um trasgo.

“Tudo certo?”, perguntou.

“Tudo certo”, respondi. Lord Hartford se voltou para a porta e ergueu a aldrava, e o som de seu chamado teve como resposta um longo e desolado eco vindo do interior. Nos momentos que se seguiram a isso, eu me esqueci completamente daquela chuva torrencial. Um vento furioso e uma escuridão completa me cercavam por todos os lados. Uma porta se abriu e alguém atravessou o corredor de forma muito suave, porém muito rápida; então se ouviram os passos de outra pessoa e um som oco, como o de alguém que sobe uma escada de madeira; e depois uma pausa, um silêncio de alguns minutos. Hartford começou mais uma vez a grunhir seus infindáveis palavrões.

“Correndo para esconder o traste, suponho”, disse ele.

Hartford deu uma batida mais alta e, em dois minutos, ouvimos um fecho sendo aberto e uma corrente retinindo. A pesada porta da frente se abriu, rangendo nas dobradiças, e revelou uma criada com uma vela. O olhar com que ela nos examinou dizia claramente: “Quem pode estar fazendo tanto barulho a essa hora da noite?”.

“A srta. Hastings está em casa?”

"Sim, senhor."

"Podemos vê-la?"

"Entre, senhor." E, ainda com um ar perplexo, a mulher atravessou diante de nós um longo corredor e, abrindo uma porta lateral, pediu-nos que entrássemos. Ela deixou a vela sobre a mesa e, fechando a porta, desapareceu.

Era um cômodo que tinha a atmosfera fria como a de uma sepultura, decorado no estilo de uma sala de estar — mas sem fogo atrás da grade brilhante de aço da lareira e sem velas no candelabro gelado, cujos pingentes pendiam do teto como uma fria estalactite de cristal. O espelho entre as janelas parecia não refletir um rosto humano há anos; o sofá, as cadeiras, o piano de cauda, todos davam a impressão de que jamais voltariam a ser movidos.

Quando a maçaneta da porta girou eu fiz o mesmo e, após fazê-lo, vi uma jovem mulher entrar na sala, fazer uma mesura para mim e para Lord Hartford e então permanecer de pé, com os dedos enroscando-se nervosamente na corrente de um relógio que estava pendurado em seu pescoço, com os olhos fixos em nós numa expressão de curiosidade profunda, porém apreensiva.

"Vamos precisar conversar alguns minutos, srta. Hastings", disse Hartford, fechando a porta e oferecendo-lhe uma cadeira, enquanto a arrogância severa daquele velho canalha dissoluto instantaneamente se suavizava e se transformava em gentil condescendência diante de um rabo de saia.

"Acredito que esteja falando com Lord Hartford", disse ela, obrigando-se a agir com uma espécie de tato educado e sereno, embora o tremor tão feminino de suas mãos finas e brancas tenham me revelado que sua calma não era real.

"Sim, senhorita, e desejo tratá-la com toda a consideração possível. Portanto, não se alarme — sente-se..."

"Agora precisarei dos meus sais" [que Sir William havia trazido, imaginando o desmaio de Elizabeth], pensei, pois a nervosa criatura já não tinha a fachada de tranquilidade, e parecia estar passando mal. Ela sentou-se na cadeira que Hartford lhe oferecera.

"Estou apenas surpresa com a visita do senhor. Não estou alarmada. Não há nada para me alarmar", afirmou ela, assumindo um ar de respeitosa reserva.

"Posso confiar em sua sensatez", disse educadamente o barão. "A senhorita receberá a notícia que venho trazer com a coragem necessária, tenho certeza. Lamento que por acaso seja a irmã de um homem fora da lei, mas a justiça precisa seguir seu curso, senhorita, e é meu doloroso dever informá-la de que estou aqui esta noite com o propósito de prender o capitão Henry Hastings, acusado de assassinato, deserção e traição."

"Será que ela vai perder os sentidos agora?", pensei, mas humpf — não, a srta. Hastings ficou de pé como uma corça que se sobressalta ao som das trompas de caça.

"Mas Henry Hastings não está aqui", disse ela, pondo-se a um ou dois passos de Hartford e encarando-o como se fosse desafiá-lo.

O barão, ainda agindo com brandura, balançou a cabeça.

"Assim não é possível, srta. Hastings, assim não é possível", disse ele. "É muito natural que deseje proteger seu irmão, mas minhas informações são definitivas e meus planos foram traçados. Há quatro policiais na casa. Suas portas estão sendo vigiadas. Por isso, controle-se. Fique aqui com Sir William Percy. Vou cumprir meu mandado e, em dois minutos, tudo estará feito."

Fagulhas dançaram nos olhos da srta. Hastings.

"O senhor tem a ousadia de querer revistar a casa?", disse ela.

"Sim, senhorita, cada canto dela, do saguão ao buraco de um rato."

"E cada canto dela, do saguão ao buraco de um rato, está disponível para o exame do senhor", retrucou a moça.

Hartford aproximou-se da porta.

"Certamente assistirei o senhor", continuou ela e, voltando-se com irritação na direção da mesa, pegou a vela e foi atrás dele, deixando-me no escuro sem a menor cerimônia. Ouvi Hartford parar no corredor.

"Srta. Hastings, não pode vir atrás de mim." Ele ficou em silêncio por um instante. "Preciso levá-la de volta à sala de estar."

"Não, meu senhor..."

"Preciso fazê-lo..."

"Não", disse a srta. Hastings em tom de súplica. "Mostrarei todos os cômodos ao senhor."

Mas Hartford insistiu. Ela foi obrigada a recuar. Mesmo assim, não desistiu; só retrocedeu conforme o barão avançava, um pouco intimidada por sua alta estatura e seu olhar ameaçador. Estacou diante da porta da sala de estar.

"A senhorita vai me obrigar a usar a força?", disse Lord Hartford.

Ele pôs uma das mãos sobre o ombro dela. Um toque foi o suficiente. A srta. Hastings se esquivou dele entrando na sala. Hartford fechou a porta e ela ficou ali parada, com os olhos fixos nos painéis de madeira. Mecanicamente, colocou a vela de novo sobre a mesa; e então apertou as mãos e me fitou com um olhar desesperado.

Agora era minha vez de me dirigir a ela, e o conhecimento que tinha de sua personalidade mostrou-me de que maneira proceder. Vi que a srta. Hastings estava muito confusa, embora não houvesse perdido por completo a coragem: e que isso era meramente o resultado de uma sensibilidade muito profunda que fora superexcitada. Ali estava um ser feito de intensas emoções que, no cotidiano, sempre as sufocava sob a prudência e a eloquência; e que agora, quando o peito estava prestes a sofrer um golpe quase mortal, quando um alvoroço incomum se passava ao seu redor e quando o que sentia estava prestes a jorrar como a lava, ainda assim lutava para manter em torno de si o véu da reserva e da educação.

A srta. Hastings se sentou a certa distância de mim e virou o rosto contra a luz para fugir do olhar com o qual eu observava todos os seus movimentos. Eu me aproximei de sua cadeira.

"Srta. Hastings, parece estar muito agitada. Se isso for um alívio, deixarei que acompanhe os policiais durante a busca. Tenho autoridade para lhe dar permissão. Lamento por você, minha pobre menina."

Ela virou o rosto mais e mais na direção contrária à minha enquanto eu falava. Apoiou os olhos e a testa na mão e, quando eu disse essas últimas palavras, não conseguiu reprimir um pequeno soluço. Todo o seu corpo tremeu, e ela se deixou dominar pelo desespero. Controlou-se assim que pôde e agradeceu-me por minha compaixão.

"Posso ir?"

Eu permiti e, rápida como um pensamento, ela desapareceu.

"Mas terei de segui-la", pensei, e precisei dar meus passos mais rápidos para alcançá-la. Os cômodos do primeiro andar da casa haviam sido examinados sem que nada fosse encontrado. Ouvi um policial dando passos pesados no corredor do andar de cima. A srta. Hastings subia a escada com tal rapidez que parecia que seus pés tinham asas. O homem franziu o cenho e esticou o braço para impedir sua passagem, mas ela passou por debaixo, brotou diante de Ingham, que naquele instante abria a porta de um quarto, e disparou lá para dentro antes dele, exclamando, "Henry, a janela!", e, espalmando as mãos sobre a porta, tentou com toda a força segurá-la e trancá-la até que o assassino tivesse tempo de escapar.

"A víbora!", pensei. "A bruxa! Essa é a consequência de se importar com as lágrimas das mulheres." Fui correndo ajudar Ingham. Em sua agonia, a srta. Hastings tivera forças para impedir que ele abrisse a porta durante uma fração de segundo. Empurrei a porta com o pé e com a mão; o braço ineficiente no interior do quarto fracassou. Ela foi atirada ao chão pela força do impacto. Eu e meus sabujos entramos a toda.

O quarto estava escuro, mas lá, diante da janela, estava a silhueta escura de um homem, desesperadamente arrancando os montantes e o fecho que mantinham no lugar a velha gelosia. Era um pesadelo.

"Peguem-no!", rugiu Hartford. "Usem suas pistolas! Atirem para matar se ele resistir..."

Um clarão surgiu no cômodo escuro — um estampido — a pistola de alguém havia explodido. Outro estrondo, mais forte — toda a estrutura da gelosia foi quebrada, armação, vidro e tudo. A tempestade gelada e uivante entrou pelo vão. Hastings se fora.

Dei uma olhada para ver se poderia ir atrás dele, mas havia uma escuridão de profundidade desconhecida ali embaixo. Pensei em pernas sendo enfiadas para dentro do corpo como um telescópio. Gritei lá para fora. Desci as escadas em dois pulos, corri até a porta da frente e, seguido por sei lá que algazarra de passos, vi-me diante da fachada da casa. A contenda já começara.

Enxerguei duas figuras agachadas numa luta de morte. Surgiu um clarão entre elas e o estampido de uma pistola ressoou mais uma vez. A massa da luta ferrenha se dissolveu, os braços de um se soltaram do corpo do outro e um grande peso caiu sobre a grama. Um sobrevivente saiu em disparada, correndo como uma pantera — mas estava cercado, encurralado; os três outros policiais atravessaram o gramado e interromperam sua fuga. Ele estava perplexo demais para continuar a resistir e, enquanto dois o faziam se ajoelhar, o terceiro colocou suas mãos num par de braceletes mais fáceis de botar do que de tirar.

Assim que essa cerimônia foi concluída, a lua deslizou para fora de uma nuvem pela primeira vez naquela noite. Era uma lua minguante, mas aquele círculo apagado emitia luz o suficiente para me mostrar as feições que eu tanto desejava ver. Ele estava se levantando do chão, sem chapéu, com o rosto um pouco erguido. Uma carranca fria, lívida e alucinada revelou o rosto do homem que eu seguira por dezoito meses e que, finalmente e à custa de sangue, alcançara — aquele intrépido e desesperado canalha, Henry Hastings, o angriano!

CAPÍTULO 9

[Uma seção da narrativa aparentemente foi perdida. Na próxima cena, mais uma vez narrada por Townsend, Elizabeth pede à duquesa de Zamorna que obtenha o perdão de Henry, que, desde sua prisão, complicou ainda mais sua situação tentando assassinar Zamorna. Estar na posição de súplice é motivo de angústia para a orgulhosa Elizabeth.]

Quando a srta. Hastings entrou no salão de café da manhã imperial, as lágrimas quentes em seus olhos a cegavam tanto que ela mal pôde discernir como o local que seus pés intrusos cruzavam era coberto de um delicado esplendor. Mas viu uma mesa diante de si e, a essa mesa, havia uma dama sentada. Após livrar sua visão daquela névoa importuna, percebeu que a dama tinha nas mãos algumas folhas soltas de papel que pareciam ser partituras e que conversava, enquanto virava as páginas, com uma pessoa que estava atrás de sua cadeira. A pessoa era Sir William Percy e, quando a srta. Hastings entrou, como sua real irmã não pareceu notar que alguém se aproximava, ele observou friamente,

"A jovem está esperando. Vossa alteza falará com ela?"

Ela ergueu a cabeça; não rapidamente, como os plebeus fazem quando são informados de que uma pessoa aguarda sua atenção, mas com um movimento calmo e deliberado, como se fosse algo natural que alguém esperasse pela honra de ser notado por ela. Os olhos da duquesa eram muito grandes e brilhantes. Ela fixou-os na srta. Hastings, permitiu que se demorassem por um momento sobre ela e então afastou-os de novo.

"Uma irmã do capitão Hastings, não é?", disse ela, dirigindo-se a seu irmão.[31]

"Sim", foi a resposta.

A duquesa virou as páginas de outra partitura, colocou-as de lado em silêncio e observou mais uma vez a suplicante. A srta. Hastings sustentou o olhar, sentindo tanta revolta naquele momento que quase fez uma expressão de desprezo para mostrar que a desafiava. Mas, ali diante da bela princesa, sentiu aos poucos o efeito daqueles lindos olhos mudando seu humor e despertando uma nova emoção: e seu coração confessou, como já fizera mil vezes antes, a fascinante onipotência da beleza e a degradação que era ter uma aparência insignificante.

"Aproxime-se", disse a duquesa.

A srta. Hastings mal deu um passo. Ainda quase não podia suportar aquele tom de comando.

"Explique para mim o que deseja em sua atual circunstância e considerarei se posso ajudá-la."

"Presumo", respondeu a srta. Hastings, baixando os olhos e falando numa voz baixa e rápida que não era nem um pouco suplicante, "presumo que vossa alteza esteja ciente da situação do capitão Hastings. Minha atual circunstância pode ser deduzida a partir dessa situação..."

E, com isso, ela parou abruptamente de falar.

"Não a compreendo perfeitamente", disse a duquesa, "pelo que entendi, veio aqui como peticionária..."

"E venho", foi a resposta. "Mas talvez tenha cometido um erro. Talvez vossa alteza prefira não ser incomodada com meu pedido. Sei que aquilo que parece ter importância para indivíduos comuns muitas vezes é trivial para os grandes."

"Asseguro-lhe que não vejo o caso de seu irmão sem preocupação. Talvez eu já tenha feito tudo o que podia para obter a remissão de sua pena."

"Nesse caso, agradeço; mas, se a duquesa já fez tudo o que podia, devo concluir que não pode fazer mais nada. Portanto, seria presunção minha continuar a incomodá-la."

A duquesa pareceu bastante intrigada. Olhou para aquela mulherzinha teimosa à sua frente com um ar perplexo e não se dignou a continuar a conversa até que a srta. Hastings escolhesse se explicar.

A moça, enquanto isso, sempre passível de fortes reviravoltas em suas emoções, começou a se dar conta de que não estava agindo da maneira certa se sua intenção era causar uma impressão favorável a seu irmão.

"Que tola sou", pensou ela, "por ter passado a maior parte da minha vida aprendendo a satisfazer os vícios e a vaidade desses aristocratas; e agora, quando minha habilidade poderia causar algum bem, estou a ponto de jogar tudo fora por causa do meu orgulho ferido. Vamos, que eu aja como eu mesma, ou essa Linda Mulher vai ordenar que seu criado me leve imediatamente até a porta."

Assim, ela se aproximou um pouco mais da cadeira onde a rainha de Angria estava sentada e, erguendo os olhos, disse com aquela sinceridade enfática no tom e nos modos que lhe era peculiar,

"Por favor, ouça as poucas palavras que tenho a dizer."

"Eu já disse antes que as ouviria", foi a altiva resposta — uma resposta que tinha a intenção de mostrar à srta. Hastings que não se pode brincar com os grandes.

"Bem", continuou a peticionária, "não tenho nada a dizer para justificar meu irmão. Os crimes dele já foram provados. Posso apenas pedir que vossa majestade se lembre de quem ele era antes de se perder; de como tinha amor por Angria em seu coração; de quão corajosas foram suas ações ao defender a causa da nação. Não é necessário que eu fale a vossa alteza sobre a energia que marca a mente do capitão Hastings, o talento poderoso e vigoroso que o fez se destacar sobre a maioria de seus contemporâneos. O nome dele já foi ouvido em todo o país e isso é prova suficiente."

"Sei que ele foi um homem valente e hábil", disse a duquesa, "mas isso não o impediu de ser um homem muito perigoso."

"Tenho permissão de responder a vossa alteza?", perguntou a srta. Hastings.

A duquesa deu sua permissão inclinando de leve a cabeça.

"Então", disse a srta. Hastings, "vou sugerir a vossa alteza que a coragem e os talentos dele são a melhor garantia contra a sordidez desonrosa e a traição. Se o soberano de meu irmão lhe conceder seu perdão, ele, com essa graciosa ação, terá mais uma vez um súdito muito eficiente defendendo sua bandeira."

"Um súdito eficiente!", repetiu a duquesa. "Um homem incapaz de traição! Você sabe, minha jovem, que a vida do rei esteve em perigo devido a uma traiçoeira tentativa de assassinato por parte do mesmo homem cuja causa está defendendo. Sabe que o capitão Hastings quase se tornou um regicida..."

"Mas a tentativa fracassou", implorou a srta. Hastings, "e foi devido à loucura e ao desespero que Hastings arriscou-se a..."

"Chega!", disse a duquesa. "Já ouvi o que tinha a dizer e não acredito que possa dizer mais nada que vá me fazer ver esse assunto por um novo ângulo. Agora, eu lhe darei minha resposta. Vou lamentar o destino do capitão Hastings, mas o considero inevitável. Parece chocada. Sei que é natural que sinta o golpe, mas não vejo razão para mantê-la na expectativa com falsas esperanças. Para falar candidamente, já usei toda a influência de que disponho a favor de Hastings. Deram-me motivos pelos quais meu pedido teve que ser negado, motivos contra os quais não pude argumentar; portanto, fui silenciada. Se eu abordar o assunto novamente, será com relutância, pois sei que a sentença dada não será revogada. Porém, prometo tentar. Não é necessário agradecer. Pode se retirar."

E ela virou o rosto na direção oposta à srta. Hastings. A altivez de suas esplêndidas feições expressava que, se mais fosse dito, não era sua intenção ouvir.

Sua humilde súdita observou-a por um instante. Era difícil dizer que linguagem estava sendo falada por seus olhos escuros e brilhantes; indignação, decepção e vergonha pareciam ser os sentimentos preponderantes. Ela sentiu que, de alguma maneira, não agradara à duquesa de Zamorna, que escolhera o caminho errado, que causara uma impressão falsa no início; que prejudicara seu irmão em vez de beneficiá-lo. Acima de tudo, sentiu que fracassara de forma muito evidente diante dos olhos e na presença de Sir William Percy. Ela saiu consternada da sala.

[Após a partida de Elizabeth, Sir William continua a conversar com sua irmã. Seu caráter desagradável é confirmado ainda mais quando ele, apenas para magoá-la, revela à duquesa que seu mulherengo marido teve mais um caso recente — dessa vez com a bela angriana Jane Moore.]

CAPÍTULO 10

Para Lord Hartford,
Coronel do décimo nono regimento de infantaria,
Juiz da corte marcial de Zamorna.

Meu senhor,

Recebi ordens de sua majestade para comunicar-vos a seguinte decisão, sancionada por ele em conselho, concernente ao prisioneiro Hastings, que se encontra sob sua custódia na cadeia do condado de Zamorna. É o desejo de sua majestade que o senhor apresente prontamente ao prisioneiro os seguintes artigos e que, se o prisioneiro concordar com eles, que este seja posto em liberdade com as ressalvas declaradas abaixo:

Em primeiro lugar, ele deverá fazer uma confissão completa dizendo até que ponto estava ligado aos outros indivíduos incluídos com ele na sentença de banimento;

Em segundo lugar, deverá declarar tudo o que sabe sobre os planos e as intenções desses indivíduos;

Em terceiro lugar, deverá informar onde viu esses indivíduos pela última vez; onde suponha que estejam agora; e até que ponto estiveram envolvidos no recente massacre no leste e no desembarque de tropas francesas em Wilson's Creek; deverá também informar se essas pessoas estão ligadas a qualquer incendiário político estrangeiro; e também, e isso o senhor considerará uma pergunta importante, se as cortes dos estados do sul mantiveram qualquer correspondência secreta com os desertores angrianos; e se elas os encorajaram de qualquer maneira, seja direta ou indiretamente.

Se Hastings consentir em responder essas perguntas de uma maneira que sua majestade e o governo considerarem satisfatórias, a sentença de morte será comutada para rebaixamento de seu posto de oficial no exército de Angria, expulsão do décimo nono regimento e serviço compulsório como soldado raso.

Se Hastings se recusar a responder a todas ou quaisquer dessas perguntas após ter-lhe sido permitida meia hora para deliberação, o senhor executará a sentença sem reservas. Sua majestade pede particularmente que não demore em obedecer a seus comandos nessas questões, pois crê que já passou da hora de concluir esse caso.

Apresento ao senhor os meus respeitosos
cumprimentos, H. F. Etrei,
Secretário de Guerra,
Verdópolis, 18 de março de 1839

Era 19 de março, terça-feira.[32] O dia estava bonito, o céu, de um azul vivo com um sol quente e, lá longe no horizonte, havia aquelas nuvens altas e prateadas que anunciam as chuvas rápidas da primavera. Chovera uma hora antes, mas a brisa fresca secara tudo e só restara uma poça cintilando aqui e ali nas pedras descoradas que calçavam a rua. Era possível saber que, no campo, a grama crescia verde, as árvores estavam repletas de botões de flores e os jardins, cobertos pelo brilho dos açafrões-dourados. Zamorna, no entanto, e os cidadãos de Zamorna, mal pensavam nessas delícias rurais. Terça-feira era dia de mercado; o salão das peças[33] e os prédios comerciais estavam com lotação máxima. Os mercados Armas de Stuartville, Fardo de Lã e Sol Nascente estavam na maior algazarra com os preparativos dos respectivos jantares que iam oferecer, e os garçons estavam quase zonzos de tanto atender a pedidos de taças de conhaque, copos de gim com água e garrafas de cerveja do norte.

Sem dúvida há algo de importante acontecendo no fórum ali na frente, pois as portas estão sitiadas por uma multidão bem vestida com casacos negros, verdes e marrons de gola de veludo e chapéus castanhos de pele de castor. Além do mais, de tempos em tempos, as portas se abrem e um indivíduo sai, desce apressado uma escada e atravessa a rua até a estalagem Stancliffe; lá, pede impacientemente por vinho; e, após tomar de um só gole o que lhe trazem, corre com igual rapidez de volta, com um caminho sendo aberto simultaneamente para ele pela multidão através da qual passa, com um ar grave e absorto, sem olhar para a esquerda ou para a direita. A porta é fechada com cuidado após ele entrar, permitindo aos que estão de fora apenas um vislumbre de um homem com cassetete de polícia que está parado de pé ali dentro.

Na manhã em questão, eu próprio fazia parte da multidão diante das portas do fórum, e acredito que passei quatro horas mortais no pé de uma escada de degraus largos, olhando para as colunas sólidas e altas que sustentavam o pórtico.[34] Desde as nove horas a corte marcial estava reunida ali dentro. Toda Zamorna sabia que

Henry Hastings, o desertor, estava naquele momento passando por um duro interrogatório, de cujo resultado dependia sua vida. Sim: naquele mesmo instante o severo Hartford ocupava seu assento de juiz; o astucioso Percy estava sentado, observando cada diálogo, desenterrando cada mistério, insistindo sem cessar nas perguntas das quais o outro tentava se esquivar. Em torno estava o júri marcial, enquanto os poucos cavalheiros que tinham o privilégio de serem espectadores ocupavam os bancos ali perto; e, então, havia o prisioneiro Hastings. Imaginem: naquele momento, a tortura mental ocorre. Um brilho forte de sol se reflete nas paredes externas do fórum. As pilastras da fachada e o nobre telhado se erguem contra o céu sem nuvens. Mas Judas Hastings está vendendo sua alma para cerca de meia dúzia de demônios que o julgam; como poderia pensar na alegre luz do dia?

[Townsend e alguns outros observadores discutem longamente a probabilidade de Hastings se tornar um traidor para salvar a própria vida. Finalmente as portas do fórum se abrem e os ocupantes começam a surgir de lá de dentro.]

Então alguém gritou, "Lá vai Hastings!". E, quando olhei, ali estava um homem surgindo das sombras do pórtico, vestido de negro, com um casaco trespassado protegendo seu largo peito e o chapéu bem enfiado na cabeça. Mal posso dizer que tenha visto seu rosto; mas tive um vislumbre quando ele ergueu a cabeça por um momento e lançou um olhar apressado para a multidão. A expressão daquele olhar era facilmente compreendida e dificilmente esquecida. Mostrava a profunda desconfiança de um homem mau que espera o ódio dos outros, e a dura desfaçatez de um homem vingativo que decide odiá-los em troca. Seus dentes estavam cerrados, suas feições se contorciam numa careta. Ele parecia alguém com a mente perturbada pelo horror do ódio de si mesmo. Um homem entrou na carruagem de aluguel. Hastings entrou depois e um segundo policial foi atrás. O veículo se afastou. Sua partida não foi seguida por nenhum som, nem um viva nem uma vaia.

"Ele é um Judas, aposto minha cabeça", disse eu.

Menos de duas horas haviam se passado antes que o resultado do processo fosse conhecido por toda a Zamorna. Hastings aceitara as condições: entregara uma pilha de provas contra seus ex-amigos, cujo propósito, ainda secreto, em breve seria indicado pelas próximas providências tomadas pelo governo; entregara seu posto de capitão; tomara o casaco listrado e o cinto escarlate de um soldado raso; e, como recompensa, recebera a dádiva da vida. Uma vida sem honra, sem liberdade, sem um vestígio de caráter. Assim começa a nova carreira de Henry Hastings, o jovem herói, o soldado poeta de Angria! "Como caíram os poderosos!"[35]

CAPÍTULO II

Sir William Percy, assim como seu pai, é muito tenaz quando tem uma ideia que se torna favorita, como um capricho especial, e, quanto menos provável for que ela vá produzir qualquer coisa boa, tanto para o indivíduo que a concebeu quanto para terceiros, mais ele a valoriza e tenta realizá-la. Durante toda a sua vida, Northangerland foi uma criança perseguindo um arco-íris, e em que abismos profundos esse hábito já o mergulhou! Quantas vezes já o seduziu e o fez esquecer objetivos sérios!

Sir William, que tem um temperamento mais frio e menos imaginativo que o de seu pai, jamais se deixou levar pelo delírio dessa forma — comparado a Northangerland, é um homem de mármore —, mas, ainda assim, é um mármore que está sob um estranho feitiço, capaz de ganhar vida como a escultura de Pigmalião. É um ser de humores volúveis. Às vezes, o mais belo rosto causa nele apenas um sorriso de desprezo pela vaidade feminina; e, às vezes, uma expressão se espalhando por feições ordinárias, um raio transitório em olhos que não são nem grandes nem brilhantes fixam sua atenção e o envolvem num devaneio romântico, meramente porque, por acaso, se harmonizaram com algum preconceito de sua mente caprichosa. Mas, uma vez que uma ideia assim se firma, uma vez que são plantadas as sementes desse tipo de preferência — inclinação, encantamento, chamem do que quiserem —, seu coração oferece um solo tenaz capaz de segurar com força, nutrir por um longo tempo e cultivar de forma secreta, porém absoluta, o germe nascente daquilo que, com o tempo, poderá se tornar uma paixão com raízes.

Sir William, ocupado com os debates das reuniões do gabinete, vivendo uma atmosfera de tumulto, ainda mantinha à vista aquela pequena questão particular sua: aquele estranho gosto; aquele doce divertimento; sua cisma pela srta. Hastings. Ela saíra de sua vida e ele não sabia para onde fora. Após aquela audiência com sua irmã duquesa, Sir William jamais se incomodara em perguntar pela srta. Hastings. A última imagem que tinha dela era de sua retirada da sala em que fora recebida, com o rosto corado de dor.

Aquele afável rapaz riu de prazer íntimo ao se lembrar do aspecto frio e indiferente que assumira postando-se atrás da cadeira real. Naquela ocasião, ele soube que a srta. Hastings não o procuraria mais, que evitaria até mesmo sua sombra, temendo que mesmo a mais leve aproximação pudesse ser considerada uma intrusão importuna. Sabia que ela deixaria Verdópolis naquele mesmo instante se possível e permitiu que o fizesse sem uma palavra de despedida.

Ainda assim, a srta. Hastings permanecia na mente de Sir William; ainda assim, ele sorria ao se lembrar de seu ardor; ainda assim, achava agradável imaginar de novo os olhares rápidos que ela lançava quando falava com ele, olhares em que podia ler tão facilmente aquilo que ela imaginava enterrado no fundo de seu coração. Ainda assim, sempre que via um corpo delicado, pés pequenos e um rosto fino e inteligente, aquilo trazia uma vaga sensação de algo agradável, algo sobre o qual gostava de pensar. Seria, portanto, impossível abrir mão da srta. Hastings. Não, Sir William a veria de novo algum dia. A vida podia seguir seu curso. Uma coisa era certa: ele não precisava ter medo de que aquela impressão fosse passar.

Por isso, quando Sir William voltou a Zamorna, após ter se certificado de que a srta. Hastings ainda estava lá, começou a usar um momento de folga aqui e ali para especular em silêncio como, quando e onde deveria reiniciar uma comunicação com ela. Não daria nem um pouco certo conduzir a coisa de forma abrupta e direta. Ele não devia parecer tê-la procurado. Precisava encontrar-se com ela como se fosse por acidente. Além disso, seria preciso permitir que a srta. Hastings tivesse algum tempo para tirar da cabeça essa questão do irmão. Sir William esperaria alguns dias, até que a agitação causada pelo julgamento houvesse diminuído e até que o desertor houvesse sido retirado de Zamorna e estivesse além dos limites da civilização, indo ao encontro do local e dos companheiros que seriam seu quinhão. A srta. Hastings então estaria praticamente sozinha no mundo, desembaraçada de amigos e parentes, sem a confusão de diversas pessoas exigindo sua atenção. Com as coisas nesse estado, um encontro casual e confortável com um amigo seria, calculava Sir William, um evento nada insignificante. Ele então ficaria de olho nos movimentos dela e, com cuidado, não duvidava de que seria capaz de moldar os acontecimentos de maneira que servissem perfeitamente a seu propósito.

Bem, uma ou duas semanas se passaram; o julgamento de Hastings, como toda manchete do dia, caíra no esquecimento. O próprio Hastings se fora: ao som de pífaros, tambores e cornetas, o Facínora Perdido partira, deixando atrás de si a lembrança do que já fora, um homem; e a realidade do que era, um monstro. Era muito estranho, mas, para sua irmã, ele não valia um centavo a menos apesar de toda a sua desonra. É a mesquinharia privada, não a infâmia pública, que degrada um homem na opinião de seus parentes.[36] A srta. Hastings o ouviu sendo amaldiçoado por todas as bocas, o viu ser denunciado em todos os jornais. Ainda assim, ele era para ela o mesmo irmão que sempre fora. Ainda assim, ela via suas ações através de um meio que era só dela. A srta. Hastings o viu partir com uma esperança triunfal (da qual foi a única beneficiária, pois mais ninguém a compartilhava) de que suas ações futuras nobremente apagariam as calúnias de seus inimigos. Sim, no fim das contas, ela sabia que ele era um vilão não regenerado. A natureza humana é cheia de contradições; a afeição natural jamais é desenraizada de onde existiu realmente.

Quando esse período de agitação passou e a srta. Hastings já havia se certificado de que seu irmão saíra da cadeia ainda respirando, mantendo a satisfatória impressão acima citada de que ele era o melhor homem que existia no mundo, ela começou a olhar em torno e a pensar em como ia ganhar a vida. A maioria das pessoas teria se considerado numa situação maravilhosa, majestosamente sozinhas em meio ao comércio de Zamorna. No entanto, a srta. Hastings pôs-se a trabalhar com a diligência de uma formiga, usou sua eloquência e seus modos refinados a seu favor, visitou os ricos comerciantes da cidade e a aristocracia das propriedades em torno dela e agradou-os com seu tato, sua esperteza e demonstrações de seu talento; e, em duas semanas, obteve uma turma de pupilas, suficiente não apenas para impedi-la de passar necessidade como de supri-la dos meios para viver com conforto e elegância.[37] Ela agora estava na situação que desejava, dependente de ninguém, respondendo a ninguém.

A srta. Hastings passava as manhãs em sua sala de estar

rodeada pela turma, não lutando cansada para transmitir os meros rudimentos da sabedoria a crianças sonolentas e obstinadas, algo que detestava e para o qual seu temperamento irritadiço a tornava inteiramente inapta,[38] mas instruindo aquelas que já haviam dominado os elementos da educação; lendo, comentando, explicando, deixando que elas escutassem; se falhassem, confortavelmente consciente de que a culpa seria de suas pupilas, não dela. A pequena e séria professora logo tinha considerável influência sobre suas alunas, muitas delas vindas das famílias mais ricas da cidade. Ela sempre possuíra a arte de impressionar as mentes das jovens com uma ideia de seus talentos superiores e de depois obter sua confiança sendo gentil e afável.

A srta. Hastings rapidamente fez um largo círculo de amigos, tinha constantes convites para as casas mais refinadas de Zamorna, adquiriu uma fama impecável de habilidade, talento, afabilidade e modos muito corretos e elegantes. É claro que sua turma aumentou e ela se tornou tão próspera quanto qualquer mulherzinha de menos de um metro e meio e menos de vinte anos deve desejar ser. Tinha a aparência boa, vestia-se bem: de forma ainda mais simples do que antes, se é que isso é possível, mas ainda com bastante cuidado e bom gosto. Ia de um lado para o outro, zunindo como uma abelha. É claro, portanto, que estava feliz.

Não. A srta. Hastings tinha bastante dinheiro, pilhas de amigos, boa saúde, pessoas festejando-a onde quer que fosse. Mas, mesmo assim, aquele ser orgulhoso e singular achava ainda não ter encontrado um único indivíduo que fosse seu igual em inteligência, ou seja, ninguém a quem pudesse amar. Além do mais, era respeito, não afeição, que seus pomposos amigos sentiam por ela, e ela desprezava o respeito. Nem por um segundo desejara atraí-lo, mas sempre o recebia. Sentia um desejo ardente por uma ligação mais cálida e mais próxima. Não podia viver sem isso, mas o sentimento jamais foi despertado e jamais foi retornado. Ah, como ela queria Henry, Pendleton, um vislumbre das colinas Warner.

Às vezes, quando a srta. Hastings estava sozinha no fim da tarde, andando por sua bela sala de estar à luz do crepúsculo, pensava em sua casa e na falta dela até chorar amargamente com a convicção de que jamais a veria de novo. Tão profunda era a saudade que, quando a jovem olhava para o céu escuro por entre as cortinas da varanda fechada, sua imaginação parecia traçar no horizonte o perfil azul dos urzais exatamente como eram vistos da sala de Colne-moss. A estrela vespertina brilhava sobre a face de monte Boulshill, os campos das fazendas se estendiam diante dele. E quando a realidade voltava — casas, luzes e ruas — ela entrava em frenesi. Mais uma vez, um ruído na casa parecia ser o som que a cadeira de seu pai fazia quando ele a aproximava da lareira da cozinha; algo a fazia lembrar os gemidos ou latidos de Hector e Juno, os cães de Henry. Mais uma vez, os passos do próprio Henry pareciam soar no corredor e ela ouvia perfeitamente sua arma sendo depositada num dos cantos. Era tudo um sonho. Henry mudara, ela mudara, aquela época se fora para sempre. Ela fora a preferida de seu irmão e de seu pai; perdera um e abandonara o outro. Nesses momentos, seu coração ansiava até quase se partir pelo velho solitário que se encontrava em Angria. Mas não é fácil dominar o orgulho. Ela se recusava a voltar para perto dele.[39]

Muitas vezes também — quando a noite ia chegando e o fogo, adquirindo um tom vermelho límpido, espalhava uma luz tranquila sobre o papel de parede — seus pensamentos seguiam por outra direção. A entusiasta sonhava com Sir William Percy. A srta. Hastings esperava nunca mais receber notícias dele. Corava quando lembrava como, por um momento, ousara conceber a presunçosa ideia de que o baronete gostava dela. Mesmo assim, lembrava-se demoradamente de sua voz, de seus olhares e de suas palavras com um sentimento romântico tão intenso que a maioria das pessoas do mundo jamais poderia ter a menor concepção dele. Tudo o que Sir William dissera era guardado com carinho em sua mente; ela sabia cada palavra de cor, tinha uma imagem vívida de seu rosto, de seus olhos rápidos de falcão, de seus gestos habituais. Era todo um mundo para ela ver seu nome ou uma notícia a respeito dele nos jornais. Guardava esses parágrafos para ler sem parar quando estava sozinha. Havia um artigo que mencionava que Sir William estava entre os oficiais designados para a esperada campanha no leste e, por isso, a excitável imaginação dela ardeu com a expectativa dos perigos, glórias e viagens que o aguardavam. A srta. Hastings o imaginou em centenas de situações: prestes a lutar, na longa e cansativa marcha, nas paradas às margens selvagens dos rios. Ela parecia observar seu sono sob a lua do deserto — com as plantas da floresta e suas enormes folhas espalhando uma sombra fétida sobre ele. Sem dúvida, a srta. Hastings pensava que, em momentos como aquele, o jovem hussardo* sonharia com alguém a quem amava — um belo rosto, como aqueles que o encantavam nos salões da capital, pareceria se debruçar sobre seu travesseiro duro.

E com esse pensamento veio um impulso
Que partiu o encanto onírico
Pois seus olhos não podiam mais suportar
Ficar pousados sobre aquela cena.
Ela jurou deixar para trás suas visões
E buscar a vida, que desperta
Pois sabia que o sono de Sir William
Não traria um sonho com ela[40]

Esses eram os devaneios da srta. Hastings, essas eram as palavras que quase formavam uma canção em sua

* Soldado pertencente à cavalaria ligeira. (N.T.)

mente: palavras nem ditas, nem cantadas. Ela não ousava confessar seu delírio nem para si mesma de forma tão clara. Apenas uma vez parara durante sua caminhada pela sala de estar ao lado do piano aberto, pousara os dedos sobre as teclas e, fazendo soar uma ou duas notas de uma melancólica melodia, murmurou os últimos versos.

Tirando imediatamente a mão dali e fechando o instrumento com um estrondo, a srta. Hastings soltou uma enfática afirmação de que aquilo era a mais absoluta loucura, acendeu a vela que levava para o quarto e, como eram onze da noite, correu para seus aposentos lá em cima com tal rapidez que foi como se um pesadelo estivesse perseguindo-a.[41]

CAPÍTULO 12

Numa tarde agradável e serena, a srta. Hastings saíra para dar uma caminhada. Ela já se afastara da agitação de Zamorna e estava andando devagar pela beira da estrada Girnington. O muro alto e as árvores que circundavam a propriedade de um cavalheiro ladeavam a estrada; e aquele caminho distante se estendia até um silencioso descampado. De tempos em tempos, uma carruagem ou um cavaleiro passava, mas a característica geral da cena e do dia era tranquilidade. A srta. Hastings, protegida por seu xale e com o véu baixo, seguia adiante calmamente, num estado de espírito tão confortável quanto poderia desejar; pois era inclinada ao silêncio e não havia ninguém para perturbá-la falando; era predisposta ao devaneio e estava em liberdade para desfrutar de seus sonhos sem interrupções. As carruagens que passavam de vez em quando a mantinham numa vaga expectativa. Ela sempre erguia os olhos quando se aproximavam, como se tivesse uma esperança indefinida de ver alguém, mal saberia dizer quem — um rosto da distante Pendleton, talvez.

Seguindo um caminho que muitas vezes trilhara antes, a srta. Hastings logo tomou uma rua lateral com um acostamento gasto e pintado de branco que passava por debaixo de uma sebe verde e tinha campos em ambos os lados. A serenidade foi ficando mais perfeita conforme ela avançava. A estrada principal desapareceu atrás dela e a sensação de perfeita solidão se aprofundou. Aquele calmo sol da tarde pareceu sorrir com um brilho mais suave. Longe, num campo distante, um pássaro cantava inquieto, às vezes emitindo uma límpida e alegre melodia e às vezes permanecendo num melancólico silêncio.

A srta. Hastings encontrou um velho portão; as colunas eram de pedra, cinza e cobertas de limo. As ripas de madeira estavam quebradas e diversas plantas brotavam ao lado delas. Esse portão levava a um campo largo e ermo, ou melhor, a diversos campos sucessivos, pois o caminho marcado na grama levava a sebes e portões que iam de pasto a pasto até perder de vista. A srta. Hastings estava acostumada a passar muitas horas perambulando ali, deixando-se levar por sua inclinação mórbida a construir castelos no ar, tão feliz quanto era capaz, a não ser quando, de tempos em tempos, se assustava ao ouvir o mugido remoto e raivoso de um imenso touro Girnington que assombrava aquele lugar.[42]

Ao chegar ao portão, a srta. Hastings instintivamente se abaixou para abri-lo. Ele já estava aberto, e ela atravessou-o. Teve um sobressalto e estacou. Perto de uma das colunas havia um chapéu elegante de homem e luvas, com um spaniel enroscado ao lado, como se estivesse de guarda. O cãozinho ficou de pé num pulo ao ouvir uma estranha se aproximar e deu um latido curto e não muito agressivo. Seu instinto pareceu lhe dizer que a intrusa não era muito perigosa. Um apito muito grave soou de algum lugar bem próximo; no entanto, não era possível ver qualquer ser humano de quem ele pudesse ter procedido. O spaniel obedeceu ao sinal, ganiu e deitou de novo. A srta. Hastings seguiu adiante. Ela mal pusera o pé no campo quando ouviu a enfática exclamação "Minha nossa!" pronunciada claramente atrás de si.

É claro que ela se virou. Havia uma sebe de aveleiras do lado direito, abaixo da qual diversos tipos de plantas cresciam, verdes e macias. Estirada no chão sobre essa cama de folhagens, com o sol da tarde a iluminá-la, estava uma figura masculina sem chapéu e com um livro aberto na mão que, supunha-se, estivera examinando, embora seus olhos agora estivessem erguidos das páginas literárias e fixos na srta. Hastings. Como estamos em plena luz do dia e esse indivíduo está com a cabeça nua — com as feições, a testa, o cabelo, as costeletas, os olhos azuis etc. etc. todos perfeitamente visíveis — é claro que meus leitores o reconheceram: é Sir William Percy, sem dúvida, embora o que ele pode estar fazendo aqui perdido nesse canto escondido do campo, eu candidamente confesso não ser sagaz o suficiente para adivinhar.

A srta. Hastings, como sabem meus leitores, tem certas ideias românticas sobre ele e, por isso, ficou um pouco sobressaltada com esse encontro inesperado. Durante cerca de cinco minutos mal conseguiu dizer qualquer coisa, estando na verdade profundamente ocupada em se controlar e formular um pedido de desculpas pelo que Sir William decerto consideraria uma intrusão desagradável. Enquanto isso, o baronete se levantou, pegou seu chapéu e se aproximou dela com um olhar e um sorriso que sugeriam tudo, menos irritação com sua presença.

"Bem, você não tem nem uma palavra a me dizer. Como parece chocada. Está branca como um lençol. Espero não tê-la amedrontado."

"Não, não", respondeu a srta. Hastings num tom agitado, "mas é incomum encontrar qualquer pessoa nestes campos...", e ela temia que talvez houvesse perturbado Sir William — sentia muito — devia ter compreendido a insinuação do spaniel e se afastado a tempo.

"Afastado? De quê? Teve medo de Carlo? Achei que

ele havia saudado-a de forma muito gentil. De fato acredito que o animal teve senso o suficiente para saber que quem chegava era alguém que seu dono não ficaria insatisfeito de ver. Se fosse um espantalho gigante de jaquetão e calças,[43] Carlo teria voado na garganta dele." O tom da voz de Sir William fez renascer, como que por encanto, a confiança que a srta. Hastings sentira ao conversar com ele em outras ocasiões. Fez renascer também um palpitar do coração e do pulso e uma chama nas veias que logo tingiram seu rosto pálido de vermelho.

"Não tive medo de Carlo", disse ela.

"Então, de que teve medo? Não de mim, certamente?"

A srta. Hastings ergueu os olhos. Sua voz e seus modos naturais, que havia muito tempo não usava, retornaram.

"Sim", disse ela rapidamente, "de você e mais nada. Faz tanto tempo que não o vejo que pensei que havia me esquecido e que ia achar que seria uma impertinência cruzar seu caminho de novo. Esperava que fosse frio e orgulhoso."

"Não, serei tão caloroso quanto quiser. Quanto ao orgulho, calculo que a senhorita não seja exatamente o tipo de pessoa que faria nascer esse sentimento em mim."

"Suponho, então, que deveria ter dito desprezo: o senhor é orgulhoso, sem dúvida, com seus iguais ou seus superiores. No entanto, está sendo muito gentil comigo, pelo que agradeço, pois fico muito infeliz quando sou tratada com desdém."

"Posso perguntar se a senhorita está sozinha?", indagou Sir William. "Ou tem companheiros por perto?"

"Estou sozinha. Sempre caminho sozinha."

"Humpf. Também estou sozinho; e, como é altamente impróprio que uma jovem como a senhorita saia perambulando sozinha em campos tão ermos, tomarei a liberdade de lhe oferecer minha proteção até o fim de seu passeio, e depois levá-la a salvo até sua casa."

A srta. Hastings deu algumas desculpas. Ela jamais sonharia em causar tamanho incômodo a Sir William.

Estava acostumada a se arranjar sozinha. Não havia nada a temer. O baronete respondeu pegando o braço dela e enlaçando-o ao seu.

"Agirei com autoridade", disse ele. "Sei o que é melhor."

Vendo que não havia como escapar, a srta. Hastings alegou que já estava tarde; seria melhor retornar imediatamente.

"Não."

Sir William estava com vontade de seguir com ela por mais um quilômetro. A srta. Hastings não ia conseguir chegar a Zamorna antes de escurecer, mas, como estava com ele, não era preciso ter medo. Portanto, foram adiante, com ela apressadamente ponderando se estava fazendo algo muito errado e decidindo que não, que seria um pecado e uma bobagem jogar fora o momento de felicidade pura que a Sorte lhe oferecera. Além disso, não tinha nenhum parente no mundo para criticá-la, ninguém a quem devesse nada, nem pai nem irmão.[44] Era senhora de seu próprio destino e tinha certeza de que seria hipocrisia e pudicícia imaginar que havia algum mal naquilo.

Tendo assim colocado os escrúpulos de lado e se entregado por completo ao imenso deleite que vibrava em seu coração, a srta. Hastings passou a caminhar com passos tão leves e rápidos que acompanhá-la foi uma verdadeira prova para Sir William.

"Devagar, devagar", disse ele afinal. "Gosto de me demorar num passeio como este. É impossível andar rápido e conversar confortavelmente ao mesmo tempo."

"A tarde está tão agradável", respondeu ela, "e a grama tão macia e verde nestes campos que estou mais alegre do que o normal. Mas, para agradá-lo, diminuirei o passo."

"Bem", continuou o baronete, "vai me contar o que está fazendo em Zamorna e como está se mantendo?"

"Leciono e tenho duas turmas de doze pupilas cada. Cobro caro — o que as melhores professoras cobram —, por isso, não estou em perigo de passar necessidade."

"Mas tem dinheiro o suficiente? Está confortável?"

"Sim, sou rica como uma judia. Tenho a intenção de começar a economizar pela primeira vez na vida e, quando tiver juntado duas mil libras, deixarei de trabalhar e viverei como uma dama de alta classe."

"A senhorita é uma excelente administradora. Imaginei que, se a deixasse um ou dois meses sem ninguém que tomasse conta de seus negócios, para se arranjar como pudesse, se meteria em alguma dificuldade e ficaria feliz de ter um amigo para lhe ajudar; mas, de alguma maneira, saiu-se irritantemente bem."

"Sim, não gosto de dever favores."

"Vamos, não quero ouvir discursos orgulhosos como este. Lembre-se de que a Fortuna sempre está mudando e de que o melhor entre nós não está livre de reveses. Pode ser que eu ainda seja vitorioso."

"Mas, se eu precisasse de um centavo, o senhor seria a última pessoa a quem eu pediria", disse a srta. Hastings, encarando-o com uma expressão altiva que era muito natural aos seus olhos, mas que ela raramente permitia brilhar ali.

"É mesmo, minha jovem? Cuidado; não faça nenhuma resolução precipitada. Se a senhorita precisasse pedir ajuda, ficaria feliz em procurar a pessoa que a ajudaria de mais bom grado. E não encontraria muitas mãos tão abertas quanto a minha. Digo-lhe com franqueza que sentiria prazer em torná-la mais humilde. Ainda não esqueci sua recusa em aceitar aquela cruz, uma coisa tão boba."[45]

"Não", disse a srta. Hastings, "eu o conhecia tão pouco naquela época que achei que teria sido uma vergonha aceitar presentes do senhor."

"Mas me conhece melhor agora e estou com a cruz aqui. Vai aceitá-la?"

Sir William pegou a caixinha verde do bolso de seu colete, tirou a joia de dentro dela e a ofereceu.

"Não" foi a resposta.

"Humpf!", disse ele. "Eu ainda me vingarei. Que bobagem!"

Ele parecia zangado, o que não era comum.

“Não desejo ofendê-lo”, disse a srta. Hastings em tom de súplica, “mas me doeria aceitar qualquer coisa de valor do senhor. Eu ficaria com um livro, ou uma assinatura sua, ou uma palha ou pedrinha. Mas não um diamante...”

A afeição sugerida por essas palavras era tão lisonjeira e, ao mesmo tempo, fora expressa com uma simplicidade tão pura e inconsciente, que Sir William não conseguiu reprimir um sorriso. As rugas desapareceram de seu cenho.

“Afinal de contas, você sabe elogiar, srta. Hastings”, disse ele. “Eu lhe agradeço muito. Estava começando a me considerar um general sem nenhuma habilidade, pois, para onde quer que me virasse e qualquer que fosse a tática que escolhesse, a fortaleza não cedia nem por um momento. Eu não conquistava nem um metro de terreno. No entanto, se há um amigo meu na cidadela, se o coração fala em meu favor, tudo está bem.”

A srta. Hastings sentiu um calor desconfortável lhe subir às faces. Ficou confusa por alguns minutos e não conseguiu pensar numa resposta à estranha metáfora de Sir William. O baronete lançou-lhe um de seus penetrantes olhares de soslaio e, percebendo que ela estava um pouco insegura, assobiou uma estrofe para dar-lhe tempo de se compor e fingiu estar distraído com seu spaniel; então, quando outro olhar assegurou-lhe que o rubor estava desaparecendo de seu rosto, apertou um pouco mais seu braço e recomeçou a conversa com um tema novo.

“Estes campos são solitários e silenciosos”, disse ele. “E toda essa região é bastante isolada. Eu a conheço bem, cada aleia, cada sebe, cada portão.”

“Então o senhor já esteve aqui antes? Já ouvi dizer muitas vezes que era um andarilho.”

“Já estive aqui de dia e de noite; já vi essas sebes iluminadas de sol como estão agora, ou fazendo uma sombra escura à luz da lua. Se as fadas existissem, eu as teria encontrado muitas vezes, pois elas se esconderiam em lugares como estes: as folhas e flores em forma de sino da dedaleira, o musgo parecendo um veludo verde, cogumelos brotando das raízes dos carvalhos, pilriteiros de mais de cem anos com hera subindo pelos troncos — tudo precisamente ao estilo dos contos de fada."

"E o que fazia aqui?", perguntou a srta. Hastings. "O que o fez passear sozinho, tão cedo e tão tarde? Foi porque gostava de ver a luz do crepúsculo iluminando aleias como essas e a lua surgindo por sobre pastos verdes como aqueles? Ou porque estava infeliz?"

"Responderei com outra pergunta", disse Sir William. "Por que a *senhorita* gosta de passear sozinha? É porque assim pode pensar, e eu também podia. Nunca tive o hábito de compartilhar muito meus pensamentos, principalmente aqueles que me davam mais prazer, e, por isso, não precisava de companhia. Na verdade, costumava sonhar com um ser sem nome a quem dava o tipo de mente, rosto e corpo que eu imaginava poder amar. Costumava desejar um ser de sentimentos mais sublimes e coração mais afetuoso do que aqueles que via ao meu redor. Tinha a impressão de que poderia ser um amante muito apaixonado — se conhecesse uma mulher jovem, elegante e com uma mente mais refinada que a de um animal."

"O senhor deve conhecer muitas assim", disse a srta. Hastings sem se esquivar da conversa, pois seu tom confidencial era como um feitiço para ela.

"Já conheci muitas mulheres bonitas; algumas inteligentes; até já vi uma ou duas por quem imaginei estar apaixonado durante algum tempo. Mas alguns dias, ou no máximo semanas, faziam com que eu me cansasse delas. Ficava enfadado com seus encantos insípidos e me voltava novamente para minha noiva ideal. Uma vez, cheguei a mergulhar até as orelhas numa paixão insana por um objeto real — mas acabou."

"Quem era ela?"

"Uma das mulheres mais belas e ilustres de sua época. Infelizmente, pertencia a outro. Eu teria morrido para ganhar o sorriso daquela mulher; para pegar sua mão e beijar seus lábios, teria sofrido torturas. E para obter seu amor e ter o poder de apertá-la nos braços e dizer a ela tudo o que sentia, e ver que o ardor era recíproco, ouvir em sua voz sincera e musical a expressão de um amor correspondido, eu teria, se o demônio houvesse me pedido, vendido minha redenção e consentido em ter a marca de seus cascos em ambas as minhas mãos."[46]

"Ela vive em Angria?"

"Sim. Agora não me faça mais perguntas, pois não as responderei. Venha, dê-me sua mão e eu a ajudarei a pular o portão desta sebe. Pronto! Já saímos dos campos. Já veio assim tão longe?"

"Nunca", disse a srta. Hastings, olhando em volta.

Os objetos que ela via não lhe eram familiares. Estavam em outro caminho, acidentado, sulcado por rodas e repleto de vegetação. Não havia uma casa ou ser humano à vista; mas bem diante deles estava uma igreja perto da qual havia algumas lápides e muitos torrões. Cerca de seis quilômetros mais à frente ficava uma fileira de montes cujos cumes escuros eram cobertos de relva e que, no momento, se encontravam iluminados pela luz violeta de um lindo pôr do sol. Os olhos da srta. Hastings cintilaram ao vê-los.

"Que urzais são aqueles?", perguntou ela depressa.

"Ingleside e Scars", respondeu Sir William.

"E que igreja é aquela?"

"A capela Scar."

"Parece tão antiga. Há quanto tempo acha que foi construída?"

"É uma das mais antigas de Angria. O que não entendo é por que diabos alguém colocou uma igreja num lugar assim, onde não há população."

"Vamos até o cemitério?"

"Sim, se a senhorita quiser. É melhor descansar ali por alguns minutos, pois parece fatigada."

No centro do terreno ficava um teixo muito antigo, negro, retorcido e imenso. O único túmulo com laje ficava sob a sombra dessa severa e velha sentinela.

"A senhorita pode se sentar aqui", disse Sir William, apontando o monumento com a bengala.

Ela se aproximou, mas, antes de se sentar sobre a laje, algo na aparência desta chamou sua atenção. Era de mármore, não pedra; simples e sem ornamentos, mas de um branco ofuscante que contrastava com a vegetação em volta. À primeira vista parecia não ter nenhuma inscrição, mas, quando ela olhou mais de perto, uma palavra ficou visível: "RESURGAM". Mais nada, nenhum nome, nenhuma data ou idade.

"O que é isso?", perguntou a srta. Hastings. "Quem está enterrado ali?"

"Não é à toa que a senhorita pergunta", respondeu Sir William, "mas quem acha que pode responder? Já fiquei muitas vezes ao lado deste túmulo quando aquele relógio da igreja batia a meia-noite, às vezes sob chuva e mergulhado na escuridão, às vezes sob a luz trêmula das estrelas; olhei para aquela palavra e refleti sobre o mistério que ela parecia envolver até quase desejar que o cadáver que jaz ali embaixo se erguesse e respondesse minhas perguntas vãs."

"E o senhor jamais soube da história deste túmulo?"

"Bem, em parte..."

"Diga-me o que sabe, então", disse a srta. Hastings, encarando Sir William com um olhar que deixou claro para ele quão mágico era o efeito, quão profundo era o interesse em toda essa doce troca de confidências. Era ainda mais encantadora do que a linguagem do amor. A jovem não precisava corar ou tremer. Precisava apenas ouvir quando ele falava para sentir que ele confiava nela, que a considerava digna de guardar aqueles pensamentos quase românticos que talvez jamais houvesse revelado para outro ser humano antes. Essas sensações podiam ser todas enganadoras, mas eram doces e, naquele instante, a dúvida e a apreensão não ousavam se intrometer com seus avisos.

"Venha, sente-se", disse o baronete, "e eu lhe contarei tudo o que sei. Percebo que gosta de tudo que tenha um sabor de romance."

"Gosto", respondeu a srta. Hastings. "E o senhor também, Sir William — mas tem vergonha de confessar."

Ele sorriu e continuou:

"Bem, a primeira pista que descobri sobre este negócio foi por uma coincidência bastante impressionante..."

[Sir William estava caçando um dia quando encontrou um estranho chorando sobre o túmulo. Quando ele se afasta, Sir William percebe que era o duque de Zamorna. No túmulo jaz outra de suas conquistas, Rosamund, uma menina que havia sido confiada aos seus cuidados e que morreu por causa de um coração partido ou suicídio. De qualquer forma, sua sepultura está ali como um monumento aos perigos da paixão excessiva; nas palavras de Sir William, Rosamund "amava sua majestade não de forma sábia, mas com intensidade demais".]

"E então, Elizabeth, o que me diz disso?"

"Parece que o duque de Zamorna jamais a abandonou e que se lembrou dela após sua morte", comentou a srta. Hastings.

"Ah! E isso é consolo suficiente! Pois o duque de Zamorna é um maravilhoso e orgulhoso deus encarnado, suponho. Demônios!"

"O duque de Zamorna é um canalha, pelo que já ouvi falar dele; mas a maioria dos homens de alta posição é, até onde sei."

"Já foi abençoada com um vislumbre de sua majestade?", perguntou Sir William.

"Nunca."

"Mas já viu os retratos dele, que são todos muito fiéis. E admirou-os?"

"Ele é bonito, sem dúvida."

"Ah sim, de uma beleza mortal, infernal; que olhos, que nariz, que cachos, que costeletas! E a estatura! Magnífica! E um peito de mais de meio metro de largura — jamais conheci uma mulher que não calcule o valor de um homem pela proporção de seus centímetros."

A srta. Hastings não disse nada, apenas olhou para baixo e sorriu.

"Estou extremamente irritado e insatisfeito", comentou Sir William.

"Por quê?", perguntou a srta. Hastings, ainda sorrindo.[47]

Sir William, por sua vez, não respondeu; apenas assobiou uma ou duas estrofes. Após um momento de silêncio, olhou em torno com uma expressão penetrante e cuidadosa. Então, virou-se para sua companheira.

"Está vendo", disse, "que o sol está se pondo e está ficando escuro?"

"De fato", respondeu a srta. Hastings, ficando de pé imediatamente. "Precisamos ir embora, Sir William. Eu me esqueci — como posso ter deixado o tempo passar assim?"

"Calma", disse o jovem baronete, "sente-se de novo por mais alguns minutos. Direi o que tenho a dizer."

A srta. Hastings obedeceu.

"Está vendo", continuou ele, "que tudo é silêncio à nossa volta, que o crepúsculo vira escuridão, que não há luz a não ser a daquela meia-lua que nasce?"

"Sim."

"Sabe que não há uma casa num raio de três quilômetros e que está a seis quilômetros de Zamorna?"

"Sim."

"Está ciente de que, nesta penumbra e solidão, eu e você estamos sozinhos?"

"Estou."

"Teria se confiado a alguém de quem não gosta numa situação como esta?"

"Não."

"Então, você gosta de mim?"

"Sim."

"O quanto?"

A senhorita Hastings não disse nada por algum tempo — um longo tempo. Sir William não insistiu nem ficou impaciente. Apenas permaneceu ali, observando-a, atencioso e quieto, esperando uma resposta. Ela afinal disse, numa voz bem baixinha,

"Primeiro, Sir William Percy, me diga o quanto o senhor gosta de mim."

"Neste momento, mais do que de qualquer outra mulher no mundo."

"Então", foi a sincera resposta, "eu o idolatro. E essa é uma confissão que nem a morte me faria negar."

"Agora, Elizabeth", continuou Sir William, "ouça a última pergunta que tenho a fazer e não fique com medo de mim. Agirei como um cavalheiro, não importa a sua resposta. Você disse há pouco que todos os homens de alta posição são canalhas. Sou um homem de alta posição. Aceita ser minha amante?"

"Não."

"Mas você disse que me idolatrava."

"Idolatro intensamente. Mas jamais serei sua amante. Não poderia fazer isso sem o sofrimento que me causaria sentir ódio de mim mesma."

"Ou seja", disse o baronete, "teme o desprezo do mundo."

"Temo. O desprezo do mundo é horrível e, acima de tudo, eu teria pavor de perder a boa opinião de três pessoas: de meu pai, de Henry e do sr. Warner. Prefiro morrer a ser desprezada por eles. Eu me sinto secretamente triunfante sabendo que, embora tenha que guiar meus próprios passos, jamais cometi uma ação ou disse uma palavra que pudesse levar qualquer pessoa a ter a mínima suspeita do meu caráter! Meu pai e o sr. Warner me chamam de obstinada e ressentida; mas ambos se orgulham da habilidade que demonstrei ao conseguir me sustentar sem jamais deixar de ter a mais estrita retidão. Henry, embora seja um andarilho violento, daria um tiro na cabeça se soubesse que sua irmã acrescentara algo à pilha de desgraça que atirou sobre o sobrenome Hastings."

"Então você não arriscaria nada por mim?", perguntou Sir William. "Não encontraria uma compensação pela perda da aprovação do mundo em meu perfeito amor e confiança? Não é um prazer para você conversar comigo, sentar-se ao meu lado como está fazendo agora, permitir que sua mão pouse na minha?"

Os olhos da srta. Hastings se encheram de lágrimas.

"Não ouso responder", disse ela, "pois sei que diria algo desesperado. Não posso deixar de amá-lo, assim como a lua não pode deixar de brilhar. Se pudesse viver com você como sua criada, seria feliz. Mas como sua amante! É simplesmente impossível."[48]

"Elizabeth", disse Sir William, olhando para ela e pondo a mão em seu ombro, "Elizabeth, seus olhos a traem. Eles falam a língua de um temperamento muito ardente e imaginativo. Confessam não apenas que você me ama, mas que não pode viver sem mim. Renda-se à sua natureza e deixe que eu tome posse de você agora."

A srta. Hastings ficou em silêncio, mas ela não ia se render. Apenas o difícil conflito de um amor profundo com um sentimento que se contraía de horror diante da mais leve sombra de infâmia a impelia, no momento, a sofrer aquela agonia silenciosa. Sir William pensou que estava quase convencendo-a.

"Uma palavra será suficiente", disse ele. "Um sorriso ou um sussurro. Está tremendo. Pouse sua cabeça no meu ombro. Vire o rosto para a lua e dê-me apenas um olhar."

Aquela lua mostrou os olhos dela rasos de lágrimas. O baronete, crendo que essas lágrimas eram os sinais da resolução se dissolvendo, tentou dissipá-las com beijos. Elizabeth escapou de seus braços como um fantasma.

"Se eu ficar aqui mais um instante, só Deus sabe o que direi ou farei", disse ela. "Adeus, Sir William. Imploro-lhe que não me siga. A noite está clara. Não tenho medo de nada a não ser de mim mesma. Estarei em Zamorna em uma hora. Adeus, suponho, para sempre!"

"Elizabeth!", exclamou Sir William.

Ela se demorou por um instante. Não conseguia ir embora. Naquele momento, uma nuvem ocultou a lua; após dois minutos, havia passado. Sir William olhou para o local onde a srta. Hastings estivera. Ela desaparecera.

O portão do cemitério balançou de um lado para o outro. Sir William murmurou uma imprecação furiosa, mas não fez um movimento para segui-la. Ficou ali, onde ela o deixara, por horas, tão fixo quanto o velho teixo cujos braços negros se estendiam filosoficamente sobre sua cabeça. Ele deve ter passado uma noite tranquila: igreja, lápides e árvores, todos mudos como a morte e apenas o túmulo de Lady Rosamund proclamando à luz da lua: "Ressuscitarei".

[A cena final deixa de falar sobre Elizabeth e se volta para Zamorna. Primeiro a esposa de Northangerland, Zenobia, visita Zamorna para reclamar das infidelidades de seu marido. Então Zamorna vai ver sua esposa, Mary, nos aposentos dela; ela vem definhando desde que, graças a Sir William, ficou sabendo do tête-à-tête do duque com Jane Moore. O poder terrível de Zamorna sobre Mary fica imediatamente claro. Ele a convence com uma mentira não muito elaborada; eles se beijam e se retiram. Esses episódios diminuem um pouco a unidade da trama, mas sublinham de forma amarga os temas da história: os homens são canalhas, prontos a explorar suas mulheres da maneira que lhes aprouver; a lealdade das mulheres em geral as torna presas fáceis; o poder da paixão sexual é particularmente traiçoeiro, levando, no caso de Zenobia e Mary, a humilhações regulares, e resistido apenas no caso de Elizabeth graças a seu peculiar e intenso sentido de integridade pessoal.]

1839

Adeus a Angria

Agora já escrevi diversos livros, e por um longo tempo me demorei sobre os mesmos personagens, cenários e assuntos. Mostrei minhas paisagens em todas as variedades de sombra e luz que a manhã, o meio-dia e a noite, o sol nascente, a pino e poente podem lançar sobre elas. Às vezes, preenchi a atmosfera com as tormentas brancas do inverno; a neve ornou os braços negros da faia e do carvalho e cobriu os parques das terras baixas ou as passagens das montanhas dos distritos mais ermos. De novo, a mesma mansão com seu bosque, o mesmo urzal com seus vales, foram suavemente coloridos com os tons do luar no verão e, na mais quente noite de junho, as copas das árvores se encheram de folhas, debruçando-se sobre clareiras tintas de flores. O mesmo ocorre com as pessoas. Meus leitores se habituaram às mesmas feições, que viram ora de perfil, ora de frente; ora numa silhueta, ora num retrato completo — variando apenas com a mudança do sentimento, do humor ou da idade; iluminadas pelo amor, coradas de paixão, enegrecidas pela dor, inflamadas pelo êxtase; na meditação e no júbilo, no pesar, no desprezo e no prazer; com a forma arredondada da infância, a beleza e a vivacidade da juventude, a força da maturidade, as rugas do declínio pensativo; mas devemos mudar, pois os olhos se cansam do quadro visto tantas vezes e já tão familiar.

Mas não me apresse demais, leitor: não é fácil banir da minha imaginação as imagens que a tomaram por tanto tempo; elas foram minhas amigas e minhas íntimas e eu poderia, quase sem esforço, descrever os rostos, as vozes, as ações daqueles que povoavam meus pensamentos durante o dia e, raras vezes, surgiam de forma furtiva e estranha nos meus sonhos à noite. Ao me afastar deles, sinto-me quase como se estivesse no umbral da porta de casa, dando adeus a seus habitantes. Quando tento criar novos, sinto-me como se estivesse numa região distante, onde cada rosto é desconhecido e o caráter de toda a população é um enigma que levaria muito escrutínio para compreender e muito talento para descrever. Ainda assim, anseio por deixar por algum tempo aquele clima ardente onde permanecemos por tanto tempo — os céus de lá são incandescentes, pois o brilho do pôr do sol está sempre espalhado neles. A mente deseja abandonar a agitação e se voltar para regiões mais frescas, onde a alvorada surge cinza e sóbria e o dia que nasce fica, pelo menos durante algum tempo, suavizado pelas nuvens.

1839

Notas

JANE AUSTEN

VOLUME PRIMEIRO [PP. 45-114]

1 Martha Lloyd: assim como sua irmã Mary, vizinha e grande amiga das jovens Jane e Cassandra Austen; Martha mais tarde se tornaria a segunda esposa de Francis Austen.

2 O vale do Tempé vem do romance de amor escrito no século XVII por Mademoiselle de Scudéry, *A história da princesa Elismonda*.

3 No original, os termos usados para descrever a quantidade de perdizes e faisões são *brace* e *leash*, definidos pelo *Oxford English Dictionary* respectivamente como um par e um par e meio, ou três.

4 No original, *fess*. O *Oxford English Dictionary* define *fesse* como "azul-pálido", mas a palavra também significa "arrogante" ou "orgulhoso" no dialeto de Hampshire (*English Dialect Dictionary*).

5 Francis Austen (1774-1865), o quinto irmão de Jane Austen, estudou na Escola Naval Real em Portsmouth e lutou em batalhas navais nas Guerras Napoleônicas, tornando-se almirante na Marinha de Nelson.

6 *Sir Charles Grandison* (1753-4), de Samuel Richardson, era um dos romances preferidos de Jane.

7 Essa frase foi riscada do manuscrito.

8 A opinião da excelência feminina do insuportável Charles Adams parece ser um embrião daquela expressada pelo sr. Darcy em *Orgulho e preconceito* (cap. 8).

9 Brian Wilks fala de como era comum haver armadilhas para homens e armas preparadas para atirar sozinhas nas grandes propriedades da época (*Jane Austen*, p. 12); normalmente servia para desencorajar quem caçava ali sem permissão, mas Charles Adams sem dúvida espera se proteger de suas diversas admiradoras.

10 Jane Cooper era prima de Jane. Em 1783, frequentou a mesma escola que Jane e Cassandra e é muito provável que lhes tenha salvado a vida ao contar imediatamente aos Austen sobre a grave doença que acometera ambas.

11 Charles Austen (1779-1852) era o irmão mais novo de Jane; assim como seu irmão Francis, ele se tornou oficial da Marinha. Embora passassem longos períodos no mar, os irmãos mantiveram um elo forte com a família.

12 O tagarela John Thorpe, em *A abadia de Northanger*, gaba-se de que seu cavalo percorre quinze quilômetros por hora puxando uma carruagem; embora isso sem dúvida seja um exagero, trinta quilômetros em dezoito horas (de cinco da manhã às onze da noite) é uma velocidade muito baixa. Como a distância entre Bath e Londres é de 173 quilômetros, o sr. Clifford ainda tem uma longa viagem pela frente.

13 A velocidade já lenta do sr. Clifford parece ter diminuído ainda mais, já que a distância total de Devizes até Basingstoke é de cerca de 65 quilômetros; Overton, Dean, Clarkengreen e Worting são vilas perto de Steventon.

14 Cassandra Austen (1773-1845) era a irmã mais velha de Jane, sua amiga mais íntima e sua confidente da vida inteira.

15 A sra. Austen era mãe de Jane, Cassandra Leigh Austen (1739-1827), filha do reverendo Thomas Leigh de All Souls, Oxford, sobrinha de Theophilus Leigh, mestre do Balliol College, Oxford.

16 James Austen (1765-1819) era o mais velho dos irmãos de Jane. Foi o sucessor do pai como pastor da igreja de Steventon; enquanto estava em Oxford, editou um periódico e escreveu alguns poemas.

17 A ausência de qualquer referência às peças *A escola do*

ciúmes e *O homem viajado* em histórias do teatro e também a maneira brincalhona como Jane as menciona sugerem que talvez tenham sido escritas pelo próprio James, o mais literato de seus irmãos.

18 As frases foram riscadas no manuscrito.

19 O reverendo George Austen (1731-1805) era pai de Jane, filho de um cirurgião, William Austen; ganhou uma bolsa no St. John's College da Universidade de Oxford, tornou-se pastor da Igreja anglicana em 1760 e, ao se casar, ganhou a posição de pastor de Steventon e Deane de seus parentes ricos, Thomas Knight e Francis Austen.

20 Essa parte foi riscada no manuscrito.

21 Edward Austen (1768-1852) era o terceiro mais velho dos irmãos de Jane, que foi adotado pela família de Thomas Knight e feito seu herdeiro; ainda assim, permaneceu próximo de sua família original e Chawton Cottage, onde a sra. Austen e suas duas filhas viveram após deixarem Bath, ficava em sua propriedade.

22 *As três irmãs* inclui diversos elementos que serão desenvolvidos em romances posteriores. O sr. Watts, o rapaz solteiro que pode ser considerado desejável como possível marido, porém é odioso, lembra o sr. Collins; a sra. Stanhope, como a mãe determinada a casar suas filhas não importa quão repugnante seja o pretendente, lembra a sra. Bennet. O padrão de duas meninas sensatas e sensíveis (Sophy e Georgiana) versus uma fútil (Mary) lembra o posterior contraste de Lydia com Jane e Elizabeth. O belo sr. Brudenell, que trai sua falta de princípios ao incitar Mary, talvez seja um protótipo de Henry Crawford, de *Mansfield Park*. A aversão de Mary por seu noivo lembra os sentimentos de Maria Bertram pelo sr. Rushworth; a intolerância de ambas as meninas é exacerbada pela chegada de um estranho interessante.

23 Essa frase foi riscada no manuscrito.

24 Essa frase foi riscada no manuscrito.

25 A frase seguinte foi riscada no manuscrito: "Pérolas tão grandes quanto as da princesa Badroulbadour no quarto volume de *As mil e uma noites* e rubis, esmeraldas, topázios, safiras, ametistas, turquesas, ágatas, contas,

canutilhos e granadas". Austen parece ter decidido que os excessos estilísticos desse trecho diminuiriam o efeito cumulativo da verdadeira imbecilidade que foi sendo mostrada através das falas anteriores de Mary.

26 *Which Is the Man* é uma comédia sentimental de Hannah Cowley.

27 Essa frase foi riscada no manuscrito. Os detalhes desse parentesco ao mesmo tempo explicariam por que o sr. Brudenell está tão à vontade na casa das Dutton e permitiriam que ele fosse considerado um possível pretendente de todas as jovens tanto da família Dutton quanto da família Stanhope.

28 Embora esse fragmento, dedicado à sobrinha de Jane no dia 2 de junho de 1793, tenha sido riscado no manuscrito, eu o incluí por ser uma de suas raras tentativas de passar um sermão. A ode posterior, datada do dia seguinte, sugere que a autora rapidamente abandonou sua atitude pia.

VOLUME SEGUNDO [PP. 115-59]

1 Eliza de Feuillide (1761-1813) era uma prima de Jane que muitas vezes visitava os Austen em Steventon. Seu primeiro casamento foi com um conde francês guilhotinado durante o Terror; depois ela se casou com Henry Austen.

2 O relato da vida, recurso muito comum do romance sentimental, foi parodiado pela primeira vez por Charlotte Lennox em *The Female Quixote* (1752).

3 O parágrafo substitui o seguinte trecho: "Não posso ter a pretensão de afirmar que alguém bate, embora, de minha parte, confesso que de fato creio que, como há batidas na porta, alguém o faz. No entanto, como não há demonstração ocular...".

4 Aconteceu porque Edward foi para o oeste em vez de ir para o sul e fez um desvio de mais de 150 quilômetros.

5 Southam observa que essa frase talvez seja uma alusão a uma rubrica da peça *The Critic* (1779), de Sheridan: "Eles desmaiaram alternadamente nos braços um do outro".

6 A seguir vem uma frase que foi riscada no manuscrito: "Quando havíamos nos recuperado um pouco das arrasadoras efusões de nossa..."; essa é a frase que abre a carta 10; talvez Jane, ao passar a limpo o texto, tenha acidentalmente pulado da 8 para a 10, percebendo seu erro após a primeira frase.

7 A reação de Laura e Sophia ao pobre Graham lembra a de Marianne Dashwood a Edward Ferrars.

8 Essa frase substitui duas versões anteriores riscadas no manuscrito: "já que o passeio até lá era muito agradável" e "devido à sua maravilhosa fama". Gretna Green, uma vila escocesa próxima da fronteira com a Inglaterra, era um local corriqueiro para casamentos clandestinos. Por ser "o" lugar para onde se fugir, também será a escolha de Lydia Bennet (*Orgulho e preconceito*, cap. 47).

9 O poeta sentimental William Shenstone (1714-63), em sua obra *Essays on Men and Manners*, comenta que "todas as árvores têm uma personalidade análoga às personalidades dos homens".

10 Thomas Wolsey (*c.* 1475-1530), poderoso cardeal-arcebispo durante o reinado de Henrique VIII que, apesar de aspirar ser papa, terminou em desgraça, acusado de traição.

11 Southam sugere que o delírio de Laura pode ser uma imitação da personagem Tilburnia da peça *The Critic* (ato III, cena I) de Richard Brinsley Sheridan, ou uma paródia de *Rei Lear* (ato IV, cena VI).

12 Southam nota que Cassandra estava prestes a fazer dezessete anos em janeiro de 1791.

13 Southam compara a reflexão de Laura com uma fala de Joseph Surface na peça *The School for Scandal* (ato IV, cena III), também de Sheridan, que foi encenada privadamente pelos Austen e na qual Jane teve um papel.

14 No original *basket*, definido pelo *Oxford English Dictionary* como o compartimento traseiro suspenso que ficava do lado de fora de uma diligência.

15 A referência é a um livro de William Gilpin chamado *Observations, Relative Chiefly to Picturesque Beauty... Particularly the Highlands of Scotland, 1789*.

16 Jane faz uma referência a isso ao escrever para Cassan-

dra em agosto de 1814 (carta 99): "minha própria diligência entre Edimburgo e Sterling".

17 Em *Sandition* (1817), escrito muito mais tarde, o hipocondríaco Arthur Parker revela seu "gosto pelo mundano" através de seu apetite por torrada com manteiga, embora se recuse a beber chá verde (cap. 10).

18 Southam observa que "isso faria com que os leitores de Austen, que eram sua família, se lembrassem das peças que encenavam [...]. Eles também às vezes tinham dificuldade em compor o elenco".

19 Essa coleção de cinco cartas, das quais apenas duas estão incluídas nesta edição, foi dedicada à prima de Jane, Jane Cooper; as cartas mostram que ela estava fazendo experimentações com os pontos de vista de diversos personagens diferentes.

20 No original, *in her way*, variação do mais comum *on her way*; em outras palavras, apanhar Maria não chega a ser um grande favor da parte de Lady Greville.

21 Lady Greville parece ser uma primeira versão de Lady Catherine de Bourgh, com um pouco de sra. Norris.

22 No original, *the King's bench*, um dos tribunais superiores da Inglaterra até 1873.

23 Austen reescreveu bastante esse trecho, no qual Maria, ao retrucar ao que diz Lady Greville, lembra Elizabeth Bennet e sua vivaz resistência a Lady Catherine: a frase "mas a senhora sabe mais do que eu" foi riscada após "Acredito que não"; a frase "Como queira a senhora" foi riscada antes de "Jamais o vi lá", que a princípio era "Para mim, tanto faz"; "Rindo" foi substituído por "ser considerada atrevida demais". Ela parece ter trabalhado no sentido de permitir que Maria tenha brios, porém sem chegar a ser grosseira.

24 A recusa de Lady Greville em descer da carruagem é uma forma peculiar de insulto que mais tarde será usada por Lady Catherine com a sra. Collins.

25 A imagem de Maria andando até o local do jantar talvez lembre a de Elizabeth Bennet andando cinco quilômetros através dos campos para visitar sua irmã que está doente em Netherfield.

26 Essa carta é de uma seção intitulada simplesmente Fragmentos e dedicada a Fanny, sobrinha de Jane e filha de Edward Austen; foi incluída aqui porque a filósofa, Julia Millar, parece ser uma versão anterior de Mary Bennet. Entre os trechos do Volume Segundo que não incluí neste livro estão *Uma história da Inglaterra* ("escrita por uma historiadora parcial, preconceituosa e ignorante [...]. Haverá muito poucas datas nesta História") e *Lesley Castle*, que foi dedicada ao quarto irmão de Jane, Henry (1771-1850); ele foi da milícia de Oxford, tornou-se banqueiro e acabou como pastor da Igreja anglicana; foi Henry quem serviu de intermediário entre Austen e seu editor.

VOLUME TERCEIRO [PP. 160-210]

1 Esse fragmento parece ter originalmente se chamado Kitty, nome que foi riscado no primeiro parágrafo e substituído por Catharine, mas que foi mantido no resto do manuscrito.

2 Esse trecho foi riscado no manuscrito.

3 Jane, ainda tão jovem, mostra um desgosto pela "opção" de se tornar preceptora que lembra aquele expressado de forma tão inequívoca por Jane Fairfax em *Emma* (ver, por exemplo, o cap. 35).

4 Como Chapman observa em sua edição do Volume Terceiro, o destino de Cecilia Wynne é similar àquele da própria tia de Jane, Philadelphia Austen, "que foi enviada para Madras em 1752 e, dentro de sete meses, havia se tornado a sra. Hancock".

5 O sr. Dudley lembra diversos pastores da Igreja sem vocação para o ofício, em especial o sr. Collins e o sr. Elton; e sua filha pertence a uma longa linhagem de jovens interesseiras.

6 O sobrenome da tia de Kitty a princípio era Peterson, mas o manuscrito foi corrigido nesse ponto e nos outros com a substituição por "Percival". O *Oxford English Dictionary* cita o *Mrs.* do original também como a forma de tratar "uma senhora que não havia se casado" a partir de 1791.

7 O contraste entre Catharine e uma heroína "típica" lembra aquele feito nos primeiros parágrafos de *A abadia de Northanger* e a apresentação de Catherine Morland em termos similares.

8 Cf. a determinação da sra. Elton de imitar as amigas (Selina, Clara e as duas Milman) e deixar de praticar música agora que é "uma mulher casada" (*Emma*, cap. 32).

9 A descrição de Camilla é marcadamente parecida com a de Isabella Thorpe, de *A abadia de Northanger.*

10 Essa frase foi riscada no manuscrito.

11 Charlotte Smith (1749-1806), uma escritora gótica romântica comparável a Ann Radcliffe; *Emmeline, The Orphan of the Castle* (1788) foi seu primeiro romance; Ethelinde surgiu em 1790, apenas dois anos antes da data da dedicatória de Catharine.

12 Grasmere é o nome de uma vila e de um lago no coração da região inglesa conhecida como Os Lagos.

13 O ardil de usar a ignorância literária como um meio de refletir uma superficialidade moral geral reaparece nos capítulos 6 e 7 de *A abadia de Northanger*, em que podemos desfrutar das "opiniões" dos Thorpe sobre *Os mistérios de Udolfo*, *Sir Charles Grandison* e *Camilla.*

14 Matlock fica em Derbyshire e Scarborough é uma cidade costeira de Yorkshire (para onde Camilla acredita que eles não vão); Chapman comenta que seus conhecimentos de geografia "talvez nos façam lembrar do que a sra. Bennet pensava sobre Newcastle [...] ou da ignorância da sra. Musgrove sobre as Bahamas".

15 Essa frase foi riscada no manuscrito. A sra. Percival lembra um pouco a srta. Bates (embora em sua hipocondria seja mais próxima do sr. Woodhouse); mas Austen aqui parece ter decidido não dar a Kitty a mesma língua afiada de Emma.

16 A feroz antipatia de Jane por Elizabeth I, que parece ser em boa parte baseada no fato de que esta prendeu e executou Maria Stuart, é longamente exposta em sua *Uma história da Inglaterra*, onde Elizabeth é "a destruidora de todo conforto, a falsa traidora da confiança depositada nela e a assassina de sua prima".

17 A superficialidade da sra. Allen e de Isabella Thorpe, de *A abadia de Northanger*, também é acentuada por sua fixação por roupas (por exemplo, nos cap. 9 e 15).

18 No original, *nice*. Camilla pode querer dizer "difícil de contentar", "exigente" ou "crítica"; é difícil ter certeza, já que o *Oxford English Dictionary* dá dezessete definições diferentes para essa palavra: Henry Tilney brincará com Catherine Morland por seu uso impreciso dessa palavra no capítulo 14 de *A abadia de Northanger*.

19 Essa frase foi riscada no manuscrito, aparentemente mais uma vez para deixar a língua de Kitty menos afiada.

20 Essa frase foi riscada no manuscrito.

21 No manuscrito, essa frase substitui "de elas estarem dispostas a gostar uma da outra", que foi riscada.

22 Essa frase foi riscada no manuscrito.

23 A sra. Stanley, a mãe falha cujo mau discernimento é claramente manifestado na forma de Camilla, lembra a sra. Dashwood e a sra. Bennet.

24 O conjunto de passeio substituiu um mero chapéu no manuscrito.

25 Originalmente, o manuscrito dizia "eles haviam partido havia meia hora [...] em mais uma hora e meia ela poderia estar lá". As mudanças tornaram Kitty ao mesmo tempo uma escritora de cartas mais séria e uma pessoa menos vaidosa, já que requer pouco tempo para se arrumar.

26 Essa frase foi riscada no manuscrito.

27 Essa frase foi riscada no manuscrito. Presumivelmente o propósito de apagar essa frase e a anterior é dar menos ênfase à vaidade de Kitty, para fazer um contraste maior com a da srta. Stanley.

28 Anne, a criada/confidente loquaz e cômica, é um vestígio da tradição gótica (como a Annette de *Os mistérios de Udolfo*) que desaparece nas obras maduras de Austen.

29 No original, *hack*, definido pelo *Oxford English Dictionary* como "um cavalo de aluguel".

30 Com seu humor e charme, sua beleza e vaidade, o jovem Stanley parece lembrar principalmente aquele outro colírio para os olhos, Frank Churchill.

31 No entanto, em seu discurso de apresentação, Stanley afirmara que Kitty "já me foi descrita tantas vezes que não preciso de mais nenhuma informação".

32 William Pitt (1759-1806), estadista e primeiro-ministro inglês na época da criação de Catharine.

33 Substituiu, no manuscrito, a seguinte frase: "Ora, na verdade, não é nada além de ser jovem e ser bonito — e isso é".

34 Essa frase foi apagada no manuscrito. Talvez Austen tenha pensando melhor e achado que essa acusação inequívoca de promiscuidade fosse excessiva, mesmo para a sra. Percival.

35 A opinião da própria Jane sobre Ricardo III, de acordo com sua *Uma história da Inglaterra*, parece ter sido bastante indecisa: "De fato, já afirmaram com segurança que ele matou seus dois sobrinhos e sua esposa, mas também já foi declarado que não o fez [...]. Seja culpado ou inocente, ele não reinou na paz por muito tempo". Chapman levanta a possibilidade de Jane ter lido *Historic Doubt*, de Horace Walpole, sobre o caráter de Ricardo III.

36 Os *Sermões* do pregador escocês Hugh Blair (1718-1800) eram divididos em cinco volumes, dos quais o primeiro surgiu em 1777; *Coelebs in Search of a Wife*, de Hannah More (1745-1833), uma obra de ficção expondo a corrupção da época de Regência, surgiu em 1809. Esses títulos foram acrescentados, obviamente, muito mais tarde, substituindo *Lectures on the Catechism of the Church of England* (1769) de Thomas Secker. Chapman observa que os *Sermões* de Blair eram admirados por Mary Crawford; as obras tanto de More quanto de Blair eram, no geral, imensamente populares.

37 Uma armadilha comum para heroínas românticas (como Arabella em *The Female Quixote*, de Charlotte Lennox). Em breve, no entanto, Kitty parecerá estar esquecendo a lição. Influenciada pelas palavras de Camilla, a conclusão dela começa a vacilar, e nós a vemos (na página 209) começar a pensar e a falar com uma extravagância assustadoramente reminiscente à de Laura, de *Amor e amizade*.

38 Chapman observa que, daqui em diante, "uma letra

um pouco diferente e uma mudança mais óbvia na cor da tinta" sugerem que o fim do manuscrito foi escrito numa data posterior. Pela primeira vez "sra. Percival" é o nome usado, e não uma substituição interlinear para "sra. Peterson".

CHARLOTTE BRONTË

PARTE I: ORIGENS DE ANGRIA [PP. 213-30]

1 Esse trecho foi impresso por Elizabeth Gaskell em sua biografia de Brontë, *The Life of Charlotte Brontë*. "Maria" era a mais velha das irmãs Brontë, o modelo para o personagem Helen Burns, de *Jane Eyre*. Ela morreu (assim como Elizabeth, a segunda filha mais velha) em 1825 de uma febre contraída na Escola Cowan Bridge. "Tabby" era Tabitha Akroyd, a fiel criada da família, que trabalhou para os Brontë até ter mais de oitenta anos e costumava divertir as crianças com histórias sobre fadas. A "tia" é a irmã da sra. Brontë que, após a morte dela, foi morar com a família para ajudar a cuidar da casa; de acordo com Elizabeth Gaskell, essa tia tinha tanto medo de pegar um resfriado que isso a levou a passar "quase todo o tempo no quarto, onde fazia a maioria das refeições".
Em sua edição da biografia de Gaskell, Alan Shelstone nota que Christopher North era o pseudônimo do fundador do Blackwood, John Wilson, e que a peculiaridade dos nomes de alguns de seus empregados é explicada pelo fato de muitos outros colaboradores usarem pseudônimos também.

2 Branwell, ao escrever *A história dos jovens rapazes* (dezembro de 1830), conta que os soldados de Emily e Anne se chamavam Parry e Ross em homenagem a seus heróis, os exploradores.

3 Wise e Symington notam que Maimoune, filha de um rei gênio, é um personagem de *As mil e uma noites*.

4 O líder do grupo, embora não mencionado aqui, é o duque de York.

5 “Gênio” aqui tem o sentido de demônio ou espírito.

6 O livro *As mil e uma noites* não foi a única fonte de material fantástico para Charlotte. Winifred Gérin nota que há grandes semelhanças entre esse trecho e um do livro *Tales of the Genii* de James Ridley, publicado em 1764: “assim que eles chegaram ao palácio [a Gênia] levou os pequenos que guiava até um espaçoso salão, onde em vinte e oito Tronos de Ouro estavam sentados a boa raça dos Gênios; e, embaixo, em tapetes que cobriam todo o salão, estavam inúmeros representantes das classes mais baixas dos Gênios, cada um com dois ou mais Fiéis sob seu comando”.

7 Exatamente o que Charlotte disse ao ver seu soldado pela primeira vez em *A história do ano*: como Fannie Ratchford conta no livro *The Brontës' Web of Childhood*, os próprios irmãos se tornaram líderes dos gênios, que receberam os inteligentes nomes de Tallii, Brannii, Emmii e Annii.

8 O diálogo entre Murray, O'Donell e o duque é interessante por diversas razões: em primeiro lugar, demonstra o poder tranquilo e absoluto do duque que vai ser passado a seu filho Arthur, duque de Zamorna; em segundo lugar, a personalidade do sarcástico Murray mais tarde estará presente, possivelmente, tanto no segundo filho do duque, Charles, quanto num personagem que surgiu mais perto do fim da história, Henry Hastings; em terceiro lugar, a referência a uma guerra civil prenuncia o conflito destrutivo que surgirá mais tarde, entre Zamorna e Percy.

9 Quinze mil homens, mas não há menção de nenhuma mulher! Jamais ficamos sabendo como esse expressivo aumento demográfico ocorreu.

10 A data de 1827 é confusa, assim como a anterior, de 1816, que foi alterada no manuscrito, com o “6” primeiro sendo um “4” e depois um “5”. A cronologia da primeira parte da história, apresentada com grande cuidado, sugere que Arthur deve ter voltado para a Inglaterra em meados de outubro de 1794; é então dito claramente que cerca de vinte anos se passam antes que ele retorne à África já com o título de duque. Portanto, seria de es-

perar que a primeira data, assim como, provavelmente, a segunda, fosse 1814, pois não parece provável que a cidade africana fosse esperar mais de uma década após a partida do duque de York para escolher um novo líder.

11 O quarto pode ser acolhedor; a não ser por isso, essa cena claramente lembra a prisão de Jane Eyre no Quarto Vermelho (cap. 2) e seu encontro, real ou imaginário, com o fantasma do sr. Reed.

PARTE 2: MARIAN VERSUS ZENOBIA [PP. 231-67]

1 Charlotte aqui escreve o título do marquês como Duro, mas mais tarde ele sempre aparece como Douro, talvez usando o nome de um rio que há na Espanha, perto da fronteira com Portugal. O Douro atravessa a província de Zamora, possivelmente a fonte do título que Arthur receberá mais tarde, duque de Zamorna. Embora ele realmente ganhe cerca de dez anos entre 1829 e 1839, em outros trechos Charlotte se dá o direito de tomar certas liberdades com a cronologia; no texto seguinte, escrito em 1830, Arthur tem apenas dezenove anos de idade.

2 Os nomes Albion e Marina são pseudônimos de Arthur Wellesley e Marian Hume (primeira esposa de Arthur); Cornelius, presumivelmente, é Charles (irmão de Arthur) e Zelzia reaparece como Zenobia, que mais tarde se casa com o rival de Arthur, Percy. O narrador da história, o mal-humorado Charles, será o narrador de Charlotte em muitas das histórias subsequentes. Ele prefacia essa história com uma confissão de que ela é contada "por malevolência causada pelas ofensas que me foram feitas recentemente [...] a conclusão [na qual Marian morre] é completamente desprovida de veracidade, e eu fiz isso apenas por vingança". (Talvez seja importante notar também que a ressurreição era comum nas obras da juventude dos Brontë.) Charlotte acrescenta sua própria anotação no fim do prefácio: "Escrevi isso em quatro horas. C. B.".

3 Albion é um antigo nome celta ou pré-celta na Grã-Bretanha; portanto, um pseudônimo apropriado para Arthur.

4 Apolo Belvedere é uma famosa estátua de Apolo exposta na Cortile de Belvedere do Vaticano, de onde deriva seu nome.

5 Marian/Marina tem quinze anos quando ela e Arthur/Albion se apaixonam. Albion, como já foi dito, tem dezenove anos.

6 A Cidade de Vidro é a cidade que foi construída em *Os doze aventureiros*; seu nome mais tarde se tornaria Vereópolis e, finalmente, Verdópolis.

7 Winifred Gérin (*Charlotte Brontë*, p.43) nota que a obra do pintor John Martin inclui "vastos panoramas das cidades perdidas da Antiguidade", como Nínive e Babilônia. Entre 1826 e 1837, as gravuras de Martin foram regularmente impressas nos *Annuals*, e o sr. Brontë possuía quatro delas. Assim, elas eram acessíveis às crianças da família "sobre quem as imagens de Martin teriam uma influência decisiva"; cf. também a descrição do templo submarino de *Uma aventura na Irlanda*.

8 Ninus foi rei da Assíria, cuja capital era Nínive; Belus foi um rei asiático, fundador da Babilônia.

9 Astarte é a deusa fenícia equivalente a Afrodite, e a falecida amada do herói no poema Manfredo, de Lord Byron. (Ver também *O paraíso perdido*, I.) Sêmele é a mãe de Dionísio.

10 A glamorosa Zelzia/Zenobia lembra a rival de Jane Eyre, Blanche Ingram (cap. 17), que é "alta como uma árvore, semelhante a uma Diana", com "colo nobre [...] olhos escuros e cachos negros [...]. Rosto igual ao da mãe [que tinha um perfil romano]". A sra. Ingram também usa um "vestido de veludo escarlate". Enquanto as penas de avestruz de Zelzia aumentam "a dignidade imponente de sua aparência", mais tarde a língua mais ferina de Jane comentará que o turbante da sra. Ingram "lhe dava (como ela parecia acreditar) uma dignidade verdadeiramente imperial". Gérin nota que as Brontë conheciam a última moda de Londres através dos *Annuals*, que publicavam "retratos das damas mais conhecidas da sociedade" (*Charlotte Brontë*, p. 49).

11 Madame de Staël, romancista francesa (1766-1817), foi muito admirada e procurada em vida; "desde o começo da vida uma traquinas, uma coquete, e possuidora de um apaixonado desejo por proeminência e atenção" (*Enciclopédia Britânica*, 1911).

12 A canção de Zelzia continua assim:

Eu penso em ti quando o cisne alvo
Desliza, calmo, pelo riacho;
A brisa mal toca suas plumas,
Encantada com seu fulgor.

Pois vi o estrondo do vento se calar
Quando passou por tua beleza,
Com carícia suave e sopro a brincar
Voando por entre tuas tranças.

E já vi pássaros selvagens
Voejando em círculos sobre tua cabeça,
Enquanto tu, pálida como um lírio,
Nem sequer vias tanto amor.

13 Essa cena é um embrião ainda mais dramático da ocasião em que Jane Eyre, quase cedendo aos persistentes pedidos de casamento de St. John River (cap. 35), ouve a voz do sr. Rochester chamando-a e resolve voltar para Thornfield. Pode ser que também lembre o confronto entre o Manfredo de Byron e o espírito de sua adorada Astarte, que diz o nome dele, prevê sua morte e então desaparece.

14 Cf. a reação de Jane: "Suma, superstição! [...] Isso não é um truque nem uma bruxaria sua: é obra da natureza".

15 A canção de Marina continua assim:

A própria natureza enlutada;
Mesmo a estrela-flor silvestre,
Que adorna com folhinhas alvas
A aleia que leva à floresta,
Baixou a cabeça.

Da caverna da montanha,
Das árvores que coroam a colina,
Do riacho e da nascente,
Sons proféticos murmuraram,
Pressagiando a dor.

Ventos nefastos surgiram, agitados,
Por entre as árvores altas e folhosas;
Aves agourentas, enlouquecidas,
Fizeram a brisa carregar seus gritos
Lamentando ao meu redor.

A cada som, eu empalidecia, trêmula,
A cada passo, erguia a cabeça,
Ouvindo se eram os passos dele,
Ou se eram notícias de sua morte
Vindas de longe.

16 Mais tarde Jane Eyre, ao conversar com o sr. Rochester, descobre que ouviu sua voz no mesmo momento ("na noite da segunda-feira passada, perto da meia-noite") em que ele chamou seu nome (cap. 37).

17 *As rivais* é uma das obras de uma coleção em dois volumes intitulada *Visitas a Verreópolis*. No prefácio, o narrador de Charlotte, Charles Wellesley, nota que "Nada tenho a dizer, a não ser que Verreópolis significa Cidade de Vidro, sendo composta de uma palavra grega e outra francesa para obter esse resultado; e que temo que o leitor vá considerar este o livro mais enfadonho e insípido que já escrevi. Após este aviso, eu me despeço dele".

18 A forma desses versos no original — linhas de cinco sílabas tônicas, dísticos sem rima — é a forma predominante usada por Lord Byron em seu poema dramático "Manfredo".

19 Marian Hume, com sua beleza frágil e sua mistura de qualidades de criança e de mulher, parece muito claramente ser uma versão anterior da pequena condessa Paulina Mary Home, de *Villete*, sobre quem, por exemplo, Charlotte mais tarde escreveria: "um tom do car-

mesim do verão realçava sua pele; seus cachos pendiam, fartos e longos, em seu pescoço alvo como um lírio; seu vestido branco era apropriado para o calor de junho" (cap. 30). Marian também tem cachos castanho-avermelhados como a Haidée de Byron (ver *Don Juan*, II).

20 Wise e Symington notam que a canção de Marian é um poema feito num período anterior, aparecendo pela primeira vez num manuscrito de 1831. Os três últimos versos são assim:

Oh, Senhor das Águas! Grande e onisciente!
Preserve-o em vossa misericórdia;
Que ele confie em vosso poder
Quando a sombria tempestade urrar,
E a escuridão da noite
Franzir o cenho sobre o paraíso;
Mas que o mar flua devagar
Com gentis ondas de verão;
E que toda a procela fique
Atada às cavernas de Éolo!

Antes que ele volte, longos anos passarão,
Mas a doce esperança não deixará meu peito:
Pensarei no momento
Em que seus passos leves, ágeis,
Serão ouvidos na pedra
Onde canta a cachoeira;
Quando o pendão do exército real
For desfraldado nas alturas,
Para dar boas-vindas ao orgulho
Da cavalaria da Inglaterra!

Lágrimas jorram quando canto a esperança;
O desespero sua sombra sobre mim ainda lança;
Mas, enquanto ele está longe,
Colherei a flor silvestre
Na encosta e na ribanceira
Ao luar, na noite quieta;
E farei para ele uma guirlanda.

Bem longe, no vale das fadas
Achei que o vento sussurrou
Aquela palavra solene: Adeus!

21 Charlotte acrescenta a seguinte nota explicativa: "É costume em Verdópolis, onde cerca de quarenta ou cinquenta nobres, com seus serviçais, vão caçar aves ou feras selvagens nas desoladas e desertas Montanhas da Lua, montar uma espécie de acampamento para sua proteção e defesa mútua. Esses acampamentos às vezes contêm mais de cem indivíduos".

22 O tema de conflito trabalhista e assassinato de um empregador pouco popular, que remete ao movimento ludista (1811-3), será abordado mais tarde por Charlotte Brontë no romance *Shirley*, com o ataque ao moinho de Robert Moore e o atentado contra a vida dele.

23 Como os Brontë adoravam acompanhar todos os procedimentos do Parlamento, não é surpreendente que o talento brilhante para a oratória seja proeminente entre as diversas habilidades de Arthur.

24 Essa poeira mágica tão útil parece ter sido tirada de *As mil e uma noites*. A abrupta transição do Parlamento para o conto de fadas ilustra perfeitamente a observação de Gérin: "[Charlotte] não fugia do mundo real, enojada; ela o apertava contra o peito e o integrava em seus sonhos, dando à Inglaterra do início do século XIX toda a mágica de *As mil e uma noites*" (*Charlotte Brontë*, p. 30).

25 Crashie é uma divindade potente do panteão dos Brontë.

26 Para uma referência a Azazel, ler *O paraíso perdido*, I, 534: "um grande querubim:/ Que imediatamente de seu cajado brilhante desenrolou/ a bandeira imperial".

27 Danhasch é um gênio maligno de *As mil e uma noites*.

28 Montmorency é um dos homens que conspiram com Rogue.

PARTE III: MARY [PP. 268-321]

1 Fídias foi um famoso escultor ateniense (*c*. 490 a.C.). É tentador sugerir que o jovem Percy, com sua beleza grega

e fria, seja um modelo para o personagem St. John Rivers, de *Jane Eyre*.

2 O contraste entre o gelo de Percy e o fogo de Zamorna evidentemente é um embrião daquele entre Rivers e Rochester em *Jane Eyre*. A linguagem que Charlotte usa para fazer o contraste se parece estranhamente com aquela usada na crítica que mais tarde fez de Jane Austen: "o que pulsa rápido e pleno, embora oculto, o que o sangue atravessa, aquilo que é a morada invisível da vida e o alvo consciente da morte — isso a srta. Austen ignora" (numa carta a W. S. Williams de 12 de abril de 1850).

3 A propensão para a bruxaria de Zenobia, assim como seu ciúme e sua fúria incontrolável, talvez lembrem Bertha Rochester.

4 Dada a atração fatal que Arthur/Zamorna sente por Rogue/Northangerland, não chega a ser surpreendente que ele se sinta atraído pela filha deste também. Esse trecho nos prepara para novos eventos na saga de Angria: para punir Northangerland por sua traição, Zamorna decide repudiar Mary e, matando a filha, destruir o pai.

5 Byron, obviamente, dá a última palavra.

6 Charles, como quase sempre, é o narrador da história.

7 Charles tem pouca dificuldade em ver que é seu irmão que está ali disfarçado.

8 S'death, contração de "God's death" [Morte de Deus], é um dos aliados de Percy.

9 O "enxame de graciosidade" se refere ao grupo de moças aristocratas observado por Charles em Zamorna, uma província de Angria. Rei de Angria é mais um título que foi acrescentado aos diversos de Arthur.

10 A primeira parte da conversa dos dois aparentemente se refere ao hábito de Zamorna de flertar com outras.

11 Adrian é a maneira carinhosa de Mary chamar o marido.

12 A carta, escrita por Branwell, foi publicada por Wise e Symington no volume I, pp. 457-61.

13 Gérin observa que Branwell tinha uma "Imaginação febril que muitas vezes levava a ataques que se pareciam com convulsões" (*Charlotte Brontë*, p. 89).

14 Lady Helen é a mãe de Northangerland, avó de Mary.

15 Ernest e Julius são filhos de Zamorna, mas não de Mary.

16 O fato de Charlotte omitir os versos 5 e 6 e trocar a ordem dos versos 7 e 8 sugere que estava citando a passagem de memória. Se isso procede, sua exatidão é impressionante.

17 Aqui, Zamorna se refere a seu plano de repudiar Mary para, assim, destruí-la.

18 O formato de estrofe com oito versos é o mesmo usado por Byron em *Don Juan*.

19 Os jônicos são um povo helênico mencionado por Homero, conhecido por sua música e arquitetura, e também por suas conquistas.

20 Alnwick é uma casa da família para onde Mary foi levada após ser repudiada por Zamorna.

21 No original, é usada a palavra francesa *corbeille*: uma pequena cesta de vime com frutas ou flores que se oferece a alguém em ocasiões especiais.

22 A misteriosa vendedora de frutas revela ser a fiel amante de Zamorna, Mina Laury, que o seguiu até o exílio. Embora ela não tenha um papel importante no início da saga de Angria, fica claro no texto que sua ligação com ele começou anos antes, quando ambos tinham quinze anos.

23 Foi dito a Mary que Zamorna se afogou numa tempestade em alto-mar, e ela acredita nisso.

24 Ellrington Hall é a residência de Northangerland em Verdópolis.

25 Caroline é a filha bastarda de Northangerland e Louisa — que não permite que sua ternura maternal atrapalhe seu instinto de sobrevivência.

26 Prisioneiro.

27 Em geral, era Branwell quem cuidava das questões militares. Em setembro de 1836, enquanto Charlotte estava na Escola Roe Head, ele escreveu que decidira matar Mary; “a notícia abalou Charlotte como se fosse uma morte na família” (*Charlotte Brontë*, p. 107). Mas durante as férias de Natal de 1836 para 1837, quando *O retorno de Zamorna* foi escrito, evidentemente permitiu-se que Mary ressuscitasse.

28 Eugene é o valete do duque.

PARTE IV: MINA [PP. 322-59]

1 Essa história é uma combinação de dois episódios escritos ao longo de um período de dois anos. A primeira parte, tirada de *A história de Angria* e escrita em abril de 1836, cronologicamente se passa antes de *O exílio de Zamorna* e *O retorno de Zamorna* — o duque ainda tem a firme intenção de repudiar a esposa — e é concluída na página 338. A segunda parte mostra que Zamorna perdeu uma parte considerável da afeição de Charlotte, embora não da de suas outras admiradoras.

2 Hawkscliffe é a propriedade de campo de Zamorna.

3 Dario III (*c.* 380-30 a.C.), rei da Pérsia que foi derrotado por Alexandre, o Grande. O *Oxford Classical Dictionary* afirma que "sua derrota foi agravada por sua covardia pessoal".

4 Mina, é claro, não percebe que está falando com a rainha de Angria; Mary claramente começa a suspeitar que Mina seja amante de alguém, mas de quem ela não adivinha.

5 No original *liberty*, definida pelo *Oxford English Dictionary* como a propriedade sobre a qual se estende o privilégio de uma pessoa.

6 Zamorna, precisamos lembrar, há pouco duelou com Hartford.

7 Cf. *O livro de Ester*, VII,2: "No segundo dia, ao fim do banquete, o rei tornou a dizer a Ester: 'Qual é o teu desejo, rainha Ester? Ele te será concedido! Qual é o teu pedido? Mesmo que seja a metade do meu reino, será feito'". Ao contrário de Ester, no entanto, Mina não tem um pedido.

8 Milesianos quer dizer irlandês. Eles são os descendentes do lendário rei Milesius/Mildeh, vindo da Península Ibérica. Acredita-se que seus filhos conquistaram e reorganizaram o reino da Irlanda em cerca de 1300 a.C.

PARTE V: ELIZABETH [PP. 360-442]

1 Charles ainda é o narrador de Charlotte, mas seu sobrenome agora é Townsend. É evidente que deixou de ser irmão de Zamorna.

2 A companheira de viagem de Townsend é Elizabeth Hastings, cujo interesse e deferência pelo "ilustre décimo nono regimento" mais tarde serão explicados pelo fato de que seu adorado irmão Henry fora um oficial deste.

3 É impressionante a semelhança entre a aparência de Elizabeth e a de Jane Eyre e da própria Charlotte.

4 Charles se refere, é claro, ao duque de Zamorna, que faz palpitar o coração de todas as moças — exceto o da independente srta. Hastings.

5 A autoconfiança de Elizabeth e seu dom para retrucar são outras características que ressurgirão em Jane Eyre.

6 O "meio de transporte tão esplêndido" pertence a Jane Moore, uma bela mulher da alta sociedade. Elizabeth (que reaparece no cap. 4) trabalha como acompanhante de Jane.

7 Wilson é o pseudônimo do fugitivo, Henry Hastings, irmão de Elizabeth. Louisa é a amante de Northangerland, previamente vista em *O retorno de Zamorna.*

8 Wilson afirma ser um comerciante escocês, mas Townsend o reconhece como sendo "um oficial arruinado pela própria patifaria [...] que não ousava revelar seu país de origem e apagara seu sobrenome".

9 O "sultão" é Zamorna, cuja vida Hastings mais tarde vai tentar tirar — instigado por Macara e seus comparsas.

10 Os dois homens que estão perseguindo tão implacavelmente o irmão de Elizabeth são o atual patrão dela e aquele que vai tentar se tornar seu amante.

11 O tempo do verbo muda para causar um efeito dramático, assim como ocorre em *Jane Eyre*. Cf. cap. 22 e 23.

12 A descrição de Elizabeth — seu vestido simples, sua afinidade com a lua, sua baixa estatura — mais uma vez lembra a de Jane Eyre.

13 Numa carta de 1834, Charlotte diz que sua religiosa amiga Ellen Nussey deve tomar cuidado antes de ler *Caim*, de Byron, mas diz que é um "poema magnífico". A simpatia de Emily Brontë com uma figura semelhante a Caim fica evidente com o personagem Heathcliff, de *O morro dos ventos uivantes*.

14 Henry está sendo procurado pelo assassinato de Adams.

15 Pendleton é o lugar onde os irmãos Hastings nasceram. Havia um monte Pendle perto de Haworth, casa da família Brontë. Gérin comenta, em *Five Novelettes*, que Angria está cada vez mais parecida com Yorkshire e cada vez menos com a África.

16 Northangerland, inimigo de Zamorna, era o grande herói de Branwell, assim como de Henry.

17 Cf. as tentativas de Louisa, a moça bonita convencional, de acalmar Hastings.

18 O fato de Elizabeth ter se empregado como companheira de Jane Moore e seu rancor em relação a isso coincidem com a primeira experiência de Charlotte como preceptora na primavera de 1839.

19 Paros era a segunda maior das Cíclades, um centro de comércio no mar Egeu famoso por seu mármore.

20 A "pequena sombra" é, é claro, Elizabeth Hastings. O contraste entre as duas mulheres aqui lembra aquele que será feito entre Blanche Ingram e Jane Eyre, ou entre Ginevra Fanshawe e Lucy Snowe.

21 Gérin observa que Charlotte caracteristicamente adequou o clima ao período do ano em que estava escrevendo o texto.

22 Em outras palavras, ela não é como Elizabeth.

23 A superficialidade de Jane é refletida em seu modo infantil de falar; Sir William a manipula com uma sinistra facilidade, arrancando dela tudo o que quer saber sem que Jane jamais perceba que está sendo usada.

24 Gérin observa que esse trecho inteiro evidentemente se refere a Haworth e à família Brontë.

25 Há um monte Boulsworth nos urzais perto de Haworth. O comentário de Henry indica uma saudade de casa que lembra aquela sentida pelos irmãos Brontë quando estavam em outros lugares.

26 A capital do inferno em *O paraíso perdido*.

27 Ver Apocalipse 16,16 ss. para a batalha final entre as forças do bem e do mal.

28 No original *pattens*, espécie de galocha de madeira usada pelos habitantes de Yorkshire como proteção contra a lama e as poças.

29 Lord Hartford.

30 Omiti um trecho subsequente em que Sir William procrastina de forma escandalosa para enfurecer Hartford, embora esteja tão ansioso quanto ele para capturar Hastings.

31 Mary Percy, que reassumiu o trono como duquesa de Zamorna e rainha de Angria, é irmã de Sir William. As afeições de Charlotte parecem ter sido inteiramente transferidas de Mary para Elizabeth.

32 A data bate com o dia da semana de acordo com o calendário de 1839. Charles mais uma vez é o narrador.

33 No original, *piece hall*. Outra expressão típica do norte da Inglaterra identificada por Gérin; eram prédios usados em cidades do norte que fabricavam algodão para a exibição de peças de tecido.

34 Essa técnica — uma cena importante observada à distância por um personagem que não sabe o que está acontecendo — talvez seja um embrião daquela usada em *Shirley*, quando Caroline e Shirley observam o ataque ao moinho de Robert no vale lá embaixo.

35 Ver o 2º Livro de Samuel 1,19.25.

36 Essa alusão, é claro, é muito dolorosa; pois Branwell, devido à sua obsessiva "mesquinharia privada", finalmente conseguiu erodir a afeição de sua leal irmã.

37 O sonho de obter a independência montando uma escola era acalentado pelas irmãs Brontë, embora a delas tenha fracassado, e por Lucy Snowe, cuja escola foi um sucesso.

38 Elizabeth sente o mesmo que a própria Charlotte, que em agosto de 1836 escreveu no diário que manteve enquanto lecionava na Escola Roe Head: "deverei passar a maior parte da minha vida nessa terrível escravidão, suprimindo à força a minha raiva [...] e, por compulsão, assumindo um ar de gentileza, paciência e assiduidade?" (*Charlotte Brontë*, p. 104). Cf também a reação dúbia de Jane Eyre a seus novos deveres de professora em Morton: "certamente encontrarei alguma felicidade em cumprir essa tarefa. Não espero muita alegria [...]. Senti-me bastante desolada [...]. Senti-me degradada" (cap. 31).

39 A saudade que Elizabeth sente de casa deve ser parecida com a que Charlotte sentiu de Haworth quando estava em Roe Head ou trabalhando para a família Sidwicks.

40 O lamento de Elizabeth continua:

Seria em vão pensar, portanto
No sonho que vinha lhe acorrentar,
Ela devia estancar seu pranto
Seu coração não mais devanear.
O transe para sempre quebrado,
O encanto se esvaíra ao longe,
Mas quão abençoada seria a amante
Do jovem guerreiro hussardo!

Na terra não havia maior glória,
Mais nobre dádiva não havia no céu,
Do que recebê-lo em vitória
Num coração que ele chamava de seu.
Quão doce saber a emoção
Que a alma ardente provaria!
Quão triste morrer ocultando
A angústia que o amor trazia!

41 O anseio romântico de Elizabeth por Sir William lembra aquele de Caroline Helstone por Robert Moore; a maneira como ela se obriga a ir para cama se parece mais com *Jane Eyre*. O amor de Elizabeth por Sir William pode nos parecer estranho a princípio, mas na verdade conhecemos muito melhor o lado desagradável de sua personalidade do que ela. Além disso, Sir William foi gentil com Elizabeth: permitiu que ela fosse atrás de Hartford quando Henry foi encurralado em Massinger Hall e ajudou-a a conseguir uma audiência com sua irmã, a rainha. E também, no trecho que está faltando, ele mais uma vez demonstrou afeição por ela tentando lhe dar uma cruz de presente. E, finalmente, o fato de que Henry agora está fora de perigo faz com que seus perseguidores pareçam menos assustadores.

42 Uma amiga de Charlotte chamada Ellen Nussey escreveu

que "Charlotte tinha um pavor mortal de animais desconhecidos". "Reminiscences of CB", *Scribners Magazine*, maio de 1872.

43 No original, *continuations*. Segundo o *Oxford English Dictionary*, *continuations* são perneiras unidas a shorts, portanto um tipo de calça.

44 Cf. a súplica do sr. Rochester: "Você não tem nem parentes nem amigos que precisa temer ofender". E a resposta interna de Jane Eyre: "Quem no mundo se importa com você? Quem se magoará com o que você faz?" (cap. 27).

45 Essa referência a uma cena do trecho que está faltando lembra a resistência de Jane Eyre em aceitar um presente do sr. Rochester.

46 Cf. as tentativas de Rochester de fazer com que Jane Eyre sentisse ciúmes de seu suposto amor por Blanche Ingram.

47 O ciúme de Sir William da beleza convencional de Zamorna e a reação divertida de Elizabeth são um embrião da cena em Ferndean, quando Jane Eyre provoca Rochester com sua descrição de St. John, que parece um Apolo (cap. 37).

48 A franqueza de Elizabeth em confessar seu amor e, ao mesmo tempo, sua determinação em preservar sua honra são um embrião de uma combinação semelhante de paixão e independência em Jane Eyre.

Outras leituras

JANE AUSTEN

AUSTEN, Jane. *Letters to Her Sister Cassandra and Others*, 2 v., org. R. W. Chapman. Oxford, 1932.

——. *Volume the First*. R. W. Chapman (org.). Oxford, 1933.

——. *Volume the Second*. B. C. Southam (org.). Oxford, 1963.

——. *Volume the Third*. R. W. Chapman (org.). Oxford, 1951.

AUSTEN-LEIGH, James Edward. *A Memoir of Jane Austen, by Her Nephew*. Londres, 1886. Reimpresso com *Persuasion* em Harmondsworth, 1965.

BRADBROOK, Frank. *Jane Austen and Her Predecessors*. Nova York, 1966.

CECIL, David. *A Portrait of Jane Austen*. Harmondsworth, 1980.

CHAPMAN, R. W. *Jane Austen: Facts and Problems*. Londres, 1948.

GILSON, David. *A Bibliography of Jane Austen*. Oxford, 1982.

KIRKHAM, Margaret. *Jane Austen: Feminism and Fiction*. Brighton, Sussex, 1983.

MUDRICK, Marvin. *Jane Austen: Irony as Defense and Discovery*. Princeton, 1952.

SMITH, LeRoy W. *Jane Austen and the Drama of Woman*. Nova York, 1983.

SOUTHAM, B. C. *Jane Austen's Literary Manuscripts*. Londres, 1964.

WILKS, Brian. *Jane Austen*. Londres, 1978.

CHARLOTTE BRONTË

BRONTË, Charlotte. *Five Novelettes*, org. Winifred Gérin. Londres, 1971.

——. *Legends of Angria*, org. Fannie Ratchford. New Haven, 1933.

——. *The Poems of Charlotte Brontë*, org. Tom Winnifrith. Nova York, 1984.

——. *"The Secret" and "Lily Hart"*, org. William Holtz. Londres, 1978.

——. *Something about Arthur*, org. Christine Alexander. Austin, Texas, 1981.

——. *The Spell: An Extravaganza*, org. George E. Maclean. Londres, 1931.

——. *The Twelve Adventurers*, org. C. W. Hatfield. Londres, 1925.

BRONTË, Charlotte, Emily e Anne. *Poems by Currer, Ellis and Acton Bell*. Londres, 1846. Reimpresso em *Life and Works of the Sisters Brontë*, v. IV. Nova York e Londres, 1900.

BRONTË, Charlotte; BRANWELL, Patrick. *Miscellaneous and Unpublished Writings of Charlotte e Patrick Branwell Brontë*, 2 v., org. T. J. Wise e J. A. Symington. Oxford, 1938.

ALEXANDER, Christine. *A Bibliography of the Manuscripts of Charlotte Brontë*. Westport, Connecticut, 1983.

——. *The Early Writings of Charlotte Brontë*. Oxford, 1983.

BENTLEY, Phyllis. *The Brontës and Their World*. Londres, 1969.

BLOM, Margaret. *Charlotte Brontë*. Boston, 1977.

GASKELL, Elizabeth. *The Life of Charlotte Brontë*. Harmondsworth, 1975.

GÉRIN, Winifred. *Charlotte Brontë: The Evolution of Genius*. Oxford, 1967.

——. *The Brontës I: The Formative Years*. Harlow, Essex, 1973.

MOGLEN, Helene. *Charlotte Brontë: The Self Conceived*. Nova York, 1976.

PASSEL, Anne. *Charlotte and Emily Brontë: An Annotated Bibliography*. Nova York, 1979.
RATCHFORD, Fannie. *The Brontës' Web of Childhood*. Nova York, 1941.
SHORTER, Clement. *Charlotte Brontë and Her Circle*. Londres, 1896.
WINNIFRITH, Tom. *The Brontës*. Londres, 1977.

Esta obra foi composta em Sabon por warrakloureiro
e impressa em ofsete pela Geográfica sobre papel Pólen Soft
da Suzano Papel e Celulose para a Editora Schwarcz
em abril de 2014